Christine
Dwyer Hickey

Schmales Land

Zu diesem Buch

Es ist das Jahr 1950. Mit einem Comic-Heft und einem Schokoriegel in der Tasche kommt Michael, ein 10-jähriger deutscher Waisenjunge, in Amerika an. Ein Sommer am Meer in Cape Cod soll die Schrecken des Krieges verblassen lassen. Licht tanzt über die Dünen und ergießt sich über kanariengelbe Sonnenschirme, doch weder das noch die Familie, die ihn aufnimmt, lindern Michaels Verlorenheit. Erst durch die eigenwillige Mrs Aitch, eine Künstlerin, die im Schatten ihres berühmten Mannes an der Bucht lebt, öffnet sich ihm in der unvertrauten Idylle eine neue Welt. Mit kraftvollem Pinselstrich malt Christine Dwyer Hickey das leuchtende Porträt eines Sommers, einer Ehe und einer ungewöhnlichen Freundschaft – und fängt die Farben von Einsamkeit, Nähe und Momenten flüchtigen Glücks ein.

»Hickeys überwältigender Roman erzählt zunächst von der Ehe zwischen Edward Hopper und seiner Frau Josephine, letztlich aber von allen Ehen, und von Kreativität. In Sätzen so anmutig und schön wie ein großes Kunstwerk.« *The Times*

Die Autorin

Christine Dwyer Hickey (*1958 in Dublin) ist Autorin und Dramatikerin. Sie schreibt Romane, Kurzgeschichten und Theaterstücke, ihre Werke wurden in mehrere Sprachen übersetzt. Neben ihrer Tätigkeit als Schriftstellerin lehrt sie Kreatives Schreiben. Für ihre Romane war sie u. a. für den Orange Prize und den Prix L'Européen de Littérature nominiert, für *Schmales Land* wurde sie mit dem Walter Scott Prize und dem Dalkey Literary Award ausgezeichnet.

Im Unionsverlag ist außerdem lieferbar: *Alle unsere Leben*.

Die Übersetzerin

Uda Strätling (*1954 in Bonn) studierte Publizistik, Soziologie und Linguistik und übersetzt aus dem Englischen, u. a. Emily Dickinson, Henry David Thoreau, Aldous Huxley, Chinua Achebe, Teju Cole und Ann Petry. Für ihre Übersetzungen wurde sie mehrfach ausgezeichnet.

Mehr über die Autorin und ihr Werk auf *www.unionsverlag.com*

Christine Dwyer Hickey

Schmales Land

Roman

Aus dem Englischen
von Uda Strätling

Unionsverlag

Die Originalausgabe erschien 2019 bei Atlantic Books, London.
Übersetzung und Publikation dieses Werks wurden
von Literature Ireland unterstützt.

Im Internet
Aktuelle Informationen, Dokumente und Materialien
zu Christine Dwyer Hickey und diesem Buch
www.unionsverlag.com

Unionsverlag Taschenbuch 1018
© by Christine Dwyer Hickey 2019
Originaltitel: The Narrow Land
© by Unionsverlag 2024
Neptunstrasse 20, CH-8032 Zürich
Telefon +41 44 283 20 00
mail@unionsverlag.ch
Alle Rechte vorbehalten
Der Verlag behält sich das Recht des Text- und Data-Minings an diesem
Werk vor, was hiermit Dritten ohne Zustimmung des Verlags untersagt ist.
Die erste Ausgabe dieses Werks im Unionsverlag erschien 2023
Reihengestaltung: Heinz Unternährer
Umschlag: Edward Hopper, *Sea Watchers* (Ausschnitt) 1952,
© by Heirs of Josephine N. Hopper / 2022, Prolitteris, Zürich
Umschlaggestaltung: Sven Schrape
Lektorat: Patricia Reimann
Satz: Greiner & Reichel, Köln
Druck und Bindung: CPI – Clausen & Bosse, Leck
www.unionsverlag.com/produktsicherheit
ISBN 978-3-293-71018-4
2. Auflage, August 2025

Der Unionsverlag wird vom Bundesamt für Kultur mit einem
Verlagsförderungs-Strukturbeitrag für die Jahre 2021–2025 unterstützt.

Auch als E-Book erhältlich

Für A. C. und J. M.,
die im tiefsten Winter gegangen sind

Jeder Mensch trägt die ganze Gestalt
des Menschseins in sich.

MICHEL DE MONTAIGNE,
Essais, Drittes Buch, 2, Über das Bereuen

Kriegsbringer

I

Oben an der Treppe zum Bahnsteig will der Junge nicht weiter, und die Frau, die an ihm zerrt, zerrt noch mehr. Der Junge rebelliert, diesmal, indem er in die Hocke geht und sein ganzes Gewicht in die Fersen stemmt. Die Frau hält kurz inne, dann fährt sie herum.

»Was denn? Was ist denn jetzt wieder? *Was?*«

Sie dreht sich so schnell, dass ihr Korb am nackten Bein des Jungen entlangschrammt. Ein langer roter Striemen erscheint auf der Haut. Das Bein zuckt, der Junge aber gibt keinen Piep von sich. Er mustert das Bein, den Korb und zuletzt sie. Er entwindet sich seitlich und lässt den Griff seines Koffers los.

»Ich fahr nicht ...«, beginnt er.

»Du *fährst* nicht? Was soll das heißen, du fährst nicht?«

»Ich mag nicht –«

»Du magst nicht? Was magst du denn jetzt nicht?«

Es ist nicht das erste Mal, dass sie genau hier Streit haben. Zum letzten Mal war das vor zwei Jahren, im Sommer 1948, als sie ihn kurz hatte stehen lassen, um am Schalter die Fahrkarten zu kaufen, und er weggelaufen war und mitten in der Halle des Grand Central den blanken braunen Koffer zurückließ, den Harry ihm extra gekauft hatte. Weit war er damals nicht gekommen. Er war noch nicht so gewieft, gleich den nächsten Ausgang zu suchen, und hatte noch zu viel Bammel vor Aufzügen, Rolltreppen, ja allem, was zu Unbekanntem oder Unüberschaubarem führte. Also war er einfach losgeflitzt und hatte Haken durchs Gedränge geschlagen. Kaum hatte sie sein Verschwinden gemeldet, da hatte der Cop ihn schon wieder eingefangen und zu ihr unter der Uhr mit den vier Gesichtern zurückgeschleift.

»Ihr Kind?«, fragte der Cop.

Und sie hatte genickt, weil sie nicht erst mit der ganzen leidigen Geschichte anfangen oder gar gegen sein Geflenne anschreien wollte.

Damals hatte sie die Beherrschung verloren, hatte dem Jungen eine geschmiert – das erste und einzige Mal, dass ihr das passierte –, hatte die Fahrtkarten in tausend Fetzen gerissen, ihm die Fitzel ins Gesicht geschleudert und ihn im Beisein des Cops angeherrscht: »Zufrieden? Hast du, was du willst? Da nehme ich mir einen ganzen Tag frei, um mit dir bis nach Boston im Zug mitzufahren. Einen ganzen Tag, an dem ich dann allein wieder zurückmuss, und so dankst du mir das. Na, dann schmor du meinetwegen den Rest des Sommers daheim in der Wohnung, in der Backofenglut! Wie du willst ... «

Der Junge war ungerührt geblieben. Er hatte nicht einmal eine Hand an sein brennendes Ohr gehoben. Eine Spur Trotz im Gesicht, mehr nicht: keine Scham, keine Reue, keinerlei Anzeichen für den geringsten inneren Aufruhr. Stand einfach da und sah durch sie hindurch, als versuchte er zu erraten, welche Tapetenfarbe sie sich für die neue Wohnung vorstellte.

Und nun sind sie wieder hier, zwei Jahre später, der Junge inzwischen zehn – soweit bekannt. Der Koffer, den Harry ihm gekauft hat, ist auch wieder dabei, leicht ausgeblichen und abgewetzt jetzt, weil er zwei Jahre lang als Versteck für Comichefte und lose Blätter und wer weiß was noch für Kuriositäten gedient hatte und immerzu unter dem Kinderbett vorgezerrt und zurückgeschoben worden war.

Diesmal geht sie auf Nummer sicher. Die Fahrkarte hat sie gestern in der Mittagspause besorgt, und ein mit Harry bekannter Schaffner auf der New-Haven-Strecke hat versprochen, ein Auge auf den Jungen zu haben, damit er es nicht wagt, gleich am nächsten Bahnhof wieder auszusteigen. Es ist für alles gesorgt. Sie wird ihn in den Zug setzen, sich die Wagennummer merken und, sobald sie den Zug abfahren sieht, Harry auf der Arbeit anrufen, der seinerseits Mrs Kaplan anrufen wird, um sie wissen zu lassen, dass alles geklappt hat. In Boston wird Mrs Kaplan zusteigen, für die gemeinsame Weiterfahrt nach Cape Cod. Auf die Bahn wird einer dieser bulligen Busse folgen, dann ein Automobil. Und dann das Meer, der Sand und Mrs Kaplans Enkel namens Richie.

Sie ist es leid, dem Jungen all das vor Augen zu stellen: Bus, Automobil, Meer, Sand, Enkel namens Richie. Hund sogar! Leid, das alles hochzuhalten, wenn der Junge es mit seinem Schweigen gleich wieder einreißt.

Aber er hat es Harry versprochen, geschworen hat er es – diesmal macht er keine Mätzchen. Allem Anschein nach ganz ehrlich. Harry hat sogar Witze darüber machen können, dass er das letzte Mal abgehauen ist und von einem Cop zurückgeschleift werden musste. Er hat behauptet, das sei sogar im Radio in den Nachrichten gewesen – ganz New York habe davon gewusst. Der Junge hat ein bisschen gegrinst, als Harry das sagte, und er sieht ja richtig nett aus, wenn er sich bequemt, mal zu lächeln. Die vergangenen beiden Jahre haben viel ausgemacht: besser in der Schule, besser im Augenkontakt, und wenn man ihn zum Reden bringen kann, klingt er wie jeder andere amerikanische Junge, fast. Er nimmt inzwischen auch mehr Anteil, aber was hat sie ihm damit in den Ohren gelegen: »Schatz, du musst *Anteil* nehmen am Leben.«

Sie ist fest davon überzeugt, dass er sich diesmal benehmen wird wie ein Großer. Das hat sie vor ein paar Tagen erst zu Harry gesagt, der dazu im Spiegel bloß die Augenbrauen seines Rasierschaumgesichts hob. Fest überzeugt.

Sie setzt ihren Korb neben dem Koffer ab. »Ich habe dich etwas gefragt«, sagt sie.

Der Junge beachtet sie nicht.

»Was ist mit dir? – Antworte bitte.«

Aber der Junge rückt nicht heraus mit der Sprache. Und da legt sie los. Langsam zuerst, aber dann gerät sie richtig in Fahrt.

In Fahrt wegen der Umstände, die er ihr zwei Sommer lang gemacht hat, weil sie bezahlen, ja *bezahlen* musste, damit jemand auf ihn aufpasste und sie zur Arbeit konnte, wo er doch nur in der Wohnung hockte, seine blöden kleinen Papierfiguren aus irgendwelchen Zeitschriften geschnitten und mit ihnen seine blöden kleinen Spiele gespielt hat. In Fahrt wegen Mrs Kaplan – Mrs Kaplan, die ihm nach dem Ärger vor zwei Jahren netterweise eine zweite Chance gibt. *Mrs Kaplan*, wohlgemerkt! Die Frau, ohne die er wer weiß wo wäre, tot am Straßenrand irgendwo in Europa. Mrs Kaplan, die Frau, die wahrscheinlich Präsident Truman überhaupt erst auf die Idee gebracht hat, die vielen Waisen zu retten. Sie haut ihm alles um die Ohren, was ihr in den Sinn kommt: dass er aus der Küche Lebensmittel klaut, als würde er bei ihr hungern oder kaum was zu essen kriegen! Dass er mitten in der Nacht durchs Mietshaus streicht und die Nachbarn erschreckt! Und dass überhaupt jedes zweite Wort bei ihm Lüge ist. Unnötige, unsinnige Lüge! Ob seinen Lehrern, seinen Klassenkameraden, dem Mann im Eckladen gegenüber – jedem, der ihm sein Ohr hinhält.

Sie möchte ja aufhören. Zumindest eine Pause einlegen und überlegen, was sie da alles vom Stapel lässt. Aber ähnlich, wie es ihr manchmal im Büro beim Tippen passiert, rasseln die Wörter ohne ihr Zutun heraus, nur treffen sie jetzt diesen Jungen und nicht einfach Papier. Und NEIN, fährt sie fort, diesmal wird sie die Fahrkarte nicht zerreißen, wenn er das etwa glaubt. Er wird in den Zug steigen, und sie wird zur Arbeit zurückkehren. Er wird in den Zug steigen und tun, was sie sagt, und sie wird auf dem Bahnsteig stehen bleiben, bis sie den Zug, den ganzen Zug, bis auf den letzten Wagen, verschwinden sieht.

»Ich mag nicht ...«, sagt er, »mir ist ...«

»Und *mir* reicht's! Hörst du? Ist mir egal, was du magst oder nicht, wie dir ist oder nicht ist. Verstehst du? Mir reicht es mit deinem will nicht, kann nicht, mag nicht. Und nur, dass du's weißt: Ich bin müde. Müde, weil du mich die ganze Nacht wach gehalten hast mit deinem ständigen ins Bad rein und wieder raus, Flurlicht an und Flurlicht aus. Ich bin es müde und –«

Der Junge senkt den Kopf, schluckt. »Bitte, *Frau Aunt*«, sagt er schließlich. »*Frau Aunt*, bitte.«

Sie wendet sich ab. Unten am Bahnsteig sieht sie das Menschengewimmel zu einer einzigen langen, vor Schirmen, Hüten, Handtaschen und Koffern schuppigen Schlange werden. Zum ersten Mal fällt ihr auf, wie viele Soldaten und Matrosen unterwegs sind. Als wäre in Europa noch immer Krieg. Allerdings wirken die Jungs irgendwie anders, jünger, zuversichtlicher. Da fällt es ihr wieder ein: Sie ziehen jetzt in einen neuen Krieg; was sie sieht, ist eine neue Kriegsgeneration. Sie schiebt eine Hand in die Tasche ihres Regenmantels, zieht ein Taschentuch hervor, putzt sich die Nase und steckt das Taschentuch wieder ein. Sie legt den Kopf in den Nacken und blickt hoch zu dem Gewölbe der Decke, dann zu den Spitzbogenfenstern darunter, die aus dem grauen, verregneten Tag Silberlicht spinnen. Sie fühlt sich an eine Kirche ihrer Kindheit erinnert. Eine Kirche, deren Name ihr entfallen ist, wo einst vertraute Gebete über sie hinweg gesprochen wurden, während sie auf der einen Seite den Ellbogen eines Vaters vor Augen hatte, auf der anderen den einer Mutter. Sie schämt sich, den Jungen angeherrscht zu haben und ihn fortzuschicken, obwohl er nicht will. Schämt sich, von seiner kleinen Privatwelt gesprochen zu haben, den Spielen, die er ganz für sich spielt. Er ist schließlich immer noch ein Kind, und wie Harry oft sagt: »Weiß der Himmel, was der Kleine alles durchgemacht hat.«

Sie wendet sich dem Jungen wieder zu, milde nun: »Hör zu«, sagt sie, »du bist ein guter Junge. Das weiß ich. Aber es war schwer, weißt du? Nicht nur für dich, sondern auch für mich. Ich gebe mir ja Mühe. Wirklich, das tu ich. Aber jetzt brauchst du, brauchen wir, eine Verschnaufpause. Zeit für dich. Zeit für mich – verstehst du? Dann kommen wir, wenn du zurück bist, wieder besser miteinander aus. Fangen neu an. Neues Zuhause, neue Schule, neue ... nun, ein ganzes neues Leben, könnte man sagen.«

»Aber dann weiß ich gar nicht, wo die Wohnung ist. Wie sie aussieht, gar nichts.«

»Sobald Harry sie gefunden hat, schreib ich dir und erzähle dir alles.«

»Und die Schule – wie komm ich da hin? Ich bin dann erst später da als die anderen, die werden alle gucken, wenn ich komme.«

»Ach was, bestimmt nicht. Andere fangen auch später an – die Erntejungen, die kommen erst gegen Ende Oktober zurück. Während du schon Ende September wieder da bist. Und vielleicht brauchst du die Schule ja gar nicht zu wechseln, wenn Harry etwas in der Nähe findet.«

Der Junge schüttelt bloß immerzu auf diese schlackrige Art den Kopf – als säße der viel zu lose auf dem Hals. Sie wünschte, er würde das lassen.

»Hör zu«, sagt sie, »wenn du willst, tue ich, was ich das letzte Mal vorhatte, weißt du, fahre bis Boston mit, steige aus und fahre, wenn Mrs Kaplan zusteigt, gleich zurück. Das wird teurer, und ich kriege auf der Arbeit Ärger. Aber das mach ich. Wenn du das möchtest.«

»Ist schon okay«, sagt er so leise, dass sie nur weiß, dass er gesprochen hat, weil sie ihm die Worte von den Lippen abliest.

»Es sind ja nur ein paar Wochen, Schatz. Ein paar Wochen sind im Nu vorbei. Und es gibt einen Spielkameraden. Und den Hund, nicht zu vergessen – ich weiß zwar nicht, was das für einer ist, aber bestimmt ein Prachtkerl. Du bist ein Glückspilz, ist dir das klar? Ein schönes großes Haus mit Garten. Ein Sandstrand. Ein Meer zum Baden. Und die Luft ... denk doch nur an die viele frische Luft!«

»Ich mag keine frische Luft«, sagt der Junge. »Ich mag den Jungen nicht. Ich mag den Strand nicht.«

»Du kennst den Jungen doch gar nicht! Und wahrscheinlich warst du in deinem ganzen Leben noch nicht am Strand.«

»Harry hat versprochen, mit mir nach Coney Island zu fahren, aber das hat er nie getan«, mault er.

»Das tut er noch. Er hat gesagt, dass er's tut, also tut er's auch. Aber glaub mir, Coney Island ist gar nicht so toll, es ist laut und dreckig und überlaufen ... während wo *du* hinfährst? Das reinste Paradies.«

Sie schiebt ihr Gesicht näher an seins und fasst ihn an den Oberarmen.

»Hast du Angst – ist es das? Aber wovor? Kannst du es mir sagen? Sind es die vielen Soldaten? Die fahren ans andere Ende der Welt, in ein Land, das Korea heißt. Das ist nicht wie vorher, weißt du.«

Der Junge schüttelt wieder den Kopf.

»Ist es der Tunnel?«, fragt sie. »Ist es das? Erinnert er dich an die Luftangriffe? Ich verspreche dir: In den Tunneln sind nur Schienen und Züge, sonst nichts. Das alles ist jetzt vorbei. Das alles liegt hinter uns. Das hier ist Amerika. Du bist hier in Sicherheit, Schatz. In Sicherheit.«

Sie wartet auf irgendein Zeichen, aber der Junge sieht sie nicht einmal mehr an.

»Wie soll ich denn wissen, was mit dir ist, wenn du mir nie etwas sagst. *Wie* denn?«

Erst weicht er zurück, dann reckt er den Hals vor und schreit ihr direkt ins Gesicht: »Ich hab doch gesagt, ist okay! Ich hab doch gesagt, ich fahr! Wie oft soll ich es denn noch sagen? Ich fahr ja. Ich fahr ja!«

Wie er das einfach herausschreit. Ihr mitten ins Gesicht.

»Was fällt dir ein«, setzt sie an, »was fällt dir ein, mich so – «

Aber der Junge hört nicht mehr zu, er zählt die Knöpfe an ihrem Mantel. Runter und wieder rauf.

»Hör auf«, sagt sie. »Bitte! Hör auf damit! Immer alles durchzählen, du machst mich wahnsinnig mit deinem ... mit deinem ...«

Sie löst die Hände von seinen Oberarmen, packt ihren Korb und schiebt den Henkel über den Arm. Dann nimmt sie den Koffer hoch und drückt ihn dem Jungen vor die Brust. Es schnürt ihr den Hals zu, er brennt, sie muss ihre Stimme herauspressen.

»Und noch etwas: Nenn mich nicht *Frau Aunt*«, sagt sie. »Ich habe es dir oft genug gesagt: Du sollst hier unsere Sprache sprechen!«

Sie zerrt ihn am Jackenärmel die Treppe hinunter Richtung Gleis. Am Drehkreuz stellen sie sich an; sie wühlt in ihrer Handtasche und ringt mit sich.

»Hör zu, wir wollen uns nicht die Stimmung vermiesen«, sagt sie. »Eine schlechte Stimmung, das wollen wir doch beide nicht.«

Sie zupft seine Fahrkarte aus ihrem Geldbeutel. »Hast du diesem Richie auch geschrieben? Hast du auf seinen Brief geantwortet, wie ich's dir gesagt habe?«

Der Junge wendet den Kopf, als wäre sie nicht da.

»Ich habe dich etwas gefragt; antworte gefälligst.«

»Ich hab geschrieben«, murmelt er.

Sie kämmt ihm mit den Fingern durchs Haar, er schüttelt ihre Hand ab.

»Gut«, sagt sie, »denn es wäre nicht eben höflich, nicht zu antworten. Es wäre *un*höflich, will ich damit sagen.«

Im Zug schwingt sie seinen Koffer hoch auf die Gepäckablage und sagt: »Mrs Kaplan holt ihn dann für dich herunter, wenn ihr da seid.«

Sie rechnet damit, dass er sich empört, ihr erklärt: »Ich bin groß, ich kann das selbst!«

Aber er sagt nichts. Sie setzt ihren Korb auf der Bank ab. »Und dass du den ja nicht aus den Augen lässt. Wenn jemand den Platz will, nimmst du ihn auf den Schoß. Oder stellst ihn auf den Boden unter deine Füße. Klar? Und später, wenn du richtig angekommen bist, gibst du ihn ihr und sagst: ›Der ist für Sie, Mrs Kaplan, als Dankeschön, dass Sie mich eingeladen haben‹ – klar? Und sie soll wissen, dass ich die Apfeltorte selbst gebacken habe, aber die mit den Erdbeeren hab ich extra bei dem französischen Bäcker an der Fifth Avenue gekauft. Na ja, den Namen sieht sie ja auf dem Papier, wenn sie die Schachtel aufmacht, den Laden kennt schließlich jeder.«

Der Junge steht stocksteif neben der Sitzbank, seine Beine schießen wie zwei weiße Stängel aus den Stoffschuhen hinauf in die Beinlöcher seiner kurzen Hosen. Außerhalb der Wohnung ist er ein langer Schlaks. Trotz ihrer hohen Absätze sind sie beinahe gleich groß. Bald wird er sie überragen. Und dann auch Harry. In der ersten Zeit mit ihm dachte sie, er würde nie so wachsen oder aufgepäppelt werden können, dass ihm die Sachen des armen Jake passen könnten. Damals war er so klein gewesen für sein Alter. Und jetzt? Seht ihn euch an. Von Jakes Sachen hatte er kaum fünf Minuten was gehabt, dann hatte sie sie schon weggeben müssen. Ein langer Schlaks und noch immer zu dünn, als kriegte er bei ihr nichts zu essen.

Sie überreicht ihm ein Comicheft, einen Schokoriegel und eine Limonade. Sie steckt ihm einen Umschlag mit Münzen und fünf Dollarscheinen zu. Sie schärft ihm ein, dass das für sechs Wochen reichen muss, aber er soll seinem neuen Freund Richie mal ein Eis spendieren oder ihn ins Kino einladen oder so.

»Sei immer schön höflich – Bitte, Danke und so fort. Und sag Ma'am zu ihr, außer, sie will es anders. Das wird sie dir schon sagen. Sie ist sehr nett, gar nicht affig, für eine Lady. Zeig ihr einfach, dass du weißt, wie das geht, höflich sein. Und vergiss nicht, auch Richies Mom ist eine Mrs Kaplan, weil sie mit Mrs Kaplans Sohn verheiratet war. Bete fleißig. Warte bei Tisch, bis du an der Reihe bist. Sprich nicht mit vollem Mund. Und bitte, keine Lügen. Wenn du was nicht weißt, dann weißt du's eben nicht. Du brauchst dir nicht was aus den Fingern zu saugen. Verstehst du? Gut. Weil Lügner nämlich keiner mag, weißt du. Nicht einmal Lügner.«

Der Junge hockt auf der Kante der Bank, das Comicheft auf dem Schoß, den Schokoriegel und die Limonade obendrauf.

»Du siehst müde aus«, sagt sie. »Hast du überhaupt ein Auge zugetan letzte Nacht? Du kannst während der Fahrt schlafen, du hast ja ein paar Stunden Zeit – aber pass gut auf den Korb auf, ja?«

Der Junge nickt.

»Tja, das wär's dann wohl«, sagt sie. »Und vergiss nicht, mir eine Postkarte zu schicken. Oder sogar einen Brief. Ich finde deine

Handschrift so schön, das weißt du, so erwachsen. Es sind zwar nur ein paar Wochen, aber es wär trotzdem schön, von dir zu hören.«

Der Junge meidet ihren Blick. Er faltet den Umschlag mit dem Geld und steckt ihn ein. Er hebt den Korb von der Sitzbank und stellt ihn auf den Boden unter seine Füße. Dann widmet er sich dem Comicheft.

Sie beugt sich hinab, küsst ihn auf den Scheitel und senkt die Stimme: »Und sprich unsere Sprache, ja? Das ist besser, das habe ich dir ja erklärt. Nichts gegen Deutsch – ist schließlich bloß eine andere Sprache. Aber es ist einfach besser, weißt du, wenn du unsere Sprache sprichst.«

Sein Gesicht ist erhitzt, und sie sieht, dass er die Lippen zusammenpresst, als müsste er sonst vielleicht weinen. Im Grunde wünscht sie sich, er würde es tun, würde ihr die Arme um den Hals werfen und sie anflehen, ihn nicht fortzuschicken. Sie sagt sich: Wenn er das tut, behalte ich ihn da, dann drücke ich ihn so fest, dass er keine Luft kriegt. Wenn er das tut, weiß ich wenigstens, dass er für mich etwas empfindet. Dann drück ich ihn und sage: Schon gut, Schatz, du kannst bei mir bleiben. Du kannst für immer und ewig bleiben und –

Der Junge hält ihr das Comicheft vor die Nase. »Das kenn ich schon«, motzt er.

Sie macht einen Schritt zurück. »Ach ja? Dann gib es Richie. Oder wirf es weg – mir doch egal.«

Am Bahnsteig baut sie sich unter dem Fenster seines Waggons auf und verrenkt sich den Hals. Aber sie sieht gerade nur seinen Scheitel. Ihre Schuhe schnüren ihr die Füße ab, und ihr ist speiübel. Der Pfiff lässt auf sich warten, das erste Stampfen der Räder. Überall auf dem Bahnsteig suchen Leute die besten Plätze zum Winken. Gesichter heben sich dem Zug entgegen, Passagiere hängen an den Fenstern der Abteile oder lehnen sich aus denen der Türen zwischen den Waggons, schwatzen, lachen, halten Händchen, manche weinen sogar. Ein Matrose und sein Mädchen verschlingen sich in einem letzten Dauerkuss. Sie selbst ist die Einzige, die allein ist. Deren Abschied kein Gegenüber hat.

Der Junge ist stur, das weiß sie, aber sie hofft doch, dass er einlenkt, bevor der Zug abfährt. Sich zu einem kleinen Winken, einem verstohlenen Blick aus dem Fenster herablässt. Aber nein, er ist stur bis in die Knochen. Auf dem Herweg hat er sie auf ihren Vorschlag hin – trotz des einsetzenden Regens und der Tatsache, dass ihnen nicht viel Zeit blieb –, beim UN-Gebäude vorbeizuschauen, angesehen wie Dreck am Schuh. Dabei muss sie ihn dort sonst mit Gewalt wegschleifen. Er liebt es dort. Er hat in der Schule alles über den Gebäudekomplex gehört und ihnen eines Abends beim Essen in einem solchen Schwall davon erzählt, dass sie kaum zu blinzeln wagte aus Angst, den Augenblick zu verderben. Es werde Hauptquartier der Vereinten Nationen heißen, verkündete er, und die Männer darin würden die Verantwortung für die Welt übernehmen, damit die Länder nicht einfach hergehen und sich gegenseitig nach Lust und Laune zerstören könnten. Nix da, von wegen – die Männer, die das Sagen hätten, würden so was alles nicht mehr zulassen. Und jedes Land der Welt würde vor dem Bau seine Fahne im Wind wehen lassen, selbst Deutschland, weil seine Lehrerin, die hätte gesagt, darum ginge es, vergeben und vielleicht eines Tages vergessen.

Seit Wochen verfolgen sie, wie der Bau aus dem Nichts wächst. Er beobachtet zu gern, wie die Arbeiter in dem Betongerippe herumklettern, zählt die noch leeren Fensterhöhlen, registriert, was seit dem letzten Besuch dazugekommen ist. Es ist zu ihrem Ding geworden, etwas, was sie gemeinsam unternehmen können: an ihrem einen freien Nachmittag zusammen an den East River fahren und gucken, wie sich das Hauptquartier der Vereinten Nationen macht. Und heute Morgen? Da war er, als sie dort ankamen, schnurstracks weitergelaufen, und sie hatte ihm bis zur 46th Street hinterherhetzen und mehrmals nach seiner Hand schnappen müssen, bis sie die endlich zu fassen bekam.

Ein Mann betritt jetzt das Abteil und wählt einen Sitzplatz gegenüber dem Jungen. Sie sieht ihn einen ungewöhnlich geformten

Kasten auf die Ablage schieben, seinen Regenmantel falten und obendrauf packen. Er setzt sich. Sie sieht, wie er den Hut vom Kopf nimmt und sich übers Haar streicht. Er lehnt sich zurück, legt eine Hand ans Fenster und beginnt, mit den Fingern an die Scheibe zu trommeln, dazu nickt er fast unmerklich, als lauschte er einer imaginären Musik.

Ihre Blicke treffen sich, der Mann sieht weg. Der Junge behandelt sie weiter wie Luft. Der Mann zündet sich eine Zigarette an und mustert sie. Ihr steigt das Blut in die Wangen. Sie reibt sich den Bauch. Der Mann wird sie wohl kaum mit dem Jungen in Verbindung bringen. Er wird glauben, sie meine ihn. Er wird sie für eine Verrückte halten, die herumsteht und in Zugfenster hineinstarrt. Er wird sie für eine von denen halten, die sich auf Bahnsteigen herumtreiben und für Geld mit Männern mitgehen.

Der Junge sieht, wie *Frau Aunt* sich den Bauch reibt. Er rutscht tiefer runter auf der Bank, bis er nur noch die Haare oben auf ihrem Kopf sehen kann, eine Hand, die wie die einer Schwimmerin ein-, zweimal auftaucht.

Hinter ihm lauert der schwarze Tunnel. Bald wird *Frau Aunt* in ihrem blauen Regenmantel nur noch ein blauer Fleck, dann ein blaues Pünktchen, dann gar nichts mehr sein. Sechs Wochen wird es dauern, bis er sie wiedersieht. Oder – wenn das nämlich alles ein Trick ist, um ihn loszuwerden – nie wieder. Wie auch immer, winken wird er nicht.

Er denkt an den Brief, den Richie zusammen mit dem Foto geschickt hat. Den hatte Harry auf dem Tisch glatt gestrichen, damit sie ihn zu dritt lesen konnten. Die Schrift war wie die eines Fünfjährigen, die Worte allerdings ziemlich erwachsen (es steht zu hoffen, dass Dir ... ich, für meinen Teil, freue mich ...). Klar, dass Mrs Kaplan ihrem Enkel das diktiert hat, auch wenn *Frau Aunt* schwor, das wären seine eigenen Worte und Richie eben wahrscheinlich wegen seiner Privatschule weiter. »Wie?«, meinte Harry. »Aber ordentlich schreiben lernen sie auf ihren stinkfeinen Schulen nicht?«

Das war nicht zu toppen, was Harry sagte.

Das Foto war von Richie gewesen, Richie mit Ball am Strand. Am Rand des Fotos war die Ecke einer Picknickdecke zu sehen und darauf, wie's aussah, die Vorderpfoten eines Hundes.

Ihm war das Ganze nicht geheuer. (Was war das überhaupt für ein Name – Cape Cod? Was *hieß* das überhaupt?) Hinter Richie war viel zu viel Himmel, und das Meer sah aus wie ein weit aufgerissenes Maul, das jeden Moment zuschnappen und ihn verschlingen würde. Wenn es doch nur so wäre, denn Richie war ihm genauso wenig geheuer. Das Gesicht sah nach einem ziemlich gemeinen Gesicht aus, das Grinsen darin falsch. Er hatte das Foto lange studiert, hatte es sich wieder und wieder vorgenommen und noch genauer betrachtet. Und trotzdem hatte er nichts finden können, was ihm an Richie gefiel – nicht das Stichelhaar noch das Ringel-T-Shirt, noch das fiese, feiste Gesicht, der nackte, auf den Ball gepflanzte Fuß und das Blitzen im Auge, als wäre das, was er da in den Sand drückte, ein Menschenkopf und nicht bloß ein oller Wasserball.

Richie ist aber nur ein Grund, warum er auf *Frau Aunt* böse ist. *Frau Aunts* Ermahnung, kein Deutsch zu sprechen, ist ein anderer. Das war unfair von ihr, und gar nicht wahr. Er spricht überhaupt nie mehr Deutsch. Sobald er zu ihnen gekommen war, hatte er sich große Mühe gegeben, die Sprache zu verlernen. Und das weiß sie genau, weil sie sie ihm abgelernt hat. Sie hat ihm all seine eigenen Worte aus dem Kopf genommen und dafür neue amerikanische reingepackt. Stunden am Küchentisch beim Lernen und Verlernen, bis es Abend wurde und draußen dunkel, und heute kann er die Sprache kaum noch. Selbst wenn er sich mal an ein Gespräch erinnert, dann ist es mehr die Bedeutung, die er in Erinnerung hat, nicht die Wörter, die dafür benutzt wurden. Hunderte Wörter, die er bestimmt hatte aussprechen können, als er in Amerika eintraf – manche vielleicht lesen und sogar schreiben. Tausende vielleicht. Abertausende von Wörtern, und er hatte nur ein ganz paar behalten, und die mehr als Andenken.

Der Junge klopft mit der Schuhsohle seitlich gegen den Korb. Er weiß, dass ganz unten ein Päckchen für Richie liegt. Als *Frau Aunt* ihm hatte zeigen wollen, was sie dort hineingetan hat, wollte er es nicht wissen. Er hatte die Augen zugekniffen und sich geweigert, hinzuschauen. Und trotzdem hatte sie es ihm haarklein beschrieben: Malbuch, Malkasten, Bausatz für ein Schiffsmodell, oder war es ein Flugzeug?

Er hievt den Korb vom Boden. Der Deckel sperrt sich auf wie ein Maul, als er sich den Korb auf den Schoß hebt, und atmet ihm Äpfel und Zimt ins Gesicht. Und noch irgendwas Würziges – Knoblauch vielleicht. Als Letztes war die Tortenschachtel in den Korb gewandert, die *Frau Aunt* von dem französischen Bäcker hatte. *Tarte de fraises* stand auf einer winzigen eingepflanzten Fahne. Verkauft hatte sie ihr ein Franzose, er hatte die Torte sanft wie ein Baby in Wachspapier gewickelt und in die Schachtel gebettet. Und *Frau Aunt*, die den Kerl angestrahlt hatte, oh, was für schönes Wachspapier, und oh, was für eine herrliche Torte, und oh, was für eine hübsche Schachtel, und oh, was für eine reizende Schleife, um dann, kaum dass sie aus dem Laden heraus waren, über den Preis zu schimpfen und den Franzosen einen Halsabschneider zu nennen und das in einer Tour, bis sie plötzlich fand, sie könnten noch einen letzten Blick auf die UN-Baustelle werfen. Und wie man *dazu* sagte, wusste er genau – Salz in die Wunde streuen nämlich.

Der Zug beginnt zu grollen. Grollen, sich wach zu rütteln und zu schnauben. Er spürt mehrere Bewegungen in der einen größeren, so mächtig und dabei gebremst. Ein eingepferchtes, sich hinter einem Gatter aufbäumendes Tier, Stier oder Rodeopferd. Der Mann gegenüber blättert eine Zeitungsseite um, schüttelt die Zeitung kurz aus und zieht an seiner Zigarette. Er schlägt die Beine übereinander. Sein Hosenbein rutscht hoch, wenn er das tut. Kurze schwarze Borsten auf weißer Haut. Sein brauner Hut liegt neben ihm auf der Sitzbank, ein brauner Hut mit Kniff in der Krone.

Der Junge kennt den Hut, weiß, dass er, wenn er ihn umdreht, innen im Futter ein Wappen haben und das Futter fettig verschwitzt sein wird. Er weiß nicht, wieso er den Hut kennt – Harry trägt nur Schirmmützen, und das nur im Winter. Aber er ist da, klemmt irgendwo in seiner Erinnerung, wie allerhand anderer Schutt, der manchmal ins Rutschen gerät.

Frau. Das ist so ein Wort, das er behalten hat, auch wenn er nicht recht weiß, wieso. *Frau* und ansonsten vor allem Zahlen; anscheinend kann er das Zählen auf Deutsch nicht vergessen.

Der Zug bockt. Er schnaubt jetzt schwerer, dringlicher, und der Junge spürt, wie seine Knie vorrutschen. Er bremst sich ab, indem er die Fersen in den Boden drückt. Gegenüber wird der Mann nach vorn geworfen, Zigarettenrauch pufft dem Jungen ins Gesicht. Als der sich verzieht, sieht er, dass der Mann lange Fingernägel hat, aber nur an einer Hand, und dass weitere schwarze Borsten sich unter der Manschette seines Hemds und um die Armbanduhr zeigen. Die Haare kommen dem Jungen lebendig vor, als wuselten dem Mann Insekten aus der Haut. Er hofft, der Fremde bleibt die ganze Fahrt über hinter seiner *New York Times* oder, besser noch, steigt am nächsten Bahnhof aus und nimmt seine hauteigene Insektenkolonie mit.

Draußen schrillen Pfeifen, eine, dann eine zweite, dann noch eine, die Pfiffe kreuzen sich wie Klingen. Der Länge des Zugs nach klappen die Türen zu. Sein Herz hört der Junge aber trotzdem wild pochen.

Er rutscht noch ein Stück tiefer. Dann legt er die Hand auf die Tortenschachtel und stupst an der Schleife, bis sie von der Pappschulter rutscht.

Der Zug setzt sich in Bewegung. Draußen schnurrt alles zusammen und fließt langsam ab. Er schließt die Augen. Hinter den Augenlidern flackert es orangerot. Seine Hände zittern. Er riecht von Weitem die Erdbeeren, schmeckt die unerträgliche Süße auf der Zunge, die seinen ganzen Kopf füllt. Er krallt die Finger in das weiche, saftige Polster aus Teig und Sirup und Früchten.

Bald wird der Tunnel den Zug schlucken, tiefer und tiefer in seinen langen schwarzen Schlund. Tote werden vorbeitreiben.

Tote und gesplitterte Bettkästen und ersaufende Ratten, die ums Überleben kämpfen. Eine hingestreckte Frau mit dem Gesicht im Wasser. Ein dicker Mann, rund wie ein Schwein, dümpelt im schwarzen Überzieher. Wenn er die Augen geschlossen hält, wird er einschlafen und nichts von alledem sehen müssen. Wenn er den Mund voll Teig und Erdbeeren behält, wird die Süße das alles verdrängen – bis der Tunnel den Zug wieder freigibt. Werden der Zug und der Mann mit den langen Fingernägeln und er selbst und alle anderen, die irgendwo in diesem Zug sitzen oder von Waggon zu Waggon stolpern, nicht mehr sein. Sie werden zwischen hier und dort festsitzen, gebannt, bis der Zug sie unterwegs ausspuckt, wie Kerne. Sobald das passiert, können sie wieder da sein, nur anderswo, an einem Ort, den sie vielleicht noch gar nicht kennen.

Als er aufwacht, hält er den Zug für einen ganz anderen Zug. Einen Zug in Deutschland gleich nach dem Krieg. Er spürt ein kaltes Luftstichéln im Gesicht und vermutet, dass es durch die Einschusslöcher der Tiefflieger im Dach pikt. Oder vielleicht durch die spinnwebfeinen, nie gekitteten Risse in den Fenstern.

Er ermahnt sich, die Augen geschlossen zu halten. So wie du es machen musst, wenn du in Deutschland unter Fremden aufwachst: Du hältst die Augen geschlossen und tust so, als würdest du noch schlafen oder wärst schon tot. Und zwar so lange, bis du ungefähr weißt, was und wer dich umgibt.

An solche Züge erinnert er sich gut. Aufspringen und wieder abspringen. Dazwischen gehen und gehen und gehen. Bis der letzte Zug ihn aufs Land in das Heim brachte, wo sie Jungen wie ihn aufpäppelten.

Er versetzt sich jetzt wieder in jenen letzten Zug, hockt mit vier, fünf anderen auf einer Bank. Gegenüber sitzen größere, ältere Jungen am Tisch. Er ist von allen im Zug der Jüngste, der Jüngste und Kleinste, und deshalb nennen sie ihn »Mickerling« oder »Würstchen«.

Er hockt am Ende der Reihe am Gang, wo *Frau Nurse* ihn sehen kann, sobald er die Hand hebt. Immer, wenn er das tut, knuffen sich die älteren Jungen und gackern – »Guck mal«, sagen sie, »das Würstchen muss mal wieder, er will, dass sie ihm sein Würstchen rausholt. Wird es hart, wenn sie das tut – dein kleines Würstchen?«

Drei der großen Jungen spielen Karten. Der vierte klemmt in der Ecke am Fenster. Nur, dieser Vierte schaut gar nicht raus, kein einziges Mal. Er schaut nicht auf die Karten, nicht nach den anderen Jungs, und wenn gleich der Betrunkene durch den Waggon stolpert, wird er nicht einmal den Kopf drehen.

Er kennt den Namen des vierten großen Jungen nicht; er kennt von den wenigsten Jungen die Namen. Nicht einmal den der kleineren auf seiner Seite vom Tisch. Abgesehen von Otto ein paar Sitzreihen weiter hinten, kennt er keine der Namen der Jungen, die zwischen den normalen Passagieren verteilt sitzen. Aber die Namen zweier Kartenspieler kennt er: Bruno und Erich. Weil das auch zu den Dingen gehört, die du machen musst, wenn du dich in Deutschland unter Fremden wiederfindest – du lernst, zuallererst, die Namen der schlimmsten Haudraufs.

Die älteren Jungen lassen die Jüngeren nicht Karten spielen. Ihr Wichte seid zu blöd, sagen sie, ihr Wichte verderbt uns nur den Spaß. Aber er versteht die Regeln sehr wohl. Er versteht sie besser als Erich, der dauernd dumme Fehler macht und nicht einmal weiß, dass Eicheln mehr zählen als Schellen.

Er kennt das Spiel von den Männern unter dem blauen Licht. Das blaue Licht hat in der großen Höhle unter dem Bahnhof gebrannt. Was für ein stinkendes Loch. Aber es gab noch eine andere, schlimmer stinkende Höhle, im Tiergarten, beim Zoo, und die hatte auch blaues Licht.

Die großen Jungen lassen die Kleinen nicht einmal den Tisch berühren, was gemein ist, schließlich gehört er ihnen nicht. Der Tisch ist genau zwischen den Bänken am Boden festgemacht und für beide Seiten da. Wenn du nur einen Finger auf diesen Tisch legst, hat Erich gedroht, *Tschack!* Hacken wir ihn dir einfach ab.

Wenn der Junge sich andersherum auf die Sitzbank kniet, kann er bis ganz zum Ende des Waggons sehen und hier und da die übrigen Jungen, die verlegene und ein bisschen gelangweilte Gesichter machen. Otto ist neben eine große Frau in einem weiten braunen Pelzmantel gequetscht. Die Frau ist in Wahrheit ein großer Braunbär mit blonder Perücke und rot angemalten Lippen. Das würde er Otto gern sagen, damit sie zusammen lachen können, bis es wehtut. Er kennt ihn aus dem amerikanischen Lager, wo sie am selben Tag angekommen sind, nur aus verschiedenen Richtungen. Sie sind in derselben Gruppe gelandet und dicke Freunde geworden. Die mollige Bärin hätschelt Otto und stopft ihn mit Kuchen voll. Otto wiederum dreht den Kopf weg und versucht, sich das gierige Grinsen zu verkneifen. Auf der anderen Seite des Gangs liest *Frau Nurse* in dem Buch mit dem englischen Namen. Hin und wieder taucht sie aus dem Buch auf und prüft, ob ihre *Boys* sich auch benehmen. *Boys*, sagt sie zu ihnen. Gleich wird sie ihn auf der Bank knien sehen, und ihre Hand wird rauf und runter gehen – ein-, zwei-, dreimal, als ditschte sie einen Ball auf den Boden. In Wirklichkeit gibt sie ihm zu verstehen, dass er sich wieder hinsetzen soll.

Als er sich setzt und etwas vorbeugt, sieht er draußen vor dem Fenster die Landschaft in der Gegenrichtung vorbeiziehen. Und den dunklen Wald. Und zwischendurch die kleinen Bahnhofshäuschen aus Holz, die leer stehen, jetzt, wo der Krieg vorbei ist. Und dann wieder dunklen Wald. Der Zug ruckelt unbekümmert am Wald vorbei und ruckelt durch die kleinen Bahnhöfe, ohne zu halten. Er sieht, dass der Himmel langsam dunkel wird, und in der Ferne eine kaputte Brücke wie einen langen Arm mit abgerissener Hand. Er sieht auch andere Brücken – manche vollkommen zerstört, andere, die mit einem neuen Holzbalken oder frischen Betonplatten repariert worden sind, was ihn an neue Flicken auf zerschlissenen Kleidern denken lässt.

Er trägt selbst geflickte Sachen. Sachen, die neu sind und zugleich alt. Alle Jungen tragen solche Kleider. Neu und alt. Aber es sind keine Lumpen – das kann man nicht sagen. Die großen Jungen haben Otto erzählt, die Sachen wären aus den Uniformen toter Soldaten geschnitten und ihre Pullis aus der Wolle aufgeribbelter Socken gestrickt, die steif gewesen wären vor Blut, außerdem Schals, die die Männer trugen, als sie starben. Otto sagte: »Vielleicht trage ich Teil der Uniform deines Vaters und du von meinem.« Er wünschte, Otto hätte ihm das mit den Uniformen nicht erzählt. Denn bis dahin hatte er seine Sachen gerngehabt. Sie hatten einen guten, sauberen Geruch, und sie hielten ihn warm. Jetzt sind sie ihm nicht mehr geheuer. Es ist furchtbar, Angst vor den eigenen Hosen zu haben, das Gefühl, dein Pullover ist irgendwie ein Gespenst.

Jetzt wieder vorm Fenster, wieder im Wald, Fetzen alten, zwischen Ästen gefangenen Schnees, und nun werden die Lücken zwischen den Bäumen hier und da weiter, sodass du gelegentlich die Schatten der Brennholzsammler siehst, krumm über die Erde gebeugt wie schwarze Haken. Oder einen alten Kübelwagen, dem Zweige durch die Windschutzscheibe wachsen. Und dann etwas, was aussieht wie lauter Bäumchen, sich aber als Hunderte in die Erde gepflanzter Holzkreuze entpuppt. Reihe um Reihe, jedes mit einer roten Stoffbinde um den Hals.

Bruno springt von seiner Bank auf, sein Gesicht läuft an vor Begeisterung, sein Blick wird schärfer und heller.

»Seht nur – da! Schnell! Da liegt er, der Iwan! Zu Tausenden! Hoffentlich schmoren sie alle in der Hölle!«

»Die Rote Armee«, sagt Erich. »Das waren keine echten Soldaten wie unsere Väter. Das waren Feiglinge – was die meiner Schwester und meiner Mutter angetan haben.«

»Was haben sie denen denn angetan?«, fragt Bruno.

»Was sie getan haben? Was glaubst du denn, was sie getan haben? Geschändet, was sonst! Wieder und wieder geschändet!«

»Was heißt das, geschändet?«, hört er sich fragen.

Bruno prustet, der dritte große Junge platzt los, und schließlich prustet auch Erich. Bis alle (außer dem Jungen am Fenster) das Gesicht verziehen vor Lachen. Verziehen und johlen und prusten und mit dem Finger zeigen. Selbst die Jüngeren lachen sich kaputt, sie tun so, als kapierten sie, was so komisch ist.

»Er weiß nicht, was das heißt!«, johlt Erich. »Er weiß nicht einmal, was das heißt! Armes Würstchen. Keine Ahnung von Trieben. Nicht die geringste. Stimmt's, Würstchen?«

Seine Füße klatschen mit einem Satz auf den Boden, als er aufspringt, um sich zu verteidigen.

»Von Trieben hast du aber nichts gesagt. Ich weiß, was das ist! Weiß ich wohl.«

Frau Nurse ruft vom Ende des Waggons: »Ruhe jetzt! Ruhe, sonst gibt es für euch kein Abendbrot.«

Und ungefähr jetzt taucht im Waggon der Betrunkene auf. Er weiß schon vorher, wer das ist, weil er die hünenhafte, tappende Gestalt schon durch den Zug hat wanken sehen, Schiebetüren aufreißen und zuknallen, an Sitzbänken stehen bleiben, um Fahrgäste zu erschrecken.

Der Betrunkene betritt in ebendem Moment den Waggon, als *Frau Nurse* den Gang heraufkommt. »Ruhe da vorne! Ruhe, sage ich, sonst gibt es kein Abendbrot!«

Der betrunkene Mann ist ein alter besoffener Soldat. Er hat nur einen Arm, der leere Ärmel seiner zerlumpten Uniformjacke steckt in der zerschlissenen Tasche. Wankend bleibt er an der Tür stehen. Dann brüllt er bis ganz hinten zu *Frau Nurse*: »Lass die Jungen in Frieden. Sie waren lang genug still. Geh dorthin zurück, wo du herkommst, amerikanische Fotze, und lass unsere armen Jungs in Ruhe.«

Ihm bleibt fast das Herz stehen, als er den betrunkenen Mann so mit *Frau Nurse* reden hört. Er will aufspringen und ihn mit Fäusten bearbeiten. Er weiß, dass es allen Jungen so geht. Sie wollen den alten Soldaten beißen und kratzen und boxen und treten. Ebenso geht es den Männern, die Zeitung lesen und ihre Pfeifen stopfen. Und den strickenden Frauen – alle würden sie den betrunkenen Kerl am liebsten zusammenschlagen. Aber keiner tut es. Keiner rührt sich. Nicht mal den kleinen Finger. Nicht einen Mundwinkel.

Der betrunkene Mann wankt den Gang hinauf, singt lauthals von in der Erde modernden Knochen. *Frau Nurse* muss ihm ausweichen. Der betrunkene Mann schiebt sich den Gang hinab und verbreitet einen üblen Mief. Dann macht er kehrt und kommt mitsamt seinem Mief wieder zurück. Der leere Ärmel ist ihm aus der Jackentasche gerutscht und streift nun die Banklehnen, so wie das Cape von *Frau Nurse* es tut, wenn sie durch den Gang geht.

Er bleibt bei ihnen am Tisch stehen, lässt sich mit jedem einzelnen Gesicht Zeit, während ihm laute Atemstöße aus der Nase kommen. Dann sagt er: »Seht sie euch an – seht nur! Ferkelchen auf dem Weg in die Schweinemast. Ja, genau, ab in die Schweinemast für den amerikanischen Markt. Unsere kleinen Mastferkelchen.«

Er dreht sich den übrigen Passagieren zu, fuchtelt mit seinem einen Arm in der Luft. »Haben dafür ... ihre Väter ihr Leben geopfert? War das der Sinn und Zweck des Ganzen – dass unsere kleinen Ferkel für die Amis gemästet werden? War es so? Kann mir das mal jemand verraten?«

Dann wendet er sich wieder ihrem Tisch zu, schiebt das Kinn vor, grunzt und quiekt. »Oink, oink, Schwein-ein-einerei.«

Dann reicht es ihm mit den Schweinegeräuschen, und er torkelt aus dem Waggon.

Als er weg ist, sagt niemand einen Ton, begegnet einem Blick. Lange ist nichts zu hören, außer dem Zug und Brunos leisem Wimmern.

Der Zug stampft weiter. Bevor es dunkel wird, färbt sich der Himmel violett. Im purpurvioletten Spiegel des Fensters das Cape von *Frau Nurse* und das Weiß ihres Kittels, und verschwommen ihr hübsches Gesicht, dazu ihr komischer Akzent, als sie fragt, ob Erich und Bruno beim Zubereiten des Essens helfen wollen. Ihre Umrisse, die sich hinter dem Tisch herausschieben. Herausschieben mit hängendem Kopf.

Hin und her, von einem Jungen zum Nächsten, wortlos werden Äpfel verteilt. Äpfel und dann die schwarzen Kanten Brot mit Butter. Zuletzt die kleinen Flaschen Milch. Dann setzen sich Bruno und Erich wieder.

Draußen steigt eine deutsche Nacht aus der Dunkelheit, den Weg weisen mal die kleinen Lichtsprengsel eines Bergdorfs, mal eine Reihe Straßenlaternen.

Drinnen ein gelb erleuchteter Zug. Wie seltsam, so viele Lichtpfützen so dicht beieinander zu sehen. Wie seltsam, überhaupt Licht zu sehen. Hinter unverdunkelten Fenstern zu sitzen, während ein Zug auf Schwingen schwarzen Rauchs dahinfliegt. Seltsam auch, dass die Menschen draußen direkt reinsehen können. Auf die Reihen von Jungen im grellen gelben Licht, die einzelnen Jungen zwischen ganz normalen Passagieren in ihren sauberen, aber nicht neuen Sachen. Verschämt und still, bedächtig und möglichst unferkelhaft ihre Kanten Schwarzbrot kauend.

2

Er öffnet die Augen – und ist auf der Sitzbank am Fenster wieder allein. Er hat den Kopf in der Hand, den Ellbogen auf dem Henkel des Korbs. Der Mann mit den langen Fingernägeln ist fort, gegenüber döst stattdessen eine füllige Frau. Ihr Kopf schlackert und schlenkert mit dem Zug im Takt, als hätte ihr jemand das Genick gebrochen. Und nun sieht er, dass die Tortenschachtel auf dem Boden liegt, das Weiß rot verschmiert. Mit der Kuppe seines kleinen Fingers hebt er den Deckel an und lugt hinein – übrig sind nur ein paar blättrige Teigflocken und zwei, drei Kleckse Gelee.

Er hat die Torte – Hand um gierige Handvoll – verschlungen, bevor er eingeschlafen ist. Er hat gerade lange genug was von ihr gehabt, um den ersten Tunnel zu überstehen, und da er ja nur den ersten Tunnel fürchtet, hat sich die *Tarte* offenbar doch gelohnt.

Aber unschlagbar war sie eigentlich nicht. *Frau Aunt* hatte recht: Der Bäcker war ein Schleimer und Halsabschneider.

Seine Hände sind klebrig. Sein Mund pelzig vor übersüßer Fruchtfüllung. Sein Bauch schmerzt vor Gier und Scham und inzwischen Grauen, wenn er daran denkt, wie leicht er auffliegen kann. Er schraubt die leere Schachtel zu einer Schmetterlingsform zusammen und schubst sie mit der Ferse unter die Bank. Er wird die *Tarte* nicht erwähnen – als wäre sie nie gewesen. Aber wenn Mrs Kaplan schreibt und sich für die anderen Mitbringsel im Korb bedankt? (Wahrhaft köstlich, die Apfeltorte, und die französische Paté vorzüglich ...) Dann wäre *Frau Aunt* eingeschnappt, wenn von der Erdbeer*tarte* gar keine Rede war. Sie würde gleich antworten und nachhaken (es steht zu hoffen, dass Ihnen auch die *Tarte* geschmeckt hat ... ich für meinen Teil hoffe, dass Ihnen auch die Tarte gemundet hat ... Vielen Dank auch für den Verzehr der Erdbeer*tarte* aus der sehr teuren französischen Bäckerei in der Fifth Avenue). Vielleicht sollte er lieber gleich den ganzen Korb verschwinden lassen? Er könnte so tun, als hätte der Mann mit den langen Fingernägeln ihn mitgehen lassen. Er könnte ihn aus dem Fenster werfen. Im Waschraum liegen lassen? Aber wenn er das Fenster ganz aufschiebt, wacht garantiert die Dame gegenüber auf, und wenn er den Korb im Waschraum lässt, findet ihn wahrscheinlich Harrys Schaffnerfreund, und der wird nicht lang brauchen, um dahinterzukommen, wem er gehört, und wenn Mrs Kaplan in Boston zusteigt, steht dann der Schaffner vielleicht schon an der Tür und hält ihr den Korb hin. Er steht auf und schiebt den Korb so weit von seinem Koffer wie nur möglich auf die Gepäckablage. Er wird den Korb schlicht vergessen. So tun, als hätte er einfach nicht mehr an ihn gedacht und wäre ohne ausgestiegen. Er wird es nicht merken, bis sie bei Mrs Kaplan ankommen, und da wird es zu spät sein.

Als er sich wieder setzt, entdeckt er einen Fleck an seiner Hose. Er feuchtet einen Finger an und will den Fleck mit Spucke wegreiben. Er rubbelt daran, aber davon wird alles nur schlimmer. Er holt sein Taschentuch hervor und versucht es damit. Der Fleck verteilt sich über den ganzen Schenkel. Jetzt sieht es aus, als hätte er in die Hose gemacht. Er reibt immer wilder an dem Fleck. Ihm brummt der Schädel. Er wird es leid, den Fleck loswerden zu wollen, leid, die Augen offen halten zu sollen. Leid, sich wegen so einem blöden Kuchen mit angeberischem französischem Namen zu plagen. Er schiebt sich wieder in die Ecke und lehnt den Kopf ans Fenster. Wie gut es tut, den Kopf ans kühle Glas zu legen, die Bewegung des Zugs sich in seinen Schädel und ins Hirn winden und alle Sorgen wegschaukeln zu lassen.

Er findet zu *Frau Nurse* zurück. Sie sind auf dem Zug-WC. Seine Füße. Seine Füße baumeln über dem Boden, die Hose hängt ihm um die Knöchel, sein Schniedel, krumm wie eine dicke Made, tut gar nichts. Er ist zwischen der Schmach von alledem und der Freude hin- und hergerissen, ihre langen, verlässlichen Hände um seine Taille zu spüren, den Duft ihrer Seife zu schnuppern.

Sie sagt: »Meine Augen sind zu, ich schau gar nicht hin. Also los. Lass es laufen.«

Über ihnen im Dach flackernde Licht-Einschusslöcher. Und er redet und redet beziehungsweise fragt vor allem, damit sein bisschen Plätschern von den Zuggeräuschen und seinen Fragen übertönt wird.

»Warum ist es hinter den Löchern so hell, ist die Nacht schon zu Ende?«

»Wir passieren einen Bahnhof. Du weißt doch – keine Verdunkelung mehr.«

»Aber nicht Berlin?«

»Wie oft muss ich dir das noch sagen, um Berlin machen wir einen Bogen.«

»Also keine langen Tunnel, *Frau Nurse*?«

»Keine langen Tunnel, genau.«

»Aber der betrunkene Soldat. *Frau Nurse*, warum hat er gesagt, du bist Amerikanerin, wenn du Engländerin bist?«

»Das bin ich.«

»Aber was machst du dann in einem amerikanischen Lager?«

»Wir sind Alliierte.«

»Alliierte – sind das nicht die, die uns tot haben wollen?«

»Nein, das sind die auf derselben Seite – wie du und ich, wir sind auf derselben Seite.«

»Aber wenn es wieder Krieg gibt, sind wir dann auch auf derselben Seite?«

»Es wird keinen Krieg mehr geben, glaub mir. Und jetzt pscht, konzentrier dich, wir wollen doch hier nicht die ganze Nacht hocken. Himmel, mir brechen die verflixten Arme ab.«

»*Frau Nurse* – weißt du was? Im letzten Lager hat ein Junge gesagt, es sind überall in ganz Deutschland Menschen in Gärten und Parks vergraben. Und im Meer, tote Matrosen, die manchmal hochkommen und im Wasser treiben. Das hat er gesagt.«

»Hat er das?«

»Ja. Und einmal, nach einem Luftangriff, habe ich ein totes Pferd gesehen, und ein Mann hat gesagt, das haben die Amerikaner aus einem Flugzeug mit einem Maschinengewehr totgeschossen, weil die Amerikaner Pferde hassen, weißt du.«

»Und was ist mit den Cowboys? Gerade die sind doch Amerikaner, und die lieben Pferde, oder nicht?«

»Oh ja. Die Cowboys. Haben die auch im Krieg gekämpft? Ah, jetzt, *Frau Nurse*, jetzt kommt es, glaub ich, jetzt, jaaa.«

Er macht die Augen einen Spalt weit auf, sieht, dass seine Füße mühelos den Boden erreichen – in ihren amerikanischen Sneakers. Er hört amerikanisches Raunen, er sieht gekreuzte Frauenknöchel in hellen Strümpfen, blank geputzte Schuhe mit Goldschnallen und den Saum eines Blumenkleids. Er hebt ein klein wenig das Kinn, und jetzt erscheinen in dem Spalt etwas mehr von dem Kleid und im Schoß Hände in weißen Spitzenhandschuhen. Und weiter links, das Bein eines Jungen, Füße in Sandalen, die unter die Bank zurückschwingen und wieder vor.

Er versucht, in Gedanken bei *Frau Nurse* zu bleiben, ihrem Geruch nach Zitrone und Seife; er möchte ihr von allem erzählen, was er je gesehen hat, allem, was er weiß. Er möchte ihr Fragen über Fragen stellen, nur um ihre Stimme zu hören.

Frau Nurse, die ihm hilft, die Hose hochzuziehen, die seine Hand nimmt und sie unter das fließende Wasser hält. »Sag es auf Englisch: *water*.«

Er sagt es.

»Nicht *V*ater, *wwa*, *water*. Sag es noch mal. Gut. Und noch mal.«

»Aber warum muss ich es noch mal sagen? Und noch mal?«

»Weil du lernen sollst, Englisch zu sprechen.«

»*Wwa, wwa, water*. Aber warum muss ich Englisch sprechen?«

»Weil sie da, wo du hinfährst, eben so sprechen. Und außerdem musst du lernen, nicht so viele Fragen zu stellen.«

»Was für Fragen?«

»Die vielen Fragen über den Krieg, schon mal. Du musst aufhören, von Soldaten und toten Pferden und Maschinengewehren zu sprechen – dem ganzen Grauen. Wo du hinfährst, hat es keinen Krieg gegeben. Zumindest nicht vor der eigenen Haustür. Du solltest ihnen den nicht mitbringen.«

»Was mitbringen?«

»Den Krieg.«

»Ha, das ist lustig! Wie sollte ich einen Krieg mitbringen?«

Frau Nurse hebt ihren langen Finger, tippt ihm auf drei verschiedene Stellen: seine Stirn, seinen Bauch und sein Herz.

»Du kannst ihn hier und hier und hier drin mitbringen«, sagt sie.

Er macht die Augen jetzt eine Spur weiter auf. Vom Ende der Sitzbank her quäkt die Stimme eines Jungen: »Schau mal, Grandma, er ist wach, er macht die Augen auf!«

Das Blumenkleid regt sich, darüber taucht das Gesicht einer Frau auf und spricht. »Sieh da, du Schlafmütze! Wir waren schon drauf und dran, dich zu wecken! Aber da bist du ja wieder, genau rechtzeitig zu unserem viel bewunderten Sonnenuntergang. Ich bin Mrs Kaplan, und dieser junge Mann hier ist mein Enkel Richie. Willkommen im ›Schmalen Land‹ – so nennen wir dieses enge Stück von Cape Cod.«

»Frag ihn, Grandma«, quäkt der Junge wieder, »frag ihn, ob das da oben auf der Ablage sein Korb ist!«

Er reißt die Augen auf, wendet sich dem Zugfenster zu – Deutschland ist weg. Statt schwarz vereister Flüsse und Wällen aus dunklem Wald sind da flache, sanfte Hügel und weites offenes Grasland.

Sein Blick wandert zwischen Abteil und Aussicht hin und her. Ringsum ist alles in Rot getaucht – der Junge, die Frau, die Sitzbänke, die Hügel draußen, der kleine Bahnhof. Alles.

Mrs Aitch

Seine bedächtigen Schritte knarren im Atelier, während sie in der Küche verfolgt, was sich tut. Pinselstiele klappern im Holzkasten, es wird in fast leer gequetschten Farbtuben gekramt. Jetzt das Geräusch von Hand verschobener Gläser und Ölkännchen auf dem hinteren Bord. Er rafft den Nachmittag an sich, trifft seine Wahl.

Erneut Schritte, dann lange nichts. Da weiß sie, dass er jetzt am Nordfenster steht; die langen Arme mit den auf dem Rücken verschränkten Händen bilden eine Klammer. Sie stellt ihn sich dort vor, schräg ins Fenster gelehnt, der Rücken neuerdings gebeugter als früher, die Unterlippe nachdenklich schmal. Dann das große, gutmütige Gesicht, er hält mit der Langmut eines Fischers Ausschau. Er wartet auf seinen Himmel.

Sein Kopf ist frei, nichts hemmt oder verwirrt, der Samstagnachmittag dürfte längst verpufft sein. Warum sollte er sich auch mit dem Samstag aufhalten – fast drei Tage her, immerhin! –, wo es weit Wichtigeres gibt als eine Frau und ihr zernagtes Herz.

Die langbeinigen Badenixen vom Haus weiter drüben werden womöglich erneut einen Blick erhaschen können, wenn sie zu ihrem Strandnachmittag die Stufen hinabkommen. Er aber wird sich nicht lange mit der Frage aufhalten, warum sie seit dem Samstagnachmittag einen anderen Weg einschlagen, rechts Richtung Pamet Harbor abbiegen, statt wie zuvor links. Weil er das alles vergessen hat, und auch, wie es kam. Wie sie den Kopf hingehalten hat, sie ihr ins Gesicht gelacht haben, ihre im Bemühen, zu erklären, Spucke sprühenden Worte: Mein Mann hat es nicht gern, wenn er gestört wird, verstehen Sie, sieht ungern Fremde sich an *seinem* Strand tummeln, ihm *sein* Bad verderben, *sein* Licht nehmen, wenn er malen will, verstehen Sie, oder auch einfach stundenlang dastehen und wie ein Simpel in die Luft gucken. Er ist sehr bedeutend, wissen Sie, mein Mann. *Mein* Mann. *Mein* ...

Sie zieht ihren kleinen Pferdeschwanz straff und öffnet die Speisekammer. Hübsch aufgereihte Dosen: Quebecer *Soupe aux pois*, Boston Chowder, diverse Bohnengerichte, Mais und Pfirsiche – damit wird er schon ein paar Tage über die Runden kommen. Sie zieht den Dosenöffner aus der Halde schmutzigen Geschirrs in der Spüle und legt ihn gut sichtbar bereit. Sie jedenfalls wird ihn nicht brauchen. Sie wird nämlich nichts essen. Um nichts von alledem wird sie sich scheren: kochen, putzen, waschen oder sich den Kopf zerbrechen, was sie ihm bloß wieder vorsetzen soll. Soll er sich doch eine Zeit lang selbst versorgen, mal sehen, wie ihm das schmeckt.

Sie wechselt an den Küchentisch, rückt ihren Stuhl so zurecht, dass sie, wenn sie will – aber vielleicht will sie ja gar nicht –, durch den Türspalt das Atelier im Blick hat. Dann hebt sie ihren Handarbeitsbeutel vom Boden hoch und setzt ihn wie einen kleinen Moppel auf ihren Schoß.

Sie dürften sie für verrückt gehalten haben, diese Sonnenanbeterinnen. Sie dürften abends nach dem Essen nur das eine Thema gekannt haben. Während sie sich draußen auf der eigenen oder der Veranda flüchtiger Sommerbekannten zu Schallplattenmusik und zu geschwenkten Cocktails über ihre kleinen Abenteuer austauschten, gegenseitig Sommer-Tipps gaben – wo man am besten ein Boot mietete, den besten Streifenbarsch vorgesetzt kriegte, eine verlässliche Babysitterin fand. Und dann, während sie sich noch über die hiesigen Sonderlinge ausließen (die strichdünne Frau, die zu jeder Nachtstunde allein durch die Gegend streift, das nicht mehr taufrische Paar, das gern hinter dem alten Kühlhaus poussiert), sagte jemand vielleicht: »Ich bin bei den Felsen nach der Flut fast auf einen Seeigel getreten; bis ich die Stacheln alle herausgehabt hätte! Lieber gar nicht dran denken.«

Und es würde jemand einwerfen: »Apropos Stacheln, wir sind da am Strand einer reichlich kratzbürstigen, ziemlich verrückten Alten –«

»Sag bloß – ich weiß, wen du meinst! Die kennen wir. Die kennt jeder! Ist ja köstlich!«

Und in null Komma nichts würden auch die Einheimischen von der Sache gehört haben, jeder im Bilde sein – selbst Mrs Sultz in ihrem Heim würde davon hören.

Verrückt. Alt. Werden sie sie nennen.

Sie weitet das Maul des Zugbeutels und schiebt ihre Hand in einen weichen Wust von Stoffresten. »Verrückt mag ich sein«, murmelt sie, »aber alt bin ich nicht. Siebenundsechzig ist doch nicht *alt*.«

Sie war bloß zu schnell den Hang hinuntergeeilt, daran lag's. War atemlos und heftig blinzelnd angekommen, Schweiß in den Augen. Sie hatte sich nicht einmal frisiert, ehe sie zur Tür hinausschoss und wie ein bissiger, belfernder Hund an den Strand stürmte. Sie hatte sich ereifert. Sich wie ein Hofhund für seinen Herrn ereifert. Nur warum? Welchen Grund hat sie, sich so zu ereifern? Ist ihr denn wirklich so wichtig, wer sich bei ihnen in den Sand legt oder nicht? Sie hier als Eremitin auf ihrem Hügel, wo es im Umkreis von Meilen keine Nachbarn gibt, müsste sie gelegentliche Störenfriede da nicht eher willkommen heißen? Hat sie es etwa nicht genossen, abends – auf ihrer Felsnase für andere unsichtbar – über ihren Knüpfteppich gebeugt den Stimmen zu lauschen, die vom Strand aufstiegen? Sie hätte sich anfreunden, statt die Damen mit gefletschten Zähnen anknurren sollen.

Wie oft hat Mrs Sultz ihr nicht schon geraten: »Es ist nicht an Ihnen, Ihren Mann vor der Welt zu schützen, meine Liebe, Sie müssen eigene Freundschaften pflegen, Sie dürfen nicht nur durch ihn leben.«

Sie hätte sich erst ein bisschen herrichten, dann in aller Ruhe zum Strand hinabsteigen und sich unaufgeregt vorstellen müssen. Vielleicht sogar eine Kleinigkeit anbieten können – Kekse oder Äpfel. Nicht, dass es bei ihnen Kekse oder Äpfel gibt. Und doch. Sie hätte ja einen Tag warten, morgens nach Wellfleet fahren und Kekse besorgen oder – warum nicht? – einen Kuchen backen können. Das Schoko-Ding, das sie ihm zum Fünfzigsten gemacht hat, war nicht übel gewesen – lange her, natürlich, aber wahrscheinlich würde sie das schon noch hinkriegen.

Tag, hätte sie mit einem freundlichen (aber nicht *übertrieben* freundlichen) Lächeln sagen können. Ich wohne in dem Haus dort oben; ich dachte, vielleicht mögen Sie ein paar ... Äpfel, Kekse, was immer.

Sie hätte erst einmal mit dem Hund spielen, mit den Kindern reden und sich nach und nach zu den Erwachsenen vorarbeiten können. Nur ein paar Minuten bleiben, wohlgemerkt – das erste Mal jedenfalls –, ehe sie wieder ganz unbekümmert heimkehrte. Sollte er sie durchs Fenster doch anblitzen, wie er wollte.

Dann könnte sie jetzt in diesem Moment dort unten sein, auf einem Strandtuch sitzen, aus einer Thermoskanne Tee trinken und gemeinsam Picknick machen, sich unterhalten. Unterhalten! Über alles und jedes, Gott und die Welt, wie es nur Frauen verstehen. Und nicht nur unterhalten. Sie würde auch zuhören. Sie würde sich *zwingen*, zuzuhören, und nicht dem Drang nachgeben, sie alle mit ihren Ansichten zu überrollen. Das könnte sie. Keinesfalls würde sie sich hinreißen lassen, zu reden und reden und reden – wie hatte er es so hundsgemein formuliert? Endloses Altweibergerede, *horror vacui* – die Scheu vor der Leere. Der selbstgefällige Zug um seinen Mund, als er das sagte.

Außerdem wäre sie ja nicht jeden Tag hinabgestiegen. Zwei-, dreimal vielleicht, zur Abwechslung. Sie waren natürlich jünger, aber *so* jung auch wieder nicht; die Älteste – hatte sie sich als Annette Staines vorgestellt? – war bestimmt Anfang fünfzig. Und jüngere Frauen waren doch oft dankbar für den Rat einer Frau, die vom Leben mehr verstand. So wie sie einst Mrs Sultz, vor dem Zerwürfnis.

Irgendwann hätten sie sie gewiss zu sich eingeladen. Langsam wäre sie Teil der kleinen Gruppe auf der Veranda geworden, ihre Stimme eine weitere Klangfarbe in dem Spektrum, das abends vom Haus der Kaplans herüberweht. Lachen und Reden und Musik. Sie könnte ihren Schallplatten aus nächster Nähe lauschen, statt anhand der Fetzen raten zu müssen, was gerade läuft. Sinatra. Duke Ellington, die ganzen anderen Jazzsachen. Und später dann, wenn die Freundschaft sich langsam festigte – so nach vierzehn Tagen etwa –, hätte sie selbst zum Tee bitten können. An einem der Tage, da er sich auf Motivsuche nach Orleans oder Eastham oder wohin auch immer begab. Sie hätte sagen können – ganz beiläufig natürlich, als wäre es ihr gerade eingefallen – : »Wollen wir nicht alle hinaufgehen, uns einen Tee gönnen oder Limonade? Ich habe herrlich reife, saftige Pfirsiche.«

Sie hätte sie durchs Haus führen können. Und sie hätte ihnen die Bilder zeigen können. *Ihre* Bilder.

»Oho, Sie stellen aber Ihr Licht ordentlich unter den Scheffel, wie?«, würden sie scherzen. »Sie haben nie erwähnt, dass Sie Malerin sind.«

Sie würde es abtun, als käme es nicht weiter drauf an. »Ach, ich mache nicht gern viel Aufhebens«, würde sie sagen und Teetassen reichen. So in der Art.

Sie wühlt in ihrem Handarbeitsbeutel, sucht Blautöne zusammen: Preußisch-, Himmel-, Kobalt-, Mitternachtsblau. Dann ein paar Streifen Kardinalrot. Ein halbes Dutzend Grünschattierungen. Zu viel Schwarz. Nicht genug Weiß. Zu wenig Rot. Nicht ein Fitzelchen Gelb.

Ach, was lügt sie sich da in die Tasche? Selbst wenn sie sich mit den Frauen am Strand hätte anfreunden können, es liefe aufs Gleiche hinaus wie bei allen anderen sogenannten Freundschaften, die sie über die Jahre geschlossen hat. Sobald andere hören, wer ihr Mann ist, verlieren sie an ihr jedes Interesse. Warum soll sich auch jemand für eine interessieren, die im Schatten eines solchen Giganten lebt? Wer sich scheut, ihn direkt anzusprechen, will wenigstens *über* ihn sprechen. Und damit wäre das Ganze hinausgelaufen, worauf es immer hinausläuft: dass sie die nützliche Idiotin gibt, gut Wetter macht, sich vorschicken lässt in den Garten, um die Äpfel zu holen.

Zwei Frauen, die Ältere in einem schwarzen Badeanzug, die andere in so einem tomatenroten Trikot. Ein Junge mit Hund. Seit ein paar Wochen kommen sie jeden Nachmittag. Errichten ihr kleines Lager aus Strandtüchern und Streifenschirmen, Picknickkorb und großem bunten Strandball. Mit Hund, der seine Haufen wie Cornetti in den Sand setzt und gar nicht daran denkt, sie zu verscharren.

Bald sind es drei Frauen und ein Junge. Die Dritte, jünger und stämmiger als die anderen, trägt den Korb – offenbar eine Hausangestellte. Am Donnerstag sind es vier Frauen und ein Junge. Am Freitag glaubt sie schon, sie sind fort, aber wie sich herausstellt, haben sie nur mal pausiert. Denn am Samstag sind da sieben Frauen, zwei Jungen, ein Hund und ein Mann – er und eine der Frauen kurioserweise voll bekleidet; er in einem sandfarbenen Anzug, sie in langen Hosen und auf dem Kopf einen breitkrempigen gelben Hut.

»Wo die bloß alle herkommen« – mehr sagte er nicht oder hatte er dazu nicht zu sagen. »Da muss wohl irgendwo ein Nest sein.«

Bis sie den Strand erreicht hatte, waren der Mann und die Frau mit dem großen gelben Hut Richtung Pamet Harbor weitergezogen. Dafür stand eine Frau im gepunkteten Badeanzug mit Blumenbadekappe knöcheltief im Wasser. Der reguläre Junge war schon richtig drin, warf sich mit dem Hund über die Wellen, während der neue, flüchtig nur aus dem Augenwinkel gesehen, ein Schemen im Hintergrund blieb.

Die Älteste der Frauen war die im schwarzen Badekostüm. Sie stand mit leicht geneigtem Kopf lächelnd da und schob sich Haarsträhnen unter die Kappe. »Ich bin Miss Staines, aber nennen Sie mich doch Annette«, sagte sie, obwohl sie keinerlei Wunsch geäußert hatte, sie überhaupt irgendwie zu nennen. Zwei andere Frauen kicherten abseits, eine wand sich gerade aus einem Strandkleid, die andere rieb ihre Arme mit Öl ein. Die Hausangestellte, Mexikanerin, breitete Strandlaken über den Sand und hob nicht einmal den Kopf. Es war vielmehr die mittlere Frau – die in dem tomatenroten Trikot, Mitte vierzig etwa, aber alles andere als gesetzt –, die ihnen den ganzen Ärger einbrockte.

»Wir kommen schon den ganzen Sommer an die Fisher's Beach«, sagte sie und zupfte eine Zigarette aus der unter einen Träger ihres Badetrikots geklemmten Schachtel. »Das ist quasi unser Stammplatz, wissen Sie.«

»Es ist aber vielmehr so ...«, hob sie an, tat sich mit der Erklärung dann allerdings schwer. Sie schnappte nach Luft, verlor den Faden, während die Bade-Tomate mit keckem Blick rauchte, eine lange dunkelrote Haarsträhne unter ihrer Badekappe hervorwehte und an ihren Lippen hängen blieb.

Sie erinnert sich, »mein Mann« gemurmelt zu haben, aber kaum, was sie sonst gesagt hatte. Irgendetwas offenbar schon, denn die Bade-Tomate schoss gleich zurück: »Also ehrlich, das ist doch lachhaft.«

»Tut mir leid, dass Sie das so empfinden, aber fest steht –«

»Meine Freundinnen sind extra aus Boston hergefahren, sie möchten sich vor der Rückfahrt noch eben erfrischen, und Sie behaupten ...«

Die gepunktete Frau kam schwerfällig aus dem Wasser gewatet. »Was ist denn los?«, fragte sie und trat zu ihnen.

»Die Dame behauptet, diesen Abschnitt des Strands dürften wir nicht betreten.«

»Bitte?«

»Sie sagt, das störe ihren Mann.«

»Oho, so einer, wie?«

»Wenn Sie mich doch erklären lassen würden ... ich will doch nur –«

Da plötzlich war sie von sämtlichen Frauen umringt gewesen. Umstellt von Badeanzügen und Beinen, engen, haarlosen Köpfen unter Gummikappen, großen, höhnischen Augen. Angriffswütigen Rieseninsekten. Ihre Hand hatte zu zittern begonnen. In ihrem Mundwinkel hatte sich Spucke gesammelt, aber sie wagte nicht, sie wegzuwischen, weil niemand ihre zittrige Hand sehen durfte.

»Mein Mann ... nun, mein Mann ... ich will sagen. Egal, ob er da ist oder nicht, der Ort muss ... mein Mann braucht Ruhe, um ... Das ist *unser* Strand, und *er* –«

Da hatte ihr die Bade-Tomate schlicht ins Gesicht gelacht. Ein schrilles, grausam peitschendes Lachen. »Tja, dann sollten wir uns wohl lieber auf schnellstem Weg in die nächste Bucht zurückziehen, wie? Dazu müssten wir natürlich sein Blickfeld durchqueren, macht hin und zurück jeweils ungefähr dreißig Sekunden. Ob er wohl in der Lage ist, das zu ertragen? Ihr Mann? Dieser so überaus bedeutende Mann?«

Sie hatte ihren ganzen Mut zusammengenommen und die Bade-Tomate von Kopf bis Fuß gemustert. »Sie sind neu hier«, hatte sie bemerkt, »und wissen vermutlich nicht –«

»Entschuldigen Sie mal, wir kommen seit fünf Jahren nach Cape Cod.«

»Aber offenbar nicht an diesen Strandabschnitt, und ich versichere Ihnen, wir haben eben wegen der Abgeschiedenheit hier gebaut. Hätten wir Gesellschaft haben wollen –«

Die älteste Frau, die sich als Annette vorgestellt hatte, legte der Bade-Tomate, immer noch über beide Ohren grinsend, eine Hand auf den Arm und trat vor. »Sie kennen doch sicher Mrs Kaplan; diese Dame hier ist ihre –«

»Aber ja. Mrs Kaplan. Natürlich kenne ich Mrs Kaplan. Bitte, fragen Sie sie doch. Sie wird Sie sicher gern aufklären.«

Immer noch zitternd, war sie zurückgewichen. »Es gibt hier mehr als genug andere Strände, wissen Sie. Sie brauchen sich nur, wenn Sie die Treppe hinabgestiegen sind, statt nach links nach rechts zu wenden, endlose Strände bis nach Provincetown – Sie haben die freie Wahl. Nur nicht diesen.«

Die Bade-Tomate ging in die Hocke und schraubte ihre Kippe in den Sand. Dann pfiff sie, noch während sie sich aufrichtete, erst nach dem Hund und dann nach den Jungen.

»Kommt, Kinder«, rief sie, »machen wir uns lieber aus dem Staub, bevor man uns noch die Cops auf den Hals hetzt.«

Als sie schließlich wieder am Haus angelangt war, kriegte sie kaum noch Luft. Er kam ihr in der Küche entgegen.

»Was hast du ihnen gesagt?«

Sie konnte nicht gleich antworten – ihr fehlte für die Worte der Atem –, also setzte sie sich auf die Fensterbank und presste sich beide Hände an die Brust, als müsste sie ihr Herz festhalten.

»Was hast du ihnen gesagt?«, wiederholte er.

»Ich habe ... gesagt ... Moment noch. Warte, warte. Ich weiß nicht, was Mrs Kaplan ... sich denkt ... erlaubt ... solchen Leuten! Ziemliches Biest. Die eine ... die in Rot.«

»Und du hast gesagt?«

»Ich habe gesagt, dass es unser ... Strand ist und sie nichts ... hier nichts zu suchen hätten, und ich habe versucht, ihnen klar... zumachen, wer ... du bist, aber ... die wollten ... nicht hören. Dass du ... deine Ruhe brauchst. Wenn du ... weißt du ... arbeiten willst. Oder baden. Oder ... einfach entlanggehen. Dass hier ... kein ... Durchgang ist –«

»Du hast sie vom Strand gejagt?«

»Natürlich.«

»Wozu das denn, verdammt?«

»Weil du es ... doch wolltest –«

»Habe ich das gesagt? Dass ich das will?«

»Nein, war ja nicht nötig. Das wusste ich auch so.«

»Was wusstest du, wenn ich fragen darf?«

»Dass sie dich stören. Das wusste ich.«

»Falsch, sie haben mich nicht gestört. Ich will nicht malen, und ich will keinen Strandspaziergang machen, und wenn ich baden wollte, wie sollte mich eine Handvoll Leute daran hindern? Sieh doch hin, es gibt eine ganze, weite Bucht zum Schwimmen. Und jetzt verrate ich dir mal, was ich mehr als alles andere *nicht* will. Ich will nicht, dass meine Frau sich in meinem Namen etwas verbittet. Das brauche ich wahrhaftig nicht – deine ständige Einmischung.«

An das, was folgte, mag sie gar nicht denken. Und kann doch

nicht anders, als es wieder und wieder durchzuspielen – seit sie sich wieder gefangen hat und zur Wehr setzen kann.

Nach dem Streit eine schlaflose Nacht, jedenfalls die paar Stunden, die davon noch blieben. Die hatte sie weinend auf dem Estrich des kleinen Staubodens verbracht. Er hatte natürlich das Schlafzimmer requiriert und wahrscheinlich die ganze Nacht selig geschnarcht. Sie hatte zwei ihrer mexikanischen Lieblingsschalen an die Wand geworfen, ihn mit allem bombardiert, was zur Hand war: den Schalen (warum hatte sie nicht etwas von ihm zerdeppert?), mehreren Büchern, dem Besenstiel, den er ihr entrissen und über dem Knie entzweigebrochen hatte. Was war es für ein erbitterter Kampf gewesen. Bitter und schändlich. Aber immerhin hatte sie ebenso – nein, härter – ausgeteilt, als sie einstecken musste. Dem hatte sie gezeigt, was Einmischung heißt!

Nur in die Hand hätte sie ihn nicht beißen dürfen. Er sie aber auch nicht über den Boden schleifen. Auch wenn er sie bloß vom Atelierfenster wegzerren wollte. Das Fenster, das sie mit dem Besenstiel hatte einschlagen wollen – warum sie das, um alles in der Welt, für einen geschickten Zug hielt, wusste sie nicht. Als wäre das Fenster schuld, weil es den Blick auf den Strand und die Sonnenanbeterinnen bot. Angenommen, es wäre ihr gelungen, ein Loch hineinzuschlagen, angenommen, sie hätte jede der sechsunddreißig Scheiben einschlagen können. Was hätte das schon bewirkt? Sie wären repariert und wieder in den vorigen Stand gesetzt worden. Während Worte – die lassen sich nicht zurücknehmen. Worte sind die tödlichsten Waffen, unerbittlich, böse, krank. Schnitte man sie auf, würden sie eitern.

Sie zupft einen Stofflappen aus dem Beutel, nimmt die Schere und fährt mit ihr in langen, gleichmäßigen Abständen hindurch.

Diesmal ist immerhin kein Blut geflossen. Diesmal. Diesmal hat sie ihn nur gezwickt. Sie hat ihm gesagt, »Lass los, oder ich beiße zu!«, hatte ihn gewarnt: »Lass mich, oder ich beiße zu. Lass mich!« Er war gewarnt.

Und doch: die Hand. Ausgerechnet die Hand.

Seither nur selbstgerechtes Schweigen. Er kommt, er geht. Er verschwindet stundenlang, mal im Auto, mal zu Fuß. Und nicht ein Wort hat er ihr entgegengeschleudert, nicht mal Adieu.

Etwas verkrallt sich in ihrer Magengrube, Galle steigt ihr in den Rachen. Sie hat seit dem Streit nichts gegessen. Am Morgen danach war sie aufgestanden und hatte ebendiesen Beschluss gefasst – nichts zu essen. Und das wird sie nicht, bis er sich entschuldigt oder sie verreckt. Weil er aber außerstande ist, sich zu entschuldigen, wird sie eben verrecken müssen. Sie weiß, dass ihr Verhalten kindisch ist, aber es bietet ihr Halt. Einen Plan – wie sinnlos auch immer.

Denn wen interessiert schon noch, ob sie lebt oder stirbt? Sollte er eines Tages von einer seiner Unternehmungen heimkehren und sie unterdessen auf dem Fußboden zu ein paar alten Knochen im Kleid zerfallen sein – würde er es überhaupt bemerken?

Männer sind undankbare Geschöpfe, nur ist er leider obendrein beneidenswert selbstbeherrscht.

Als Kind und noch bis ins Erwachsenenalter hatte sie die Hungerwaffe oft eingesetzt, um ihre Mutter zu bestrafen oder kleinzukriegen. Arme Mutter. Als wären ein trunksüchtiger Mann und ebensolcher Sohn nicht schlimm genug. Zugleich hatte die Mutter es allem Anschein nach aber auch genossen, von den Tobsuchtsanfällen der Tochter erzählen zu können und von dem Besuch, der sie warnte: »Die musst du ihr schleunigst austreiben.«

»Ich denke nicht dran – eines Tages wird sie die vielleicht noch brauchen«, hatte Mutter erwidert.

Da war sie drei gewesen, ein Winzling, und offenbar hatte Mutter schon damals gewusst, dass ihr Leben ein einziger Kampf sein würde, eine endlose Reihe von großen und kleinen Schlachten.

Heute findet sie aber, ihre Mutter hätte den Jähzorn der Tochter nicht noch fördern dürfen. Heute findet sie, die Gute hätte sie Beherrschung lehren sollen. Hätte sie selbst eine Tochter, sie würde sie ebendas gelehrt haben. Beherrschung. An der liegt es nämlich, dass ein Mann fast immer den Sieg über eine Frau davonträgt. Er gewinnt nicht, weil er schlauer wäre oder eher im Recht, sondern weil er weit weniger wahrscheinlich zulassen wird, dass Gefühle seine Entschlossenheit untergraben oder sein Hirn benebeln. Er gewinnt, weil ihm seine Beherrschung erlaubt, Ruhe zu bewahren, und das wieder erlaubt ihm zu begreifen, welche Knöpfe er drücken muss. Kein Wunder, dass sie kratzen und beißen muss! Nun, das wird ihr nicht wieder passieren. Dem wird sie schon zeigen, was Beherrschung heißt!

Sie beginnt, die bunten Stoffstreifen auf dem Tisch in einzelne Haufen zu sortieren, und fragt sich, wer ihn eigentlich gerade durchfüttert. Seit Tagen betritt er nur dann die Küche, wenn sie woanders ist, und dass er sich überhaupt dort aufhält, weiß sie nur, weil sie den Kaffeeduft riecht, ob auf ihrer Felsnase draußen oder unten im Keller oder hinter der geschlossenen Schlafzimmertür, denn andere Rückzugsorte gibt es hier bei ihnen nicht. Kaffee und möglicherweise Toast. Sie weiß jedenfalls, dass er keinen Hunger leidet, dass er wahrscheinlich besser isst als in den Phasen, da sie beide bestens auskommen miteinander. Er findet anderswo einen gedeckten Tisch. Auf seinen Streifzügen, oder wenn er nach Truro fährt – aber nein, er würde weiter fahren müssen als Truro, wenn er von den Einheimischen nicht nach seiner Frau gefragt werden will (oder schlimmer, *nicht* nicht gefragt, was hieße, dass sie sich denken können, weshalb er auswärts isst, und das allein). Wenn er also geht, wohin er auch immer geht, Provincetown oder Eastham oder vielleicht Orleans, und sich setzt, wohin er sich auch immer setzt, in eine stille Ecke jedenfalls, an ein rot oder blau kariertes Tischtuch, und wenn er auf seine langsame, bedächtige Art mit dem Besteck hantiert und den Mund zur Gabel führt und nicht umgekehrt (Kotelett mit Schmoräpfeln, am ehesten, Süßkartoffeln wahrscheinlich, Buttermais und, warum nicht, ein Klacks Rahmspinat), und wenn im Hintergrund eine Frau sich die Hände an der Schürze abwischt und fragt, ob er noch etwas wünscht, und lächelt, weil es ihm schmeckt, sagt er sich dann: Ich habe mir die falsche Frau ausgesucht, ich hätte eine häusliche nehmen müssen – eine, die ihren Platz in der Küche sieht, die nichts hat gegen Fettgeruch im Haar, einen nassen Spüllappen in der Hand? Eine, die leise ins Atelier huscht und mir einen Teller Sandwiches hinstellt, ohne den Schaffensfluss mit einem Schwall sinnlosen Geplappers zu stören. Sehnt er sich nach einer Frau, die still dasitzt und seine Kleider flickt, während er Zeitung liest? Die sich nicht im Traum aufdrängen würde, wenn er ins Gespräch mit Geschlechtsgenossen vertieft ist, eine, die ihre eigenen Ansichten lieber im Keim ersticken würde, als einer von seinen zu widersprechen? Eine Frau, die strahlt, nicht die Zähne fletscht? So eine von der Ja-Schatz-nein-Schatz-noch-etwas-Nachtisch-Schatz-Sorte?

Sie zieht ein paar Stoffstreifen zu sich heran, ordnet sie auf dem Tisch um, spielt mit ihnen, bis sie Buchstaben bilden: ein weißes H, ein lapislazuliblaues T und ein etwas schiefes N, saftgrün.

So eine hieße bestimmt Nancy – nein, Betty. Hätte einen netten, problemlosen, runden Namen. Und sie selbst wäre auch rund, vorn und hinten ausladend, einladend. Na, der guten Betty viel Glück, sie kann ihn haben. Kann ihre Tage damit verbringen, auf die Krumen zu warten, die ihm vom Schoß fallen, während er sich in seinen Erfolg hüllt wie in eine dicke warme Decke – für einen allein.

Sie schiebt den letzten Buchstaben zurecht, dann liest sie den Satz, den sie aus den Fetzen gebildet hat: ICH HASSE IHN. Ätsch!

Vor ihrem Zerwürfnis hatte Mrs Sultz ihr gesagt: »Sie sollten nicht dauernd über Ihren Mann klagen. Jede andere wäre froh, ihn zu haben. Kein Trinker, kein Schürzenjäger, handwerklich geschickt, Herrgott! Was wollen Sie denn mehr? Illoyal nenn ich das schlicht und ergreifend.«

»Illoyal? Also, wie können Sie das sagen? Loyaler kann eine Frau kaum sein, ich tue alles, alles, ich habe ihm so viel geopfert, wissen Sie, meine Karriere allein schon mal, mein –«

»Mag sein. Aber ich höre doch, was Sie manchmal ganz

ungeniert vor anderen sagen, und ich traue meinen Ohren kaum. Das dürfen Sie nicht.«

»Aber er treibt mich in den Wahnsinn – Sie wissen ja nicht, wie das ist, er ist so still. Ich bin so ... einsam – da draußen mit kaum Nachbarn. Ich muss doch, ich muss mich doch ausdrücken können. Ich muss so viel loswerden. Ich mache den Mund auf, und es platzt einfach aus mir heraus.«

»Schreiben Sie es lieber auf. Schreiben Sie alles auf und verschließen Sie es in Ihrem Herzen.«

Sie hebt den Kopf vom Tisch, riskiert durch den Türspalt einen langen, listigen Blick ins Atelier. Seine Norfolk-Jacke und die alte Mütze, die er auf Entenjagd trägt, hängen nicht wie sonst an der Staffelei. Und da sieht sie, dass er beides anhat, weil er gerade an die Staffelei tritt und nach ihr greift. Die wankt und sinkt ihm entgegen wie eine ungelenke Tanzpartnerin auf dem Parkett. Und in ihr lebt ein Verlangen auf – unerwartet, unwillkommen auf jeden Fall und doch da – nach seinen großen, starken Händen, seiner Körpermasse, dem Leinölgeruch, der von seiner bloßen Haut steigt. Flüchtig malt sie sich aus, wie sie sich auf ihn stürzt, um Vergebung bettelt, seine Hände ergreift, ihr Gesicht darin vergräbt, ja, ihr Gesicht an seinen schönen Händen reibt, reinigt.

Sie beißt sich auf die Unterlippe, packt erneut die Schere, führt sie an den Ich-hasse-ihn-Satz und säubert die zotteligen Ränder der Buchstaben. Da begreift sie: Wenn er seine Pinsel einpackt und die Staffelei mitsoll und er so lange das Licht geprüft hat – kann es dafür nur einen Grund geben. Ist es möglich? Nach diesen langen Wochen der Untätigkeit und des Missvergnügens, des Sarkasmus und Schweigens – kann er im Begriff sein, ein neues Bild zu wagen? Ist es endlich so weit? Und wenn ja – immerhin sieht es ganz danach aus –, wenn er das draußen tun will, kann es dann wirklich sein, dass er zur Natur zurückkehren will, zum Malen nach der Natur? Nach den Tatsachen, nach der Wirklichkeit, wie er gern sagt. Ihr wird warm ums Herz, bis ihr dämmert: Wenn er ein neues Bild wagt, dann soll sie offenbar keinen Anteil daran haben. Das ist die Strafe: Ausschluss. Keine Diskussion. Er wird weder Fragen noch Vorschläge zulassen, und jeder Kommentar ihrerseits wird ohne Antwort bleiben und ins Leere fallen. Er wird ihr aus dem Weg gehen. Er wird losziehen, wie er das seit Tagen tut, wird einen Anfang machen und bei seiner Rückkehr die Ausbeute in seine Ecke des Ateliers tragen und ihr entschieden den Rücken zukehren.

Davor aber wird er in seiner Norfolk-Jacke mit seiner Jagdmütze aus dem Atelier in die Küche kommen, er wird die Autoschlüssel vom Fensterbrett nehmen, und dann wird er wortlos zur Tür hinausgehen. Allein die Vorstellung, das alles den dritten Tag hintereinander ertragen zu müssen: dass er die Küche betritt und sie wie Luft behandelt, durch sie hindurchsieht, als wäre sie vor langer Zeit schon gestorben oder als hätte es sie nie gegeben. Ohne ihn ist sie ein Geist. Oder weniger als ein Geist, nie geboren. Sie wird am Fenster zurückgelassen werden, ihn mit der geschulterten Öltuchtasche und der zusammengeklappten Staffelei unter dem Arm die Holztreppe hinabstapfen sehen müssen.

Er kommt aus dem Atelier und hält auf die Küche zu. Blitzschnell verwischt ihre Hand die Buchstaben, die sie ausgelegt hat, schiebt sie zu einem Haufen zusammen. Dann beugt sie sich stirnrunzelnd über die Streifen, sortiert, als hätte auch ihr Nachmittag Ziel und Zweck, hätte auch sie Entscheidungen zu treffen.

Er betritt und verlässt erneut die Küche, und sie hält den Kopf gesenkt – sie wird nicht hochsehen, den Gefallen tut sie ihm nicht. Sie hört ihn jetzt vor dem Atelier die Treppe zum Stauboden hinaufsteigen, einen Rums, ein Rumoren. Er zerrt an irgendetwas, kämpft mit irgendetwas – was nur? Was macht er da? Sie späht kurz hinüber, als er mit einem bereits gespannten Rahmen herunterkommt.

Ja. Er wird im Freien malen, und zwar nach der Wirklichkeit, den Tatsachen. Wie lange hat er das nicht mehr getan? Wo er doch weiß, wie sehr es ihr gefällt, wenn er nach der Natur malt. Wenn er eine Stelle wählt und davor seine Staffelei aufbaut, und sich dann das kleine Wunder vollzieht, dass er alles irgendwie in sich aufnimmt, ehe er es auf der Leinwand Strich für Strich neu erstehen lässt, gleich und zugleich vollkommen und einmalig anders. Das alles wird er tun. Ohne sie tun.

Er kehrt in die Küche zurück, geht hinter ihr vorbei, und jetzt greift er nach dem Autoschlüssel auf dem Fensterbrett. Sie dreht sich um und sieht ihn an: helle Augen in einem gegerbten Gesicht, seine Miene im grellen Licht des frühen Nachmittags unergründlich.

»Ich komme mit«, platzt sie heraus, rafft ihre Siebensachen zusammen und stopft sie in ihren Handarbeitsbeutel. Er reagiert nicht, geht einfach hinaus und sammelt ein, was er vielleicht brauchen wird, bis er aufbruchsbereit ist.

Sie folgt ihm. »Wenn es dir recht ist? Also, wenn du nichts dagegen hast?«, sagt sie und bemüht sich um einen beiläufigen Ton ohne alle Furcht.

Er bleibt stehen, dreht sich nach ihr um und spricht zum ersten Mal seit Tagen.

»Was willst du von mir?«, fragt er.

»Was ich –? Nichts. Ich will nur nicht, ich will nicht wieder hier allein sitzen. Ehrlich, du stellst Fragen.«

Er öffnet die Tür, hält sie ihr mit dem Ellbogen auf und schickt sie mit einer Bewegung des Kopfs vor.

Schweigend fahren sie nach Orleans hinein und wieder raus. Am Ortsrand biegt er in eine breite Seitenstraße und hält an. Er steigt aus, und sie sieht ihn im Seitenspiegel auftauchen und wieder verschwinden, als er hinten an den Kofferraum geht, etwas hervorholt und dann der Straße folgt. Der ausgreifende Schritt, die aus der Jackentasche ragende Rolle Manilapapier, das er gern für seine Skizzen benutzt, der vorgereckte Kopf. Und es stiehlt sich eine Erinnerung an Gloucester heran – das erste Mal, das sie wirklich direkt miteinander gesprochen hatten, ohne dass sonst jemand da war, der Tag, an dem Arthur verschwand. Und dann hatte sie ihn durchs Licht- und Schattenspiel und das Gewürfel der Kapitänshäuser die Hangstraße hinaufsteigen sehen.

Und prompt drängt sich eine Reihe anderer Erinnerungen auf – erneut aus Gloucester: die Flitterwochen und frühen Reisen, als sie ihm bei der Arbeit zusah, ihn so sehr begehrte, dass sie weiche Knie bekam. Die Erleichterung, in ihrem Alter so empfinden zu können – eine vierzigjährige Braut. Aber was nützen ihr solche Erinnerungen jetzt, wo sie Hunger hat, Durst, und sicher bald aufs Klo muss, aber hier am öden Ende der Straße am Rand von Orleans warten soll wie ein kleiner Chow-Chow? Er hat sogar das Fenster einen Spaltbreit geöffnet, damit der kleine Chow-Chow nicht erstickt, hat im Schatten geparkt – ist er nicht rührend? Obwohl der Parkplatz wahrscheinlich mehr mit seinem geliebten Buick zu tun hat als mit der Frau, die er darin hat sitzen lassen.

Sie klappt das Handschuhfach auf; innen auf der Klappe liegt ein kleiner Haufen blauer Stoffstreifen. Sie dreht sich auf dem Beifahrersitz halb zur Seite und schiebt sich den Handarbeitsbeutel als Kissen zwischen Kreuz und Wagentür. Sie legt die Beine auf den Fahrersitz hoch, faltet ihren Stramin auseinander und beginnt im leeren Wagen zu reden.

»Dann werd ich wohl einfach warten müssen, bis er sich bequemt, wiederzukommen. Na großartig. Einfach großartig, nein, wirklich. Ganz großartig.«

Das wenigstens kann sie hier tun, in Ruhe Selbstgespräche führen, ohne ihn sagen zu hören: »Deine imaginäre Freundin wieder da drinnen bei dir?«, ohne erwidern zu müssen: »Tja, irgendwen brauche ich schließlich zum Reden, oder?«

Sie breitet sich den Stramin über den Schoß, nimmt sich die obere linke Ecke vor.

»Schlüssel hat er abgezogen, sehe ich«, sagt sie. »Wollen ja nicht, dass das Dummerchen auf die Idee kommt, allein loszufahren. Gott bewahre.«

Sie schiebt einen Stoffstreifen durchs Gittergewebe und zupft ihn zurecht: rein, raus, ruckzuck.

Sie wählt den nächsten Streifen aus dem Haufen und verfährt mit ihm genauso. Das tut sie noch ein paarmal, ehe es ihr dämmert: Er ist mit leeren Händen losgezogen. Er hat nichts weiter dabei, nicht einmal seine Öltuchtasche. Möglicherweise dreht er bloß eine Runde, sieht sich um und kommt schon in ein paar Minuten zurück, macht es sich wie früher auf dem Rücksitz bequem und malt dort. Aber was? Sie späht die Straße hinauf, dann dreht sie sich auf ihrem Sitz herum. Häuser, Bäume, Teerstraße.

»Gibt nicht viel zu sehen«, sagt sie laut. »Aber bei ihm weiß man nie ...«

Rein, raus, ruckzuck.

Keine Öltuchtasche, keine Leinwand. Nur das Manilapapier in der Tasche. Und wozu das Zeug dann überhaupt mitbringen, wenn es im Kofferraum liegen bleibt – es sei denn?

Es sei denn, er hat und hatte von vornherein kein Bild im Kopf – natürlich, das ist es! Er hat im Kopf nichts als eine große leere Fläche.

Eine List, mehr nicht. Weil er ganz genau wusste, dass sie das zum Einlenken bringen würde, dazu, den ersten Schritt zu tun. Er weiß, wie gern sie von Anfang an dabei ist – wie konnte sie nur so blöd sein?

»Mitzuwollen war wie zu Kreuze kriechen. Ich hätte bleiben sollen, wo ich war. Ich hätte ihn losziehen lassen müssen, eine Tasche packen, nach Truro laufen und in den Bus steigen. Ihn verlassen müssen. Ja, ihn hier zurücklassen müssen, meine paar Sachen in New York einsammeln und ihn dann ganz verlassen.«

Ihn den Haien und feixenden Galeristen überlassen, Interviewpartnern, die seine Seele bloßlegen und vor allen Augen sezieren wollen. Ihn den leeren Versprechungen und mageren Erlösanteilen überlassen. Den billigen Rahmen, die seinen Bildern die Luft zum Atmen nehmen, bevor sie ohne Sinn und Verstand gehängt werden. Den Park-Avenue-Damen überlassen, die den zu ihrer Tapete passenden Wandschmuck suchen. Ich hätte ihn dem allem überlassen müssen.

Rein, raus, ruck-zuck-zupf-zuck-ruck.

Als sie nach einem weiteren Stoffstreifen greift, fällt ihr etwas auf der anderen Straßenseite ins Auge. Ein Junge. Er sitzt auf den Verandastufen eines Hauses. Nur er allein. Er hockt vornübergebeugt da, den Kopf auf den Knien. Sie reckt den Hals und erkennt, dass er das Gesicht in den Händen vergraben hat, die wiederum auf seinen Knien liegen. Sie stemmt sich von ihrem Sitz hoch und sieht, dass der Junge den Kopf hin und her wiegt, vielleicht weint er. Armer Junge, und so ein hübsches Haus – zu hübsch, vielleicht, mit der blitzweißen Stülpschalung und den Hängetöpfen mit brav gebändigten Blumen. Wahrscheinlich in Ungnade gefallen – den Badezimmerspiegel verschmiert oder Dreckspuren auf den Küchenfliesen hinterlassen. Ein Junge sollte doch ein bisschen Dreck machen, herumstromern und von Kopf bis Fuß eingesaut heimkehren dürfen. Hätte sie einen Sohn gehabt, sie würde – tja, wer weiß, wie sie reagiert haben würde, ehrlich gesagt. Und wer weiß, was für ein böses, verkorkstes Wesen sie und er hervorgebracht hätten.

Sie blickt auf ihren Knüpfteppich hinab. Das Blau komplett. Der ganze obere Rand ein sanftes blau-in-blaues Wogen. »Sehr hübsch, muss ich in aller Bescheidenheit sagen.«

Der Junge schlüpft aus dem Haus und bemerkt gegenüber einen geparkten Buick. Er setzt sich ganz unten auf die Verandastufen, wo man ihn aus dem Wohnzimmer nicht sehen kann, und schlägt die Hände vors Gesicht. Dann beugt er sich vornüber und drückt sich die Handballen in die Augenhöhlen.

Er drückt, bis es sich anfühlt, als könnten die Muskeln ganz innen nicht mehr. Dann hebt er den Kopf und reißt ganz weit die Augen auf. Ein Schwarm Schmetterlingskleckse und bunte Schlieren. Orange- und silberfarben, Purpur und Blau. Er verfolgt das Schauspiel, bis die Kleckse langsam verblassen, sich auflösen und das Licht des Tages sich wiederherstellt. Und bald ist alles wie gehabt: die Stufen, seine Knie, der kurze gepflasterte Weg durch den kleinen, gepflegten Rasen und das weiße Holztor im weißen Holzzaun. Und der Buick, der nach wie vor gegenüber parkt.

In seinem Rücken Frauenstimmen, in seinem Kopf der Raum, den er soeben verlassen hat. Mrs Kaplans Stimme steigt vom gelben Sofa auf, die Stimme von Mrs Grant, der englischen Dame, der das Haus gehört, direkt daneben. Aus dem großen grünen Sessel kommt die Stimme von Richies Mutter, die mit Olivia oder Ma'am anzusprechen ist. Sie hockt auf der Lehne des Sessels, in dem ihre Freundin Annette sitzt, die ungern Miss Staines genannt wird. Diese beiden Stimmen gesellen sich mal zu den anderen, mal picken sie abseits für sich herum. Auf dem größeren Sofa am Ende des Raums, dem grünen, gibt es Richies Tante Katherine, die fast gar nichts sagt. Anfangs hat er gedacht, das liegt vielleicht daran, dass sie krank ist und ihre Stimme zu schwach, um groß reden zu können – oder jedenfalls reden wie die anderen Frauen. Doch dann war ihm eingefallen, dass er sie, seit er hier ist, mehrmals hat singen hören, ganze Lieder am Stück, also hat es mit krank nichts zu tun. Die letzte Stimme kommt von dem mit rotem Plüsch bezogenen Lehnsessel an der Tür. Über diese Stimme kann er nicht viel sagen, nur, dass sie zu einer Stinkwolke Parfüm gehört, zwei schlauen Augen und einem großen Knollengesicht, und ganz schön viele Fragen stellen kann.

Der Buick steht unter den Bäumen, und es könnte sein, dass jemand drinsitzt, aber das ist wegen der Schatten von den tief hängenden Zweigen schwer zu sagen. Mal guckt er hin und glaubt, eine Bewegung zu sehen, dann wieder schaut er, und da ist gar nichts. Er weiß aber, dass es ein Buick ist, weil es genau die Art von Wagen ist, mit dem Harrys Freund Vince früher herumkutschiert ist.

Richies Mom hebt die Stimme und bringt sie außer Hörweite, sodass er annimmt, sie will sich neben Katherine setzen, aber dann verschwindet die Stimme noch im selben langen Satz ganz aus dem Zimmer in die Diele, schlängelt sich herum und schlüpft wieder hinein. Und er wünscht, sie würde das nicht immer machen, sich ständig bewegen, weil er gern weiß, wo sich wer in einem Zimmer aufhält, und das kann er, ohne selber dort festzusitzen, nur an den Stimmen erkennen.

Es ist ganz gleich, worüber die Stimmen reden, es endet jedes Mal in einem Kuddelmuddel: der Krieg in Korea, dann Katherines neue Schuhe und die alte Frau, die sie an seinem ersten Tag dort am Meer vom Strand verjagt hat. Und jetzt hat ein langes Palaver angefangen über die Feiertage zum Labor Day, wenn die Männer zu ihnen stoßen werden, und die Frage, was sie mit ihnen anfangen sollen, vom Augenblick ihrer Ankunft bis zu dem der Abreise.

Er weiß nicht recht, was das für Männer sein sollen, wo doch Richies Dad im Krieg geblieben ist und Katherine nicht verheiratet, weil sie laut Richie zu krank ist, um einen Mann zu haben, allerdings hübsch genug für hundert Verehrer. Sie haben ihr eine Niere herausnehmen müssen, hat Richie gesagt, und ihr dazu die Rippen gebrochen. Die haben sie mit einem Hammer zerschlagen, und dann hat der Arzt einfach reingefasst und die Niere herausgerissen.

Und auch kein Mann für Mrs Kaplan, weil bei dem vor langer Zeit das Herz schlappgemacht hat, als Katherine noch auf der Highschool war. Und um einen Mann von Annette kann es auch nicht gehen, weil sie manchmal Miss Staines gerufen wird. Vielleicht reden sie von Mrs Grants Mann. Oder dem von Mrs Knollengesicht, wenn sie einen hat, und der tut ihm gleich schon mal leid.

Auf der anderen Straßenseite bemerkt er jetzt drinnen eine Bewegung im Buick, während draußen Schatten von den tief hängenden Zweigen wie kleine Puzzlestücke über das ganze Dach und über die Seite purzeln.

Als Vince noch seinen Buick hatte, kam er sonntags immer vorbei und nahm sie zu einer Spazierfahrt mit. Das fand er toll. Harry erklärte ihm jedes Mal, bevor sie einstiegen genau, wo sie hinfahren, was er unterwegs sehen und was sie bei der Ankunft erwarten würde.

Und das war ein gutes Gefühl, aus dem Fenster auf Gebäude zu blicken und plötzlich den Fluss. Harry, der die Brücke beim ersten Auftauchen schon ankündigte, und Vince, der ihnen dann vielleicht etwas über sie erzählte, den Namen zum Beispiel und wer sie erbaut hatte und wie viele Arbeiter zu Tode gekommen waren, bis sie fertiggestellt war. Und wenn er dann die Augen aufmachte, lag die Brücke hinter ihnen. Dann kamen Bäume und Gras und Eiscreme und manchmal sogar ein Hotdog.

Ein paarmal fuhren sie in die andere Richtung, rauf zum Central Park, und das fand er weniger gut, weil sie dann durch ihr eigenes Viertel zurückmussten, wo die Straßen sonntags so leer und einsam aussahen und man nur die schlechten Seiten sah wie den Müll im Rinnstein und flatternde Zeitungsseiten und eine alte Frau, die in einem Hauseingang schlief. Und einmal hatte Vince sie zu einem Besuch bei jemandem mitgenommen, der weit hinter dem Ende des Central Park wohnte, und als der Mann die Tür aufmachte, war da eine ganze Familie von lauter Schwarzen, und Harry und Vince redeten mit dem Mann in einem separaten Zimmer über Gewerkschaftskram, während die Frau für *Frau Aunt* Kaffee kochte, und das Baby in einem Gitterbett aus Eisen saß, das der schwarze Mann selbst gebaut hatte, und dauernd seine Rassel rauswarf. Die beiden Jungen aber? Die beiden Jungen, die ungefähr in seinem Alter waren, wollten nicht mit ihm spielen, obwohl ihre Mutter ihnen genau das aufgetragen hatte. Sie sagten nicht einmal was, als er versuchte, nett zu sein, sondern schlichen schließlich, erst der eine, dann der andere, aus dem Zimmer, und er sah sie kurz darauf durchs Fenster draußen mit einem Haufen anderer schwarzer Jungen Softball spielen, sodass er nichts machen konnte, als wieder und wieder die Rassel aufzuheben und sie dem Baby zurückzugeben.

Aus dem Haus von Mrs Grant kommt ein schepperndes, klirrendes Geräusch, das er schon von drüben bei Mrs Kaplan in Truro kennt. Es ist das Geräusch des Teewagens, den das Hausmädchen Rosetta aus der Küche auf die hintere Veranda rollert. Er weiß, dass er so heißt, weil es einmal, als er mit *Frau Aunt* bei Macy's war, eine Vorführung gab – »Der Segen des Teewagens« –, bei der eine Dame mit extrabreitem Lächeln so einen Wagen durch die Reihen schob. Er war beladen mit Tellern voll Plätzchen und Käsebällchen, und die Dame nahm immer zwei Teller zugleich hoch, ging damit herum und sagte dauernd: »Bitte, bedienen Sie sich, greifen Sie zu, meine Damen!«, während am Verkaufstresen ein Mann in ein Mikrofon sprach und nur Gutes von dem Teewagen zu sagen hatte. Der Mann fragte *Frau Aunt*, ob sie es sich als Gastgeberin bei Einladungen nicht gern leichter machen würde, und *Frau Aunt* hatte geantwortet: »Ich muss es mir nicht leichter machen, weil ich's gar nicht mache«, und die anderen Frauen, die herumstanden, hielten das für einen Scherz und lachten, worauf *Frau Aunt* bis zu den Haarwurzeln rot wurde.

Mrs Grants Hausmädchen sieht genauso aus wie Mrs Kaplans Rosetta, und beide ähneln ziemlich genau Mrs Mendez, der mexikanischen Frau, die in der Schule putzt, oder einer der Näherinnen von der Textilfabrik in der Nähe seiner Wohnung. Mrs Grants Mädchen wirkt etwas grummeliger als Rosetta, die auch ziemlich grummelig sein kann, dann aber wieder zu Späßen aufgelegt – wenige Tage nach seiner Ankunft hat sie eine wilde Kissenschlacht angezettelt, ein Riesenspaß war das, Rosettas Lachen so breit, dass ihre Zähne blitzten wie Kreidestücke, bis Richie einmal zu oft getroffen wurde und anfing zu jaulen und sich extra aus dem Bett fallen ließ, damit er umso mehr Grund hatte zu jaulen, und da hatte Rosetta wieder ihr grummeliges Gesicht aufgesetzt und gemeint, sie sollen sich vor dem Essen die Hände waschen und sie gefälligst ihre Arbeit tun lassen.

Er blickt noch mal hinüber zum Buick. Diesmal ist er sich sicher, dass sich drinnen was bewegt. Ein Hund vielleicht oder ein Kind. Was Kleines jedenfalls. Er ist drauf und dran, von den Verandastufen aufzustehen und das näher zu untersuchen, als er merkt, dass das Gespräch im Haus eine neue Wendung nimmt und plötzlich um seinen Namen kreist.

Die Stimme von Richies Mutter: »Novak heißen sie, glaube ich.«

Und dann Mrs Knollengesicht: »Und sie leben in New York, sagst du? Aber wo kommen sie *eigentlich* her?«

»Mr Novak wurde hier geboren, soviel ich weiß. Sie könnte ursprünglich aus Osteuropa stammen – da müsste ich meine

Schwiegermutter fragen. Mutter, woher stammt Mrs Novak, weißt du's?«

»Nein, nicht genau, Olivia.«

»Und wie lange, sagst du, ist der Junge jetzt bei den Novaks?«, fragt Mrs Knollengesicht.

»Mutter, wie lange, meinst du, ist er schon bei den Novaks?«

»Wie lange was, Schatz?«

»Wie lange, meinst du, ist er schon bei den Novaks?«

»Ach so, lass mich überlegen. So vier, fünf Jahre, würde ich meinen. Er war auf einem der ersten Transporte dabei, aber einer der Letzten, die vermittelt werden konnten. Er hat jedenfalls zwei Jahre in einem amerikanischen Camp zugebracht und davor – wer weiß? Mr Novak und sein Freund Mr Roncati, ihr wisst schon, die haben so viel für uns getan, Regale eingebaut, Reparaturen erledigt und so. Sie waren großartig!«

»Mutter meint, er habe Glück, ohne die Novaks wäre er übrig geblieben.«

»Olivia! Ich habe nichts dergleichen gesagt. Ich habe bloß gesagt, dass die Kleinsten immer als Erste weggehen, dann die älteren, einnehmenden Kinder und erst dann die ... nun, die stillen. Er war sehr verschlossen, wisst ihr, nicht sehr zugänglich.«

»Daran hat sich ja nicht viel geändert!«, sagt Richies Mom.

Mrs Kaplan sagt: »Ich kann ihn gut leiden.«

Als er sie das sagen hört! Das freut ihn so sehr, dass er fast weinen könnte. Aber dann sagt Richies Mom: »Na ja, wie wir alle wissen, kann meine Schwiegermutter fast jeden gut leiden.«

»Sei nicht albern, Olivia«, sagt Mrs Kaplan. »Geh lieber Mrs Grant mal zur Hand. Du kannst schon mal die Teller herumreichen. Und wie kann ich mich nützlich machen, Mrs Grant? Doch, ja. Also, wer nimmt Milch? Zucker? Zitrone vielleicht? Hätte jemand lieber Zitrone? Katherine, was ist mit dir? Und wussten Sie eigentlich, Miss Staines, dass Mrs Grant ihren Mann im Krieg kennengelernt hat, als er in London stationiert war – romantisch, nicht?«

»Nein, das wusste ich nicht, aber bitte, nennen Sie mich doch Annette.«

»Gut, ja, Annette. Und verraten Sie uns doch, Mrs Grant, ob man in London nachmittags wirklich immer so fürstlich speist. Ein Wunder, dass man überhaupt noch zu Abend isst!«

Mrs Grant lacht, und Mrs Kaplan lacht, und dann lachen die Tassen und Untertassen und lacht das viele Zeug auf dem Teewagen, klirrt und klimpert und klappert wie verrückt.

Wenn Vince sie sonntags spazieren fuhr, brachte er manchmal seine Flamme mit, aber sie musste immer hinten einsteigen, damit Harry vorne sitzen und sich mit Vince über Baseball oder die Arbeit unterhalten konnte. Die Flamme hieß Shirley, und sie saß nicht gern hinten, sie verschränkte die Arme, drehte sich zum Fenster hin und antwortete kaum, wenn *Frau Aunt* etwas über das Wetter sagte oder was für ein hübsches Kleid du da trägst, Shirley, oder deine Frisur gefällt mir ungemein gut, Shirley. Und wenn Vince dann sagte: »Meine Damen und Herren, Endstation«, gönnte Shirley ihm nicht einmal ein Lächeln, hakte sich aber, sobald alle ausstiegen, bei ihm unter, als hätte sie Angst, meinte Harry später, er könnte wie ein Luftballon davonfliegen, und ließ nicht mehr los, nicht mal für eine Eistüte.

Frau Aunt fand Shirley viel zu dünn, und ihn fragte Harry, ob er jemals schon so ein Klappergestell gesehen habe.

Als Harry das fragte, stiegen sofort die ganzen Bilder in ihm auf, Bilder von Menschen, die viel klappriger waren als Shirley. Von denen manche herumlagen und manche sich mitten im Nichts die Straße entlangschleppten. Aber er war sich nicht sicher, ob es richtige Menschen waren oder ob sie in seinen Albträumen aufgetaucht und ihm dann im Kopf geblieben waren, also sagte er einfach: »Nie, so klapprig nie wie diese Shirley.«

Einmal sagte Shirley: »Warum fahren wir eigentlich nicht mal nach Coney Island?«

»Die Lichter, das viele Geknatter, das erinnert sie«, sagte Harry.

»Erinnert an was?«, fragte Shirley.

»Man hat uns abgeraten, okay? Vielleicht, wenn er etwas älter ist.«

»Machst du Witze? Wie alt muss man denn sein, um Spaß an Coney Island zu haben?«

Und Vince sagte: »Lass gut sein, Shirley.«

An dem Tag, an dem sie die schwarze Familie besuchten, hatte Vince Shirley gar nicht erst mitgenommen. Vince sagte, es wäre besser so, sie würde bloß Ärger machen. Sie würde das Haus sowieso nicht betreten, sagte Vince, und dann machte er Shirleys Stimme nach: »Nie im Leben geh ich da rein.« Und wenn er sie im Buick warten lassen würde, gäbe es genauso Ärger: »Lässt mich einfach hier draußen sitzen, wo Gott weiß wer vorbeikommen und mir die Kehle von einem Ohr zum andern aufschlitzen kann!«

Und sie hatten sich kaputtgelacht, als Vince Shirleys Stimme nachmachte, und Harry sagte: »Vince, du solltest sie gegen ein neues Modell eintauschen.« Und Vince sagte: »Harry, das würde ich ja gern, aber es ist leider zu spät.«

Drinnen ist jetzt wieder Mrs Kaplans Stimme zu hören, und diesmal klingt sie etwas kühl. »Nein, genau genommen wissen wir nichts über seine Herkunft, seine Leute. Nicht das Geringste. Und das wollen wir auch gar nicht.«

Dann die Stimme von Mrs Knollengesicht: »Tatsächlich, Mrs Kaplan? Das heißt, Sie wissen gar nicht, ob er nicht vielleicht ... na ja, Sie wissen schon?«

»Aber darum geht es doch«, sagt Mrs Kaplan. »Den Kindern einen Neuanfang zu ermöglichen, ohne dass ihnen die Vergangenheit nachhängt. Er ist jetzt fünf Jahre hier, ich glaube also wirklich nicht – «

»Na, ich weiß ja nicht«, sagt Mrs Knollengesicht.

»Wieso, fürchten Sie etwa, er könnte jüdisch sein?«, fragt Mrs Grants britische Stimme.

»Im Gegenteil. Das würde ich begrüßen. Denn sonst ... nun, fragt man sich schließlich: Wer ist er? *Was* ist er?«

»Ich weiß, dass er ein Kind ist, nur darauf kommt's an.«

»Nun, tut mir leid, Mrs Kaplan, aber das sehe ich anders. Und was ist mit den Novaks? Sollten die nicht im Bilde sein? Ich frage mich, wie sie das aushalten. Ich würde es wissen wollen – Sie nicht? Nach allem, was passiert ist, was diese Leute verbrochen haben? Die *Un*menschlichkeit des Ganzen! Vielleicht liegt es im Blut, wissen Sie. Die Novaks sollten jedenfalls Bescheid wissen, besonders *jetzt*. Olivia sagt mir, Mrs Novak sei –«

»Das können sie aber nicht«, sagt Mrs Kaplan und wird lauter, »weil das niemand wissen kann; es sind schließlich –«

»Kinder, da haben Sie ganz recht, Mrs Kaplan«, sagt Mrs Grant. »Im Krieg wurden viele solche Kinder nach England gebracht, arme wehrlose Kinder, sie waren in ganz Europa sich selbst überlassen worden wie entlaufene Hunde.«

»Ich danke Ihnen, Mrs Grant. Wo steckt er überhaupt? Richie, wo ... Du solltest dich doch um deinen Gast kümmern?«

Richies Stimme steigt dumpf vom Boden auf, wo er platt auf dem Bauch liegend seinen Comic liest.

»Hä? Ach so, er wollte mal mit Buster los.«

»Ich weiß wirklich nicht, warum wir diesen Köter mitschleifen mussten«, sagt Richies Mom. »Richie hat darauf bestanden. Wir mussten unterwegs zweimal anhalten, damit es kein Unglück im Wagen gibt. Dabei habe ich ihm gesagt, der Hund ist in Truro bestens aufgehoben, aber –«

»Ob das gut geht?«, sagt Mrs Kaplan. »Er kennt Orleans doch gar nicht, und wir lassen ihn einfach allein losziehen. Also ehrlich, Olivia, was, wenn er sich verläuft?«

»Ach, Mutter, den könntest du mitten in der Wüste absetzen, und er würde doch zurückfinden.«

Der Junge stiehlt sich seitlich von den Verandastufen und schiebt sich ums Haus herum bis dorthin, wo der Hund geduldig mit langer, nass aus dem Maul schlackernder Zunge wartet. Er macht ihn vom Torpfosten los und führt ihn halb geduckt hinten um Mrs Kaplans Automobil herum auf die Straße.

Er schaut kurz zum Buick hinüber, der ihm jetzt wieder leer vorkommt. Er überquert die Straße, um einen Blick hineinzuwerfen, aber aus größerer Nähe sieht er, dass drinnen doch jemand ist – ein Mädchen. Ein Mädchen, das auf ihrem Schoß anscheinend ein Comicheft aufgeschlagen hat, und da dreht er rasch das Knie, schwenkt ab und hält auf eine Tankstelle an der nächsten Straßenecke zu.

Der Hund zerrt ihn weiter. Der Himmel wird langsam diesig, die Luft ist schwer und heiß und still. Hinten am Ende der Straße schieben zwei Mädchen ihre Fahrräder neben sich her und lachen kreischend. An der Tankstelle rollt ein Mann pfeifend einen Reifen über den Platz. Und dann wird alles still. Der Hund gibt mit hochgereckter Schnauze und seinem fluffigen Fell auf zierlichen Pfoten die Richtung vor.

An der Ecke beschließt der Hund, nach links zu gehen. Er wiederum ist sich nicht sicher, ob ihm gefällt, was er da unten sieht, ein paar Autos nur, die in Nebenstraßen aus- und einbiegen, und niemand in Sicht außer einem riesenlangen Kerl unter den Bäumen. Der Mann hat helle Sachen an, trägt einen beigen Hut und steht einfach da, er starrt auf einen Punkt weiter hinten an der Straße. Der Junge wendet den Kopf nach rechts und schaut, wo der Mann hinschaut: auf eine Reihe Häuser, ein paar Läden und noch mehr Häuser. Aus einem der Läden tritt eine Frau in einem grünen Kleid, bleibt unter der Markise stehen, lehnt sich auf dem vorderen Fuß vor und blickt die Straße hinauf. Und plötzlich hat er Angst um sie, er glaubt, das liegt vielleicht an dem Mann unter den Bäumen. Der erinnert ihn an jemanden. Er weiß nicht, wen – jemand Gefährlichen, jedenfalls. Er fragt sich, ob der Mann die Frau im grünen Kleid beobachtet, ob er vielleicht vorhat, sie umzubringen, oder vielleicht will er jemandem ein Zeichen geben, der in dem geparkten Automobil ein Stück hinter der Frau lauert, dann wird gleich die Wagentür aufklappen und dieser andere herausspringen, sie packen und auf die Rückbank stoßen, und vielleicht ahnt ja die Frau schon, dass etwas Schlimmes passieren wird, und lehnt sich deshalb vor und späht die Straße hinauf.

Ein Pick-up taucht aus der Ferne auf, fährt direkt an der Frau vorbei und verschwindet in der Stille. Die Frau kehrt in den Laden zurück.

Jetzt setzt er sich gegen den Hund durch und zerrt ihn über die Straße zu der Ladenzeile. Als sie den Gehweg erreichen, beruhigt sich das Tier. Seine Krallen klicken, und irgendwo im Hintergrund ist das heimliche Ticken der Tiere zu hören, die laut Rosetta Zikaden heißen.

Er bleibt vor dem Laden stehen, in den die Frau im grünen Kleid verschwunden ist. Ein Kleidergeschäft. Doch die Frau sieht er drinnen nicht. Nur draußen in der Auslage zwei Scheinfrauen, herausgeputzt wie zwei große Puppen. Zu ihren Füßen sind zwei leere, irgendwie verdrehte Kleider festgepinnt. An der Wand neben dem Schaufenster hängen noch zwei solche Kleider.

Ihm wird wieder unbehaglich. Unbehaglich und leicht übel. Ihm gefällt das alles nicht: die schwere Stille, die verlassene Straße in seinem Rücken, der Mann weiter hinten unter den Bäumen, das Ticken von Tieren, die er nicht einmal sieht. Ihm gefallen die im Schaufenster festgepinnten Kleider so wenig wie sein verschwommenes Spiegelbild darin ohne Augen im Gesicht.

Er blickt hinter sich die Straße hinauf. Der Mann steht noch immer dort, und jetzt sieht es so aus, als würde er etwas in ein gelbes Heft schreiben, und er fragt sich, wie viele solche Kerle sich unter den Bäumen vielleicht noch verbergen. Er versucht, mutig zu sein, wie es ihm Harry rät, wenn ihm zumute ist wie jetzt: viermal tief durchatmen, die Augen schließen und warten, bis es vorbei ist. Aber was, wenn er die Augen schließt und der Mann sich von hinten anpirscht, sodass er, eben weil seine Augen zu sind, nicht rechtzeitig merkt, wann er loslaufen muss? Und was das Durchatmen angeht, er schafft es kaum ein-, geschweige denn viermal. Er kann nichts weiter tun als dastehen und auf die leeren Kleider starren.

Es bimmelt, er zuckt zusammen. Da tritt die Frau in dem grünen Kleid aus dem Laden.

»Wenn du nicht aufpasst, haut dir der Hund ab«, sagt sie.

Da sieht er, dass er die Leine losgelassen hat und der Hund Richtung Straßenecke trabt. Er spurtet ihm hinterher, schnappt sich die Leine und kehrt mit dem Hund zurück. Die Frau hält eine Stange in der Hand.

»Ich schließe gerade«, sagt sie und bedeutet ihm, beiseitezugehen. Sie mustert ihn, dann schiebt sie das Ende ihrer Stange in ein eckiges Loch neben dem Schaufenster und beginnt zu kurbeln.

»Wie heißt du denn?«, fragt sie und wartet auf eine Antwort.

»Willst du mir nicht sagen?«, sagt sie dann. »Auch gut, musst du nicht, wenn du nicht willst.«

»Richie«, beschließt er.

»Machst du hier Urlaub, Richie?«

»Nein, ich wohne hier.«

»Ach ja?«

»Da unten. Mein Vater fährt einen Buick.«

»Dabei dachte ich, dass ich die Jungs hier alle kenne. Komisch, dich habe ich noch nie gesehen. Woran liegt das wohl, was meinst du?«

»Weiß nicht. Obwohl, ich war länger im Krankenhaus.«

»Ach, das tut mir leid. Wie lange denn?«

»Weiß nicht – so zwei Jahre.«

»Meine Güte, das ist aber lang. Was hattest du denn?«

»Ich weiß es nicht«, sagt er. »Aber sie haben mir eine Niere rausgeholt.«

»Lieber Himmel, du Ärmster.«

»Mussten dazu meine Rippen zerhauen. Mit dem Hammer.«

»Gütiger – einem Hammer!«

Die Frau ist mit dem Kurbeln an der Markise fertig und lächelt ihn an. »Hast du Lust auf Kekse, Richie? Ich habe immer Kekse für meine Kundinnen da. Kekse und Limonade. Weil heute aber keine Kundinnen gekommen sind ... habe ich die Limonade selbst getrunken, fürchte ich. Kekse allerdings gibt es noch, wenn du magst.«

Der Junge nickt, und sie verschwindet.

Als sie wieder hervorkommt, hat sie eine braune Papiertüte in der Hand. »Lass sie dir schmecken, Kleiner, und weiterhin gute Besserung.«

»Warum sind die Kleider leer?«, fragt er.

Die Frau lacht auf. »Was für eine Frage«, sagt sie. »Nun, Richie, das ist Dekoration. Ich habe nur zwei Schaufensterpuppen, weißt du, und die Auslage ist nicht sonderlich groß. Und was die Kleider betrifft, tja, ich hoffe, ich kann sie verkaufen und irgendeine nette Dame wird sie tragen, damit sie dann *nicht* mehr leer sind. Wiedersehen. Lass dir die Kekse schmecken.«

Sie kehrt in den Laden zurück, kommt aber dann noch mal heraus. »Und sag doch deiner Mutter, wenn sie mal ein neues Kleid braucht ...«

»Mach ich«, ruft er ihr nach. »Gleich, wenn ich heimkomme.«

Als er die Kreuzung erreicht, steht der Mann nicht mehr unter den Bäumen. Er späht die Straße hinauf, dann hinunter. Er beschattet seine Augen mit der Hand und blinzelt Richtung Mrs Grants Haus. Der Mann ist nirgends zu sehen. Der Mann ist weg. Da geht er gleich viel unbekümmerter, kickt ein Steinchen auf die Straße und spaziert weiter.

Der Hund hält an, um einen Baum zu beschnüffeln, dann das Bein zu heben. Er beschließt, sich auf dem Kantstein niederzulassen und einen Keks zu probieren. Er macht die Tüte auf und hält die Nase hinein. Das Wort *Kipferl* steigt ihm aus der Kehle auf die Zunge. »*Mandel*«, spricht er in die Tüte, »*Mandel, Mandel, Mandel.*«

Tief atmet er den Duft ein. Dann zählt er die Kekse. Sechs sind es. Wenn er einen jetzt isst und einen dem Hund gibt, bleiben noch vier. Dann kann er jeden Abend einen essen und kommt bis Samstag aus. Oder wenn er jetzt nur einen halben isst und morgen einen halben, und es am nächsten Tag wieder so macht, hat er eine ganze Woche was von den Keksen. Aber dann das schlimme Gefühl, wenn die Woche um ist und die Kekse alle. Er schnuppert noch mal, atmet den Mandelduft ein. Warum sich aber jetzt schon Sorgen machen? In einem Haus wie dem von Mrs Kaplan wird es immer ein Kinderspiel sein, sich einzudecken. Wo aber soll er die Kekse verstecken? Unter dem Bett wird Rosetta sie vielleicht finden, oder Richie. Ganz unten in seinem Koffer, da werden sie bei der Hitze ranzig. Er braucht eine Dose wie die, die Richie in seiner Nachttischschublade aufbewahrt. Er holt sie abends immer vor und packt seine Sachen hinein. Richie hat ihm noch nie gezeigt, was da alles drin ist, aber er hat sich ein paarmal schlafend gestellt, um das Zeug aus Richies Hosentasche in die Dose und morgens wieder herauswandern zu sehen. Ein Taschenmesser, ein kleiner Gummiball, Notfallspray, ein Schokoriegel meist und ein paar Kugeln Bubble Gum, mal ein paar Zehncentstücke oder sogar ein Dollarschein.

In seiner Zimmerhälfte hat er für eine Dose kein gutes Versteck – es gibt nur den großen Spiegel auf dem Ständer und über dem Bett ein schmales Bord. Und selbst wenn, kann er darauf vertrauen, dass Richie die Finger davon lässt?

Er könnte die Kekse in einen Winkel zwischen Streben und Pfosten der Veranda schieben, wo die Seeluft sie schön frisch hält. Aber wenn Vögel die Tüte finden, werden sie dran picken und rupfen, bis alles zerkrümelt. Er braucht zum Schutz eine Dose, wie Richie eine hat, und ein gutes Versteck. Irgendwo draußen, nicht zu weit vom Haus – eine Stelle, wo im Traum niemand suchen würde.

Er zieht seine Finger durch den körnigen Staub am Kantstein und denkt an die vielen Verstecke in New York: auf dem Dach und unter den losen, vom Teppich bedeckten Dielenbrettern in seinem Schlafzimmer.

Heute ist Dienstag, *Frau Aunt* hat Chor. Harry kommt ungefähr jetzt nach Hause, wird sich im Bad übers Waschbecken beugen und sich die Hände bis ganz zu den Ellbogen waschen. *Frau Aunt* wird sich vor dem Spiegel die Lippen anmalen und ihm letzte Ermahnungen zurufen. Ob Harry sich wohl die Mühe machen wird, die Jungs zum Kartenspielen einzuladen, wenn er jetzt kein Kind hüten muss, jedenfalls nicht, bis das Baby da ist, von dem er noch nichts wissen soll, oder haben sie ihn längst vergessen?

Er zieht einen Keks aus der Tüte und hält ihn dem Hund vor die Nase. Der Hund fixiert ihn erwartungsvoll. Er fixiert seinerseits den Hund, sieht ihm direkt in die eng stehenden kleinen schwarzen Augen. »Hey, Buster, weißt du, wer ich bin?«, fragt er ihn. »Weißt du, wer ich bin, Buster?«

Er foppt den Hund, hält ihm den Keks hin, zieht ihn wieder weg.

»Ich bin *genau der*, verstehst du. Genau der.«

Er wirft dem Hund den Keks ins offene Maul, der verschlingt ihn mit einem Happs.

»Aber nein, Buster. Doch nicht so schnell. Du musst *genießen*.«

Er lehnt sich zurück und nimmt sich seinen eigenen Keks vor, knabbert langsam und denkt weiter an Harry und Vince.

Ihre Bierflaschen kühlen sie im Winter auf dem Fenstersims, im Sommer mit Eis im Spülbecken. Eine Flasche Limonade für ihn. Einen Schokoriegel. Großer Aschenbecher aus Glas voller Kippen.

Vince und zwei andere Freunde von Harry kommen und leisten ihm Gesellschaft – manchmal spielen sie Karten, meist aber lassen sie es, sitzen bloß in der Küche und reden. Sie sollen ihn zeitig ins Bett schicken, aber sie lassen ihn aufbleiben, bis er vor Müdigkeit fast umfällt.

Seine Aufgabe ist es, die Bierflaschen zu öffnen, die Zigaretten anzustecken und, wenn es zehn schlägt, die Cornedbeef-Sandwiches auszupacken, die *Frau Aunt* vorbereitet hat. Und die Männer, die sitzen da einfach und erzählen sich Geschichten.

Manchmal übernimmt Harry das Erzählen, während Vince zwischendurch ergänzt oder korrigiert. Manchmal ist Vince dran, und Harry mischt mit. Die anderen beiden reden nicht viel, Frank gelegentlich, aber Jim fast nie – er hört einfach zu und grinst, während sein Gesicht im Laufe des Abends immer rosiger wird. Die Waisengeschichte aber ist Vince' Sache. Ihm selbst ist die Waisengeschichte die liebste – er wartet den ganzen Abend darauf und bettelt darum, obwohl er sie schon hundertmal gehört hat.

Vince beginnt immer so: »An dem alten Kasten sind wir jeden Tag auf dem Weg zur Arbeit vorbeigekommen, jeden Tag. Das war vor deiner Zeit, Jim. Jeden Tag, und nichts, kein Mucks – du konntest jeden deiner eigenen Schritte hören. Stimmt's, Harry? Und dann, eines Tages, da vergeht dir Hören und Sehen. Ein Lärm! Wir hatten keine Ahnung, was los ist, nicht, Harry? Als wären sämtliche Möwen der Stadt da angerückt. *Kwakwakwakwa kraakraakraa* – unglaublich, Frank, ich kann dir sagen. So ging das tagelang, bis zu dem Abend, als wir auf dem Heimweg zur Subway wollten – ganz andere Geräusche. Und zwar was für welche, Harry?«

»Uhren.«

»Uhren. Genau, Harry. Als würden da drinnen hundert Uhren ticken – *ticktack, ticktack, ticktack* –, und nicht einmal alle gleich. Da seh ich auf der anderen Straßenseite eine Frau ihren Kopf aus dem Fenster strecken. Was ist da drüben bloß los?, frage ich sie. Hier? Da sind Trumans Waisen los. Und ich sage: Na, die machen einen ganz schönen Krach, und sie sagt: Das kann wohl sagen. Die kommen aus ganz Europa, und da sprechen wohl keine zwei dieselbe Sprache, hören sich aber gern reden. – Aber was noch, haben sie da drüben eine Uhrenfabrik, oder was? Ach, das. Tischtennis, sagt sie. Tischtennis? Was soll das heißen, Tischtennis? Na, Tischtennis eben – ich schwör's, die halten seit ihrer Ankunft nur mal die Schnäbel, wenn sie sich abends die Bälle um die Ohren kloppen.«

Und dann hört Vince auf zu grinsen, küsst die Kuppe seines Daumens und schlägt schnell über der Brust ein Kreuz, während Harry stumm auf den Tisch runtersieht, und das kündigt dann den traurigen Teil der Geschichte an: vom armen Jake.

»Der arme, arme Jake«, sagt dann Vince. »Na, davon wollen wir jetzt nicht reden, aber eines Tages, ungefähr ein Jahr, nachdem er von uns ging – du erinnerst dich ja noch an ihn, Frank, aber Jim, wenn du den nur hättest kennenlernen können, ein toller Junge. Eine Tragödie, ehrlich. Na, jedenfalls der arme Jake, der war von uns gegangen, und unser Harry hier, der sagt zu mir: Sie wird nie wieder aufhören zu weinen, Vince, sie wird nie drüber wegkommen, und nun hat sie keinen Mut mehr für Kinder. Und da kam es mir – stimmt's, Harry?«

»Genau, aber da lag mehr als ein Jahr dazwischen. Eher anderthalb.«

»Du hast recht. Entschuldige. Was hast du schon zu verlieren, Harry?, sag ich zu ihm. Ein Kind ist genau das, was sie braucht, das sie versorgen kann, das sie nach dem armen Jake auf andere Gedanken bringt. Also sind wir da hin, haben geklopft und sind rein, und da rannten diese ganzen Kinder rum wie die Irren, praktisch wie zehn Schulhöfe auf einmal. Und der gute Harry hier, der hatte sehr genaue Vorstellungen, was er wollte. Alter, Haarfarbe, Größe, Naturell – alles. Und ich denk bei mir, du packst das am falschen Ende an, Harry, du solltest sagen: einfach ein Kind, irgendeins. Also sag ich, Moment mal, Harry, das ist hier kein Versandhaus, verstehst du, aber die Dame dort – Gott segne sie –, Mrs Kaplan, was sagt die? Sie sagt: Nun, Mr Novak, wie es der Zufall will, habe ich *genau den Richtigen* für Sie. Und das war der Knirps hier – genau der, der da über beide schokoverschmierte Backen grinst. Wer ist der?«

Und dann haut Vince auf den Tisch, und sie werfen alle die Köpfe zurück und brüllen lauthals: »Genau der!«

Er hört es pfeifen. Ein etwas klägliches Pfeifen würgt sich die Straße hoch. Der Hund hört es auch, und der Junge schafft es gerade noch, sich hochzurappeln und auf die Leine zu treten, bevor Buster losjagt. Und da sieht er weiter oben, wie Richie sich über Mrs Grants Gartentor lehnt. Richie hat ihn gesehen, und schon ist er durchs Tor und läuft ihm entgegen.

Er rollt die Kekstüte zusammen, schiebt sie sich hinten in die Hose und zerrt sein T-Shirt drüber.

Der Hund wird bei Richies Anblick wie toll, reißt an der Leine und gibt kleine Kiekser von sich.

»Wo warst du so lange?«, winselt Richie, und da winselt der Hund auch, und Richie sinkt aufs Knie, umhalst den Hund, streicht ihm über die Schnauze, säuselt ihm ins Ohr und lässt sich von ihm das Gesicht abschlecken, als wäre es eine Eiskugel.

»Alles okay, Buster? Alles in Ordnung? Hast du mich vermisst? Ich dich schon.«

Richie sieht von dem Hund zu ihm hoch, guckt böse, dann reißt er ihm die Leine aus der Hand und steht auf. »Du wolltest doch nur fünf Minuten mit ihm raus. Und wieso haust du eigentlich dauernd ab?«

Er antwortet nicht, er macht einen Bogen und marschiert los. Richie und der Hund folgen.

Auf der Höhe des Buick merkt er, dass das Mädchen noch immer da drin sitzt. Das Gesicht kann er nicht sehen, nur den Pferdeschwanz hinten am gebeugten Kopf. Der Hund hebt wieder das Bein, und während sie auf ihn warten, sagt Richie: »Ich hasse diese Besuche. Diese blöden Teekränzchen. Mrs Grant und ihre doofen kleinen Gurkensandwiches.«

Er versucht, dahinterzukommen, was das Mädchen da drinnen macht mit ihrem wippenden Kopf und dem Ellbogen, der auf und nieder geht. Dann sieht er unter dem Kofferraum zwischen den beiden Hinterrädern etwas im Gras blinken.

Richie sagt: »Hoffentlich kommt Mr Thompson nicht zur Labor-Day-Party. Der war mit meinem ... du weißt schon, drüben in Übersee, und er fragt mich ständig, ob ich drüber reden will, und ich: Mannomann, mit dir bestimmt nicht! Und dann gibt's noch Mr McCreedy, der sich für oberschlau hält und ständig Tante Katherine anschmachtet. Aber der wird wenigstens nicht bei uns wohnen, ein Glück. Der ist mit der stark gebauten Dame verheiratet – dick dürfen wir nicht sagen, aber ich glaube nicht, dass Grandma sie besonders mag. Sie ist Opernsängerin – na, wennschon, sag ich bloß. Das wird die größte Party, die es seit Jahren hier gegeben hat, sagt Mom. Lauter Veteranen kommen da, und Captain Hartman auch – der ist eine Art Held, aber auf den bin ich auch nicht so wild, kann ich dir sagen – und überhaupt, ich wünschte, ich müsste da gar nicht erst hin, ehrlich wahr.«

Der Hund nimmt das Bein runter und schnüffelt an den Zaunpfosten entlang. Michael wiederum sieht jetzt, da er neben dem Buick ist, dass drinnen gar kein Mädchen sitzt, sondern eine kleine Frau; sie hat es sich seitlich auf dem Beifahrersitz bequem gemacht. Es scheint, als redete sie mit jemandem, dabei sieht er da drinnen niemanden, mit dem sie reden könnte. Das Blinken im Gras ist jetzt greller. Er bückt sich, wie um sich den Schnürsenkel zu binden, und schaut genauer hin.

Richie sagt: »Hey, was guckt denn dahinten aus deiner Hose?«

»Bitte?«

»Da, hinten in deiner Hose, da steckt eine Papiertüte.«

»Ach, das sind nur ein paar Kekse.«

»Kekse? Wieso stopfst du dir die in die Hose – das ist ein bisschen eklig, findest du nicht? Wo hast du die überhaupt her?«

»Die hat mir eine Dame gegeben.«

»Was für eine Dame?«

»Weiß ich nicht, sie hat einfach angehalten und sie mir aus dem Fenster ihres Wagens gereicht.«

»Was für ein Wagen?«

»Ein roter.«

»Du kannst doch nicht einfach Kekse von fremden Leuten annehmen«, sagt Richie.

»Wieso denn nicht?«

»Das soll man eben nicht ... Aber weißt du was? Wir heben sie für heute Abend auf. Essen sie im Bett, oder was hältst du davon, dass wir uns aus dem Haus schleichen und auf der Veranda hinten damit Picknick machen? Was sagst du? Wär doch toll, oder? Einmal, als ich klein war, haben Tante Katherine und ... und ... jedenfalls hab ich mit ihr und meinem Dad und ein paar anderen ein Mitternachtspicknick gemacht. Wir sind zum Highland Light raus – das ist ein Leuchtturm übrigens ...«

Er tritt auf die Straße und schaut genauer hin. Ein Viereck. Eine Dose vielleicht. Er will die Straße überqueren.

»Hey! Wo willst du hin?«, sagt Richie. »Komm zurück. Komm sofort her.«

Etwas gedämpft haspelt Richie: »Weißt du nicht, wer das ist? Erkennst du sie nicht? Da solltest du lieber nicht rübergehen. Mann, lieber nicht.«

Die Blechdose scheppert, als er sie aufhebt. Er hält sie einen Augenblick in der Hand, dann reibt er mit dem Daumen etwas Dreck von der verblassten Aufschrift. Da steht *Conté à Paris – Crayons*. Er geht zur Fahrertür herum und klopft an die Scheibe. Der Kopf der Frau fliegt hoch, sie greift sich an die Brust, ihre Augen werden ganz weit und dann schmal. Sie krabbelt auf Knien zur Fahrertür herüber und kurbelt das Fenster runter.

Er starrt die Frau an, sie erwidert lange seinen Blick und hebt dann die Brauen. Er stupst die Hand zum Fenster hinein und übergibt ihr die Dose.

»Wo hast du die denn gefunden?«, fragt sie.

»Hinten unter dem Wagen.«

»Hoffentlich hat er wenigstens einen Bleistift dabei, kann ich da nur sagen. Wäre schade, wenn er seine Zeit verschwendet. Also danke«, sagt sie und will das Fenster hochkurbeln.

In seinem Rücken hört er Richies Füße die Holzstufen der Veranda hochpatschen, dann die Fliegengittertür klatschen und ein gedämpftes: »Grandma – Mom! Gran-Mom!«

Er rührt sich nicht, sieht sie einfach weiter an.

»Tja«, sagt sie, »das Wetter ist gar nicht schlecht, oder?«

Er nickt.

»Und ... wie geht's?«, fragt sie.

»Gut«, sagt er. »Und Ihnen?«

»Ach, ganz gut so weit. Ich habe langsam Hunger. Und Durst. Aber sonst gut. Das war ein hübscher Hund, den ich vorhin bei dir gesehen habe. Mein Mann hat mal genau so einen Hund gemalt, und da dachte ich kurz ... aber das kann ja nicht sein. Höchstens ein Enkelsohn. Ein Enkelhund, sollte ich sagen. Aber weißt du, damals war ein Collie nicht für Geld und gute Worte aufzutreiben, er hat einfach eines Tages vor der Post einen entdeckt, und den habe ich dann bei Laune gehalten, während er hier im Wagen saß und heimlich skizziert hat, und es kam ein wirklich toller Hund dabei heraus – man hätte meinen können, er hätte den schon sein Leben lang gekannt! Heute sieht man sie natürlich überall. Liegt wahrscheinlich an dem Spielfilm, du weißt schon. Mit Lassie. *Fernweh.*«

»Heimweh«, lacht er. »Heimweh.«

Die Frau lacht mit. »Stimmt. Der mit der kleinen Liz Taylor.«

»Ja«, bestätigt er.

»Die natürlich nicht mehr so klein ist, nicht?«

»Nein, schätze nicht. Was ist aus dem Hund in dem Bild Ihres Mannes geworden?«

»Ach, der liegt sicher längst unter der Erde. Das war in dem Jahr, als in Europa der Krieg losging. Aber euer Collie ist noch nicht alt, denke ich. Um den braucht ihr euch keine Sorgen zu machen, noch lange nicht.«

»Das tue ich nicht. Es ist nicht mein Hund.«

»Nein?«

»Ich habe ihn nur ausgeführt. Ich mag Hunde gar nicht so.«

»Nein?«

»Mir sind Katzen lieber.«

»Ist das wahr? Mir auch! Ich hatte mal einen wunderschönen Kater. Arthur. Das war vielleicht eine Marke. Ich habe ein sehr schönes Bild von ihm – das müsstest du sehen.«

»Sie haben ihn Arthur genannt?«

»Und es passte zu ihm. Wie heißt denn der Hund, der nicht dein Hund ist?«

»Der heißt Buster.«

»Ach, das ist aber kein guter Name. Das ergibt nicht einmal Sinn. Er ist viel zu elegant für so einen Namen.«

»Ja, finde ich auch. Manchmal nennen sie ihn Buzz.«

»So ein Unsinn«, sagt sie und schüttelt den Kopf.

»Sie sagen: Hierher, *Bzzbzzbzz*. Als wäre er eine Biene.«

Die Frau lacht.

»Und wie steht's mit dir?«, meint sie. »Wie heißt du?«

»Ich? Sie wollen wissen, wie ich heiße?«

»Ja, will ich wissen.«

»Ach. Also ... Vince heiß ich.«

»Dann bist du, was? Italienischer Herkunft? Irischer?«

»Hm, beides wahrscheinlich.«

Die Frau öffnet den Mund, um etwas zu sagen, aber dann gleiten ihre Augen über seine Schulter hinweg zum Haus von Mrs Grant. »Oh nein«, flüstert sie.

Als er sich umdreht, sieht er Mrs Kaplan die Stufen herabsteigen, dicht gefolgt von Richies Mom und gleich dahinter Richie und dem Hund. Er stupst noch mal seine Hand zum Fenster hinein, diesmal mit der braunen Papiertüte darin.

»Was ist das?«, fragt sie.

»Kekse«, sagt er. »Sie meinten doch, Sie hätten Hunger.«

Sie zieht scharf die Luft ein, dann nimmt sie ihm die Tüte ab.

Und nun hat Mrs Kaplan sie erreicht, legt ihm die Hände auf die Schultern und schiebt ihn beiseite.

»Mrs Aitch!«, sagt sie. »Bin ich froh, Sie zu sehen. Stellen Sie sich vor, ich wollte morgen persönlich bei Ihnen vorbeikommen, um ... Nun, ich habe von dem Missverständnis neulich gehört, mit meiner Schwiegertochter Olivia. Die möchte sich gern entschuldigen. Sie bedauert sehr, mit Ihnen so gesprochen zu haben. Wirklich sehr – «

»Ich halte nicht viel von Entschuldigungen, nicht mal, wenn sie mir gelten, vergessen wir die Sache also doch einfach.«

»Sehr freundlich von Ihnen. Wenn das so ist: Wollen Sie nicht auf einen Tee hereinkommen? Kennen Sie Mrs Grant? Sie stammt aus London und ist unlängst erst mit ihrem Mann hergezogen. Alec Grant. Er war im Krieg dort stationiert. Und gerade wollte ich ihr erzählen, dass von allen hier in der Gegend niemand sonst es verstünde, eine solch stilvolle Teegesellschaft auszurichten – da kam Richie angelaufen und sagte uns, Sie säßen hier draußen direkt an der Straße. Was für ein Zufall! Wir haben es gerade sehr nett, wollen Sie uns nicht bitte Gesellschaft leisten?«

»Nun, das würde ich gern, aber wissen Sie, mein Mann ...«

»Wo steckt er denn?«

»Er ist losgezogen, um seinen Himmel zu suchen.«

Mrs Kaplan wiegt den Kopf hin und her und sagt verträumt: »Seinen Himmel zu suchen ...? Nun, die Jungen werden sicher gern auf ihn warten und ihn wissen lassen, wo Sie sind.«

»Ach, ich weiß nicht, er wird bestimmt umgehend nach Hause ins Atelier wollen, wissen Sie. Wenn er nicht augenblicklich alles festhält ... Aber wenn ich's mir recht überlege und wenn Mrs Grant nichts dagegen hat, wäre ich froh, wenn ich bei ihr schnell mal ins Bad könnte.«

»Aber sicher, sicher, bitte.« Und Mrs Kaplan tritt beiseite.

Er lehnt sich gegen die Haube des Buick und beobachtet, wie sie ihr Flickending zusammenrollt und in einen großen Stoffbeutel stopft, den sie zusammen mit ihrer Handtasche und der Kekstüte auf dem Sitz liegen lässt. Er beobachtet, wie sie zwischen Mrs Kaplan und Richies Mutter die Straße überquert, und findet, sie ist wirklich mehr wie ein Mädchen als eine Frau, der Art wegen, wie sie aus dem Wagen gestiegen ist und wie ihr Pferdeschwanz hin und her tanzt, während die anderen beiden auf sie runtersehen und sie betun.

Richies Mom: »Ich war an dem Tag so schrecklich kaputt, wissen Sie, die Hitze und ...«

Mrs Kaplan: »Wenn Sie nicht zum Tee bleiben können, müssen Sie uns aber versprechen, abends mal zum Essen zu kommen.«

»Und ich hatte ja keine Ahnung«, sagt jetzt Richies Mutter, »das heißt, Mrs Kaplan, meine Schwiegermutter, hatte versäumt zu erwähnen, dass Sie dort Ihr Haus haben, und ich besuche die Strände um Truro herum in diesem Jahr zum ersten Mal – meine Schwägerin Katherine hat den Sommer sonst immer in Eastham verbracht, verstehen Sie, und wenn ich ans Meer wollte, bin ich zu ihr gefahren ...«

»Am besten kommen Sie am Labor-Day-Wochenende«, sagt

jetzt Mrs Kaplan, »da geben wir zum Ausklang des Sommers eine Party. Das wäre großartig. Wir erwarten das halbe Regiment meines Sohnes. Und am Sonntag wollen einige der Herren segeln gehen – segelt Ihr Mann noch?«

Dann wieder Richies Mom: »Aber inzwischen wohnt Katherine natürlich bei uns, und ich kann Ihnen gar nicht sagen, wie peinlich es mir war, als Mutter mir sagte, wer Ihr Mann ...«

Und Mrs Kaplan: »Er könnte sich den anderen anschließen. Sie wären sicher begeistert, ihn an Bord zu haben, und Sie selbstverständlich, wenn Sie wollen.«

»Ach bitte, wollen Sie nicht kommen?«

»Natürlich muss sie kommen!«

Er hofft immer noch, dass sie über die Schulter zurückblickt, damit er ihr Gesicht von Weitem sehen kann. Aber schon nach wenigen Sekunden geht die Fliegengittertür auf und die Haustür zu und sie ist verschluckt.

Als er sich umdreht, lugt Richie zum Fenster der Beifahrertür hinein, schirmt mit den Händen seine Augen ab. »Du hast ihr die Kekse gegeben«, jault er. »Wozu das denn?«

»Sie hatte Hunger.«

»Bitte?«

»Mrs Aitch; sie hatte Hunger.«

»Mrs ...? Ach so, so heißt sie nicht wirklich, weißt du. Ihr Name fängt einfach mit einem *H* an, einem *Aitch*.« Richie schnalzt unwirsch und guckt streng. »Du weißt schon, dem Buchstaben.«

»Buchstaben?«

»Dem Buchstaben im Alphabet, Blödmann.«

Er sagt auf: »Ay, bee, cee, dee, ee, eff, gee, aitch.«

Dann malt er drei dicke Striche in die Luft. »Aitch«, sagt er, »aitch, aitch, aitch.«

Eine Stunde später sitzt sie mit Magendrücken wieder im Auto. Englischer Kuchen, Scones und wer weiß wie viele Gurkensandwiches sorgen für Unbehagen. Sie hatte sich breitschlagen lassen zu einem: »Na gut, nur schnell eine Tasse Tee«. Und dann, na, dann: »Ein winziges Stück Englischen Kuchen, wenn Sie darauf bestehen«.

Als sie aber erst nachgegeben hatte, gewann der Hunger der letzten Tage die Oberhand, und bald hatte sie alles verschlungen, was sie in die Finger bekam. Und sich dabei prächtig amüsiert, gelacht und geschwatzt und ihre Teilnahme an einer kleinen Abendgesellschaft am Samstag zugesagt und dann auch an der Gartenparty an dem Samstag des Labor-Day-Wochenendes, zu der auch ihr Mann selbstverständlich gern kommen werde (sofern sie die zehn Pferde zusammenbrächte, ihn hinzuschleifen).

Da das Licht jetzt zu schwach ist, um noch an ihrem Knüpfteppich zu arbeiten, schließt sie die Augen und versucht es mit einem Nickerchen. Aber sie kommt nicht zur Ruhe, weil ein altbekanntes mulmiges Gefühl sie beschleicht. Hat sie zu viel gesagt? Hat sie genug zugehört? Und was hat sie – oder überhaupt jemand – eigentlich wirklich gesagt? Es war lange ums Wetter gegangen, um Lob und Tadel sämtlicher Läden in Provincetown. Die laufende Gemäldeausstellung in Hyannis, von der einen empfohlen, der Nächsten bekrittelt. Dazwischen ein paar Pikanterien, die sie schon vergessen hat. Aber hatte sie sich blamiert? – das war die eigentliche Frage. Und wenn ja, wie sehr?

»Ach, als hielten sie dich nicht sowieso schon für närrisch«, sagt sie laut und öffnet die Augen, »hier herumzusitzen bis fast in die Nacht und auf die Rückkehr des Meisters zu warten.«

Andererseits hatten sie auf die eine oder andere Weise ja schließlich alle auf ihn gewartet: die Jungen draußen am Tor, drinnen die Frauen, die sich mit ihrer Unterhaltung die Zeit vertrieben. Selbst der Hund auf der Veranda wirkte erwartungsvoll, genau wie der Hund in seinem Bild. In New York wartete sein Galerist unterdessen auf das lang ersehnte neue Werk, seine Schwester rechnete mit ihrem Zuschuss und ein paar netten Worten am Ende des monatlichen Briefs, den er selbst zu schreiben nicht für nötig hielt. Alle warteten.

Fast dunkel inzwischen, und gegenüber haben sie es aufgegeben, noch zu warten. Sie sieht die beiden Jungen und den Hund, dann Mrs Kaplan und ihre Schwiegertochter Olivia, dann die Tochter Katherine und diese Annette in Mrs Kaplans Auto steigen. Sie sieht Mrs Grant und die Opernsängerin ihnen von der Veranda aus nachwinken. Das Auto gleitet vorbei, und da drückt der Junge, der ihr die Kekse gegeben hat, das Gesicht ans Fenster und versucht, ihre Aufmerksamkeit zu erhaschen. Der Wagen verschwindet. Und nun die verlassene Straße, die unerträgliche Stille.

Bis sie ihn sieht; er kommt von der Ecke, seine hellen Sachen vertreiben das Dunkel. Und ihr Herz beginnt wieder zu schlagen. Er trägt hoch auf den Armen eine braune Papiertüte, bringt sie ans Heck, schließt den Kofferraum auf, setzt sie ab, knallt die Heckklappe zu. Und da ist er nun, macht die Fahrertür auf und nimmt seinen Platz hinterm Lenkrad ein.

Ihre Hand zittert nun wieder. Was, wenn er sie anspricht, was, wenn er sagt: Ach, komm schon, hören wir auf damit? Lass uns den Samstagabend vergessen, neu anfangen.

Aber er würde das oder etwas Derartiges niemals sagen, hat er noch nie. Das überlässt er stets ihr. Wenn sie darauf warten würde, dass er den ersten Schritt macht – ja, dann wären sie noch immer bei ihrem ersten Flitterwochenstreit vor über einem Vierteljahrhundert. Einmal hat sie ihn gefragt: »Warum ist es eigentlich so, dass immer, *immer*, wenn wir gestritten haben, ich diejenige bin, die den ersten Schritt macht?«

»Das weiß ich nicht«, hat er gesagt, »vielleicht weil du *immer* diejenige bist, die den Streit vom Zaun bricht.«

Sie widersteht dem Drang, gleich hier und jetzt den nächsten vom Zaun zu brechen, zu sagen, welcher Mann lässt seine Frau mehr als zwei Stunden warten, bis zur Dunkelheit warten, hungrig, durstig (soweit er weiß, jedenfalls), ohne Möglichkeit, aufs Klo zu gehen? Welcher Mann tut so etwas?

Aber sie spürt neben sich seine Ermattung, die schwer lastende. Sie studiert kurz sein im Licht der Straßenlaterne kraftloses, gespenstisches Gesicht und fragt sich: Mache ich ihn krank? Ist es zu viel für ihn, die Sorge um seine Kunst, die fehlende Ruhe in seinem Leben, der Hickhack, der Streit? In jungen Jahren hatten wir so herrlichen Streit, so hitzige Versöhnungen. Und danach, jedenfalls eine Zeit lang, zarte Tage des Friedens. Doch, ach, mein Gemahl, jung sind wir nicht mehr, nimmermehr.

»Ich habe Ihre Katze gesehen.« Das waren die ersten Worte, die er an sie gerichtet hatte, an jenem Tag, als in Gloucester ihr Arthur verschwand. Er hatte für sie einen Plan des Orts skizziert und sie ganz dankbar getan, obwohl sie sich mit verbundenen Augen und rückwärts hätte zurechtfinden können. Kehrte das blonde Dummchen heraus – Hauptsache, es kam etwas ins Rollen. Er hatte kaum die Zähne auseinandergekriegt (und sie den Mund kaum wieder zu, hatte viel zu viel gesagt). Schließlich war eine Vereinbarung getroffen – Verabredung konnte man dazu nicht recht sagen –, tags drauf zusammen zeichnen zu gehen. Ihn dann abziehen zu sehen: seine hünenhafte Gestalt, den gelenkigen Gang, die Neigung des Kopfs. Und ihr Herz.

Alles würde sie geben, in diesem Moment seine Stimme zu hören.

Sie fahren an der Tankstelle vorbei und biegen zur Hauptstraße ab.

»Du hast deine Kreiden vergessen«, sagt sie, und er sagt: »Ich weiß.«

Sie hält demonstrativ die Blechdose hoch. »Ein Junge hat sie hinten im Gras unter dem Wagen gefunden. Sie muss dir rausgefallen sein.«

»Ja«, sagt er, »sieht so aus.«

Seine Stimme so mild, dass sie es wagt, weiterzusprechen. »Was ist in der Tüte?«, fragt sie. »Der Tüte, die du in den Kofferraum getan hast.«

»Essen«, sagt er.

»Essen?«

»Ich dachte, du kannst langsam eine anständige Mahlzeit vertragen. Also.«

»Also?«

»Mache ich uns was zu essen.«

»Ach«, sagt sie.

»Du klingst enttäuscht.«

Sie sagt: »Oh nein, keineswegs! Gar nicht. Nein. Vielen Dank, ein Essen wäre sehr nett. Wirklich sehr nett.«

Venus

I

Es wird anscheinend mit jedem Jahr etwas schwerer, etwas weniger der Mühe wert. Sisyphusarbeit, und der Felsblock mit jedem Mal größer.

Er klappert altbekannte Straßen ab, fährt durch kleine, propere Ortschaften, legt die Strecken zurück, die sie miteinander verbinden.

Im Spiegel steigen und sinken kahle und mit Pech-Kiefern bewachsene Kuppen über und unter den Horizont, lange, lohfarbene Gräser winken ihm nach. Gelegentlich gibt es das dunkle Schwanken der Lampenputzer an einem schrumpfenden Tümpel. Er klappert Hoch- wie Tiefland ab, Atlantik- wie Festlandseite. Er stellt sich hinter Touristen und versucht, die Szenerie mit ihren Augen zu sehen. Er steht für sich und beobachtet das über Pamet Harbor verdämmernde Licht.

Und er sieht nichts, was er nicht schon zigmal gesehen hätte, und empfindet dabei auch nicht viel, höchstens ein diffuses Ziehen in der Magengrube, wie Verlust.

Er stößt auf Szenen, die er bereits in sich aufgenommen, gewandelt, fixiert, verkauft hat. Szenen, die früher sein Blut in Wallung versetzt hatten, bis ihm die Hände so schwitzten, dass er den Pinsel kaum halten konnte. Er fährt einfach vorbei – sie bedeuten ihm nichts. Er gleicht dem Weiberhelden, den kein Rock mehr reizt.

Es gibt natürlich gewisse Momente. Momente der Hoffnung, wenn er einen Ort erreicht, seinem Instinkt eine Nebenstraße hinab folgt oder sich den Gemischtwarenladen noch mal ansieht, für den Fall, dass er das letzte oder auch vorletzte Mal etwas übersehen hat. Es muss doch was geben. Er hält an, steigt aus und geht ein Stück, steigt auch gelegentlich aus und geht ziemlich lange. Er prüft eine Ladenfront, einen Schuppen, eine Veranda, kalkuliert, was an Licht absorbiert, beziehungsweise reflektiert wird. Er überquert die Straße, um zu schauen, wie die Schatten fallen.

Zur Dämmerstunde wird er weniger wählerisch, dann nimmt er mit fast allem vorlieb. Die Traufe einer Scheune oder der plötzliche Sattel eines Dachs hinter Baumkronen genügt, um ihn eine beliebige Schotterstraße hinabzulocken. Die Reifen flattern auf unwegsamem Gelände, Hecken krallen nach den Automobilflanken, während sich die Vorstellung seiner bemächtigt, das könnte es sein, das ist es – ja, ja, definitiv –, und dann ... dann stellt er fest, da ist doch nichts.

Wenn es dunkel wird folgt er dem buckligen, sandigen Feldweg zum Haus zurück. Im Scheinwerferlicht vollführen Nachtinsekten ihren hämischen Freudentanz. Das Haus funkelt ihn von der Kuppe an. Der kleine, bange Kopf seiner Frau erscheint im erleuchteten Fenster.

Er lässt sich mit dem Unterstellen des Autos Zeit, schließt bedächtig das Garagentor und stapft zuletzt die Stufen zum Haus hinauf: der Held wieder da, wo er angefangen hat, mit leeren Händen und leerem Kopf.

Seine Frau, wenn sie dabei ist, weist auf etwas hin.

»Erfüllt es dich nicht mit Stolz?«, fragt sie dann.

»Nicht sonderlich.«

»Es wird für immer an einer Wand hängen, von dir signiert – etwas, das du geschaffen hast und niemand sonst hätte erschaffen können. Und das erfüllt dich nicht –? Ehrlich, wie sollte es *nicht?*«

»Wahrscheinlich sehe ich die Dinge nicht so wie du.«

»Du liebst das nicht? Dann ist es wohl besser, dass wir nie Kinder bekommen haben. Du erschaffst etwas und liebst es nicht?«

»*Es?* Was genau meinst du denn mit *es?*«

»Du weißt schon – eine Scheune, eine Farm, ein Haus – allesamt verewigt.«

»Wenn das so ist: nein, liebe ich nicht.«

Was er ihr nicht sagt, ist, dass er zunächst, wenn er etwas entdeckt, dann ja, in dem Moment gibt es da was. Wenn er es im Kopf bewegt und still darauf wartet, dass es Gestalt annimmt. Wenn er ehrfürchtig die Skizzen betrachtet, die er gemacht hat, und in sich den Drang spürt. Wenn es dort aus der Dämmerung in seinen Kopf tritt. Dann ist da Liebe, allerdings. Mehr, als er je für sie oder irgendeine Frau empfunden hat.

Sie begleitet ihn gern, wenn er sich wieder neu auf die Suche macht – solange die sich nicht ewig hinzieht. Sie nennt das »bei der Geburt dabei sein«. Und während der Fahrt redet sie gern, sitzt neben ihm und stellt Fragen. Sie hört gern Antworten. Sie sieht ihn dann unverwandt an, wartet zappelnd, bis er etwas sagt, also tut er ihr, meist, den Gefallen.

»Ich schätze, was ich liebe, ist die Vision«, sagt er. »Wenn sie in meinem Kopf Gestalt annimmt, weißt du. Doch dann ...«

»Was dann? Was ist dann? Sag, was?«

»Sobald da etwas ist ... also, wenn mehr davon auf der Leinwand ist als in meinem Kopf und doch jedes Mal weniger, als ich vor Augen hatte. Je mehr ich dann mache, umso mehr töte ich es ab. Tja, und dann sehe ich nur noch ... Schwund, denke ich.«

»Schwund!«

»Das Ende einer Vision.«

Sie wird auf dem Beifahrersitz zappeln, ihr Pferdeschwanz erbost hin und her fliegen. »Aber nein, das ist doch lächerlich. Ich hör wohl nicht recht – Komm schon, das darfst du nicht sagen. Das lasse ich nicht zu.«

Wenn sie so reagiert, weiß er wieder, dass er sie liebt.

Am Morgen führt sie ihn nach draußen und zwingt ihn einmal ganz ums Haus.

»Sieh dich doch um«, sagt sie, »alles einfach nur schön.«

»Ja, aber nicht meine Art von schön.«

Am Abend tut sie es noch mal. Diesmal weist sie ihn darauf hin – den spätsommerlichen Glanz, der rings über dem Land liegt, die Sonne, die wie ein Flammenball im Meer versinkt, die See wie knittriges Aluminium.

Er schüttelt den Kopf. »Nichts«, sagt er zu ihr, »nichts, nichts und wieder nichts.«

Sie kehren ins Haus zurück, machen sich zu essen und sitzen dann schweigend da – einvernehmlich, hofft er. Das Radio leise dudelnd, das Rascheln der umgeblätterten Seiten seines Buchs. Sie zupft still an ihrem Knüpfteppich. Sie sitzen zwar nicht wie auf glühenden Kohlen, halten nicht direkt den Atem an, doch sie hüten sich, diesen Frieden zu stören, versuchen, ihn zu wahren, solange es nur geht.

Dienstagabend hatte er nach der Heimkehr von Orleans zu ihr gesagt: »Ich kann in dieser vergifteten Atmosphäre nicht arbeiten. Ich ertrage diese Streitereien nicht mehr.«

»*Du* erträgst sie nicht mehr? *Du*? Bist du hier etwa allein? Was ist mit mir? Ich bin auch Künstlerin, falls dir das entgangen sein sollte. Ich habe den ganzen Sommer keinen Pinsel mehr anrühren können vor lauter Streit und –«

»Das Gekeife, die Vorwürfe, die Kampfansagen, ich kann es nicht.«

»Ich leide genauso darunter.«

»Das glaube ich gern.«

»Mehr sogar! Ich leide mehr!«, hatte sie geschrien, sich mit dem Rücken zur Wand auf den Boden hinabgleiten lassen und dort gesessen, die Hände an die Schläfen gepresst. »Die ganzen vielen Jahre, es ist widerlich, du behandelst mich wie Luft, und mein Herz, mein Herz ist verdorrt vor Einsamkeit, kein Wunder, dass meine Bilder Totgeburten sind und ich zu weiteren nicht die Kraft habe.«

Wenn sie so redet, weiß er nicht mehr, wie oder warum er sie je hat lieben können.

Und doch weiß er, wie schwer sie es hat: sein mürrisches Schweigen, ihre Sehnsucht nach einer Anerkennung, die es nie geben wird. Früher hätte sie gesagt: »um ihrer Kunst willen«, heute aber, vermutet er, hieße es »um alles in der Welt«.

Über kurz oder lang werden sie sich wieder verknäulen: die Enttäuschungen, die Verdächtigungen, die unverhohlenen Schuldzuweisungen. Werden sich verknäulen und vorzüngeln. Als trüge sie eine Büchse Schlangen in sich, die sich zischelnd zu befreien suchen; fehlt nur, dass sich jemand vorbeugt und die Büchse öffnet.

Vorerst jedoch bleibt der Abend ruhig, draußen weht vom Meer eine Brise, drinnen gibt es den tröstlichen Geruch des Paraffins, das Licht der Lampe.

Er zögert einen Moment, betrachtet ihren gebeugten Kopf, die darunter emsigen Finger.

Er sagt: »Soll ich dir ein wenig vorlesen?«

Da blickt sie endlich hoch, in dem einen Auge eine Träne.

»Ich wünschte ...«, beginnt sie.

Er nickt und sagt: »Ich weiß, ich weiß.«

Sie lullt ihn aus einem weiteren Albtraum und reibt ihm den Rücken, als er erwacht.

»Woher willst du wissen, dass es ein Albtraum war?«, sagt er. »Und selbst wenn, woher willst du wissen, ob ich ihn nicht genossen habe?«

»Du hast dich gequält«, sagt sie. »Und jetzt schlaf wieder.«

»Und wenn es gleich so weitergeht?«, fragt er. »Weckst du mich dann wieder?«

»So weit lasse ich es nicht kommen. Ich werde über dich wachen. Ich schlage deine Dämonen in die Flucht. Du weißt, wie sehr ich zum Fürchten sein kann.«

Am Morgen beginnt sie ihren Tag schmaläugig und blass. »Wann fängst du endlich wieder an?«

»Ich finde nichts.«

»Aber du suchst auch nicht richtig, oder? Du sitzt herum und liest Zeitung. Also wann?«

»Wann was?«

»Wann fängst du endlich an?«

»Vielleicht drehe ich nachher eine Runde.«

»Du bist zu träge, du lässt dich gehen. Du solltest etwas in Angriff nehmen. Irgendwas. Gleich. Heute noch.«

»Und du solltest mich langsam in Ruhe lassen.«

»Wie ist es mit Orleans? Mir war, als hättest du dort neulich etwas gesehen, während ich – wie lange? Stunden? – dagesessen und gewartet habe. Du hast Skizzen gemacht. Die Ecke, die Tankstelle, Markisen, ein Auto. Ich habe sie doch *gesehen*.«

»Es ist ein Anfang. Aber irgendwas... Nun, vielleicht. Ich weiß nicht.«

»Als würde ich dich bitten, dich kopfüber in ein Meer Eiswürfel zu werfen, so schwer ist es, dich in Gang zu kriegen. Hast du deine Tabletten genommen?«

»Noch nicht.«

»Na, worauf wartest du denn?«

»Ich nehme sie, wenn ich das hier ausgelesen habe.«

»Helfen sie dir?«

»Was?«

»Die Vitamine oder wenigstens das Benzedrin, was meinst du?«

»Hübsche Farben.«

Er füllt ein Glas mit Wasser, geht ins Atelier hinüber und stellt sich vor das Nordfenster. Er hasst diese ausgezehrten Tage, deren nächster nun droht. Diese Jahreszeit betrachtet er als seine wiederkehrende Sommerdürre – Zeit, umzupflügen und den Boden für Neues zu bereiten. Nur hält die Dürre in den letzten Jahren immer länger an. Jetzt neigt sich der Spätsommer bereits seinem Ende zu. Bald schon wird Voll-, dann Spätherbst sein. Dann Winter. Wenn auch der Januar so verstreicht, hieße das ein ganzes Jahr – ohne Ertrag.

Er schüttelt sich die Tabletten in die hohle Hand, stupst sie mit dem Finger herum: Karmesinrot, Bernsteingelb – Edelsteinfarben. Eine Zeit lang hat er das Gefühl gehabt, sie wirkten, doch das war wohl Wunschdenken. Neuerdings wacht er wie gerädert auf, geht müde zu Bett, taumelt durch die Stunden dazwischen. Die Tabletten sind unnützer bunter Strass, aber er wirft sie trotzdem ein: viermal schlucken, und das war's.

Er blickt auf die leere Strandfläche hinunter, die seine Frau vor wenigen Tagen erst von Eindringlingen befreit hat, und denkt erneut über die Frau mit dem gelben Hut nach. Sie war's und war's nicht. An dem einen Tag: ja, am nächsten: nein. Von recht hohem Wuchs, aber etwas zu dünn – jedenfalls meint er sich entsinnen zu können, dass im letzten Jahr noch mehr an ihr dran war. Ein einziges Mal bisher hat sie den Hut abgesetzt, und zwar bei der zweiten der paar bisherigen Sichtungen. Ein kurzes Schimmern langer Haare, sie wischten ihr übers Gesicht und verhüllten es wie ein fernöstlicher Schleier. Dann war der Hut wieder oben. Das Haar hatte nicht die richtige Farbe, fand er, obwohl er sich da wegen des gelben Huts und des Strands im Hintergrund und des gleißenden Lichts auf dem Meer ringsum keineswegs sicher war. Hätte sie den Hut nur länger weggelassen, sich in den Sand gesetzt, zurückgelehnt, die Hände aufgestützt und das Gesicht in die Sonne gehalten, dann wäre ihr das Haar über den Rücken gestürzt. Dann hätte er sehen können, ob es die vollbusige junge Frau von damals war. Er hätte auch ihr Gesicht gesehen. Selbst bei dem großen Abstand hätte er sie, glaubt er, ganz bestimmt wiedererkannt. Schließlich hatte er mehr als Abstand ja nie gehabt. Er war ihr nie nahe gekommen, außer auf der Leinwand.

Da stiehlt sich eine andere Frau in seinen Kopf; eine andere, aber der gleiche lang gestreckte Körper. Schlank und üppig zugleich. Das ist allerdings lange her, da war er jung und in Paris. Damals hatte er geglaubt, ihr Gesicht werde ihm überaus vertraut sein, weil er es so oft gemalt hatte, jede Strähne ihres Haars vertraut. Aber als es zwischen ihnen endlich passierte. Sein erstes Mal – jedenfalls so. Mitnichten. Und ein Schock – feststellen zu müssen, dass er durch Paris gezogen war, geladen, eine tickende Zeitbombe. Ausgestreckt auf ihrem ungemachten Bett – ungemacht am späten Nachmittag, als sie ihn an der Hand dorthin führte –, hatte er sich gewünscht, sie möge einschlafen, damit er sie in Ruhe betrachten könne: die schwere Rundung ihrer Hüften, ihre ungleichen Brüste, die kleine Kerbe am unteren Ende des langen Rückens. Aber auch Lust gehabt, ihr Gesicht zu berühren, ihr Haar, ohne gleich wie ein Mondkalb zu wirken, obwohl er natürlich genau das war. Sie hatte ihn gefragt, ob es sein erstes Mal sei, und als er mit rotem Kopf eingeräumt hatte: »Irgendwie schon«, hatte sie gelächelt und gemeint, sie beneide ihn.

Dann hatte sie ihn gefragt, was er gerade denke. Er sagte: »Dein Gesicht, es ist nicht wie früher. Dein Gesicht sieht irgendwie anders aus.«

»Älter?«

»Nein, nur ... Als ich es gemalt habe, dachte ich, ich kenne es.«

»Ah, aber du hast das Gesicht deiner Vorstellung gemalt, das Gesicht, das dir vorschwebte – dies ist *mein* Gesicht *à moi*.«

Er lässt den Blick über die Bucht schweifen: das rastlose Licht auf dem Wasser, am leeren Strand Schlingen toten Seetangs. Er bleibt, bis sein Kopf langsam frei wird. Dann nimmt er seinen Hut von der Stütze der Staffelei.

»Wo geht es hin?«, sagt sie. »Orleans?«

»Nein.«

»Etwa Eastham?«

»Vielleicht.«

»Warum fährst du nicht noch mal nach Orleans – damit du dein Bild endlich zu packen kriegst?«

»Weil ich keine Lust habe.«

»Na, wenn du nach Eastham willst, dann ohne mich. Der langweiligste Ort am ganzen Kap, und ausgerechnet dort zieht es dich ständig hin. Seit mehr als einer Woche fährst du nach Eastham, vergeblich. Was in aller Welt hoffst du, dort zu finden?«

Was er zu finden hofft, ist ein rettender Einfall oder Engel, wie der, der ihm letztes Jahr um diese Zeit zu Hilfe kam, als er fast aufgegeben hatte. Ein schlechtes Jahr war es insgesamt gewesen, die Ausbeute mäßig, die Gesundheit schlecht und künftig womöglich noch schlechter. Anfang September hatte er sie gesehen, Ende Oktober war das Bild fast fertig. Er hatte länger gebraucht, als er gedacht hätte, aber er hatte sie eben behalten wollen, im Kopf behalten.

Der Tag, an dem er sie fand. Er war durch Eastham gekurvt, in eine Nebenstraße eingebogen, und da stand sie, am Ende des ersten Drittels etwa. Sie stand in einem Hauseingang, vor ihr auf der Schwelle ein Mann, im Begriff zu gehen oder im Gegenteil auf Einlass hoffend.

Er war vorbeigefahren und hatte ein Stück weiter an der Straße geparkt. Am Gartentor stand ein trockener, verknäulter Strauch auf einem von der Hitze eines langen Sommers gelb versengten Rasen.

Er hörte die beiden, als er sich dem Haus näherte: tiefere Männerstimme, höhere Frauenstimme. Bei ihr hörte er Ärger. Doch der galt wohl nicht dem Mann, sondern der Hitze, die sie quasi persönlich nahm. Sie trug lange cremefarbene Hosen und eine hellblaue Bluse mit langen Ärmeln und Manschetten. Als er das Gartentor passierte, zupfte sie gerade an diesen Ärmeln, und er hörte sie sagen: »Ich habe zu viel an, diese verflixte Hitze, sie macht mich ganz verrückt. Sie macht mich *verrückt*.«

Er war noch eine Weile weitergegangen und hatte dann die Straße überquert, um auf der anderen Seite zurückgehen zu können, den Kopf leicht abgewandt, als suchte er eine Hausnummer. Etwa auf ihrer Höhe sah er sie die Hände heben und unter ihr Haar schieben, das von einem weißlichen Blond war. Sie schlug es hoch und drückte es kurz an ihren Hinterkopf. Er sah dunkle Schweißflecke ihre Achseln markieren, die Linie ihres langen Halses, die zarte Halsbeuge. Sie ließ ihr Haar los und warf den Kopf zurück. Die blaue Bluse. Das Licht auf ihrem Gesicht. Er konnte sich nicht entscheiden, ob es in sie hineinfloss oder aus ihr heraus. Für ihn sah sie geheiligt aus. Dann fand er, das Gegenteil treffe zu. Was das Licht und die gnadenlose Hitze mit ihr machten, überstieg seine Vorstellungskraft.

Er hatte den Mann, als er neuerlich vorüberging, nicht sprechen hören, doch irgendetwas musste er zu ihr gesagt haben, denn plötzlich herrschte sie ihn an: »Na, vielleicht, weil ich nicht schlafen kann, deshalb! Vor Morgengrauen kriege ich kein Auge zu, und bis ich mich hochquäle, ist es fast Mittag.«

Von der Heimfahrt hat er nur in Erinnerung, viel zu schnell gefahren zu sein. Die gut fünfzehn Meilen blieben nicht im Gedächtnis haften. Daheim hatte er sich nicht einmal die Zeit genommen, das Auto ordentlich abzustellen, er war den Hügel hinaufgestürmt, zur Tür hineingeplatzt, hatte seine Frau mit den Worten »Keinen Hunger!« beiseitegeschoben, obwohl sie ihn gar nicht gefragt hatte. Und schon war er im Atelier und zerrte die Staffelei mitten ins Zimmer.

Hinter sich hörte er sie rufen: »Na, Halleluja! Das Haus erwacht wieder zum Leben!«

Und damit war der Anfang gemacht. Er legte an: die Straße, das Haus, die Umrisse der Frau in der Tür, die des Mannes vor ihr mit einem Fuß auf der Stufe, den Rasen, das Gartentor, den verknäulten Strauch. Ein paar Tage später war alles blau untermalt. Dabei beließ er es eine Zeit lang, bewegte die Vision in seinem Kopf, malte und übermalte.

Ihm war klar, dass er das Haus noch mal würde sehen müssen, aber er wollte nicht riskieren, die Frau wiederzusehen – sie stand ihm derart lebhaft vor Augen, lebte in seinem Kopf, das sollte so bleiben. Stattdessen tat er etwas, was er zuletzt als Kind gemacht hatte: Er baute ein Pappmodell des Hauses.

»Wozu das denn?«, hatte seine Frau ihn gefragt. »Warum fährst du nicht einfach noch mal hin und siehst es dir an?«

»Ich dachte, das macht vielleicht Spaß.«

»Ach, du bist plötzlich ein Spaßvogel?«

Er stellte sein Modellhaus auf den Tisch, um zu beobachten, was das Licht damit machte. Alles andere räumte er ab, und es zeigte sich, dass das Haus für sich stehen musste. Darüber dachte er lange nach. Überwiegend aber war er in Gedanken bei der Frau.

Er stellte seine Frau an einen Türrahmen, maß und gab ein paar Zoll zu.

Sie sagte: »Warum kann sie nicht meine Größe haben?«

Er sagte: »Weil ich sie nicht so sehe.«

Sie fragte: »Ist es ein Mädchen oder eine Frau?«

Er sagte: »Beides. Sie ist beides.«

Als das Bild fertig war, studierte er es lange. Er hatte den Mann vor dem Hauseingang entfernt, das Haus von der Straße. Es befand sich nun abgeschieden mitten in der Landschaft, in bräunlich verbranntes Gras gebettet. Die Frau stand im grellen Mittagslicht in der Tür, ihr nackter Körper bedeckt nur von einem ärmellosen blauen, vorn offenen Negligé. Das dürfte ihr in der Hitze Erleichterung verschaffen. Es war das Mindeste, was er zum Dank für sie tun konnte.

Dann rief er seine Frau ins Atelier.

Sie trat zurück, sie trat vor. Sie ging ein Stück zur Seite, sie schnitt allerhand Grimassen, runzelte die Stirn. Er sah ihr an, dass das Bild ihr gefiel, und zwar sehr gefiel.

»Bisschen schlampig – die Kleider, oder?«

»Na ja«, sagte er, »aber es ist doch so heiß.«

Ein geschlagenes Jahr war das jetzt her.

Wenn er sie in diesem Sommer nur wiederfinden könnte.

Einmal glaubte er, sie zwischen Passanten auf einem Gehweg gesehen zu haben. Das war vor mehreren Wochen in Provincetown gewesen, an einem der Tage, an denen er allein losgezogen war. Schon bei seiner Ankunft hatte er die Fahrt bereut und es eilig gehabt, den überlaufenen Ort wieder hinter sich zu lassen, den Lärm und das Treiben. Aber dann stand er im Stau. Eine Frau trat aus dem Lobster Pot und ging den Gehweg entlang. In seiner Autoschlange vorankriechend, sah er, wie der Passantenstrom sie verschlang und am anderen Ende wieder freigab. Da war der schlimmste Verkehr bereits überstanden, aber er blieb auf ihrer Höhe, fuhr am Ortsende sogar rechts ran, um ihr einen Vorsprung zu lassen. Als sie in die Snail Road bog, folgte er ihr. Die Größe, die Gestalt, der Kopfumfang. Diese Frau hatte keinen Hut auf – das Haar, im Nacken zum Knoten geschlungen, war mehr weiß als blond: Platin. Das richtige Haar, doch als sie innehielt, um die Straße zu überqueren, entpuppte es sich als das Haar einer anderen.

Und jetzt gibt es die Frau am Strand. Ständig ändert sich sein Eindruck von ihr. Sie hebt sich dort von den anderen ab, wirkt unnahbar, aber vielleicht bloß, weil sie als Einzige stets voll bekleidet ist. Er hat sie am Rand der Gruppe entdeckt, drei-, viermal vielleicht, und ein paar weitere Male hat er sie oben an der Strandtreppe stehen sehen. Immer mit langen weiten Hosen, langen Ärmeln und einem gelben breitkrempigen Hut. Möglicherweise ist es die Ähnlichkeit der Kleidung, die ihn glauben macht, es könnte dieselbe Frau sein. Oder es ist Nostalgie: Wehmut angesichts einer verflossenen Liebe von ähnlicher Statur.

Diese junge Frau am Strand bleibt nie lange. Sie war zwar an dem Tag dabei, als seine Frau Krach schlug, aber schon vor der Vertreibung weitergezogen, hatte sich in Gesellschaft eines Mannes bereits Richtung Corn Hill abgesetzt. Er glaubt nicht, dass es der Mann vom vorigen Jahr ist, der vom Hauseingang – nicht, dass er sich im Geringsten an den Burschen erinnern kann.

Die Idee der Muse. Er hat der Sache immer misstraut. Gelegentlich hört er Leute so reden, hält es aber eher für einen Vorwand: So lässt sich eine Frau gut gewinnen und gängeln. Und er will ja keine. Er will die Verantwortung nicht. Und dennoch sehnt er sich in gewisser Weise nach ihr, dieser überhitzten Frau in einer Tür in einer Nebenstraße von Eastham. Geradezu verzweifelt; ja, er ist verzweifelt und irgendwie lächerlich. Aber er kommt nicht dagegen an. Wenn er sie nur finden könnte, dann wäre alles wie im letzten Jahr, als er fast rettungslos verloren war. Wenn er um die Ecke käme, und da wäre sie plötzlich, machte, was immer sie gerade machte: sitzen, lehnen, kopfüber im Baum hängen. Er müsste nur die Hand ausstrecken und zupacken, um sich selbst aus dem Sumpf zu ziehen.

Er lässt South Wellfleet hinter sich und erreicht North Eastham. Am Nauset Lighthouse hält er an und verfolgt, wie ein Mann mit aufwendiger Kamera sich übertrieben viel Arbeit mit seinem Motiv macht. Er würde zu gern das Geräusch einer solchen Kamera hören, wenn sie wieder ein Stück Leuchtturm, Meer oder Himmel schießt. Er kurbelt das Fenster herunter, aber er hört nur den heranbrandenden Atlantik. Der Fotograf lehnt sich zurück und vor, beugt erst ein Knie, fällt dann auf beide. Schließlich legt er sich bäuchlings hin, streckt die Arme über die Klippe und schnappt sich noch mehr von der Landschaft.

Er beneidet den Mann, sein eifriges, gieriges Knipsen, seine ungezügelte Jagd auf reiche, rasche Beute. Der Mann erhebt sich und steigt langsam zum Strand hinab, fährt dabei immer wieder herum und knipst, als müsste er belegen, dass ihn irgendwas oder irgendwer beschattet.

Als der Mann fort ist, greift er sich ein Blatt von dem Stapel auf dem Beifahrersitz, dann führt er eine Hand an die aufgesetzte Tasche seiner Norfolk-Jacke, um einen Bleistift hervorzuholen. Er fragt sich jedoch, wozu? Wozu braucht er Zeichenpapier, einen Bleistift – was will er damit? Er legt das Blatt wieder auf den Sitz, nimmt die Hand von der Tasche, legt sie aufs Lenkrad und lässt den Motor an.

In Eastham biegt er in die Straße ein und fährt gegenüber vom Haus rechts ran. Die Fensterläden sind noch geschlossen. In einem der Fenster baumelt schief das Hängeschild mit der Aufschrift »Ferienzimmer«. Der verknäulte Strauch ist noch immer verknäult, der gelbe Rasen inzwischen viel höher. Eine Wetterfahne auf dem Dach des Nachbarhauses dreht eine Pirouette.

Durch die Windschutzscheibe starrt er über die Motorhaube seines Wagens auf den stumpfgrauen Straßenbelag. Er überlegt, ob er nicht nach New York zurückkehren soll. Daran denkt er in den letzten Wochen immer wieder. Bisher aber bringt er weder die Kraft noch den Mut auf oder was immer nötig wäre, um sich der unausweichlichen Diskussion, dem Streit und dem Krach zu stellen, die der Vorschlag entfesseln würde. Außerdem ist gar nicht gesagt, dass es ihm in New York besser erginge. Die Stadt fehlt ihm allerdings. Ihm fehlt das Gefühl der Bedeutungslosigkeit, das sie ihm gibt. Das immerhin hat sie ihm stets gewährt – ein Gefühl der Bedeutungslosigkeit. Als Kind schon, übergroß, auffällig und viel zu raumgreifend, in der Küche, der Schule, selbst im Garten. Zu groß und zu ungelenk, aber nur, bis er von der Fähre stieg und an den Kais und Lagerhäusern Lower Manhattans entlangwanderte, wo die Gebäude umso höher wurden, je weiter er ging. Dann konnte er sich selbst irgendwie abstreifen, kleiner werden. Da wäre er jetzt gern, nachts allein in einer heruntergekommenen Gegend auf den alten Schleichwegen. Er sucht den Frieden, den ein solches Ausgesetztsein ihm zu bringen scheint. Er sucht die Bedeutungslosigkeit des Einzelnen. Andererseits fehlt ihm ebenso Monhegan Island. Gloucester. Ogunquit beziehungsweise genau besehen jeder Ort, an dem er im Laufe seines Lebens hat arbeiten können. Bis auf diesen hier – wo er längst alles gerupft, entbeint und ausgeschlachtet hat, was eine Leinwand lohnt.

In Gloucester hatte er noch mit beiden Beinen auf der Erde gestanden. Diesem seetüchtigen Ort. Stoisch, unverstellt, kühn. Auf Monhegan Island gab es die Granitklippen, den steinigen und gefahrenvollen Aufstieg zum höchsten Punkt. Auch das hatte ihm gefallen, jung sein und stundenlang stehen können, beschwert nur mit seinen Holztafeln und seiner Öltuchtasche. Vor und hinter sich andere Maler, das Geplänkel auf dem steilen, steinigen Pfad. Und schließlich jedem sein eigener kleiner Aussichtspunkt. Das alles fehlt ihm: die klaren Kanten, die kriegerische Brandung, die Lichtblitze auf fernen Booten. Die Annehmlichkeit, unter, aber nicht mitten unter den Leuten zu sein.

Aber er weiß, dass er zu alt ist, um auf Monhegan Island noch mal um eines Motivs willen über Felsen zu klettern, und mit Gloucester ist er längst fertig. Und er weiß auch, dass ihm New York zwar jetzt gerade fehlen mag, er sich aber, kaum wäre er dort, wünschen würde, auf Cape Cod geblieben zu sein, wo sich bestimmt noch was – die Rettung – ergeben hätte. Nachts würde er die Augen schließen und sich danach sehnen, vom Meer in den Schlaf gelullt zu werden, er würde die Augen schließen und nur lange Gräser in reinem Licht schwanken sehen wie lauter blonde Mähnen.

Dort in der Nebenstraße in Eastham harrt er gegenüber von einem leeren Haus in seinem Wagen aus, und das, obwohl er weiß, dass er nicht so lange sitzen soll, weil es seine Divertikulitis verschlimmert.

»Klingt spaßig«, hatte er zu dem Arzt gesagt, als er den Namen zuerst hörte – Divertikulitis.

Der Arzt mit dem schlichten, offenen Gesicht hatte ihn streng gemustert. Der wusste es besser. Und jetzt spürt er den schmerzhaften Druck, er lähmt ihn. Er kann sich nicht rühren, keine Linderung verschaffen. Er sitzt in seiner Verzweiflung fest. Nein, nicht Verzweiflung beziehungsweise Zweifelmut – der setzte schließlich Mut voraus.

Er hängt die Unterarme übers Lenkrad und stützt den müden Kopf auf. Ich bin am Ende, sagt er sich, was immer mal in mir gesteckt hat, steckt da nicht mehr. Ich bin ausgebrannt.

Als er wieder daheim ist, steigt er in den Keller hinab. Durchs Fenster bietet sich ihm eine Froschperspektive, draußen lässt das Abendrot den Boden anschwellen, es rinnt wie dünnes Blut in den Kellerraum. Er gräbt von ganz unten im Stapel einen Karton hervor. Aus dem zerrt er nach und nach Bücher. Aus einem fällt ein gefaltetes Blatt. Als er es glatt streicht, entpuppt es sich als Brief seiner Frau. Seine Augen folgen den Zeilen, ehe er richtig nachgedacht hat.

»Ich weiß, dass ich mich glücklich schätzen kann. Ich weiß, dass er meist gut gelaunt und großzügig ist, meine Ausbrüche erträgt, dass er mir in der Küche hilft. Nur werde ich zur Furie, wenn ich überhaupt kochen soll. Ich habe mich mal als

Künstlerin empfunden, jetzt finde ich mich als Küchensklavin wieder, und kein Ausweg in Sicht. Ein auf Erschöpfung und Reizbarkeit reduziertes Leben, während er – «

An der Stelle bricht der Satz ab; es steht auch nichts auf der Rückseite. Womöglich hatte er sie überrascht und sie den Brief schnell zwischen Buchseiten geschoben und dann vergessen. Er sieht, dass der Brief an eine gemeinsame, inzwischen verstorbene Freundin gerichtet ist. Wenn sie aber Freunden so schreibt, mit was für einem Gift füllt sie dann wohl ihr Tagebuch, fragt er sich, ihr *liber veritas*, wie sie es gern nennt.

Als er das Buch findet, das er gesucht hat, hält er es hoch und mustert es zweifelnd. Es liegt so schmal und leichtgewichtig in seiner Hand, und doch spürt er den lebendigen Puls darin. Er schlägt es auf, und die französischen Wörter kommen ihm flüchtig vor wie auf der Seite festgefrorene Tierchen. Sobald er jedoch blättert, fügen sich die Wörter und gewinnen Bedeutung. Er schlägt das Vorsatzblatt auf und sieht die einst so vertraute gleichmäßige, geneigte Handschrift, die Tinte kein bisschen verblasst. Inzwischen wäre sie alt. Die Handschrift wohl kaum noch so bündig. Er berührt die Wörter *Souvenir d'aimitié*, die Jahreszahl 1922 und ihren Namen: Jeanne Chéruy. Beim ersten Lesen hatte ihn die Widmung enttäuscht; er wollte sie *aimitié* zu *amour* ändern sehen, hatte sich aber nicht getraut, darum zu bitten. Heute weiß er, dass die Wörter dasselbe bedeuten können und *aimitié* sich möglicherweise als langlebiger erweist.

Er hört seine Frau erst, als sie die Kellertreppe schon halb heruntergekommen ist und seitlich aus dem Schatten auftaucht. Er lässt den Band wieder in den Karton fallen und zieht rasch einen anderen hervor.

»Was machst du hier unten?«, fragt sie, das Gesicht im blutroten Licht.

»Habe nur ein Buch gesucht«, sagt er und hält demonstrativ den fetten Band hoch. Er geht ihr entgegen. »Und du, was machst du hier unten?«

»Ich?«, sagt sie. »Ich habe Geräusche gehört und ...«

Sie macht kehrt, steigt wieder hinauf, er zieht den Kopf ein und folgt ihr.

2

Unweigerlich rechnet der Junge mit dem Schlimmsten, das Herz schlägt ihm bis zum Hals, als er die Holztreppe hinabspringt und gebückt am Strandgras entlangläuft. Bestimmt haben sie sein Höhlenversteck schon gefunden. Das Flechtwerk, auf das er zur Tarnung so viel Zeit verwandt hat, wird zertreten und beiseitegeschleudert sein. Es wird jemand in dem Loch hocken. Oder es war jemand da und ist längst wieder weg, hat alles mitgenommen, was er über zahllose Tage beschafft, gehortet und bewahrt hat, auch seine wunderschöne quadratische Blechdose.

Als er den Unterschlupf erreicht, beruhigt sich sein Puls etwas. Das Flechtwerk ist noch an seinem Platz, und es gibt keine Anzeichen für Eindringlinge, nicht einmal die winzigen gezackten Spuren dieser hüpfenden Seevögel. Er zieht das Geflecht beiseite, schiebt sich ins Loch, zieht die Abdeckung wieder vor und harkt mit den Fingern im Sand. Als die Dose zum Vorschein kommt, schlägt sein Herz schneller, und er sorgt sich wieder. Was, wenn alles darin verfault ist und ihm der Gestank entgegenschlägt, sobald er den Deckel abhebt? Was, wenn da nur Spinnen herumwuseln oder sogar winzige graue Maden über die vermoderten Reste kriechen?

Er hebt die Dose hoch, schließt die Augen, hebelt den Deckel leicht an und schnuppert vorsichtig. Apfel- und Bleistiftminen-, ein Schulpultgeruch. Er öffnet die Augen. Alles genau wie vorher. Und da wird er ruhig, ruhig und froh und friedlich.

Er geht alles durch: sechs Kugeln Bubble Gum, ein halber Schokoriegel, ein paar Salzcracker im Rest der zugedrehten Packung und ein kleiner grüner Apfel. Sein langes Blatt Papier ist unberührt, zweimal gefaltet, aus der Falte ragt ein braun gescheckter Horngriff. Dahinter, mit einem Gummiband gehalten, vier Stifte und ein sechs Zoll langes Holzlineal.

Er leert seine Hosentaschen aus. Ein Päckchen Chesterfields, in dem noch drei Zigaretten sind, der Kanten Schweizer Käse, eingewickelt in ein Stück Zeitungspapier. Er legt die Sachen in die Dose. Er hockt da und begutachtet seine Schätze. Den Käse wird er bald essen müssen, sonst läuft er weiß an. Dann trocknet er aus und wird hart. Oder er überspringt das alles und schimmelt einfach gleich.

Und schon sorgt er sich, dass es da drinnen langsam eng wird – wenn er so weitermacht, wird er bald eine neue Dose brauchen – oder eine größere. Rosetta wird sich wundern. Sie hat ihm die Dose überlassen, als er sie fragte, ob er sie haben kann. Er sagte: »Kann ich bitte die Dose da oben haben, Rosetta, wenn du sie nicht mehr brauchst?«

Rosetta war auf einen Stuhl gestiegen, hatte den Arm ausgestreckt und die Dose Zentimeter um Zentimeter vom obersten Regal gestupst. Sie hatte sich die Dose in den Bauch gedrückt und den Deckel zu sich hochgehebelt. Sie hatte sie auf den Tisch gestellt und die länglichen Kekse darin gezählt, sechs an der Zahl. Dann hatte *uno, dos, tres* er bekommen und *uno, dos, tres* sie.

»Jetzt nicht mehr!«, hatte sie gesagt und ihm mit dem Ballen ihrer breiten braunen Hand kurz auf die Schulter geklopft.

Sie hatte ihm gesagt, die Kekse kämen aus dem fernen Schottland – nur sprach es Rosetta »Schohland« aus. Die habe eine Dame zusammen mit einer Flasche schohdischen Whisky und einem karierten Schal Mrs Kaplan als Dankeschön dafür geschickt, dass sie im Krieg ihre Enkelin gefunden hatte. Sie sagte, das Bild auf dem Deckel sei eine Frau. Er wusste, dass sie ihn bloß aufzog, und das nicht nur, weil ihre Augen dabei blitzten, sondern weil ein Junge an seiner Schule, der McEwan hieß, am Heritage Day ein Foto von seinen Onkeln mitgebracht hatte. Die hatten Röcke an, die man Kilts nannte, und einer spielte Dudelsack. Aber das verriet er Rosetta nicht. Er hatte Spaß an ihren Geschichten, der komischen Art, wie sie die Wörter benutzte, und ihren Blödeleien, also spielte er mit.

»Ich weiß nicht, Rosetta«, sagte er, »sieht für mich ziemlich wie ein Kerl aus.«

»Puh«, sagte Rosetta, »in Schohland sind die Frauen so hässlich, die tragen die Haare turmhoch.«

Er zeigte auf den Dudelsack und fragte: »Und was hält sie da in den Armen?«

»Das? Ha, das ist ihr Baby. In Schohland sind die Babys noch hässlicher als die Frauen.«

Und dann hatten sie sich beide vor Lachen gebogen und schohdische Kekskrümel weit über Rosettas blitzsauberen Küchenfußboden geprustet.

Er zieht einen Stift aus dem Gummibandbündel, holt das gefaltete Papier hervor und das Messer mit dem Horngriff. Er angelt nach der Restpackung Cracker. Er legt sich die Dose auf den Schoß, schließt den Deckel und benutzt sie als Tisch. Er faltet das Blatt auseinander. Darauf sind zweiundvierzig kleine, gleich große Kästchen aufgemalt, für jeden Tag seit seiner Ankunft eines und auch die, bis er nach New York zurückdarf. Er leckt die Bleistiftmine an und setzt ein deutliches X in das Kästchen für den gestrigen Tag, dann zählt er die leeren. Noch dreißig Tage, fast zwei Wochen schon um.

Es gibt Tage, an die kann er sich kaum noch erinnern. Als würden sie zwischen die Ritzen im Boden fallen, sobald er aus dem Bett steigt. Meist aber ist es umgekehrt, die Tage kriechen im Schneckentempo dahin, als würden sie nie den Abend erreichen.

Er faltet sein Blatt wieder zusammen und legt es beiseite. Nun holt er einen Cracker hervor. Den legt er auf den Deckel der Dose und packt den Horngriff. Er wiegt ihn einen Augenblick auf der Hand, dann drückt er seitlich einen Daumennagel in den Spalt und klappt die Klinge vor. Er zerteilt den Cracker in gleich große Viertel. Das letzte zerbröselt unter der Messerschneide. Er mustert die drei guten und das zerkrümelte Viertel. Er seufzt und sagt: »Tut mir leid, Leute, sieht aus, als würde es heute nur für drei reichen.« Er drückt das Kinn an die Brust und brummelt: *Ach Mann, das ist ungerecht.*

»Pscht«, sagt er, »wollt ihr geschnappt werden? Nicht so laut, sonst kriegt ihr ...« – er zieht aus einer hinteren Tasche seiner Hose eine Orange und reckt sie hoch – »... davon nichts ab!«

Er drückt das Kinn wieder an und erlaubt den Stimmen zu jubeln. Er packt die kugelige Frucht auf den Dosendeckel, setzt das Klappmesser an und ritzt vier lange Schnitte in die Haut. Vorsichtig klappt er die Orange auf, löst die Spalten und ordnet sie um den zerteilten Cracker an. Ein Festgelage! Die Stimmen murmeln erfreut, und stellvertretend lutscht er zufrieden, bis eine ihn mit einem *Danke!* überrascht.

Er hält inne, sieht sich argwöhnisch nach allen Seiten um, legt eine Hand vor den Mund und flüstert: *Bitte!*

Er gönnt sich einen zweiten Orangenspalt. »Das war's dann aber für heute«, warnt er. »Nein, tut mir leid, wir müssen was aufheben. Wir müssen die Zähne *zusammenbeißen* – so sind die Regeln.«

Er betrachtet sein Messer und beginnt, die vielen anderen Teile vorzuziehen, die im Griff stecken, bis das Ganze auf seiner Hand liegt wie ein großer, braun geschleckter Käfer. Er lässt alles bis auf die Hauptklinge zurückschnicken. Die hält er sich dicht vors Gesicht und liest, was da eingraviert ist: *Official Knife – Boy Scouts of America.*

Es wäre leichter zu lesen, wenn er ein Vergrößerungsglas hätte oder eine Taschenlampe oder auch nur ein Feuerzeug. Hätte er eine Taschenlampe, könnte er im Dunkeln herkommen, wenn Richie schläft. Hätte er ein Feuerzeug, könnte er sich beibringen zu rauchen. Er könnte nachts mit Katherine auf der Veranda sitzen und Zigaretten rauchen. Er könnte bei ihr bleiben, bis die Schallplatte am Ende der Musik angelangt ist und sinnlos im Kreis herumeiert. Er könnte ihr den Aschenbecher halten, damit sie keine Asche verstreut, könnte zusehen, wie ihre Hand vor und zurück schwebt. Er könnte den Aschenbecher sauber machen, wenn sie ins Bett gegangen ist, damit sie sich morgens von Mrs Kaplan nicht deren »Katherine! Also wirklich, du hast doch wohl nicht die vielen Zigaretten geraucht!« anhören muss.

Er streift seine Tennisschuhe ab, schiebt die Zweige des Tarngeflechts etwas auseinander, zieht die Beine an, bis er sitzt wie ein Indianer, und hält Ausschau. Er legt sich ein Crackerstück auf die Zunge und schiebt es genüsslich im Mund herum. Dann saugt er an einem Orangenspalt. Das tut er am allerliebsten, seit er hier ist, sich in seinen Unterschlupf davonstehlen, fort vom Haus und den vielen Regeln, die er nie alle behalten kann, vom winselnden Richie. Richie und seinem Memmenhund, seiner Mom und deren bekloppter Freundin Annette. Einfach dasitzen, so lange wie nur möglich auskosten, was immer er an Proviant dahat, und dabei aufs Meer schauen und ihm lauschen.

Denn das Meer liebt er inzwischen. Seine erste Begegnung war am Abend der Ankunft gewesen, und da hatte er es furchtbar gefunden, den Anblick von Weitem im Dunkeln, schwarz und böse, der Stachelrücken eines fleischfressenden Ungeheuers, ein schreckliches Fletschen und Keuchen. Er hatte wach gelegen, bis das Morgenlicht durch die Läden sichelte, hatte aus Angst, dass es ihn holen würde, nicht einschlafen können.

Es war nämlich bereits dunkel gewesen, als sie an dem Abend das Haus erreichten, auf einer schmalen Straße, auf der kaum was zu sehen war. Keine Straßenlaternen, keine anderen Autos. Nur die zwei langen Lichtspeere vorn aus Mrs Kaplans Wagen. Das Einzige, was er sicher wusste, war, dass sie sich irgendwo weitab vom Schuss befanden. Und sie stiegen in eine andere Art von Dunkel aus – nicht wie in der Stadt. Ringsum die Geräusche unsichtbarer Tiere, Vögel oder Frösche, Grillen oder – was wusste denn er schon? – Tiger.

Zum Haus selbst mussten sie einen steilen, unebenen Weg hinaufgehen, sodass Mrs Kaplan warnte: »Passt auf, wo ihr hintretet, Jungs, passt bloß auf!« Und wenn sie nicht gerade warnte, schwärmte sie vom Strand und erklärte ihm, wie herrlich es sei, den sozusagen direkt im eigenen Garten zu haben. Und dann plötzlich das Haus, wie aus Schatten gemacht. Als sie näher kamen, sprang ein Licht an, und er sah eine Veranda mit Außenwohnzimmer: Stühle, ein Tisch und sogar ein Plattenspieler, und dann kam ihnen auf der vorderen Treppe Rosetta entgegen.

Wieder das Dunkel, als Mrs Kaplan das Licht ausknipste und sagte: »Dann schlaft schön, Jungs, mögen die Engel über euch wachen.«

Sie zog die Tür zu, und das Zimmer verschwand, dann Richies Stimme im Dunkeln: »Das sagt sie immer. Als wären wir vier oder so. Als würde überhaupt wer an Engel glauben.«

Dann war Richie aus seinem Bett gestiegen und hatte die Tür einen Spaltbreit aufgemacht, sodass Licht aus dem Flur hereinfiel.

»Macht dir doch nichts, oder?«, sagte Richie. »Nicht, dass ich mich im Dunkeln fürchte, aber mir ist lieber, ich weiß, was vorgeht.«

Er war überrascht gewesen, Richie an diesem ersten Abend reden zu hören, denn während der ganzen Fahrt zum Haus hatte er keinen Ton gesagt, obwohl sie doch zusammen auf der Rückbank saßen. Und beim Essen hatte er bloß dagesessen und ihm über den Tisch hinweg argwöhnische Blicke zugeworfen. Gesprochen hatte er einzig und allein, als man ihm seinen Teller vorsetzte, und da war es bloß: »Ach, Mann, Grandma, du weißt doch, dass ich kein Roastbeef mag!«

Inzwischen weiß er, dass Richie im Dunkeln liebend gern redet, sich im Kreis herum redet bis in den Schlaf.

Damals, am ersten Abend, ging das so: »Ich mag dieses Haus, ehrlich gesagt, nicht besonders. Ich finde es das Allerletzte. Oder na ja, eine Zeit lang war es ganz okay. Das erste Jahr oder so, aber jetzt finde ich es das Allerletzte. Diesmal haben sie es sogar bis Ende Oktober gemietet. Stell dir vor. Noch acht Wochen hier festsitzen, mehr oder weniger. Ohne Fernseher. Du hast wahrscheinlich sowieso keinen – das heißt, ich weiß es natürlich nicht, vielleicht doch. Ich will damit nicht sagen, dass ihr zu arm seid, einen zu haben, oder so, weil wir, wir haben unseren auch erst seit ein paar Monaten, und den haben wir nur gekauft, weil meine Mom, also die hat von der Army einen Scheck bekommen für, du weißt schon. Normal fahren wir nach den Labor-Day-Feiertagen zurück, aber jetzt? Oktober! Na ja, mir doch egal. Ich bin bald weg, an der neuen Schule in New Hampshire, falls du das noch nicht weißt. Aber da werden sie wahrscheinlich auch keinen Fernseher haben.«

Er hörte Richie sich unruhig in seinem Bett hin und her wälzen, dann knuffte er ein paarmal sein Kissen. »Es ist wegen Tante Katherine, verstehst du, wegen der bleiben wir länger. Die wirst du dann morgen kennenlernen. Allerdings nicht beim Frühstück, das bringt ihr Grandma meist ans Bett. Und an den Strand kommt sie wahrscheinlich auch nicht. Oder wenn, dann nur kurz. Sie hat früher ungefähr zehn Meilen von hier in einem anderen Ort ein Sommerhaus gemietet, mit zwei Kolleginnen aus dem Krankenhaus, aber die eine ist nach Mexiko gegangen, und die andere hat geheiratet, und außerdem muss Grandma jetzt auf sie aufpassen. Die Sonne macht irgendwas mit ihrer Haut – ich glaube, das hat mit den Spritzen zu tun, die Doc Tom ihr gibt, oder so.«

Er knuffte sein Kissen noch ein paarmal, und dann: »Es ist eine der ältesten Boarding Schools Neuenglands, da übernachtet man und alles. Aber weißt du, was das Schlimmste ist? An dem Haus hier? Dass meine Mom immer ihre dämlichen Freunde einladen muss. Warum können die sich nicht selbst was mieten, meine ich. Hängen hier dauernd herum, reißen sich den Plattenspieler unter den Nagel und tun so, als wäre Buster ihr Hund, nicht meiner, und dann fahren sie ständig zum Essen nach Provincetown, sobald irgendwer seinen blöden Geburtstag hat, wie heute Abend Miss Staines, die ungefähr hundertfünf ist oder so und … immer nur grinst und anderen die Rechnung überlässt, und Tante Katherine soll gar nicht so viel ausgehen, verstehst du, sie ist ganz schön krank. Die haben ihr eine Niere rausgenommen. Einfach rausgerissen. Mussten ihr dazu die Rippen brechen. Wie, weiß ich nicht. Vielleicht mit einem Hammer. Sie hat diese Krankheit, und sie könnte ... Sie wird wahrscheinlich ... Also, mich würde es nicht überraschen, wenn sie ... Scheinen ja alle nur drauf zu warten, dass sie ... du weißt schon, einfach ...«

Doch Richie war eingeschlafen, bevor er verraten konnte, worauf sie bei Katherine alle warteten.

Sobald Richie schlief, hatte er sich in dem fremden Zimmer die ganzen Sachen angesehen, die ihm noch nie im Leben untergekommen waren, und auch die bemerkt, die fehlten. Etwa der schwarze Umriss der Feuertreppe vor dem Fenster und das viele Licht vom Verkehr draußen, das über die Zimmerdecke fegte, das Orgeln und Knattern der Stadt. Die Fenster hier waren hoch wie Türen und hatten seitlich so Läden, die Mrs Kaplan auseinandergeklappt und anstelle von Vorhängen zugeschoben hatte. Hinter den Läden war eine Art Balkon – Richie sagte auch dazu *Veranda* –, nur kleiner als die, die er auf dem Weg ins Haus gesehen hatte. Dorthin würde man sich wohl retten müssen, wenn Feuer ausbrach, denn wo sollte man sonst hin in diesem Haus ganz aus Holz? Wände, Fußböden, Decken, Treppen – wie es roch und bei jedem Schritt knarrte. In diesem Schlafzimmer standen statt des üblichen niedrigen schmalen Betts in der Ecke zwei hochbeinige, weiche Betten – Richies an der Tür, seines neben den Fensterläden –, und dazwischen erstreckte sich endloser Fußboden. Hier waren die Fußböden nackt – man sah jede Diele, nicht wie daheim den Teppich mit roten und goldgelben Blumen, den *Frau Aunt* von Mrs Morgan geschenkt gekriegt hatte, als die aus Brooklyn wegzog. Und es gab einen langen Spiegel auf einem Ständer, in den er tunlichst nicht guckte, seit er das erste Mal einen Fuß in das Zimmer gesetzt hatte. An der Wand rund ein Dutzend gerahmte Bilder, alle ziemlich gleich: Boote, das Meer, der Strand, noch mehr Boote, wieder Meer, und er wusste wirklich nicht, was das sollte, wenn das Meer und der Strand, von dem sie dauernd schwärmten, doch schon da waren, direkt im eigenen Garten.

Irgendwo weiter hinten im Haus lief ziemlich laut ein Radio, und dem lauschte er eine Zeit lang, bis irgendwann, als Richie längst schlief, Wagentüren schlugen und Stimmen ertönten. Sie kamen von unter seinem Fenster. Denen lauschte er lange. Den Stimmen und der Musik vom Plattenspieler, bis die Stimmen sich dann zuriefen: Gute Nacht, ja, gute Nacht, Annette, meine Liebe. Bis morgen, Olivia. Ja, ja, bis dann, meine Liebe, gute Nacht. Gute Nacht, Miss Staines, gute Nacht, Mrs Kaplan, Nacht allerseits. Kommst du noch nicht rauf? Nein, Mutter, ich glaube, ich bleibe noch etwas. Aber bitte nicht zu lange! Nein, Mutter, versprochen.

Dann hörte das Radio weiter hinten am Flur auf, und die Musik auf der Veranda hörte auf, und es schlichen sich andere Geräusche ins Zimmer. Ein Schnauben und Röcheln, das alle paar Minuten lauter klang, als käme es stetig näher. Er drückte sich die Kissenenden an die Ohren und drehte sich vom Fenster weg. An der Wand über Richies Bett waren drei Lichtspalte – zwei lange waagerechte und ein kleinerer in der Mitte darunter. Das ergab das Gesicht einer Katze mit zwei schmalen, lauernden Augen, die gespannt waren, was er tun würde. Er war hin- und hergerissen zwischen der Angst vor der Katze und der Angst vor dem röchelnden Ungeheuer draußen. Aber die Katze war nicht echt, das wusste er, sie kam von dem Licht draußen, das sich durch die Fensterläden zwängte und an die Wand warf. Er brauchte nur rauszubekommen, wie er die Fensterläden aufkriegen könnte, und das wär's dann mit den blöden hinterlistigen Augen.

Er schlüpfte aus dem Bett, packte den langen Spiegel an den Schultern und drehte ihn zur anderen Zimmerseite hin; sollte er doch Richie anglotzen, nicht ihn. Dann zog er die Läden auseinander und klappte sie zurück, wie er es Mrs Kaplan hatte tun sehen, nur umgekehrt. Er machte einen vorsichtigen Schritt nach draußen. Unter ihm rauchte jemand auf der Veranda. Er sah auf einem Schemel zwei bloße, gekreuzte Damenfüße und roch eine Tabakfahne. Eine Frauenhand erschien in seinem Blickfeld, sie schnipste Richtung Aschenbecher, traf aber daneben. Die Frau da unten schien ohne Gesellschaft zu sein, und seinem Gefühl nach las sie auch nicht. Saß einfach und rauchte und sah hinaus. Er hörte das Ungeheuer weiter schnauben und röcheln. Es klang nah und zugleich weit weg. Ihm war unbegreiflich, dass die Frau da unten auf der Veranda einfach sitzen und sich diese schrecklichen Geräusche anhören konnte. Er wollte gar nicht wissen, wo sie herkamen, doch sie lauerten knapp über seinem Blickfeld, eingekeilt zwischen einem Hügel und ein paar hohen Bäumen, schwarz, ungeheuerlich, unweit vom Haus böse funkelnd und geifernd.

Er wich ins Zimmer zurück und warf sich ins Bett.

Der zurückgeklappte Fensterladen malte nun ein neues Bild: eine quer ins Zimmer gekippte, die Wand hoch und ein Stück über die Decke reichende Leiter. Er lag lange wach, betrachtete die Leiter und zählte wieder und wieder die Sprossen aus Licht.

Am Morgen merkte er, dass ihn jemand ansah. Scharf flammte ihm Sonnenlicht in die Augen, als er sie aufschlug, und da war Richie, frisch geschrubbt, stand mit seinem Stichelkopf und einem Handtuch unterm Arm am Fußende seines Betts. Richie, der fragte, ob er schwimmen kann.

Er blinzelte zu Richie hoch und sagte: »Klar – oder vielleicht.«

Richie verdrehte die Augen. »Na, das weiß ich ja nicht«, sagte er. »Ich weiß nicht, wie jemand *vielleicht* schwimmen kann. Entweder man schwimmt, oder man ertrinkt. *Vielleicht* gibt's da eigentlich nicht.«

Also hatte er so getan, als ginge es ihm nicht gut, weil er so nicht ans Meer gehen und feststellen müsste, ob er schwimmen konnte oder nicht. Und das klappte auch ein Weilchen; Rosetta brachte ihm auf einem Tablett Frühstück, dann später genauso ein Mittagessen, und sagte, sie werde eine der Damen bitten, nach ihm zu sehen, sobald sie zurück wären, von wo immer sie zum Essen hingefahren waren. Und irgendwann kam dann Richies Tante Katherine, setzte sich direkt zu ihm auf die Bettkante und legte ihm eine kalte Hand auf die Stirn.

Sie sagte: »In zehn Minuten komme ich wieder, und wenn du dann nicht auf bist und angezogen, werde ich Doc Tom nach dir sehen lassen.«

Als sie das Zimmer erneut betrat, schlüpfte er gerade in seine Tennisschuhe.

Sie führte ihn an der Hand aus dem Zimmer, hielt seine Hand weiter, als sie zusammen die lange Haupttreppe hinabstiegen, und ließ sie nur gerade mal los, um ihren Hut von dem Tisch an der Tür zu nehmen, ihn aufzusetzen und ihm die Tür zur Veranda aufzuhalten.

Eine Stimme auf der Veranda sagte: »Und wo stehlt ihr zwei euch wohl hin?«

Sie sagte: »Ach, auf einen Cocktail, und dann gehen wir vielleicht tanzen. Warte nicht auf uns.«

Die Stimme sagte: »Na, dann pass nur gut auf; ich glaube, der ist nicht ohne.«

Sie sagte: »Wem sagst du das«, und nahm wieder seine Hand.

Sie führte ihn einen kleinen grünen Hügel mit krüppeligen Sträuchern hinauf. Als der Weg eng wurde, ließ sie seine Hand los und ging vor. Das Gelände änderte sich. Die Sträucher verschwanden, und jetzt sah er sandige Stellen zwischen hohen Grasbüscheln. Er hörte die langen Gräser zischeln, und er hörte, jetzt, auch wieder das Ungeheuer, das aber ruhiger atmete als gestern Nacht, als würde es schlafen.

Aber sehen konnte er nicht viel, nur sie, vor sich, und rings um sie her einen gewaltigen leeren blauen Himmel und die Krempe ihres Huts, den Schopf brauner Haare auf ihrem Rücken und die Art, wie ihre Beine ausholten, langsam und weit.

Und er dachte noch mal an das, was Richie gestern gesagt hatte: dass seine Tante krank sei, sagte sich aber, entweder hatte er sich verhört, oder Richie war ein Lügner.

Seine Beine waren wacklig, als sie oben an der Strandtreppe standen, der Magen drehte sich ihm um. Jetzt keuchte ihm das Meer direkt ins Ohr. Sie wandte sich nach ihm um, legte ihm eine Hand auf die Schulter und drehte ihn ein bisschen zur Seite.

Sie zeigte auf etwas in der Ferne – sie forderte ihn auf, zu schauen. Aber das konnte er nicht, aus lauter Angst vor dem Meer.

»Dort unten sind sie«, sagte sie. »Siehst du den Hund?«

Und er nickte, obwohl er überhaupt nichts sah, weil er nicht schaute, er heftete die Augen vielmehr auf ihren Hals.

»Und sieh nur, Richie ist schon drin. Und da ist seine Mom in dem roten ... die dort mit dem Mann spricht – siehst du?«

Sie stand so nah bei ihm, dass er ihre Haut roch, an ihrem Hals war eine Rötung, die aussah wie eine Brosche.

»Und da ist Rosetta – sieh, da, sie kniet auf dem blauen Strandtuch. Die anderen Frauen sind nur zu Besuch, sie fahren heute Abend wieder heim, also brauchst du sie nicht weiter zu beachten. Außer Annette Staines, sie wohnt bei uns. Siehst du sie? Dort in dem schwarzen Badeanzug?«

Und er nickte abermals und machte: »Mhmm.«

Sie sagte: »Wer, meinst du, ist der Mann, der mit meiner Schwägerin spricht?«

»Schwägerin?«

»Richies Mom – sie ist meine Schwägerin. Richies Dad war mein Bruder. Was glaubst du, wer das ist? Das ist Doc Tom. Aber den brauchen wir jetzt nicht mehr, oder?«

»Oh, nein, mir geht es gut.«

»Und was glaubst du, worüber sie da unten reden, Doc Tom und Olivia – das ist Richies Mom? Kannst du es erraten? Nein? Ich schon. Sie reden über mich. Weißt du, woher ich das weiß?«

Er schüttelte den Kopf.

»Weil sie immer über mich reden.«

Sie richtete sich auf, wandte sich ab und sagte: »Komm, wir gehen weiter.«

Aber er hatte zu viel Angst, ihr zu folgen, zu viel Angst, sich überhaupt zu rühren. Er kniff fest die Augen zu, machte sich stocksteif und klammerte sich an das Holzgeländer.

»Was hast du?«, sagte sie. »Du hast doch wohl keine Angst, oder?«

»Ich weiß nicht«, sagte er. »Vielleicht.«

»Aber es ist doch nur das Meer. Komm schon, mach die Augen auf – sieh nur, wie herrlich es ist. Mach sie auf. Ich versprech dir, du wirst begeistert sein.«

Er öffnete die Augen einen Spaltbreit, und es floss Weiß hinein. Da machte er die Augen ganz auf. Und da war es, wie zigtausend dümpelnde Splitter zerhauener Diamanten. Das war es also, das herrliche Meer.

»Ist doch wunderschön, oder nicht?«, fragte sie.

Er strahlte sie an, worauf sie hell lachte, dann kehrte sie ihm den Rücken zu. Sie tanzte geradezu die Holztreppe hinab, als wäre sie Ginger Rogers. Mit einer Hand drückte sie ihren großen gelben Hut fest, die andere tippte in Abständen aufs Holzgeländer. Die Kleider flatterten ihr um Arme und Beine, als wollten sie sie davontragen.

Jetzt hockt er in seinem Unterschlupf, die Augen gegen das Spätnachmittagslicht locker geschlossen. Er riecht an seinem eigenen Atem die Orange. Als er die Augen öffnet und auf die quadratische Blechdose blickt, ist die Orange weg und nur die Schale übrig, stellenweise ganz zernagt, mit Zahnspuren in der weißen Fruchtwand. Die Cracker sind auch alle aufgegessen. Seine Hände kleben etwas, seine Lippen brennen. Dann sieht er, dass auch der Dudelsackspieler auf dem Deckel Saft abgekriegt hat und auf den Hügeln und dem Wasserfall hinter ihm eine dünne Schicht Sand und Krümel liegt. Ihm wird vor Scham ganz flau.

»Ich bin enttäuscht«, sagt er. »Du enttäuschst mich, dir fehlt die Selbstbeherrschung. Du bist gierig und ein Dieb der schlimmsten Art – der nämlich nur für sich selbst stiehlt.«

Er sitzt da eine Weile, starrt auf seine Blechdose, kneift und dreht an der Haut seines Unterarms. Er nimmt das Messer zur Hand, setzt die Spitze seitlich am Handballen an und bohrt einmal. Etwas Blut quillt hervor. Der Saft der Orange gelangt in das kleine Loch in der Haut und brennt nun erst recht wie verrückt. Er zählt bis zwanzig. Dann drückt er seinen Mund auf die Stelle und saugt das Blut weg. Schon besser; er steigt aus seinem Versteck und marschiert mit seiner Blechdose Richtung Meer. Auf einer Sandbank stehen Möwen, die Köpfe der Abendsonne zugewandt. Und weiter hinten an der Bucht sieht er die Sicheln anderer Strände und darauf Figuren wie Fetzen bunten Papiers, Menschen, die spielen und schwimmen und herumrennen, und im Wasser sieht er unverrückbar wie eine Insel aus blitzendem Stahl ein riesiges Schiff, und drum herum flitzen kleinere Boote. Am Ende der Bucht passt ein Ort gerade so in den Knick, und er stellt sich die vielen dort unsichtbaren Menschen vor, wie sie in ihren Häusern herumgehen, in die Läden rein und raus, zu Abend essen oder einfach durch die Straßen bummeln. Während er hier, an diesem Strand, allein ist. Es gibt nur die vier Möwen, die in die Sonne starren, und denen ist gleich, wie lang er bleibt. Er kann ganz lange bleiben, wenn er will. Er kann lange bleiben, dann wird ihn irgendwann die Dame mit dem Buick sehen und den Hang herabgestürzt kommen, um ihn von ihrem privaten Strand zu verjagen. So würde er sie wenigstens wiedersehen. Er ist sich allerdings ziemlich sicher, dass sie *ihn* nicht verjagen wird – nicht, wo er ihr doch seine ganzen Kekse überlassen hat. Er ist sich im Gegenteil sicher, dass sich ihr Gesicht mächtig aufhellen wird, wenn sie ihn erst erkannt hat, und sie sagen wird: »Ach, du bist es!«

Das Meer ist weit draußen in der Bucht. Dort wirkt es zahmer, die Wellen kaum bewegt, es blinkert bloß irgendwie. Da erspäht er mittendrin etwas. Vielleicht ein Boot oder den Teil von einem Boot. Er starrt eine Zeit lang hin, und da nimmt es die Gestalt eines Schwimmers an. Ein Schwimmer ganz da draußen, ohne dass jemand da wäre, der helfen könnte oder auch nur hören, wenn er untergeht. Er fragt sich, wer so mutig und gleichzeitig so dumm sein kann, sich einer so unberechenbaren Sache wie dem Meer anzuvertrauen.

Er geht ein paar Schritte weiter zu einer flachen Pfütze, hockt sich davor und spült sich den klebrigen Saft und das letzte Rinnsal Blut ab. Dann spritzt er sich Wasser ins Gesicht, besprengt auch den Dudelsackspieler auf dem Deckel der Dose, die Berge und den Wasserfall dahinter. Er lupft das T-Shirt von seinem Bauch, trocknet sich das Gesicht und wischt dann vorsichtig die Dose ab, rubbelt sie blank. Als er sich aufrichtet und aufs Meer hinausschaut, sieht er, dass der Schwimmer schon viel näher ist. Er scheint schnurgerade auf ihn zuzuschwimmen. Er sieht sich nach allen Seiten um, kann aber weder Kleider noch ein Handtuch entdecken. Und doch hält der Schwimmer eindeutig auf ihn zu. Er sieht jetzt, wie der Kopf zur Seite gedreht wird, wie die Hand über die Schulter ins Wasser greift. Und dann kommt der Kopf des Schwimmers senkrecht hoch, und schon steht er bis zur Brust im Wasser, dann nur bis zum Bauch. Er watet durchs Wasser in seine Richtung. Der Junge macht große Augen, wirbelt herum und läuft, die Blechdose in den ausgestreckten Händen, so schnell, wie ihn seine Beine tragen können. Dann und wann blickt er zurück, sieht den Schwimmer weiter auf sich zuhalten, die Schenkel auf und ab bewegen, während seine Füße im seichten Wasser unsichtbar bleiben.

Er flitzt über den harten, nassen Sand, dann den weichen hellen Sand, dann die Graskante, und dann ist er wieder in seinem Schlupfloch, zieht das Flechtwerk vor und rückt es zurecht. Mit zitternden Händen hebt er den Deckel an, wirft schnell das Taschenmesser hinein, die Stifte und das Blatt mit den eingetragenen Tagen. Er drückt den Deckel zu, bettet die Dose wieder in die Kuhle, schiebt Sand darüber, bedeckt sie und klopft alles fest. Er zieht seine Tennisschuhe an und dann, bereit, loszusprinten, hockt er da und wartet.

Als er aus dem Meer kommt, bemerkt er am Strand einen Jungen, der ihn beobachtet. Er watet weiter, schenkel-, dann knie-, dann schienbeintief. Der Junge hält irgendetwas in den Händen, hält es vor sich hin wie eine Opfergabe. Er kann nicht erkennen, was es ist, aber es blitzt kurz auf, als der Junge herumfährt und losläuft. Er sieht ihm einen Augenblick nach, so spät im Sommer sind die Beine für einen Jungen erstaunlich blass, lang und dürr, sie stelzen flink auf die Sträucher zu. Ihm fällt das Wort *Grashüpfer* ein.

Er dreht sich um und dem Horizont zu. Die Wärme der Sonne im Gesicht, den kühlen Wellenschlag um die Knöchel. Er erwägt, zu dem weichen, losen Sand zurückzustapfen, sich eine Zeit lang darin auszustrecken und von der Sonne beschienen zu lassen. Aber wenn er sich hinlegt, muss er wieder aufstehen. Und wenn er wieder aufsteht, wird er trotzdem noch den Hang zum Haus vor sich haben. Lieber auf den Beinen bleiben und es hinter sich bringen – ausruhen kann er sich immer noch.

Er stemmt die Fäuste in die Hüften und fängt mit den Übungen an, die ihm der Arzt gezeigt hat: fünfmal, Pause, noch mal fünf. Doch er hat nicht das Gefühl, dass es mit seinem Rücken besser wird. Er kommt ihm, wenn nicht schief, so doch irgendwie verkehrt vor, als wollte er sich einfach nicht mehr für ihn gerade machen. Ihm tut alles weh. Nicht so, wie er es kennt, wenn er zu lange an der Staffelei steht – dagegen hätte er wahrlich nichts einzuwenden. Sondern auf eine Weise weh, dass er sich am liebsten hinlegen und nie mehr aufstehen will.

Ihn beschleicht das Gefühl, seine Frau beobachte ihn, und er fragt sich, wie das sein kann, wo er sie doch gerade zum Einkaufen in Provincetown abgesetzt hat und erst in einer Stunde wieder abholen soll. Er schaut zum Haus hoch, von dem im Hochsommer nicht viel zu sehen ist: Giebel und der obere Teil des Nordfensters. Selbst wenn sie dort stünde – und das kann schlicht nicht sein –, würde sie ihn aus dieser Warte kaum sehen können. Nicht bei ihrer Statur. Er weiß allerdings, dass sie keineswegs zögern würde, einen Stuhl quer durchs Zimmer zu schleifen und auf ein Fensterbrett zu steigen.

Er steht länger still, als er soll – der Arzt rät von dergleichen ab: im kalten Wasser herumstehen, im Meer baden. Schlecht für die Harnorgane, sagt er, beeilt sich aber stets hinzuzufügen, gegen Wasser per se, ein schönes heißes Bad etwa, sei nichts einzuwenden, nur gegen die Kälte – »Der kalte Atlantik ist nichts für einen Mann Ihres Alters und Ihrer Verfassung.«

Doch so hält er es eben schon sehr lange: steht da, wie jetzt, bis seine Haut so kalt wird, dass ihm ist, als löste sie sich ab. Ordentlich recken und strecken, eine ordentliche Runde schwimmen, dann wieder recken und strecken und ein bisschen noch im Wasser stehen. Schließlich sich im warmen, weichen Sand aalen.

Der mühsame Aufstieg zum Haus konterkariert neuerdings den Nutzen. Und die Anweisungen des Arztes geben ihm den

Rest. Trotzdem, noch ist er nicht bereit, zu lassen, was er sein Leben lang geliebt hat.

Als kleiner Knirps schon hatte er Wasser durchs Schlafzimmerfenster sehen können. Wenn er die Hand ausstreckte, glaubte er, würde er es berühren können. So nah schien es ihm. Warum spürte er es nicht – fragte er sich verwundert –, warum darf ich es nicht spüren? Er glaubte, wenn er hochgreifen und das Fenster öffnen könnte, würde er nur einen Schritt tun müssen und wäre mittendrin, würde planschen und schweben und schlucken vor lauter Licht.

Damals hatte es ein irisches Hausmädchen gegeben – sehr jung dafür, dass sie so weit weg war von daheim, auch wenn er das damals nicht so empfand. Mit einem Hang zum Sarkasmus, der seine Mutter ärgerte, seinen Vater aber zu amüsieren schien. Mary – hatte sie so geheißen? Mary, die ihm beigebracht hatte, Steine übers Wasser hüpfen zu lassen. Und so komisch mit ihm geschimpft. »Du! Vorlauter Bengel, dir schneid ich die Ohren ab und werf sie den Enten zum Fraß vor!« Mary, die hinter der Küchentür weinte, er, der ihre Hüften umschlang und ihr Liebeserklärungen machte. Arme Mary – wenn sie überhaupt so geheißen hatte.

Wasserscheu war er nie gewesen. Seiner Mutter wurde angst und bange, wenn sie ihn an Land rief und der Wind ihre Worte zerfetzte: »Und zwar DALLI, hörst du! Da-li-li-li.«

Kein Gefühl für Gefahren, das ist das Problem, sagte sie gern, rubbelte ihm das Haar mit einer geballten Wut trocken, was höllisch wehtat. Aber es gefiel ihm auch, wie sie frottierte, bis ihm das Hirn im Schädel schepperte, sein Kopf an ihren Busen geklemmt, in seiner Nase der heimliche Geruch ihrer Achseln – Schweiß und dazu etwas Süßliches. In reiferen Jahren zog er sie damit auf, dass seine frühe Glatze an ihrer Haartrockenmethode liege.

Und dann gab es noch den Fluss – da war er schon etwa acht, rannte die Straße hinab darauf zu, berauscht von den Geräuschen und Gerüchen der Bootswerft von Nyack, rannte dem Vater voraus, der ihn ermahnte zu warten. Aber das konnte er nicht – allenfalls mal zurückflitzen, beim Vater eine atemlose Pause einlegen, von einem Bein aufs andere hüpfen, ein paar Worte hinwerfen und wieder losschießen. Wieder später dann mit den Kumpeln von der Schule rauchen lernen, Glühpunkte unter der Brücke. Grashüpfer – war sein Spitzname gewesen, damals: zwölf Jahre alt und schon über eins achtzig.

Er blickt ins Wasser hinab, die Füße im speckigen Sand vergraben, die Schienbeine von einer zerschäumenden Welle umspült, ausgelöscht. Die Flut kommt. Die Wellen werden rauer, werden wuchtig. Wenn er hier lange genug stehen bleibt, werden sie schließlich seinen Kopf überrollen. Wenn er davon ausgehen könnte, dass ihn das Meer stehen ließe, würde er nicht ungern hier unter Wasser sterben. Aber das würde ihm das Meer natürlich nicht gönnen, würde ihn umwerfen, herumwirbeln und dann, wenn es das Spiel leid wäre, würde es ihn erst hinausziehen und dann zu allem anderen Treibgut wieder an den Strand werfen.

Er dreht sich um, lässt das Wasser hinter sich und stapft zum Haus hinauf. Dabei sieht er jemanden sich von Pamet Harbor her nähern. Ein weiterer Junge – ein ganz anderer. Dieser schleppt sich mit hängenden Armen und desolater Miene lustlos durch den Sand. Als müsste er die Sahara überwinden, nicht einen Strand auf Cape Cod. Der Junge winkt ihm; er scheint ihm etwas sagen zu wollen, also bleibt er stehen und wartet.

Der Junge hält kurz vor ihm an. Er weiß nicht, ob er ihn schon mal gesehen hat – ein Junge eben, für ihn sehen sie alle ziemlich gleich aus. Dieser ist wohlgenährt, stämmig, braun gebrannt. Er atmet geräuschvoll aus und sagt dann gepresst: »Verzeihen Sie, Sir, ich weiß, dass wir Sie nicht stören sollen und so …«

Der Bursche wartet, atmet schwer und blickt flehentlich stumm zu ihm hoch. Bald aber ist er das Warten leid und platzt damit heraus.

»Es geht um einen Hausgast bei uns, ich suche ihn schon überall – wir haben das Haus dort oben, wissen Sie. Meine Großmutter hat es für den Sommer gemietet, und meine Mom – das ist die im roten Badeanzug«, fügt er an, als machte sie das irgendwie berühmt, was vermutlich sogar stimmt. »Jedenfalls läuft der dauernd weg. Meine Grandma, das ist Mrs Kaplan, wissen Sie.«

Er will schon sagen, ja, sie sei vor ein paar Jahren bei ihnen zum Tee gewesen, aber der Junge ist noch nicht fertig: »Tja, Sir, er soll mir Gesellschaft leisten, aber er läuft dauernd weg, und dann finde ich ihn nicht, und er will nie irgendwohin oder groß was mit jemandem unternehmen außer vielleicht meiner Tante Katherine – die mag er offenbar schon.«

»Vielleicht ist er einfach gern allein.«

»Na ja, schon, ist ja auch in Ordnung, wenn meine Großmutter nicht ständig sagen würde: ›Und? Amüsiert ihr euch gut? Und was habt ihr Schlingel heute angestellt?‹ Während wir uns kein bisschen amüsieren, so ist es nämlich, und wir rein gar nichts angestellt haben, weil ich ihn mal wieder nicht finden konnte. Was ich ihr natürlich nicht sage.«

»Warum nicht?«

»Na, aus Rücksicht. Und sie würde, na ja, sie würde ...«

»Dafür sorgen, dass ihr euch amüsiert?«

»So was in der Art, Sir.«

Der Junge wartet mit unstetem Blick wie einer, der zum Direktor gerufen wurde, und er fragt sich, ob er ihn etwa offiziell entlassen muss. Dann wird ihm klar, dass der Junge bloß reden will.

»Der war es, der Ihre Kreiden gefunden hat, wissen Sie. Er hat sie Ihrer Frau gegeben.«

»Nun, wenn du ihn siehst, sag ihm Danke.«

»Und Sie, Sir, wenn Sie ihn sehen sollten, ob Sie ihm dann sagen könnten, dass ich ihn so ziemlich überall gesucht habe und dass es bald Essen gibt und er sich doch vorher die Hände waschen soll, weil er das nämlich meist einfach vergisst.«

»Das werde ich ganz bestimmt.«

»Ach so, und ich heiße Richie, Sir. Falls Sie ihm sagen wollten, wer Sie gebeten hat, das auszurichten.«

»Du bist ein sehr höflicher Junge, Richie.«

»Ja, nun. Vielen Dank, Sir.«

»Bitte.«

Richie geht ein paar Schritte rückwärts, wendet sich um, stapft ein Weilchen ganz gesittet weiter, doch dann hält es ihn nicht mehr, und er läuft los.

Er sieht Mrs Kaplans Enkel ungelenk auf die Strandtreppe zutraben.

In seinem Versteck duckt sich der Junge. Durch den Spalt in seinem Flechtwerk sieht er Richie den Strand hinabkommen, er sieht ihn am Unterschlupf vorbeiziehen und verschwinden. Er glaubt, Richie wird wahrscheinlich bis zum anderen Ende des Strands gehen und vielleicht an der Straße zurück. Er überlegt, ob es gut wäre, schnell aufzubrechen und vor Richie wieder bei den Kaplans zu sein. Doch als er sich den Hals verrenkt, um besser zu sehen, entdeckt er Richies Beine direkt neben denen des Schwimmers, und da ist klar, dass die zwei sich unterhalten, auch wenn er nichts hören kann. Ein paar Minuten später taucht Richie wieder in seinem Blickfeld auf, zieht am Unterschlupf vorbei und stürzt dann los, den Strand zurück Richtung Kaplan-Haus.

Er zählt bis sechzig. Das wird er fünfmal tun und dann Richie folgen. Er ist bei der zweiten Runde Sekunden und fast schon durch, als ein langer Schatten auf sein Versteck fällt. Er hört mit dem Zählen auf.

Eine Männerstimme, tief und bedächtig. »Du kannst jetzt rauskommen, er ist weg«, sagt sie, und dann: »Und danke, übrigens, dass du meine Kreiden gefunden hast.«

Der Schatten gleitet weg. Kurz darauf ist er wieder zu sehen, diesmal gedrungener und runder. Er ruckt ein paarmal, als er den Hang über der Höhle hochwandert. Er verschwindet kurz, taucht wieder auf, ruckt noch ein paarmal und ist dann endgültig weg. Der Junge bleibt zusammengekauert sitzen, die Hände auf den Ohren, das Gesicht so verzerrt, dass es schmerzt. So bleibt er, bis er sicher ist, dass der Schatten fort ist.

Er entfernt sich von dem Jungen, der sich in den Sträuchern verbirgt, und beginnt den Aufstieg zum Haus. Er ist noch gar nicht weit gekommen, da muss er schon eine Rast einlegen. Er dreht sich um und blickt zum Kaplan-Haus hinüber, sieht Mrs Kaplans Enkel nun auf halber Höhe der Strandtreppe. Am oberen Ende erscheint eine Frau und wartet auf ihn. Viel kann er aus dieser Entfernung nicht über sie sagen, außer dass sie recht groß wirkt. Sie ist groß, und sie trägt eine blassblaue langärmelige Bluse. Auf ihrem Kopf sitzt der gelbe Hut.

Die Frau beugt sich zu dem Jungen hinab und zieht ihn mit sich. Einen Moment lang fixiert er weiter den Punkt, wo sie eben noch waren, dann setzt er seinen Aufstieg fort. Er hört hinter sich das Meer, ringsum den Wind und dazu das Blut, das in seiner Brust pocht.

Merkur

I

Sie schlendert durch eine Kunstgalerie. Eine typische Großstadtgalerie aus lauter türlosen, ineinander übergehenden Räumen. Die Räume hoch, quadratisch, lichtdurchflutet. Es ist sonst niemand da, was kurios erscheint – nicht einmal irgendwo an der Wand eine Aufsicht. Und noch etwas scheint kurios – es gibt keine Bilder. Dabei wirken die Räume, als wären sie für die Hängung bereit; es gibt Haken an den Wänden, und hier und da strahlen Bilderleuchten Leerstellen an. Die Haken sind ungewöhnlich, bemerkt sie im Vorbeigehen: Es sind in der Wand verankerte Doppelhaken von der Farbe alten Elfenbeins.

Das Licht blendet zunächst. Doch je weiter sie in die Galerie vordringt, desto schwächer wird es. Und die Räume schrumpfen. Das begreift sie erst, als sie sich zufällig umdreht und zurückblickt. Da offenbaren sich die Größenunterschiede: als wären die Räume ineinander geschachtelt. Sie kann bis ganz zum ersten Raum zurücksehen und darüber hinaus, über den schwarz-weiß gefliesten Boden zu der breiten Flügeltür, die die Galerie vom Bürgersteig trennt. Durch das Glas der Türen bietet sich sogar ein Blick auf die Straße: Teil der Aufschrift auf einem Lieferwagen, die Kappe eines Löschhydranten, die Haube einer vorüberstürmenden Nonne. Die Straße kommt ihr bekannt vor – die Nonne, der Hydrant, die große rote Aufschrift *& Sons* auf dem Lieferwagen –, nur kann sie sich nicht entsinnen, draußen vor der Tür gestanden, sie aufgedrückt und den Schachbrettboden überquert zu haben. Aber da ist sie.

Der letzte Raum entgeht ihr fast. Viel kleiner als die anderen, der schmale Eingang kaum so hoch wie ein Sideboard. Sie muss den Kopf einziehen und sich seitlich hindurchwinden. Auf den ersten Blick ist es dort drinnen vollkommen dunkel, doch als sie in den Raum hinabsteigt, schießt ein Lichtstrahl in die gegenüberliegende Ecke, wo ein Bild hängt. Eines weiß sie sofort: Es ist ihr Bild, von der keimenden Idee bis zur endgültigen Komposition – sie hat es hervorgebracht. Sie schlägt eine Hand vor den Mund, mit der anderen fasst sie sich ans Herz. Tränen schießen ihr in die Augen. Es ist das beste Bild, das sie je gesehen hat. Vivat!, flüstert sie hinter vorgehaltener Hand, es lebe!

Kaum zu glauben, nach so vielen Jahren, dass es hier gewartet hat, dunkel verschlossen wie in einem Tresorraum, darauf gewartet, dass sie es aufspürt.

Sie wischt sich mit beiden Händen die Tränen weg und die Hände an ihrem Rock ab, ehe sie links und rechts an den Rahmen fasst. Sie versucht, das Bild vorsichtig von der Wand zu heben, aber es widersetzt sich. Sie zerrt daran. Sie zerrt fester und fester. Dann lässt sie es und will hinter den Rahmen spähen. Aber das Bild schließt plan an, und dahinter ist jetzt ein Knurren zu hören.

Mit einem Knall erlischt das Licht im Raum. Ein seltsamer Geruch, ein tierischer, macht sich breit. Im Dunkeln wird das Knurren lauter. Es klingt nach einem aufgebrachten und zugleich erschreckten Tier. Sie hört ein Herz hämmern, an ihrem Hals und ihrer Brust glitscht es nass. Im ersten panischen Moment glaubt sie, das Tier sabbere sie voll, werde gleich zuschnappen. Doch dann schreckt sie hoch und stellt fest, dass Geruch und Geräusch von ihr selbst stammen, der Schweiß auf ihrer Haut ihr eigener ist.

Sie liegt im Dunkeln, geht den Traum durch; jedes Detail bleibt gestochen scharf, bis auf das eine, auf das es ankommt – das Bild selbst. Sie weiß, wie schwer es wog, als sie es von der Wand zu heben versuchte, wie fest und kühl der Rahmen sich anfühlte. Sie spürt noch die Aufwallung der Gefühle, die sie beim ersten Anblick erfasste. Triumph. Und ja, Stolz! Aber was in dem Rahmen zu sehen war – Motiv, Medium, Farben, Licht –, all das ist verflogen.

Sie dreht sich auf die Seite und mustert den langen, breiten Rücken ihres Manns, die Pyjamastreifen im Halblicht wie geknickte Gitterstäbe. Sie führt eine flache Hand bis kurz vor seinen Rücken und fragt sich, ob sie ihm am Morgen von dem Traum erzählen wird. Ihre Hand verharrt einen Moment, es steigt eine Hitze wie Ofenglut auf.

Sie malt sich aus, wie sie es ihm schildert (Und stell dir vor, da ... Da? Da ging mir das Herz über, weil ...), die kleinen Grunzlaute, die er sich am Frühstückstisch abringen wird, bis sie schließlich fragt: »Wie erklärst *du* dir das?« Ein Achselzucken, ein knappes »Es war bloß ein Traum« oder »Ich glaube kaum, dass etwas Kon-kre-tes gemeint war«.

Bevor er sich wieder seiner Zeitung oder seinem Buch oder der Wacht am Nordfenster und der morgendlichen Begutachtung der vielen dünnen Luft South Truros zuwendet.

Sie setzt sich im Bett auf, stopft sich das Kissen ins Kreuz und trinkt von dem Wasser im Glas auf dem Nachttisch. Da schiebt er eine Schulter zurück, blickt darüber hinweg und fragt murmelnd, ob alles in Ordnung ist.

»Jaja, alles in Ordnung«, sagt sie, »schlaf weiter.«

Sie stiert ins Zimmer. Die Schranktüren, der Stuhl, die Kommode, jenseits des Nebels der Dunkelheit wie Land in Sicht. Das Ungetüm seines Mantels am unsichtbaren Haken, als hielte er sich von allein aufrecht.

»Erinnerst du dich an die Bären im Yellowstone Park?«, sagt sie laut. Aber er schläft schon wieder.

Sie nippt weiter an ihrem Wasser und fasst dabei einen Entschluss: Morgen wird sie Mrs Sultz einen Besuch abstatten. Wochenlang spielt sie schon mit dem Gedanken, jetzt ist es entschieden. Mrs Sultz, morgen – ein Sonntagsbesuch –, ist doch nett. Und sie wird ihn allein machen, auch wenn er ihr anbietet, sie hinzubringen. Er wird über ihren Verzicht erstaunt sein, aber erfreut – ein ungestörter Nachmittag ist genau das, was er jetzt braucht, Gelegenheit, an dem Orleans-Bild zu arbeiten. Sie wird ihn nur bitten, sie zum Bus zu bringen. Ab Hyannis kann sie ein Taxi nehmen.

Oder sie kann selbst fahren – warum denn nicht, verdammt noch mal? Es ist auch ihr Automobil – sie hat ebenso viel Recht darauf wie er. Er wird sich – ganz bestimmt – querstellen, aber sie wird sich deswegen gar nicht erst streiten oder lange widersprechen. Sie wird warten, bis er spazieren geht oder so in die Arbeit vertieft ist, dass er nichts mitbekommt. Dann wird sie den Wagen einfach nehmen (aber natürlich einen Zettel ans Garagentor heften, damit er nicht auf die Idee kommt, die Polizei zu rufen).

Sie sieht sich schon die Old Country Road entlanggondeln. Niemand an ihrer Seite oder auf der Rückbank, der kritisiert oder unnötige Anweisungen gibt (nicht so dicht am Straßengraben, nicht so weit in der Mitte, Vorsicht – Lastwagen! Kind auf Fahrrad! Pass auf, hinter der Kurve kommt die Brücke). Als lenkte sie mit geschlossenen Augen. Im Auto allein unterwegs sein, vielleicht zur Gesellschaft ein bisschen Musik aus dem Radio – wie belebend. Felder und Bäume und Wildblumen huschen vorbei, das Fenster auf dreiviertelmast, die durch den Spalt strömende Seeluft. Und Mrs Sultz – die wird so stolz auf sie sein.

»Hergefahren, Sie? Ganz allein?«, wird sie staunen, ehe sie, wie immer, wenn sie vollkommen verblüfft ist, sagt: »Na, das ist ja allerhand.«

Ganz allein den ganzen Weg. Wie viele Meilen bis Hyannis, und wie viele dann noch bis zum Altenheim, über wie viele Schleichwege? Und dann den ganzen Weg zurück. Die Hauptstraße gegen Abend im Dämmerlicht voller Sonntagsfahrer. Und wenn der Besuch weniger gut verläuft? Allein und aufgewühlt heimfahren zu müssen – wie viele Meilen vom Heim bis Hyannis, wie viele von Hyannis nach Hause ...?

Da sieht sie sich schon das Lenkrad umklammern und an einer Kreuzung im abendlichen Zwielicht auf die Gelegenheit warten, die Hauptstraße zu überqueren, während grell die Scheinwerfer vorbeiwischen. Wischen und wischen, während sie wartet und wartet ...

Sie wird ihn bitten, sie zum Bus zu bringen.

Hauptsache, sie kommt hin. Um sich mit Mrs Sultz zu versöhnen, einen Nachmittag mit ihrer besten und einzigen echten, ehrlichen Freundin zu verbringen. Es ist sicher ein gutes Heim – Mrs Sultz hat ja Geld. Sie werden draußen sitzen, Gartenmöbel auf einem samtenen grünen Rasen. Geeister Kaffee im Schatten eines Baums. Sie wird ihr von dem Traum erzählen können. Mrs Sultz hat sich für dergleichen doch immer interessiert: den psychologischen Aspekt, wie sie das nennt.

Sie wird ihr auch anderes erzählen: von den Frauen am Strand, dem Jungen, der ihr die Kekse überlassen hat, von der Einladung zu gleich zwei Partys bei den Kaplans – von denen die eine schon war, die andere noch kommt. Und wie sie vorgehabt habe, zur ersten zu gehen, notfalls auch alleine – denn ihm hatte sie davon gar nichts erzählt; sie wusste doch, was er dazu zu sagen hätte. Sie hatte extra als Gastgeschenk einen ganzen Korb Pfirsiche besorgt, hatte Lippenstift aufgetragen, ihr bestes Kleid gebügelt. Das hatte sie just anziehen und ihn dann bitten wollen, sie rasch hinzufahren. Andernfalls, wenn er nicht geneigt wäre, war sie bereit, zu Fuß zu gehen. Doch dann, im letzten Moment, hatte sie sich auf die Bettkante gesetzt und einfach nicht aufraffen können.

Aber warum denn nicht?, würde Mrs Sultz fragen. Warum um Himmels willen sind Sie nicht hingegangen? Und sie würde es irgendwie erklären können, und Mrs Sultz würde es verstehen. Es war ihr einfach zu viel gewesen. Zu viel, ihn zum Mitkommen bewegen zu sollen, zu viel, sich allein auf den Weg zu machen.

Mit Mrs Sultz hatte sie immer offen reden können – Dinge sagen, die sie im Traum niemandem sonst gestehen würde. Mit ihr über die Vergangenheit sprechen, ihr sehr private Dinge anvertrauen. Und sie hatte sich stets darauf verlassen können, dass Mrs Sultz trotz dem Zerwürfnis das alles mit ins Grab nehmen würde.

Was aber, wenn Mrs Sultz im Kopf nicht mehr ganz klar ist, wenn sie eine Frau antrifft, die der alten Freundin ihrer Mutter, Mrs Neeson, gleicht? Umnachtet, in ihrem Bett noch aufrecht, aber ausgehöhlt wie altes Sumpfholz? Was, wenn Mrs Sultz sie nicht erkennt? Oder schlimmer noch, was, wenn sie sie *doch* erkennt und bei ihrem Anblick aufhört zu schunkeln und stattdessen anfängt zu schreien? Schafft die Frau da weg, sie ist eine Lügnerin. Sie hat sich bei ihrer Heirat jünger gemacht, sie hat ihren Mann belogen. Schafft sie weg – sie war bei ihrer Heirat nicht, ich wiederhole, *nicht* Jungfrau!

Sie hätte es ihr nicht sagen dürfen. Genau solche Katzen lassen alte Damen gern aus dem Sack. Mrs Sultz ist zwar nicht wie andere Frauen aus ihren Kreisen, aber trotzdem – es war ganz und gar nicht nötig gewesen, ihr das zu verraten. So wie es unnötig war, ihr andere Dinge anzuvertrauen. Etwa ihr Bedauern über ihre Kinderlosigkeit. Dabei hatte sie es nur zugegeben, weil Mrs Sultz danach gefragt hatte. Bedauern Sie das nicht? Es war während des Kriegs; Mrs Sultz hatte sie zum Muschelsammeln mitgenommen. Sie hatten beide darüber lachen müssen, wie ungeschickt sie sich dabei anstellte, und dann, plötzlich, unvermittelt, diese Frage. Bedauern Sie es nicht?

Sie hatte gesagt: Eigentlich sprach ja schon mein Alter dagegen. Und mein Mann hat für Kinder nichts übrig, gar nichts, und dann gehen wir beide doch so in unserer Arbeit auf ... – Ja, aber bedauern Sie es nicht? Sie hätte es niemandem sonst gegenüber zugegeben. Sie hatte es ja kaum sich selbst eingestanden, bis Mrs Sultz fragte.

Sie sieht sich im Schlafzimmer um, nicht dunkel, nicht hell: der heraufdämmernde Tag. Sie kann jetzt den Spiegel auf der Kommode erkennen, auf der ihre Sachen ausgelegt sind wie Spielsachen für Erwachsene. Das Schmuckkästchen ihrer Mutter, die kleine Knospenvase aus dem Besitz ihrer Großmutter. Die von ihr selbst in Mexiko erstandene Puderdose. Die Schatulle mit der Halskette, die er ihr einst – zu Weihnachten – geschenkt hat.

Wenn sie mal nicht mehr ist, wird nichts mehr sein. Niemand wird sagen können: Die Kette ist von meiner Mutter, die Knospenvase hat meiner Urgroßmutter gehört. Auch ihr Name wird nicht mehr sein, Mädchen- wie Ehename, an keinem dieser Päckchen wird noch jemand zu tragen haben. Seine Bilder hingegen, die werden fortdauern und seinen Namen tragen. Aber Bilder sind nicht Fleisch und Blut, sie sind nicht der Klang einer Stimme, ein vielsagender Blick. Außerdem werden seine Bilder, kaum dass er in der Erde liegt, zu Waren verkommen, käuflich erwerb- und weiterverwertbare Trophäen für die Wände der Wohlhabenden.

Wie hätte ihr gemeinsames Leben wohl ausgesehen, wäre es anders gekommen, gäbe es ein Kind? Eines nur – für mehr wäre keine Zeit gewesen. Und doch, was hätte ein Kind für einen Unterschied machen sollen – etwa in der Frage, wo und wie leben? Gut, seine Mutter wäre als Großmutter gestorben, seine Schwester wäre Tante. Es wäre sicherlich ein künstlerisch begabtes Kind – bei den Eltern. Andererseits entpuppen sich gar nicht wenige Kinder als Nieten und die Regeln der Arithmetik selten als auch auf das Leben anwendbar, etwa, dass zweimal plus kein minus ergibt. Mrs Sultz und ihr verstorbener Mann, beide aufrecht und anständig. Der Sohn hingegen? Unverschämt, raffgierig, stets nur bedacht auf –

Sie hört sich scharf die Luft einsaugen, als die Erinnerung sie einholt – oje, der ist ja tot; Matthew Sultz ist tot. Er ist im Krieg geblieben. Kriegsgefangener. Wie hat sie das nur vergessen können? Gestorben, bevor er dazu kam, auf seine Art Mann zu werden. Sie hatten Mrs Sultz versichert, er habe nicht gelitten – aber das sagen sie natürlich immer. Wer weiß, was er wirklich für einen Tod gehabt hat. Und was muss sie doch für eine vertrocknete, gemeine kleine Seele haben, dass sie so über den armen toten Jungen denken kann, einen Jungen, der sein Leben für sein Land gelassen hat?

Die Schamesröte steigt ihr ins Gesicht, lässt ihr Herz plötzlich stolpern.

An Schlaf ist nun nicht mehr zu denken.

Sie steigt aus dem Bett, schleicht ins Badezimmer, wäscht sich das Gesicht und verwendet viel Zeit und viel Zahnpulver darauf, sich die Säuernis aus dem Mund zu scheuern. Bald wird die Sonne aufgehen. Auf einem Spaziergang könnte sie sie dabei in flagranti ertappen. Sie könnte sie wie ein Eidotter bersten und über das Meer und den Sand, über ihre Hände und ihren Körper rinnen sehen, bis sie am Strand steht wie mit Goldschaum überzogen. Dann wird sie warten, bis der Himmel sich lichtet und klärt, sich schließlich Richtung Ryder Beach in Marsch setzen und zurück die Abkürzung über die Längsdünen nehmen. Sie wird ein paar Stunden mindestens unterwegs sein. (Er wird sich langsam Sorgen machen – soll er!) Beim Gehen wird sie möglichst nicht nachdenken, wird das neue Licht und das Meer ihre Gedanken reinwaschen, Gräser und Bäume den Schmutz aus den Ecken fegen lassen. So kann sie vielleicht ihre Gemeinheit dem armen Matty gegenüber vergessen, zugleich in ihrem Kopf Platz schaffen und das Bild aus ihrem Traum heraufbeschwören.

Wieder im Schlafzimmer, liest sie ihre Kleider auf. Im Halblicht ähnelt sein Mantel an der Tür nicht mehr einem Bären, ist bloß ein Mantel – sie erkennt jetzt sogar das Muster der Wolle.

Sie hebt einen Ärmel an und reibt ihn an ihrem Gesicht. Rau, dicht, schwer, ein unerhört teurer Spaß, als er ihn kaufte – aber ach, der Mantel hat sich bewährt. Was haben sie sich gestritten, als sie für die Herreise packten. Er hatte gesagt: »Ich werde ihn nicht brauchen; bis zum Herbsteinbruch bin ich längst fertig.«

An dem Mantel hatten sie beide gezerrt wie an dem Kind des salomonischen Urteils, sie hatte ihn in den Schiffskoffer geworfen, er ihn wieder herausgezogen. Am Ende hatte sie ihn mürbe gekriegt – er schmollte bis zur Connecticut Turnpike.

Aber sie hatte eben geahnt, wie es kommen würde – eine lange Rekonvaleszenz, künstlerisch wie körperlich. Es würde ein mühsamer Sommer werden, und sie hatte ebenso gewusst, dass er lieber sterben als mit leeren Händen nach New York zurückkehren würde. Und nun neigte sich der Sommer dem Ende zu, und er hatte immer noch nichts vorzuweisen, und derselbe Mantel, den er in New York für überflüssig gehalten hatte, würde bald unverzichtbar sein.

Im Yellowstone Park hatte er die Bären gefürchtet. Bärenmütter, die mit ihren Jungen umherstreiften, Nationalparkbesucher, die sie durch halb offene Fenster mit Picknickresten fütterten. Sie selbst hätte sie am liebsten umarmt. Eine kuriose Sehnsucht war das, warm und einsam zugleich. Ein bisschen wie die Liebe. Liebe und Einsamkeit und, mal wieder, Enttäuschung. Sie hatte ihn gebeten, anzuhalten, damit sie die Bären streicheln könne, aber er hatte sich strikt geweigert. Und ja, sie hatte sich daraufhin kindisch benommen, hatte die Füße gegen das Armaturenbrett gestemmt, wohl wissend, dass er sie runterschubsen würde. Sie hatte ihm die Hand zerkratzt, als er sie wieder aufs Lenkrad legte. Ihn gekratzt und angeschrien, wortlos, schrill, ausdauernd. Sein bestürztes Gesicht, als sie das tat. Dann gab es Tränen, stumme Tränen. Sie hatte ihr Gesicht abgewandt, dem Fenster zu, überwältigt von einer diffusen Trauer. Kurz darauf war er rechts rangefahren und hatte den Motor abgestellt. Dann hatte er sie in die Arme geschlossen und gehalten, bis die Tränen versiegten.

Beschämt von ihrem Ausbruch, hatte sie gesagt: »Da ist meine innere Lady Chatterley mit mir durchgegangen – du weißt schon, als sie vor Rührung über die Fasanenküken weint.«

»Küken sind eine Sache«, hatte er gesagt, »Bärenmütter eine ganz andere.«

Sie setzt sich auf die Bettkante, neben sich die zusammengesuchten Kleider, und hebt den Saum ihres Nachthemds von den Knien. Er murmelt.

»Was los – kannst du nicht schlafen?«

»Ich gehe ein bisschen raus«, sagt sie.

Er hebt den Kopf vom Kissen, dreht sich ihr zu und blinzelt sie an.

»Erinnerst du dich an die Bären?«, fragt sie ihn.

»Beeren? Was für Beeren?«

»Die Bären im Yellowstone Park, erinnerst du dich?«

Er dreht sich weg und bettet den Kopf wieder aufs Kissen.

»Erinnern, erinnern«, sagt er, »warum musst du dich immerzu erinnern? Geh lieber Sterne gucken. Oder besser noch, wieder schlafen.«

»Es gibt keine Sterne«, sagt sie, »es ist fast Morgen.«

Dann lässt sie ihr Nachthemd los, schiebt sich wieder ins Bett und drückt ihr Gesicht an die warme, feuchte Stelle hinten an seinem Pyjamaoberteil und schläft fast augenblicklich ein.

Als sie aufwacht, ist er bereits auf und angezogen. Sein Pyjama ist über den Stuhl drapiert, es riecht nach Kaffee. Das Haus ist still, aber nicht leer – das wäre eine andere Stille.

Sie sieht ihre Kleider vom Bett hängen, ihren Pullover auf dem Boden, und da erinnert sie sich an ihr Vorhaben, Mrs Sultz zu besuchen. Inzwischen ist sie sich mit dem Besuch nicht mehr so sicher und eigentlich im Begriff, ihn sich auszureden, als er im Türrahmen erscheint.

Er betrachtet sie von dort einen Augenblick, während er den Kopf eines Pinsels in einem Lappen ausdrückt. »Ich hole eine Zeitung«, sagt er. »Soll ich sonst irgendwas mitbringen?«

»Ich weiß nicht, brauchen wir was?«

»Vorräte vielleicht.«

»Gut.«

»Ja, aber was –?«

»Was du willst. Überrasch mich doch einfach. Nur, weil ich die Frau bin, heißt das ja nicht, dass immer ich entscheiden muss, oder?«

»Nein, nur weil du wählerisch bist.«

»Sagst du. Ach, du könntest aber, wenn du schon unterwegs bist, nach dem Busfahrplan schauen.«

»Willst du irgendwohin?«

»Falls es dich wirklich interessiert, ich dachte, ich fahre mal nach Hyannis.«

Er sieht sie an, überrascht und erheitert. Und jetzt *muss* sie natürlich nach Hyannis fahren, ob es ihr passt oder nicht.

»Um Mrs Sultz zu besuchen«, sagt sie. »Ideal wäre, wenn

mittags oder am frühen Nachmittag ein Bus fährt und ich vor drei ankomme. Und sieh doch bitte auch nach den Rückfahrzeiten, damit du weißt, wann du mich abholen kannst.«

Er nickt und sagt dann: »Soll ich dich lieber hinfahren?«

»Auf keinen Fall! Du solltest weiter an dem Bild arbeiten, findest du nicht? Aber nett, dass du fragst. Wie läuft es denn so?«

Er zieht sich von der Schwelle zurück, und sie hört seine Schritte erst zum Arbeitstisch, dann in die Küche und schließlich an die Haustür gehen.

Sie ruft ihm hinterher: »Ich sagte, wie läuft es denn so?«

Es dauert etwas, dann: »Ich bin mir nicht sicher, ob da was läuft.«

»Was sagt dir dein Gefühl?«

»Dass es nichts taugt.«

»Ach. Darf ich mal sehen?«

»Nein.«

»Nein?«

»Noch nicht. Ich will es lieber etwas liegen lassen.«

Und dann schnickt das Schloss, und er ist weg.

Sie wartet ein paar Minuten, bevor sie aufsteht und barfuß durchs Haus tappt. Ein grauer Himmel, tief hängende Wolken, und da fällt ihr ein, dass von Regen die Rede war. Aus dem hinteren Fenster sieht sie das Heck des Buick um den Torpfosten biegen und ihren Blicken entschwinden.

Sie geht denselben Weg zurück und landet vor der Staffelei. Die hat er weggedreht, nach Westen zur Bucht hin, sodass sie, wenn sie was sehen will, bis ganz nach vorn gehen und sie umrunden muss. Das tut sie, und nun vor der Bildseite angelangt, tritt sie etwas zurück und hält inne.

Er hat alles blau untermalt. Sie rückt ein Stück näher und beugt sich vor. Dann fährt sie mit dem knapp über der Leinwand gehaltenen Zeigefinger die Konturen nach: der Ellipse des Tankstellenschilds, der senkrechten Stange, an der es hängt, den Kringeln der feilgebotenen Reifen darunter, der drei Augenbrauenbögen der Ampel. Sie lässt ihren Finger die Straße überqueren und fährt dort die Umrisse nach, gerade wie geschwungene, recht- und dreieckige. Sie erkundet alles: das Blattwerk an der Horizontlinie, den Fleck eines am Fluchtpunkt verschwindenden Automobils, die breite Schräge der Straße.

Sie wendet sich seinem Arbeitstisch zu und beginnt, seine Skizzen zu sichten, breitet sie aus, hebt erst diese, dann jene zur näheren Betrachtung an. Baumkronen, Läden, Häuser, ofenförmiger Schornsteinaufsatz, Markisen, Tankstellenschild, Horizontlinie. Fluchtpunkt.

Sie legt die Skizzen wieder genau an dieselben Stellen zurück und bleibt noch einen Augenblick, ohne das Bild auf der Staffelei anzusehen. Das kann sie jetzt nicht mehr, stellt sie fest, sich aussetzen. Nicht, weil sie überwältigt wäre – was gelegentlich vorkommt –, noch deshalb, weil ihr die vertraute Kakofonie aus Neid und Stolz, Bewunderung und Missgunst in den Ohren gellt – was ebenfalls vorkommt. Es liegt vielmehr daran, dass sie bei diesem Bild von Anbeginn an ihre Zweifel hatte. An dieser Darstellung einer Kreuzung an der Main Street in Orleans gibt es für sie nichts zu fürchten und nichts zu hinterfragen. Es ist ein nichtssagendes Bild, bisher jedenfalls. Oder schlimmer noch – ein lebloses.

Sie kehrt ins Schlafzimmer zurück, zieht ihren besten Rock aus dem Schrank, breitet ihn auf dem Bett aus und wühlt in der Schmuckschatulle ihrer Mutter, bis sie eine Silberbrosche zu fassen bekommt.

Der Himmel hat sich zu einem Kohlengrau verfinstert und droht jeden Moment mit einem Wolkenbruch. Als sie ans Fenster tritt, um sich ein genaueres Bild zu machen, springt ihr eine Bewegung an der Garage ins Auge. Zwei Jungen stehen dort. Sie scheinen Streit zu haben: Der lange Schlaksige hat sich mit verschränkten Armen aufgebaut, der Stämmige stampft herum und zeigt hitzig aufs Haus, als schieße er Pfeile ab. Sie geht nach draußen, umrundet das Haus und stellt sich ans obere Ende der Stufen.

Der lange Schlaks sieht sie sofort und senkt die Arme. Der andere Junge dreht sich um, und jetzt sieht er sie auch. Beide kommen ihr etwas widerstrebend entgegen. Als sie die Stufen nehmen, erkennt sie sie langsam: Mrs Kaplans Enkel, und der lange Schlaks ist der, der ihr seine Kekse geschenkt hat. Die Namen fallen ihr nicht mehr ein, also ruft sie ihnen zu.

»Hallo, ihr beiden – was führt euch denn her?«

Mrs Kaplans Enkel legt einen Zahn zu, erreicht sie außer Atem und sagt: »Guten Morgen, Ma'am, entschuldigen Sie die Störung. Ich bin Richie, falls Sie es vergessen haben. Richie Kaplan. Wir sind gekommen, weil meine Grandma, Sie wissen schon: Mrs Kaplan, gemeint hat – «

Der andere Junge drängt sich nun vor. »Ich wollte Arthur sehen«, sagt er.

»Wer ist –? Ach, du meinst Kater Arthur.«

»Ja, den Kater.«

Der erste dicke Regentropfen klatscht ihr auf den Handrücken; sie wischt ihn fort und blickt in den Himmel hoch.

Sie sagt: »Aber der ist tot.«

»Das *weiß* ich«, sagt der Junge, »aber Sie haben gesagt...«

»Was habe ich gesagt?«

»Sie haben gesagt, Sie würden mir zu gerne das Bild zeigen, das Sie von ihm gemalt haben.«

Und nun spürt sie den nächsten Tropfen am Arm und entdeckt die ersten dunklen Regenpunkte auf dem Holzgeländer.

»Ja, das habe ich wohl, nicht wahr? Nun, es freut mich, dass ihr gekommen seid. Und es freut mich, dass nur ihr beide das seid. Als ich nämlich rausgeschaut und zwei Gestalten hinter der Garage habe herumlungern sehen, wusste ich gar nicht, was ich davon halten sollte!«

Mrs Kaplans Enkel wird ordentlich rot. Sie weiß nicht, ob vor Unbehagen oder Entrüstung.

»Er hat gedacht, Sie wohnen dort«, sagt er. »Ich hab versucht, es ihm zu erklären, aber er wollte nicht hören ... wer wohnt denn schon in einer Gara–?«

»Wie bist du denn darauf gekommen?«, sagt sie zu dem Jungen.

Der schlägt die Augen zu Boden und scharrt an der Stufe wie ein Pferd mit dem Huf. »Es sieht doch aus wie ein Haus, mit Dach und allem.«

»Ziemlich kleines Haus«, sagt Richie und verdreht die Augen.

»Sie ist doch auch ziemlich klein.«

Richie dreht sich nach ihm um und wirft ihm einen strafenden Blick zu.

Sie verkneift sich das Lachen. »Und was glaubst du, wer dann hier in diesem Haus wohnt?«, fragt sie.

»Dieser Mann«, sagt der Junge.

»Dieser Mann?« Sie lacht. »Genauso nenne ich ihn auch manchmal – in Gedanken, verstehst du. Dieser Mann!«

Wieder fällt ein Tropfen Regen, fett und kalt, und zwar diesmal direkt auf ihr Gesicht.

»Wollt ihr Jungs nicht lieber reinkommen, bevor uns der Regen – ?«, setzt sie noch an, aber da schüttet es schon – wie Korn aus einem geplatzten Sack.

Sie wirft sich herum und läuft los; Mrs Kaplans Enkel hetzt ihr nach. An der Ecke blickt sie zurück, und da steht der lange Schlaks noch reglos auf den Stufen, während ihm der Regen über Haar und Gesicht rinnt.

»Worauf wartest du denn?«, ruft sie ihm zu. »Du wirst ja klatschnass.«

»Sind Sie allein da drinnen?«, ruft er zurück.

»Ja, ich bin allein.«

»Wo ist der Mann?«

»Weggefahren. Komm schon, ich schwöre, es ist niemand da.«

Der Junge nickt und saust zu ihr hoch.

Sie retten sich hinein, sie wirft die Tür ins Schloss, der Regen klatscht dagegen, als wollte er auch noch schnell rein. Ein Trommelfeuer an Fenstern und Wänden und Dach.

Richie ruft: »Iiih, meine Sachen sind ganz nass!«

Der andere Junge lacht und schüttelt sein Haar wie ein Hund.

»Das bisschen Sommerregen«, brüllt sie gegen den Lärm an, »das tut euch schon nichts.«

Da hört der Regen plötzlich auf. Das Haus ist wieder still. Sie verschwindet kurz in einer Kammer, holt drei Handtücher hervor und wirft je eines den Jungen zu.

Richie tupft sich das Gesicht ab, trocknet sich sorgfältig die Hände und dann die Beine. Der andere Junge wischt sich mit seinem Handtuch einmal übers Gesicht und lässt es über eine Stuhllehne fallen. Sie nimmt ihr Handtuch und macht es wie Richie, schließt die Augen und drückt sich den Stoff gegen das Gesicht. Als sie die Augen wieder aufmacht, zieht Richie gerade alles Mögliche aus seiner Hosentasche und packt es auf den Tisch: Notfallspray, ein Päckchen Bubble Gum und einen kleinen weißen Umschlag.

»Der ist wenigstens nicht nass geworden«, sagt er und schiebt ihr den Umschlag hin.

»Was ist das?«, sagt sie, jetzt damit beschäftigt, ihren Pferdeschwanz zu frottieren.

»Ich weiß es nicht, Ma'am, oder schon ... das heißt, ich habe nicht reingeschaut, das nicht, aber meine Grandma hat mir aufgetragen, ihn persönlich zu überreichen.«

»Sie wollen, dass Sie am Labor-Day-Wochenende zu einer Party kommen«, sagt der andere Junge, der sich mit offen stehendem Mund im Haus umsieht.

»Gefällt es dir hier?«, fragt sie und versucht vergeblich, sich an seinen Namen zu erinnern.

Der Junge nickt, zeigt hinauf zum Stauboden und fragt: »Was ist denn das da oben?«

»Das ist ein Stauboden.«

»Sieht nicht aus wie ein Boden.«

»Sondern? Wonach sieht es für dich aus?«

»Weiß nicht. Vielleicht, wo der Prediger steht?«

»Der Prediger! Ach, ja, so einen haben wir hier auch, kann ich dir sagen. Also, wartet hier, ich suche inzwischen Arthur.«

Während sie auf dem Stauboden kramt, hört sie sie laut flüstern.

»Hat dir denn nie mal jemand ein paar Manieren beigebracht?«, sagt der Richie-Junge.
»Was habe ich denn jetzt wieder falsch gemacht?«
»Dich so ungeniert umzusehen. Und du sollst Ma'am zu ihr sagen. Und ich finde nicht, dass du das hättest sagen dürfen, von wegen ziemlich klein und so.«
»Aber ist sie doch.«
Sie zerrt das Bild hinter einem Haufen alter Rahmen hervor, hockt sich, plötzlich übermütig, hinter die halbhohe Wand, die den Stauboden abschließt, hebt das Bild darüber und ruft: »Miau!«
Der lange Schlaks lacht lauthals und meint: »Und was sind Sie nun – Arthur, ein Springteufel oder was?«
Sie lässt das Bild sinken und zeigt sich. Mrs Kaplans Enkel wirkt verlegen, der andere Junge aber grinst sie von unten breit an.

Sie ist vom Stauboden auf dem Weg nach unten, als sie das Doppelschnicken der Halbtür hört und Richies Worte: »Ach, Tag, Sir, entschuldigen Sie die Störung, uns schickt meine Grandma, wissen Sie, sie –«
Darauf folgt ein kleiner Tumult, die Tür klappt auf und wieder zu.
Sie hastet die letzten Stufen vom Boden hinunter. Richie steht mit großen Augen da, und ihr Mann, in den Armen zwei bauchige Einkaufstüten, starrt auf die Tür. »Was war das denn?«, fragt er.

Der Junge ist die Holzstufen schon halb hinabgestürmt, als sie deren oberes Ende erreicht.
»Hey!«, ruft sie und dann, weil ihr plötzlich ein Name zufliegt. »Hey, Vince, komm zurück ... wo willst du denn hin?«
Der Junge dreht sich kurz um, blanker Horror steht ihm ins Gesicht geschrieben.
»Du erwartest doch nicht im Ernst, dass ich dir jetzt nachlaufe – das wäre wirklich gemein von dir, in meinem Alter!«

Er wendet sich wieder ab, will weiterlaufen, doch irgendwie kommen seine Knie sich in die Quere, und er stolpert, stürzt vor und landet als Häuflein Elend ein paar Stufen weiter unten.

Sie lehnt das Bild von Arthur an einen trockenen Fleck der Hauswand und eilt zu ihm, dort am Fuß der Treppe. Der Junge drückt sich mit fest zusammengekniffenen Augen ein Knie an die Brust. Es ist blutig zerschrammt, mit Steinchen gestippt, auch das Schienbein hat ein paar Kratzer, ein Ellbogen ist aufgeschürft, der Unterarm außen ebenfalls aufgeschrappt und rot gesprenkelt.

»Ach, armer Junge, oje, oje. Ist es schlimm? Ach, wie dumm. Ach, Vince, was hast du nur angerichtet? Kannst du aufstehen? Tust du mir den Gefallen?«

Er greift nach dem Geländer, aber sein Arm ist zu kurz. Sie hebt den Kopf, will ihren Mann rufen, da kommt er schon die Stufen herab, Richie ihm dicht auf den Fersen.

»Es wird alles gut, Vince, mein Mann trägt dich rauf ins Haus und –«

»Nein!«, wimmert der Junge und macht sich ganz klein.

»Aber, Vince, was hast du denn nur?«

Sie blickt zu ihrem Mann hoch und zuckt mit den Achseln.

»Vielleicht ist es besser, wenn ich Richie zu seiner Großmutter fahre«, sagt er. »Dann kann er sie mit herbringen.«

»Richie, bist du einverstanden?«, fragt sie. »Dass mein Mann dich heimbringt, damit du deine Grandma holen kannst; und ich bleibe solange hier bei Vince?«

»Vince? Sicher, Ma'am, das wäre ja gut, nur ist sie nicht da. Es ist niemand da. Grandma und Mom sind mit Tante Katherine zu Doc Tom gefahren, und danach sind sie alle bei Mrs Grant zum Lunch eingeladen, Sie wissen schon, der englischen Dame – selbst Rosetta, oder jedenfalls musste die auch weg; wir sollten uns selbst was zu essen machen und so, oder hätten es sollen, sobald wir Ihnen die Nachricht überbracht hatten.« Richie fährt sich mit der Zunge über die Lippen und hält ihr zum zweiten Mal den Umschlag hin, ehe er ihn wieder sinken lässt.

»Was machen wir bloß?«, sagt sie zu ihrem Mann, der sich auf die Stufe gleich über dem Jungen setzt. Wild beginnt der Junge, den Kopf zu schütteln. Ihr Mann bleibt ein Weilchen sitzen, ohne sich zu rühren oder den Jungen anzusehen, dann sagt er leise: »Du weißt, wer diese Dame ist, oder?«

»Klar«, murmelt der Junge. »Das ist Mrs Aitch.«

»Mrs Aitch? Na gut.«

»Ich habe ihm schon gesagt«, sagt Richie, »dass sie nicht wirklich so heißt, aber er hört ja nicht.«

»Nun, wenn sie Mrs Aitch ist, bin ich Mr Aitch, der Ehemann dieser Dame. Und jetzt verrate mir mal, glaubst du, Mrs Aitch hat Angst vor mir?«

Der Junge schüttelt den Kopf.

»Und meinst du, das könnte daran liegen, dass ich gar kein so übler Kerl bin?«

»Weiß nicht ... vielleicht«, sagt der Junge.

»So wie's aussieht, mein Junge, bleibt dir keine andere Wahl. Wir haben kein Telefon, können also keinen Arzt rufen. Und wir können dich schlecht hier draußen auf den Stufen liegen lassen, wo es gleich wieder anfangen wird zu regnen. Was ist, wenn ein Orkan aufkommt? Der weht dich glatt weg. Und wir müssen ja nachsehen, ob du dir ernstlich was getan hast – falls du ins Krankenhaus musst, verstehst du? Dummerweise kann Richie dich nicht tragen, und meine Frau, nun, die erst recht nicht, also wirst du mit mir vorliebnehmen müssen, fürchte ich. Ich versprech dir, dass ich dich so sanft anpacken werde, wie ich nur kann, und sobald wir da oben im Haus sind, überlasse ich dich meiner Frau, die wird sich alles ansehen und dich verarzten – was meinst du?«

Der Junge sieht nicht hoch, nickt aber leise.

»Ein paar Stellen will ich aber lieber mal gleich abtasten«, sagt er und legt dem Jungen eine Hand aufs Bein. »Denn wenn du dir etwas gebrochen hast, sollten wir dich nicht bewegen, verstehst du? Also, wie sieht's hiermit aus? Und damit? So weit, so gut. Kannst du das Knie beugen, versuchst du es mal? Gut, sehr gut. Du bist wirklich tapfer.«

Der Junge nickt zu allem heftig.

»Gut, jetzt würde ich dich bitten, mir deine Arme um den Hals zu legen, so ist's recht, gut. Und jetzt hebe ich dich hoch. Geht das? Eins, zwei, drei. Geschafft. Und los geht's. Ganz nach oben, oberster Stock. So. War doch gar nicht so schlimm, oder?«

Der Junge beginnt, halblaut zu zählen.

»Gut so«, sagt er, »zähl nur weiter. Bis du bei hundert bist, sind wir im Haus und du sitzt bequem, versprochen.«

Sie verfolgt, wie er den Jungen die Stufen hinaufträgt. Der Junge wie ein verwundetes Jungtier weit oben auf seinen Armen. Die zarte Unbeholfenheit. Die Knubbel der knochigen Knie, die spindeldürren Beine, die über das Cliff der Arme ihres Mannes hängen. Robust scheinen vor allem seine Wunden, die dunkle Schraffur aus Schrammen und Blut wie ein Verband auf der Haut. Aber sonst so zerbrechlich, ein Junge in dem Alter – das merkt man erst, wenn er stillhält. Ihr Mann hingegen ist kein bisschen zerbrechlich, er wirkt wie ein viel jüngerer Mann, stark plötzlich und tüchtig, wie er den Jungen die Stufen hinaufträgt. Und der Kopf des Jungen geborgen an seiner Brust.

Sie entsinnt sich eines Abends, vor langer Zeit, im ersten oder vielleicht zweiten Sommer in diesem Haus, da er sie auf dieselbe Art die Stufen hochgetragen hatte und es ihr Kopf an seiner Brust war. Ein herrlicher Tag im September war das. Sie waren malen gewesen. Er hatte ihr ihren Aussichtspunkt gelassen und war weitergefahren, um sich einen eigenen zu suchen. Bis er wiederkam, war der Tag herbstlich abgekühlt. Sie trug nur ein dünnes Baumwollkleid. Er kannte die Wege damals nicht so gut und hatte sich im Dämmerlicht verfahren. Sie schlotterte vor Kälte, war durchgefroren bis auf die Knochen. »Selbst dein Haar ist kalt«, hatte er gesagt, als er darüberstrich.

Es kommt ihr komisch vor, diese Erfahrung mit einem Jungen zu teilen, den sie kaum kennt. Seinen Kopf dort ruhen zu sehen, wo ihrer geruht hatte, seine Beine wie seinerzeit ihre in den starken Armen ihres Mannes baumeln zu sehen.

Sie folgt den beiden, nimmt am oberen Ende der Treppe das Bild von Arthur wieder an sich und drückt es sich vor die Brust.

Im Atelier setzt er den Jungen auf den hohen Hocker, und sie stellt Arthur ab, geht hinüber in die Küche und setzt Wasser auf. Als sie zurückkommt, erzählt er dem Jungen gerade von dem Erste-Hilfe-Kurs, den er im Krieg absolviert hat. Er unterschlägt, dass sie beide den Kurs besucht hatten, aber nur sie bis zum Schluss dabeigeblieben war. Er hält den Knöchel des Jungen, biegt und streckt das Bein ein paarmal.

»Prüfe bloß die Scharniere«, sagt er zu ihr oder zum Jungen – genau weiß sie es nicht. Jedenfalls scheinen beide vergessen zu haben, dass eigentlich sie übernehmen sollte, sobald sie im Haus wären. Sie stellt sich neben Richie und sieht zu.

Jetzt nimmt ihr Mann den Ellbogen des Jungen und hebelt den Arm hin und her. Der Junge mustert sein Gesicht so eingehend, als müsste er es sich einprägen. Doch bald schon lässt er das und sieht sich stattdessen im Atelier um: Staffelei, Arbeitstisch, Riesenfenster. Dann begutachtet er den Hocker, auf dem er sitzt, bohrt den Finger in das Kissen, das darauf festgezurrt ist, und fragt: »Wieso ist hier ein Kissen draufgebunden?«

»Ach, das hat sich meine Frau ausgedacht.«

»Warum?«

»Damit man bequemer sitzt. Ich soll nicht so lange stehen, wenn ich male. Aber das vergesse ich immer wieder und tue es trotzdem.«

»Wieso?«

»Wieso was?«

»Sollen Sie nicht stehen?«

»Weil es wehtut.«

Der Junge nickt, sieht sich weiter um, dann kehrt er zu ihm zurück und sagt: »Sie haben gesagt, von den Stufen bis hierher wären es hundert Sekunden.«

»Und wie lange haben wir gebraucht?«

»Hundertneunundsiebzig.«

»Tja, dann schulde ich dir wohl neunundsiebzig Cents. Ein Cent pro Sekunde – meinst du, das kommt hin?«

Der Junge grinst schief, es versetzt ihr einen kleinen Stich.

»Hat sich die Angst vor mir jetzt erledigt?«, fragt ihr Mann.
»Weiß nicht. Vielleicht.«

»Gebrochen ist nichts«, sagt ihr Mann, Worte, die er jetzt endlich an sie richtet. »Ich glaube, er muss nur noch etwas verarztet werden. Ein Glas Orangensaft, ein paar Kekse. Magst du Orangensaft? Ich habe gerade neuen mitgebracht. Eiscreme haben wir keine, fürchte ich, aber wir können uns ein Eis genehmigen, wenn ich euch Jungs heimfahre. Vorher bringen wir meine Frau noch zum Bus, wenn ihr wollt.«

»Wo fährt sie denn hin?«, fragt der Junge.

»Hyannis, soweit ich weiß.«

Da sieht der Junge zu ihr hin. »Warum fahren Sie nach Hyannis?«

»Ich will eine Freundin besuchen.«

»Müssen Sie das heute tun? Können Sie das nicht ein andermal machen?«

»Nun, es muss nicht *unbedingt* heute sein.«

»Dann bleiben Sie?«, sagt er, seine Stimme hell und voller Hoffnung.

»Das könnte ich wohl. Jetzt, wo es mit dem Regen wieder loszugehen scheint … Ich fahre wirklich ungern Bus, wenn es regnet. Man sieht dann gar nichts mehr – die Fenster werden so schnell schmutzig. Und stickig, du meine Güte. So gesehen, muss ich nicht unbedingt heute fahren. Das kann auch bis morgen warten. Immerhin haben wir Besuch. Da sollte ich anstandshalber wohl bleiben und was zu essen anbieten.«

Der Junge schenkt ihr von seinem Hocker ein Lächeln, und was ist es aber auch für ein strahlendes Lächeln. »Ist sie wirklich Ihre Frau?«, fragt er ihren Mann.

»Wieso, wolltest du ihr einen Antrag machen?«, fragt der.

»Nein. Mir kommt sie bloß … etwas jung für Sie vor.«

Sie lacht, klatscht in die Hände und ruft: »Ach, wie allerliebst!«

Als sie sich auf den Weg in die Küche machen will, um das heiße Wasser zu holen, steht da Richie nach wie vor etwas bedröppelt mit seinem Umschlag.

»Soll ich dir den Brief jetzt mal abnehmen, Richie?«, fragt sie, und er nimmt Haltung an und überreicht ihn ihr. Sie legt ihn auf den Tisch neben das Sammelsurium, das er dort ausgebreitet hat.

»Leidest du an Asthma, Richie?«

»Ähm, schon, irgendwie.«

»Oh, dann darfst du nachher bloß nicht dein Notfallspray vergessen, das brauchst du vielleicht noch.«

Er folgt ihr hinaus an den Herd, plappert ihr hinterher. »Ach, das brauch ich praktisch nie. Jedenfalls schon lange nicht mehr, und hier meist sowieso nicht – außer vielleicht manchmal im Herbst –, Probleme kriege ich eher in der Stadt oder wenn ich's an den Bronchien hab, und vor ein paar Jahren, nachdem mein Vater, Sie wissen schon, da musste ich in eine Klinik in den Bergen, aber sonst, nein, eigentlich nicht. Und bald bin ich aus dem Alter raus, sagt mein Arzt jedenfalls.«

»Ach, das ist gut zu wissen.«

»Aber meine Mom, die besteht drauf, dass ich das Spray mitnehme. Für alle Fälle, wissen Sie.«

»Gute Idee«, sagt sie.

»Ja, denn wissen Sie, als wir in der Klinik waren, ist jemand gestorben, weil er ohne Notfallspray unterwegs war, und sie hat ohnehin immer Angst, seit … na ja, Sie wissen schon, sie hat wegen allem und jedem mehr Angst seitdem und will, dass ich das Spray dabeihabe.«

»Zur Sicherheit«, sagt sie und nimmt eine Schüssel vom Küchenbord. Die füllt sie mit heißem Wasser, während Richie weiterredet.

»Und wenn ich im kommenden Monat auf die neue Schule gehe, muss ich zwei Sprays mitnehmen. Eins behalte ich, eins kriegt die Schulschwester, falls ich meins verliere, verstehen Sie.«

»Aha«, sagt sie und trägt die Schüssel ins Atelier, Richie ihr auf den Fersen. »Ich danke dir jedenfalls, Richie, dass du mir die Einladung gebracht hast. Obwohl ich gestehen muss, dass wir keine großen Partygänger sind. Mein Mann ist ungern so spät noch auf.«

»Aber es wäre gar nicht so spät«, sagt Richie. »Die Party findet tagsüber statt. Es werden dauernd Leute kommen und gehen. Sie müssen nicht einmal abends zum Essen bleiben, wenn Sie zu müde sind. Das hat Grandma jedenfalls zu meiner Tante Katherine gesagt – Du kannst dich jederzeit etwas hinlegen. Denn meine Tante ist krank, wissen Sie, und wird oft furchtbar müde.«

»Ja, das hat deine Großmutter mir erzählt.«

»Wenn Sie also müde werden, Ma'am, dann –«

»Wir werden sehen«, sagt sie und wirft ihrem Mann, der sich am Gespräch nicht beteiligt, einen raschen Blick zu.

Sie stellt das heiße Wasser auf dem Arbeitstisch ab. »Magst du mir gerade mal den Verbandskasten holen, Richie? Der ist im Bad, da lang, gleich hinter der Tür. Und wenn wir Vince erst verarztet haben, kannst du mir kochen helfen, wenn du willst.«

»Vince?«, platzt Richie heraus. »Warum sagen Sie ständig Vince zu ihm?«

»Heißt er denn nicht so?«, fragt sie.

»Nein, hat er das behauptet? Weil er manchmal, wissen Sie, nicht ganz ... Aber nein, ich sag ja gar nichts, wo er gerade so schlecht beieinander ist und so.«

»Aber nein, er hat gar nichts behauptet«, sagt sie. »Ich habe mich vertan. Er erinnert mich an einen Vince, den ich kenne ... das war's wohl.«

Ihr Mann sieht auf den Jungen hinab. »Und wie heißt du wirklich, mein Junge?«, fragt er.

»Micha«, sagt der.

»Micha?«

»Michael, meine ich – mein Name ist Michael.«

Sie müssen ganz am Ende der Zufahrt parken und das letzte Stück zum Kaplan-Haus zu Fuß gehen. Mrs Kaplans Automobil steht am Wegrand, ein kleines Cabriolet direkt dahinter. Sie geht mit Richie voraus. Er trägt den Jungen.

Der Pfad wird schmaler und steigt zum Haus hin an, gesäumt auf einer Seite von Virginischen Rotzedern. Unter ihren Füßen ist der Boden regennass und rot, er verfärbt Richies Turnschuhe. Als sie das Haus erreichen, sieht sie auf der oberen Veranda eine Frau sitzen, über dem Geländer ist die Krone ihres Huts gerade noch zu sehen. Richie sieht die Frau auch und ruft: »Tante Katherine, Tante Katherine! Er hat sich verletzt, Michael hat sich verletzt, er ist die halbe Treppe runtergeflogen und hat sich das Knie aufgeschlagen und ...«

Richie poltert die Verandastufen hinauf, er hebelt seine Turnschuhe von den Füßen und saust zur Haustür hinein.

Die Frau auf der Veranda richtet sich auf, beugt sich übers Geländer und blickt auf sie herab. »Ach, hallo«, sagt sie. »Sie wieder.«

»Nun, ja, sieht so aus«, sagt sie.

»Wir sind uns bei Mrs Grant begegnet ... vor ein paar Wochen, stimmt's?«

Sie nimmt den Hut vom Kopf, um ihr Gesicht zu zeigen.

»Ach ja, natürlich, Sie sind Mrs Kaplans Tochter.«

»Katherine.«

»Ja, sicher, Katherine.«

Katherine lächelt lethargisch, ein blasses Gesicht, hübsch, langes braunes Haar, müde Augen, als wäre sie eben aufgewacht oder im Begriff gewesen, einzuschlafen. »Meine Mutter ist drinnen ...«, setzt sie an, sieht im nächsten Moment über sie hinweg und fragt: »Ist es schlimm?«

Sie dreht sich um; hinter ihr steht ihr Mann und starrt die junge Frau oben auf der Veranda an, als wäre ihm nicht recht klar, was sie wissen will.

»Michael, hat er sich schlimm verletzt?«, fragt die junge Frau noch mal.

»Aber nein«, antwortet sie schließlich an seiner statt. »Leicht ramponiert, halb so wild. Wir haben ihn gleich verarztet. Er ist gestürzt, muss aber nicht etwa genäht werden oder so. Ich denke, morgen ist er wieder auf den Beinen.«

»Sie sehen gerade richtig biblisch aus«, sagt Katherine, die wieder über sie hinwegsieht. »Sie wissen schon, Moses, bringt seinen einzigen Sohn dar.«

Wieder sagt ihr Mann nichts, und wieder spricht sie für ihn.

»Ich glaube, Sie meinen vielleicht Isaak. Der hat seinen Sohn geopfert.«

»Oje, stimmt! Ich bringe die Burschen immer durcheinander.«

Sie lächelt aufreizend langsam und leicht schief, dann entfernt sie sich vom Geländer und verschwindet durch die Schiebetüren ins Haus, wo weiterhin Richies Stimme zu hören ist.

Ihr Mann setzt sich wieder in Bewegung. Die Haustür geht auf. Mrs Kaplan kommt herausgehuscht, dicht gefolgt von einer kleinen mexikanischen Frau, die schimpft und mitfühlend mit der Zunge schnalzt.

Am Morgen nimmt sie erneut Anlauf zu einem Besuch bei Mrs Sultz. Er wartet schon an der Tür, während sie noch mal alles prüft: Haar, Brosche an der Bluse, dann Inhalt der Geldbörse, Kleingeld – gut –, und ihre Dollars – gut –, und der klein gefalzte Zettel für den Taxifahrer in Hyannis.

»Nicht, dass du noch den Bus verpasst«, ruft er ihr zu.

Sie faltet eine Strickjacke in die Einkaufstasche, rollt den *New Yorker* der vergangenen Woche seitlich dazu, schiebt noch eine Tüte Cracker nach, falls ihr Magen im Bus aufmuckt, zusammen mit einer Schachtel Pralinen für Mrs Sultz. Dann griffbereit die Geldbörse, und zu guter Letzt ein Gelege aus vier fetten Pfirsichen, die sie sanft auf die Strickjacke bettet.

»Du verpasst noch den Bus …!«, ruft er.

Mit einer raschen Drehung ist sie an der Küchentür, im Singsang versichert sie dabei: »Ich komm ja schon, ich komm ja schon.«

»Oho!«, sagt er bei ihrem Anblick.

»Oho, weil ich hübsch aussehe, oder oho, weil ich tatsächlich fertig bin?«

»Beides, wahrscheinlich«, sagt er und schiebt sie mit einer Hand im Kreuz sanft durch die Tür.

Als sie von der Zufahrt auf die Straße biegen und sie vorschlägt, sie könnten auf dem Weg zum Bus noch schnell die Post holen, mahnt er erneut. »Also, wenn es dir mit dem Bus ernst ist ... ich kann die Post auf dem Rückweg mitnehmen.«

Und abermals, als sie vorschlägt, er könne doch kurz an der Depot Road anhalten, damit sie sich erkundigen kann, ob die nette Eierfrau ihre Hühner zum Legen hat bewegen können. »Sie wird dich aufhalten, und wenn der Bus ...«

Sie nähern sich der Abzweigung zur Mill Pond Road, als sie vor sich die beiden Jungen an der Straße sehen. Michael, mit verbundenem Knie, humpelt etwas, Richie marschiert ein paar Meter vor ihm stracks an der Hundeleine; der Hund am anderen Ende zieht. Und sie denkt: Armer Richie, alle nehmen vor ihm Reißaus, selbst der Hund.

»Fahr ran«, sagt sie. »Ich möchte nach seinem Bein fragen.«

Sie gleiten heran, und zwei Gesichter wenden sich ihnen zu – Michaels neugierig, dann erfreut, Richies überrascht, dann vollkommen verwirrt.

»Nun halt doch an«, sagt sie und winkt den Jungen.

»Tu ich ja, aber nicht hier mitten auf der Straße – da vorn gibt es einen Randstreifen.«

Sie streckt den Kopf zum Fenster hinaus und ruft: »Da ist ein Randstreifen, wir halten dort an.«

Er fährt rechts ran, und sie warten nun, dass die Jungen aufholen. Da erst bemerkt sie weiter vorn in der Kurve Richies Mutter und eine zweite Frau; sie sitzen auf einer kleinen Steinmauer und rauchen.

»Das ist sie, schau nur – oder nein, sieh nicht hin –, dort auf der Mauer.«

»Wer – wen soll ich nicht sehen?«

»Richies Mutter. Mrs Kaplans Schwiegertochter, ach, wie

heißt sie noch gleich? Wie ich das hasse, dass ich ständig Namen vergesse – weißt du's? Olivia! Ja, doch, Olivia.«

»Ja, jetzt sehe ich sie.«

»Hat sie uns gesehen?«

»Ich glaube nicht.«

»Wer ist das da bei ihr – die andere? Die Tochter, die krank ist? Katherine, heißt sie nicht so?«

»Nein.«

»Muss es aber doch.«

»Das ist sie nicht«, sagt er. »Und woher weißt du überhaupt, dass sie krank ist?«

»Hat mir Mrs Kaplan gesagt. Damals in Orleans. Als du auf der Jagd nach deinem Bild warst, als du mich stundenlang allein gelassen hast.«

»Ach, jetzt kommt das wieder, ja?«

»Ich muss sagen, ich kann sie nicht leiden, kein bisschen.«

»Wen, Katherine?«

»Aber nein, die ist in Ordnung. Wenn auch etwas exaltiert, gestern – fandst du nicht? Nein, ich meine Olivia, Richies Mutter. Und erst die Freundin! Rallig, wenn du mich fragst. Ja, gut, sie hat sich entschuldigt, das wohl.«

»Wer, die Freundin?«

»Nein, Olivia natürlich. Aber *wie* sie es getan hat – oder vielmehr aus welchem Grund. Der Typ männermordender Vamp, weißt du. Dich würde sie sicher gern in die blutroten Krallen kriegen, das kann ich dir sagen. Können wir nicht zu den Jungen zurücksetzen?«

»Ich kann hier nicht zurücksetzen«, sagt er.

»Warum denn nicht, herrje?«

»Das ist zu gefährlich.«

»Dann vielleicht wenden?«

»Wenn ich das tue, sehen die Damen uns definitiv. Aber die werden uns ohnehin sehen, also können wir es ebenso gut hinter uns bringen.«

»Du alter Querkopf – wir könnten leicht zurücksetzen.«

»Oder weißt du was?«, sagt er. »Wir könnten uns aus dem Wagen schlängeln, dort ins Feld kriechen, am Rand bis zum Teich entlangpirschen wie Indianer, durchs Wasser zurückwaten ... das würden sie im Leben nicht mitkriegen.«

»Ha, ha, du bist ja so *komisch*.«

Sie dreht sich auf ihrem Sitz um und späht zu den Jungen zurück. Richie ist mit hochrotem Kopf stehen geblieben und zerrt mit aller Macht an seinem Hund; der aber steckt bis zum Hals in einem hohen Grasbüschel am Straßenrand und scheint anderes vorzuhaben. Und jetzt überholt ihn zielstrebig humpelnd Michael.

»Weißt du«, hebt sie an, »ich glaube, ich weiß, weshalb der Junge solche Angst vor dir hatte.«

»So?«

»Er hält dich für einen Soldaten.«

»Dafür bin ich ein bisschen alt.«

»Einen deutschen Soldaten ... da kommt er nämlich her, weißt du, aus Deutschland. Ich wette, er hält dich für einen Offizier. Das wird's sein.«

»Oh, ich werde gleich befördert?«

»Einen SS-Offizier. Einen Nazi. Warum nicht? Du hast die Statur, bist groß und blond – ich kann mir dich leicht in Uniform vorstellen.«

»Das ist überhaupt nicht komisch«, sagt er.

»Nein, ganz und gar nicht; der arme Junge: so viel durchmachen und dann einen zum Nachbarn haben, der praktisch ein Doppelgänger –«

»Sieht aus, als hätten deine Freundinnen uns entdeckt«, sagt er.

Sie dreht sich wieder nach vorn, späht durch die Windschutzscheibe und sieht, dass Richies Mutter jetzt steht, sich mit einer Hand hinten den Rock glatt streicht und die andere zum Gruß hebt. Nun erkennt sie in der zweiten Frau auch Miss Staines; die zieht noch ein paarmal hastig an ihrer Zigarette und drückt sie dann zwischen Mauersteinen aus.

»Ich denke, sie wird etwas genommen haben«, sagt er.

»Wer? Wovon redest du?«

»Die junge Frau gestern. Katherine. Sie ist krank, oder? Ich glaube, daran wird es gelegen haben.«

Sie nähern sich dem Auto wie neugierige Herdentiere: die zwei Jungen von hinten, die zwei Frauen von vorne. Die Jungen – und das schmeichelt ihr – kommen gleich an *ihr* Fenster. Die Frauen hingegen streben ihrem Mann zu. Miss Staines hält sich noch etwas zurück, doch Richies Mutter stürzt sich geradezu auf ihn. Er steigt aus und postiert sich mit einem »Guten Morgen, die Damen« an der Straße.

Auf ihrer Seite des Wagens sagt Richie ein Dankessprüchlein auf – für die gestrige Hilfe, die Pfannkuchen und die anschließende Heimfahrt.

Drüben auf der Fahrerseite heißt es unterdessen: »Ach, ich kann Ihnen gar nicht sagen, was für eine Ehre es ist, Sie endlich kennenzulernen. Sehr aufregend – nicht, Annette? Ach so, Entschuldigung, darf ich vorstellen: meine Freundin Miss Staines.«

»Nennen Sie mich doch Annette«, sagt diese und reicht ihm mit einem gezierten »Freut mich« die Hand.

Michael schiebt sein Gesicht zum Fenster hinein. »Wo wollen Sie hin?«, fragt er sie. »Mrs Aitch, wo fahren Sie hin?«

»Bitte? Ach so, zur Bushaltestelle. Ich besuche heute die besagte Freundin.«

»Dürfen wir mit?«

»Aber nein, sie ist in einem Heim. Wie gehts dem Bein?«

»Ganz gut. Es tut nur weh, wenn ich mich hinknie.«

»Na, dann solltest du ein, zwei Tage noch aufs Beten verzichten.«

Der Junge lacht.

»Was ist da so komisch?«, fragt sie.

»Sie sind komisch«, sagt er und legt ihr zu ihrem Schreck eine Hand auf den Arm.

»Wir haben Ihre Retrospektive in New York gesehen«, schwärmt Annette gerade. »Sind extra in den Zug gestiegen, und meine Güte ...«

Richie redet noch immer. Diesmal geht es um seine Großmutter und einen gewissen Doctor Tom, der gestern Abend noch vorbeigekommen ist, um sich Michaels Bein anzusehen.

»Ach ja?«, sagt sie zu Richie. »Das ist ja nett.«

»Vielen Dank«, sagt ihr Mann gerade. »Sehr freundlich.«

»Und am besten hat mir –«, sagt Richies Mutter. »Gewiss«, unterbricht sie Annette, »aber die Krönung für mich war ...«

Und Richie fährt bedeutsam fort: »Er hat zu Grandma gesagt, ein so einwandfrei verbundenes Bein hätte er selten gesehen, besser wahrscheinlich, als er das hätte machen können.«

»Hat wer gesagt, deine Großmutter?«

»Nein! Doc Tom natürlich.«

»Ach so, ja, Doc Tom.«

Richie faselt weiter – wovon, ist ihr ein Rätsel. Michael, dessen Hand nach wie vor auf ihrem Ärmel ruht, hat eine Stofffalte gefasst und reibt sie gedankenverloren zwischen Daumen und Zeigefinger.

»Entschuldige, Richie«, sagt sie zu ihm, wendet sich abrupt ab, beugt sich über den Fahrersitz und ruft zu ihrem Mann hoch: »Sollten wir nicht langsam los? Ich will meinen Bus nicht doch noch verpassen.«

Olivia tritt an die offene Tür, beugt sich mit ihrem zuckersüßen Lächeln hinein. »Wie ich eben zu Ihrem Mann sagte, wir sind Ihnen für Ihre Freundlichkeit gestern ja so dankbar. Wären Sie beide nicht gewesen, wer weiß, was passiert wäre.«

»Wären wir nicht gewesen, wäre erst gar nichts passiert«, sagt sie. »Die Jungen waren zu uns gekommen, wenn Sie sich erinnern. Um die Einladung zu überbringen.«

»Nun, das stimmt. Aber –« Olivia lacht und redet plötzlich lieber vom Wetter – ein Thema, das sie vermutlich passender findet für Ehefrauen bedeutender Männer.

»So ein herrlicher Tag, erst recht nach dem vielen Regen! Und der Orkan ist zum Glück ausgeblieben. Aber der Regen, meine Güte. Als ich gestern Nacht im Bett lag und lauschte, war mir, als würde das Haus am nächsten Morgen ankerlos in der Bucht treiben.«

Olivia erwartet, dass sie über diesen lustigen Einfall lacht. Da kann sie lange warten, denkt sie und durchbohrt sie mit den Augen. Olivia gibt sich geschlagen und sagt: »Nun, dann lassen wir Sie mal rechtzeitig zu Ihrem Bus kommen.«

Sie tritt von der Fahrertür zurück, damit der Fahrer einsteigen kann.

Aber fertig ist sie noch immer nicht. Sie legt eine Hand auf den Türrahmen und zeigt ihre neckischen Grübchen. »Jedenfalls gelten Sie beide bei uns jetzt als Helden. Nur damit Sie es wissen.«

Und beide sehen sie zu ihr und ihrem umklammerten Wagenschlag hoch, und ihnen beiden fällt dazu offenbar nichts ein.

Bis Michaels Kopf sich durchs Beifahrerfenster schiebt und er ins Wageninnere tönt: »Mr Aitch, dürfen wir mitfahren? Dürfen wir mitfahren und Mrs Aitch winken?«

Richies Mutter lässt prompt von der Fahrertür ab, und als sie zu Michael herummarschiert kommt, klingen Stimme und Schritt plötzlich hart.

»Also wirklich, Michael! Das geht ein bisschen zu weit, findest du nicht?«

Michael zieht sich aus dem Fenster zurück, steht da wie ein begossener Pudel.

»Schließlich haben die Herrschaften sich gestern fast den ganzen Tag mit euch abgegeben. Man drängt sich anderen nicht auf, weißt du – man *wartet* auf eine Einladung.«

»Nun, dann ist er hiermit eingeladen«, sagt sie und hält den Kopf schräg aus dem Fenster. »Ich fände es sehr schön, wenn die Jungen mir nachwinken wollten – sofern mein Fahrer nichts dagegen hat.«

»Hat er nicht«, sagt ihr Mann. »Sie können gern mitfahren. Ich habe zwar auf dem Rückweg ein paar Dinge zu erledigen, aber danach setze ich sie gern wieder bei Ihnen ab.«

Sie greift über die Rücklehne zurück und macht den hinteren Wagenschlag auf. »Ihr habt's gehört, Jungs. Rein mit euch.«

»Mom, was ist mit dem Hund?«, fragt Richie. »Kannst du ihn nehmen?«

Olivia übernimmt von Richie die Leine. »Verlass dich drauf! Wir wollen ja nicht, dass Buster diesen wunderbar sauberen Wagen vollhaart, oder? Schlimm genug, dass der deiner Großmutter aussieht wie ein Nistplatz! Ehrlich!«

Und nun tritt sie ans Beifahrerfenster und wölkt ihr ein intensives Parfüm entgegen. Ebendas Parfüm, mit dem sie vorhin ihren Mann angewölkt hat.

»Sie müssen wirklich unbedingt am Labor-Day-Wochenende zur Party kommen. Meine Schwiegermutter hat zwar gemeint, wir dürften nicht drängen, sie weiß, wie beschäftigt Sie sind, aber ich kann nicht anders. Es wäre eine große Freude, Sie dort begrüßen zu dürfen. Es ist der Jahrestag meines Mannes, wissen Sie, und in diesem Jahr wollen wir erstmals sein Leben feiern und nicht seinen Tod betrauern. Wenn Sie also Zeit haben.«

»Das ist sehr nett von Ihnen, aber wir machen hier ja nicht Urlaub, verstehen Sie, wir arbeiten! Beide. Ich bin ebenfalls Künstlerin, wie Sie wissen, und es bleibt noch so viel – «

Sie wirft ihrem Mann einen flehentlichen Blick zu, sucht seine Unterstützung. Doch sein Auge, zwinkernd fast, ruht auf Olivia dort im Beifahrerfenster. »Oh, ich denke, auf ein Stündchen können wir schon vorbeischauen«, sagt er.

Olivia strahlt. Mrs Staines vor der Windschutzscheibe strahlt. Die Jungen steigen krakeelend wie Elstern hinten ein.

»Wunderbar«, sagt Olivia. »Wir freuen uns. Aber wir laufen uns bestimmt vorher mal irgendwo über den Weg – bis zur Party sind es immerhin noch ein paar Wochen.«

Dann zieht sie sich großzügig zurück, schnalzt mit der Zunge, und der Hund geht sofort bei Fuß.

Als sie aussteigt, sieht sie den Bus an der Haltestelle vorfahren. Sie blickt auf die Uhr – zehn Minuten noch. Sie beugt sich noch mal zu ihm hinein. »Doch nicht verpasst«, sagt sie. »Es bleibt mir sogar noch Zeit, eine Zeitung zu kaufen. Und du wirst mich nicht den ganzen Nachmittag am Hals haben – schön, nicht?«

»Richte Mrs Sultz bitte meine besten Grüße aus«, sagt er.

Die Jungen steigen aus dem Wagen, er bleibt sitzen. Sie begleiten sie, einer rechts, einer links, zum Zeitungshändler; Richie fällt etwas zurück, als ein älterer Herr ihn begrüßt, und erneut, als eine Frau, die jemanden an der Bushaltestelle abholen will, sich nach seiner Großmutter erkundigt. Sie geht mit Michael schon mal voraus.

»Warum war das Bild ganz blau?«, fragt Michael, während sie mit der Zeitung an der Kasse warten.

»Welches Bild?«

»Das gestern, warum hat er es ganz in Blau gemalt?«

»Das Bild auf der Staffelei? Nun, das ist die Untermalung, die eigentlichen Farben kommen erst später dazu. Wahrscheinlich heute.«

»Und kommt dann auch die Frau rein?«

»Was für eine Frau?«

»Die Frau im grünen Kleid. Ich habe sie dort gesehen.«

»Ach ja? Wie war sie denn?«

»Weiß ich nicht.«

»Na, wie alt denn?«

Er zuckt mit den Achseln.

»Oder wem sah sie am *ähnlichsten* – Mrs Kaplan oder Richies Mom oder vielleicht mir?«

»Ach so«, sagt Michael, »jetzt versteh ich. Sie sah aus wie Miss Staines, Sie wissen schon, Annette. Wie sie, würde ich sagen. Nur etwas kleiner.«

»Und was hat sie gemacht?«

»Sie ist aus dem Kleiderladen gekommen und hat die Straße hinabgesehen, als würde sie auf jemanden warten, dann ist sie wieder reingegangen – ich habe sie von der Tankstelle aus gesehen.«

Sie bezahlt ihre Zeitung, und draußen stoßen sie wieder zu Richie, der beobachtet, wie der Busfahrer Taschen und Kisten aus dem Stauraum zerrt.

Als sie ihn erreichen, wechselt sie mit Michael einen Blick und sagt: »Wenn ihr wieder bei meinem Mann seid, erinnere ihn unbedingt an die Frau im grünen Kleid. Hast du mit ihr gesprochen, Michael? Hast du sie aus nächster Nähe gesehen?«

»Sie hat mir die Kekse gegeben. Die ich dann Ihnen gegeben habe.«

»Stimmt, das hast du. Und es waren ganz ausgezeichnete Kekse.«

Sie setzt einen Fuß auf die unterste Trittstufe des Buseinstiegs. »Sag ihm unbedingt, dass sie aussah, als würde sie auf jemanden warten. Und sag ihm, dass ich gesagt habe ... ich gesagt habe, dass sie unbedingt reingehört.«

Sie will einsteigen, als sie hinter sich Richie sagen hört: »Hey, du hast aber behauptet, die Kekse hättest du von –«

Doch da beginnt der Bus zu rütteln und zu zischen, und seine Stimme verliert sich.

Sie besteigt den Bus, dreht sich um und versucht, den Motor zu übertönen. »Erinnert ihn daran, dass er mich um halb acht hier abholen soll. Und kommt gerne wieder vorbei, Jungs.«

»Wann? Mrs Aitch, hallo, Mrs Aitsch, wann sollen wir wieder kommen?« Michael ruft es laut in den Bus, bis ihn Richie am Zipfel seines T-Shirts vom Einstieg zerrt und er zurückweicht.

Sie schiebt sich durch den Gang nach hinten und sieht die Jungen in einem, dann dem nächsten Fenster. Zuerst winken beide wie verrückt, dann nur noch Michael, während Richie bereits zurückbleibt. Dann wendet er sich ab und läuft vor, um die Straße zu überqueren. Während sie an weiteren Fenstern vorbeizieht, erhascht sie jeweils einen Blick auf Michael, der winkt, über die Schulter zurückschaut, wieder winkt. Schließlich ein letztes unsicheres Winken, dann macht auch Michael kehrt und läuft hinter Richie her.

Sie erreicht ihren Sitz. Auf der vordersten Kante balancierend, beobachtet sie, wie Michael in den Buick steigt, wie die beiden Jungen auf dem Rücksitz herumwuseln und wie sie über die Rücklehne der vorderen Sitzbank auf ihren Mann einreden.

Sie setzt sich zurück, stellt ihre Tüte im Fußraum ab und sieht dem Heck des Wagens hinterher, der auf der Straße entschwindet, während sie noch darauf wartet, dass der Bus losfährt.

In Hyannis ist sie kaum dem Bus entstiegen, da eilt ihr schon ein Taxifahrer entgegen, um seine Dienste anzubieten. Er ist auch gern bereit, für die Dauer ihres Besuchs zu warten, aber sie entscheidet sich lieber dafür, ihn ziehen zu lassen und dann nach dem Besuch eine Pflegerin zu bitten, ihr ein Taxi zu rufen.

»Sie hätten ihn warten lassen sollen«, sagt die Empfangsdame, die sie durch den Hauptflur geleitet. »Seine Mutter ist auch bei uns untergebracht, er hätte ihr solange Gesellschaft leisten können. Und Sie müssen wissen«, fügt sie mit einem kurzen seitlichen Blick hinzu, »dass er das Warten nicht berechnet, jedenfalls nicht die erste Stunde, und länger bleibt kaum jemand.«

Man müsste, findet sie, als sie an einem sehr rosa Zimmer vorbeikommen, in dem eine Frau sich auf ihrem Stuhl vor- und zurückwirft, den guten Leuten Schaukelstühle geben, damit sie weniger irre wirken. Und findet es beim Anblick eines Mannes in einem bläulichen Zimmer erneut, bis ihr klar wird, dass er sich seitlich hin und her wiegt und ein Schaukelstuhl ihn noch verrückter erschienen ließe, als er es ist.

Und wieso müssen Alte überhaupt so enden – muss das Leben denn so ungerecht sein? Kann sie selbst auf mehr auch nicht hoffen – als auf ein kleines Zimmer an einem langen Flur und den Geruch steriler, talkumbestäubter Gummiauflagen? Sie ist nervös, daran liegt es, ihre Gedanken eilen dann meist voraus, als lösten sich Fetzen und prallten gegen die Wände. Zugleich hört sie eine innere Stimme hadern: Was, wenn Mrs Sultz sie nicht sehen will, was, wenn Mrs Sultz sie nur unwillig duldet, ach, was wenn, was wenn, was wenn?

Die Empfangsdame überlässt sie einer Schwester.

Die Schwester spürt ihre Unruhe, wie zwei Hunde beschnüffeln sie sich beim Gang durch den Flur. »Sie haben also –?«
»Den Bus genommen, ja.«
»Angenehme –?«
»Ja, die Fahrt war angenehm. Sehr.«
»Aber Sie sind nicht von –?«
»Nein, New York. Aber wir verbringen die Sommer –«
»Ach, wie –«
»Ja, schön. Natürlich.«
Der Flur ist lang und hell – links Zimmertüren, rechts Fenster, und sämtliche Türen weit offen, und dahinter jeweils ein Fensterbrett zu sehen, jeweils mit Blumenvase, die Blumen wahrscheinlich sogar echt und sicherlich – fällt ihr nun mal auf – als Blickfang mindestens ebenso sehr für die Besucher wie für die hinter den Türen ihrer Zimmer verwahrten Bewohner gedacht. Rosa für die alten »Mädchen«, blau für die alten »Knaben«.

Sie wird einer weiteren Schwester überantwortet, klein, blond, jung – so jung, dass sie wirkt, als hätte ihr jemand die Schwesterntracht als Verkleidung überlassen. Die Schwester sagt: »Ich glaube, sie ist im Aufenthaltsraum – wenn Sie mir bitte folgen wollen.«

Und wieder das Gleiche:
»Und Sie sind mit dem –«
»Bus gekommen, ja.«
»Und dann?«
»Taxi.«
»Natürlich, mit dem Taxi; war es Mr Walls?«
»Ich glaube wohl, und ja, ich weiß, dass ich ihn lieber hätte warten lassen sollen.«

Im Aufenthaltsraum hält sich niemand auf. Tische und Stühle, eine Fernsehtruhe mit einem Strauß Kunstblumen darauf. Ein Rundfunkempfänger. Ein Plattenspieler. Sessel und ordentlich gestapelte Brettspiele. Bücherregale so sortiert wie im Buchladen.

»Ach, hier ist sie gar nicht!«, sagt die Schwester und dann – wieder so, als spielten sie ein Spiel –: »Ja, wo steckt sie nur? Hm, mal überlegen. Auf ihrem Zimmer ist sie nicht, im Garten ist sie nicht, und eindeutig ist sie nicht im Aufenthaltsraum. Ah, warten Sie, ich glaube, ich hab's ... Kommen Sie, kommen Sie, folgen Sie mir.«

Im Heim sagen sie zu Mrs Sultz Enid. Enid und Herzchen und Schatz. Als sie sie schließlich finden, sitzt sie vor einer offenen Verandatür im Wintergarten. Die Schwester geht vor und kündigt sie geradezu so an, als wäre sie von einer Wolke aus dem Himmel herabgestiegen.
»Enid, sehen Sie nur, wer extra gekommen ist, um *Sie* zu besuchen! Was für eine *herrliche* Überraschung, damit haben Sie bestimmt nicht gerechnet!«
Mrs Sultz lacht bei ihrem Anblick hell auf, hebt beide Hände und ergreift eine der ihren, hält sie sich einen Augenblick an die Wange, küsst sie zweimal, streichelt sie und sagt: »Ach, wie schön, wie *schön*, Sie wiederzusehen.«
Sie wiederum hat mit den Tränen zu kämpfen, als sie sagt: »Sie können sich gar nicht vorstellen, wie erleichtert ich bin. Ich hatte solche Angst, dass Sie nichts mehr würden von mir wissen wollen nach so langer Zeit und weil ich doch so garstig zu Ihnen war, liebe Freundin. Verzeihen Sie mir bitte – die lose Zunge; Sie kennen das von mir.«
Die Schwester zieht für sie einen Stuhl heran, damit sie sich direkt neben Mrs Sultz setzen kann.
»Dann lasse ich Sie beide jetzt mal allein, es gibt sicher viel zu erzählen. Und später bringe ich Ihnen einen schönen Krug Limonade. Enid freut sich nachmittags immer mächtig auf ihre Limonade, stimmt's, Herzchen?«
Mrs Sultz lächelt sie so reizend an, den Kopf auf die Seite gelegt, ganz Ohr. Und da redet sie sich alles von der Seele, angefangen bei der Erkältung vor zwei Wochen: »Und ich wollte Ihnen schreiben und sagen, dass ich komme, oder nein, Sie fragen, ob Sie etwas dagegen hätten, dass ich komme, aber es war nicht nur eine Erkältung, sondern die Dickdarmentzündung mal

wieder, schlimme Schmerzen. Gab natürlich prompt Streit, wie Sie sich denken können. Ich gebe mir ja Mühe, das tue ich wirklich, aber ...«

Mrs Sultz beißt sich vor Mitgefühl auf die Unterlippe und nickt. Und es ist so tröstlich, diese Freundschaft erneuern zu können. Auf keinen Fall will sie egoistisch sein, darf der ganze Besuch nur um ihre Kümmernisse kreisen.

»Sie haben es hier aber wirklich gut, scheint mir. Und dieser Wintergarten! Die vielen Pflanzen und Farne, dank des vielen Glases der freie Blick – als säßen wir in einer Schale grünen Lichts, wirklich sehr –«

Doch da kommen ihr wieder die Tränen. »Ach, ich weiß nicht, was ich machen soll. Ich bin so unglücklich. Wenn es mir schlecht geht, ist er denkbar fürsorglich. Er beschwert sich nie, und dabei weiß ich doch, dass er seit dem Eingriff im vergangenen Februar nicht mehr so rüstig ist. Er hat sich nicht in der Weise erholt, wissen Sie, wie es sich eine Frau wünschen würde.«

Mrs Sultz sagt: »Ach, Liebes.«

»Also gibt es wenig Zärtlichkeit, verstehen Sie. Überhaupt. Als würde er sich, wenn er nicht das eine erleben kann, mit anderem gar nicht erst abgeben wollen. Er spricht kaum mit mir, ehrlich gesagt. Außer, wenn wir Streit haben. Dann ist er alles andere als mundfaul.«

Sie hält kurz inne, um sich zu schnäuzen. Mrs Sultz betrachtet sie milde.

»Tut mir leid. Wirklich. Aber schon der Gedanke ist schmerzlich – wie oft ich mich habe hinreißen lassen, ihn zur Schnecke zu machen, weil ich mich ausgeschlossen fühle, und das schon so viele Jahre. Ich werde ja *immer noch* verkannt, wissen Sie. Von ihm, seinen Kollegen, jedem, dem wir begegnen. Übergangen, abgeschrieben. Abgeschossen. Ich habe keine Freude mehr an der Arbeit. Nein. Nicht einmal das. Und er scheint auch nicht weiterzukommen, er hat fast nichts zustande gebracht, und zu allem Überfluss fürchte ich – ich fürchte, er könnte sich verliebt haben.«

Sie schlägt die Hände vors Gesicht, erschrocken, es laut ausgesprochen zu haben.

»Ich habe keine Ahnung, wer es ist. Es wimmelt von Frauen – seien wir doch ehrlich, berühmte Männer sind immer von Frauen umlagert, nur scheint er das meist gar nicht zu bemerken. Aber ich weiß nicht. Diesmal? Gut, ich verrate es Ihnen, ich glaube, es könnte eine Frau namens Olivia sein – was für ein Name – finden Sie nicht? Sie ist genau der Typ, wie er in seinen Bildern vorkommt. Langbeinig, vollbusig, tiefrotes Haar ... sehr apart. Sehr der Bette-Davis-Typ, und Sie wissen ja, wie er *die* findet. Das reicht ja alles weit zurück, bis zu dieser Frau in Paris, von der ich Ihnen erzählt habe. Er als Lustknabe für diese Madame Chéruy, oder wie immer sie hieß. Die junge Männer mit ihren Gedichtbänden und Widmungen betörte und, und – ach, was rede ich da! Tut mir furchtbar leid, wie selbstsüchtig von mir, ich wollte doch nach Ihnen sehen, und nun geht es ausschließlich um mich. Es ist nur so, dass ich, nun, dass ich das Gefühl habe, praktisch mein ganzes Leben vergeudet zu haben. *Vergeudet!*«

In ihrem Rücken ein zartes Klirren. Die Schwester ist wieder da, trägt auf einem Tablett einen großen Krug herbei, in dem Zitronenschnitze und Eiswürfel schwimmen. Sie holt ein Taschentuch hervor und tupft sich die ärgsten Spuren aus dem Gesicht. Die Schwester stellt das Tablett auf einem Rattantisch ab, schenkt ein Glas voll und reicht es ihr.

»Und wie steht's mit Ihnen, Schatz?«, sagt sie zu Mrs Sultz. »Ich wette, Sie haben auch Lust auf Limonade, oder?«

Mrs Sultz streckt beide Hände aus, ergreift die der Schwester, legt sie sich an die Wange, küsst sie zweimal, reibt sie und sagt: »Ach, wie schön, wie *schön*, Sie wiederzusehen.«

2

Katherine knipst ihm ein Stück von ihrer Tablette ab. Sie steht vor dem Bord über seinem Bett, und er beobachtet, wie sie sich eine Strähne Haar hinters Ohr schiebt, ein Auge zukneift, die Klinge ansetzt und sagt: »Hab ich dich.«

Sie leckt eine Fingerkuppe an und drückt sie auf den Tablettenkrümel. Dann hält sie ihm den Finger hin und schiebt ihn ihm in den Mund. »Das wird dir helfen«, sagt sie. »Das nimmt dir allen Schmerz.«

Der Schock, als sie das tut. Er schießt ihm bis in den Unterleib und steigt ihm von dort wieder hoch in die Brust, in den Hals, ins Gesicht – bis in die Ohren.

Sie setzt sich auf die Bettkante und legt ihm eine Hand auf die Stirn. Sie sagt: »Kommt mir ein bisschen warm vor.«

Sie zieht ein Schnupftuch aus der Tasche ihres Bademantels und hält es ihm unter die Nase. »Schnäuzen«, sagt sie. »Nur zu, so ist's recht, tüchtig.«

Er spürt durch das Tuch ihre Finger und den ausgeblasenen Nasenschleim.

»Und keine Tränen mehr, ja?«

Unter dem Taschentuch nickt er, und da lächelt sie und sagt: »So ist's brav.«

Um ein Haar verrät er Katherine den wahren Grund für die Tränen, aber er fürchtet, wenn er die Worte verwendet, die für eine Erklärung nötig sind, wird er verrückt klingen. Jedenfalls hat er geweint, und egal, ob sie zufällig vorbeigekommen ist oder gerade beschlossen hat, mal nach ihm zu sehen, plötzlich war sie da, saß an seinem Bett, strich ihm mit den Fingern durchs Haar und stellte alle möglichen Fragen: »Kannst du nicht schlafen, Michael? Tut dir das Bein wieder weh? Oder liegt es am Sturm, Michael – macht er dir Angst? Liegst du schon lange wach, Michael?«

Wie sie dauernd seinen Namen gesagt hat, und die Stimme so tief und traurig. Er konnte nur zu allem nicken. Ja, mein Bein ist schlimm. Ja, ich habe Angst vor dem Sturm. Ja, ich liege schon stundenlang wach.

Aber in Wahrheit hatte er schon stundenlang geschlafen. Bis ihn der Regen weckte, jedenfalls. Der Regen und der Wind, der das Wasser hochriss und gegen die Hauswände klatschte. Er hatte den Regen draußen von der Dachtraufe und dem Geländer pladdern hören und auf die Terrasse schwappen. Und jedes Mal, wenn der Wind zupackte und schüttelte, schepperte das Haus fürchterlich, als würde ihm der Wind sämtliche Knochen brechen. Es war überall so ein Getöse, dass er das Meer kaum noch hörte. Aber er konnte sich ausmalen, wie es da draußen verrücktspielte, sich hin und her warf, bockte, die Ellbogen ausfuhr gegen den Wind, das Fauchen mit einem Grollen beantwortete. Angst hatte er allerdings kein bisschen gehabt. Ihm gefiel es, sicher geborgen im Bett zu liegen, während sich Sturm und See draußen mit Zähnen und Klauen bekämpften.

Auch Richie hatte nicht sonderlich bange gewirkt. Als er den Kopf wandte und hinüberspähte, lag er da in dem breiten Lichtbalken, der durch die Tür fiel, auf seiner Bettdecke. Die Arme angelegt, der Mund offen, wie ein Toter im Sarg. Er hatte Richie eine Weile betrachtet, und gerade, als er den Kopf wieder der eigenen Seite des Zimmers zuwandte, hatte er gesehen, wie der Mann ihn anstarrte.

Fast hätte er laut geschrien: Schnell, schnell, da ist wer am Fenster! Doch als er hochfuhr, sah er, dass der Mann gar nicht zum Fenster hineinsah – er glotzte aus dem Spiegel. Und da wusste er, wer das war, dieses schmale weiße Gesicht und die schwarzen Augen, das vertraute Loch seines zahnlosen Munds.

Da musste er an sein Knie denken, den Sturz auf den Treppenstufen vorgestern und wie ihn Mr Aitch hinaufgetragen hatte ins Haus. Und er musste an alles denken, was am Tag nach dem Sturz geschehen war, einem Tag, der so blau und herrlich begann, an Richies Mom, die darauf bestand, dass er mit ihnen einen Spaziergang machte, damit sein Knie nicht steif würde, worüber er ganz und gar nicht erfreut war, bis der grüne Buick auf der Straße erschien, und er überglücklich gewesen ist, ihn zu sehen. Und daran, dann Mrs Aitch an der Bushaltestelle nachgewinkt zu haben, daran, wie Mr Aitch ihm zugehört hatte, als er zum Buick zurückkehrte und ihm von der Rückbank aus erklärte, was ihm aufgetragen worden war wegen der Frau im grünen Kleid, daran, dass Mr Aitch ihm und Richie ein Eis spendiert und ihnen auf der Rückfahrt von den Pamet-Indianern erzählt hatte.

Und dann, am Kaplan-Haus eingetroffen, gerade als wieder der Regen pladderte, hatte Mrs Kaplan gemeint, er sehe müde aus und solle sich vorm Essen doch lieber etwas hinlegen, aber er hatte stattdessen im Wohnzimmer das Bein auf einen Fußschemel hochgelegt und sich von Katherine ihr Fotoalbum zeigen lassen. Und das war so schön gewesen, dort mit Katherine zu sitzen und sich von ihr die ganzen verschiedenen Zeiten ihres Lebens zeigen zu lassen, Katherine, die mit dem Finger auf Gesichter seit ihren ersten Lebensjahren tippte und ihm die kleinen Geschichten erzählte, die zu den Fotos gehörten. Da hätte er für immer bleiben mögen – war aber mitten in der Sache mit dem Boot eingeschlafen, aus dem sie mal im Sommer vor Eastham ins Wasser gefallen war.

Seine letzte Erinnerung war, wie er ständig wegflutschte, glitschte wie ein Fisch, als Rosetta und Mrs Kaplan sich abmühten, ihn in seinen Pyjama zu bugsieren. Inzwischen ist klar, dass er längst geschlafen haben musste, als Richie ins Bett kam, und ebendeshalb nicht getan hatte, was er sonst tut – warten, bis Richie schläft, aus dem Bett steigen und den Spiegel wegdrehen, damit der Mann Richie und nicht ihn anglotzt.

Und jetzt war es zu spät: Der zahnlose Mann starrte ihn längst an, und er hatte viel zu viel Angst, noch aus dem Bett zu steigen. Aber das Schlimmste war, dass der zahnlose Mann ihm sogar von New York hierher gefolgt sein musste. Und das hieß, begriff er schlagartig, dass der Mann ihm immer folgen würde, egal, wie weit er kam und wie lange er lebte. Solange es irgendwo einen Spiegel gab, würde der Mann ihn finden. Und das war der eigentliche Grund für die Heulsusentränen, nicht, dass sein Bein wieder wehtat oder weil er sich vor irgendeinem blöden Sturm fürchtete.

Katherine steht auf, holt eine weitere Tablette aus ihrer Schachtel und wirft sie sich selbst in den Rachen. Sie schließt die Schachtel, dann tupft sie die übrig gebliebene Hälfte seiner Tablette auf und nimmt auch die ein, leckt sie sich vom Finger.

»War meine Segelbootgeschichte denn derart langweilig«, sagt sie, »dass sie dich in Tiefschlaf versetzt hat?«

»Nein! Ich hab ja zugehört, aber dann ... ich weiß auch nicht, was passiert ist.«

Katherine lacht und hockt sich wieder zu ihm auf die Bettkante.

»Du warst erschöpft.«

»Mir hat es gefallen, die Fotografien zu sehen, die Sie mir gezeigt haben, nachdem wir Mrs Aitch zum Bus gebracht haben. Hat mir sehr gefallen.«

»Freut mich«, sagt Katherine.

»Fehlt Ihnen Ihr Haus in Eastham?«, fragt er.

»Das war nicht mein Haus. Nicht mal ein besonderes Haus. Das hat jeden Sommer eine Arbeitskollegin gemietet, und ein paar von uns sind meist an den Wochenenden und in den Ferien dorthin gefahren. Sie hat irgendwann geheiratet und ist weggezogen.«

»Louisa?«

»Genau, Louisa. Sie hat –«

»Jim geheiratet. Den Mann mit den Locken, stimmt's?«

»Du hast ja doch zugehört.«

»Und Sie waren damals blond.«

»So war es.«

»Warum sind Sie nicht mehr blond?«

»Weiß ich nicht, damals fand ich das gut. Jetzt ist mir das zu aufwendig. Jedenfalls sage ich das so, wenn ich gefragt werde, aber ehrlich gesagt, habe ich mich, als ich krank wurde, so nicht mehr gesehen ...«

»Richie hat gesagt, Sie waren Krankenschwester. Aber ich habe keine Fotos von Ihnen als Schwester gesehen.«

»Das liegt daran, dass du eingeschlafen bist, bevor wir so weit waren«, sagt sie und tippt ihm mit ihrem Finger auf die Nase. »Geht es dir jetzt besser?«, fragt sie, worauf er nickt und seinen Kopf wieder ins Kissen drückt.

Seine Arme und Beine werden leicht, und er muss an das eine Mal denken, als er im Central Park mit Harry in einem Ruderboot auf dem See war und sich lang ausstreckte, während Harry ruderte, und ihn ein Gefühl genau wie jetzt überkam, wie im Wasser treiben, ohne nass zu werden.

»Fehlt dir New York, Michael?«

»Harry fehlt mir«, hört er sich sagen.

»Ach ja? Hat er dir nicht geschrieben?«

»Er schreibt nicht gern. Einen Brief habe ich bisher bekommen, aber der war von *Frau Aunt* – er hat nur unterschrieben.«

»Aber *du* könntest *ihm* schreiben.«

»Ich wüsste nicht, was ich sagen soll.«

»Aber ja doch. Du könntest ihm beschreiben, wie es hier ist. Von Rosetta und Richie erzählen und dem Strand, dem Hund und – was weiß ich. Ihm erzählen, dass du langsam braun wirst und blond und eines schönen Tages mächtig Schlag haben wirst.«

»Schlag?«

»Ja, Schlag.«

»Wie ein Boxer, meinen Sie? Ich versteh nicht.«

»Schlag bei den Frauen. Wirst schon sehen.«

»Mr und Mrs Aitch – ich könnte ihm von denen erzählen.«

»Das könntest du. Von ihm hat er vielleicht sogar schon gehört. Er ist ziemlich berühmt, weißt du.«

»Ich hatte erst ein bisschen Angst vor ihm. Aber jetzt nicht mehr.«

»Ich habe auch ein bisschen Angst vor ihm. Er ist ein imposanter Mann. Und sieht gut aus. Das kannst du ihm ruhig von mir sagen. Oder, nein, lieber nicht – das würde seiner Frau nicht gefallen.«

»Wieso nicht?«

Sie greift in ihre Tasche und holt eine Schachtel Zigaretten und ein Feuerzeug hervor.

»Ich zieh dich bloß auf, Michael. Merkst du gar nicht, wenn dich jemand aufzieht?«

»Weiß nicht, manchmal. Vielleicht.«

Sie schiebt sich die Zigarette in den Mund und hält das Feuerzeug daran; eine Flamme züngelt hoch und leckt an der Spitze.

»Verrate bloß Richies Mom nicht, dass ich hier drinnen geraucht habe.«

»Warum nicht? Sie raucht doch selbst dauernd.«

»Ja, aber nicht im Schlafzimmer. Doc Tom hat ihr gesagt: Auf keinen Fall in Richies Schlafzimmer. Und was Doc Tom sagt, gilt, oder, Michael?«

»Weiß nicht ...«

»Ach, und Michael, ich denke, du solltest den Brief lieber nicht nur an Harry richten, weißt du, sondern auch Mrs Harry einbeziehen – oder wie immer sie heißt.«

»*Frau Aunt?*«

»So nennst du sie? Nun, dein Brief sollte auch für sie sein. Sonst verletzt du ihre Gefühle. So sind Ehefrauen nun mal, weißt du, sie wollen nicht ausgeschlossen sein.«

»Ich weiß nicht ... einen ganzen Brief?«

»Das schaffst du schon. Fang gleich morgen an, dann schreibst du am Dienstag noch ein bisschen was und kommst Mittwoch oder Donnerstag zum Schluss, und am Freitag fahr ich mit dir auf die Post und wir schicken ihn ab.«

»Ehrlich?«

»Klar. Ehrlich. Pass auf, ich versprech's dir: Jedes Mal, wenn du einen Brief schreibst, bringe ich dich zur Post. Einverstanden? Ich fahre dort drei-, viermal in der Woche vorbei, wenn ich zur Spritze nach Eastham muss. Ich kann dich also leicht mitnehmen. Und? Wirst du langsam schläfrig?«

Er nickt und vergräbt den Kopf tiefer im Kissen, am Hinterkopf ein warmes, flüchtiges Gefühl, als würde ihn jemand kitzeln.

»Katherine?«, sagt er.

»Hmmm?«
»Ich mag Mrs Aitch gern.«
»Warum?«
»Sie ist – ich weiß nicht. Ich mag sie eben.«
»Dann geht's dir wie meiner Mutter.«
»Katherine?«
»Ja, Michael?«
»Katherine?«
»Umhm?«
»Ach, nichts. Oder, ich weiß nicht.«

Sie bleibt noch ein Weilchen bei ihm sitzen, der Sturm legt sich, zu hören ist nur der Regen, der nun, sich selbst überlassen, unaufgeregt fällt, und das Meer meldet sich zurück und scheint tief, wie erleichtert, durchzuatmen. Sie lächelt ihn an, er erwidert ihr Lächeln. Sie lächelte die Wand an, dann Richie. Sie lehnt sich zurück und bläst lange Rauchschwaden Richtung Decke, sie stippt sich die Asche in die hohle Hand, dann verschwimmt sie einfach.

Jetzt, drei Abende später, sucht er sie. Er will sie bitten, ihn in den Schlaf zu lullen, wie sie es am Abend des Sturms getan hat, weil er nämlich, obwohl er den Spiegel ganz zur Wand gedreht hat, trotzdem an das denken muss, was und wer darin steckt. Außerdem will er ihr sagen, dass er den Brief an Harry fertig hat, und sie daran erinnern, dass sie versprochen hat, ihn morgen zur Post mitfahren zu lassen.

Er lugt zur Tür des Zimmers hinaus, das er mit Richie teilt, und sieht hinten im Flur einen Lichtstreif unter einer der Türen – ihrer. Er macht sich auf den Weg dorthin, klopft leise und wartet etwas ab, ehe er noch mal klopft, diesmal etwas lauter. Er schirmt seinen Mund seitlich mit den Fingern ab und spricht ihren Namen durchs Schlüsselloch. Er versucht auch, durch das Loch zu spähen, doch das dicke Ende des Schlüssels versperrt ihm die Sicht. Er wartet noch einen Moment und klopft erneut.

Er überlegt, ob er reingehen soll, schnurstracks ans Bett, und sanft ihre Schulter stupsen. Er versucht, sich vorzustellen, wie das aussehen würde: ihr weggedrehter schlafender Kopf, das Licht der Nachttischlampe, das den Fächer ihres Haars auf dem Kopfkissen bescheint. Eine lange Hand auf dem weißen Laken und an ihrem Mittelfinger der goldene Ring mit den zwei Perlen dran wie winzige Eier in einem Nest. Auf dem Nachttisch das Buch, in dem er sie gestern auf der hinteren Veranda hat lesen sehen, außen grün mit goldenen Buchstaben, oder vielleicht eine dieser Zeitschriften aus New York, die sie auf dem kleinen Postamt abholt und aus einer Papprolle zieht. Auch die runde Pillendose wird auf dem Nachttisch sein, und ein Glas Wasser wahrscheinlich, wie das, das ihm Mrs Kaplan jeden Abend auf das Bord an seinem Bett stellt, ein kleines weißes Tuch obendrauf wegen der Insekten.

Katherine, wachen Sie auf, wird er sagen, wachen Sie auf, Katherine, wachen Sie auf.

In ihrem Zimmer ist er erst ein Mal gewesen. Da war er zufällig vorbeigekommen, und Rosetta hatte ihm von drinnen zugerufen und ihn gebeten, runterzulaufen und den Herd auszuschalten. Er hatte angeboten, ihr zu helfen, das Bett zu machen, nur um etwas länger in Katherines Zimmer bleiben und sich ihre Sachen genauer ansehen zu können. Aber Rosetta hatte gesagt: »Nein, lauf, lauf schnell, sonst iss alles hin.«

Zwischen rein und raus waren höchstens Sekunden vergangen. Aber ein paar Dinge hatte er sich doch einprägen können, und er hatte auf dem Weg die Treppe hinunter die Wörter dafür vor sich hergesagt und sie sich eingeprägt. Weiße Kommode. Dunkelrosa Seidendeckending auf dem Bett. Lampe auf dem Nachttisch. Silbergerahmte Fotografie eines Soldaten. Rattanstuhl mit schwarzem Kissen, darunter weiße Flauschpantoffeln. Am Bett ein blau gestreifter Vorleger. Überall ein Blumen- und Honig- und Tabakduft.

Ein andermal hatte, als er auf dem Weg ins Bett war, die Tür einen Spaltbreit offen gestanden, und da hatte er Katherine im Lampenschein am Fußende des Betts sitzen sehen, einem offenen

Fenster zugewandt. Er sah draußen die in der Nacht schwarzen Bäume, und er hörte im Wind die Gräser zischeln. Sie machte was mit ihren Fingernägeln, ihr Ellbogen sägte auf eine Art hin und her, die ihn an Mr Morgan erinnerte, wenn er Cello übte, bevor er weit weg nach Brooklyn gezogen war. Rosa Unterrock. Weißer Bettpfosten. Radio auf einem kleinen runden Tisch, daneben ein hohes Glas mit einem goldfarbenen Getränk.

Ihr Zimmer geht nicht aufs Meer hinaus – begriff er erst an diesem Abend –, sie schläft auf der anderen Seite des Hauses, über und etwas rechts von der vorderen Veranda. Sie ist die Einzige, deren Zimmer nach vorn rausgeht – selbst Rosetta im Untergeschoss schläft auf der Atlantikseite. Er hatte sich vorgestellt, was sie sieht, wenn sie auf die Veranda hinaustritt: den gewundenen Weg, der zum Abstellplatz für die Autos führt, und weiter unten den engen, sandigen Fahrweg, der auf die geteerte Straße mündet. Zur Rechten drei große rote Bäume, zur Linken zwei stummelige, und dann, auf der Buchtseite Richtung Meer, den Hang mit den hohen, strohigen Gräsern. Auf der meerabgewandten Seite wiederum den fernen grüngelben Hügel mit dem einen Baum wie ein Finger darauf.

Manchmal geht er, wenn sie sich mittags hinlegt, mit dem Hund vors Haus und wirft im hohen Gras Stöckchen oder vielmehr einen Ball. Oder, wenn er den Hund nicht ohne Richie haben kann, legt er sich im Gras auf die Lauer. Von dort hat er den Hauseingang und die vordere Veranda im Blick und sieht auch den schmalen Pfad, der sich ums Haus herum zur hinteren Veranda mit Blick auf die Bucht schlängelt. Er liest dann eines der Bücher, die Mrs Kaplan ihm aufs Zimmer gelegt hat. Er liest von einem Jungen namens Jody und seinem roten Pony, oder liest von Tom Sawyer, und immer, wenn er ans Ende der Seite kommt, schaut er hoch und weiß, dass Katherine dort oben hinter geschlossenen Fensterläden sicher und geborgen schläft.

Am Tag nach ihrer abgezwackten Pille hatte er sie wieder in das grüne Buch vertieft auf der Veranda gefunden. Er wollte sie danach fragen – wie es hieß und wovon es handelte. Aber er scheute sich, sie anzusprechen. Er war eine Weile hinter ihr stehen geblieben, hatte gehofft, sie würde ihn bemerken, aber auch, sie würde es nicht. Sie las einfach weiter, und ihre Hutkrempe verdeckte die Wörter.

Und nun steht er mitten in der Nacht vor ihrer Schlafzimmertür, den Brief für Harry und *Frau Aunt* in der Tasche seiner Pyjamahose. Er bleibt vor der Tür, horcht ins schlafende Haus und sieht sich mehrmals nach beiden Seiten im Flur um. Wenn er hineingeht, muss er den Mut dazu haben – darf es sich nicht mittendrin plötzlich anders überlegen. Entweder er tut es oder nicht. Auf keinen Fall möchte er, dass sie aufwacht und ihn mitten im Zimmer stehen sieht. *Er* muss sie wecken können. Damit sie nicht glaubt, er führt was im Schilde, will sie heimlich beobachten oder gar bestehlen.

Er wird also die Tür öffnen, reingehen und gleich weiter, bis er den Raum ganz durchquert hat und direkt neben ihr steht. Wenn sie einen Pyjama anhat – die Art Pyjama, wie *Frau Aunt* sie trägt –, wird er sanft ihre Schulter fassen und schütteln. Wenn ihre Arme nackt sind und sie die Art von Nachthemd anhat, wie Richies Mom sie trägt, wird er sich wahrscheinlich nicht trauen, sie zu berühren. Sondern einfach ihren Namen sagen. Immer wieder sagen, so lange wie nötig, um sie zu wecken. Selbst wenn er dort stehen muss, bis er Mrs Kaplan mit ihrem Frühstückstablett pfeifend die Treppe hochkommen hört und ihm nur Sekunden bleiben, dort zu verschwinden und zurück in sein Zimmer zu flitzen.

Er dreht den Türknauf mit beiden Händen, holt einmal Luft, drückt die Tür einen Spaltbreit auf, dann einen breiteren Spalt, und nun kann er bis ganz ins Zimmer sehen. Das Deckenlicht brennt, aber es dauert etwas, bis er seinen Augen traut. Das Zimmer ist wie auf den Kopf gestellt. Auf dem Boden liegen überall Kleider, und auf der Kommode sieht es aus, als hätte jemand mit einem Baseballschläger alles heruntergefegt. Einen Augenblick lang glaubt er, einer der Haufen auf dem Fußboden am Bett könnte Katherine sein, dass ein Einbrecher da war, ihr einen

Schlag auf den Kopf verpasst und das Zimmer verwüstet hat. Doch dann sieht er auf dem Bett den offenen Schmuckkasten, aus dem der ganze Schmuck quillt, also wohl doch kein Einbrecher. Katherine ist nicht da. Sie liegt nicht auf dem Boden und nicht im Bett. Ihr glatt gestrichenes Kopfkissen ist praktisch das einzig Ordentliche im ganzen Raum.

Mit einer Hand hält er den Knauf fest und öffnet die Tür sperrangelweit, tritt aber nicht ein. Es wäre einfach zu schlimm, allein in dem blendend hellen Zimmer zwischen ihren zerwühlten persönlichen Sachen zu stehen.

Ihre Nachttischschublade ist offen, Pillendosen und Fläschchen sind zu sehen. Auf dem Fußboden ein Schwung Briefe und ein voller Aschenbecher. Ein glitzeriges dunkelblaues Abendkleid auf dem kleinen Tisch. Auf dem Rattanstuhl eine silberne Sandalette. Vom Boden des begehbaren Kleiderschranks blinkt eine Schnapsflasche. Stange Zigaretten. Auf dem Bettvorleger ein abgestreiftes Höschen zusammen mit dem grünen Kleid, das sie beim Abendessen anhatte. Zweite Silbersandalette baumelt an ihrem hohen Absatz vom Ende des einen Bettpfostens. Er schaut noch mal auf den Bettvorleger und sieht auf der Unterhose sehr rotes Blut. Der Fleck erschreckt ihn; er hat Angst, Katherine könnte verletzt sein. Dann aber fallen ihm Fetzen eines Gesprächs in Deutschland wieder ein: drei ältere Jungen im Dunklen, die über das heimliche Blut der Frauen tuschelten. Er schließt die Tür und huscht den Flur hinab.

Über wimmernde Dielen und knarrende Treppen schleicht er durchs Haus. Er betätigt einen Lichtschalter, und da springt ihn die Küche an; er knipst das Licht aus, und die Küche duckt sich wieder weg. Er tastet sich an der Küchenwand entlang, an der Spüle und am Abtropfgestell vorbei, am Eisschrank und an den Gemüsekörben, bis er endlich die Lücke und die paar engen Stufen hinunter zu Rosettas Zimmer im Untergeschoss erreicht.

Er kann sich vorstellen, dass Katherine dort mit Rosetta redet, wie letzte Woche abends mal, als sie ihn um ein Haar am Eisschrank erwischt hätte. Aber unter Rosettas Tür ist kein Licht, und als er das Ohr ans Türblatt legt, hört er bloß das leise Ein und Aus ihres Schnarchens.

In der Diele späht er durchs schmale Fenster neben der Haustür. Im Esszimmer nimmt er links die drei breiten Stufen hinunter in das L-förmige Wohnzimmer. Er geht an die Glaswand, die auf die hintere Veranda mit Blick auf die Bucht führt. Kein Verandalicht, aber dafür Vollmond. Er sieht Katherines Aschenbecher und Katherines leere Liege. Und da sind auch der karierte Schal, den sie sich manchmal umlegt, und am Boden, einander zugekehrt, die Schlappen, die sie fast nie trägt.

Er kann bis auf den Hügel rauf sehen und zwischen den Bäumen ein Stück Meer erkennen; über das sich das fahle, buttrige Licht des Monds ausbreitet. Das Zimmer hinter ihm spiegelt sich im Glas: die beiden niedrigen Sofas und das lange Sideboard mit den vielen Nippes und den Büchern darauf, darunter die Türen mit den Seepferdchengriffen.

Er wendet sich ins Zimmer zurück, knipst zwei Tischlampen an und streicht zwischen Sofas und Sideboard herum. Er sieht sein Spiegelbild über die Glastüren gleiten und kommt sich vor wie ein durch Straßen schwebendes Gespenst. Er macht es noch ein paarmal, und als er es leid wird, geht er an die Schranktüren und Schubladen des Sideboards. Dort gibt es Gläser aller Art, Flaschen mit Alkohol, Stoffservietten und kleine Stapel Glasteller. Und es gibt auch eine große Gitterflasche wie die, aus der Richies Mom Sodawasser schießt, wenn sie Cocktails macht. Es gibt eine Plastikdose mit allerlei Krimskrams in kleinen Tüten. Er zieht die Dose hervor und stellt sie oben auf das Sideboard, greift hinein und schiebt raschelnd die Sachen hin und her. Er holt ein Päckchen Cocktailspieße hervor und schiebt es sich in die Brusttasche seines Pyjamas. Dann nimmt er eine Packung Erdnüsse heraus und stopft sie in seine Hosentasche zu dem Brief an Harry. Er packt die Dose wieder ins Schrankfach, entdeckt dort noch eine Tüte Salzbrezeln, fischt sie heraus, quetscht sie sich vorn unter den Bund seiner Pyjamahose und bindet den Tunnelzug fester, damit nichts verrutscht.

Zuletzt durchsucht er das Wohnzimmer nach Katherines Fotoalbum. Das findet er schließlich auf dem Fußboden neben einem der Sessel. Er klemmt sich das Album unter den Arm, kehrt durchs Esszimmer in die Diele zurück und knipst dort die Stehlampe am Telefontischchen an.

Er öffnet das Album und wendet die Seiten, er sucht nach Fotos von Katherine als Krankenschwester. Er stößt auf das Bild von den beiden Männern in Air-Force-Uniformen, das er schon kennt.

»Wer ist das?«, hatte er sie gefragt, auf den besser Aussehenden der beiden gezeigt und einen jähen, eifersüchtigen Stich verspürt, als sie sagte: »Ach, bloß jemand, den ich heiraten wollte.«

»Was ist passiert, ist er im Krieg geblieben?«

»Aber nein, ich habe bloß beschlossen, doch nicht zu heiraten.«

»Warum haben Sie dann sein Foto behalten?«

»Weil der andere Mann, der neben ihm, mein Bruder Bill ist. Richies Dad.« Und sie hatte das Gesicht in dem Foto mit der Fingerkuppe gestrichen. »Der arme liebe Bill«, sagte sie.

Er blättert weiter, und da findet er dann die Fotos von Katherine und den Krankenschwestern. Sie sitzen im Grünen auf einer Decke. Dann sitzen sie auf einem Mäuerchen vor einem Krankenhaus. Sie stehen neben einem Army-Jeep, und dann stehen sie mit Sammelbüchsen im Schnee. Auf jedem Foto sind mindestens vier Schwestern zu sehen. Und auf einem, aufgenommen auf den Stufen eines großen grauen Gebäudes, sind es gleich drei Reihen, alle in der gleichen Uniform, aber trotzdem findet er sie auf jedem Gruppenfoto mühelos wieder, sie lacht in die Kamera, das Haar unter dem Häubchen hochgesteckt.

Er blättert vor und zurück, bis er die Bilder findet, die vor dem Haus in Eastham aufgenommen wurden. Katherine mit ihren Freunden Louise und Jim. Auf einem ist Katherine so hübsch. Ihr Lachen ist extra breit, sie krümmt sich, als würde sie gleich umfallen vor Lachen. Sie trägt ein Sommerkleid, das ihre Beine und Arme besonders zur Geltung bringt. Ihr Haar ist blond und glatt und dick und schmiegt sich wie eine weiße Katze um ihre Schulter. Die Gruppe steht vor dem Haus an einem Tor; Katherine stützt sich darauf, und hinter ihr hat sich Louise bei dem lockigen Jim untergehakt.

Er fragt sich, wer hinter der Kamera stand – war es Bill oder etwa der Mann, den sie dann doch nicht heiraten wollte, der mit dem Filmstarlächeln, der ihnen etwas zurief, als er auf den Auslöser drückte, etwas so Witziges sagte, dass sie sich vor Lachen kaum halten konnten?

Er schiebt den Finger unter das Spinnenpapier, das die Fotos abdeckt, dann löst er den Klebestreifen, der das Bild am Karton festhält. Er nimmt das Bild und sieht, als er es umdreht, auf der Rückseite den Vermerk »Eastham, August 1944« – zwei Jahre vor seiner Ankunft in Amerika. Er will sich das Foto in den Ärmel schieben, entscheidet sich aber dagegen; er möchte es nicht knicken oder irgendwie beschädigen. Er schlägt das Telefonbuch auf und packt es vorsichtig zwischen M-Seiten, M für Michael, wo er es morgen leicht wiederfinden wird. Er klappt das Telefonbuch zu und knipst das Licht aus.

Er sitzt der Tür gegenüber an der Wand. Von hier aus überblickt er alle Zugänge zur Treppe. Wenn sie zur Haustür hereinkommt, wird er sie sehen. Wenn sie einen Schlüssel für die hintere Schiebetür hat und durchs Wohnzimmer kommt, wird er sie sehen. Selbst wenn sie durch die Tür zum Untergeschoss kommt, wird er sie sehen, sobald sie aus der Küche in den Flur neben der Treppe tritt. An ihm vorbei kann sie nur, wenn sie über eine Leiter zu ihrer Veranda hochsteigt. Und er weiß, dass das nicht geschehen wird.

Schwaches Licht vom Mond auf dem Fußboden der Diele. An der Wand zappelnde Schatten von den Blättern an den Bäumen. Er denkt über den Nachttisch oben in Katherines Zimmer nach, die herausgezogene Schublade mit den Fläschchen und Pillendosen. Er wird bis sechzig zählen. Und zwar zehnmal. Wenn Katherine bis dahin nicht kommt, wird er in ihr Zimmer hochgehen und sich eine der Tabletten nehmen. Er wird eine auspacken und ein Stückchen abbeißen. Dann wird er in seinem Bett liegen und warten, bis sein Körper leichter wird. Leichter und immer leichter, bis er fast verschwindet. Wenn es so weit ist, wird ihn nichts mehr erschrecken, weil es nichts zu sehen geben wird und niemanden, der ihm etwas tun könnte. Das Zimmer wird verschwinden, und der Spiegel wird verschwinden und mit ihm der zahnlose Mann. Es wird in der ganzen weiten Welt nichts mehr geben. Nur ihn, der wie ein Blatt auf dunklem Wasser treibt.

Den zahnlosen Mann hatte er das erste Mal gesehen, als er erst kurz bei *Frau Aunt* und Harry lebte. Er war spätabends auf dem Weg ins Badezimmer gewesen und musste an dem langen Spiegel in der Diele vorbei. *Frau Aunt* und Harry waren noch gar nicht im Bett. Er hörte sie in der Küche reden, im Radio den Baseballmann murmeln. Er hatte gekreischt wie ein Affe, als er den Mann sah. Dann war er auf sein Zimmer gestürzt und hatte sich heulend und schlotternd unterm Bett versteckt, bis Harrys starke Arme ihn vorzogen.

Der Spiegel wurde in *Frau Aunt* und Harrys Schlafzimmer gehängt. Aber deshalb war der Mann ja nicht weg. Er tauchte stattdessen in seinen Träumen auf.

Der Traum änderte sich manchmal. Aber eines blieb immer gleich: Jedes Mal kroch der Mann aus dem Hügel, und jedes Mal saß er dann einfach da und starrte ihn an.

Der Hügel in seinem Traum war mehr ein Schutthaufen, voll scharfer Kanten und Bruchstücke. In dem Traum blickte er aus einem Fenster – von einem Automobil oder vielleicht einem Haus – auf den Hügel. Sonst war an der Straße gar nichts, nur die Landstraße mit Feldern und ein paar Bäumen, einem grauen Himmel und, natürlich, dem Hügel, und er schaute gerade zum Fenster hinaus, als auf einem Fahrrad ein Mann daherkam. Als der Mann sich dem Hügel näherte, rief jemand. Der Mann hielt an und sah sich nach allen Seiten um, suchte die Stimme. Dann musterte er den Hügel.

Helft mir! Hilfe! Ich lebe, ich lebe!, rief die Stimme.

Aus seinem Fenster gegenüber horchte er nach der Stimme und fragte sich, warum das jemand rufen sollte.

Der Fahrradmann sah über die Straße zu dem Fenster herüber, an dem er saß, und zuckte die Achseln, wie um zu sagen: Hörst du das? Weißt du, was da los ist? Und er zuckte seinerseits die Achseln: Ich hab's auch gehört. Aber ich weiß nicht, was los ist.

Der Mann legte sein Fahrrad auf die Erde und marschierte zu dem Hügel hinüber. Kurz darauf fing er an, mit bloßen Händen zu graben. Als er das tat, zeigte sich, dass der Schutthügel aus toten Menschen bestand. Arme und Beine kamen zum Vorschein. Der Mann schob sich seinen Schal vor den Mund und grub weiter. Dann begann er, laut zu beten, und war bald selbst derjenige, der um Hilfe rief: *Mein Gott, mein Gott, so helft mir doch!*

Nach einer Weile tat sich ein Spalt auf in dem Hügel, und zwei Arme kamen hoch. Die Arme waren lebendig. Der Mann hörte auf zu graben. Er packte die Arme und zog. Er zog, bis das Gesicht eines Mannes erschien. Dem half er, aus dem Hügel zu kriechen. Als er draußen war, kam der Hügel etwas ins Rutschen, weil die vielen toten Arme und Beine und Köpfe sich verschoben. Der Mann, der aus dem Hügel kam, war kaum wie ein Mann, mehr wie ein Gerippe. Ein Gerippe mit noch der Haut dran. Im Vergleich sah der andere Mann aus wie ein Riese, als er ihm an den Straßenrand half und ihn dort hinsetzte. Er lief zu seinem Fahrrad, holte aus seiner Fahrradtasche ein Bündel und eine Flasche und brachte beides dem Gerippe. Aber das Gerippe schien mit den Sachen nichts anfangen zu können. Der Mann machte das Bündel auf und zeigte dem Gerippe den Inhalt – sieh her, Brot. Er zog den Korken aus der Flasche. Er schob sich den Schal aus dem Gesicht und machte vor, was mit dem Brot und der Flasche zu tun sei. Essen, sieh her, so. Trinken, so. Als hätte das Gerippe vergessen, wie das ging. Nach einer kurzen Weile gab es der Mann auf, ließ Brot und Flasche auf der Erde zurück und eilte zu seinem Fahrrad. Das Fahrrad eierte davon, als hätte der Mann gerade vergessen, wie Fahrradfahren geht. Das Gerippe am Straßenrand fing an zu weinen. Es liefen nicht nur Tränen, sondern aus seinem

Mund Spucke und aus seiner Nase Rotz. Als weinte er mit seinem ganzen Gesicht. Er wischte sich mit den Händen darüber, die zu groß waren für seinen Körper. Dann hob er den Kopf und guckte über die Straße geradewegs in das Fenster.

Nach ein, zwei Jahren wurde der Spiegel zurück in den Flur gehängt. Was er Harry aber nie verriet, war, dass er den Mann dort immer noch sah, nicht älter als vorher, nicht kräftiger und nicht sauberer. Genau dasselbe dreckige Gesicht, die zerlumpten Sachen und die dunklen Augen. Nach wie vor das schwarze Loch seines zahnlosen Munds. Aber er blieb immerhin in dem Spiegel und suchte ihn nicht mehr in seinen Träumen heim.

Er wacht in der Diele auf, über sich Katherine. Er sieht als Erstes ihre nackten Füße, dann die Fußknöchel und knapp darüber den Saum eines riesigen Mantels.

»Was machst du hier auf dem Fußboden, Michael?«, sagt sie.

»Ich hab auf Sie gewartet«, sagt er und will sich hochrappeln.

Sie schiebt die Ärmel ihres Mantels hoch, streckt ihm die Hand entgegen, und er greift nach ihr. Als sie ihn hochzieht, geraten sie beide ins Wanken.

»Eins-und-zwei und«, flötet sie, »eins-und-zwei«, und zieht und schiebt, als tanzten sie den Jive.

»Ihr Mantel ist zu groß«, sagt er.

Sie verstummt und blickt an sich herunter.

»Der? Ist nicht meiner. Es ist Bills alter Air-Force-Mantel, der hält mich schön warm, wenn ich nachts rausgehe.«

»Wo gehen Sie denn hin?«

»Ach, einfach raus, weißt du. Sterne gucken. Den Mond anheulen.« Sie lacht und sagt dann: »Ich scherze, Michael, ich heule natürlich nicht *wirklich*. Komm, Zeit, dich ins Bett zu bringen. Bist du Schlafwandler?«

»Nein, hab ich doch gesagt, ich hab auf Sie gewartet. Ich wollte Ihnen etwas geben. Und ich wollte Sie fragen, ob ich noch mal ein Stück von so einer Tablette haben kann.«

»Wozu?«

»Damit ich schlafen kann.«

»Das sah eben aber nicht so aus, als brauchtest du dabei Hilfe, so wie du dort am Boden lagst. Hast du eine Ahnung, wie lange ich gebraucht habe, dich zu wecken?«

»Aber was ist, wenn ich wieder im Bett bin, wenn ich dann nicht schlafen kann?«

»Dann kannst du eben nicht schlafen.«

Sie will ihn zur Treppe bringen, hält aber inne. »Das war das eine Mal. Gegen die Schmerzen, Michael, und weil du so aufgewühlt warst. Und verrate es bloß niemandem. Versprichst du's?«

»Ich versprech's.«

»Was wolltest du mir geben?«

»Einen Brief –«

»Ach, Briefe mag ich nicht. Will ich nicht. Ich hasse Briefe. Hasse Telegramme, hasse Botschaften aller Art.«

»Ach. Aber er ist doch nicht für *Sie*.«

Sie schwankt wieder und sagt: »Der Mantel ist so schwer, ich trage daran zu schwer.«

Er wartet, während sie sich aus dem Mantel befreit. Sie legt ihn sich über die Arme und hält sie ihm hin.

»Fang!«, sagt sie und wirft ihm den Mantel zu. Ihm knicken die Knie fast ein, so schwer ist er. »Sag ich doch! Schwer, wie? Dann gib ihn wieder her, los, gib schon.«

Ohne Mantel steht Katherine in einem langen ärmellosen Nachthemd da, ihre Arme schrecklich dünn, als sie nach dem Mantel greift. Er sieht unter dem Nachthemd die Umrisse ihrer Beine und ihres Körpers, vom Busen bis hinunter zum Bauch über dem Beinansatz, alles etwas dunkler, als wären die Partien ausgemalt. Sie nimmt den Mantel wieder an sich und kniet sich auf den Boden.

»Er hat meinem Bruder Bill gehört. Das war sein Mantel.«

»Ja, weiß ich.«

»Ach ja?«

»Sie haben es mir gerade gesagt.«

Sie schiebt den Mantel von ihrem Schoß und lässt ihn liegen. Ihn aber zieht sie in ihre Arme und drückt ihn fest. Er riecht den Alkohol an ihrem Atem und das Meer in ihrem feuchten Haar. Ihr Nachthemd scheint auch feucht zu sein, und da weiß er, dass sie schwimmen war und dass die dunklere Farbe unter dem Nachthemd ihr Badeanzug ist.

»Michael«, sagt sie, und die Worte kriechen aus ihrem Mund auf sein Gesicht. »Kann ich dir ein Geheimnis anvertrauen? Kannst du es für dich behalten?«

Er schluckt und sagt: »Ich sag niemandem was. Ich schwör's.«

Sie lehnt sich leicht zurück, runzelt die Stirn und sagt in einem ganz anderen Ton: »Hey, was hast du da?«

»Wo?«

»Da. Genau da.«

Sie lupft sein Pyjamahemd, zupft die Tüte Salzbrezeln hinter dem Hosenbund hervor.

»Brezeln! Was hast du da noch alles eingeheimst und schleppst es als Beute in deinem Beutel ab, du schlaues kleines Känguru?«

»Gar nichts, ehrlich, gar nichts.«

»Ach ja?«

Sie tastet ihn nun ab. Sie holt die Erdnüsse hervor, fischt aus der Brusttasche die Cocktailspieße.

»Hast du *gestohlen*, Michael?«, sagt sie. »Hast du etwa –«

»Nein! Nein ...«

Sie lacht lauthals. Dann kitzelt sie ihn durch, killekille am Bauch, unter den Achseln, unterm Kinn. »Sag schon. Hast du gestohlen? Muss ich die Cops rufen?«

Sie hört auf und sagt: »Wie, bist du gar nicht kitzelig?«

Er steht beschämt vor ihr; das Herz tut ihm weh. Er muss sich in die Armbeuge zwicken, um nicht loszuweinen.

»Ach, komm schon, Michael, was soll's? Reg dich nicht gleich so auf. Ist nicht schlimm. Hier hast du das Zeug.«

»Ich will es nicht.«

»Klar doch. Los, nimm schon. Du kannst dir nehmen, was immer du willst, das meiste wandert sowieso in den Müll. Hier, nimm. Also ehrlich, als würde es jemanden kümmern. In diesem Haus des Überflusses.«

»Ich will nicht!«, schreit er und stößt sie von sich. »Ich will gar nichts von Ihnen, lassen Sie mich in Ruhe!«

Sie wankt etwas, verliert beinahe das Gleichgewicht, fängt sich aber wieder, blinzelt ein paarmal, und dann, den Mantel am Kragen gepackt, richtet sie sich vorsichtig auf. Sie wendet sich ab, durchquert die Diele, und ihm bleibt, als sie die Treppe hinaufsteigt und im Dunkeln verschwindet, nur der Anblick ihres langsam verschluckten Rückens und schließlich das Klackern der Knöpfe an Bills Mantel, den sie über die Dielen des oberen Flurs schleift.

3

Sie erhebt sich von der Bank, auf der sie gesessen und gelesen hat, und blickt nach Norden. Irgendwo ganz in der Nähe stimmt etwas nicht, hält etwas still. Sie neigt ihr Ohr nach Westen, dann klappt sie mit Daumen und Finger ihr Buch zu, geht an den Abhang vor und blickt auf den Strand hinab.

Dort ist niemand. So weit das Auge reicht. Nirgends auch nur der Scheitel eines den Hügel heraufkommenden Kopfs. Bloß wild pendelnde Strandgräser und die Wasserläufer. Sie verharrt eine Zeit lang und sieht zu, wie lange, schläfrige Wellen Tang und Meersalat an den Strand spülen. Und da spürt sie noch anderes, eine andere Art Stille. Die kommt jetzt von innen. Sie kommt und geht schon einige Zeit – seit Tagen, eigentlich –, aber bisher kann sie sie nicht benennen. Wenn sie sagen müsste, wo das Gefühl sitzt, wäre es wie eine kleine Tasche zwischen oberem Rippenbogen und Brustbein. Ihr ist, als wäre etwas hinzugefügt oder aber entfernt worden. Sie merkt es nur in Augenblicken wie diesem – wenn sie aufs Meer blickt oder nachts, bevor sie einschläft –, Augenblicken, da ihre Gedanken zur Ruhe kommen.

Sie macht sich auf den Rückweg zum Haus und klopft zu einer Melodie in ihrem Kopf mit dem Buch gegen ihren Schenkel. Den Song hat sie zu Sommerbeginn das erste Mal gehört – einen von vielen, die der Wind vom Kaplan-Haus zu ihnen herüberträgt. Inzwischen hört sie ihn überall: aus den offenen Türen geparkter Autos, aus den Küchenfenstern der Sommerhäuser, laut plärrend aus den Musikboxen der Diners und Drugstores. Kleine Sommertourneebands spielen ihn in den Clubs und Hotels von Provincetown – eine Version zwar, die sie etwas zahm findet, die ihr aber trotzdem gefällt. Einen Song, den selbst ihr Mann gutheißt, was daran liegen mag, dass er keinen Text hat. Oder vielleicht spricht ihn die leise Dramatik an. Die Melodie gehört zu einem Film – sie haben die Vorschau gesehen und andere schwärmen hören. Sie weiß, sobald sie nach New York zurückgekehrt sind, wird er gleich ins Filmtheater wollen.

Sie werden im Dunkeln sitzen und zu den Schemen hochstarren, die durch das verschneite Wien schleichen, während an allem die Musik zupft. Sie aber wird die Klänge für immer mit dem Licht auf Cape Cod in Verbindung bringen und den Beginn eines neuen Jahrzehnts, der Mitte eines Jahrhunderts im Sommer dieses, ihres siebenundsechzigsten, Jahrs.

Als sie sich dem Haus nähert, hält sie Ausschau nach falschen Schatten. Aber nichts stört die scharfen Konturen von Hell und Dunkel: den Abdruck des Hauses im Gesträuch der Schwarzen Krähenbeeren, den Tintenstrichen der Gräser vor der weißen Schindelverschalung, dem Negativ des Lakens an der Wäscheleine im Gesträuch. Alles, wie es sein sollte. Vielleicht doch nur eine Katze.

Sie setzt einen Fuß auf die Stufen zur Küche, überlegt es sich dann aber anders und zieht ihn zurück. Stattdessen geht sie ganz um das Haus herum zur Nordwestecke. Als sie das große Atelierfenster erreicht, duckt sie sich, schiebt sich darunter entlang und vorsichtig am Eckpfosten hoch. Sie wartet einen Augenblick, ehe sie um die Ecke lugt. An der gegenüberliegenden Hausecke huscht ein Schatten von dem oberen Absatz der hölzernen

Treppenstufen. Sie zieht sich zurück. Sie wartet erneut, kehrt an die Nordwestecke zurück und presst sich an die Wand. Ein nadeldünner Schatten erscheint in ihrem Blickfeld, streicht über den Boden wie der große schwarze Zeiger einer Uhr, stockt und wandert weiter. Der Schatten wird breit und schwirrt über die Klippe. Dann schnurrt er wieder zusammen und nähert sich dem Haus. Stumm zählt sie: eins, zwei, drei –

»Vier!«, ruft sie schrill, setzt aus ihrem Versteck zum Sprung an, und flatternd stößt ihr Buch auf die Beute herab wie ein Raubvogel.

Hände wie ein Schutzhelm um einen Kopf gelegt. Sie schlägt erneut mit ihrem Buch zu, wieder und wieder. Dann klatscht sie es seitlich gegen den Körper, der jetzt auf dem Boden kauert und sich an die Hauswand krümmt. Sie erwischt ein Knie, einen Ellbogen und wieder die Hände.

»Da hab ich dich, hab dich erwischt!«, ruft sie. »Was sagst du jetzt? Ergibst du dich? Ergibst du dich? Komm schon, sag etwas, antworte gefälligst, sonst – «

Doch Michael ist außerstande, er wälzt sich vor Lachen.

»Ergibst du dich?«, fordert sie und bohrt ihm wiederholt einen Finger in die Rippen.

Er prustet und quiekt und versucht, sich hochzurappeln, aber sie zwingt ihn mit ihrem Buch und wohlplatziertem Kitzeln wieder runter.

»Er-gibst-du-dich? Sag es gefälligst, sonst geht es dir schlecht ...«

»Ich ergebe mich«, japst er. »Ich ergebe mich.«

»Wer hat gewonnen?«

»Sie.«

»Noch mal. Wer hat – «

»Sie! Sie haben gewonnen!«

»Bettelst du um Gnade?«

»Ja, ja. Tu ich. Gnade! Gnade!«

»Ein Glück«, sagt sie und sinkt neben ihm nieder, »denn mir geht die Puste aus.«

Michael setzt sich auf und ringt unter letzten hilflosen Gicksern um Atem. Sie bleiben im Schatten des Hauses im Gras sitzen, den Rücken zur Wand.

»Woher wussten Sie es, wieso wissen Sie es einfach immer?«, fragt Michael.

»Nun, ich schätze, es ist schlicht ein weiterer schlagender Beweis für meine allseitige Genialität.«

»Also, das glaube ich ja nicht!«, sagt er.

»Nicht? Willst du noch mal mein Buch zu spüren kriegen?«

»Nein! Verraten Sie es mir einfach.«

»Wenn ich das tue, gewinnst bald du, und dann muss ich Tee kochen.«

Er grinst sie an, dann verrenkt er sich den Hals nach dem Buch, das sie nun im Schoß hält. »Was ist das eigentlich für ein Buch? Ist es gut?«

»Nur ein alter französischer Gedichtband – nicht unbedingt dein Fall.«

»Sie haben den Einband zerkloppt.«

Sie untersucht das Buch. »Du hast recht«, sagt sie und stützt sich, als sie sich nun langsam aufrichtet, mit einer Hand auf seiner Schulter ab.

»Es hat mit den Schatten zu tun«, sagt sie nun. »Dass ich immer gewinne. Man muss die Schatten richtig lesen.«

»Aber wie?«

»Wer lange genug mit meinem Mann lebt, weiß alles über Schatten. Vielleicht zeige ich es dir eines Tages.«

Michael will sprechen.

»Eines Tages, habe ich gesagt, nicht jetzt.«

Fast jeden Tag kommt der Junge sie besuchen. Das hat nach seinem Sturz auf den Treppenstufen zur Garage angefangen und ist inzwischen fast Gewohnheit. Sie vermutet, dass er selbst dann kommt, wenn sie nicht da ist. An den Tagen nämlich, an denen sie mit ihrem Mann in Orleans auf der Suche nach seinem Himmel gewesen ist, hat sie bei der Heimkehr gemeint, Spuren von ihm zu entdecken – etwas Sand vor der Tür und am Fenster Schmierflecken, als hätte dort eine Hand geruht, während er hineinlugte. An manchen Tagen kommt er mehr als einmal. Mal bemerkt sie dann, wenn sie gegen Abend zum Fenster hinaussieht, ein Zucken im langen Gras, mal huscht ein Schatten um die Ecke der Garage, der da nicht hingehört. Doch bei einem solchen zweiten Besuch zeigt er sich aus unerfindlichen Gründen nie. Er lungert eine Zeit lang herum und verschwindet wieder. Als patrouillierte er oder müsste sich vergewissern, dass alles noch genau ist wie bei seinem letzten Besuch.

Beim ersten Mal hatte er Richie im Schlepptau.

Er sagte: »Sie haben gemeint, wir sollten vorbeischauen, wenn wir in der Gegend sind.«

Richie sagte: »Ich habe ihm erklärt, dass Sie damit nicht sofort meinten, Ma'am, aber er hört einfach nicht.«

Richie mit seinem »Ja, Sir« und »Nein, Ma'am« und den ständigen Ermahnungen, dass sie nicht zu lange bleiben und nicht zur Last fallen dürften.

»So gouvernantenhaft, dieser Richie«, sagte sie zu ihrem Mann nach diesem ersten Besuch. »Ehrlich, wie der redet! Wie ein altes Weib. Wenn du mich fragst, verbringt er zu viel Zeit mit Erwachsenen.«

»Ach was, der will bloß artig sein«, sagte er.

»Tja, es gibt artig, und es gibt unausstehlich.«

»Wo der herkommt, lernen Kinder, folgsam zu sein«, sagte er, schaute hinter seiner Zeitung hervor und fügte hinzu: »Worauf *deine* Mutter nicht allzu viel Wert gelegt haben dürfte.«

Richie kam noch zwei-, dreimal mit. Dann tauchte Michael allein auf. Das erste Mal wartete er vor der Haustür darauf, hereingebeten zu werden, seine Miene so bange verkrampft, dass sie beschloss, sich mit ihm einen Spaß zu erlauben.

Sie sagte: »Was willst du denn hier, du Wicht? Verschwinde, sonst hetze ich den Hund auf dich. Los, fort mit dir.«

»Aber Sie haben gar keinen Hund«, sagte er.

»Ich habe einen Mann, oder nicht? Der bellt ganz ordentlich.«

Als sie das sagte, machte Michael große Augen, dann bedachte er sie mit seinem Grinsen.

Er war voller Sand. Sie hielt die Tür auf, er rieb seine Turnschuhe aneinander und klopfte sich Beine und Hände ab.

»Was denn, bist du auf allen vieren hergekrochen?«, fragte sie, und da lachte er laut auf und stürmte an ihr vorbei ins Haus.

Leichter fällt es ihm, wenn er sie draußen antrifft, dann ist es so, als liefen sie sich zufällig über den Weg und es wäre ihre Idee, ihn ins Haus zu bitten. Also gibt sie sich Mühe, das zu ermöglichen. Sie setzt sich vormittags raus und, wenn er sich nicht blicken lässt, nachmittags noch mal. Sieht sie ihn schon vom Fenster aus, begibt sie sich nach draußen und tut beschäftigt, bis sie zufällig hochblickt und ihn entdeckt. Wenn ihr Mann nicht da ist – und nur dann –, lauern sie sich gegenseitig auf. Der Verlierer – und das ist bisher unfehlbar Michael gewesen – muss Tee kochen.

Wenn er das Haus betritt, steht er mit eingedrehten Füßen und eingezogenen Schultern herum, es dauert, bis sich alles an ihm lockert und er vergisst, ständig über die Schulter zu schauen. Dann platzt er mit etwas heraus wie: »Ich soll Sie ›Ma'am‹ nennen, haben sie gemeint.«

»Wer zum Kuckuck meint das?«

»Richies Mom. Wenn ich Sie anspreche, soll ich –«

»Das hat sie gesagt? Was genau hat sie gesagt?«

»›Hör zu, Michael, das haben wir doch schon besprochen – ein guter, wohlerzogener Junge spricht eine Dame immer mit Ma'am an.‹«

Und sie lacht über seine Parodie Olivias, Tonfall und Gesichtsausdruck.

»Du kannst mich nennen, wie immer du willst«, sagt sie.

»Mir gefällt Mrs Aitch«, sagt er.

»Ich habe schon Schlimmeres gehört, glaub mir.«

»Was denn?«

»Na, mal sehen. Mrs Moose zum Beispiel. Das haben sie eine Zeit lang gesagt.«

»Warum denn?«

»Also, irgendjemand von so einer Zeitschrift hat geschrieben, mein Mann sehe aus wie ein Elch, und da bin ich so wütend geworden, dass er angefangen hat, zu mir Mrs Moose zu sagen. Das fand er witzig. Hat sogar eine Skizze davon gemacht. Er mit Elchkopf in einem Anzug, ich mit Elchkopf, roten Lippen und Rock.«

»Kann ich sie sehen? Ach, *bitte*, darf ich sie sehen?«

»Da müsste ich erst suchen. Weißt du was, wenn er mal weg ist und wir sicher sein können, dass er mehrere Stunden fort sein wird, sehen wir uns im Atelier mal gründlich um.«

Ist ihr Mann daheim, wenn Michael kommt, dann taut der Junge nicht so schnell auf. Dann bleibt er in der Küche auf der Stuhlkante sitzen und beantwortet ein paar höfliche Fragen.

»Wie geht's dem Knie, Michael, macht es dir noch zu schaffen?«

»Nein, alles bestens, Sir.«

»Richie heute wieder nicht dabei?«

»Der hat zu viel zu tun.«

»Aber du hast ihn aufgefordert, mitzukommen.«

»Klar. Vielleicht das nächste Mal, hat er gesagt.«

Nach und nach dreht Michael dann den Spieß um und stellt selbst Fragen: »Die Geschichte, die Sie uns erzählt haben, von den Indianern, die unter Corn Hill ihren Mais vergraben haben, den die Pilger dann ausgegraben haben – wieso ist der Mais nicht verfault, wenn er dort so lang lag?«

Oder: »Wie viele Bilder haben Sie in Ihrem Leben bisher gemalt? Wie viele in diesem Sommer?«

Oder: »Darf ich Sie mal was fragen, Mr Aitch, äh, Sir?«

»Nur zu, Michael.«

»Wenn das da draußen in der Bucht nur Meer ist, aber vier Meilen weiter Richtung Ballston Beach der Ozean, und wenn Cape Cod eine Halbinsel ist und eine Halbinsel eigentlich bloß eine Insel mit drei Seiten, wo beginnt dann das Meer, wo hört der Ozean auf, und wie soll man wissen, was was ist?«

Nach einigen Fragen dieser Art macht ihr Mann sich lieber rar.

Sitzen sie in der Küche, zieht er sich ins Atelier zurück. Oder er geht raus und setzt sich auf seine Bank, das lange, traurige Gesicht den Hügeln zugewandt.

»Was macht er da draußen?«, fragt dann Michael womöglich. »Worauf wartet er?«

»Vielleicht hofft er, dass ein Indianer über die Hügel geritten kommt und anbietet, ihn nach New York mitzunehmen«, sagt sie.

Und dann leuchten Michaels Augen, und er sagt: »Ja! Auf einem Indianerpony.«

Meist taucht Michael, kurz nachdem ihr Mann das Haus verlassen hat, auf. Und das rechnet sie ihm hoch an – als wüsste er irgendwie, dass sie sitzen gelassen worden ist, und ahnt, dass sie froh um Gesellschaft wäre. Sie malt sich aus, wie er im Eingang zum Kaplan-Haus lungert und darauf wartet, dass der Buick vorbeifährt. Oder am Strand hinter einem Strauch kauert, bis ihr Mann einen seiner Spaziergänge unternimmt. Ist Michael schon wieder fort, wenn ihr Mann heimkehrt, erzählt sie nicht immer, dass er da war. Mal erwähnt sie es später oder am nächsten Tag beiläufig, mal gar nicht. Sie behält es gern für sich, und sie genießt, dass Michael einer ist, dem es zur Abwechslung um *sie* geht, nicht um ihn.

Ihr Mann sagt: »Wie du mit dem Jungen redest.«

»Wie denn?«

»Du sprichst mit ihm wie mit einem Erwachsenen.«

»Ja, was erwartest du – nur *Dududu*? Er ist zehn.«

»Und ich finde auch nicht, dass du ihn ermutigen solltest, über die Kaplans herzuziehen. Noch muss er unbedingt die schmutzigen Details deines früheren Lebens kennen.«

»Ich will ihm doch bloß mehr entlocken. Wenn ich ihm etwas verrate, verrät er mir etwas. Ich wüsste nicht, was daran so schlimm ist; ich habe ihm nur ein bisschen was von meinen beiden Trinkern erzählt, *père et fils*. Kann ihm nicht schaden zu begreifen, dass es manchmal besser ist, Waise zu sein.«

»Ist dir eigentlich klar, wer das Kind und wer die Erwachsene ist?«

»Ach, jetzt versteh ich.«

»Was denn?«

»Ja, jetzt ist mir alles klar.«

»Was denn? Was ist dir klar?«

»Du bist eifersüchtig.«

»Ach ja?«

»Eifersüchtig.«

»Wenn du jetzt nur Unsinn faselst –«

»Eifersüchtig, weil mich ausnahmsweise jemand lieber hat als dich.«

»Warum musst du aus allem einen Wettbewerb machen?«

»Eifersüchtig.«

»Na, wenn du meinst.«

»Eifersüchtig. So sieht's aus.«

»Ich gehe spazieren.«

Sie ruft ihm nach: »Der Junge findet etwas an mir, und du, du bist für ihn bloß ein weiterer nicht vertrauenswürdiger Erwachsener. Eifersucht, Eifersucht, Eifersucht.«

Wenn Michael kommt, lässt er sich im Indianersitz vor ihr nieder, legt den Kopf zurück, während sie es sich mit untergeschlagenen Beinen auf der Chaiselongue bequem macht. Sie liest ihm vor und überlässt dann ihm das Buch und das Lesen.

Sie sagt: »Nicht so schnell, Michael. Meine Güte, du hältst da immerhin Robert Frost in den Händen, erweise ihm wenigstens etwas Respekt – bei Gedichten musst du bedenken, dass jedes Wort zählt.«

Wenn sie in der Küche zu tun hat, sitzt er am Tisch und sieht ihr beim Hantieren zu. Wenn er Tee kocht, trinken sie ihn draußen Seite an Seite auf den Verandastufen. Sie bringt ihn zum Lachen, er wirft dabei den Kopf in den Nacken. Wenn es ihn richtig packt, trampelt er mit den Füßen im Gras.

An dem einen Tag führt sie ihn vielleicht ins Atelier und

blättert im Verzeichnis der Werke ihres Mannes. Sie zeigt ihm die Vorzeichnungen, die ihr Mann zu seinen Bildern macht, und ihre Notizen dazu.

»Hier stehen seine sämtlichen Bilder drin«, sagt sie. »Dieses Verzeichnis ist sehr wertvoll; wir müssen damit besonders vorsichtig sein.«

Sie schildert ihm den jeweiligen Entstehungsprozess und das Ergebnis. Sie breitet die Arme aus, um das Format anzudeuten, sie schraubt die Deckel von den kleinen Tuben, um ihm einen Eindruck von den verwendeten Farben zu geben. Michael kniet auf einem Stuhl und stützt die Ellbogen auf dem Tisch auf, das Gesicht mit verzückter Miene in den Händen.

An einem anderen Tag unternimmt sie mit ihm vielleicht einen Spaziergang, und sie kehren mit den Armen voll Goldruten zurück. Sie stellt zwei Vasen auf den Küchentisch und beginnt zu malen. Sie kommentiert jeden Farbstrich an jedem Blütenkörbchen, zeigt ihm, wie das Licht auf die Vase fällt. Dann reicht sie Michael den Pinsel und sagt: »Und jetzt du, los, male.«

Michael nimmt den Pinsel und sieht sie erschrocken an.

»Nur zu, fang einfach irgendwo an«, sagt sie. »Wie wär's mit dem Blütenstängel dort – sieh nur, wie schön er sich biegt.«

Er beißt sich auf die Unterlippe und zieht zögernd einen grünen Bogen über das Blatt.

Sie klatscht in die Hände. »Michael«, sagt sie, »aus dir wird noch ein Künstler. Weiter.«

Michael reicht den Pinsel zurück. »Nee, mag nicht.«

»Aber warum denn nicht? Das war doch schon richtig gut.«

»Nur, weil Sie mir gesagt haben, wie.«

»Uns allen muss jemand sagen, wie, Michael.«

»Mr Aitch nicht«, sagt er.

Manchmal unternehmen sie Naturwanderungen in die Dünen, ins Marschland oder durch die struppigen Kiefernwälder. Zu gern erklärt sie ihm – dem Stadtjungen – die Tierwelt der Gegend, bringt ihm bei, nach den Stimmen der Natur zu lauschen, hinter die Stille zu horchen.

»Michael«, sagt sie, »hat dir schon mal jemand gesagt, dass du ein ausgeprägtes visuelles Gedächtnis hast?«

»Nein. Ist das gut oder schlecht?«

»Nun, ich sage mal so: Sollte eine alte Hexe versuchen, dich mit der Hänsel-und-Gretel-Nummer reinzulegen, hätte sie das Nachsehen; ich wette, du würdest dir jedes Blatt und jeden Zweig im Wald merken und lange vor ihr wieder daheim sein.«

»Ich kannte mal eine Gretel«, sagt er.

»Ach ja, und wer war das?«

»Ich weiß es nicht, mir ist der Name gerade erst wieder eingefallen.«

Nach solchen Wanderungen rollt er sich auf der Chaiselongue zusammen und schläft ein. Wenn sie in der Tür steht und ihn betrachtet, überkommt sie wieder das Gefühl unter dem Brustbein zwischen den Rippen. Ein Gefühl, das im ersten Moment Glück ist, im zweiten Kummer. Und da weiß sie: Was entfernt wurde, ist Einsamkeit, hinzugefügt, Liebe.

Sie holt das Modellhaus herunter, das ihr Mann angefertigt hat, und stellt es auf den Tisch.

»Das hat er für ein Bild gebaut, das er letztes Jahr gemalt hat. Es ist ein Modell. Allerhand, nicht? Er ist handwerklich geschickt, keine Frage. Und weißt du, weshalb er es gemacht hat? Damit er nicht ständig hinfahren musste, sondern es hier vor sich hatte und das Licht studieren konnte.«

»Was denn für ein Licht?«, sagt Michael. »Ich sehe keins.«

»Das Sonnenlicht, wie es aufs Haus fällt. Siehst du, wie es aufs Haus trifft, hier und hier?«

»Ach so, ja«, sagt Michael, »ja ...«

Sie holt ein paar Rollen alter Vorskizzen herunter und streicht sie auf dem Arbeitstisch glatt.

»Das sind Skizzen für seine Cape-Cod-Bilder. Mal sehen, ob du erraten kannst, was sie zeigen.«

Michael stürzt sich auf die erste. »Das ist am Pamet«, verkündet er.

»Ja, genau! Und das hier?«

»Das ist der Hund, der aussieht wie Buster! Wer wohnt da?«

»Das weiß ich nicht, wahrscheinlich niemand.«

»Und was ist hiermit, wo führt der Weg hin?«

»Nirgends.«

»Nirgends? – Aber irgendwo muss er doch enden!«

»Kann er nicht einfach immer weitergehen?«

»Nein! Nein, er muss *enden*.«

»Aber was hast du denn, Michael?«

»Ich will einfach wissen, wo er endet. Ich will einfach. Ich will –«

»Na gut. Er endet im Marschland oder an einer Müllkippe.«

»Aber was denn – Marsch oder Müllkippe?«

»Na, dann im Marschland. Er endet in der Marsch.«

»Gut«, sagt Michael sichtlich erleichtert. »Gut. Und was ist mit diesem Haus hier? Hier auf dieser Zeichnung; wer sind der Mann und die Frau auf der Veranda?«

»Die hat er erfunden.«

»Sie meinen, die gibt es gar nicht?«

»So machen es Künstler, Michael, wir erfinden Dinge.«

»Wie, Sie *lügen?*«

»Könnte man so sagen. Und jetzt los, wir müssen das wegräumen, bevor er zurückkommt.«

»Aber Sie haben mir noch gar nicht die Zeichnungen von dem kleinen Modellhaus gezeigt. Ich will noch sehen, was daraus geworden ist. Kann ich die noch sehen? *Bitte?*«

Sie findet die Rolle, breitet die Skizzen aus und beobachtet, wie Michael sie studiert, mit zusammengekniffenen Augen die Angaben zu den Farben liest, sich weit über die Frau vorbeugt.

»Das bin ich«, sagt sie. »Er hat immer mich als Modell benutzt.«

»Das sieht aber nicht aus wie Sie.«

»Er hat mich größer gemacht, viel größer. Er verändert die Dinge, verstehst du – «

»Das sieht mehr wie Katherine aus.«

»Katherine? Welche Katherine? Ach, du meinst Katherine Kaplan? Das glaube ich nicht.«

»Sieht sie aber.«

»Lass mal sehen.«

Sie hebt eine Brustskizze an. »Tut mir leid, finde ich eigentlich nicht. Für mich ist das nicht Katherine. Ich sehe keine Ähnlichkeit – nicht einmal Teint und Haarfarbe passen. Nein, wirklich nicht. Außerdem: Wie sollte sie es sein können? Wir haben sie erst in diesem Jahr kennengelernt.«

Sie rollt die Skizzen wieder zusammen. »Diesmal irrst du dich, Michael. Du liegst vollkommen falsch.«

Der Junge schielt zu ihr hin. »Na gut«, sagt er. »Aber deshalb müssen Sie doch nicht gleich sauer werden.«

»Wer sagt denn, dass ich sauer bin? Wieso sollte ich sauer sein? Du irrst dich, und fertig. Los, wir müssen alles wieder ordentlich wegräumen, bevor er zurückkommt und merkt, dass wir in seinen Sachen gewühlt haben.«

Sie hebt das kleine Haus an und packt es wieder oben aufs Regal.

»Sie müssen es noch etwas weiter zurückschieben«, sagt er, »und ein kleines bisschen hier rüber. Nein, nicht so, noch, noch. Und das Buch daneben, das müssen Sie etwas nach rechts drehen. Ja, so. Genau *so* war es vorher.«

Er reicht ihr die Rolle mit den Vorstudien hoch und sagt ihr, wo sie hinmüssen.

»Dann kann es wohl nicht Katherine sein«, sagt er. »Vielleicht denke ich an das Haus, in dem sie früher gewohnt hat. Das hatte auch so komische Fenster im Dach. Wahrscheinlich musste ich deshalb an sie denken.«

»Wo war sie denn vorher?«

»Hab ich vergessen«, sagt er. »Ich habe es auf einem Foto gesehen.«

Er horcht plötzlich auf und steigt von dem Stuhl herunter. »Pst, hören Sie das? Schnell, Mrs Aitch, ich glaube, ich hör ihn – er kommt.«

Sie geht ans Fenster und sieht hinaus. »Da ist nichts –«, setzt sie an, doch im selben Moment gleitet der Buick heran.

Jetzt, wo das Orleans-Bild fast fertig ist und noch nichts Neues in der Mache, hat ihr Mann seine Erkundungstouren wieder aufgenommen.

Eines Nachmittags sieht Michael ihn nach seinen Schlüsseln greifen und sagt: »Wo wollen Sie hin?«

»Herumfahren. Willst du mit?«

»Mrs Aitch auch?«, sagt Michael.

»Mrs Aitch natürlich auch.«

Michael sitzt vorn zwischen ihnen, die Hände unter den Kniekehlen, die Knie ragen über die Sitzbank hinaus, die Füße tappen auf die Fußmatte. Sein Blick wandert zwischen ihnen hin und her, dann vorn durch die Windschutzscheibe. Wieder zwischen ihnen hin und her, und er grinst dabei breit.

»Fahren Sie mit dem Buick auch durch New York«, sagt er.

»Nein, den lasse ich in Nyack stehen.«

»Wo ist das?«

»Nicht weit von der Stadt. Ungefähr dreißig Meilen. Da stelle ich ihn im Winter unter.«

»Fehlt er Ihnen dann nicht?«

»Das kann man wohl sagen«, sagt sie. »Der Wagen fehlt ihm wie einem Cowboy das Pferd.«

»Wo stellen Sie ihn denn unter?«

»An dem Haus, in dem ich aufgewachsen bin.«

»Dem Haus?«

»Ja, dem Haus.«

»Sie sind in einem ganzen Haus aufgewachsen?«

»So ist es.«

»Und es ist ein hübsches Haus«, sagt sie. »Er konnte von seinem Fenster aus den Hudson sehen.«

»Warum wohnen Sie da jetzt nicht mehr?«

»Ich lebe lieber in New York, und außerdem wohnt dort jetzt meine Schwester.«

»Aber wäre in einem ganzen Haus nicht für alle Platz?«

»Das ist nicht immer eine Frage von Platz, Michael.«

»Ach. Gibt es vorn einen Garten?«

»Vorn und hinten«, sagt sie.

»Das würde ich gern sehen«, sagt Michael und strahlt sie an.

Wäre da nicht ihr Mann, würde sie wahrscheinlich versprechen, irgendwann einmal mit ihm hinzufahren. Wäre da nicht ihr Mann, würde sie wahrscheinlich gleich den Tag festlegen.

»Man fährt aber über eine große Brücke hin«, sagt sie, »und du fährst nicht gern über Brücken, hast du mir gesagt.«

»Ich könnte ganz fest die Augen zumachen, wie ich es immer getan hab, wenn ich mit Vince und Harry ... jedenfalls hätte ich, glaube ich, nicht so furchtbar viel Angst, wenn Sie bei mir wären, wissen Sie – wenn ich zwischen Ihnen beiden sitzen könnte wie jetzt.«

Da ertönt das Klacken des Blinkers. Die Motorhaube des Wagens wandert zur Kaplan-Abzweigung herum.

Michael wendet sich mit besorgter Miene ihr zu.

»Das kannst du doch nicht machen«, sagt sie zu ihrem Mann.

»Warum nicht?«

»Du hast ihn eingeladen, mitzufahren.«

»Er *fährt* doch mit«, sagt er.

Er hält hinter Mrs Kaplans Auto. »Ich dachte bloß, Richie hätte vielleicht auch Lust. Michael hat sicher nichts dagegen, eben reinzuspringen, ihn zu finden und zu fragen, ob er auch mitwill.«

Er wendet sich Michael zu. »Machst du das? Und sag lieber seiner Mutter oder Großmutter Bescheid oder ...«

»Katherine?«, ergänzt Michael.

»Ja, einer der Damen, dass ihr beide eingeladen seid, uns nach Provincetown zu begleiten.«

»Da wollen wir hin?«, fragt sie, als sie dem zum Haus

hochflitzenden Michael nachsehen. »Hast du was Neues? Ich dachte, du willst erst das Orleans-Bild fertig malen.«

»Ich glaube, das kann gut ein paar Tage stehen bleiben; es fehlt nur noch der Himmel.«

»Und du denkst an ein neues Bild?«

»Weiß ich noch nicht. Es gibt dort ein Haus in der Nähe des Monuments, das wollte ich mir mal ansehen. Oder zumindest das Fenster. Danach können wir den Jungs ein Eiscreme-Soda spendieren, oder Eis oder was immer heutzutage bei Jungs beliebt ist.«

Sie sitzen eine Weile in der nachmittäglichen Stille, ihr Mann mit dem Ellbogen im Fenster, sie ein wenig aus ihrem herausgelehnt.

»Ich finde ja schon, dass Richie mit Michael hätte rüberkommen können, wenn er uns sehen wollte«, sagt sie schließlich.

»Das kommt darauf an«, sagt er.

»Worauf denn?«

»Ob Michael ihm gesagt hat, dass er rüberkommt.«

»Er ist doch bestimmt nicht einfach davongeschlichen.«

»Du hast sicher recht, aber ich will den Kaplan-Jungen eben nicht ausschließen.«

Als Michael wiederkommt, hat er Richie bei sich, und der strahlt übers ganze Gesicht. Michael will an der Beifahrertür einsteigen und sich wieder zwischen sie auf die Vorderbank setzen, doch ihr Mann greift hinter sich und drückt den hinteren Wagenschlag auf. »Rein mit euch«, sagt er und stellt damit unmissverständlich klar, dass auch Michael hinten sitzen soll. Sie wechselt mit dem Jungen einen Blick, als er einsteigt, sie nickt begütigend.

Dann erscheint noch Olivia. Sie bleibt etwas auf Distanz, am Halsband hält sie den Hund zurück. Sie trägt Strandshorts und eine ärmellose Bluse, ihr Haar, auf den Kopf hochgebündelt, gleicht einem großen Wattwurmhaufen. Mit leicht vorgeschobener Hüfte steht sie da.

Ihr Mann ruft aus dem Wagenfenster: »Wir bringen sie in ein paar Stunden wieder – wenn es recht ist.«

»Lassen Sie sich nur Zeit!« Olivia lacht aufreizend und zuckt kokett mit den Schultern.

Als die Reifen im Schotter knirschen und ihr Mann aus der Zufahrt zurücksetzt, begutachtet sie ihre eigenen Beine, dreht sie ein bisschen hin und her und lupft verstohlen den Saum ihres Rocks. Mit Genugtuung stellt sie fest: Olivias Beine mögen zwar jünger sein als ihre, und Olivias Beine mögen erheblich länger und brauner sein als ihre, aber Olivias Beine sind definitiv, definitiv *nicht* straffer als ihre.

In Provincetown ergibt es sich, dass Richie mit ihrem Mann ein paar Schritte vorausgeht, sie mit Michael hinterher. Richie scheint die Unterhaltung allein zu bestreiten, das ist ja nichts Neues, aber sie sieht, dass ihr Mann aufmerksam zuhört. Er bleibt sogar kurz stehen, als Richie, ihm voller Ernst zugewandt, etwas erklärt. Dann gehen sie weiter, nutzen eine Lücke im Verkehr und entfernen sich noch weiter von ihr und Michael.

An der viel befahrenen Bradford Street warten sie am Kantstein, bis ein Busfahrer bremst und sie hinüberwinkt. Michael nimmt ihre Hand, als sie die Straße überqueren. Sie hat seit ihrer Zeit als Lehrerin keine Kinderhand mehr gehalten, und damals waren es viel kleinere Hände, und den Kindern war vor ihr etwas bange. Genau besehen hat sie in letzter Zeit, abgesehen von Mrs Sultz, niemandes Hand gehalten, und an die Gelegenheit möchte sie lieber gar nicht mehr denken.

Im ersten Moment will sie Michaels Hand loslassen, sie wegschlagen. Aber sie überwindet sich, hält fest, dann gewöhnt sie sich, und als sie unter den Ulmen an den weißen Häusern vorbeigehen, fühlt es sich fast schon normal an.

Sie sagt: »Hier habe ich mal einen Sommer mit meiner Mutter in einem Gasthaus verbracht. Und Arthur. Das waren, ehrlich gesagt, die besten Ferien meines Lebens. Es hieß ›Gingerbread Inn‹ und –«

»Warum habe ich Sie in New York nie gesehen?«, sagt Michael.

»Na ja«, sagt sie, ob der Unterbrechung etwas verstimmt, »es ist eine ziemlich große Stadt, weißt du.«

»So groß auch wieder nicht, wenn man wie wir in derselben Gegend wohnt.«

»Tja, jetzt, wo du es sagst, ist es tatsächlich etwas seltsam. Vielleicht sind wir schon aneinander vorbeigegangen, ohne es zu merken.«

Er zieht die Nase kraus. »Ich glaube, Sie wären mir aufgefallen. Er schon mal sicher«, sagt er und deutet mit dem Kopf auf ihren Mann, der inzwischen ein gutes Stück vorausgeht.

»Na, der ist ja auch schwer zu übersehen«, lacht sie.

Ihr Mann legt Richie eine Hand auf die Schulter, als sie die Straße überqueren, und nun bleiben sie vor den Kirchenstufen stehen.

»Kann ich Sie weiter besuchen, wenn wir wieder in New York sind?«, fragt Michael. »Ich könnte bei Ihnen übernachten ... also, wenn die neue Wohnung, die Harry findet, weiter weg ist, wissen Sie, dann muss ich nicht lange überlegen, wie ich wieder nach Hause komme. Es würde mir nichts ausmachen, auf dem Fußboden zu schlafen, ich kann eine Decke mitbringen. Ich kann Ihnen Tee kochen, ich kann einkaufen gehen, und vielleicht können wir mal zu dem Haus in Nyack fahren ...«

Sie sieht nun, dass Richie den Kopf hängen lässt und dass ihr Mann sein Taschentuch hervorholt und es dem Jungen reicht.

»Entschuldige, Michael, was hast du gesagt?«, fragt sie.

»Ach, nichts«, murmelt er, entzieht ihr seine Hand und vergräbt sie in der Hosentasche.

Auf dem Weg zurück zum Parkplatz kehren sie in Marty's Diner ein.

»Gefunden, was du gesucht hast?«, fragt sie ihren Mann, als sie darauf warten, einen Tisch zugewiesen zu bekommen. Er schiebt zur Antwort nur die Unterlippe vor.

Als sie sich setzen, sieht sie, dass Richies Augen verweint aussehen.

Sie beugt sich seitlich zu ihm hin. »Alles in Ordnung, Richie? Geht es dir nicht gut?«

Ihr Mann nimmt die Speisekarten von der Bedienung entgegen und reicht zwei an die Jungen weiter. »Ach, ihm ist bloß etwas ins Auge geflogen. Nicht, Richie?«

Richie nickt und vertieft sich in seine Karte.

Ein paar Tage nach dem Provincetown-Ausflug hilft Michael ihr auf dem überwucherten Rasenstück neben dem Haus beim Jäten.

Sie mustert den Riesensack Unkraut, den er gefüllt hat, und sagt: »Bravo, du lieber Junge.«

»Warum sagen Sie das?«, fragt er. »Warum ›lieber Junge‹?«

»Weil ich dich gernhabe.«

»Warum haben Sie mich gern?«

»Aus vielerlei Gründen.«

»Sagen Sie welche.«

»Weil du mich besuchen kommst, weil du über meine kleinen Scherze lachst, und weil du mir bei unliebsamen Aufgaben hilfst wie dieser Jäterei. Und weil wir, na ja, Freunde sind, oder?«

»O ja«, strahlt er.

»Wir haben so viel gemeinsam.«

»Wir mögen Katzen«, sagt er.

»Allerdings.«

»Und wir mögen beide Tee!«

»Das kommt dazu.«

»Und das Gebäude der Vereinten Nationen. Vielleicht können wir da mal zusammen hin, wenn alles fertig ist, die Fenster drin sind und so?«

»Ja, vielleicht, mal sehen. Aber sag, was haben wir noch gemeinsam?«

Er überlegt kurz, dann sagt er: »Wir mögen Richie nicht.«

Sie hält inne und hockt sich auf die Fersen. »Wie kannst du so etwas sagen! Natürlich mögen wir Richie.«

»Nein. Gar nicht wahr.«

»Na, du für deinen Teil kannst das halten, wie du willst, aber du kannst wohl kaum rumlaufen und anderen vorschreiben, wen sie zu mögen haben oder nicht.«

»Warum nicht, wenn es doch stimmt?«

»Warum um alles in der Welt sollte ich Richie nicht mögen?«

»Weil er dauernd rumjammert und zu seiner Mom läuft und Leute verpetzt.«

»Tja, davon weiß ich nichts. Und ich weiß auch nicht, was in dich gefahren ist. So etwas zu sagen. Was weißt du schon darüber, wen ich mag oder nicht.«

Sein Gesicht läuft rot an und verfinstert sich. »Sie wollten neulich aber auch nicht, dass er nach Provincetown mitkommt«, murrt er.

»Das stimmt doch gar nicht, Michael. Ich wollte ihn nur nicht *drängen*, mitzukommen. Außerdem wollte ich dich bitten, ihn morgen Nachmittag zum Tee einzuladen.«

»Warum?«

»Was meinst du, warum? Warum lädt man Leute zu sich ein? Ich möchte, dass er sich willkommen fühlt. Ich werde eine kurze Nachricht schreiben – die kannst du ihm nachher geben. Dass ich mich freuen würde, wenn ihr beide morgen Nachmittag um vier zum Tee kommen würdet.«

»Mir schicken Sie auch nicht jeden Tag eine Nachricht. Warum machen Sie ihm nicht einfach dann Tee, wenn er aufkreuzt?«

»Ich spreche von einem ordentlichen Nachmittagstee, nicht nur mal einem Becher. Wenn man hübsch eindeckt, du weißt schon, so eine Runde mit Kuchen und Konversation, die gab es hier bei uns schon lange nicht mehr.«

»Meinetwegen. Ich frage ihn, ich bring ihm auch eine Nachricht, wenn Sie das wollen, aber ich *weiß*, dass Sie ihn nicht mögen.«

»Unsinn«, sagt sie, richtet sich auf und schleppt die zwei Säcke Unkraut um die Ecke. Dann geht sie hinein ins Badezimmer und wäscht sich Gesicht und Hände.

Als sie wenige Minuten später mit der Einladung aus dem Haus tritt, ist Michael verschwunden.

Tags darauf lassen weder Michael noch Richie sich blicken. Und auch am nächsten Tag von Michael keine Spur. Schließlich erzählt sie ihrem Mann von der Sache.

»Meinst du, ich soll rübergehen und nach ihm sehen?«, fragt sie, als sie den Rest von der gedeckten Apfeltorte verputzen, die sie für ihre Teegesellschaft gebacken hat.

»Ich finde, du solltest die Sache auf sich beruhen lassen«, sagt er. »Er wird schon wiederkommen.«

»Ich versteh das einfach nicht – das heißt, wir haben uns ja nicht etwa gestritten. Ich habe ihm bloß gesagt ...«

»Was hast du ihm gesagt?«

»Na ja, ein bisschen streng war ich vielleicht schon wegen dem, was er über Richie gesagt hat. Ich darf ihn doch nicht einfach schlecht über andere reden lassen, oder? Was meinst du?«

»Ich glaube, der Junge sieht dich als gleichaltrig. Und ich glaube, er ist ziemlich anders als Kinder sonst in seinem Alter. Wenn du willst, schaue ich morgen vorbei und sehe nach ihm.«

»Ach, würdest du das tun? Aber warte damit vielleicht bis zum Nachmittag, dann hat er Gelegenheit, vormittags von sich aus vorbeizuschauen. Sag ihm ... sag ihm ... Ach, ich habe keine Ahnung, was du ihm sagen sollst.«

»Macht nichts. Mir fällt schon was ein.«

Am Morgen entdeckt sie Michael unten am Strand, er kauert über einer flachen Pfütze. Er spielt mit Kieseln und Muscheln; zu einer Seite ergeben die Kiesel eine Klaubsteinmauer in klein. Er sortiert gerade einen weiteren Haufen Steine, die er einbauen will, und als sie sich nähert, begreift sie, dass er sie zählt, sie mit dem Finger der Reihe nach durchgeht, innehält, von Neuem beginnt. Er hockt mit dem Rücken zu ihr da und scheint ganz in sein Tun versunken. Er bemerkt sie nicht, als sie von hinten herantritt, was sie überrascht, weil er doch sonst so hellhörig ist. Sein Gesicht kann sie nicht sehen, aber sie hört jetzt das Zählen. Seine Stimme klingt anders, und sie erkennt, dass das daran liegt, dass er nicht englisch zählt.

»Hallo, Michael«, sagt sie, und sein Kopf fliegt erschrocken, ja schuldbewusst hoch, als hätte sie ihn bei einer Missetat ertappt. Sie beschließt, ihren kleinen Streit nicht zu erwähnen, und ebenso wenig, dass er nicht zum Tee erschienen ist.

»Schöne Kiesel hast du da. Willst du damit etwas bauen – ein Haus vielleicht? Oder ein Fort?«

Michael zuckt mit den Achseln. Er kommt auf die Knie hoch, blickt auf die Kieselmauer hinab und umschlingt den linken Arm mit der rechten Hand.

»In welcher Sprache hast du da eben gezählt?«, fragt sie.

Er antwortet nicht, reibt sich den Arm und starrt weiter auf seine Kiesel.

»Weißt du, mein Mann zählt manchmal auf Französisch, meist, wenn er sich aufregt. Einmal waren wir auf einer Beerdigung – eine gute Freundin von uns war gestorben –, und alle saßen da und weinten, sogar die Männer, aber er, er flüsterte vor sich hin – *un, deux, trois* –, er zählte. Was, weiß ich nicht, die Steinplatten am Boden vielleicht. Ich habe nur gehofft, die Leute glauben, er betet.«

»Ich rege mich nicht auf«, sagt er, »und es ist nicht Französisch.«

»Ach so. Dann vermutlich Deutsch?«

Sie wartet, aber er sagt nichts weiter.

»Schon gut«, sagt sie. »Es geht mich ja nichts an.«

Er zuckt abermals mit den Achseln und sagt: »Weiß nicht.«

»Was weißt du nicht, ob es Deutsch war?«

»Vielleicht. Es passiert manchmal einfach.«

»Aber das ist doch wunderbar – eine andere Sprache sprechen zu können. So sieht man die Welt mit anderen – «

»Wer ist man?«

»Bitte?«

»Sie sagen dauernd, ›man hält es für‹ oder ›man weiß doch‹, aber ich weiß nicht, wen Sie meinen.«

»Na ja, du weißt schon. Meinetwegen siehst *du*, sieht jeder die Welt mit anderen – «

»Nur ist das komisch, weil *Frau Aunt* sagt, die Leute wollen kein Deutsch hören, also weiß ich nicht, was Sie da reden.«

Er klingt wütend. Wütend auf sie oder auf die Tante, da ist sie sich nicht sicher.

»Da mag sie recht haben. Der Krieg ist schließlich erst ein paar Jahre her. Ich für meinen Teil höre es ganz gern – immerhin haben die deutschen Juden auch Deutsch gesprochen, oder? Und tun es vermutlich noch immer.«

»Woher soll ich das wissen?«

»Ich sage ja bloß, dass ich es unsinnig finde, eine ganze Sprache zu bestrafen!«

»Aber es sind nicht alle wie Sie, Mrs Aitch, oder?«

»Nein, wahrscheinlich nicht.«

Der Junge kratzt sich jetzt am Arm, seine Finger krallen sich hinein. »Sie ist nicht wirklich meine Tante. Ich bin adoptiert.«

»Ja, das weiß ich.«

»Sie kriegt ein neues Baby, aber das wissen Sie wohl auch?«

»Nein, das wusste ich nicht – wie sollte ich?«

»Mir haben sie nichts davon gesagt, wahrscheinlich überlegen sie wie verrückt, wie sie mich loswerden können.«

Sie zieht seine Hand von dem Arm weg.

»Hör auf, Michael, du kratzt dich ganz wund«, sagt sie. »Und sicher ist das alles nicht, wie du denkst. Wahrscheinlich wollen sie dich bloß überraschen. Wenn du heimfährst, hast du eine kleine Schwester oder ein Brüderchen. Was gäbe es Schöneres?«

»Das stimmt nicht mal«, sagt er und funkelt sie böse an. »Ich sage doch, ich bin adoptiert.«

Da steht er auf, tritt von der Pfütze in den weichen Sand. Er sinkt auf die Knie und durchkämmt mit den Fingern die Körner. Sie folgt ihm und lässt sich neben ihm nieder.

Dort hocken sie schweigend beieinander, blicken über die Bucht hinaus, beobachten die vorüberziehenden Schiffe und Segelboote. »Geht zu wie am Union Square da draußen«, sagt sie. »So viel Verkehr. Seit dem Krieg – oder jedenfalls um diese Jahreszeit – man sieht bei dem Rummel kaum noch das Wasser. Wem, glaubst du, gehören die alle? Sieh dir die Jacht da an! Groß wie das Ritz! Angeblich gehört sie dieser Woolworth-Erbin. Na, wenn es sie glücklich macht ...«

Michael bohrt seine Zehen in den Sand und sagt nichts.

»Weißt du das mit dem Baby genau?«

»Ja, weiß ich! Sie können Richies Mom fragen, wenn Sie mir nicht glauben, die weiß Bescheid. Ich habe gehört, wie sie es dieser Sängerin erzählt hat, Sie wissen schon, die mit dem Knollengesicht damals in Orleans im Haus von dieser englischen Lady.«

»Das hast du gehört?«

»Ja, aber ich wusste es sowieso schon. Die glauben, ich kriege in der Wohnung nichts mit, aber das stimmt nicht. Nachts, wenn sie glauben, ich schlafe, höre ich eine ganze Menge.«

»Na ja, manchmal zieren sich die Leute bei solchen Dingen. Sie warten lieber ab, bis sie es allen sagen. Magst du ein bisschen mit hochkommen, Michael? Wir kochen uns einen Tee und reden in Ruhe.«

»Kann nicht«, sagt er. »Wir müssen zum Friseur. Für die Party am Samstag. Als würde der Präsident kommen oder was.«

»So wie ich Mrs Kaplan kenne, würde auch das mich nicht wundern«, sagt sie.

Eine Brise lupft Michaels Haar. »Ein Friseurbesuch ist vielleicht nicht verkehrt«, sagt sie. »Dein Haar wird tatsächlich ein bisschen lang.«

Sie streckt die Hand aus, um es zu berühren. Michael entwindet sich.

»Ich habe früher Jungen unterrichtet«, sagt sie. »Ist natürlich lange her.«

»Das wusste ich nicht.«

»In New York.«

»Wo denn in New York?«

»Ach, verschiedene Schulen. Ich habe eine Zeit lang kranke Kinder unterrichtet. Richtig kranke Kinder, die wahrscheinlich nicht mehr gesund werden würden. Und auch in einem jüdischen Waisenhaus. Ich will damit sagen, wenn du reden möchtest –«

»Sie glauben, ich bin Jude?«
»Ich habe keine Ahnung.«
»An der Schule hat einer, Jerry Newport, uns Fotos von den ganzen Juden gezeigt, die in den Lagern waren. Sie glauben, meine Eltern waren dort?«
»Das weiß ich nicht, möglicherweise. Hör zu, die jüdische Schule habe ich bloß erwähnt, weil ich da zufällig unterrichtet habe, und die meisten Jungen dort waren Waisen, und das war lange vor dem Krieg, hat also mit dem gar nichts zu tun. Ich wollte nur sagen, dass ich ein bisschen verstehe, vielleicht, wie – «

Michael schneidet ihr das Wort ab. »Tut mir leid, aber ich bin kein Jude. Das weiß ich. Mein Vater war Soldat, und er ist im Krieg geblieben.«
»Woher weißt du das?«
»Keine Ahnung, ich weiß es einfach.«

Er steht auf, streicht sich den Sand von den Händen und entfernt sich von ihr.

Er geht ein paar Meter, dann rennt er los. Aber plötzlich bleibt er noch mal stehen, dreht sich um, winkt ihr freudig ausgelassen zu und ruft lauthals: »Hey, Mrs Aitch? Wir sehen uns auf der Party!«

»Wir sehen uns, Michael!«, hört sie sich rufen.

4

Er steht früh auf, um lesen zu können. Meist kommt er morgens für rund eine Stunde, bevor seine Frau sich regt. Schläft sie nach dieser Stunde noch immer, versucht er meist, ein bisschen zu arbeiten. Gehört der Tag aber zu denen, da das Atelier droht wie Kerkerhaft, legt er das Buch beiseite, schlüpft durch die Tür und geht spazieren.

Zum Lesen macht er stets schon mal den oberen Teil der Halbtür auf, damit die Morgenluft hereinkann. Er lehnt sich in seinem

Sessel zurück, legt die Füße auf die Chaiselongue und stellt die Kaffeekanne in Reichweite. Dann schlägt er sein Buch auf. Und wird zum Beobachter des Treibens anderer. Aus ebendem Grund geht er so gern ins Kino.

Seine Frau macht meist gleichzeitig Augen und Mund auf. Er hofft, dass heute zu den Ausnahmen gehört. Manchmal fängt sie aber auch schon zu reden an, bevor sie die Augen überhaupt aufhat.

Dann sagt sie so etwas wie: Wie sieht denn draußen das Wetter aus?

Oder: Weißt du, ich habe überaus seltsam geträumt.

In den letzten Tagen aber nehmen die ersten Worte aus ihrem Mund die Gestalt einer Frage an – der immer gleichen Frage: »Meinst du, wir hören heute aus New York?«

In der Regel gönnt er ihr irgendeine Antwort.

Aus der Küche oder aus dem Atelier ruft er ihr zu oder tritt auf die Schwelle zum Schlafzimmer und sagt: Sieht nicht viel anders aus als gestern.

Oder: Träume *sollen* ja seltsam sein.

In den letzten Tagen aber fällt seine Antwort immer gleich aus: »Jetzt im Sommer erreicht man in New York niemanden, wahrscheinlich hat er die Galerie dichtgemacht und sich freigenommen.«

Wenn er am Morgen ungestört lesen kann, umgibt ihn eine große Ruhe, eine Zeitlosigkeit. Die Schmerzen in seinem Unterleib lassen nach, gelindert von seiner Zufriedenheit. Nur wenn er sich rührt, etwa nach der Kanne greift, um sich Kaffee nachzuschenken, achtet er gelegentlich aufs Licht. Dann werden ihm die neuesten Reflexe auf den Flächen des Zimmers auffallen. Immer, wenn er nun zufällig hochblickt, haben sich die Formen verwandelt, hat sich die Intensität des Lichts verändert – vom ersten chromgelben Strich auf dem Boden bis zum jüngsten weißen Keil im Türspalt. Und es wird ihm, wieder, bewusst, dass die Achse sich dreht, dass selbst zu dieser frühen Morgenstunde sich der Tag bereits auf den Tod zubewegt.

Er erinnert sich an Harry Sterner, einen Abstinenzler, der gern mal im Geschäft seines Vaters vorbeikam. Das Einzige, was er am Saufen vermisse, sagte Harry oft, sei die Zeitlosigkeit – wie ein ganzer Tag in die Schwebe geraten konnte, sobald er eine Bar aufsuchte und zur Flasche griff.

So ähnlich ist es ihm auch schon ergangen – nicht wegen irgendwelchen Fusels, sondern während der Arbeit, bei manchen Bildern mehr als anderen, bei manchen überhaupt nicht. Aber dieses Glück kennt er nur in kurzen Schüben, den Frieden, der sich verflüchtigt, sobald er von der Leinwand ablässt. Bis auf den einen Sommer, den endlos verregneten Sommer, als er sich geschlagen gegeben, auf die Suche nach einem Motiv verzichtet und seine Pinsel weggelegt hatte. Stattdessen hatte er am Haus gearbeitet, eine Bank gebaut, Gartenstühle. Er hatte Fensterrahmen repariert, Schindeln ausgebessert, die Außenwände gestrichen. Er hatte erneuert und ersetzt, was erneuert oder ersetzt werden musste. Die Freude an handfester Arbeit, Arbeit, der seine Hände gewachsen waren. Das Ende schon vor dem Anfang in Sicht und das Wissen zudem, dass dabei auf jeden Fall etwas Besseres herauskäme. Er hatte sich jedem Handgriff ganz hingegeben. Die Tage verschwammen. Die Zeit stand still. Die besten Monate seiner Ehe, oder jedenfalls die friedlichsten.

Ich hätte Schreiner werden sollen, hatte er sich in jenem Sommer mehr als einmal gedacht, ich hätte ein Joseph sein können statt der am Kreuz.

In dem Sommer hatte er zunächst ausschließlich Montaigne gelesen. Die alte Ausgabe, die einst seinem Vater gehörte. Inzwischen hat er es aufgegeben. Zwar fehlt ihm Montaigne, wie ihm ein Freund fehlen würde; die *Essais* haben sonst immer eine Klärung gebracht – wie oft war er früher schon nach einer Stunde in Montaignes Gesellschaft einer Bildidee endlich habhaft geworden? Nur zu gern würde er den Essayband erneut aufschlagen und sich in Erinnerung rufen, was der kleine Edelmann zur Zeit gesagt hat. Aber er hat Angst, dass ihn das nur wieder auf seinen Vater bringt. Lange hat er gemeint, seine Wehmut liege an den *Essais* selbst, mit deren Niederschrift der Autor schließlich nach dem Tod seines eigenen Vaters begonnen hatte. Bald aber erkannte er, dass es an dem konkreten Band lag – dem aufs Vorsatzblatt in rostbraun gealterter Tinte verewigten Namen *seines* Vaters. Kaum hielt er das Buch in Händen, trübte sich alles ein. Dann drückte ihn Bedauern über das Leben, das sein Vater gelebt und nicht gelebt hatte. Gingen ihm den ganzen Tag Worte des Mitgefühls und Schmerzes durch den Kopf – armer Pops, armer alter Dad, armer Vater. Der arme einsame Mann, der heimlich unter der Ladentheke Montaigne las wie ein Pennäler, der mehr weiß als sein Lehrer.

Sein Vater, seit fast siebenunddreißig Jahren tot und weitgehend vergessen, bis zu diesem Sommer, bis zu dieser erneuten Montaigne-Lektüre. Seither ist der Vater, sobald er die Augen schließt, schon da. Er weiß nicht recht, warum das so ist – Angst vor dem eigenen Tod vielleicht. Wie auch immer, den Vater sieht er jedenfalls unweigerlich im Laden in Nyack – nie daheim und nie draußen im Freien. Sechs Tage die Woche hinter der langen Ladentheke, abends noch Stunden für den Papierkram. Er sieht ihn dort stehen, winzig vor Tuchballen und den an der Wand wie Mahagoniziegel gestapelten Schubladen. Oder sieht ihn zwischen den langen, blank polierten Tresen durchs Geschäft gehen, den Körben voll Posamenten und den Handschuhschachteln, die ihn als Junge so erschreckt hatten – Haut amputierter Hände, hatte ihm ein Lieferjunge eingeredet.

An seinem Vater war alles bescheiden gewesen: sein Gang, sein Hinterkopf, seine kleinen, tief sitzenden Ohren. Er entsinnt sich eines Tages, sechs war er da, als er seinen Vater dabei ertappte, wie er den Riegel der Ladentür vorschob und das *Geschlossen*-Schild der Straße zudrehte, obwohl es erst halb fünf war. Wie er daraufhin durch die sepiabraune Luft zurückkehrte und sein Kopf durch den einen Strahl Sonnenlicht brach, der durch ein Oberlichtfenster fiel. Und wie ihn der Anblick erstaunt hatte – dieser durch den goldflirrenden Staub schwimmende Kopf seines Vaters –, weil er sich selbst damals mit nur sechs Jahren gewundert hatte, dass der Kopf seines Vaters überhaupt etwas aufstören konnte.

Mrs Watson, die ans Fenster pochte, erst auf gewöhnliche Art, dann ungehalten mit einer Münze, und er, der (mit fest verschlossenen Augen an den amputierten Händen vorbei) ins Büro rannte. »Pops, draußen ist Mrs Watson, hörst du's nicht klopfen?«

Sein Vater, der mahnend einen Finger an die Lippen legte, ehe er sich wieder in die Ausgabe der *Essais* vertiefte, die er zwischen den Seiten des Kassenbuchs verbarg. Unterdessen klopfte und trommelte Mrs Watson draußen fast die Tür entzwei.

Er ist acht Jahre älter als sein Vater bei seinem sogenannten »Heimgang«. Er hat seinen Vater überrundet. Der war zu jung gestorben, hätte noch eine gute Weile viel weniger arbeiten und das Leben viel mehr genießen müssen, in der Sonne fläzen, Montaigne am helllichten Tag lesen.

Und nun ist der Verlaine verschwunden. Vor ein paar Tagen hatte er Lust bekommen, *La lune blanche* mal wieder im Original zu lesen, und war in den Keller gestiegen, um den Band zu suchen. Eine Kiste nach der anderen hatte er durchforstet, den Verlaine aber nirgends gefunden. Er war sich sicher gewesen, und ist es noch, dass er ihn an dem Abend rasch in den grünen Karton gepackt hatte, als er von Eastham zurückkam und seine Frau ihn überraschte. Er hatte den Band zwischen Eliot-Essays und einen Stapel alter *Life*-Ausgaben geschoben. Es war albern, ihn vor ihr verbergen zu wollen, das weckte bloß Argwohn. Aber er hatte sie ihre Nase nicht in seine kurze nostalgische Anwandlung stecken sehen wollen. Noch durfte sie die Widmung lesen, den Namen hämisch aussprechen oder die Worte sarkastisch kommentieren, die ihm einst so teuer gewesen waren. Er leerte die Kartons und sichtete alle Bücher einzeln. Doch der Verlaine war nicht da. Er hat nicht nachgefragt, ob sie den Band gesehen oder genommen hat, und wird es nicht tun – obwohl er weiß, dass beides zutrifft. Soll sie doch ihre Eifersüchteleien pflegen; das Buch wird schon wieder auftauchen, sobald etwas anderes willkommenen Anlass bietet.

Also bleibt ihm nur das letzte französische Werk in diesem Haus: die Tagebücher André Gides. Die hat er in einer Buchhandlung an der Fourth Avenue aufgestöbert, antiquarisch – obwohl der Band nicht den Eindruck macht, als habe ihn jemals jemand zur Hand genommen. In den Laden geht er gern, um zu stöbern oder zu kaufen, aber nur ohne seine Frau. Die Buchhändlerin selbst ist eine wandelnde Bibliothek – hat sie ein Buch nicht auf Lager, so lagert es doch in ihrem Kopf. Auch sie ist frankophil. Er spricht mit ihr gern über Bücher, über Frankreich, über Gott und die Welt, und er weiß, wenn seine Frau dabei wäre, käme er kaum zu Wort. Die Buchhändlerin hat ungefähr zur selben Zeit wie er beim ersten Mal zwei Jahre in Paris verbracht, obwohl sie sich natürlich nie begegnet sind. Gelegentlich wechseln sie scherzhaft ins Französische – wie es Nichtmuttersprachler so gerne tun. Er hat sie stets für eine freimütig aufgeschlossene Zeitgenossin gehalten. Doch als er die Tagebücher zur Kasse trug und fragte, ob sie Gide kenne, zeigte sie die Zähne.

»Nein«, sagte sie, »und dabei wird es auch bleiben. Würde er hier im Laden aufkreuzen, ich würde ihn hochkant hinauswerfen.«

Ihre Haltung, die Schärfe ihrer Schimpfkanonade fand er so schockierend wie amüsant: Schande der Grande Nation. Päderast. Barbar, Perversling. Eine Deklassierung des Literaturnobelpreises.

Er blättert schmunzelnd um. Wer hätte gedacht, dass er sich mit der Sorte so gut versteht?

Er hört seine Frau aus dem Bett steigen, das Patschen ihrer Füße auf den Schlafzimmerdielen und dann im Bad. Sie ruft nach ihm. Er antwortet nicht. Nur diese Seite noch, denkt er, einen letzten Absatz, einen letzten Schluck Kaffee.

Jetzt im Hintergrund ein Tröpfeln, gefolgt von einem energischen Rauschen, etwas Gespritze, als sie sich die Hände wäscht, dann wieder das Patschen der Schritte.

Nur diesen einen Absatz noch, denkt er. Lass mich nur noch diesen Absatz lesen.

Und wieder ruft sie, irgendwas von Blumen und irgendwas vom Wetter, dann folgt eine lange, zungenschnalzende Klage über die Besucherhorden, die die Straßen von Provincetown verstopfen.

Nur noch ein paar Sekunden, denkt er, ein paar Sekunden noch in Marseille mit diesem Mann, der nichts dabei findet, sich mit der Klinge der eigenen Aufrichtigkeit zu ritzen.

Aber sie ist wieder bei den Blumen: »Und wenn du sie abgeholt hast, könntest du – «

»Augenblick ... «, ruft er und hofft, sie bleibt, wo sie ist, und widmet sich anderem.

Aber das tut sie nicht. Ihre Stimme, schon näher, sagt: »*Blumen.*«

Über das Grenzland des Satzspiegels hinweg sieht er sie als Schatten im Schatten der Türöffnung.

»Was denn für Blumen?«, fragt er.

»Die Blumen, die ich für Mrs Kaplan bestellt habe, natürlich. Du warst doch dabei!«

»Die Party ist doch erst morgen.«

»Ja, aber ich dachte mir: Provincetown? Morgen? Im Ernst?«

Er sieht sie ausdruckslos an.

»Ich versuche, dir etwas zu erklären«, sagt sie, »und ich wünschte, du würdest nicht ständig auf die Uhr schauen, sobald ich den Mund aufmache.«

»Ich war mir nicht bewusst, dass ich nach der Uhr gesehen hätte.«

»Als wäre ich beim Seelenklempner und zahlte pro Stunde!«

»Das wird jetzt aber nicht eine Stunde dauern, oder?«, sagt er.

»Du musst zur Blumenhandlung, und zwar besser heute als morgen, sage ich bloß.«

Sie hebt sich jetzt deutlicher ab, Hände auf den Hüften, Nachthemd vorn zusammengebauscht, das Haar wild, als spritze es ihr aus dem Kopf. Wie ein vorlautes Kind, denkt er, das nicht fassen kann, wie schwer von Begriff Erwachsene sind.

»Was grinst du so?«, sagt sie.

»Ich war mir dessen nicht – «

»Ach, hör doch auf!«

Er lässt das Buch sinken. »Warum sagst du mir nicht einfach, was ich für dich tun kann?«

Sie zögert, holt kurz Luft und – »Nun. Du könntest mir zuliebe zur Blumenhandlung fahren und die Blumen für Mrs Kaplan abholen. Am besten, wenn du zur Post fährst.«

Sie wendet sich ab, um ins Schlafzimmer zurückzukehren.

»Ich wollte heute eigentlich nicht zur Post.«

Sie wirbelt mit sorgen- und kummervoller Miene herum.

»Aber, was wenn – «

»Ich habe dir doch erklärt, was er gesagt hat – dass vor Sommerende nicht mit Nachricht zu rechnen ist.«

»Aber das haben wir doch längst. Der Sommer *ist* zu Ende, oder nicht? Montag ist Labor Day – also, wenn das nicht Sommerende ist, dann weiß ich auch nicht, es sei denn, wir sollen warten, bis jedes bisschen Grün an jedem letzten Blatt auf Cape Cod sich verfärbt!«

Er weiß, wenn er sich weigert, jetzt zu fahren, wird sie ihn bloß später bedrängen. Und wenn er später nicht fährt, wird sie sich selbst auf den Weg machen. Das wird sie, und wenn sie auf allen vieren hinrobben muss.

»Gut, dann hole ich erst die Post und dann die Blumen.«

»Danke.«

»Halten die sich auch bis morgen?«, fragt er.

»Oh, ich denke schon.«

»Es ist recht schwül.«

»Schwül?«

»Du wirst sie auswickeln müssen, ins Wasser stellen und dann morgen wieder einwickeln.«

»Ach so. Ja. Oje. Daran habe ich gar nicht gedacht. Was mache ich da bloß? Wir könnten sie in den Keller stellen – nein, das geht auch nicht. Am Nachmittag kriegt man dort unten kaum Luft, sie würden eingehen. Und wenn ich die Fenster aufmache, könnte eine Katze – «

»Dann halte ich auf dem Heimweg kurz bei Mrs Kaplan an und gebe sie im Haus ab.«

»Ach, aber ich wollte sie überreichen.«

Er schließt sein Buch, hebt die Füße von der Chaiselongue.

»Gut, dann fahren wir beide.«

»Aber nein, ich möchte dort nicht heute aufkreuzen, so wie ich aussehe.«

»Du könntest etwas überziehen.«

»Ha, das meine ich nicht, das weißt du genau. Ich möchte mit frisch frisiertem Haar und aufgedonnert dort auftauchen. Ach, lass nur. Mir fällt schon was ein.«

Er steht auf, stellt das Buch wieder ins Regal und durchquert den Raum.

»Ist gut«, wirft er über die Schulter zurück, »halte mich auf dem Laufenden.«

Er zieht die Staffelei von der Wand weg und dreht sie in den Raum hinein. Das Orleans-Bild wartet geduldig. Er mustert es eine Zeit lang, weder zufrieden noch unzufrieden. Jedes Gefühl dafür hat ihn mit den letzten hingetupften Spitzlichtern verlassen: auf der Rundung der Zapfsäule, der Motorhaube des Wagens, der aus der Nebenstraße biegt, ganz zuletzt auf dem grünen Kleid der Frau, um den Hintern voller zu machen.

Seine Frau ruft herüber: »Ich hab's! Ich weiß, wie wir es machen.«

»Das glaub ich gern«, murmelt er.

Auf der Suche nach dem richtigen Himmel ist er mehrfach nach Orleans zurückgekehrt. Vielleicht wird er es ein weiteres Mal versuchen. Wenn kein Himmel da ist, wird er ihn einfach aus dem Gedächtnis zaubern müssen.

»Hörst du mir zu, da drinnen?«

»Ja, ich höre dich auch hier drinnen.«

Ein Spätsommerhimmel kurz vor Abend, dieses besondere Leuchten und dennoch schon dunkle Bäume. Der Himmel soll sich von der einen zur anderen Seite hin verändern. Hier heller und vom Schild bis zum Kreuz des Telegrafenmastes allmählich weniger. Bis kurz darüber, da wird er noch –

»Also, pass auf ... du fährst am Blumenladen vorbei und bittest sie, den Strauß gleich morgens hinzubringen. Unglaublich, dass wir sie nach Lieferungen gar nicht gefragt haben! Obwohl, andererseits – zu früh ist auch keine gute Idee. Da werden sie bei Kaplans viel zu sehr damit beschäftigt sein, alles für die Party herzurichten, da gehen die Blumen womöglich unter, und erst recht, wer sie schickt. Und das sollen sie ja nun wirklich wissen! Besser wird sein, sie liefern heute Nachmittag. Du legst – für uns beide – eine Karte dazu. Nein, warte, ich kann die Karte jetzt schon mal schreiben – warum nicht? Und du, du gibst sie der Blumenhändlerin mit, sie soll sie an das Bouquet heften. Ich kann dazu eines meiner eleganten Billetts nehmen – du weißt schon, die fliederfarbenen, die ich gekauft habe, als wir in Wyoming waren. Ja, so mach ich das. Und zwar jetzt gleich als Erstes!«

Sie sprudelt vor mädchenhaftem Elan, kramt nach einem Füller, den eleganten Billetts mit den dazugehörigen fliederblauen Umschlägen. Er weiß, dass sie sich auf die Party freut, darauf, neue Leute kennenzulernen, Teil der Gesprächsklüngel in Haus und Garten zu sein. Das, wovor ihm so graut, genießt sie. Doch zusätzlich zur Party gibt es noch das andere – die Aussicht auf einen Brief aus New York. Und Sorge bereitet ihm die Möglichkeit, dass sie, um sich bei den Gästen wichtigzutun, Neuigkeiten herausposaunt, die sie weder erhalten hat noch sehr wahrscheinlich erhalten wird. Als könnte die Hoffnung auf etwas ebendas wahr machen. Sie lebt von der Hoffnung, das war immer so. Das bewundert und bemitleidet er an ihr. Die Fähigkeit, alles an diesen seidenen Faden der Hoffnung zu hängen. Solange sie den in Händen hält, ist sie glücklich – egal, wie oft er zum Strick geworden ist und ihr zum Verhängnis. Sie steht wieder auf und sinnt auf Rache – meist an ihm. Bis es abermals Zeit wird zu hoffen.

Als er rechts ranfährt, um vor der Post zu halten, sieht er Mrs Kaplans Enkelsohn mit seinem Hund auf den Stufen des Aufgangs am Ende des Gebäudes hocken. Der Junge hat die Ellbogen auf die Knie gestützt, sodass sein Gesicht zwischen den Händen ganz zusammengeschoben ist, und beobachtet, wie zwei Männer gegenüber auf einer Wiese bunte Lampions aufhängen.

Er steigt aus dem Wagen, schlendert zu dem Jungen hin und sagt: »Offenbar seid ihr nicht die Einzigen, die an diesem Wochenende eine Party geben.«

Der Junge zuckt zusammen, dann sieht er im Sonnenlicht blinzelnd zu ihm hoch. »Ach, Tag, Sir«, sagt er und will aufspringen.

Er will ihn mit erhobener Hand davon abhalten, aber der Junge ist bereits auf den Füßen und nimmt quasi Haltung an.

»Wenn wir nur auch Lampions kriegen, Sir«, sagt er.

»Da bin ich mir ziemlich sicher, Richie.«

»Aber immerhin haben wir jede Menge Fähnchen. In allen Größen.«

Richies Mund ist schokoladeverschmiert, auf den Verandadielen liegt eine leere Papierhülle, an der der Hund kurz schnuppert, bevor er zu seinem Herrchen zurückkehrt. Da stehen sie dann, alle drei, und sehen zu, wie gegenüber ein Mann in Jeanslatzhose die Bretter für einen Tanzboden zusammennagelt.

»Und? Hast du ihn wieder verloren?«

»Bitte, Sir?«

»Michael, hast du ihn wieder verloren?«

Der Junge schaut weg, dann drückt er den Kopf des Hunds an seinen Schenkel und krault ihm die Mähne. Er antwortet nicht gleich, dann: »Tja, schätze schon. Aber das ist mir jetzt egal – ehrlich gesagt, wünschte ich, er würde einfach nach Hause fahren.«

»Ich dachte, ihr zwei seid dicke Freunde?«

»Klar. Wenn andere dabei sind, wie Sie und Ihre Frau. Aber ...«

»Aber?«

»Na ja, was sollst du mit einem Freund, der dich nicht zum Freund will? Der schon wieder abhaut, wenn du dich nur mal kurz umdrehst.«

»Tja, schwierig. Dann bist du also allein hier?«

Richie holt einmal Luft und sagt: »Zu Hause haben sie alle zu tun, wegen der Party, und weil das Auto nicht da war, meine Grandma aber schon, dachte ich, vielleicht wäre Katherine ... die holt auf dem Weg nach Eastham meist die Post ab, wissen Sie. Aber sie ist noch nicht da und auch nicht da gewesen, weil ich eben drin war und gefragt habe. Außerdem nimmt sie Michael manchmal mit, damit er die Briefe abschicken kann, die er seinen ... also den Novaks ... schreibt und den ganzen Freunden, die er angeblich ... na ja. Und da habe ich gedacht –«

Richie hält inne und holt erst mal wieder Luft.

»Du dachtest, er wäre bei ihr?«, rät er.

»Ja, irgendwie schon.«

»Verstehe. Brauchst du vielleicht einen Chauffeur?«

»Oh nein, danke, Sir. Ich warte einfach mal auf Katherine. Die lässt sich wahrscheinlich erst mal ihre Spritze geben. Sie ist krank, wissen Sie.«

»Ja, habe ich gehört.«

»Viel mehr weiß ich nicht. Mir sagt ja keiner was, außer, dass ich mich um meinen eigenen Kram kümmern soll. Ich weiß nur, dass sie jeden Tag eine braucht. Manchmal fährt sie nach Eastham, und manchmal kommt Doc Tom zu ihr. Freitags ist immer Eastham dran.«

Richie holt wieder Luft.

»Im Haus bin ich sowieso bloß im Weg. Sagt jedenfalls ... meine Mom.«

»Du klingst etwas kurzatmig, macht dir die Luftfeuchtigkeit zu schaffen, Richie?«

»Aber nein, Sir. Es liegt am Gras, sie haben für die Party das Gras gemäht. Aber nicht so schlimm, das geht vorbei. Ich habe extra mein ... mein Notfallspray eingesteckt. Und bald soll ich zu irgend so einem Spezialisten. Meine Mom sagt, vorher darf ich nicht auf die Schule. Aber wir haben erst in ein paar Wochen einen Termin, das heißt, ich komme später an die Schule als die anderen. Und bis dahin sitze ich hier fest, weil sie meint, mir tut die Seeluft gut.«

»Gefällt es dir hier denn nicht?«

»Schon, aber es sollte doch längst losgehen. Nächste Woche sollte ich auf die neue Schule. Ich hatte gepackt und alles. Die neuen Sachen und ... sie glaubt, mich macht das alles nervös. Die ganze Sache mit der Schule und so ... ich soll also warten. Aber ich weiß nicht. Wir haben extra lauter so Namensschildchen besorgt. Die haben sie überall eingenäht, Rosetta und meine Mom. Bis auf die Sachen, die für Nadeln zu hart sind, Schuhe und Bücher und so, und mein Gepäck, natürlich. Da haben sie meinen Namen mit dieser Spezialtinte draufgeschrieben. Damit ich keinen Ärger kriege, wenn ... wenn was liegen bleibt. Ich kriege nämlich dauernd Ärger, weil ich Sachen liegen lasse, wissen Sie.«

»Verstehe. Soll ich dir ein Eiscreme-Soda besorgen? Oder nur Eis, oder etwas anderes?«

»Oh, nein, danke, Sir. Ich soll zwischen den Mahlzeiten eigentlich nichts essen. Mein Gepäck ist auch neu. Coloradobraun. So heißt die Farbe.«

»Das ist ein guter Name für eine Farbe. Und für Gepäck.«

»Danke, Sir, das stimmt. Und, und es ist das älteste Internat in Neuengland, wissen Sie. Mein, mein ... nun, die ganze Familie war dort schon.«

»Du meinst deinen Vater.«

»Ja, schon. Der auch.«

Richie steht mit eng angelegten Armen da und sieht zu Boden, während der Hund am Zaun an einer Mülltonne schnüffelt.

»Nun, ich sollte mal lieber nachsehen gehen, ob wir Post haben«, sagt er. »Sag mir Bescheid, wenn du es dir mit dem Chauffieren anders überlegst.«

»Das werde ich bestimmt nicht, Sir. Das heißt, ich gebe Ihnen gern Bescheid, aber es wird nicht nötig sein, vielen Dank. Ich meine –«

»Schon gut, Richie, ich verstehe vollkommen.«

Dann setzt sich Richie wieder auf die Treppe, und der Hund lässt von der Mülltonne ab, um bei ihm zu sein.

Auf der Castle Road ist ein einziger Wagen unterwegs, eine Pontiac-Limousine, wenn ihn nicht alles täuscht. Der sieht er von seinem Aussichtspunkt oberhalb der Stichstraße nach, in die er nach dem Besuch auf der Post vorhin eingebogen ist. Eine Postkarte und zwei Briefe, von denen ihm der eine ein Loch in die Tasche brennt. Entsprechend hat er beschlossen, den Wagen erst einmal abzustellen und ein Stück zu gehen. Mit einem Mal hatte er das Bedürfnis, über die weite Hügellandschaft zu wandern, durch die Kiefernstände, und nachzusehen, ob er den alten Friedhof für die Opfer der Pockenepidemie wiederfinden kann, auf den er vor ein paar Jahren gestoßen ist, sich auf einen Zauntritt zu hocken und den Brief dort zu lesen. Doch schon nach wenigen Minuten hügelan und Schwärmen von Mücken ist es ihm zu viel geworden, zu heiß, und er ist umgekehrt.

Nun legt er am Wiesenhang seine Jacke ab und drückt das Gras mit der Schuhkante nieder, ehe er sich niederlässt, die Knie anzieht und locker umschlingt. Weit unten sieht er hinter den Bäumen den Pontiac der Kurve des Zauns folgen, die silbern aufblitzende und wieder verschwindende Karosserie wie eine Nadel, die Stiche in einen Saum setzt. Als der Pontiac sich nicht mehr blicken lässt, setzt er den Hut ab, streckt sich rücklings aus und bettet den Kopf in die verschränkten Hände.

Er hört die Salven vom Schießstand der Army bei Wellfleet, und als sie eine Pause einlegen, hallen die Schläge eines Zimmermannshammers von Osten herüber – möglicherweise derselbe Hammer, der im Ort den Tanzboden legt. Er fragt sich, ob Richie dort immer noch hockt, mit ausdruckslosem Gesicht Ausschau hält, und ob ihm jedes Mal das Herz hüpft, wenn blitzend ein Wagen naht.

Er hofft, dass es der Pontiac der Kaplans war, den er da unten gesehen hat, und dass einer von ihnen drin sitzt – Katherine oder sonst wer, der den armen Jungen erlöst. Er greift nach seinem Hut, hebt ihn hoch, legt ihn sich aufs Gesicht wie einen Deckel und denkt an den Brief in seiner Tasche, die Handschrift auf dem Umschlag, die seines alten Freundes.

In der Woche ihrer Abreise aus New York hatte er Bilder seiner Frau in die Galerie gebracht. Vier waren es, obwohl er dran so schwer trug wie an vierzig, als er sie die Fifth Avenue entlangschleppte und schließlich durch den Eingang bugsierte. Noch als sein Freund sie ihm abnahm und an der Wand aufreihte, spürte er die Last in den Händen. Die Bilder waren alt – zwei davon viele Jahre –, und er war sich ziemlich sicher, dass sein Freund sie schon mal gesehen haben musste, beschloss aber, nichts weiter zu sagen.

»Ich bitte dich ungern darum, glaub mir«, hatte er lediglich gesagt, »aber wenn du versuchen könntest ... na ja, sie irgendwo unterzubringen.«

»Verstehe. Ich kann es gerne versuchen.«

»Sie erwartet natürlich nicht, dass du sie nimmst oder jemand in deiner Liga ... aber wenn du dich vielleicht irgendwo für sie verwenden könntest, weißt du ...«

»Ja, ich weiß.«

»Eine der kleineren Galerien. Einfach, um irgendwo wieder dabei zu sein, verstehst du.«

»Ja, gewiss.«

»In ein paar Tagen brechen wir nach Cape Cod auf.«

»Ich versuch's. Versprechen kann ich nichts.«

»Ich bitte dich wirklich ungern darum.«

»Lass nur, ich weiß doch, wie es ist. Ich schreibe euch und gebe zum Ende des Sommers Bescheid, ja? Mach dir bis dahin einfach eine schöne Zeit. Erhol dich, pass auf dich auf, auf die Gesundheit. Und schau doch mal, ob du selbst ein bisschen was zustande bringst, ja? Aber gemach, gemach – übertreib's nicht, wir wollen ja nicht, dass du wieder krank wirst.«

Sie hatten sich herzlich verabschiedet, sich die Hand gereicht und den Ellbogen gedrückt. Zu den Bildern selbst wurde kein Wort gesagt, aber seinem Gefühl nach hatten sie ihn vorwurfsvoll angestarrt, als er sich zum Gehen wandte.

Er hatte sich über die Fifth Avenue zurückgeschleppt, mit schwerem Herzen und schwerem Schritt. Er dachte an die vielen anderen Male, die sie ihn ähnlich in die Bredouille gebracht hatte, indem sie Besuchern ihr Werk aufdrängte: Galeriebesitzern und Journalisten, die seinetwegen kamen, selbst Freunde und entfernte Bekannte wurden drangsaliert. Die Schmach nahm allen die Luft zum Atmen, sie als Einzige schien nichts zu bemerken. Das geringste Lob verdrehte ihr den Kopf, beim bescheidensten Erfolg schwoll er vor Anspruchsdenken. Bis sie mehr und mehr wollte, bis es schien, als würde nichts genügen als ein ganzer, einzig ihrem Werk gewidmeter Saal im Metropolitan Museum. Und dann, wenn sich alles unweigerlich zerschlug, der Vorwurf an die ganze Welt: Frauen hassende Männer, Frauen hassende Frauen. Schließlich die Generalabsolution aller bis auf ihn, dem jeder Vorwurf künftig allein vorbehalten blieb.

Er war erbittert und verletzt gewesen bis zurück ins Village, war sogar in eine Bar gegangen und hatte zur Linderung ein Glas getrunken. Nur hatte das den sauren Nachgeschmack bloß verschlimmert.

Als er ohne die Bilder heimkehrte, war sie selig; sie warf ihm die Arme um den Hals und wollte alles genau wissen: »Was hat er gesagt? Erzähl mir haarklein, was er gesagt hat! Und haarklein, was *du* gesagt hast.«

»Er hat gesagt, er will es versuchen. Ich habe Danke gesagt.«
»Haben ihm die Bilder gefallen?«
»Er sagt ja nie viel, das weißt du doch.«
»Aber war er angetan?«
»Er lässt sich nie viel anmerken, weißt du.«
»Aber er hätte sie doch nicht genommen, wenn sie ihm nicht gefallen, oder? Stimmt's? Sag, stimmt's?«
»Das wird wohl stimmen.«

Er erwähnte nicht, dass sie sich bei ihrem Gespräch in der Galerie tunlichst nicht angesehen hatten, dass sie sich hastig verständigt, es möglichst hinter sich gebracht hatten. Bis zum Moment des Abschieds, als er seinem alten Freund doch noch direkt in die Augen gesehen und dort so viel Mitleid erblickt hatte, dass es ihm für alle Zeit reicht, die ihm im Leben noch bleiben mag.

Als er zu sich kommt, schwillt der Mittag aus dem Tal. Seine Wirbelsäule fühlt sich taub an – wie eingewachsen. Benommen bleibt er eine Weile still liegen und denkt an sich als Jungen, daran, wie er damals, wenn er im Freien eingenickt war, ähnlich hochschreckte, sich selbst zu Tode erschreckte. Er wird sich ein paar Minuten Zeit lassen, sich hochzurappeln – sonst wird sein Rückgrat Wurzeln schlagen und er zu Lehm werden. Sein Haar wird sich von Blond zu Grün verfärben und wachsen wie Gras. Er wird in die Tiefe gezogen werden, weiter noch, als Särge reichen. Dort wird er bleiben, bis er ausschlägt und neuerlich an die Oberfläche getrieben wird, diesmal als Baum. Einer der Bäume, die er früher durchs Fenster des Klassenzimmers so endlos betrachtete, knorrig, vielarmig und unverkennbar menschlich, und von dem er sich mühelos vorstellen konnte, wie er seine vorüberziehenden Eltern beäugte, ihnen mit den Ästen zuwinkte und sich abmühte, sich verständlich zu machen: Mom, Pops, ich bin's, euer Sohn.

Er nimmt sich den Hut vom Gesicht, blinzelt im grellen Licht und erblickt, als er klarer sieht, über sich einen Bussard. Seine Augen folgen eine Zeit lang den mühelos weiten Runden des roten Schwanzkeils. Dann setzt er sich auf, stützt die Ellbogen auf die Knie und rupft einen langen, schuppigen Halm aus der Erde. Er zieht ihn zwischen Daumen und Zeigefinger durch, um die Ährchen abzustreifen, und kaut darauf. Das tut er ein Weilchen, dann zieht er beherzt den Umschlag aus seiner Tasche, schlitzt ihn mit dem Finger auf, zieht das Schreiben hervor und liest. Hinterher lässt er den Brief in der Hand zwischen seinen Knien hängen und sitzt einfach da. Er riecht selbst von hier das Meer, den entfernt weiblichen Duft, der davon aufsteigt, und er hört das anschwellende Brausen des Wochenendverkehrs drüben von der Schnellstraße.

Er knüllt den Brief golfballklein zusammen und schlenzt ihn ins lange Gras; dasselbe macht er mit dem Umschlag, in dem er gekommen ist, knüllt ihn zusammen und schleudert ihn dorthin, wo ihn kaum jemand je sehen wird, höchstens der Rotschwanzbussard.

Auf der Rückfahrt von der Blumenhandlung bremst er, um zur Tankstelle gegenüber abzubiegen. Eine Horde einheimischer Jungen, einige mit Blaubeereimern, schubsen und drängeln an der Motorhaube vorbei. Er denkt an Richie und Michael, die so zahm sind im Vergleich zu den hiesigen Huckleberry-Finn-Bengeln mit ihrem Blaubeergrinsen, ihren Angelabenteuern und den alles andere als sanften Softballspielen. Wie eine Dame auf der Post zu ihm erst vergangene Woche sagte: »Ich habe zwei Jungs – im Sommer vergesse ich glatt, wie sie aussehen.«

Jetzt, am Nachmittag, wimmelt es von Wochenendbesuchern. Eine Clique im Teenageralter umlagert die Wetteranzeigetafel. Am Eckladen stehen sie bis vor die Tür Schlange. Erhitzte Gesichter beugen sich über Kofferräume und Vorräte, die zu verstauen sind, ehe man sein Wochenendquartier bezieht, durchs Fenster wehen ihn dort in der Autoschlange vor den Zapfsäulen Stimmen an: schreiende Babys, zankende Kinder, schrille Mütter, die sich trotzdem vor fremdem Publikum um eine gewählte Ausdrucksweise bemühen. Die üblichen alten Knaben sitzen mit dem Rücken zur Tankstellenwand in der Sonne, rauchen und priemen und stellen sich taub.

Er steigt aus, wartet, bis der Tank voll ist, und klopft dann die Zapfpistole ein paarmal am Stutzen ab, worauf er prompt merkt, dass er mal muss. Er sucht die Kabine hinter dem Eckladen auf und erspäht auf dem Weg Richie. Richie sitzt immer noch auf der Treppe bei der Post, genau dort, wo er ihn vor gut zwei Stunden verlassen hat. Der Hund immerhin war so schlau, sich unterdessen in den Schatten zu verziehen.

Während er ansteht, um sein Benzin zu bezahlen, beklagen zwei Einheimische am Ende des Tresens den mageren Fang der letzten Woche, als hätten sie eine persönliche Tragödie erlebt. Vor ihm erzählt ein Mann einer Frau, dass sein Sohn gerade wieder eingezogen worden ist. »Geht nach Korr-ee-ha«, sagt er. »Habe ich noch nie von gehört.«

»Oje«, sagt die Frau.

»Ich dachte, die lassen es langsam mal gut sein. Wo er doch von

Glück sagen kann, dass er den letzten überlebt hat ... wer weiß, ob er noch mal davonkommt? Und die Frau guter Hoffnung, wissen Sie, Anfang Dezember soll es so weit sein – das erste.«

»Oje«, sagt die Frau wieder.

Er fährt von der Tankstelle los und biegt noch mal Richtung Post ein, wo er dicht vor Richie ranfährt. Der scheint es gar nicht mitzukriegen. Er kostet gerade bis zum Letzten einen klebrigen Toffeeriegel aus, senkt immer wieder den Kopf, um kräftig am Riegelende zu saugen und klebrige Fäden zu ziehen. Neben ihm auf der Treppe steht eine Coca-Cola-Flasche, um seine Füße häufen sich bunte Papierhüllen.

Er kurbelt das Fenster herunter und wartet. Gegenüber hängen jetzt die Lampions, der Tanzboden ist fertig, ein Mann schleift rückwärts einen Stapel Stühle herbei. Zwei Frauen folgen ihm, die eine balanciert auf einer großen Platte einen ganzen Schinken, die andere verscheucht mit einem Spültuch die Fliegen. Die beiden gackern und kreischen.

»Hör auf, Martha, bring mich nicht zum Lachen, sonst fliegt hier der Brocken noch in den Dreck, das schwör ich dir.«

Richie gluckst über ihr Treiben, als säße er im Kino.

Er muss wieder an den Nachmittag in Provincetown denken, als Richie in Tränen ausgebrochen war. Das macht ihm noch immer zu schaffen und leichte Gewissensbisse.

Der Junge hatte ihm auf seine eigentümlich umständliche Art von einem Mann erzählt, den er nicht sonderlich mochte – einem Captain, der mit seinem Vater gedient habe –, und zugleich von Katherine und einem Streit zwischen ihr und seiner Mom. Irgendetwas störte ihn offenbar, vielleicht der Streit, vielleicht der Mann, aber er wirkte nicht sonderlich betroffen oder traurig. Bis er selbst ihn unumwunden gefragt hatte: »Fehlt dir dein Vater, Richie?« Und da war es um den Jungen geschehen; er war völlig aufgelöst gewesen.

Er hatte ihm sein Taschentuch gereicht, und Richie hatte bloß gestammelt: »Bitte, sagen Sie niemandem, dass ich geweint habe, Sir, bitte verraten Sie es niemandem.«

Es war ihm ein Rätsel, wieso er den Jungen gerade danach gefragt hatte – es sah ihm nicht ähnlich, so schamlos in jemanden zu dringen, ein Kind gar. Seither kommt ihm häufiger der Verdacht, dass er gefragt haben könnte, um Richie antworten zu hören, und zwar nur, um sich selbst dann sagen zu hören: »Meiner fehlt mir auch; neuerdings fehlt er mir ständig.«

Er streckt den Kopf aus dem Fenster und ruft Richie zu: »Ich finde, du hast lange genug gewartet – du nicht?«

Richie springt wieder auf. »Ach, sie kommt sicher bald, Sir. Wahrscheinlich ist sie mit Doc Tom essen gegangen, aber sie muss ja auf dem Heimweg hier vorbeikommen.«

Er steigt aus, macht die hintere Wagentür auf, zieht den Blumenstrauß hervor und legt ihn auf den Beifahrersitz.

»Komm, mein Junge«, sagt er, »ich bringe dich jetzt nach Hause.«

»Aber was ist mit dem Hund?«, sagt Richie. »Was, wenn er die Sitze vollhaart? Meine Mom sagt –«

»Mach dir seinetwegen mal keine Sorgen, das ist schon in Ordnung. Kommt, ihr zwei, rein mit euch. Ja, du auch, Buster – hopp. So ist's gut, alle Mann einsteigen.«

Richie ist auf der Heimfahrt still, atmet aber immerhin freier. Oder vielleicht hört er ihn bloß nicht, weil der hechelnde Hund ihn übertönt? Er hat vor, die beiden am Fuß des Hangs zum Haus abzusetzen und Richie die Übergabe der Blumen an seine Großmutter zu überlassen. Doch als sie dort ankommen, laden Mrs Kaplan und Richies Mom gerade Lebensmittel aus dem Kofferraum des Pontiac. Richies Mom dreht sich um, als sie die Reifen im Kies knirschen hört, und steht einen Augenblick mit ihrer Stiege Salat und nacktem, leicht vorgeschobenem Knie da wie so eine Bauchladen-Lady mit Rauchwaren.

»Da bist du ja, Richie!«, sagt sie, sobald sie zum Stehen kommen. »Wir haben dich überall gesucht. Wo hast du gesteckt? Läufst einfach davon, wo wir so viel zu tun haben. Mutter, sieh nur, da ist Richie – endlich.«

Sie stellt ihre Trage Salat wieder in den Kofferraum und kommt auf den Wagen zu.

Und jetzt dreht sich auch Mrs Kaplan um, setzt ebenfalls eine Trage ab und nähert sich, ihre Hände abklopfend. Er steigt aus, um sie zu begrüßen.

»Ich hoffe doch sehr, dass Sie nicht gekommen sind, um zu sagen, dass Sie es sich anders überlegt haben«, sagt Mrs Kaplan.

»Aber nein, keineswegs. Ich bin lediglich auf Richie gestoßen und –«

Richie steigt aus, der Hund aber rührt sich nicht. Er sieht Richie diskret seinen Toffeeriegel fallen lassen und schiebt ihn sicherheitshalber selbst mit der Ferse unter den Wagen.

»Ich habe am Postamt auf Katherine gewartet«, sagt Richie.

»*Was?* Katherine ist seit Stunden zurück, sie war heute gar nicht auf der Post. Ehrlich, was du immer für Ideen hast. Und das an einem Tag, wo wir froh sind um jede helfende Hand.«

»Du hast gesagt, ich wäre im Weg.«

»Bitte? Ach, dummer Junge. Und wo ist eigentlich Michael? Ist er nicht bei dir?«

»Nein. Ich dachte, er ist bei Katherine.«

»Also ehrlich, Richie.«

Nun wendet sich Richies Mutter ihm zu und lächelt entschuldigend. »Es tut mir schrecklich leid, Ihnen Umstände gemacht zu haben.«

»Aber nicht doch, keineswegs. Ich wollte ohnehin vorbeischauen, um etwas abzugeben; das passte also gut.«

Er taucht in den Wagen ab und zieht das Bouquet hervor.

»Oh, was für herrliche Blumen!«, sagt Mrs Kaplan.

»Ich fürchte, die Blumenhändlerin war zu beschäftigt, um sie heute oder gar morgen zu liefern, da dachte ich, ich bringe sie selber vorbei.«

»Das freut mich. Dann müssen Sie aber auch auf einen Sprung hereinkommen. Auf einen Drink vielleicht.«

»Ich glaube, Sie haben genug zu tun«, sagt er.

»Ich finde schon eine Verwendung für Sie, keine Sorge«, sagt

Mrs Kaplan. »Ich könnte, ehrlich gesagt, gut jemanden gebrauchen, der ein bisschen beim Räumen hilft. Wir hatten hier vorhin noch einen dienstbaren Geist, aber der Gute scheint verschwunden zu sein. Weiß der Kuckuck, wohin. Und ich weiß gar nichts weiter über ihn, nur, dass er Robin heißt.«

»Ja«, sagt Richies Mutter, »nur hat den offenbar Batman zu einer dringenden Mission abberufen!« Sie lacht über ihren eigenen Scherz, bricht jedoch bald verlegen ab und schluckt.

»Dann stehe ich Ihnen natürlich gern zu Diensten«, sagt er.

Er geht mit Mrs Kaplan vor, die Blumen im Arm. Mrs Kaplan spricht über den Krieg in Korea, darüber, wie die Welt schon wieder verrücktspielt. Sie scheint politisch gut informiert zu sein, also lauscht er dem, was sie zu sagen hat. Zugleich kriegt er jedoch unwillentlich mit, was hinter ihnen Richie und seine Mutter reden.

»Aber ich habe es heute Morgen erst benutzt«, sagt Richie.

»Nun, dann solltest du raufgehen und es gleich noch mal tun und dich dann ein bisschen hinlegen. Das fehlte gerade noch, dass du krank wirst. Und Richie – dein neuer Pullover. Weißt du, wo ich den gefunden habe? Nein? Kann ich mir vorstellen. Nämlich am Strand, hingeschleudert wie einen alten Lumpen, an dem niemandem was liegt.«

»Tut mir leid, Mom, muss ich nach dem Schwimmen wohl vergessen haben.«

»Musst du wohl, denn von allein ist er da sicher nicht hinspaziert, oder? Und was hast du da eigentlich im Gesicht?«

»Nichts.«

»Von wegen nichts! Richie, du weißt, dass wir darüber gesprochen haben. Du wirst langsam ein bisschen pummelig, und du willst doch an deiner neuen Schule nicht der Pummel sein, oder?«

»Mom! Musst du das immer sagen? Du weißt, dass ich das hasse!«

»Nicht so laut, bitte, und benimm dich gefälligst. Die Freunde deines Vaters kommen, und ich möchte nicht –«

»Du meinst wohl, Captain Hartman kommt! Dann geh ich eben auf mein Zimmer, und da bleib ich dann, Mom. Wie wär's damit? Dann kannst du mit Captain Hartman nach Hawaii oder sonst wohin abhauen.«

Und Richie stürmt an ihnen vorbei, während seine Mutter mit knallrotem Kopf hinterherstapft.

Mrs Kaplan schweigt kurz, wechselt mit ihm einen Blick und lächelt schwach. »Der arme Richie«, sagt sie, »er scheint es einfach nicht recht machen zu können.«

Als sie das Haus erreichen, kommt das Hausmädchen gerade mit einem Zinkeimer die Verandastufen herab.

»Doch nicht schon wieder, Rosetta?«

Rosetta hält sich mit der freien Hand die Nase zu. »Oh doch, Ma'am, schon wieder.«

Mrs Kaplan streckt die Hand aus und berührt seinen Ärmel. »Vorsicht«, sagt sie, »dort unter dem Wacholder ist es noch ein bisschen matschig, und das liegt nicht nur am Regen, fürchte ich. Buster betrachtet das alles hier als seine Privatlatrine. Ich fürchte, wir werden irgendeine Art kleinen Zaun errichten müssen, sonst ruinieren sich alle die Schuhe. Vielleicht sollte ich diesen Robin fragen – falls er mir je wieder unterkommt.«

Mrs Kaplan überquert die Veranda und ruft dem Mädchen zu: »Rosetta, wenn du dort fertig bist, könntest du dann bitte einen passenden Platz für diese herrlichen Blumen finden? – Ich erwarte Sie dann auf der hinteren Veranda«, sagt sie zu ihm und entschwindet.

Er steht mit den Blumen da und wartet, bis Rosetta den Rest Wischwasser am Stamm des Baums ausgeleert hat. Sie setzt den Eimer ab, tritt zu ihm heran, nimmt ihm das Bouquet ab und gurrt so entzückt, als hielte er ein Baby.

Da fällt es ihm ein: »Augenblick, Rosetta, es gibt dazu ein Kärtchen. Meine Frau hat mir ...«

Er klopft seine Taschen ab, findet aber nur die beiden verbleibenden Sendungen, die er von der Post geholt hat.

»Ach, ich finde es nicht.«

»Schon gut. Mrs Kaplan, die weiß«, sagt sie.

»Meiner Frau lag sehr viel an der Karte.«

»Vielleicht noch im Automobil.«

»Ich sehe mal nach.«

Der Hund sitzt nach wie vor auf der Rückbank. Er stellt sich vor den offenen Wagenschlag und sagt: »Los, Zeit, auszusteigen, Bürschchen. Wir sind da.«

Der Hund schlackert mit seiner langen Zunge, sonst rührt sich nichts.

»Los jetzt, raus mit dir.«

Er sucht zur rhythmischen Begleitung von Busters Hecheln das Wageninnere ab. Er sieht ein zweites Mal unter den Sitzbänken nach und in den Türritzen. Er geht an den Kofferraum, macht auf, untersucht ihn. Er umrundet den Wagen und durchforstet das Handschuhfach.

»Es sei denn, du sitzt darauf, Buster.«

Der Hund sieht weg. Er kommt an die hintere Tür zurück, packt den Hund am Halsband und zieht. Aber der Hund ist wie festgenagelt. Er geht zur anderen Seite herum, um Buster von der Bank nach draußen zu schieben. Da saust ein langes, schrilles Pfeifen den Weg hinab; der Hund hebt ruckartig den Kopf, und im Nu fliegt er von der Rückbank und galoppiert Richtung Pfiff.

Er klaubt den Umschlag vom Sitz, biegt ihn zurecht und wischt die Hundehaare ab.

Als er wieder oben vor dem Haus steht, ist niemand zu sehen. Er steht auf den vorderen Verandastufen und weiß nicht, was er tun soll. Er beschließt, nach Hause zu fahren, und steigt zwei Stufen hinab. Dann beschließt er, zu bleiben, und steigt die zwei Stufen wieder hinauf. Er überquert die Veranda und tritt ein.

Die Diele ist besser bestückt als der Blumenladen in Provincetown, Korbarrangements und hochstämmige Lorbeerbäumchen in Tontöpfen stehen dort dicht an dicht, und ihm tut die Gabe seiner Frau leid, die Rosetta hinten in der Küche zur Geltung zu bringen versucht. Er hört von irgendwo ein paar einzelne Klaviertöne und macht sich auf die Suche nach der Quelle.

Der Raum ist groß, L-förmig, mit drei breiten Stufen zwischen kurzem und langem Ende. Er windet sich um Kartons und stapelweise an die Wand gelehnte Kartentische und Gartenstühle herum. Er steigt die drei Stufen zur buchtzugewandten Seite des Raums hinab, wo eine Glasfront mit Schiebetüren sich auf die hintere Veranda öffnet.

Am Rand beugt sich ein Mann über einen Flügel und stimmt ihn. Mitten im Raum türmt sich ein Wall aus Bier- und Weinkisten. Und oben auf einem großen Holztisch, damit beschäftigt, eine Fähnchengirlande an der Wand zu befestigen, steht Katherine.

Sie ist barfuß – und groß, größer noch, als er dachte, und er würde gern wissen, wie groß genau, würde sich aber natürlich niemals trauen zu fragen. Er wird auf eine Gelegenheit warten müssen, neben ihr zu stehen und es sich ausrechnen zu können.

»Es heißt, Sie könnten jede Hilfe gebrauchen«, sagt er. »Ihre Mutter, sie meinte – «

»Hat sie Sie zwangsrekrutiert?«, sagt Katherine, ohne sich umzusehen.

»Ganz und gar nicht. Ich helfe gern.«

»Lügner!«, sagt sie, schaut sich kurz unter der Achsel nach ihm um und lächelt flüchtig.

Sie richtet ein weiteres Fähnchen aus, dann fragt sie ihn etwas.

»Bitte?«, sagt er.

»Haben Sie Michael irgendwo gesehen?«

»Michael? Nein. Habe ich nicht. Aber Richie. Er ist mit seiner Mutter nach oben gegangen.«

»Ja, ich weiß, er hat sich noch mal runtergeschlichen und mich gebeten, nach seinem Hund zu pfeifen.«

»Ach, Sie waren das? Das war ein beachtlicher Pfiff.«

»Danke. Er mopst sich, weil er glaubt, Captain Hartman will ihm die Mutter stehlen.«

»Verstehe.«

Sie nimmt die Hand von der Wand, stemmt sie in die Hüfte

und schüttelt ihr Haar. »Aber wissen Sie, was Sie tun könnten? Sie könnten die Kartons dort drüben zu Rosetta in die Küche tragen.«

Die folgenden Worte richtet sie nun zwar an den Klavierstimmer, behält dabei aber ihn im Blick. »Sag mal, Frank, kennst du einen Captain Hartman? Walt Hartman?«

»Den Klarinettenspieler? Na klar, Baby.«

Sie lacht und sagt: »Das meint er nicht so. Er nennt alle Baby. Auch Ihnen wird es so ergehen, wenn Sie sich mit ihm unterhalten.«

»Dann sollte ich das vielleicht lieber nicht tun«, sagt er.

Er merkt, dass er grinst wie ein Idiot, also deutet er fragend mit dem ausgestreckten Arm auf die Kartons.

»Ja, die zwei da ganz vorne. Dafür schickt sie einen zurück. So geht es schon den ganzen Tag, wir schicken Kartons hin und her.«

Er schreitet zu der Reihe Kartons und geht leicht in die Knie, wappnet sich gegen die gefürchtete Last. Er ist erleichtert und nur minimal enttäuscht, als sich herausstellt, dass der Karton fast gar nichts wiegt.

Als er aus der Küche zurückkehrt, klimpert Frank eine Melodie, und Katherine ist immer noch auf dem Tisch. Sie tanzt jetzt, ihre nackten Füße gleiten seitlich im Wechselschritt über die Platte, ihr braunes Haar schwingt um ihre Schultern.

Einen Augenblick lang sieht er sich den Raum durchqueren, ihre Hüften umschlingen und sie vom Tisch heben. Er malt sich aus, wie ihr Körper an seinem herabgleitet, bis ihre Füße den Boden berühren, und er sieht sich eng umschlungen mit ihr tanzen, auf der Stelle fast nur, keine Figuren, aber doch ein Tanz.

Wäre ich ein Picasso, denkt er, Picasso oder einer dieser anderen Europäer. Ein anderer, jedenfalls, in einer anderen Welt.

Er hält ihr den Karton entgegen, den Rosetta schickt. »Gespülte Gläser und Servietten«, sagt er, »und Kerzen für später, ›wenn die Sonne untergeht‹. Sagt sie.«

»Genau ... *When the Sun Goes Down* ...«, trällert Katherine, und weiter hinten lacht der Pianomann auf.

Er setzt den Karton ab. Dann nimmt er den nächsten für die Küche bestimmten hoch. Er sieht ihr gespenstisches Spiegelbild sich in den Glastüren wiegen. Ihr Haar, beschließt er, ist coloradobraun.

Bis er wieder zu Hause ist, ist es fast Abend, sie holt gerade die Wäsche rein.

»Du hast dir aber Zeit gelassen!«, sagt sie.

»Ist Michael hier?«, fragt er.

»Er ist vor zehn Minuten gegangen. Am Strand entlang, warum?«

»War er lange hier?«

»Schon. Und ich war froh um die Gesellschaft. Er kam, kurz nachdem du losgefahren bist – Hat es mit den Blumen geklappt?«

»Ich habe sie schon abgegeben.«

»Aber, ich dachte –«

»Sie konnten nicht liefern. Zu viel Betrieb heute, und morgen erst recht.«

Er geht ins Haus.

Kurz darauf kommt auch sie, die Arme voll Wäsche. Sie wirft den Haufen auf die Chaiselongue.

»Und? Habe ich Post?«

»Bitte? Ach so, nein, nichts. Nur eine Karte von der Bücherei und eine Abrechnung von der Ausstellung im Februar.«

»Sonst nichts?«

»Tut mir leid.«

»Nicht so wild. Vielleicht nach dem Labor Day. Wie du schon sagtest: Um diese Zeit macht praktisch ganz New York dicht.«

Sie zerrt ein Laken aus dem Haufen und schlägt es aus. Er tritt zu ihr, fasst das andere Ende, und zusammen straffen sie es und falten es ein-, dann zweimal.

»Die Kaplans sparen wahrhaftig weder Mühe noch Kosten«, sagt er, »haben sogar einen Pianomann engagiert, Frank heißt er. Der nennt alle Baby, scheint es. Mrs Kaplan hat mich gebeten, mit anzupacken – deshalb bin ich so spät dran. Sie war übrigens ganz überwältigt von den Blumen.«

»Ach, schön. Du hast hoffentlich nicht zu schwer gehoben? Du weißt, das sollst –«

»Nur Gläser und Servietten, ein paar Nägel eingeschlagen. Nicht der Rede wert.«

Sie nimmt ihm das gefaltete Laken aus der Hand und legt es auf dem Tisch ab, dann zieht sie das nächste aus dem Haufen, und sie fangen von vorne an.

»Richie ist mir über den Weg gelaufen«, sagt er. »Gleich zweimal, genau genommen. Ich glaube, was Michael sagt, stimmt überhaupt nicht.«

»Was sagt denn Michael?«

»Dass Richie keine Lust hat, herzukommen.«

»Nein?«

»Nein, ich glaube vielmehr, dass Michael sich tatsächlich hinterrücks davonstiehlt.«

»Ach.«

»Und Richie ...«, setzt er an, als er sich das Ende des Lakens schnappt und dann einen Schritt zurück macht.

»*Ja?*«

Er tritt wieder vor. Sie nimmt ihm sein gefaltetes Ende ab.

»*Ja?*«, wiederholt sie.

Er verzieht den Mund und schüttelt den Kopf.

Sie lässt das Laken über ihre Arme gleiten und wartet.

»Ich weiß nicht«, sagt er, »aber ich glaube fast, mir ist noch nie jemand begegnet, der so einsam ist.«

Bringer der Fröhlichkeit

I

Auf den hinteren Verandastufen steht Michael und bohrt in der Nase. Der Tag der großen Party bricht an, und er ist als Erster auf. Er hat den Morgen aus der Dunkelheit heraufdämmern sehen. Er hat den dunklen Geruch des Meers geschnuppert. Jetzt, da die Sonne die Bucht überflutet, hofft er auf Purpur-Grackeln.

Es weht leicht aus Südwest. Die Richtung kann er deshalb benennen, weil ihm Mrs Aitch vor ein, zwei Wochen eine, wie sie sagte, kleine Lektion in räumlicher Orientierung erteilt hat. Möwen fliegen gegen den Wind, Kühe drehen ihm ihr Hinterteil zu, dein Gesicht verrät dir das Nötigste – so fing es an. Jetzt fragt sie ihn, wenn sie sich treffen, immer: »Na, Michael, weißt du, woher der Wind weht?«

Er weiß es. Von Norden heißt Provincetown, Süden Wellfleet. Osten die Atlantikseite, wo die Sonne sich morgens aus dem Ozean hebt. Westen heißt von der Buchtseite, wo sie sich Mrs Aitch zufolge abends ins Bett wirft und die Decke über den Kopf zieht.

Heute weht es nur leicht, aber es ist eine kühle Brise. Das Wetter schlägt um – das hat Mrs Kaplan gesagt, als sie gestern Abend hier alle saßen und sie Katherine extra noch eine Wolljacke gebracht hat.

Und Richies Mom seufzte. »Man spürt es jetzt abends und morgens, egal, wie warm es tagsüber ist.«

Und der Pianomann Frank sagte: »Ja, der Winter kündigt sich an.«

Als er das sagte, hatten Katherine und ihre Mutter einen messerscharfen Blick gewechselt und schnell weggesehen, als hätten sie etwas zu befürchten. Katherines Gesicht konnte er nicht sehen, aber das von Mrs Kaplan, und einen schlimmen Augenblick lang dachte er, sie würde gleich heulen.

Doch dann stand Frank auf. Er berührte im Vorbeigehen die Rückenlehne von Mrs Kaplans Stuhl, tätschelte ihr die Schulter und ging hinein. Das Wohnzimmer war schon für die Party freigeräumt, und es stand dort fast gar nichts mehr, bloß zwei lange Tische, die als Bar herhalten sollten, und gegenüber seitlich versetzt ein großer schwarzer Flügel, den Frank auf einem Laster extra von Boston hergefahren hat. Dazwischen stapelten sich zusammengeklappte Tische und Stühle, die heute gleich als Erstes ins Freie gebracht und auf dem Rasen verteilt werden sollen. Er hatte Franks Schritte auf dem Wohnzimmerfußboden hören können, das leichte Schleifen des einen Fußes, und dann Richies Flüstern, dass Frank in Sizilien ein halbes Bein verloren hat. Und dann war auf der Veranda vom Haus her Musik zu hören gewesen.

Zuerst nur ein Klimpern, die Melodie schien niemand zu kennen, bis Mrs Kaplan einen Finger hob, wie sie das manchmal tut, als wüsste sie, jetzt kommt was. Sie hatte begonnen, zur Musik zu nicken. »Was fragt er dich da, Michael, was glaubst du?«, hatte sie gesagt.

Aber er hatte noch ein paar Noten mehr gebraucht, bis er sagen konnte: »Er fragt, ob ich gern auf einem Stern schaukeln will.«

»Bravo!«

Im Wohnzimmer flocht der Pianomann Töne um- und umeinander, bis die Melodie verklang und eine neue begann. Richies Mom trank von ihrem Cocktail, schloss die Augen und sagte: »Man würde meinen, er spielt da drinnen auf zwei Klavieren gleichzeitig.«

Und Annette lutschte an ihrer aufgespießten Olive, als wär's ein Lolli, und sagte: »Himmlisch, oder …?«

Nach einer Weile kehrte die Melodie von »Swinging on a Star« wieder, und Mrs Kaplan sagte: Weißt du noch, Richie – erinnerst du dich, wie du früher auf den Küchentisch geklettert bist und das für uns gesungen hast, wie du die ganzen Bewegungen nachgemacht hast, mit tiefernstem kleinem Gesicht?« Und Richie sagte: »Grandma! Gar nicht wahr!«

Richies Mom streckte seitlich die Finger am Kopf hoch und machte Iah-Iah, und Mrs Kaplan lachte, und Richies Mom lachte, und Katherine lachte, und Annette lachte, und selbst Richie lachte. Alle lachten, außer ihm, weil er nicht wusste, was an einem kleinen Jungen so komisch ist, der auf dem Küchentisch singt, außerdem war es eine Kaplan-Geschichte von vor langer Zeit, als Richies Vater und sein Großvater noch lebten, also hatte sie mit ihm selbst nichts zu tun. Und dann war kurz darauf Captain Hartman gekommen, und da war Richie das Lachen vergangen.

Er zieht den Finger aus der Nase, mustert den kleinen Popel oben an der Kuppe, eine aus ihrem Haus gezerrte Babyschnecke. Er sieht sich nach einer Möglichkeit um, sie loszuwerden, tritt von der Stufe zurück und wischt seinen Finger an Katherines vollem Aschenbecher ab. Er packt eine ihrer Lippenstiftkippen, schiebt den Popel damit mitten in die Stummel und vergräbt ihn dort in der Asche. Dann hält er sich die Kippe an den äußersten Rand der Lippe. Als er das tut, wird ihm in der Brust ganz leicht, seine Beine glühen, seine Handgelenke werden irgendwie schwach. Der Lippenstift ist an ihren Lippen gewesen, die Zigarette in ihrem Mund, der Popel in seiner Nase. Jetzt ist die Zigarette in seinem Mund. Er schließt die Lippen um den Stummel und saugt. Aber der Geschmack der alten Asche ist widerlich, und er wirft die Kippe auf den Haufen zurück und reibt sich mit dem Handrücken ein paarmal über die Zunge.

Er will über Katherine nachdenken. Meist wartet er damit, bis er in seinem Schlupfloch hockt, wo es nichts ausmacht, wenn er sich erregt und zu laut mit ihr spricht. Aber da wird er heute nicht hinkommen – weil er Mrs Kaplan doch versprochen hat, bereitzustehen und, wo immer nötig, mit anzupacken, zuerst bei Mr Aitch, wenn der kommt, um die Tische und Stühle rauszutragen.

Er sitzt auf ihrer Liege, legt seine Füße hoch, wo sonst ihre Füße liegen, legt den Kopf zurück, wo sonst ihr Kopf liegt. Er hebt ihren Schal an und reibt sich damit übers Gesicht. Dann drückt er ihn sich an die Lippen.

Als er Katherine nachts in der Diele angeschrien hatte, musste er sich ins Gesicht kneifen, um nicht zu weinen, als sie auf der Treppe nach oben entschwand. Er hatte so sehr an seinen Backen gezerrt, dass er dachte, sie fallen ab wie Suppenfleisch. Als er schließlich den Mut fand, in sein Zimmer zurückzukehren, war er ins Bett gekrochen und hatte geweint, bis keine Tränen mehr kamen. Am nächsten Tag hatte er solche Angst gehabt, ihr zu begegnen, dass er wartete, bis Richie nach unten gegangen und im Obergeschoss kein Mucks mehr zu hören war. Er hatte vor, sich auf schnellstem Wege davonzustehlen, seinen Unterschlupf aufzusuchen und nachher, wenn es ihm besser ging, zu Mrs Aitch weiterzuziehen. Keinesfalls hatte er vor, zum Frühstück zu erscheinen, sie alle da sitzen und hochschauen zu sehen, wenn er eintrat – mittendrin Katherine, die ihnen wahrscheinlich gerade verriet, was er für ein diebischer kleiner Langfinger ist ... Allen würden dann plötzlich wieder die Dinge einfallen, die ihnen abhandengekommen sind: Richie sein Pfadfindermesser, Rosetta ihre eingemachten Pfirsiche, Mrs Kaplan die silberne Nagelschere ... und Richies Mom würde plötzlich rufen: »Da also ist mein *Ladies' Home Journal* hin!«

Als er durch den Flur schlich, an ihrem Schlafzimmer vorbei, konnte er durch die halb offene Tür hineinspähen. Er blieb unwillkürlich stehen und starrte, weil er es einfach nicht fassen konnte. Das ganze Zimmer war aufgeräumt, bis auf die Falten im Bettzeug, wo sie gelegen hatte. Keine Kleider auf dem Fußboden, keine am Absatz baumelnden Schuhe an den Möbeln, keine Fotografien, kein auf den Teppich gekippter Aschenbecher. Kein Blut. Gar nichts. Es war, als hätte er sich das alles im Kopf zusammengesponnen. Dann, als er weiterging und zur Treppe abbog, sah er Katherine direkt vor sich. Es durchzuckte ihn, als hätte er einen

Stromschlag bekommen. Er wollte umkehren, sich im Schrank verstecken – notfalls von der Veranda springen. Aber es war zu spät, weil sie ihn längst gesehen hatte.

»Ach, du bist es«, hatte sie gesagt und auf ihn gewartet, damit sie gemeinsam beim Frühstück erscheinen könnten. »Was bin ich froh, dass nicht ich allein als Schlafmütze dastehen muss.«

Sie hakte sich bei ihm unter, als sie eintraten, und setzte sich neben ihn an den Tisch. Sie legte ihm einen Pfannkuchen auf den Teller und gab einen Schwapp Ahornsirup dazu. Als er es wagte, sie anzusehen, schenkte sie ihm eines von ihren Halbzwinkern. Zunächst glaubte er, sie hätte wegen der vorigen Nacht ein schlechtes Gewissen und wäre deshalb so nett, aber dann hatte er das Gefühl, mit der Nacht hatte das gar nichts zu tun, weil nämlich Katherine ... na ja, sie benahm sich fast so, als wüsste sie nichts mehr davon.

Er reibt das Ende des Schals an seinem Bein; die dicken Fransen fühlen sich an wie kleine Finger, sie kitzeln an der Haut. Da fängt es wieder an. Ihm wird warm oben an den Beinen. Er kennt das Gefühl und will es nicht haben. Er will nicht wieder so schmutzige Gefühle für Katherine haben, er will die Bilder nicht in seinem Kopf aufsteigen haben oder am Ende wieder weinen müssen, mit dem schlimmen Gefühl in der Brust, als müsste er an einem Schmerz sterben, für den er nicht einmal einen Namen hat.

Er schiebt den Schal weg, setzt sich auf und blickt auf die Bucht hinaus.

Er sieht keinen Himmel. Ein dichter, weißer Nebel über der Bucht nimmt ihm die Sicht. Er beugt sich weiter vor, besorgt, dass die Purpur-Grackeln sich im Verborgenen heranstehlen und er Mrs Aitch folglich nicht wird berichten können, dass er sie gesehen hat, und das möchte er so gern, sie wissen lassen, dass er genau dafür extra im Morgengrauen aufgestanden ist.

Sie hat ihm neulich bei einem Spaziergang von dem Purpur-Grackel erzählt, einem gemeinen und sturen Vogel, nichts als Ärger. Er pickt den Maisfarmern die Saat weg. Er frisst die Eier anderer Vögel und verschmäht auch Vertreter kleinerer

Arten und Mäuse nicht – »Ha, was schmeckt ihm eine gute, saftige Feldmaus«, so hatte sie es gesagt, »so wie dir und mir ein schönes, saftiges Steak. Schwarz mit Spindelbeinen und wilden Augen, nicht eben ein Hingucker. In Scharen sind sie ohrenbetäubend. Sie nehmen nicht im Mindesten für sich ein, und so ist es kein Wunder, dass sie allgemein als Plage oder Ärgernis gelten.«

Und dann, mit himmelwärts gerecktem Kinn und verschränkten Händen, als würde sie gleich in der Kirche singen oder so: »Aber ach, Michael, wenn sie sich aufschwingen, wenn sie kurz nach Sonnenaufgang wie Pfeile über den Himmel schießen und das erste Sonnenlicht ihre Rücken streift und die satten, dunklen Farben sich zeigen, Saphir und Smaragd, und ach, ach ... wenn sie in langen, losen Schlingen die Bucht überqueren ... das ist, als erblicke man einen im Himmel gewirkten Teppich.«

Als er Mrs Aitch noch nicht so gut kannte, hatte er ihr oft glatt ins Gesicht lachen mögen, wenn sie so hochtrabend daherredete. Aber mit der Zeit gefiel ihm das. Und als Richie mal mittags beim Essen ihre hochtrabende Art nachahmte, hätte er ihn am liebsten mitten in sein dummes, feistes Gesicht geboxt.

Richies Mom hatte gesagt: »Ja, manchmal klingt sie ein bisschen theatralisch, das stimmt, aber es steht dir nicht zu, über Erwachsene zu urteilen.«

Und dann musste natürlich Annette Staines ihren Senf noch dazugeben. »Komm schon, Olivia, er hat doch recht. Ehrlich, so was Eingebildetes ist mir selten untergekommen. Die bläst dir die Ohren voll, bis dir schwindlig wird.«

In seinem Unterschlupf schneidet er gern Figuren aus Zeitschriften aus. Er schneidet Möbel für die Einrichtung aus. Er bewahrt alles in ein paar von den Umschlägen auf, die Mrs Kaplan ihm gegeben hat. Jedes Zimmer hat einen eigenen Umschlag, und auch jede Ausschneidefigur. Die Umschläge wiederum hortet er in einer grünen Segeltuchtasche, die er nachts in einer Truhe unter der Treppe entdeckt hat.

In seiner Ausschneidewelt ist Rosetta eine Freundin, Mrs Kaplan seine Großmutter. Mrs Aitch ist seine Mom. Eigentlich müsste es umgekehrt sein, weil Mrs Aitch wahrscheinlich älter ist als Mrs Kaplan. Und Mrs Aitch könnte wahrscheinlich auch eine Freundin sein, weil er mit ihr mehr redet als mit irgendwem sonst.

Er holt die Möbel aus den Umschlägen und schiebt sie zurecht, dann holt er alle Ausschneideleute hervor und verteilt sie in seinem Fantasiehaus. Einmal hat er eine *Frau Aunt* mit ihrem heimlichen Baby ausgeschnitten. Als sie anklopfte, hüpfte die Ausschneide-Rosetta an die Tür.

»Tut mir leid, Ma'am«, sagte Rosetta. »Hier ist niemand, der so heißt. Und darf ich sagen, wie sähr, sähr hässlich Ihr Baby ist?«

An dem Tag, als beim Essen alle über Mrs Aitch herzogen, hatte er seine Gabel hingelegt, war aufgestanden und zur Tür gegangen.

»Was sagt man?«, sagte Richies Mom.

»Weiß ich nicht.«

»Du weißt nicht ...?«

»Weiß nicht, Ma'am.«

»Hierzulande fragt man, ob die Anwesenden einen entschuldigen, wenn man vom Tisch aufsteht, bevor die anderen zu Ende gegessen haben.«

Er spürte, wie ihm das Blut in den Kopf schoss und sich sein Hals zuschnürte, sodass er das beim besten Willen nicht hätte fragen können. Er hätte kein einziges Wort herausgebracht, ohne zu ersticken. Also ging er einfach weiter.

»Also wirklich!«, hatte Richies Mom gesagt, fassungslos, als hätte sie in ihrem ganzen Leben noch nichts derart Unerhörtes erlebt, einen Jungen, der vom Tisch aufstand, ohne sich zu entschuldigen.

Katherine hingegen. Katherine hatte gesagt: »Ach, lass ihn doch, Olivia. Er hat schließlich Ferien.«

In seiner Ausschneidewelt ist Katherine seine Frau, und das nicht nur, weil sie schön ist. Man konnte beliebig in jeder beliebigen Zeitschrift blättern, und ganz gleich, was da sonst für Frauen zu sehen sind – Ava Gardner, Elizabeth Taylor – und wie sie ihn anstrahlen, Katherine ist und bleibt die Schönste. Vor allem aber steht sie ihm bei, wie es niemand sonst auf der Welt je getan hat. Und deshalb wird sie ihm immer die Liebste sein.

Als ihm ihretwegen das erste Mal ganz heiß wurde, saß er in seinem Versteck und tat so, als würde er sie küssen. Da verspürte er das Prickeln noch viel stärker als sonst, es durchzuckte seinen ganzen Körper. Er schloss die Augen und begann, an sich zu reiben, und es fühlte sich so gut an, das eingebildete Küssen und das zunehmend stärkere und heißere Prickeln vom Unterleib bis ganz hinunter in die Beine und bis ganz hinauf. Doch dann war plötzlich alles schlagartig anders, und er hörte im Kopf deutsche Stimmen – Stimmen, die lachten und schwatzten –, und Katherine verschwand, und er fand sich mitten in der Nacht in einem Haus wieder, und eine Frau zischte: Micha, Micha, und zerrte ihn aus seinem herrlich warmen Bett und schob ihn stattdessen darunter. Er war noch klein. Und er sah die Hände ihn unter das Bett schieben und die Decke davorhängen. Aber das Gesicht sah er nicht. Er hörte allerdings Stimmen – über sich einen Mann und eine Frau, der Mann grunzte, und die Frau machte kleine Geräusche, und die Matratze über seinem Gesicht drückte sich durch das Gitterding, und er sagte: »Wer ist das?« Staub im Rachen, die Streifen der Matratze und die Stimme der Frau – eine Stimme, die er kannte und doch nicht kannte –, die raunte: »Pscht, Micha, pscht.«

An diesem Morgen ist seine Frau ungewöhnlich früh auf. Er hört sie draußen herumgehen, noch bevor er überhaupt die Augen aufgeschlagen hat. Dann hört er sie im Bad einheizen. Und dann, dann hört er nichts mehr.

»Alles in Ordnung da drinnen?«, ruft er aus dem Schlafzimmer, während er sich mit seinen Schnürsenkeln abmüht. »Hörst du, alles –«

»Ja, sicher, wieso denn nicht?«

»Du bist so still.«

»Wieso, willst du etwa reden?«

»Nein, schon gut. Genieß dein Bad. Ich muss ein paar Briefe schreiben.«

Früher hat seine Frau das erledigt. Aber als sie die Kaplans vom Strand verbannte, wurde alles anders. Auf das Scharmützel folgten Friedensverhandlungen; er hatte ihr erklärt, er sei es leid, dass sie für ihn entscheide, dass sie Menschen vom Strand scheuche, dass sie ohne oder zumindest fast ohne Rücksprache seine Briefe beantworte. Und leid sei er es auch, ihren Briefen eigene folgen lassen zu müssen, um etwas auszubügeln.

Er sagte: »Sie lassen mich schwach und dich leicht verrückt wirken, deine Kanonaden und Kehrtwenden.«

Sie sagte: »Ich mag verrückt sein, aber du bist stinkfaul – fortan kannst du deine blöden Briefe selbst schreiben.«

Tja, und das hatte er nun davon.

Er trägt seinen Kaffee zum Tisch hinüber, blickt auf den Stapel Briefe, die in den letzten Wochen gekommen und noch unbeantwortet sind. In seinem Kopf blinkt das Wort *Ennui* wie eine Neonreklame.

Er wählt aus dem Stapel ein paar aus: zwei Dankesschreiben, drei Absagen, ein Beileidsschreiben, und seine Schwester.

Seine Schwester darf er nicht zu lange warten lassen. Sie wird ihre Finanzspritze brauchen, und er kann ihr den Scheck kaum ohne ein einziges Wort schicken. Heutzutage weiß er nicht mehr, was er sagen soll, obwohl sie sich als Kinder so gut verstanden haben. Sie wussten immer schon, was der andere sagen wollte, sie malten sich nachts comichafte Bildergeschichten und schoben sie sich gegenseitig unter der Tür durch. Er hörte sie bereits lachen, wenn er auf sein Zimmer zurückschlich. Wenn er ins Sommerlager fuhr, schickte er ihr lange, lustige Briefe. Das machte ihm keinerlei Mühe, sondern richtig Freude. Jetzt bewegt er sich wie im Schneesturm, meißelt die Worte ins Eis. Er beschließt, seine Schwester zurückzustellen und erst einmal den Brief zu beantworten, der gestern von seinem alten Freund in New York gekommen ist. Er nimmt einen Umschlag zur Hand und schreibt die Adresse der Galerie darauf. Dann legt er ein Blatt darüber und schreibt:

Alter Freund,
Du brauchst Dich doch nicht zu entschuldigen. Ich weiß wohl, dass Du sicher Dein Möglichstes getan hast, wofür ich Dir auf immer Dank schulde ...

Plötzlich bange, dass sie aus der Wanne steigen, lautlos hinter ihm auftauchen und über seine Schulter mitlesen könnte, fasst er sich kurz. Einige wenige herzliche Zeilen, das Versprechen, die Bilder zu holen, sobald er wieder in New York ist, ein Scherz über das Problem, es seiner Frau beizubringen, und dementsprechend die Chancen, dass er bei ihrer nächsten Begegnung noch lebt. Dann faltet er das Blatt rasch in den Umschlag und steckt ihn ein.

Er macht mit der Galerieassistentin weiter, die im Februar seine Retrospektive betreut hat. Er beginnt mit *Liebe ...*, hat aber ihren Namen vergessen, obgleich er gerade erst ihre Unterschrift gesehen hat. Er weiß hingegen noch, dass sie auf der Anrede Miss besteht und ihr Name mit A beginnt.

Liebe Miss A hat sich mit der Liste unverkennbar Mühe gegeben, untereinander Titel, Preis und Käufer vermerkt. Er nimmt die Liste zur Hand. Während er den Blick über die Titel schweifen lässt, steigt vor seinem inneren Auge eine Abfolge von Bildern auf: eine Frau in Unterwäsche auf der Bettkante, eine Explosion weißen Wassers, eine von Licht bedrängte Hauswand.

Auf den ersten Blick wirkt die Liste erfreulich lang. Als er sie jedoch auf den Tisch legt und mit dem Ende des Bleistifts daran entlangfährt, macht sie schon weniger her. Er fragt sich: War's das dann? Oder fast? Selbst wenn mir noch zehn Jahre bleiben, wird die Liste – bei meinem Ausstoß – nicht wesentlich länger werden. Vielleicht gar nicht, vielleicht ist das Orleans-Bild mein Schwanengesang: Das war's dann, Leute, vielen Dank und kommen Sie gut heim ...

Seine Frau ruft ihm zu: »Ich bin früh aufgestanden.«
»Allerdings.«
»Konnte nicht schlafen, und da habe ich mir gedacht, ich bade ausgiebig, frühstücke ein wenig und lege mich noch mal eine

Stunde hin, damit ich heute Nachmittag frisch bin, was meinst du?«

»Gute Idee«, sagt er, obwohl sie beide wissen, dass sie wohl kaum wieder einschlafen wird – sie ist auf und wird keine Ruhe mehr haben, bis sie zur Party aufbrechen.

»Das war übrigens ein Wink mit dem Zaunpfahl.«

»Was? Ach so. Soll ich dir ein Frühstück bereiten?«

»Ja!«, sagt sie, und er hört das Wasser zufrieden schwappen, als sie abtaucht.

Er schiebt Briefe hin und her, bis er den Namen der Galerieassistentin scheu unter dem Rand des Steuerbescheids vorlugen sieht. Miss Arnott. Miss A. Arnott. Er hat kein Gesicht vor Augen, sieht aber tüchtige Hände, die Querstriche ziehen, die Angaben notieren, sie in die Spalten zwingen. Wahrscheinlich ist er ihr nie begegnet – heutzutage wechseln sie so schnell. Niemand betrachtet dergleichen mehr als Lebensaufgabe. Er erinnert sich an eine blauäugige Frau aus Kentucky, die sich bei einer Vernissage mal neben ihn setzte, billigen Fusel auf dem Atem, und ihn *Sir* nannte. Sie stand kurz vor der Rente, und sie verriet ihm: »Mein ganzes Leben habe ich davon geträumt, in einer New Yorker Galerie zu arbeiten, Sir, habe dafür meinen Verlobten abserviert und alles. Und was habe ich davon? Krampfadern und einen Hungerlohn. Ein Chef, für den Anerkennung ein Fremdwort ist. Hochnäsige Künstler, die mich behandeln wie Luft. Und Sir, was heute an Werken reinkommt, Sie würden es nicht für möglich halten! Bei manchen weiß ich nicht mal, was oben und unten ist.«

Er schreibt: »Liebe Miss Arnott, ich möchte mich bei Ihnen für die viele Mühe bedanken ...«

Aus dem Bad hört er Wasser klatschen, das Sprudeln nachschießenden Heißwassers. Er beendet den Brief an Miss Arnott und notiert dann dreimal – nicht ohne Genugtuung – dieselbe Antwort auf das unvermeidliche *Rsvp*: Leider werden wir zu dem genannten Datum nicht in New York sein.

Dann widmet er sich erneut seiner Schwester. Er blättert in seinem Scheckheft und fragt sich, wie sie wohl gerade zurechtkommt.

Ihr einziger Besuch in Truro hat das Verhältnis getrübt – selbst zu zweit bei der Rückfahrt zum Bahnhof blieb über die Abschiedsfloskeln hinaus offenbar nichts zu sagen. Krach hatte es eigentlich zwischen den Frauen gegeben – er hatte damit nichts zu tun gehabt und sich geweigert, Partei zu ergreifen –, mit dem Ergebnis, dass sie am Ende beide für ihn nur Verachtung übrighatten.

Er weiß nicht, wie er anfangen soll. Liebe? Liebste? Schwesterherz?

Er reißt einen Scheck aus dem Heft und unterschreibt. Er hält ihn einen Augenblick in beiden Händen, dann greift er sich einen Bogen Manilapapier von dem Stapel auf dem Tisch. Er legt los. Es entsteht eine Skizze von seiner Frau und ihm in Kampfstellung in einem Boxring. Darunter schreibt er: »Tja, wir verbringen einen weiteren tollen Sommer hier auf Cape Cod ...«

Er faltet die Karikatur, schiebt sie mit dem Scheck in einen Umschlag und mustert den noch abzuarbeitenden Stapel. Den schiebt er beiseite, nimmt den dünnen Stoß fertiger Briefe und befördert ihn zu dem an seinen Freund in die Innentasche seiner Norfolk-Jacke. Er steht auf und geht zum Badezimmer.

Durch den Türspalt sieht er den Kopf seiner Frau wie eine Ente auf dem Wasser.

»Ich will mich nur rasch rasieren, dann mache ich dir Frühstück, und danach muss ich los«, sagt er.

Die Ente fliegt auf. »Zur Post?«

»Ja, genau, und dann muss ich –«

»Wohin? Wo willst du hin?«

»Ich habe Mrs Kaplan versprochen, vorbeizuschauen und etwas mitzuhelfen.«

»So? Hast du das? Und was ist mit mir?«

»Wieso, brauchst du Hilfe?«

»Nein, aber ...«

»Ich rasiere mich in der Küche«, sagt er. »Das Licht ist dort besser.«

Er betritt das Badezimmer und holt sein Rasierzeug von der Ablage.

»Die Party ist erst in Stunden«, sagt er. »Ich bleibe nicht lange.«

»Gut, aber vergiss mich ja nicht! Ich möchte auf keinen Fall zu spät kommen, sonst verpasse ich – «

»Ersauf nicht da drin«, sagt er und geht in die Küche.

Ihre Stimme verfolgt ihn. »Ach, und heute fahre übrigens ich.«

Er bleibt stehen.

»Hin und zurück«, fügt sie hinzu.

Er legt seine Jacke ab, hängt sie über eine Stuhllehne. Er gibt Kaffee in die Kanne und kehrt noch mal an die Badezimmertür zurück.

»Hast du eben etwas gesagt?«, sagt er. »Ich habe es – «

»Habe ich. Allerdings. Ich habe gesagt, heute möchte ich fahren. Hin und zurück.«

»Wenn du das willst ...«

Das Wasser wogt zurück und dann vor, und die Ente ist wieder da. »Und was soll das jetzt wieder heißen: ›Wenn du das willst.‹ In dem Ton?«

»Nur, dass ich doch weiß, wie ungern du im Dunkeln fährst.«

»Meinst du, wir bleiben so lange? Meinst du, du wirst dazu Lust haben?«

»Sieht aus, als würde es eine große Sache. Du hättest den Pianomann hören sollen. Sie haben das Wohnzimmer ausgeräumt, damit getanzt werden kann.«

»Ach ja? Und wenn, es ist ja nicht weit. Das schaff ich schon.«

Er nickt, sagt: »Natürlich«, und kehrt in die Küche zurück.

Er hängt den Spiegel an den Fenstergriff, schäumt die Seife auf und streicht sie sich übers vorgeschobene Kinn. Ihm dämmert, dass es ihr im Grunde darum geht, dabei gesehen zu werden, wie sie vorfährt, als Fahrerin, am Steuer. Darum geht, wie die Kaplanfrauen und zahllose andere in der Gegend zu sein. Er sieht sie im Schritttempo zur Schlange wartender Wagen aufschließen.

Sieht den Parkwächter, den Mrs Kaplan angeheuert haben wird, sie höflich einweisen, wahrscheinlich mit weißen Handschuhen. Stoßstange an Stoßstange, weil an diesem Tag jeder Handbreit Platz kostbar ist, dann das Krachen, wenn sie den Wagen vor sich rammt, und das Knirschen, wenn sie zurücksetzt und den dahinter touchiert.

Er schrappt das Rasiermesser mit Schwung durch den Schaum und starrt sich ins helle Auge. Dabei hat er gedacht, das hätten sie längst geklärt, das mit dem Fahren. Er hat gedacht, mit dem Vorfall zu Beginn des Sommers hätte sich die Sache erledigt. Da war sie just in dem Moment auf die Gegenfahrbahn geraten, als in der Kurve ein Pick-up auftauchte. Er hatte ihr ins Lenkrad greifen und den Wagen vor einen Zaunpfosten setzen müssen. Aber lieber der Pfosten als die Kühlerhaube eines Pick-ups. Sie hatte das Lenkrad nicht loslassen wollen – behauptete, sie hätte nichts falsch gemacht. Er hatte versucht, ihre Hände loszueisen und, als das nicht klappte, sie aus dem Wagen zu zerren. Ein Ruck genügte, um sie vom Sitz und halb auf die Straße zu befördern. Besucher eines nahe gelegenen Lokals glotzten entsetzt durch die Fenster. Da hatte er sich geschworen, es dürfe keinen Streit mehr um das Fahren geben. Er werde sie fahren lassen, wenn sie das partout wolle. Früher oder später würde sie dabei sich oder ihn umbringen. Wen von beiden, war ihm nicht selten egal.

Er tupft sich das Gesicht ab, reinigt und verstaut das Rasierzeug und hakt den Spiegel aus. Er setzt Kaffee auf und beginnt, das Frühstückstablett herzurichten.

»*Ich* will fahren«, hört er.

Er dreht sich um, und da steht sie, in ein dünnes, hautfarbenes Handtuch gewickelt, ein roher Shrimp im Teigmantel.

»Verstehe.«

»Glaub ja nicht, dass du mich davon abhalten kannst«, sagt sie mit diesem gewissen Showdownblick.

»Das habe ich auch nicht vor.«

»Ich will es nämlich«, beharrt sie, »und wir haben uns geeinigt, dass ich, wenn ich das will – «

»Einverstanden. Sage ich doch. Möchtest du hier frühstücken, oder soll ich dir das Tablett ans Bett stellen?«

»Wie du willst, Hauptsache, dir ist klar, wer heute fährt.«

Michael stiert in den Nebel. Der hebt sich nun langsam von unten wie der Vorhang im Filmpalast. Unmittelbar darunter erspäht er einen Streifen Meer, der ihn an Weihnachtslametta erinnert. Aus Nebel wird Dunst, der Dunst zu dünnen Schlieren, der Himmel wird weit, und das Meer bekommt Flügel. Er beugt sich weiter vor, hofft noch immer auf die Purpur-Grackeln.

Doch dann lärmt es im Haus, das lenkt ihn ab: ein Rums, dann Knarren, lang und kurz, und nun pfeift jemand vor sich hin.

Er setzt sich auf, spreizt ein Bein ab und lehnt sich seitlich aus Katherines Liege.

Er erkennt sie am Pfeifen. Es ist Mrs Kaplan. So pfeift sie immer, wenn sie Katherines Frühstückstablett hochträgt, und er hat sie auch sonst schon pfeifen hören, wenn sie im Arbeitszimmer allein ist oder draußen im Garten beim Jäten. Sie pfeift so gut, wie es Harry auf dem Heimweg von der Arbeit tut, so gut wie jeder x-beliebige Kerl auf der Straße.

Er geht an die große Glasschiebetür und legt das Ohr daran, folgt der Spur des Pfeifens die Treppe hinab. Er horcht, wo sie hinführen wird, in die Küche oder vielleicht hier nach draußen. Doch das Pfeifen reißt ab, noch ehe es die Diele erreicht, sodass er nicht sagen kann, wo Mrs Kaplan hingegangen ist oder hingehen wird. Er hastet zu Katherines Liege zurück, wirft den Schal aufs Fußende und streicht das Kopfende glatt. Einzelne Klaviertöne trippeln auf ihn zu, höher, dann tiefer. Er nähert sich wieder der Schiebetür, legt diesmal die Stirn ans Glas und späht hinein. Er sieht Mrs Kaplan am Flügel stehen. Sie trägt einen langen violetten Morgenrock, und ihr Haar ist voll gespickter Wickler. Wieder trippeln Noten, sieben sind es ungefähr, dann, als wüsste sie, dass er dort draußen steht, fährt Mrs Kaplan plötzlich herum und sieht ihn direkt an. Sie durchquert mit einem Lächeln das Zimmer und zieht einen Bund Schlüssel aus der Tasche.

Sie hantiert einen Augenblick, wirft ihm einen Blick zu und verzieht das Gesicht, als wollte sie sagen: So viele Schlüssel, wozu brauchen wir so viele Schlüssel?

Ihr Spiegelbild neigt sich seinem zu. Sein Spiegelbild wandert hinter ihres; es ist, als stünden sie beide sich unter Wasser gegenüber. Einen Moment lang hängt alles in der Schwebe, dann füllt sich der Raum hinter ihr mit Menschen. Hunderte von durchsichtigen Menschen drängen sich dort zu einem verschwommenen Pulk. Geister. Das sagt er sich: Es müssen Geister sein.

Und da geht ihm auf, dass Menschen nicht nur im Krieg sterben. Sondern manchmal einfach so, wie der arme Jake. Eines Tages wird Mrs Kaplan sterben, und dann wird sie ein Geist sein. Eines Tages wird auch er ein Geist sein. Allerdings wird Mrs Kaplan längst im Schattenreich sein, wenn es an ihm ist, hinter die Glaswand zu treten. Der Gedanke versetzt ihm einen Stich. Sein Mund verzieht sich, es drohen Tränen. Und nun sieht sie ihn verstört an. Ihre Augen sind besorgt, dann plötzlich richten sie sich auf etwas weit oben über seinem Kopf. Hinter ihrem Doppelspiegelbild zieht ein langer dunkler Krakel über die Scheibe und schräg in den Himmel. Er wirbelt herum und sieht hoch. Aber die Purpur-Grackeln – wenn sie es waren – sind schon fort.

Die Tür gleitet auf. Im Wohnzimmer ist nur Mrs Kaplan. Mrs Kaplan und an der Seite das Piano mit dem einen erhobenen Flügel, die langen Tische mit den weißen Tüchern und endlos aufgereihten, blitzenden Flaschen.

»Michael! Ich dachte, nur ich wäre zu dieser frühen Stunde auf. Hoffentlich habe ich dich nicht erschreckt.«

»Ach was, ich wusste ja, dass Sie es sind. Ich habe Sie pfeifen hören.«

Mrs Kaplan lacht. »Und jetzt ertappst du mich im Morgenmantel mit Wicklern im Haar. Das würde meiner Mutter gar nicht gefallen. Sie war gegen das Pfeifen, weißt du, sie glaubte, so würde ich nie einen Mann kriegen. Dabei war genau das Gegenteil der Fall. Mein Mann, der hat hoch und heilig geschworen, er hätte sich wegen meines gekonnten Pfeifens in mich verliebt. Und was die Wickler betrifft ... du wirst doch keiner Menschenseele was davon sagen? Wie bist du überhaupt da hingekommen?«

»Durch die Küchentür.«

»Ha, die habe ich wohl vergessen abzusperren. Ich schließe erst seit Kurzem nachts ab und vergesse immer wieder, wie viele Türen es hier gibt – Bist du schon lange auf?«

»Eine Weile.«

»Aufgeregt wegen der Party?«

»Weiß nicht. Sie?«

»Ein wenig.«

»Warum?«

»Nun, ich habe Angst, zu übertreiben. Das ist einer der vielen Gründe, deretwegen mir mein Mann fehlt – der hat mich davor bewahrt, zu übertreiben. Aber wer weiß: Vielleicht kommt niemand, und dann essen wir bis lange nach Thanksgiving das, was Olivia – etwas frech – ›pikante Näschereien‹ nennt.«

»Mr Aitch und Mrs Aitch, die kommen bestimmt.«

»Bestimmt, aber ja, und damit haben wir doch schon eine Party, Michael. Sag mal, wollen wir beide uns nicht in der Küche ein gemütliches Frühstück gönnen, bevor das ganze Haus auf den Beinen ist? Wir kommen ja selten dazu, in Ruhe ein bisschen miteinander zu plaudern, stimmt's?«

»Das stimmt, Mrs Kaplan.«

»Ich setze den Kaffee auf, du kannst Eier aufschlagen. Ein ordentliches Frühstück sollten wir schon haben. Denn wenn es hier erst einmal losgeht, weißt du ...«

In der Küche klappt Mrs Kaplan Schränke auf und zu, als wäre sie dort noch nie gewesen, und runzelt über das, was sie vorfindet, die Stirn.

»Du bist ja zum eifrigen Briefeschreiber geworden«, sagt sie halb im Eisschrank, und er ist froh, dass sie da drinnen steckt und ihn nicht rot werden sieht.

Sie taucht mit einer Butterdose in der Hand wieder auf.

»Bewundernswert, kann ich nur sagen. Wie viele waren es in der letzten Woche?«

»Weiß nicht, sechs oder sieben vielleicht.«

»Allerhand. Und hast du auch Nachricht von daheim?«

Sie betritt die Speisekammer, er sieht ihren Kopf auf und ab wippen, nach links und rechts.

»Ein bisschen«, sagt er. »Meine Tante hat geschrieben, und Harry hat seinen Namen daruntergesetzt. Aber das ist eine Weile her. Ich schätze, sie sind schon in der neuen Wohnung und werden jetzt nicht mehr schreiben.«

»Sie würden nicht umziehen, ohne dir Bescheid zu sagen, Michael. Es sind gute Menschen, die da für dich sorgen, weißt du.«

Als sie sich ihm zuwendet, hat sie im Gesicht ein Lächeln und in den Händen einen großen Eierkarton.

»Erinnerst du dich eigentlich vom Waisenhaus noch an mich, Michael?«

»So halb ... weiß nicht.«

»Erinnerst du dich an deine Ankunft in diesem Land?«

»Weiß nicht so recht.«

»Und davor, hast du Erinnerungen an die Zeit davor?«

»Nicht so richtig.«

»Nun, ich weiß nur, dass du, als du ins Waisenhaus kamst, ein sehr scheuer kleiner Junge warst, und ich bin wirklich froh zu sehen, dass du inzwischen so viele Freunde hast. Und dass du die Verbindung zu ihnen hältst. Das ist wichtig, finde ich, Verbindung mit seinen Freunden zu halten. Zu unserer Party heute kommen ein paar Mädchen, mit denen ich zur Schule gegangen bin vor, ach, hundert Jahren. Mädchen!« Sie lacht und verdreht die Augen. »Eine wird demnächst Urgroßmutter, stell dir vor! Natürlich war sie ein paar Klassen über mir«, sagt sie und zwinkert, und ihr Zwinkern ist genau wie das von Katherine.

»Ich habe mehrfach versucht, Richie zu Brieffreundschaften zu ermuntern – mit einem Jungen in Hongkong und einem in Frankreich, beides Amerikaner, die ihre Väter im Krieg verloren haben. Er hat zwar ein-, zweimal geschrieben, aber sie haben nicht geantwortet, oder vielleicht hatte Richie selbst keine Lust mehr –, jedenfalls hat das irgendwie nicht geklappt. Wie steht es mit deinen Freunden – antworten die?«

»Geht ja nicht. Weil ich ihnen die Adresse nicht sage.«

»Warum denn das nicht?«

»Na ja, vielleicht haben sie zu viel zu tun, oder vielleicht haben sie kein Geld für Umschläge und das alles. Außerdem warte ich lieber, bis wieder Schule ist, und lass mir dann alles erzählen.«

»Verstehe«, sagt sie.

Sie holt eine große Gabel aus einer Schublade, steht mitten im Raum und sieht sich nach allen Seiten um. »Eine Schüssel zum Aufschlagen der Eier...«, sagt sie. »Was nimmt Rosetta bloß dafür?«

»Die hat sie da oben«, sagt er. »Sehen Sie – da auf dem Küchenbord über dem Herd. Und gleich daneben, sehen Sie, ist die große Kupferpfanne.«

»Du hast recht!«

Sie tritt an den Tisch, stellt Schüssel und Eierkarton vor ihm ab. Dann reicht sie ihm die große Gabel.

»Na dann los!«, sagt sie, und sie lachen beide.

Dann verstummt sie, hebt einen Finger und neigt den Kopf Richtung Küchentür. Sie geht hin, schiebt sie mit dem Fuß auf, und da hört auch er, was sie längst gehört hat: Telefonläuten.

»Bin gleich wieder da«, sagt sie, und die Küchentür schwingt hinter ihr zu.

Er zählt die Eier im Karton und kommt auf vierundzwanzig. Er weiß nicht, wie viele er aufschlagen soll, also beschließt er, sie sich einzeln vorzunehmen – aufschlagen, quirlen, und dann das nächste. Er wird einfach hoffen müssen, dass Mrs Kaplan wiederkommt, bevor er zu weit gegangen ist.

In der einen Hälfte der Küche Sonne, die draußen vor dem großen Fenster am Meer Funken schlägt und das Holz von Deckenbalken, Boden und Tisch glühen lässt. Er kommt sich vor wie an Bord eines Schiffs auf hoher See. Er blickt hinaus aufs Meer und wankt hin und her, um sich wirklich so zu fühlen. Die Zeiger der Uhr rücken dem letzten Viertel vor sechs näher.

Es ist eigenartig, hier mit einem Ei in der Hand zu stehen, vor sich die Schüssel. *Frau Aunt* würde es niemals erlauben. Er darf den Tisch decken und den Müll runtertragen, hin und wieder vielleicht abtrocknen, an den Chorabenden Harry und seinen Kumpeln ihre Sandwiches bringen – aber damit hat es sich.

Das Ei fühlt sich in seiner Hand kostbar an. Zerbrechlich *und* fest. Er weiß nicht recht, was er damit tun soll, also stellt er sich *Frau Aunt* vor und was sie machen würde. Er klopft das Ei gegen den Schüsselrand. Aber es bricht nicht. Er haut noch mal zu, und diesmal zerplatzt es in seiner Hand, kleckert in Schlieren an der Schüssel runter und über den Tisch. Er trägt die Schalenreste zum Abfalleimer, glibberiges Eiweiß tropft auf den Boden. Da holt er einen Lappen und versucht, den Tisch abzuwischen. Doch der Eischleim pappt am Tischtuch. Er versucht es mit Wasser. Als das erledigt ist, sieht er zur Uhr hoch. Wieder fünf Minuten vergangen. Er hört Rosetta im Untergeschoss rumoren, aber sie verlässt es auf anderem Wege, ohne in die Küche hochzukommen. Die Sonne blinkt auf dem Griff des Eisschranks, umspielt das Tablett mit den Cocktailgläsern, die darauf warten, hinausgetragen zu werden, schießt die Wand hinauf und zwickt den Rand der Kupferpfanne, die Mrs Kaplan vergessen hat, herunterzuholen. Da sagt er sich: Wenn ich groß bin, werde ich in diesem Haus leben. Ich werde in dieser Küche stehen und so tun, als wäre ich auf einem Schiff.

Er holt aus der Besteckschublade ein Messer und fängt noch mal von vorn an. Diesmal gelingt es ihm, die Schale zu durchbohren, sie mit den Fingern so zu teilen, dass alles von allein in die Schüssel fällt. Er nimmt die Gabel zur Hand, zersticht das intakte Dotter und verteilt es. Er packt das nächste Ei und macht damit das Gleiche.

Als er Mrs Kaplan das erste Mal um einen Umschlag bat, war er für Harry und *Frau Aunt* gedacht. Sie gab ihm einen, und dazu zwei Briefbogen.

»Wenn du mir die Briefe dann bringst«, sagte sie, »sorge ich dafür, dass jemand sie auf die Post trägt.«

»Nicht nötig, Ma'am. Katherine hat gesagt, ich könnte bei ihr mitfahren, also kann ich sie selbst aufgeben.«

Erst, als er das zu Mrs Kaplan sagte, wurde ihm klar: Je mehr Briefe er schrieb, desto öfter könnte er mit Katherine zur Post fahren.

So wäre ihm ein Platz in ihrem Pontiac sicher, wo er sich auf dem Weg zur Post mit ihr unterhalten könnte, und vielleicht würde sie ihn sogar nach Eastham mitnehmen, wenn sie wegen ihrer Spritze zu Doctor Tom fuhr. Dann kann er sie nach Herzenslust anschauen, während sie fährt – ihre Hände am Lenkrad, das eine unter dem Saum vorguckende Bein und ihr wunderschönes Gesicht, das Haar und einfach alles.

Seitdem hat er so viele Briefe geschrieben, dass Mrs Kaplan ihm bald einen ganzen Briefblock und eine halbe Schachtel Umschläge überließ. »Hier«, sagte sie, »das sollte eine Zeit lang reichen.«

Anfangs hat er echte Namen benutzt, Namen von Klassenkameraden, obwohl er ihnen die Briefe nicht schickt – hauptsächlich, weil er keine Adressen hat, und selbst wenn er tatsächlich einem echten Jungen schriebe, was soll er schon sagen?

Also hat er Namen zu angeblichen Adressen erfunden, was immer ihm gerade in den Sinn kam. Er hat sich auf fünf bis sechs Briefe in der Woche beschränkt, und es findet offenbar niemand was dabei. Außer vielleicht Richie.

Richie sagte: »Wieso hast du von diesen vielen Freunden in New York noch nie was erzählt?«

»Weil es dich nichts angeht.«

»Aber du musst denen doch nicht unbedingt jetzt schreiben, oder? Jetzt in diesem Moment?«

»Doch.«

»Nur dass du's weißt, du sollst mir hier Gesellschaft leisten und nicht dauernd abhauen oder dich verbarrikadieren, um Briefe zu schreiben.«

»Ach ja?«

»Ja, allerdings. Ich hätte auch die beiden Westin-Jungen aus Hyannis einladen können. Die sind zwar gemein, aber wenigstens hauen die nicht ständig ab. Wie heißen sie überhaupt?«

»Wer, die Jungen aus Hyannis?«

»Nein, deine Freunde in New York. Wie heißen die?«

»Was kümmert es dich, wie sie heißen?«

»Ich weiß nicht recht, ob ich dir glaube. Ehrlich gesagt, finde ich, dass du ziemlich viel schwindelst. Andere würden dich glatt als Lügner bezeichnen.«

»Und andere würden dich als hässlichen Mops bezeichnen, der selbst keine Freunde findet.«

Der Junge steht am Küchentisch, schlägt Eier auf, verquirlt sie und denkt zwischendurch an die Briefe, die er geschrieben hat. Er schlägt Ei um Ei auf, bis er eine Schüssel voll mit glibbriger quietschgelber Farbe hat. Er wartet darauf, dass Mrs Kaplan zurückkommt. Er wartet, bis er hört, wie das Haus erwacht, wie Rosetta mit jemandem vor der Haustür spricht, wie Lieferanten hin und her stapfen und die Party ins Haus tragen.

Er parkt den Buick unten an der Straße, schiebt sich an einem Lieferwagen vorbei und steigt blind zum Haus hinauf, weil Wacholderzweige das Licht streuen und ihm ins Gesicht pfeffern. Auf Höhe der Zedern wird die Sicht besser, und da erkennt er auf der vorderen Veranda Rosetta, die links und rechts Lieferscheine quittiert wie ein Filmsternchen, das Autogramme gewährt.

»Tag, Sir«, sagt sie und winkt ihn an ihrem kleinen Fanclub vorbei. »So früh! Gehen Sie doch schon mal ins Wohnzimmer, die Jungs muss ich noch rausschleifen.«

Er klemmt sich seinen Hammer und das Stück Spaliergitter unter den Arm, das er mitgebracht hat, und folgt den beiden Lieferanten, von denen einer in den behaarten Armen eine Kiste Wein schleppt, während sich der andere mit seinem geschulterten Sack Brötchen wesentlich leichter tut. Er sieht sich um, und da schließen schon zwei weitere mit Stapeln flacher weißer Kanapeeschachteln auf. Drinnen wenden sich die Lieferanten der Küche zu, er rechts dem Wohnzimmer.

Der Raum ist verwaist, die Glastüren sind ganz zurückgeschoben, und draußen von der Veranda erreicht ihn ein seltsam rhythmisches Schlurren. Er überquert die blanken Dielen, sich seiner hallenden Schritte bewusst. Er tritt auf die Veranda und bleibt einen Moment stehen, um den abfallenden Rasen zu betrachten und zu überlegen, was die diversen Keile sollen, die dort ins Gras getrieben sind. Das Schlurren hält an. Er schreitet die Veranda ab und entdeckt ein Grammophon, auf dem eine abgespielte Schallplatte sich weiter unter der Nadel dreht. Die Plattenhülle liegt auf einem Stuhl. Er nimmt sie hoch und studiert sie: eine unheimliche blau-rosa Darstellung des Weltraums, eine einsame Gestalt, alt und gebeugt wie der Zauberer Merlin, der sich im Kraftfeld der Planeten ringsum kaum auf den Beinen halten kann.

Schritte tappen über die Holzdielen, und da steht Mrs Kaplan neben ihm.

»Kennen Sie die Planeten-Suite?«, fragt sie.

»Ich glaube, ich habe diese Aufnahme vor einigen Jahren mal im Radio gehört. Am Pult Stokowski.«

»O ja, wir haben die Übertragung auch gehört! Eine von Katherines Lieblingsaufnahmen. Mir geht es genauso, muss ich sagen. Die übrigen Damen finden sie etwas öde. Was ist mit Ihnen, mögen Sie die Musik?«

»Ja, sehr sogar.«

Er legt die Plattenhülle wieder weg. Mrs Kaplan strahlt. »Ich kann Ihnen gar nicht sagen, wie dankbar wir für Ihre Unterstützung sind«, sagt sie. »Was halten Sie von unserem Rasen?«

»Sehr hübsch«, sagt er.

Sie hebt mit grimmiger Miene einen vollen Aschenbecher hoch. Dann lächelt sie wieder und fragt: »Und was bringen Sie uns da – einen Hammer?«

»Ja, und das hier.« Er hebt ihr sein Spalierstück entgegen.

»Mir ist eine Lösung für den Wacholder eingefallen, die den Hund davon abhalten sollte –«

»Die Stelle als Latrine zu benutzen?«, ergänzt sie.

»Ich dachte, wenn ich das Gitter um den Baumstamm anbringe –«

»Ach, haben Sie es nicht bemerkt? Robin hat eine behelfsmäßige Lösung gefunden. Außerdem haben wir beschlossen, Buster ein, zwei Tage nach Provincetown zu beurlauben.«

»Robin? Ah, dann ist er doch noch aufgetaucht?«

»Das ist er. Und schon wieder verschwunden. Sehen Sie die kleinen Holzdinger dort im Rasen? Die hat er ausgebracht, damit die Tische waagerecht stehen – sehen Sie, wie sie mit der Neigung des Hangs dicker werden? Schlau, nicht? Versteht es, sich rarzumachen, keine Frage, ich kann nur hoffen, dass seine Frau ihn besser im Griff hat, aber er ist eben ... geschickt. Jedenfalls hat er Busters Latrine abgedeckt, mit einer Art Podium, sodass – selbst wenn jemand dort hintreten sollte ... aber ich danke Ihnen für Ihre –«

»Keine Ursache.«

»Hoffentlich hat es keine allzu großen Umstände gemacht.«

»Keineswegs«, sagt er.

Der Hammer und das Spalier kommen ihm unförmig vor und werden immer schwerer. Er sieht sich nach einer Möglichkeit um, sie loszuwerden, und beschließt, sie neben den Verandastufen abzulegen und sich schnellstmöglich rarzumachen.

»Also ...«, hebt Mrs Kaplan an, »als Nächstes müssen wir –«

Da tritt Rosetta aus dem Haus und ruft nach ihr.

»Mrs Kaplan, Mrs Kaplan, ich finde Michael nicht. Sein Bett ist leer.«

Mrs Kaplan: »Oh, nein, der arme Michael.«

»Ist sicher nichts weiter, Mrs Kaplan. Sie wissen doch, wie er ist.«

»Aber nein, Rosetta, ich meine ›armer Michael‹, weil ich ihn vor bestimmt einer Stunde mit seinen Eiern in der Küche allein gelassen habe. Wir wollten zusammen frühstücken, und dann hat das Telefon geläutet, und dann, na, dann habe ich ihn vollkommen vergessen und bin hochgegangen, um mich anzuziehen.«

Er folgt den beiden Frauen in die Küche, wo der Gesuchte unbekümmert den Tisch deckt. Am Herd steht der Pianomann und verteilt aus einer großen Pfanne Portionen Ei auf eine Reihe Teller. Ein Mann in einem Kakihemd mit den Schulterklappen eines Offiziers sitzt schon am Tisch. Er will sich erheben, als er Mrs Kaplan sieht, aber sie winkt ab und richtet ihre Worte über ihn hinweg.

»Ach, Michael«, sagt Mrs Kaplan, »tut mir so leid, aber es ist so viel los gewesen –«

»Macht nichts«, sagt Michael und strahlt sie an. »Ich helfe Frank und Captain Hartman. Wir essen jetzt Eier und Toast.«

Mrs Kaplan will ihn gerade dem Offizier vorstellen, da geht die Tür auf, und Richie erscheint mit seiner Mutter. Der Offizier erhebt sich abermals. Richies Mutter klimpert ihm einen Blick zu, dann wendet sie sich an den Pianomann am Herd und sagt: »Frank! Was zum Kuckuck machst du da?«

»Ich war auf der Suche nach Kaffee, und der Bursche hier hatte genug Eier für eine ganze Kompanie aufgeschlagen. Und weil ich mal bei der Army war und mein guter Freund hier, Captain –«

»Walt«, sagt der Captain.

»Richtig«, sagt Frank. »Captain Walt hier, der ist immer noch Army-Mann ... da haben wir uns freiwillig gemeldet, um ihm bei der Zubereitung und natürlich ... dem Verzehr zu helfen.«

»Versteht sich«, sagt sie lachend. »Können Sie sich vielleicht zu ein paar Tellern mehr verstehen?«

»Reichlich da«, sagt der Captain und erhebt sich erneut, um ihr seinen Platz anzubieten.

»Mr Aitch, möchten Sie auch welche?«, fragt Michael. »Ich habe sie aufgeschlagen und mit gebraten und alles.«

»Ich habe bereits gefrühstückt, aber danke, Michael«, sagt er. »Sieht gut aus.«

»Dann sollte ich uns dazu etwas Toast machen«, sagt Olivia.

»Haben wir schon«, sagt Michael. »Sehen Sie, ich habe einen ganzen Haufen gemacht.«

»Das hast du allerdings, Michael«, sagt sie und macht sich bereit, den Stuhl einzunehmen, den Captain Hartman ihr hinhält. »Richie, komm. Setz dich her zu mir.«

»Will nicht.«

»Möchtest du kein Rührei?«

»Danke nein.«

»Du musst aber doch frühstücken, Richie.«

»Ich möchte nichts.«

»Es wäre aber doch schade um die Eier.«

»Soll sie doch Captain Hartman essen. Der nimmt bestimmt gern, was er kriegen kann.«

Es herrscht einen Augenblick Schweigen, dann steht Richies Mutter auf und stürmt mit rotem Kopf auf ihren Sohn zu. Doch Mrs Kaplan kommt ihr zuvor, packt Richie bei den Schultern und dreht ihn zur Tür.

»Ich glaube, wir können langsam die Tische und Stühle in den Garten tragen, und wenn du keinen Hunger hast, kannst du dabei helfen.«

Sie schiebt Richie zur Tür hinaus und ruft über die Schulter zurück: »Wenn es recht ist, Mr Aitch?«

»Aber ja«, sagt er. Er nickt dem Captain zu und auch Frank, der sich offenbar, wie er, ein Grinsen verkneifen muss. Dann folgt er Richie und seiner Großmutter.

Er trägt ein paar Stühle hinaus auf den Rasen und klappt sie auf, während Richies Großmutter dem Jungen im Esszimmer ins Gewissen redet. Er schnappt die Worte »dein Vater« auf, dann »das ist mein voller Ernst, Richie«, und schließlich: »Langsam gebe ich deiner Mutter recht – je eher du unter Jungen deines Alters kommst ...«

Von Richie hört er kein Wort.

Als Richie aus dem Haus tritt, ist sein Gesicht verquollen, die Augen sind rot. Er gibt vor, nichts zu bemerken, klappt noch ein paar weitere Stühle auf und sagt dann: »Also, wenn du keinen Hunger hast, könnten wir vielleicht mit den Tischen weitermachen.«

»Ich habe sehr wohl Hunger, Sir«, sagt Richie. »Ich habe gestern nicht zu Abend gegessen, und jetzt –«

»Warum denn das nicht?«

»Ich hatte einfach keine Lust. Dabei war es mexikanisches Essen, und das mag ich wirklich gern – Rosetta macht uns manchmal Tacos, wenn es formlos gibt.«

»Wenn es was?«

»So sagt meine Mutter dazu, ›heute gibt es formlos‹. Das heißt, nicht am Esstisch. Wie Picknick drinnen.«

»Verstehe.«

»Wir essen dann auf der Veranda, die ist ja drinnen und draußen; wie auch immer: Rosetta wollte schon mal für heute die Küche frei haben, und das Esszimmer ist sowieso ausgeräumt, und sie macht das beste mexikanische Essen von der ganzen Welt, und ich hatte mich drauf gefreut, und dann taucht er auf, und plötzlich müssen wir den Tisch wieder hinrücken, und es wird drinnen serviert, und sie schleicht nach oben, um sich Zeug ins Gesicht zu schmieren und –«

»Zeug?«

»Ja, Sie wissen schon, Schminkzeug.«

»Verstehe.«

»Dann muss meine Großmutter ein Gästezimmer für ihn finden, und er erwartet einfach –«

Doch ehe er verraten kann, was Captain Hartman von seiner Großmutter erwartet, erscheint Rosetta. »Verzeihung, Sir, möchten Sie Kaffee?«

»Gern. Danke, Rosetta.«

»Und etwas dazu?«

»Nein, vielen Dank, Kaffee reicht mir.«

»Sicher? Nicht vielleicht eine kleine Schachtel Frühstücksflocken oder was?«

»Flocken?«

»Ja, wissen Sie, die kleinen Schachteln.«

Ihm dämmert, worauf sie hinauswill. »Ach ja, Rosetta, eine kleine Schachtel Frühstücksflocken wäre gar nicht schlecht.«

»Und Toast auch?«

»Ja, warum nicht?«

»Wie sieht's mit Erdnussbutter für den Toast aus, wäre das was?«

»Tja, weiß nicht«, sagt er und schielt zu Richie hin, dessen Augen jetzt schelmisch blitzen, »wie wäre das?«

Als er zu Hause ankommt, steht sie – im Bademantel – in der Tür.

»Nun?«, sagt sie.

»Geht zu wie im Taubenschlag bei denen.«

»Haben wir Post?«

»Post? Ach. Nein, vielmehr, ich hatte keine Zeit, zur Post zu fahren.«

»Nein? Wieso nicht?«

»Ich dachte, ich schaue vorher bei den Kaplans vorbei, erledige das, aber dann wurde ich aufgehalten – du weißt, wie es ist. Ich fahre morgen noch mal.«

»Morgen ist geschlossen. Sie machen erst am Dienstag wieder auf. Es ist das Labor-Day-Wochenende, falls du das vergessen haben solltest.«

»Tut mir leid, daran habe ich tatsächlich nicht gedacht.«

»Und was ist mit dem Scheck für deine Schwester?«

»Das wird sie schon verschmerzen können, wenn er einen Tag später eintrifft. Sie lebt schließlich nicht von der Hand in den Mund.«

»Na großartig. So redest du also über deine eigene Schwester. Dich hat wohl Olivia auf Trab gehalten.«

»Olivia?«

»Ja, Olivia, die in ihren knappen Shorts herumwackelt, dir schöne Augen macht – mit Wimpern, übrigens, die nicht echt sind.«

»Gut zu wissen.«

»Scharwenzelt und mit den Augen klimpert und dir schöntut, dir Komplimente macht.«

»Olivia habe ich kaum gesehen. In der Küche mal kurz, mehr nicht. Und unter Aufsicht.«

»Sagst du. Ich hoffe bloß, du hast dich im Bemühen, Eindruck zu schinden, nicht übernommen, denn wenn du dich überstrapazierst und einen Herzanfall kriegst ...«

Er geht in die Küche, schenkt sich ein großes Glas Wasser ein und bleibt auf der Schwelle stehen.

»Solltest du dich nicht langsam anziehen?«, fragt er.

Sie schaut weg. Strafft ihren Pferdeschwanz und verschränkt dann die Arme vor der Brust.

»Was hast du?«

»Nichts.«

»Klar. Also was?«

»Die Party, wenn du es wirklich wissen willst. Die ganzen Leute. Die Vorstellung, wie alle um dich herumstreichen, während ich wie Luft dasitze. Ein Niemand!«

»Komm schon, das stimmt doch nicht.«

»Wie die Motten ums Licht. Während ich im Schatten bleibe, unbeachtet, vergessen. Ich bin –«

»Ich lege keinen Wert darauf, umschwärmt zu werden, das weißt du.«

»Spielt keine Rolle, sie tun es doch. Wenn du mich wenigstens hin und wieder mit einbeziehen würdest, würden sie mich vielleicht auch mal bemerken. Mir einen Brosamen gönnen. Aber du denkst nicht dran, stimmt's? Wirst dich nicht einmal überwinden können zu sagen: ›Darf ich Ihnen meine Frau vorstellen; sie ist ebenfalls Künstlerin.‹«

»Hör mal, ich stelle dich immer vor.«

»Ich erwarte ja nicht, dass du sagst: ›Sie ist eine große Künstlerin‹ oder auch nur ganz manierliche Künstlerin. Hauptsache, Künstlerin. Ein bisschen Beachtung, ein Hinweis, dass ich überhaupt existiere. Es wäre ja nicht so schlimm, wenn dein sogenannter Freund wenigstens geschrieben hätte. Sofern er meine Bilder überhaupt jemandem gezeigt hat. Aber nein, zu beschäftigt wahrscheinlich – mit seiner eigenen wichtigen Galerie und seinen wahren Künstlern, seinen wahren männlichen Künstlern –, um eine wie mich zu fördern, eine Frau.«

»Du weißt, dass er nicht so ist.«

»Ach, sie sind alle so. Ihr seid alle so. Er hätte mir doch bloß eine hintere Ecke in der hinterletzten Galerie sichern müssen.«

»Er hat sich gewiss alle Mühe gegeben.«

»Und warum meldet er sich dann nicht? Wenn er doch nur ... dann hätte ich auch etwas zu sagen, verstehst du? Ich könnte wenigstens sagen, meine Arbeiten werden in der und der Galerie ausgestellt, da und da, irgendwo, mit anderen meinetwegen. So aber habe ich nichts. Ich schaffe nichts, ich kriege –«

»Es wäre unklug, etwas zu erfinden«, sagt er.

»Hältst du mich wirklich für so erbärmlich? Na, gut zu wissen, großartig, wie viel mein eigener Mann von mir hält.«

Er sieht sie vom anderen Ende des Zimmers an und denkt: Das wäre jetzt der Moment, es ihr zu sagen, jetzt, wo sie ohnehin Gift und Galle spuckt. Bring es zur Sprache, bring es hinter dich. Wenn er es ihr aber jetzt sagt, werden sie zu keiner Party fahren. Sie werden stattdessen hier sitzen und sich endlose Stunden streiten. Und dies ist ausnahmsweise eine Party, zu der er hingehen *will*.

Der gestrige Nachmittag und heutige Vormittag – es hat ihm gefallen. Bewegung und Lärm und Vielstimmigkeit, und doch war von ihm nichts weiter verlangt, als mitzuwirken, mit anzupacken. Ihm hat es gefallen, die Jungen herumsausen und ihm zur Hand gehen zu sehen. Und Mrs Kaplan, die ihnen ein Tablett herausbrachte, die Plänkeleien mit Frank und auch mit Captain Hartman, während sie sich alle im Schatten an gekühlter Limonade und Rosettas Keksen gütlich taten.

Und hin und wieder aufzublicken und Katherine an einem Fenster vorbeihuschen zu sehen, ihre Stimme freundlich von der Türschwelle oder vom Balkon rufen zu hören. Es hat ihm gefallen, nicht groß reden zu müssen, und doch, wenn er es tat, jemanden zum Lachen bringen zu können. Und das Gefühl, das er als junger Mann gekannt hatte: irgendwo dazuzugehören und doch wieder nicht.

»Dann lassen wir es vielleicht lieber«, sagt er. »Mir wäre es recht.«

Sie wendet sich vom Fenster ab und mustert ihn.

»Ach, das könnte dir so passen. Nein, Pech gehabt. Wir gehen hin. Ich will ja Michael nicht enttäuschen.«

Sie wendet sich vom Fenster ab und fixiert ihn; er kehrt in die Küche zurück, leert sein Glas und spült es aus.

»Ich richte mich«, sagt er, »ganz nach deinen Wünschen.«

Im Schlafzimmer sitzt sie vor dem Spiegel und frisiert sich.

Er sagt: »Ein einziges Kommen und Gehen da drüben.«

»Sag bloß, die Ersten sind schon eingetroffen.«

»Nein, aber es treiben sich ein paar Veteranen herum. Und die Cateringleute.«

»Was haben sie an?«

»Wer, die Veteranen oder die Cateringleute?«

»Die Kaplans, Witzbold! Ehrlich, musst du immer deine Witze machen?«

»Das weiß ich nicht, das haben sie mir nicht verraten.«

»Du meinst, es ist dir nicht aufgefallen.«

»Nein, ich meine, es hat niemand erwähnt – sie hatten sich noch nicht in Schale geworfen. Als ich aufbrach, war die Rede davon, dass Richie und Michael geschniegelt und gestriegelt zu erscheinen hätten – ich meine, etwas von Fliege gehört zu haben.«

»Richie dürfte es meiner Einschätzung nach gefallen, sich herauszuputzen. Bei Michael ist das allerdings –«

»Ich denke, da unterschätzt du Richie gewaltig. Er hat seinen eigenen Kopf, glaub mir. Er war einem Airforce-Captain namens Hartman gegenüber rotzfrech – offenbar ein Verehrer seiner Mutter.«

»Ach, tatsächlich? Richie?«

»Ziemlich beeindruckend, fand ich. Das saß nämlich, was er gesagt hat. Ich lege jetzt meinen Anzug an. Ich erzähle es dir, wenn wir losgehen.«

Als er an den Schrank tritt, sieht er ihre Hände herabsinken.

Er wählt ein dunkelblaues Hemd. »Was meinst du – zu dem weißen Leinenanzug?«

»Entschuldige mal, aber hast du gerade ›gehen‹ gesagt?«

»Ach so, ja, tut mir leid, wollte ich dir noch sagen: Es gibt kaum Platz zum Parken dort drüben, und deshalb hat Mrs Kaplan darum gebeten, dass wir nach Möglichkeit denen den Vortritt lassen, die von außerhalb kommen. Ich habe gesagt, du hättest bestimmt nichts dagegen.«

»Hat sie gefragt, oder hast du es ihr angeboten?«, sagt sie und steht auf.

Er legt die Jacke ab, die er anhat, hängt sie weg und holt seinen Leinenanzug hervor.

»Es war ein bisschen beides. Was hätte ich denn tun sollen?«

Sie steht auf, funkelt ihn böse an und drängt sich an ihm vorbei an den Schrank.

Er öffnet die Haustür, und sie duckt sich unter seinem Arm durch.

»Du siehst bezaubernd aus«, sagt er.

»Na, ich weiß nicht. Bis wir da sind, klebt mir alles am Leib, das Kleid, die Haare.«

»Wenn du willst, können wir bis zur Abzweigung fahren und den Wagen dort irgendwo abstellen – und natürlich kannst du fahren, wenn du willst.«

Sie blickt kurz zu ihm hoch und dann: »Nein, schon gut. Aber nett, dass du das vorschlägst.«

Rosetta sagt: »Michael, du springst wie der Hase, wenn du Drink-Bestellungen nimmst, springst wie der Hase, um für Gäste Plätze zu suchen. Aber schleppst wie die Schildkröte, wenn du Drinks rausträgst, schleppst wie die Schildkröte, wenn du Gläser zurückbringst. *La tortuga y la liebre,* sagen wir. Also schleppen und springen. Klaro, du bist nicht wirklich Schildkröte oder Hase, aber du weißt schon.«

Und Mrs Kaplan sagt: »Zwei ganze Dollar für ein paar Stunden und soviel du essen kannst, dazu Trinkgeld. Gegen sieben, wenn der Andrang nachlässt, ist Schluss, dann kannst du mitfeiern – ist das ein Angebot, Michael?«

Mr Aitch ist eben losgefahren, um Mrs Aitch abzuholen, und draußen auf dem Rasen ist alles so schön, dass er sich gar nicht sattsehen kann, wäre da nicht Richie, der keuchend aus dem Haus gelaufen kommt, an seinem T-Shirt zupft und ihn wegschleift. »Sie sind da, wir müssen uns irgendwo verstecken. Komm schon, los, sie sind da, sag ich dir.«

»Lass los. Wer ist da – wovon redest du überhaupt?«

»Ich warne dich, gib dich bloß nicht mit denen ab.«

»Wem denn?«

»Den Westin-Brüdern. Das sind Rüpel.«

»Rüpel? Musst du immer reden wie ein Mädchen?«

»Mädchen? Quatsch ... ich mein ja nur – Pst, da kommen sie, und o Gott, nein, da ist meine Mutter.«

Als er hochschaut, sieht er zwei Jungen mit nass gekämmtem Haar in blauen Hemden, hellen Hosen und weißen Schuhen. Er weiß nur, dass er im Leben noch keine zwei solche Streber gesehen hat.

Richies Mom steuert die beiden von hinten mit je einer Hand an der Schulter. Sie bringt sie vor ihm und Richie in Stellung, holt tief Luft und sagt: »Darf ich vorstellen, das ist Michael, er ist aus New York; Michael, diese beiden Prachtjungen sind Peter und Martin Westin aus Hyannis. Richie kennt ihr ja schon.«

Die Jungen ignorieren Richie vollkommen und fixieren stattdessen ihn, während Richies Mom weiterplappert: »Wisst ihr was? Fällt mir gerade ein. Ich kenne eine gewisse Dame, die Vorkoster für ihre Hotdogs braucht. Meint ihr Jungs, ihr könnt ihr da helfen? Ihr findet sie drinnen. Einfach die Verandastufen hoch, durch die Diele; sie heißt –«

»Ich weiß, wo die Küche ist«, sagt Richie, »und ich weiß auch, wie Rosetta heißt.«

»Das ist mir klar, Richie, ich mache doch nur Spaß.«

»Spaß nennst du das?«, sagt Richie.

»Nun, dann bring deine Gäste bitte rein, Schlaumeier, und biete ihnen ein paar Hotdogs an, während ich mich umziehe. Und ihr zwei kommt in einer halben Stunde nach, verstanden?«

»Ach bitte! Muss das sein?«

»Na, so könnt ihr jedenfalls nicht auf die Party! Lieber Himmel. Wollt ihr denn nicht genauso fesch aussehen wie Peter und Martin?«

Richie stampft die Stufen hinauf ins Haus. Der eine der Jungen sagt: »Vielen Dank, Ma'am«, der andere sagt: »Ja, haben Sie vielen Dank, Ma'am.«

Und zu viert ziehen sie ab in die Küche.

Rosetta sagt: »Wenn ihr glaubt, ich mache jetzt Hotdogs, pah! Ich habe es der Missus schon gesagt, Hotdogs kommen später, und außerdem ist das nicht *mein* Job. Also, los, raus hier, sonst hole ich mein Schießgewehr.«

»Und jetzt?«, sagt der, der Peter heißt, mit einem gespielten Gähnen, und der andere fängt an, mit Kieseln nach dem Holzpodium zu werfen, das Robin um Busters Pinkelbaum gebaut hat.

»Woher soll ich das wissen«, sagt Richie.

»Woher du das wissen sollst? Woher du –? Hey, Marty, woher soll er das wissen?«

»Na, weil er ein Schlaumeier ist«, sagt Marty, und die beiden Brüder johlen und schreien wie Esel.

»Hey, wo ist überhaupt dein blöder Vierbeiner?«, sagt der, der Marty heißt.

»Er ist nicht da, und er ist nicht blöd«, sagt Richie, dem das Gesicht immer dicker und röter anschwillt.

»Nicht? Wieso, hat er gelernt, auf zwei Beinen zu gehen?«

»Das habe ich nicht gesagt.«

»Also noch Vierbeiner, also noch blöd.«

Und die beiden Westin-Jungen johlen wieder.

»Ich, ich ... ich gehe rein.«

»Deine Mom hat gesagt, du sollst uns unterhalten«, sagt Marty.

»Sag mal, stimmt es, dass sie früher Pin-up-Girl war?«, fragt Peter, und Marty pfeift dazu dreckig.

»Halt bloß den Mund«, sagt Richie.

»Oder was? Verpetzt du mich wie beim letzten Mal? ›Mommy, Mommy, Peter und Martin waren gemein zu mir.‹«

Richie sagt: »Komm, Michael, ich hab's dir ja gesagt!«, und er stapft auf das Haus zu. Vor den Verandastufen bleibt er stehen. »Kommst du mit oder nicht?«, will er wissen.

»Bist du der neue Vierbeiner, Michael?«, sagt Peter.

»Nein.«

»Folgst du, wenn er mit den Fingern schnippt, ist es so?«

»Wir müssen uns noch umziehen«, sagt Richie.

»Zeig uns doch lieber, wie's zum Strand geht, Michael«, sagt Marty. »Richie kann solang zu seiner Mommy laufen.«

»Ihr findet allein zum Strand«, sagt Richie, »der ist noch immer genau da, wo er bei eurem letzten Besuch war. Aber falls ihr's vergessen habt: Ihr geht hinten ums Haus, folgt dem Weg auf den Hügel hinauf und –«

»Wir wollen aber, dass Michael aus New York uns den Weg zeigt«, sagt Peter.

»Tja, Pech. Er muss mit nach oben. Stimmt's, Michael?«

Er steht am Wegrand und sieht zu Richie hoch. Er sieht an seinen Augen, dass er innerlich bettelt. Und beinahe gibt er nach. Aber dann werden Richies Augen plötzlich hart, und er zischt: »Komm jetzt gefälligst!«

Die anderen beiden sind schon losgelaufen, aber als sie Richie ihn anpflaumen hören, bleiben sie stehen. Er wendet den Blick nicht von Richie, sagt aber zu den Brüdern: »Wartet auf mich.«

Er überholt die beiden Westins. Er marschiert vor ihnen um die Bäume herum und den ansteigenden Trampelpfad hinauf. Er führt sie durch den Wall aus Strandgras und hält erst an, als er oben neben der Holztreppe steht. Er kann jetzt das Meer hören, lässt den Geruch in seine Nase steigen, in seinem Kopf brausen und bis ganz in seine Lungen und seinen Körper blasen. Und dann sieht er es auch, es tanzt vor weißem Licht, so weit das Auge reicht.

»Da ist der Strand«, sagt er, als die Jungen ihn einholen. »Einfach die Treppe runter, an die könnt ihr euch halten, wenn ihr zurückwollt.«

»Du kommst nicht mit?«, sagt Peter.

»Ich hab zu tun.«

»Hörst du das, Marty? Er hat zu tun.«

»Ach ja?«, sagt Marty. »Zum Beispiel?«

»Zum Beispiel kümmert euch um euren eigenen Scheiß, oder ich schlitz euch von einem Ohr zum anderen die Kehlen auf.«

Er geht betont langsam durch das lange Gras bis auf den Hügel zurück. Dann, als er sich sicher ist, dass sie ihn nicht mehr sehen können, stürmt er los und ist gar nicht mehr zu bremsen, so selig und stolz ist er auf sich. Er stürmt den Hügel hinab und durch das Wäldchen. Er stürmt, als er den Garten erreicht, um die Tische herum, um die Stühle und Bänke. Er stürmt die Verandastufen hinauf und wieder hinunter, winkt durch die offenen Schiebetüren Frank und Captain Walt am Flügel zu. Er stürmt ums Haus herum zur Vorderseite, springt auf das kleine Podest, das Robin gebaut hat, reißt die Arme hoch und ruft Katherines Namen. Er wedelt ihr mit den Armen zu, als sie oben aus der Verandatür schaut. Er breitet die Arme aus, springt vom Podest und kurvt wie ein Flugzeug durch das hohe Gras vor dem Haus. Er neigt sich nach links und nach rechts und wackelt auf dem Weg zurück hinters Haus mit den Flügelarmen. Er kurvt parallel zur Schiebetür hin und her. Er sieht Frank aufstehen und auf die Veranda treten, um ihm dabei zuzusehen. Dann segelt er zu den Bäumen runter, wendet und fliegt direkt aufs Haus zu. Sein Herz geht auf wie Teig im Ofen, jeder Blutstropfen in ihm drängt nach draußen.

Er möchte das Haus umarmen, sein Gesicht an den Veranden, den Fenstern, den Wänden und Türen und jeder einzigen Holzlatte reiben, jeder Scheibe Glas, aus denen das Haus entstanden ist. Er möchte die Nase im Gras vergraben und es fressen, als wäre er ein Pferd. Denn er liebt dieses Haus und alle darin – selbst, für den Moment, Richie und seine Mom und deren blöde Freundin Annette. Er liebt alle, die noch zu der Party kommen werden. Und ferne Menschen auch, wie Harry und *Frau Aunt*. Vince liebt er mehr als irgendwen sonst, und zwar für den Spruch »Kümmert euch um euren eigenen Scheiß« eines Abends beim Kartenspiel, als er einen über den Durst getrunken hatte, und für das Kehleaufschlitzen »von einem Ohr zum anderen«, als er rumblödelte wegen Shirley, die immer Ärger machte ... »lässt mich einfach hier draußen sitzen.«

Vor allem aber liebt er sich selbst dafür, dass ihm diese Sprüche genau im richtigen Moment eingefallen sind, und dafür, dass er gewusst hat, wie er sie, Wort für Wort, den beiden blütenweißen Hosenscheißern aus dem lausigen Hyannis vor den Latz knallen muss.

2

Und dann wird es doch noch ein sehr netter Spaziergang. In der Luft ist noch Sommerlust, die Wege schäumen vor Wildblumen, die nicht ahnen, dass ihre Tage gezählt sind. Geißblattduft überall, fast ein bisschen zu viel. Außerdem lockt am Ende dieses wirklich sehr angenehmen Gangs immerhin eine Party. Und was wäre schöner – als eine Gartenparty an der Schwelle zum Nachsommer?

Sie bleibt einen Augenblick stehen, berührt seinen Arm.
»Da«, sagt sie, »hörst du?«
»Was denn?«
»Musik – wie schön.«

»Musik?«

»Ja, Musik. Klingt nach Bläsern – na, egal.«

Sie sind nicht die Einzigen, die zu Fuß kommen; vor ihnen schlendert scheu ein junges Paar, und noch weiter vorn ein Trio Soldaten, und als sie über die Schulter zurückblickt, nähern sich weitere Grüppchen und ein paar vereinzelte Nachzügler vom Südende der Fisher Road. Alle im Sonntagsstaat. Hüte, Handschuhe, das ganze Drum und Dran. Es ist wie Kirchgang auf dem Land, nur ruft statt der Glocken Blasmusik. Sie erwägt, den Gedanken mit ihrem Mann zu teilen, doch schon ein kurzer Blick in das Gesicht unter dem Schlagschatten des Huts – wie in den Fels von Mount Rushmore gehauen –, und sie sieht davon ab.

Als sie fast die Abzweigung erreicht haben, blendet die Kolonne geparkter Automobile sie geradezu. Stoßstange an Stoßstange ziehen sie sich an der Böschung entlang bis dorthin, wo die Straße auf den Strand mündet, und auch jeder Zoll, den die Zufahrt der Kaplans bietet, ist besetzt.

»Jetzt höre ich sie«, sagt er, »die Bläser – spielen sie nicht etwas schief?«

Als sie das Ende der Auffahrt erreicht haben und zu zwei anderen Paaren aufschließen, hakt sie sich bei ihm unter. Man kennt sie – natürlich –, aber was sie heute noch mehr freut, ist, dass sie beide, selbst in ihrem Alter, noch Eindruck machen. Er, hochgewachsen, stattlich mit seinem Panamahut, das Blau des Hemds im Blau seiner Augen. Und sie – wiewohl zierlich – hat immer noch eine tadellose Haltung und nicht zugelegt wie manch Jüngere, die sie namentlich nennen könnte. Und was ihre Garderobe betrifft, nun, da kann sie nur hoffen, dass sie jeder Prüfung standhalten wird, den richtigen Ton getroffen hat zwischen –

»Eindeutig daneben«, sagt er.

»Bitte?«

»Die Kapelle. Sie spielen eindeutig –«

»Also ehrlich, musst du dich jetzt schon beklagen?«

»Wer beklagt sich denn?«

Und da sind sie nun, stehen oben auf der Kuppe am Haus, rings um sie her und in der Senke und sogar zum Hügel vor dem Meer hin Partystimmung.

Über dem Geschehen liegt ein Hauch von Volksfest. Rot-weiß-blaue Fähnchen ziehen sich von der vorderen Veranda bis zur oberen hin und von Baum zu Baum. Überall stehen oder sitzen Menschen an Tischen und auf vereinzelten, am Rand des Rasens ausgebreiteten Picknickdecken. Alte Herren werfen Hufeisen nach einem Pflock. Männer in Uniformen schlendern mit den Händen in den Hosentaschen umher. Kinder und Hotdogs und gebutterte Maiskolben. Cola und Bier in Flaschen, Sommerpunsch in Bowlegefäßen groß wie Aquarien. Weiter draußen stehen Besucher aus der Stadt knöcheltief im Heidekraut der Klippen und noch einmal weiter draußen im hüfthohen Strandgras und blicken aufs Meer hinaus. Eine junge Mutter im Gras füttert ein dralles Wickelkind mit Eiscreme. Ein Brummen unbekümmerter Unterhaltungen, gelegentlich verhalten perlendes Lachen. Auf der Veranda schmettert eine kleine Blechkapelle rotbackiger Einheimischer ihr »Swanee«, als bliese sie die Posaunen von Jericho.

Und das alles ist sehr nett – wenn auch etwas provinzieller, als man es von Mrs Kaplan und ihren Leuten erwartet hätte.

Sie überlegt, wohin sie sich wenden soll. Wenn sie es ihrem Mann überlässt, dann werden sie hier noch wie angewurzelt stehen, wenn die ersten Sterne sich zeigen und es Zeit wird, nach Hause zu gehen. Und das, sagt sie bei sich, ist einer ihrer Einwände gegen Gartenpartys: die Tatsache, dass du ins kalte Wasser springen musst. Zwischen Ablegen des Mantels und Betreten der Bühne bleibt keine Zeit. Du kommst nicht dazu, dich zu akklimatisieren. Bei einer Hausparty wird unfehlbar die Gastgeberin dich begrüßen und einem passenden Gesprächspartner vorstellen – aber hier? Du biegst um die Ecke, und da stehst du dann! Mittendrin, unübersehbar selbst für das dralle Kleinkind, das definitiv glotzt, und dir bleibt nichts übrig, als mit einem mürrischen Ehemann da stehen zu bleiben, als wäret ihr ungebetene oder – schlimmer noch – wohl oder übel geduldete Gäste ohne jede Bedeutung.

Ein Tablett erscheint an ihrem Ellbogen. Im grellen Sonnenlicht kann sie den kleinen Kopf dahinter kaum ausmachen.

»Gibt es wohl auch Wasser?«, fragt sie den Kopf. »Weißt du, wir sind zu Fuß gekommen, und ich habe –«

»Wasser, Ma'am? Sie möchten Wasser?«

Jetzt erkennt sie jenseits des Tabletts das junge Mädchen, das gelegentlich im Eckladen aushilft, ein Kind, im Grunde, sicher doch kaum älter als zwölf.

»Bist du das, Thelma?«

»Ja, Ma'am.«

»Ach, wenn du so nett wärst, mir ein ...«

»Ja, natürlich, Ma'am. Sofort.«

Ihr Mann nimmt ein Glas von dem Tablett.

»Was ist das?«, fragt sie.

»Irgendein Wein, nehme ich an«, sagt er und trinkt einen Schluck.

Hinter ihnen spricht eine Frau von ihrem Sohn: »Hat mit so einem jungen Ding angebandelt, das den Sommer über im Chowder House gearbeitet hat. Aus Boston. Na, und was das für welche sind, wissen wir ja ... sehen das hier als Heiratsmarkt, nur deshalb kommen sie. Jetzt ist sie wieder abgereist, und seither bläst er Trübsal.«

»Oh, es ist ja so entscheidend, die Richtige zu finden«, sagt eine andere Frau. »Ein falscher Schritt ... der Wahn ist kurz, die Reu' ist lang, sag ich immer ...«

Sie blickt sich nach den zwei Frauen um. Die Dickere, in einem knallrosa Kleid, umklammert vor der Brust eine Schale Punsch, die andere, verschwitzt in einem schimmernden grünen Kostüm, ist offenbar die mit dem Trübsalssohn. Ein Mann zwischen den beiden fixiert sie. Sie will sich gerade abwenden, als er sich mit einem breiten Lächeln auf sie stürzt, als wäre er über Bord gegangen und sie hielte die Rettungsleine.

»Ach, hallo, wie schön, Sie wiederzusehen«, sagt er. »Sie sind eine Freundin von Mrs Sultz, wenn ich mich nicht irre. Wir haben mal zusammen Muscheln gesammelt – während des Kriegs.«

»Aber ja! Stimmt!«, sagt sie.

»Ballston Beach, glaube ich.«

»Sie haben recht.«

»Und dann hat Mrs Sultz Ihnen gezeigt, wie man einen Muschelfond zubereitet.«

»Ja, genau.«

»Und wie geht es Mrs Sultz?«

»Sehr gut.«

»Ich hörte, sie sei jetzt in einem Heim in der Nähe von Hyannis.«

»Nun, das stimmt, ich habe sie unlängst besucht und –«

»Es hieß, es gehe ihr gar nicht gut.«

»Aber nein, das blühende –«

»Hier oben, meine ich«, sagt er und tippt sich an den Kopf.

Die Dame in Grün sieht sie von oben bis unten an und sagt: »Und wo kommen Sie her?«

»New York, wir haben hier ein Sommerhaus.«

»Gemietet?«

»Nein. Wir haben gebaut. Darf ich vorstellen: mein Mann.«

Sie streckt den Arm aus und zieht ihn näher heran, und sei es in der Hoffnung, er könne die Frau in Grün abschrecken. Die fixiert ihn und fragt: »Wie weit ist es von New York bis hierher?« Dann sieht sie weg und bemerkt in gedämpftem Ton: »Ach, seht nur, da kommt Mrs Childs. Ihre Tochter hat einen Senator geheiratet, wissen Sie.«

»Ungefähr vierhundert«, sagt er.

»Bitte?«

»Meilen. Von New York City.«

»Ach, Sie Armer, Sie müssen ja ganz erledigt sein«, sagt sie und eilt auf die Schwiegermutter des Senators zu, den Freund von Mrs Sultz im Schlepptau.

»Grüßen Sie Mrs Sultz von mir«, sagt er noch. »Ermahnen Sie sie, ja schnell wieder gesund zu werden und dorthin heimzukehren, wo sie hingehört, auch wenn es dazu wahrscheinlich nicht mehr kommen wird.«

Sie erinnert sich unterdessen an vorhin: »Wo bleibt das Kind bloß mit meinem Wasser?«, sagt sie.

Da sie etwas erhöht steht, hat sie einen guten Überblick über die Party. Sie sieht Richie und seine Mutter unter den Robinien hinter einem Tisch stehen. Ein Mann in Uniform tritt heran und zieht aus der Gesäßtasche sein Portemonnaie. Neben ihm nestelt ein Zweiter an seinem Jackett. Richie hält ihnen einen großen weißen Karton entgegen, beide entnehmen ihm jeweils einen Umschlag. Dann bietet Richie ihnen einen großen braunen Karton, und die beiden Männer werfen ihre Umschläge hinein. Olivia beugt sich über ein Heft und trägt etwas ein. Als einer der beiden Männer sich entfernt, sieht sie vom Ende des Tischs ein Uncle-Sam-Banner hängen. Sie sagt: »Offenbar auch eine Benefizveranstaltung«, sagt sie.

»Bitte?«

»Die Party, ach, wir hätten es uns denken können!«

Hinter ihr eine Frauenstimme: »Ganz recht, zugunsten von Mrs Kaplans Waisen-Fonds.«

Es ist die Frau in Knallrosa, von Mrs Sultz' Freund und seiner unausstehlichen Frau schnöde stehen gelassen.

»Hast du Geld dabei?«, zischt sie ihrem Mann aus dem Mundwinkel zu.

»Wenn's hochkommt, zwei Dollar.«

»Zwei Dollar? Mehr nicht?«

»Ich trage einen anderen Anzug, und ich habe nicht dran gedacht, meine – «

»Nun, das geht natürlich nicht, das geht gar nicht.«

»Ich stelle einen Scheck aus und gebe ihn morgen ab.«

»Oh ja, das kann ich ihr sagen.«

»Nein, sag gar nichts. Mach keinen Aufstand, ich werde – «

Inzwischen stehen zwei andere Herren vor dem Tisch und sprechen mit Richie. Annette kommt und löst hinter dem

Tisch Olivia ab, die daraufhin hüftwackelnd in der Menge verschwindet.

»Sie wird uns für knickerig halten.«

»Aber nein«, mischt sich die Frau neben ihnen ein, »so ist das nicht. Sie spenden, wenn Sie das wollen. Die Einheimischen lassen es meist, will sagen, sie haben es vor, vergessen es aber irgendwie. Denn am Spendentisch steht nur ein paar Stunden jemand. Und es müssen auch keine Umschläge sein ... wer knapp bei Kasse ist, kann auch fünfzig Cents in den großen schwarzen Eimer werfen.«

Sie lächelt die Frau schmallippig an und wechselt auf die andere Seite ihres Mannes. Diesmal zischt sie: »Trotzdem.«

Sie sieht zu ihm hoch und merkt, dass unter der Hutkrempe seine Augen das Treiben anderswo beobachten, ja, dem Anschein nach jemandem folgen.

»Ich kann ihn morgen abgeben«, sagt er.

»Ich? Ich? Was heißt hier immerzu ›ich‹? Vielleicht möchte *ich* ja mitkommen.«

»Bitte, dann tu das doch.«

»Oder würdest du lieber allein herkommen? Damit du Olivia begaffen kannst, ohne mich im Nacken zu haben.«

Er wendet sich ihr betont langsam zu. »Wenn jetzt das wieder losgeht, mache ich mich lieber augenblicklich auf den Heimweg.«

»Wir gehen auf keinen Fall heim. Wir bleiben. Ich will mich ausnahmsweise mal amüsieren. Ach, wo bleibt denn das Mädchen bloß, ich komme noch um vor Durst.«

»Ich hole dir was«, sagt er.

»Nein! Ich möchte hier nicht allein herumstehen. Ich komme mit.«

»Ich bin ja auch noch hier«, sagt die Frau und schiebt den großen Kopf hinter seiner Schulter vor. »Ich leiste Ihnen gern Gesellschaft.«

»Ich bin sofort wieder da«, sagt er, und weg ist er.

Sie sieht ihn durch die Menge ziehen. Die Frau in dem riesenrosa Kleid redet auf sie ein, erzählt von ihrer niedlichen kleinen

Enkelin. Die Frau scheint Anstalten machen zu wollen, ihre Handtasche zu öffnen, und sie denkt: Wenn sie jetzt ein Foto hervorkramt, kratze ich ihr die Augen aus. Aber die Frau verschiebt bloß den Henkel ihrer Tasche, damit sie besser von ihrem Punsch trinken kann.

»Sie können gern einen Schluck hiervon nehmen, wenn Sie Durst haben«, sagt sie.

»Ich trinke keinen Alkohol.«

»Oh, ich auch nicht«, lacht die Frau, »es sei denn, es gibt ihn umsonst ...«

Es tritt eine Pause ein. Dann fängt die Frau davon an, dass sie unbedingt rechtzeitig zu ihrer Seifenoper im Radio daheim sein will.

»Die lasse ich mir nie entgehen«, sagt sie, »hoffentlich komme ich nicht zu spät. Ihre Freunde, die Atwoods, wollten mich mitnehmen.«

»Wer?«

»Die, mit denen Sie Muscheln sammeln waren.«

»Das war ein einziges Mal. Vor Jahren. Freunde sind wir deswegen nicht gerade.«

Und dann, da die Frau beginnt, ihr bis ins Kleinste die Handlung ihrer Rundfunksendung zu erklären, und zwar bis zurück zur ersten Episode, fasst sie blitzschnell einen Entschluss. Sie kann und wird nicht hier herumstehen und damit Olivia die Gelegenheit geben, ihren Mann aufzuspüren und sich an ihn ranzuschmeißen, während diese unerträgliche Frau in ihrem riesenrosa Kleid sie anblökt. Sie kann und wird es nicht hinnehmen, die Nervensäge des Abends am Hals zu haben. Denn genau darauf spekuliert er doch – dass sie hier Stunden ausharrt, vor Durst umkommt und mit einer Frau in einem riesenrosa Kleid redet. Er vergisst, dass sie um ihrer selbst willen eingeladen worden ist, denn ihm mag es nicht klar sein, aber sie weiß es: Mrs Kaplan kann sie gut leiden. Mrs Kaplan bewundert sie vielleicht sogar. Und wieso auch nicht? Beide sind sie eigenständige, selbstbewusste Frauen. Sie braucht ihn nicht, um sich zu amüsieren, für Amüsement kann sie selbst sorgen, und das wird sie auch – und wehe, es kommt ihr jemand dumm. Die Kapelle hört zu spielen auf, die Frau blökt lauter. Sie schneidet ihr das Wort ab und sagt: »Entschuldigen Sie mich einen Augenblick.«

»Na klar«, sagt die Frau, ihre Stimme plötzlich klein und kindlich.

Sie schlendert über den Rasen, umrundet kleine Grüppchen, schnappt hier und da Gesprächsfetzen auf.

»Gute Party, nicht? Ja, sehr gelungen.«

»Und woher kennen Sie – «

»Also, was die da für Abwasser ins Meer kippen, eine Schande ...«

»Finden Sie, dass wir schon wieder einen Krieg brauchen? Wirklich?«

»Wir waren früher zusammen segeln, als er noch ...«

»Nein, schau, du musst erst Butter draufstreichen und dann ...«

Sie hat vor, am Rande einer solchen Gesprächsrunde stehen zu bleiben und zu warten, bis sie etwas beitragen kann. Doch die Grüppchen stehen eng beieinander, und die Gespräche sind langweilig. Sie erwägt, ins Haus zu gehen und dort ihr Glück zu versuchen, als direkt neben ihr Michael auftaucht. »Bin ich froh, dich zu sehen!«, sagt sie.

»Ich habe Sie zuerst gesehen!«, ruft er. »Ich gewinne!«

»So ist es. Muss also ich das nächste Mal Tee kochen.«

»Gefällt Ihnen meine Fliege?«

»Du siehst sehr schick aus. Und zufrieden, du amüsierst dich offenbar.«

»Ich habe gearbeitet«, sagt er.

»Ach ja?«

»Ich habe Captain Hartman und Frank und auch Mr Aitch geholfen, wir haben heute Morgen die ganzen Tische geschmückt.«

»Es sieht alles großartig aus, Michael.«

»Und ich habe all die Fahnen in den Baum gebunden – Mr Aitch hat die Leiter gehalten.«

»Wie nett.«

»Und ich habe den Leuten ihre Getränke gebracht und ihnen einen Sitzplatz gesucht und –«

»Ob du mir wohl auch einen suchen könntest?«

Michael sieht sich nach allen Seiten um, dann packt er sie an der Hand und zieht sie an einen Tisch mit Bänken zu beiden Seiten.

Auf der vorderen Bank ist noch Platz, sie bleibt einen Augenblick schüchtern an deren Ende stehen, um zu fragen, ob sie sich dazusetzen dürfe, als Michael ihr zuvorkommt. »Hier, setzen Sie sich hierhin. Los, es hat niemand was dagegen.«

Alle lächeln und murmeln zustimmend, und ein Mann in einem grauen Anzug rückt gleich auf.

Michael sagt: »Was darf ich Ihnen holen, Ma'am? So soll ich das nämlich sagen«, erklärt er.

»Ich hätte liebend gern ein Glas Wasser.«

»Sonst irgendwas, Mrs Aitch – was zu essen, vielleicht?«

»Ja, nun, vielleicht eine Kleinigkeit. Überrasch mich doch einfach.«

»Ich weiß genau, was Sie mögen, Mrs Aitch.«

»Hauptsache, du vergisst das Wasser nicht.« Dem Mann gegenüber sagt sie: »Es ist heutzutage fast unmöglich, auf einer Party noch ein Glas Wasser zu bekommen. Einfach ein ganz normales Glas Wasser. Ein beliebiger flotter Cocktail ist kein Problem. Aber Wasser? Können Sie vergessen. Ich finde, wir sollten die Prohibition wieder einführen.«

Gutmütiges Gelächter erhebt sich, dann werden ihr Namen zugerufen: Joan und John aus Connecticut, Clarence und Dick aus Virginia, und Doris von irgendwo anders, und noch ein, zwei, die in der Stillen Post verloren gehen.

Was für eine nette Party aber auch, denkt sie, sie findet langsam rein; was für umgängliche Menschen. Womöglich halte ich mich einfach den ganzen Abend an sie. Gut möglich.

Die Frau namens Doris lächelt sie von gegenüber an. »Wir haben gerade über das Rennen gesprochen. Ich habe dem Herrn hier – «

»John«, sagt der Herr.

»Ich habe John gerade erklärt, er müsse unbedingt für die Regatten bleiben.«

»O ja«, sagt sie, »die sind wirklich eindrucksvoll.«

»Nicht mein Fall«, sagt er, »ich habe für die See und den ganzen Kram nichts übrig.«

»Nanu, sehe ich da nicht an Ihrem Revers eine Navy-Nadel?«, fragt der Mann im grauen Anzug.

»Was glauben Sie, warum ich für die See nichts übrighabe?«, sagt John, und er lacht, und sie alle lachen, und dann wechseln sie Blicke, als wüssten sie nicht weiter.

Bis die Blaskapelle wieder loslegt. Es sind ein paar Takte einer Melodie, die sie eben erst zu erkennen beginnt, als sie plötzlich abbrechen, denn nun stolziert Olivia in einem langen roten Abendkleid auf die Veranda, klatscht in die Hände und animiert alle anderen, es ihr gleichzutun: »Einen Applaus für das ... Sowieso blabla ... Drum und Bugle Corps!«

Die Frau neben Doris lehnt sich vor Joan (heißt sie so? Oder doch Jane?) zu ihr herüber und sagt: »Wie hübsch sie ist, nicht? War mal Mannequin, wissen Sie.«

»Ach, das wusste ich nicht.«

Olivia plärrt noch immer das Publikum an: »Gleich werden wir Sergeant Frank Berrio am Klavier und Captain Walt Hartman auf der Klarinette hören. Wir haben drinnen für ordentlich Platz zum Tanzen gesorgt – vielen Dank noch mal an Robin, sofern er hier irgendwo herumspukt? Nein? Na, jedenfalls hat er uns eine wunderbare Tanzfläche geschaffen, und wenn jemandem danach ist, eine flotte Sohle aufs Parkett zu legen, bitte, nur zu!«

»Ja, bevor sie Bill Kaplan geheiratet hat«, fährt Joan oder wie immer sie nun heißt, fort. »Sie hat für ein großes Warenhaus in Boston vorgeführt. Ich glaube, sie war auch mal in einer

Zeitschrift. Das merkt man, nicht? Sehen Sie sich nur ihr Kleid an ... und die Figur!«

»Scheint jedenfalls ein ausgeprägtes Faible für Rot zu haben«, sagt sie und wendet sich in der Hoffnung auf anderen Gesprächsstoff der Tischrunde zu.

»Ich habe als junger Mann dort gewohnt«, sagt gerade der Mann in dem grauen Anzug zu seiner anderen Tischnachbarin.

»Ich auch«, sagt der Mann gegenüber, »die Junggesellenzeit.«

»Ist von New York die Rede?«, fragt sie.

»Ja, genau. Ich war auch dort«, sagt eine Frau weiter unten am Tisch, »bevor der Kerl hier mich gerettet und nach Providence geholt hat. Einsame Jahre waren das, muss ich sagen. *Mich* würde es dort nicht mehr hinziehen.«

Sie setzt zu einem Gesprächsbeitrag an, doch da taucht Michael mit einer Portion Apfeltorte und Eiscreme auf.

»Oh, danke, Michael«, sagt sie. »Doppelten Dank«, sagt sie, als er ihr eine Karaffe Wasser vorsetzt und wieder davonflitzt.

Sie hebt der Tischgesellschaft die Karaffe wie zum Toast entgegen und gibt ihr sogar einen kleinen Kuss. Erheiterung macht sich breit, sie hebt unterdessen das Glas zum Hals der Karaffe, füllt es und trinkt gierig.

»Was New York betrifft«, sagt sie dann, »so muss ich gestehen, dass ich meine Zeit allein dort sehr genossen habe. Das konnte ich natürlich nicht wissen, aber diese Jahre sollten zu den besten meines Lebens gehören. Meine Freunde, meine Interessen, mein gesamtes – sagen wir mal – Künstler-Ich. Davor war ich eine Zeit lang Lehrerin, aber dort in New York bin ich Künstlerin geworden, wissen Sie. Ich habe in den verschiedensten Vierteln gewohnt. Einmal hatte ich ein winziges Zimmer in der Nähe vom Plaza Hotel, unweit des New York Athletic Club. Ich habe es mit einer Freundin geteilt. Was für ein Spaß! Am Fenster zu hängen, links die feinen Pinkel, rechts die Muskelprotze ...«

Sie lacht, angetan von der Erinnerung, doch als sie sich umsieht, schauen die anderen sie verständnislos an, bis auf den

Mann, der einmal New Yorker Junggeselle war; der schmunzelt wissend.

»Aber natürlich alles ganz harmlos«, murmelt sie, zieht ihren Dessertlöffel aus der Eiscreme und mustert ihn, plötzlich peinlich berührt, ohne zu wissen, warum.

Joan/Jane meldet sich wieder zu Wort, richtet sich jetzt jedoch an die Frau auf der anderen Seite des Mannes in dem grauen Anzug. »Wir haben darüber gesprochen, wie hübsch doch Olivia Kaplan ist, ich sprach eben mit dieser Dame – habe ich den Jungen richtig verstanden, Mrs Aitch? – darüber.«

»Ja, so nennt der Kleine mich, in der Tat, aber eigentlich – «

»Also, Mrs Aitch habe ich gerade erzählt, dass Olivia vor ihrer Heirat Mannequin war, und beide sind wir grün vor Neid auf ihre Figur und das Kleid, oh là là.«

»Sie vielleicht, ich ganz sicher nicht«, faucht sie und bereut es umgehend.

»Ach«, sagt Joan und richtet die Augen taktvoll auf ihre Schale Punsch. Einen Augenblick herrscht Schweigen, dann lehnt sich eine Frau weiter unten am Tisch vor und sagt: »Sind Sie nicht die Frau des berühmten Malers?«

»Ja, wir sind beide Maler, obwohl ich nicht behaupten kann, berühmt zu sein. Noch würde ich das sein wollen, muss ich sagen.«

Die Frau weiter unten sagt: »Dann gefällt es Ihnen sicher, so dicht an Provincetown zu leben. Mit den vielen Galerien und überhaupt, ein richtiger kleiner Künstlerort, nicht?«

»Sonntagsmaler, zumeist«, sagt sie kurz angebunden und rammt den Löffel in ihr Eis, »als Künstler würde ich sie kaum bezeichnen.«

Klarinettentöne flanieren aus dem Haus, hier und da erheben sich Paare von den Tischen oder ziehen Hand in Hand über den Rasen, um drinnen zu tanzen.

Ein Mann gegenüber auf der Bank beugt sich hinter Doris hinüber und fordert Jane/Joan zum Tanz auf, wodurch in der Bankreihe zwei Lücken entstehen – als fehlten in einem Mund Zähne.

Der Mann in dem grauen Anzug neben ihr sagt: »New York ist für Ihre Künstlerkreise sicher das bessere Pflaster, bei den vielen Galerien und so – sicher interessant.«

»Ach, das meinen die Leute immer«, sagt sie, »aber die New Yorker Kunstszene ist recht oberflächlich, glauben Sie mir.«

»Ach ja?«

»Aber ja. Wir halten uns weitgehend raus, obwohl jeden Tag Einladungen zu Veranstaltungen aller Art kommen – die der ›Bitten-zum-Tanz‹-Brigade, sage ich immer.«

»Sie werden zu Tanzshows eingeladen?«

»Bitte? Aber nein! Zu Ausstellungen, Vernissagen und –«

Der Mann sieht weg, wartet anstandshalber kurz und fordert dann Doris, die ans Ende der Bank weggerückt ist, zum Tanzen auf. Also bleiben auf den zwei Bänken auf ihrer Seite nur ein sehr alter Mann und auf der anderen ein paar tuschelnde Mädchen im Teenageralter.

Sie durchteilt mit dem Löffelrand die Tortenkruste und schiebt sich einen Bissen in den Mund. Ihr Hals kommt ihr schmaler vor, der Happen zu sperrig, um durchzupassen, sie lässt ihn einfach auf ihrer Zunge sitzen. Durch die offenen Schiebetüren der Veranda sieht sie wogende Sommerkleider als Antwort auf die Einladung von Klavier und Klarinette zur Beguine – »Begin the Beguine«. Und da muss sie an den Wintertag in New York denken, als es schneite und ebendieser Song im Radio lief. Er hatte plötzlich seinen Pinsel weggelegt, war zu ihr herübergekommen, hatte sie in den Arm genommen und durchs Atelier geschwenkt. Sie wäre vor Schreck fast umgefallen! Und so leichtfüßig, so sicher führend – ein Mann, der behauptete, kein Tänzer zu sein. Sie würde jetzt zu gern wieder tanzen. Sie wünschte sich so sehr, er würde sie suchen, finden und von diesem schrecklichen Tisch wegführen. Da sieht sie aus dem Augenwinkel etwas, es ist die Frau im riesenrosa Kleid, sie steht allein unter den Bäumen. Ihre Blicke treffen sich und gleiten rasch in entgegengesetzte Richtungen weiter.

Sie schluckt ihren Bissen Apfeltorte, stürzt einen Schluck

Wasser hinterher, erhebt sich und macht sich auf die Suche nach ihrem Mann.

Er lässt seine Frau im Gespräch mit der dicken Frau in Rosa zurück und hält auf das Haus zu. Auf halbem Wege bleibt er stehen. Unten auf dem Rasen ist alles in Bewegung. Die Tische, die er vorhin aufgebaut, die Stühle, die er aufgeklappt und sorgfältig verteilt, die Bänke, deren eines oder anderes Ende er geschleppt hat, sie alle sind nicht mehr wiederzuerkennen. Heute Morgen waren sie noch in der Form unzweifelhaft gewesen, ihre Schatten präzise. Er hatte sich Zeit gelassen, die Szenerie zu bewundern, ja, sogar überlegt, ob er nicht ... Aber die Szene existiert nicht mehr. Sie schwand bereits mit dem ersten sich nähernden Schritt des ersten Gastes und ist nun übermalt.

Das Licht zittert. Es duckt sich zwischen Mrs Kaplans Gäste, drängt sie zu diesem oder jenem Grüppchen zusammen, vom Haus auf den Rasen und auf die zwei Pfade hinaus, die zu den Klippen über dem Meer führen. Reglos ist nur Richie. Sein rundes Sonnenbrandgesicht schwebt über dem Waisenspendentisch wie der aufgeprägte Kopf einer Münze. Und noch jemand, irgendwo links drüben, ist vollkommen unbewegt. Er lässt den Blick zum Horizont schweifen, von dort hinab zum Dach des Hauses und an der Schräge der Neigung entlang ins dunkle Maul der Veranda; dort entdeckt er sie, an einen Pfosten gelehnt, ganz in Weiß. Richie und Katherine und er selbst. Drei Fixpunkte in einem gleichseitigen Dreieck. Dazwischen ein Gestöber aus Licht und Bewegung. Das gnadenlose Licht des sich neigenden Nachmittags.

Er verspürt ein Kribbeln und zeitgleich im Hinterkopf eine aufdämmernde Erkenntnis. Richies erhitztes Gesicht, der Tisch mit dem schwarzen Eimer darauf, Katherine ganz in Weiß, schlank und lang, von der Veranda gerahmt. Das alles muss er festhalten, ohne zu genau hinzusehen. Muss drinnen und draußen sein, abwesend und anwesend zugleich. Als würde man ein Zimmer übereck im Spiegel sehen. Ein Junge in zartem Alter, eine Frau in voller

Blüte, ein alternder Mann. Vor seinem inneren Auge steigt noch mal das Bild der Plattenhülle der *Planeten*-Suite auf, die Merlin-Figur, die sich nur mit Mühe auf den Beinen halten kann. Merkur. Venus. Saturn, Bringer des Alters. Abendlicht in einem Spiegel.

Eine Stimme ruft ihn. Sie ruft erneut, und da bemerkt er einen ihm zugereckten Flaschenhals.

»Darf ich Ihnen nachschenken, Sir?«

Er wendet den Blick zum Meer und gibt vor, nicht gehört zu haben.

Die Stimme meldet sich erneut: »Sir, er ist aus Frankreich.«

Er dreht sich und runzelt die Stirn. »Frankreich?«

»Ja, Sir, der Wein. Wenn ich es recht verstanden habe, kommt er aus Frankreich. Restbestände von vor dem Krieg. Einige wenige Flaschen wurden beiseite gelegt. Mrs Kaplan schickt mich damit zu Ihnen ...«

Im Rücken hört er von ferne den Spiegel splittern, zerspringen, zerschellen. Er nickt und hält sein Glas hin.

Wenig später ist er auf dem Weg durchs Gedränge. Er hält hier und da inne, um einen Gruß zu erwidern, übergeht andere, behält aber zielstrebig ihren weißen Umriss im Blick. Katherine, die ihn an Land zieht. Nie ließ ein Fisch sich so bereitwillig ködern, sich so freudig vom Haken durchbohren, sich das Blut seines eigenen Endes schmecken.

Er umschifft geschickt alle Klippen – Grüppchen plaudernder Gäste, eine Schar kleiner Kinder, eine Tischkante, ein wankendes Tablett mit einem Pisaturm abgeräumter Gläser. Mit jedem Manöver rückt sie deutlicher ins Blickfeld: die schräge weiße Stoffbahn, das dunkle Haar, das Statuarische. In seiner Fantasie steigt er zielsicher die Verandastufen zu ihr hoch, hebt ihre Haare an, fühlt das Gewicht in seiner Hand, beugt sich vor und flüstert ihr ins Ohr: »Ich will dich malen, und wenn ich damit fertig bin, will ich Dinge mit dir anstellen, für die ich keine Worte habe.«

Am Himmel ist ein Kleinflugzeug zu hören. Er legt den Kopf in den Nacken und sieht es durch die Schleierwolken schwanken.

Aus dem Nichts landet etwas auf seinem Arm. Er blickt hinab und sieht eine besitzergreifende Hand, blickt hoch und sieht Olivia.

»Und wo wollen Sie heimlich, still und leise hin?«, fragt sie. »Wo doch Ihr Typ bei unseren Gästen so gefragt ist.«

»Ich wollte bloß ...«

Sie lächelt schelmisch und wartet, als rechnete sie mit einer ungemein bedeutsamen Äußerung aus seinem Mund.

Er räuspert sich. »Ich wollte bloß etwas zu trinken holen.«

»Aber wo steckt denn Michael? Der sollte doch helfen. Also wirklich, das ist mir einer!«

»Schon gut ...«, setzt er an.

Sie hebt die Hand und winkt einen Kellner herbei. »Schenken Sie dem Herrn bitte nach«, sagt sie. Er will erklären, dass er seiner Frau ein Glas Wasser besorgen soll, doch längst hat der Kellner seines wieder gefüllt und ist verschwunden. Unentwegt steht, redet und strahlt neben ihm Olivia. Er nimmt einen ordentlichen Schluck, dann noch einen. Da stößt ein Mann zu ihnen, ergreift Olivias Hand und küsst sie. Der Mann mustert ihn und sagt: »Was dagegen, wenn ich sie kurz entführe?«

Und abermals erwidert er »schon gut«, während der Mann, der noch immer ihre Hand hält, eine lachende Olivia fortzieht.

Neben den Verandastufen ist eine Getränkebar aufgebaut. Er stellt sich an. Ein leutseliger, gut sechzigjähriger Mann mit dem typischen Querbinder und Käppi des Soda Jerks kredenzt wohldosiert seine Drinks und Scherze. Eine Traube junger Mädchen gickelt und gurrt, während er die Kronkorken von Sodaflaschen hebelt und die Mädchen mit der Frage neckt, wer wohl als Erste unter die Haube kommt. Ein Selbstdarsteller. Von der Sorte, die ihn in der Regel irritiert. Aber heute nicht. Heute ist er selbst einer dieser Kerle und versucht, in jungenhaftem Leichtsinn, bei einer Eindruck zu schinden, die ihn wahrscheinlich gar nicht zur Kenntnis nimmt.

»Ich habe Bier, und ich habe Punsch«, sagt der Mann. »Wenn Sie was Stärkeres suchen, müssen Sie reingehen – keine Sorge, ich verrat's auch niemandem.«

»Wie sieht es mit weniger Starkem aus?«

»Na, da hätte ich Limonade oder Rootbeer zu bieten.«

»Und Wasser?«

»Wasser, wer trinkt denn auf einer Party Wasser?«, will der Mann wissen.

»Meine Frau.«

»Hätte sie wirklich nicht lieber Limonade? Oder wie wär's mit einem Glas Soda?«

»Einfach nur Wasser.«

»Verstehe, selber süß genug, wie? Nein, die Frage brauchen Sie nicht zu beantworten. Ich kenn das – bin selbst seit achtunddreißig Jahren verheiratet.«

»Gratuliere.«

»Wenn Sie meinen. Wasser finden Sie am ehesten in der Küche.«

Ihre Silhouette steht ihm noch vor Augen, als er sich von der Getränkebar abwendet, und sie ist noch da, als er nach dem Geländer greift. Doch irgendwann zwischen dem Moment, da er den Hut zieht, und dem Weg die Verandastufen hinauf ist sie verschwunden. Als hätte sein Anblick sie verscheucht. Am Fuß der Chaiselongue liegt ihr großer gelber Hut, in der Einkerbung des Aschenbechers liegt eine noch nicht angezündete Zigarette. Am anderen Ende der Veranda schlägt sich unverdrossen die wackere Blaskapelle, und jenseits der Bäume scheint das Flugzeug nun knapp über der Bucht zu schweben. Er steht da und leert sein Glas, dann holt er sein Taschentuch hervor und tupft sich den Schweiß in den großen kahlen Kopf zurück.

Im Wohnzimmer umlagert eine Reihe Veteranen die Bar. Ganz hinten lehnt Frank am Flügel und liest Zeitung. Er macht sich durch den Raum auf den Weg zu ihm. Frank legt die Zeitung weg und schüttelt den Kopf. Er wiederum will sein leeres Glas absetzen, doch da nähert sich ein Kellner, und schon ist es abermals nicht mehr leer.

»Ich warte nur, bis die Burschen mit dem Blech aufhören«, sagt Frank, hält sich ein Ohr zu und verzieht das Gesicht. »Dann werden der gute Captain und ich antreten – nur für den Fall, dass Sie gern tanzen.«

»Nicht direkt«, sagt er und durchquert den Raum Richtung Küche, »aber vielen Dank, da bin ich nun vorgewarnt.«

Unterwegs bringt ihn um ein Haar ein Riesentablett voller Eiscremeschälchen zu Fall. Er presst sich an die Wand und lässt die Gefahr vorüberziehen, dann schiebt er sich vorsichtig durch die Tür. Vor lauter Menschen sieht man die Spüle nicht. Der lange Tisch in der Mitte des Raums hat sich in ein Fließband für Dessertschälchen und -teller verwandelt. Er hält sich im Hintergrund, trinkt Wein und beobachtet das Treiben, dann widmet er seine Aufmerksamkeit einer Platte auf dem Fensterbrett, auf der zwei schwarze Fliegen sich parallel durch Korridore von Kanapees mampfen, und er fragt sich, ob die eine wohl von der anderen weiß und ob ihre Wege sich je kreuzen werden. Ihm wird klar, dass er dem Wein zu bereitwillig zugesprochen hat und er lieber lernen sollte, zu trinken wie andere Männer – oder gar nicht.

Als er wieder hochsieht, sind keine Nachspeisenfließbandarbeiter mehr am Tisch, stattdessen steht Katherine am Becken und spült Gläser. Er setzt sich in Bewegung, doch ehe er sie erreicht hat, packt ihn Mrs Kaplan am Schlafittchen.

»Ach, wie schön, dass Sie gekommen sind. Wo ist denn Ihre Frau?«

»Sie unterhält sich draußen; ich soll ihr ein Glas Wasser holen.«

»Aber natürlich. Mal sehen ... ah ja.«

Mrs Kaplan nimmt eine Karaffe vom Küchenbord, beugt sich vor ihrer Tochter an den Wasserhahn der Spüle, füllt das Gefäß und trägt es davon. Katherine wirft ihm über die Schulter einen Blick zu, deutet mit einer Kopfbewegung auf die Gläser auf der Abtropffläche und sagt: »Ich habe ganz nasse Hände.«

Er nimmt ein Glas hoch, dann ein Handtuch und schraubt es ins umgestülpte Glas.

»Die Gläser sind uns ausgegangen«, sagt sie. »Es sind viel mehr Leute da, als irgendjemand sich erinnern kann, eingeladen zu haben.«

Er nickt und schraubt an seinem Glas.

»Zwei sind mir schon zerbrochen, und der Abend hat kaum begonnen.«

»Zwei was ... Herzen?«, hört er sich sagen und findet seinen unbeholfenen Scherz so peinlich wie überraschend.

Sie lacht verdutzt auf, schielt zu ihm hoch und sieht weg.

Sie zieht das nächste Glas aus dem Schaum und stellt es auf die Abtropffläche.

»Wenn Sie wollen, kann ich eine Weile abtrocknen, wo ich schon da bin«, sagt er.

»Wollten Sie Ihrer Frau nicht Wasser bringen?«

»Stimmt. Ja, das wollte ich.«

Er stellt das Glas ab und will auch das Handtuch weglegen, als Katherine die Hände aus dem Spülwasser nimmt und schüttelt. Sie dreht sich ihm zu, packt das Ende seines Handtuchs und trocknet sich die Hände ab. So stehen sie eine Weile voreinander, und er überlegt, dass sie wohl eins siebzig oder fünfundsiebzig groß sein muss. Dann überlegt er, wie einfach es wäre, nur ein klein wenig die Hand zu heben und sie zu berühren.

Mrs Kaplan kehrt zu ihnen zurück, Katherine lässt das Handtuch sinken, und fährt zum Spülbecken herum, auf eine hastige, heimliche Art, die ihm ganz alberne Hoffnung macht, als hätte es die letzten vierzig Jahre nicht gegeben, als wäre er ein Mann in den Zwanzigern ohne Frau im Garten, die auf ihr Wasser wartet.

»Dürfte ich Sie«, sagt Mrs Kaplan eben, »wenn es Ihnen nichts ausmacht, bitten, das letzte Tablett Eiscreme und Apfeltorte den Jungs an der Bar zu bringen – Sie wissen schon, im Wohnzimmer? Und vielleicht hätten Frank und Captain Hartman auch gern eine Portion.«

Mrs Kaplan reicht ihm ein großes Tablett, auf dem genau in der Mitte die Karaffe Wasser für seine Frau steht. Sie hebt ein trockenes Glas von der Abtropffläche und stülpt es über den Hals der Karaffe. Er blickt über die Schulter zu Katherine zurück. Er sieht jetzt, dass sie gar nicht Weiß trägt, dass ihr Kleid vielmehr olivgrün ist. Sie erwidert seinen Blick mit funkelndem Auge, als fände sie etwas sehr erheiternd. Obwohl er sich auch da nicht sicher ist. Was Katherine angeht, gibt es überhaupt keine Sicherheit.

Er verteilt Dessertteller und scherzt ein wenig mit den Veteranen, als Michael zu ihm herübereilt. »Kann ich davon eins haben?«, fragt er.

»Sicher, Michael. Willst du nicht auch gleich einen Teller für Richie mitnehmen? Ich glaube, ich habe ihn draußen an einem Tisch stehen sehen.«

»Da ist er aber nicht mehr. Er hat sich beleidigt verzogen.«

»Wieso das denn?«

»Er wollte nicht, dass ich mit zwei so Jungs aus Hyannis an den Strand gehe, bin ich aber trotzdem, also war er sauer … und als seine Mom mich zu ihm an den Waisentisch geschickt hat, hat er gesagt, ich soll bloß abhauen, ich wär ein Überläufer.«

»Aha.«

»Aber ich bin gar nicht übergelaufen, ich habe ihnen nur gezeigt, wo's zum Strand geht, und dann bin ich gleich zurück. Jedenfalls ist die Eiscreme nicht für mich, sondern für Mrs Aitch.«

»Tja *dann*, unbedingt. Ich wollte ihr gerade das Wasser hier bringen.«

»Ach, das kann *ich* mitnehmen.«

Michael hebt eine Schale und die Karaffe vom Tablett, dreht sich auf dem Absatz um und verschwindet.

Neben ihm sagt ein Mann: »Ist das Ihr Enkelsohn?«

»Nein, auch nicht mein Sohn.«

»Er sieht Ihnen ähnlich, wollte ich sagen.«

»Ich habe keine Kinder.«

»Das ist schade«, sagt der Mann etwas unverblümt, dann beugt er sich vor und mustert die wenigen auf dem Tablett verbliebenen Dessertteller.

»Ich habe mich im Anchor and Ark Club einquartiert«, sagt der Mann. »Bis Dienstag.«

»Soll angenehm sein«, fühlt er sich zu sagen bemüßigt, obwohl er über das Haus nie was gehört hat, ob gut oder schlecht.

»Geht schon. Letztlich unterscheiden sich diese Gasthäuser nicht groß.«

»Mag sein.«

Der Mann nimmt einen Teller hoch und begutachtet das Dessert. »Gibt es das vielleicht ohne?«, fragt er. »Ich meine, nur das Eis ohne Apfeltorte?«

»Ich fürchte nicht. Da müsste ich noch mal in die Küche zurück.«

»Aber nein, bitte, das will ich Ihnen nicht zumuten. Aber vielleicht könnte Ihr Enkel ...? Ach, war ja nicht Ihr Enkel, hab ich vergessen.«

»Nein, ist er nicht.«

»Ich habe auch keine Enkel«, sagt der Mann. »Habe ja auch keinen Sohn.«

Da fällt ihm auf, dass der Mann ein kleines blaues, gold umrandetes Abzeichen trägt, das Soldaten überreicht wird, die einen Sohn im aktiven Dienst verloren haben. Sie stehen sich einen Moment gegenüber, sehen sich an, dann verstummt die Kapelle, und Olivias Stimme schallt von der Veranda. Applaus bricht los wie ein plötzlicher Regenguss, dann redet Olivia gleich weiter.

Er denkt an Katherine hinten in der Küche, die Farbe ihres Kleids, ihre roten, aufgerauten Hände, als sie sie abtrocknete, als hätten sie ziemlich lange im Spülwasser gesteckt. Sie kann das vorhin auf der Veranda nicht gewesen sein. Aber wo kam der weiße Schemen dann her? Eine optische Täuschung? Eine Luftspiegelung? Es kann sonst wer gewesen sein. Oder niemand.

»Das macht doch keine großen Umstände«, sagt er zu dem Mann, »Ihnen aus der Küche ein Schälchen Eis zu bringen, wenn Sie es lieber ohne essen.«

Der Mann blickt grämlich auf die Eiscreme, überlegt es sich.

Als er wieder hochsieht, sind seine Augen feucht. »Ach«, sagt er, »ich glaube, ich lass es doch lieber.«

Sie entdeckt ihn im Schatten eines Baums bei Mrs Kaplan und zwei anderen. »Slow Boat to China« schmust aus der Klarinette, und auf der Veranda sieht sie Katherine mit einem sehr alten Herrn tanzen. Hinter ihr foxtrotten Paare an den Schiebetüren vorbei.

Er beugt den Kopf zu Mrs Kaplan herunter, lauscht aufmerksam ihren Worten, und auch die anderen beiden folgen gebannt ihren Ausführungen. Eine Scheu befällt sie, als sie sich nähert, als könnte sie ihn in der trauten Runde stören, und in ihr keimt die Hoffnung auf, er werde hochblicken, sie sehen und sie willkommen heißen. Aber es ist Mrs Kaplan, die sie als Erste bemerkt und die, ohne sich deswegen zu unterbrechen, ihren Arm tätschelt und einen Schritt zurücktritt, um für sie Platz zu schaffen.

»Nun, ich war mit Billy schwanger, als wir nach Mexiko zogen, wissen Sie«, sagt Mrs Kaplan zu dem anderen Paar in der Runde, er mit dunkler Sonnenbrille, sie sehnig und verwittert wie eine Dattelpalme, braun und zerfurcht.

Mrs Kaplan unterbricht sich an dieser Stelle, um sie ins Bild zu setzen: »Wir haben uns über Mütter unterhalten, und ich sagte gerade, wie sehr ich bedaure, dass meine ihre Enkelkinder nicht mehr erleben durfte.«

»Sie starb, bevor sie geboren wurden?«, fragt der Mann mit der Sonnenbrille.

»Nein, das nicht. Nur lebten wir der Arbeit meines Mannes wegen in Mexiko, verstehen Sie, und ich habe immer versprochen, ich käme im Sommer oder in den nächsten Weihnachtsferien ganz bestimmt zu Besuch, und dann gingen, husch!, wieder zwei Jahre ins Land, wie das eben so ist. Ich bin natürlich zur Beerdigung gekommen, da war dann schon Katherine unterwegs, und dann bin ich geblieben, habe mich einfach geweigert, das Haus, in dem ich aufgewachsen war, wieder zu verlassen, ein Haus, muss ich dazusagen, in dem ich nie sonderlich glücklich war. Mein Mann musste den Job wechseln und nach Boston zurückziehen. Ehrlich gesagt, stand ich meiner Mutter nie sehr nahe, und doch haben mich noch jahrelang Schuldgefühle geplagt. Nun, wir alle haben Grund zu Bedauern.«

Sie will gerade von ihrer eigenen Mutter erzählen, wie eng sie gewesen waren, Busenfreundinnen geradezu, und wie einsam sie sich nach deren Tod gefühlt habe, doch sie hat kaum das erste Wort im Mund, da kommt ihr Mann ihr zuvor: »Meine Mutter hat das Haus hier in Truro nie gesehen. Das hat mir immer leidgetan.«

»Nun, seiner Mutter ging es nicht mehr so –«, will sie erklären, aber er schneidet ihr das Wort ab.

»Sie hat sich bester Gesundheit erfreut. Ein Besuch wurde einfach immer wieder verschoben, bis es zu spät war.«

»Was für ein Jammer«, sagt Mrs Kaplan. »Es hätte ihr sicher gefallen.«

»Ja, doch, es hätte ihre Zustimmung gefunden«, sagt er.

»Nun, das können wir nicht wissen«, sagt sie. »Seine Mutter konnte recht schw–«

Wieder fährt er dazwischen: »Sie war in allem immer eine große Stütze.«

»Nun, das kam darauf an«, sagt sie. »Ich finde nicht unbedingt –«

»Es hätte mir große Freude bereitet, es ihr zu zeigen.«

Mrs Kaplan gönnt ihm ein trauriges kleines Lächeln, dann sagt sie, mit einem raschen Blick hinüber zur Veranda: »Was halten Sie davon, wenn wir uns eine Weile zu Katherine gesellen? Sie darf sich nicht in der Sonne aufhalten, das schränkt sie etwas ein. Sie hätte sicher gern ein bisschen Gesellschaft.«

Katherine sitzt auf ihrer Liege, hat die Füße hochgelegt und streckt ihnen allen ihre bloßen Sohlen entgegen. Der alte Herr, mit dem sie getanzt hat, schiebt inzwischen eine andere über die Tanzfläche. Sie überquert an Mrs Kaplans Seite den Rasen. Die Frau mit dem braunen Gesicht geht Hand in Hand mit dem

Sonnenbrillenmann hinterdrein. Und ihren Mann hat, als sie sich umsieht, gerade Michael abgefangen.

»Meine Freundin Lilian«, sagt Mrs Kaplan, »und ihr jüngster Bruder George. Er hat im Pazifik sein Augenlicht verloren, Lily kümmert sich um ihn. Er redet nicht viel, scheint aber eigentlich ganz zufrieden.«

Sie wartet jetzt auf Lily und hakt sich bei ihr unter. »Also, Lily bezeichnet sich meist einfach als Gärtnerin, aber in Wahrheit ist sie Gartenbaukünstlerin und Botanikerin, eine Erforscherin von Wald, Moor, Wildnis und –«

»Und meine Freundin«, sagt Lily, »übertreibt gern.«

»Bei ihr wächst, gedeiht und vermehrt sich alles wundersam«, versichert Mrs Kaplan.

»Außer Geld.« Lilian grinst, und die Freundinnen lachen lauthals über einen offenbar uralten und gern aufgewärmten Scherz.

Sie wartet, bis die Frauen ausgelacht haben, und sagt dann: »Wenn Sie mich entschuldigen wollen, ich muss mal kurz wohin.«

»Aber sicher«, sagt Mrs Kaplan. »Sie können gern mein Bad benutzen. Ganz oben am Ende des Flurs. Einfach durchs Schlafzimmer gehen. Dann müssen Sie nicht anstehen.«

Dass er damit so herausgeplatzt war! Das war für sie wie ein Schlag ins Gesicht, und noch während sie Mrs Kaplans Beschreibung folgend ihren Weg nach oben macht, spürt sie das gemeine Brennen auf der Wange. Anzudeuten, dass es irgendwie ihre Schuld gewesen sei. Siebenundsechzig Jahre alt und immer noch Muttersöhnchen, und die Mutter nicht einmal mehr am Leben! Dass er es wagte, und noch dazu vor Dritten. Er, der kaum imstande war, jemandem einen guten Morgen zu wünschen, der ihm nicht näher bekannt war, aus Sorge, womöglich etwas preiszugeben. Mrs Kaplan hatte es vielleicht nicht mitbekommen, der Blinde und seine Schwester aber zweifellos. Der Blinde hatte das Kinn gehoben, die Schwester den Blick gesenkt.

Auf dem obersten Treppenabsatz späht sie einen langen, staubigen Flur hinab, drei Türen zur Linken, eine ganz vorn. Sie erreicht eine nur angelehnte Tür und streckt im Glauben den Kopf hinein, es müsse sich um das Bad handeln, aber es ist ein normales Zimmer, und darin Richie, der bäuchlings auf dem Boden liegt und rhythmisch mit dem Fuß eines angewinkelten Beins wippt. Er hält einen braunen U.S.-Feldpostbrief in Händen, mit einem Kampfflugzeug auf der Briefmarke. Ein paar weitere solche Umschläge liegen neben ihm auf dem Fußboden – alte Briefe seines Vaters, wahrscheinlich. Zum ersten Mal tut der Junge ihr leid, der sich – ausgerechnet heute – in ein Zimmer unterm Dach verkrümelt, um alte Briefe seines Vaters zu lesen.

Sie beschließt, ihn nicht zu stören, und tritt lautlos in den Flur zurück, wo ihr auch erst wieder einfällt, dass Mrs Kaplan gesagt hat, ins Bad komme sie durchs Schlafzimmer am Ende des Flurs.

Auf dem Klo stützt sie die Ellbogen auf die Knie und sieht sich in Mrs Kaplans spartanischem Bad um, studiert die Glaswaben des Fensters, die rostgesprenkelte Wanne, den noch triefenden Schwamm. Sie muss dringend, aber es kommt nichts. Sie versucht, sich zu entspannen, nichts zu forcieren, gar nicht dran zu denken. Sie lauscht den Geräuschen draußen. Der Lärmpegel ist gestiegen, Stimmen sind lauter, das Gelächter markanter, übermütig. Es gibt das Näseln der Klarinette, die fragt: »Why Don't You Do Right?«

Sie hatte den Besuch doch nur aufgeschoben. Das Haus keine fünf Minuten fertig, da wollte er schon bis nach Nyack fahren, um seine Schwester und seine Mutter zu holen. Sie hatte doch nur darum gebeten, sie möchten ihren ersten Sommer in dem neuen Heim genießen, ohne sich in allem nach seiner Familie richten und es recht machen zu müssen, ohne dass andere über alles, was ihr lieb und teuer war, ihr Wespengift verspritzten.

»Hast du nicht ebendeswegen nur zwei Zimmer vorgesehen?«, hatte sie ihn erinnert. »Was wollen wir mit einem endlosen Strom von Besuchern?«

»Zwei Menschen stellen kaum einen ›Strom‹ dar, und schließlich sind es meine Schwester und meine Mutter.«

»Ja, aber meinst du nicht, dass sie schon etwas gebrechlich ist für so eine lange Reise?«

»Wir können genügend Rastpausen einlegen.«

»Ich fahre nicht bis nach Nyack zurück!«

»Dann nehmen sie eben den Zug, und wir holen sie in Boston ab.«

»Ich fahre auch nicht bis nach Boston und zurück!«

»Dann fahre ich allein.«

»Du musst arbeiten. Du kannst die Ablenkung nicht gebrauchen.«

»Du meinst eher, du willst die Umstände nicht.«

»Ich sage ja nur, dass der Zeitpunkt nicht gerade günstig ist, und ich habe kein Problem damit, ihnen einen netten Brief zu schreiben und das zu sagen.«

»Sie wird nicht eben jünger.«

»Ach, sie macht es noch lange.«

»Sie können unser Bett haben und wir auf dem Stauboden schlafen.«

»Nein, das ist keine Lösung.«

»Dann übernachten sie eben in Wellfleet, ich suche ihnen ein Hotel.«

»Nein, nein. Viel zu teuer um diese Zeit.«

»Du würdest nicht einmal kochen müssen.«

»Ich sagte: NEIN! Und mit nein meine ich nein, nein, nein.«

Schließlich tröpfelt es, kaum der Mühe wert, der vielen Umstände und der Treppen. Bis sie wieder unten ist, muss sie wahrscheinlich schon wieder. Sie wartet, bis das Tröpfeln versiegt, dann wischt sie sich ab, richtet ihre Garderobe und wäscht sich an Mrs Kaplans Waschbecken gründlich die Hände.

Und was macht sie, seine Mutter? Was sie macht, sie schlägt dem Fass den Boden aus. Sie stirbt! Ja, sie stirbt, bevor es noch zu einem Besuch in seinem kostbaren Sommerhaus kommt.

»Seinem kostbaren Sommerhaus«, sagt sie zu ihrem Spiegelbild, »das er übrigens dem Geld meines Onkels verdankt!«

Sie mustert sich einen Augenblick, dann vergräbt sie ihr Gesicht in den nassen Händen und flüstert: »Ich habe NEIN gesagt! Nein, nein, nein!«

Er steht auf dem Rasen und spricht mit Michael über Hummerfallen, da kommt Mrs Kaplan und stellt zwei Jungen vor. Michael murmelt, ohne die beiden eines Blickes zu würdigen: »Hab ich schon vor der Party kennengelernt«, und da weiß er, dass dies die berühmt-berüchtigten Hyannis-Brüder sein müssen.

»Wir sprachen gerade von Hummern«, sagt er.

»Verstehe«, sagt Mrs Kaplan. »Willst du auf Hummerfang gehen, Michael?«

»Nein, aber ich wollte wissen, wie die Fallen funktionieren.«

»Und ich konnte es ihm nicht richtig erklären«, sagt er, »nur, dass der Hummer offenbar rein-, aber nicht wieder rausfindet.«

»Und ich verstehe nicht, wieso. Wieso er das nicht hinkriegt«, sagt Michael. »Wenn er reinkommt, muss er doch wieder rauskommen.«

»Tja, so ist es manchmal«, sagt Mrs Kaplan, und Michael blinzelt sie an. »Wir bringen uns recht leicht in eine missliche Lage, und irgendwann kommen wir aus der Sache nur schwer wieder heraus – aber was fang ich ausgerechnet auf einer Party an zu moralisieren!«

»Ich halte einen Hummer als Haustier«, sagt einer der Jungen.

»Was du nicht sagst!«, sagt Mrs Kaplan.

»Ich nenne ihn Major Ursa.«

»Ein ungewöhnlicher Name«, sagt Mrs Kaplan, »aber ein Hummer ist schließlich ein ungewöhnliches Haustier.«

»Benannt nach der Konstellation«, sagt der Junge. »Sie wissen schon, dem Sternbild.«

»Du interessierst dich demnach für die Sterne«, sagt Mrs Kaplan. »Richie war früher ein fanatischer Sternegucker. Sein Vater interessierte sich sehr, und der hat ihm das alles –«

»Ich habe mir zu Weihnachten ein Fernrohr gewünscht«, sagt der Junge, »aber ich hab's nicht bekommen. Ich wollte mir Major Ursa mal näher ansehen.«

»Heißt es nicht Ursa Major?«, fragt Mrs Kaplan den Jungen.

»Schon, aber es sollte auch nach Soldat klingen, weil er das doch im Grunde ist.«

»Mein Bruder hat ihn gerettet«, sagt der andere Junge. »Er hatte was an der Schere, und er hat ihn verarztet, und jetzt trainieren wir ihn für den Kampf.«

»Ach, seht nur«, sagt Mrs Kaplan, »da kommt eure Mutter, sie scheint euch gesucht zu haben.«

»Kommt, Jungs, Zeit zu gehen«, sagt eine hübsche, aber gehetzt wirkende blonde Frau, aber die Jungen beachten sie gar nicht.

Der eine zupft an seinem Ärmel und sieht mit leicht wildem Blick zu ihm hoch. »Er wird kämpfen bis zum Tod. Dafür ist er ja Major«, sagt er.

»Nun, zu seinem soldatischen Wesen kann ich nichts weiter sagen«, sagt er dem Jungen, »aber der Konstellation könnte man durchaus eine gewisse Ähnlichkeit mit einem Hummer zusprechen.«

Die Mutter will den Jungen wegzerren. »Hoffentlich piesacken sie Sie nicht.«

»Keineswegs, sie haben mir von ihrem Hummer berichtet«, sagt er.

»Meinem Hummer, nicht seinem. Er hilft nur beim Training.«

»Nicht schon wieder dieser Major! Ich schwöre, eines Tages werfe ich ihn noch in den Kochtopf.«

»Wenn du es wagst«, knurrt Majors Herrchen, »fliegst du gleich hinterdrein.«

Er rechnet damit, dass die Mutter den Jungen ohrfeigt, aber sie nimmt an der Frechheit keinen Anstoß, beziehungsweise sie nimmt davon einfach keine Notiz.

»Es wird ein Kampf mit harten Bandagen; keine Gnade«, führt der andere Junge aus. »Major gegen diesen anderen Hummer, den ein Junge an unsrer Schule hat. Sein Hummer ist deutsch, während Major hundert Prozent Amerikaner ist.«

»Woher weißt du, dass es ein deutscher Hummer ist?«

»Weil er so aussieht. Er ist grau wie die deutschen Uniformen, und er hat so eine fiese Visage.«

»Verstehe«, sagt er und muss sich ein Lachen verkneifen.

»Es wird ein Kampf auf Leben und Tod.«

»Das sagte dein Bruder, ja.«

»Aber wird euch der arme Major denn nicht fehlen, wenn er umkommt?«, fragt Mrs Kaplan.

Die Mutter des Jungen legt ihm eine Hand auf den Arm, er schüttelt ihn ab.

»Ich kann mir ja jederzeit einen neuen besorgen. Er ist Soldat ... dazu sind sie doch da, oder? Sie kämpfen und sie fallen. Wie mein Onkel Pete. Nach dem bin ich benannt – er war ein Held.«

Seine Mutter sagt: »Da kommt euer Vater. Setzt euch lieber in Marsch, sonst geht's *euch* an den Kragen. Da drüben – er wartet. Und ihr wisst genau, wie er ist, wenn man ihn warten lässt.«

»Es tut mir leid, dass wir so früh losmüssen, Mrs Kaplan«, sagt sie, » aber wir verbringen Labor Day bei Kenneths Familie, und ... Los jetzt, ihr beiden! Es war wirklich eine sehr schöne Party, und ich hoffe, Sie haben ordentlich Geld gescheffelt für Ihren Fonds. Marty! Ich sag's nicht noch mal, also Bewegung!«

»Nun, gezählt haben wir es noch nicht, aber wir werden es natürlich alle wissen lassen.«

»Bedankt euch bei Mrs Kaplan für die Einladung.«

»Vielen Dank, Ma'am.«

»Ja, haben Sie vielen Dank, Ma'am.«

»Ich begleite Sie ein Stück«, sagt Mrs Kaplan. »Ich möchte mich noch von Ihrem Mann verabschieden. Wie geht es ihm denn?«

»Schläft immer noch nicht besonders gut. So gesehen fehlt ihm nichts, aber Sie wissen ja.«

Sie ziehen ab, und er hört die Mutter zeitgleich mit der Unterhaltung unentwegt die beiden Jungen zurechtweisen.

»Schade, dass wir Ihre Ansprache verpassen werden, aber wenn wir uns nicht auf den Weg machen – Peter! Wenn du deinen Bruder noch mal haust, dann kannst du aber –«

Er und Michael wechseln einen Blick und prusten beide los.

»Das sind die beiden, die Richie nicht leiden kann.«

»Habe ich mir denken können«, sagt er.

»Und ich kann ihn verstehen.«

»Ja. Trotzdem, der Hummer klingt interessant.«

»Mrs Aitch sagt, es müssen nicht alle alle mögen.«

»Das ist sehr wahr.«

»Sonst, sagt sie, würden wir alle herumlaufen und uns nur noch angrinsen wie die letzten Idioten«, sagt Michael und prustet wieder los. »Das finde ich so komisch. Ich weiß nicht, warum, finde ich einfach.«

»Tja, manchmal ist meine Frau ziemlich komisch.«

Michael sagt einen Augenblick nichts mehr, dann: »Ich versuche ja … versuche, Richie mehr zu mögen, ehrlich. Aber …«

Er mustert Michael, will sich dahin gehend äußern, dass Richie etwas Nachsicht verdient, weil er seinen Vater verloren hat. Doch dann ruft er sich in Erinnerung, dass dieser Junge alles verloren hat: Familie, Zuhause, ja, seine Identität.

»Ach, Richie ist ganz in Ordnung. Ich denke, du wirst ihn am Ende schon mögen. So läuft das manchmal.«

»Seine Mom mag *mich* nicht«, sagt Michael da. »Das steht jedenfalls fest.«

»Da täuschst du dich sicher.«

»Nein, es stimmt. Und ich weiß auch, wieso. Weil ich Deutscher bin und die Deutschen ihren Mann umgebracht haben, und das kann ich ja auch verstehen. Das ist nur gerecht, irgendwie, oder? Oder ich weiß nicht, vielleicht.«

»Es ist wahrscheinlich besser, an all das nicht mehr zu denken, Michael«, sagt er.

»Ich weiß nicht. Es kommt mir einfach so, da kann ich nichts machen, oder?«

»Tja, wahrscheinlich nicht.«

Sie schweigen ein Weilchen und beobachten das Gewimmel auf dem Rasen, dann legt er Michael eine Hand auf die Schulter. »Komm«, sagt er und führt ihn weg. »Lass uns reingehen und schauen, ob wir nicht etwas Kaltes zum Trinken ergattern können.«

Sie entdeckt ihn, als sie aus dem Bad herunterkommt. Er fasst sich wiederholt an den Mund und ans Kinn, wie er das tut, wenn ihn sein Gegenüber nervös macht. Sie steckt die Nase ins Wohnzimmer und sieht, dass dieses Gegenüber Olivia ist. Annette und Katherine sind ebenfalls mit von der Partie, außerdem ein ihr fremdes Paar.

»Kommen Sie, uns können Sie's doch sagen!«, hört sie Olivia drängen, als sie sich der Runde nähert. »Zieren Sie sich doch nicht so. Ah, sehen Sie, da kommt Ihre Frau, die wird entscheiden können, wer die Wette gewinnt.«

»Was denn für eine Wette?«

»Er will uns nicht verraten, was sein Lieblingsgemälde ist«, sagt Annette.

»Ach nein?«

»Behauptet, das könne er nicht sagen«, sagt Olivia und stampft auf wie ein trotziges Kind. »Wie sollte er sich nicht entscheiden können?«

»Tja, wie?«, sagt sie.

Olivia wendet sich an das Paar. »Das hier ist Mrs Aitch, sie muss es ja wissen.«

»Ich bin natürlich nicht Mrs Aitch«, sagt sie zu dem Mann.

»Nein?«

»Das ist nur der Anfangs–«

»Hier bei uns heißen Sie Mrs Aitch. Die Jungen sagen es, und die Jungen ...« Olivia verstummt, als Michael sich vordrängt. »Michael, was willst du?«

»Ich wollte Mrs Aitch bloß fragen, ob sie mit mir Mrs Kaplans Ansprache hören will.«

»Bis dahin bleiben gut fünfzehn Minuten, die Leute sind noch beim Dessert. Also husch! Rosetta kann in der Küche sicher deine Hilfe gebrauchen.«

»Sie hat mir eine Pause gegeben.«

»Michael. Bitte tu, was ich dir sage ...« Olivia sagt es mit einem kleinen gereizten Lachen.

Katherine sagt: »Lass ihn doch, Olivia. Und sollten wir nicht draußen bei Mutter sein? Sie wird uns um sich haben wollen, wenn sie beginnt.«

»Ach. Ja, natürlich. Ich hol mir nur vorher noch schnell einen Drink.«

»Überlass das nur mir, Herzblatt«, sagt Annette. »Ich bring ihn dir nach draußen.«

Olivia leert ihr Glas in einem Zug und reicht es der Freundin.

»Weiß eigentlich jemand, wo Richie steckt?«, sagt Olivia, als Katherine sich bei ihr unterhakt und sie wegzieht. »Michael«, ruft Olivia über die Schulter zurück, »würdest du ihn bitte mal suchen?«

Und ruft beim nächsten Schritt über die andere Schulter zurück: »Wenn deine Pause vorbei ist, versteht sich.«

Sie verständigt sich mittels hochgezogener Brauen mit ihrem Mann und wirft dann Michael einen Blick zu.

»Ich glaube, ich weiß, wo Richie steckt«, sagt sie. »Bin gleich wieder da.«

Sie steigt erneut die Treppe hoch und tappt den langen Flur hinunter. Richies Tür ist jetzt geschlossen, aber sie hört ihn dahinter singen.

Sie klopft leise und ruft seinen Namen; drinnen klingt es aufgescheucht.

»Alles in Ordnung, Richie?«, fragt sie.

Die Tür geht auf, Richie hält seine Nase in den Spalt.

»Ach, hallo, Mrs Aitch. Woher wussten Sie, wo ich bin?«, sagt er.

»Nun, das ist doch dein Zimmer, oder?«

»Nein, ist es nicht. Michael und ich schlafen unten. Ich komme hier nur manchmal hoch, wenn ich ... also ...«

»Wenn du ungestört sein willst? Das verstehe ich. Wir alle brauchen mal Zeit für uns.«

Sie späht über seine Schulter. Auf dem Fußboden sieht sie ein Comicheft und eine Flasche Limonade. Die Feldpostumschläge sind verschwunden, aber unter dem Comicheft guckt etwas hervor, bei dem es sich um Geldscheine handeln könnte. Geld von den Freunden seines Vaters, wahrscheinlich, als könnte Geld etwas wiedergutmachen.

»Warum bist du denn nicht auf der Party, Richie?«

»Ich mache nur eine kleine Pause.«

»Nun, ich glaube, deine Mutter fragt nach dir. Deine Großmutter hält gleich eine Ansprache, die willst du doch sicher nicht verpassen.«

»Ich komme sofort.«

»Michael ist auch da.«

»Na klar, bei seinen neuen Freunden.«

»Welchen Freunden? Soweit ich weiß, ist er allein.«

»Diese Westin-Brüder, und es tut mir ja leid, aber ich kann sie nicht leiden.«

»Nicht?«

»Nein, denn wenn Sie es genau wissen wollen, das sind gemeine Rowdys.«

»Das ist ja nicht schön.«

»Michael scheint das nichts auszumachen, der hat wohl nichts dagegen, ihr Kumpel zu sein. Der ist mit denen an den Strand gezogen und hat mich einfach stehen lassen.«

»Ach, bestimmt wollte er bloß höflich sein. Jedenfalls ist er nicht bei denen. Willst du nicht mit mir runterkommen? Die Ersten brechen schon auf. Und du willst doch die Ansprache deiner Großmutter nicht verpassen.«

»Und wo ist meine Mom?«, fragt er.

»Treibt sich irgendwo herum. Mit Katherine, glaube ich.«

»Und Captain Hartman?«

»Wer?«

»Egal.«

»Komm schon, Richie. Lass uns runtergehen, was meinst du?«

Richie kaut noch etwas störrisch auf seiner Unterlippe. Dann nickt er, zieht hinter sich behutsam die Tür zu und begleitet sie durch den Flur.

Als sie aus dem Haus treten, wimmelt es auf der Veranda von Menschen, und Mrs Kaplan ist im Begriff zu sprechen. Sie schiebt Richie vor sich her und verkündet immerzu: »Verzeihen Sie, verzeihen Sie bitte, wenn Sie uns bitte durchlassen wollten?«

Ein Mann schnalzt missbilligend, eine Frau heißt sie schweigen. Ringsum ertönt Gelächter, dann senkt sich ein beklommenes Schweigen herab, als Mrs Kaplan über ihren Sohn spricht. Sie entdeckt eine Lücke im Gedränge, packt Richies Arm, zerrt ihn hindurch, und sie landen am äußeren Rand der Veranda bei den Stufen.

»Bill Kaplan – mein Sohn, Olivias Mann, Richies Vater, Katherines Bruder – ließ sein Leben für dieses Land. In den vergangenen Jahren haben wir an diesem Tag, seinem Geburtstag, um ihn getrauert. Doch jetzt, nach sechs Jahren, haben wir beschlossen, ihn stattdessen zu feiern.

Wir haben Bill geliebt, er hat uns geliebt, und wir halten daran fest, dass die Liebe nicht stirbt; was wir für die empfunden haben, die uns genommen werden, und was sie im Leben für uns empfanden, bleibt uns für immer.

Wir wollen daher auf alle, die geliebte Menschen verloren haben, sei es im Krieg, durch ein Unglück, durch Krankheit und Gebrechen, das Glas erheben. Auf fehlende Freunde!«

Mrs Kaplan hebt ihr Glas, ringsum winkeln Menschen die Ellbogen an, selbst die, die nichts in der Hand halten, erheben ein unsichtbares Glas auf fehlende Freunde. Sie sieht unmittelbar vor sich das Profil ihres Mannes, der die Augen auf Mrs Kaplan gerichtet hat, und neben ihm sieht sie Michaels Kopf auf und ab und von links nach rechts rucken, als hielte er nach jemandem

Ausschau. Sie will ihm gerade zuwinken, als sie Mrs Kaplan etwas von einem ganz besonderen Jungen sagen hört, den sie nun auf die Bühne bittet. Sie spürt Richie neben sich stocksteif werden und sich wappnen.

Mrs Kaplan ruft laut seinen Namen. Sie ruft ihn dort vor all diesen Leuten, zwischen denen er steht und ihr lauscht.

Zunächst ist ihm nicht klar, dass es sein Name ist, sie meint sicher wen anders. Er ist so sehr damit beschäftigt gewesen, die vielen Gläser im Blick zu behalten, die hochgehen, und zu hören, wie so viele Stimmen *auffehlendeFreundefehlendeFreundefehlen* murmeln, und sich zu fragen, ob es außer ihm in der Menge wohl sonst wen gibt, der keine fehlenden Freunde hat, denen er zuprosten kann – jedenfalls nicht, dass er wüsste. Und er ist damit beschäftigt gewesen, die vielen Gesichter zu beobachten, die zu Mrs Kaplan dort bei ihrer Ansprache auf der Veranda hochsehen. Strahlende Gesichter mit sonnigem Lächeln und kleinen Lachern, bis sie das von ihrem Sohn Bill sagt, da werden Mundwinkel herabgezogen und laufen Tränen, selbst aus den Augen von Soldaten, den Männern überhaupt. Und er hat auch Olivia und Katherine oben auf der Bühne hinter Mrs Kaplan im Blick behalten und hat sich gefragt, wieso Richie nicht bei ihnen ist, und dann hat er außerdem Ausschau nach Mrs Aitch gehalten, die womöglich die Ansprache verpasst. Und deshalb dauert es einen Augenblick, bis er begreift, dass er der Michael ist, von dem sie spricht.

Er sieht zu Mr Aitch an seiner Seite hoch. Meint sie mich?, fragt er ihn stumm, doch Mr Aitch schaut zur Hausecke hinüber, und da sieht er also auch hin, und da sind Mrs Aitch und Richie, beide nebeneinander. Richie steht da mit offenem Mund und verdonnertem Gesicht.

Rosetta gibt ihm von hinten einen kleinen Schubs. »Worauf wartest du. Du sollst zu ihr.«

»Ich? Mich meinst du? Mich meint sie?«

»Klaro, du. Wer sonst? Also los, los, los.«

Und als er hochblickt, winkt ihn auch Katherines Hand herbei, und Mrs Kaplans Stimme sagt: »Ist er da? Ja, Michael, komm doch bitte hier rauf zu uns, komm nur, nicht schüchtern sein, zeig dich den guten Leuten. Ja, denn wir sind hier unter Freunden.«

Er spürt seine Beine kaum, als er sich zwischen Grinsegesichtern durchschlängelt, und er traut seinen Augen kaum, als sie vor ihm zurückweichen und ihm den Weg frei machen.

Mrs Kaplan legt ihm einen Arm um die Schulter. »Dieser Junge«, sagt sie, holt einmal Luft und beginnt von vorn. »Dieser Junge ist ein leuchtendes Beispiel für den wertvollen Beitrag, den unser Fonds leistet. Dieser Junge – Michael Novak. Der uns die Freude macht, ein paar Wochen unser Gast zu sein. Michael, könnte ich mir denken, wird sich zwar gar nicht erinnern. Doch als kleiner Junge wurde er gegen Ende des Krieges in Europa vom amerikanischen Roten Kreuz gerettet. Er war krank und unterernährt und sehr, sehr verängstigt, und war es schon seit ... wer weiß wie lange. Er musste halb Europa durchqueren, bis er behandelt werden konnte, und zwischendurch sah es so aus, als würde er es nicht schaffen. Über zwei Jahre lang ging es so. Doch dank des Dekrets unseres Präsidenten Truman konnte er in die Vereinigten Staaten gebracht und von einer guten, tüchtigen Familie, den Novaks, adoptiert werden, die leider heute nicht hier sein kann. Sein Dekret zu Displaced Persons schloss Mr Truman 1945 mit diesen Worten: ›Amerika erhält hiermit Gelegenheit, der Welt bei den gemeinsamen Bemühungen, weiteres menschliches Leid zu lindern, mit leuchtendem Beispiel voranzugehen.‹

Das dürfen Sie nicht vergessen, wenn ich Ihnen verrate, dass die Arbeit noch lange nicht getan ist. Aber es ist wichtige, wertvolle Arbeit, und sie muss fortgeführt werden. Dieser Junge ist der lebende Beweis. Ein amerikanischer Junge mit einer amerikanischen Zukunft. Deshalb, im Namen von Michael und den zahllosen anderen Jungen und Mädchen, die sich von den Folgen eines schrecklichen Krieges erholen, danke ich, danken wir Ihnen ganz herzlich dafür, dass Sie uns helfen, zu helfen. Ach, und eines noch, ehe ich Sie weiterfeiern lasse ...«

Mrs Kaplan wendet sich von ihm ab, um von Frank mit weiten Armen ein Paket entgegenzunehmen. Dann dreht sie sich ihm wieder zu und sagt: »Michael, das ist für dich«, und legt ihm das Paket auf die Arme.

»Es ist ein Drachen«, sagt Mrs Kaplan, »und er soll dich hoch hinaustragen, Michael. Aber es ist ein Drachen, den du selbst zusammenbauen musst, das ist wichtig, weil unserem Fonds daran liegt, unsere Waisen zu selbstständigen amerikanischen Bürgern zu erziehen, die imstande sind, sich ein Leben aufzubauen, es weit zu bringen und wirklich zu einem wertvollen Teil unseres großartigen Landes zu werden.«

Mrs Kaplan klatscht ihm zu. Dann klatscht die gesamte Party. Er stiert in die Menge und sieht vor allem, weil er alle überragt, Mr Aitch.

Doch Mr Aitch lächelt nicht, und er klatscht nur ein-, zweimal, ehe er die Hände wieder sinken lässt. Er schielt zu Mrs Aitch hinüber, die ebenso wenig klatscht, und da fällt ihm auch auf, dass Richie von ihrer Seite verschwunden ist.

Er beschließt, sich ein stilles Eckchen zu suchen und in Ruhe eine Zigarette zu rauchen. Das lässt er sich nicht zur Gewohnheit werden, aber wenn er raucht, dann am liebsten allein und ungestört. Er beabsichtigt, ein Stück der Mill Road zu folgen, dort kann er den Teich beobachten, der gegen Abend zum Leben erwacht, und dann rechtzeitig zum Essen wieder zur Party stoßen.

Als er ums Haus nach vorn geht und den Hang hinunter, sieht er etliche Gäste schon aufbrechen. Eine Clique von der Air Force, auch ohne Uniform unverkennbar, erwägt lauthals, zu einer Tanzveranstaltung in Provincetown weiterzuziehen, während ringsum Familien, denen noch lange Fahrten bevorstehen, sich mit widerspenstigen Kindern abplagen. Ein Stück weiter unten auf der Straße sieht er eine dicke, ihm irgendwie bekannt vorkommende Frau in Rosa an einer Motorhaube lehnen und ihm gespannt entgegenspähen. Mill Pond scheint ihm nun keine so gute Idee mehr, also biegt er stattdessen links ab. Im Gehen zieht er eine Zigarette aus seiner Packung und folgt einem überwucherten Pfad hangaufwärts. Oben auf der Kuppe hat sich bereits Frank eingefunden, sitzt, raucht und blickt über die Bucht hinaus.

»Ist das Meer hier immer so ruhig?«, fragt Frank, holt sein Feuerzeug hervor und hält es ihm mit einem Klack unter die Nase.

»Oh, es kann auch anders«, sagt er und dankt fürs Feuer. »Sie haben sich vom Flügel losreißen können?«

»Eine Freundin von Mrs Kaplan wollte ihren Sohn Brahms spielen hören; Armleuchter, unerträglich. Flinke Finger zwar – Konservatorium, Sie wissen schon –, aber nichts hier drinnen.« Frank drückt sich die Fingerknöchel in die Brust und macht ein langes Gesicht. »Gute Ansprache, fanden Sie nicht?«, fügt er noch an.

Er zieht an seiner Zigarette und nickt.

»Eine eindrucksvolle Frau, Mrs Kaplan. Sie hätte ihre ganz eigene Medaille verdient. Die vielen Kinder, was sie für die getan hat. Heute ist sie nicht mehr so aktiv, sie will wohl bei ihrer Tochter sein. Es stehen ja schwere Zeiten bevor.«

»Das wusste ich nicht, dass es so ernst ist«, sagt er und sieht weg.

»Die Aussichten sind nicht gut. Gleich zwei Schicksalsschläge – erst der Sohn, und nun? Den einen trifft eine Kugel, die andere der Krebs. Hat der Mensch Töne? Und dann trifft es eine wie Mrs Kaplan. Brauchen Sie noch mal Feuer, scheint ausgegangen zu sein?«

Er blickt hinab und sieht, dass seine Zigarette erloschen ist. Er hebt sie erneut an die Lippen, und das Feuerzeug schnickt wieder.

»Was gäbe ich darum, abends hier rausschlendern und mich an der Aussicht berauschen zu können«, sagt Frank. »Leben Sie hier?«

»Ein Stück weiter den Strand hinauf.«

Frank wendet den Kopf, verharrt so und sagt: »Und was haben wir da für eine kleine Madame? Die sieht aus, als wäre der Teufel höchstpersönlich hinter ihr her.«

Er folgt dem Blick, und da ist seine Frau, sie schliddert mit ausgebreiteten Armen und stotternden Schritten an der Nachbardüne herab. »Das«, sagt er, »ist meine Frau, und die sieht immer so aus.«

Sie nähert sich ihnen, nickt und blickt über die Klippen hinaus.
»Na, das nenne ich mal wie gemalt«, sagt sie, und Frank lacht.
»Sie sind der Pianomann, stimmt's?«, fragt sie ihn. »Mir gefällt Ihre Art zu spielen.«
»Oh, besten Dank, werte Dame. Ich habe Ihrem Mann gerade beteuert, was für ein Glück Sie haben.«
»Inwiefern?«
»Dass Sie einen solchen Blick vor der Nase haben – Sie spazieren einfach zur Tür hinaus, und das alles liegt Ihnen zu Füßen.«
»Glück mit der Aussicht, das schon. Sonst? Na, ich weiß nicht.«
Frank grinst erneut, er scheint zu glauben, sie scherze, dann sagt er: »Die Ansprache war gut, finden Sie nicht?«
»Nein, fand ich ehrlich gesagt nicht.«
»Nein?«
»Ich war enttäuscht. Ich möchte fast sagen: schockiert. Michael so vorzuführen. Da sollen sie doch gleich einen Werbefilm drehen und ihn im Filmpalast oder im Fernsehen zeigen.«
»Das war sicher nicht die Ab–«
»Spielt keine Rolle, läuft aufs selbe raus. Und kein Wort zu Richie.«
»Richie?«
»Ja, sicher! Immerhin hat der seinen Vater verloren. Vielleicht hat er nicht so ... dramatisch gelitten, aber ...«
Ihm entgeht nicht, wie Frank seiner Frau auf den Mund starrt, als könne er kaum glauben, was er daraus zu hören kriegt, und kaum erwarten, was als Nächstes kommt. Aber sie hat sich dem Sonnenuntergang zugewandt und vorerst nichts mehr zu sagen.
Frank räuspert sich. »Ich muss schon sagen, Ma'am«, setzt er an.

»Ist das nicht herrlich?«, sagt sie zu ihm und strahlt ihn an. »Wie die Sonne quasi erst schwillt und dann birst? Als blute die ganze Welt. Ein paar Sekunden lang nur so einen Anblick, und der ganze Tag – selbst der schlimmste – hat sich gelohnt.«

Frank zupft an seinem Kinn und nickt.

Beim Abstieg von der Kuppe geht Frank auf dem schmalen Pfad voraus. Seine Frau folgt in der Mitte, er, etwas weniger gut zu Fuß als die anderen beiden, bildet das Schlusslicht. Auf halbem Wege bleibt sie stehen und dreht sich nach ihm um.

»Vermutlich willst du nun heim?«, sagt sie.

»Nein«, sagt er.

»Wir sind schon mehrere Stunden hier.«

»Klingt eher, als wolltest du nach Hause.«

»Sicher nicht! Du weißt, wie sehr ich Partys genieße.«

»Umso besser, denn Mrs Kaplan hat uns gebeten, zum Essen zu bleiben.«

»Und du hast zugesagt? Du amüsierst dich also?«

»Es ist eine gelungene Party.«

»Na, hoffentlich setzt man mich nicht zu irgendwelchen Langweilern, sage ich bloß. Bisher sind mir nur biedere Hausfrauen und Spießbürger untergekommen. Liest denn hier niemand mal ein Buch oder sieht sich ein paar Bilder an oder hat von irgendwas Ahnung?«

Am Fuß des Hangs wenden sie sich dem Haus zu. Frank bleibt stehen und hält sich die Hand hinters Ohr. »Hören Sie?«, sagt er. »Eine Party ohne Musik. Dagegen muss dringend etwas unternommen werden.«

Frank tätschelt seiner Frau den Arm. »Bis später, hoffe ich«, sagt er.

Sie bleiben dort einen Augenblick und sehen ihm nach.

»Tja, da sind wir«, sagt sie, »wir beide allein zur blauen Stunde. Könnte romantisch sein, nur ...«

»Nur?«

»Kannst du es gar nicht erwarten, mich los zu sein.«

»Also, das stimmt doch nicht. Vielmehr wollte ich – wegen der Ansprache von Mrs Kaplan – sagen ...«

»Keine Sorge, das war's für heute Abend mit meinen Tiraden. Ich weiß, dass es für sie ein schwerer Tag ist – ich bin ja nicht ganz gefühllos, weißt du.«

»Ich wollte sagen, dass ich hinsichtlich dessen, was du zu Frank gesagt hast, vollkommen deiner Meinung bin. Mir hat es auch nicht gefallen, wie Michael benutzt wurde. Und ich sehe auch das mit Richie.«

»Ach ja?«

»Ja.«

Sie sah kurz weg und dann wieder zu ihm hin. »Schön zu wissen. Schade nur, dass dir der verdammte Schneid fehlte, es in Franks Anwesenheit zu sagen.«

Sie macht auf dem Absatz kehrt und marschiert ins Haus.

Am Tisch landet sie neben einer älteren Dame, die ihr direkt ins Gesicht schreit, dass sie Mrs Dutra sei und ihre Tochter in P-town auf den Hund der Kaplans aufpasse. Olivia ist im Begriff, ihr drei weitere ältere Damen zuzuführen, als unversehens aus dem Nichts Mrs Kaplan auftaucht, lachend ins Gespräch mit drei jungen Frauen in drei blumigen Petticoatkleidern vertieft: Klatschmohn, Nelke und Rosenrot. Im Nu nehmen sie unter viel Röckebauschen und mit für die nächste Partystunde frisch geschminkten Gesichtern direkt ihr gegenüber Platz.

»Also ich werde in den nächsten Tagen um P-town einen großen Bogen machen«, sagt Nelke. »Die Massen von Menschen! Einerseits die Vergnügungsdampfer aus Boston, andererseits die Tagesgäste. Man rechnet mit Tausenden, habe ich gehört. Da verbringe ich den Labor Day doch lieber mit der liegen gebliebenen Bügelwäsche.«

Ein Mann weiter unten beugt sich vor. »Aber Sie sind doch viel zu hübsch, um den Tag mit Bügeln zu vergeuden«, sagt er, und die junge Frau erwidert: »Mr Hatton, weiß Ihre Frau auch, dass Sie hier links und rechts Komplimente machen?«

»Ach, die stört das nicht, solange ich die besten für sie aufhebe«, sagt er, und die drei Grazien kichern. Da reckt ein Herr unten auf der anderen Seite den Hals. »Sehe ich da unten Beth Greene sitzen?«

»Inzwischen Beth Maxwell«, strahlt Klatschmohn. »Ich bin fast drei Jahre verheiratet, Mr Bax.«

»Drei Jahre! Und schon Nachwuchs?«

Beth schüttelt den Kopf.

»Du hättest meinen Jungen heiraten sollen. Der hat schon zwei Kinder. Zwillinge. Und ich würde mich nicht wundern, wenn da wieder was in der Röhre ist.«

Der jungen Frau rutscht das Lächeln weg, sie senkt den Blick und zupft an ihrem Klatschmohnrock. Da tut das junge Ding ihr leid, und sie meldet sich zu Wort.

»Nicht alle halten Kinder für das Erfolgsgeheimnis jeder glücklichen Ehe. Das ist meines Erachtens eine ziemlich altmodische Sicht.«

»Mag sein«, sagt Mr Bax, »aber sonst ist das Ganze doch witzlos, *meines Erachtens*.« Und damit zieht er den Kopf wieder ein.

Sie will gerade zurückschlagen, als Beth sie rosig anlächelt. »Ich bin von hier«, sagt sie, »aber meine Freundinnen kommen aus Concord. Wir sind beste Freundinnen, und unsere Männer – sie stehen drüben an der Bar – sind beste Freunde.«

»Wie praktisch«, sagt sie.

Es herrscht ein betretenes Schweigen, bis Mrs Dutra erklärt, sie werde morgen achtzig. Ohs und Ahs und allerseits Glückwünsche. Die Frau strahlt vor Stolz, dann aber, noch ehe sie ausgestrahlt hat, sagt sie, ihr Enkelsohn sei zur selben Zeit wie der Kaplansohn gefallen. »Am selben Tag«, sagt sie, »o ja. Nur ein anderes Land. Bill Kaplan ist in Italien gefallen, glaube ich. Mein Enkel in Deutschland. Sam. Sam Leighton. Weil es der Sohn meiner Tochter war, wissen Sie.«

Kurze, gedämpfte Beileidsbekundungen, dann klappern durchgereichte Teller, gluckert Wasser aus einem großen Krug in Gläser, zischen Kronkorken.

»Haben Sie eine Waschmaschine?«, fragt Mrs Dutra sie nun.
»Nein, habe ich nicht«, sagt sie.
»Meine Enkelin hat neulich eine bekommen. Sams Schwester. Sie hat einen Martinson geheiratet. Drüben aus Chatham, wissen Sie.«
»Oh, ohne Waschmaschine könnte ich nicht mehr leben«, sagt eine der blumigen Hausfrauen, und die beiden anderen nicken eifrig.
»Ich bin sehr für diese neuen Haushaltshilfen«, sagt Mrs Dutra, »aber bei uns war das noch anders, nicht?« Sie richtet ihre Worte direkt an sie, als wäre auch sie achtzig und Hausarbeit ihre Welt.
»Oh, ich hasse jede Form von Hausarbeit«, sagt sie. »Kochen und Wäschewaschen besonders, da drücke ich mich, so gut es geht. Für eine Künstlerin gibt es kaum Schlimmeres.«
»Sie sind Künstlerin?«, ruft Mrs Dutra und klatscht in die Hände. »Oh, wie aufregend!«
Die Hausfrauen gucken verdrießlich, also macht sie weiter: »Die Küche wird einer Frau schnell zum Verhängnis – ob sie nun Künstlerin ist oder nicht. Jeder Frau mit einem Quäntchen Stolz. Sobald sie Zeit in der Küche verbringt, wird man sie dort einsperren. Das beobachte ich immer wieder, Frauen, die ihren Männern hinterherdienen – und zwar Männern, nebenbei gesagt, die sich mit ihren Frauen nicht oder kaum abgeben. Machst du einen Schritt in die Küche, bleibst du dort. Lebenslang Küchensklavin.«
Sie mustert die drei jungen Frauen gegenüber: ein Kopf hochrot, einer gesenkt, die Dritte nagt an ihrer Unterlippe und stiert ins Leere. Prompt tun sie ihr leid, und sie schämt sich ein bisschen dafür, dass sie die drei schlechtmachen wollte, indem sie ihr Leben schlechtmachte. Als hätten sie es nicht schwer genug, diese jungen Frauen in ihren frisch gebügelten Blumenpetticoatkleidern und den kräftigen, gebärbereiten Körpern. Als wäre ich etwas Besseres, sagt sie sich, ich bin keinen Deut besser. Mir geht ab, was sie haben. Diese Form von Macht.

Wenig später sieht sie ihren Mann mit Mrs Kaplan vor einem Ehepaar mittleren Alters ins Esszimmer treten. Mrs Kaplan sortiert kurzerhand um, und nun ist Mrs Dutra fort, und neben ihr sitzt auf der einen Seite ein neues Paar und auf der anderen Michael, während ihr Mann, gegenüber, zwischen den schmollenden Hausfrauen platziert worden ist.

Das neue Paar an ihrer Seite ist dafür ganz reizend. »Wir haben früher in Greenwich Village gelebt«, sagt der Mann. »Vor Ewigkeiten. Und es waren nur ungefähr zwei Jahre.«

»Zwei Jahre und drei Monate«, sagt seine Frau. »Gemeinschaftsbad, scheppernde Fenster. Ach, wie ich das vermisse. Wie lange sind Sie schon dort?«

»Oh, eine halbe Ewigkeit. Ich war da schon vor meiner Heirat – ich habe in einer klitzekleinen Wohnung unterm Dach gewohnt ... Gemeinschaftsbad! Kenn ich!«

»Aber Sie hätten es nicht anders haben wollen!«, meint die Frau.

»Nie.« Sie strahlt.

Von den einsamen Nächten dort erzählt sie der Frau nichts, der Zeit, da sie an Influenza erkrankt war und eine endlose elende Woche keine Menschenseele zu Gesicht bekam, die Zeit, als sie ihre Werke ausstellte und niemand sie sehen wollte. Das alles erwähnt sie nicht.

Vom gegenüberliegenden Ende der Tafel sieht sie Olivias rotes Kleid näher rücken und Olivias Hand Hähnchen austeilen. Annette macht von der anderen Seite her mit einer großen Schüssel Kartoffelsalat die Runde. Neben ihr schlägt Michael ungeduldig seine Knie aneinander. Sie stellt ihn dem Paar vor.

»Ich heiße Gloria«, sagt die Frau, »das ist mein Mann Arthur. Wir verbringen das Wochenende in Provincetown.«

»Mrs Aitch hatte mal einen Kater, der Arthur hieß«, verkündet Michael etwas überlaut, so, dass die Umsitzenden alle gucken.

»Ach ja?« Der Mann Arthur lacht.

»Ja, sie hat ihn nach Provincetown in die Ferien mitgenommen. Sie haben im Gingerbread Inn gewohnt. Sie sagt, es wäre der beste Urlaub ihres Lebens gewesen.«

Gegenüber prustet eine der Hausfrauen los.

»Das war nicht ernst gemeint, was ich erzählt habe, Michael.«

»Doch, war es«, beharrt Michael.

»Na, nicht ganz, Michael. Der beste Urlaub meines Lebens war wohl eher Gloucester, würde ich sagen. Wollen wir dort nicht irgendwann noch mal hin?«, sagt sie zu ihrem Mann. »Was meinst du?«

»Ich meine: Wozu?«, sagt er.

Die drei Blumenpetticoats wenden ihm die perfekt frisierten Köpfchen zu. Olivia und die schreckliche Annette unterbrechen ihre Arbeit und schauen ihn ebenfalls erwartungsvoll an. Alle sehen ihn an. Sie selbst auch. Bitte, lass mich jetzt nicht blöd dastehen, denkt sie, nicht vor diesen Frauen. Nicht hier.

»Aber wir waren dort so glücklich«, sagt sie, es rutscht ihr einfach heraus. »Ich meine, es wäre vielleicht ganz nett, das alles noch mal wiederzusehen.«

»Ich bin hier in Truro ganz zufrieden«, sagt er. »Ich war auch in Gloucester zufrieden. Wir haben dort unsere Flitterwochen verbracht«, erklärt er dem Paar. »Es war eine schöne Zeit.«

Dann dreht er sich ihr zu und lächelt sie an. Sie. Lächelt *sie* an. *Sie.*

Da habt ihr's, denkt sie. Da habt ihr's, ihr kleinen Blumenhexen, da habt ihr's, Annette und ihr anderen alle, die ihr gerade zuhört. Du zum Beispiel, Olivia – du vor allem –, da schluck du nur, du mit deinem Schmollmund!

Sie wirft einem der Blumenpetticoats einen Blick zu.

»Wie war doch gleich Ihr Name, meine Liebe?«, sagt sie.

»Name? Äh, ich bin Barbara, Ma'am.«

»Ob Sie wohl so nett wären, mir den Brotkorb zu reichen, Barbara?«

Es ist fast dunkel, als er sie in der Sitzecke der Küche aufspürt, von Frauen umringt, darunter auch Mrs Kaplan. Katherine steht.

Flankiert von zwei weiteren jüngeren Frauen. Sie sind der Runde zu- und von ihm abgewandt, weshalb sie ihn erst bemerken, als er direkt hinter ihnen steht.

Er hört nicht, was seine Frau gerade sagt. Geschirr klappert beim Großabwasch, dazu kommt spanisches Palaver, denn Rosetta rechnet mit den Aushilfen ab, die eigens für den Tag angeheuert wurden. Das passiert ihm bei viel Lärm in Innenräumen häufiger; die Töne verbünden sich gegen ihn, lassen ihm bloß ein einziges Brummen und Rauschen.

Alle um seine Frau scheinen gebannt, lehnen sich vor und lauschen. Er ist im Begriff, sich davonzustehlen und später wiederzukommen, als er Katherine ihre Nachbarin mit dem Ellbogen knuffen sieht. Deren Schultern beginnen zu beben. Und jetzt werden auch Katherines Schultern erfasst.

Einen Augenblick lang glaubt – oder vielmehr hofft – er, dass seine Frau etwas Unterhaltsames von sich gegeben hat, doch von den sitzenden Frauen lacht keine, und so muss er davon ausgehen, dass Katherine und ihre Freundin sie wohl auslachen. Und nun macht sich die dritte junge Frau mit ihnen gemein, indem sie hinter vorgehaltener Hand ihren Senf dazugibt.

Dass sie sich in jeder beliebigen Konstellation – vor allem bei Frauen – über kurz oder lang unbeliebt macht, das erwartet er kaum noch anders; sie hat die Leute schon immer irritiert, brüskiert, nicht selten beleidigt oder sich an ihnen für einen vermeintlichen Affront gerächt, der gar keiner war. Bisher ist ihm aber nie in den Sinn gekommen, dass sie zum Gespött werden könnte.

Er empfindet eine Enttäuschung, die er nicht recht zuordnen kann – gilt sie Katherine, seiner Frau oder sich selbst?

Katherine wendet sich von der Sitzecke ab, als wollte sie ihr Lachen verbergen. Da sieht sie ihn natürlich dort stehen, und im Nu ist das Lachen wie weggewischt. Sie tut wie gottverlassen einen Schritt vom Tisch weg auf ihn zu.

»Ich suche meine Frau«, sagt er. »Sie ist doch hier?«

Katherine nickt eifrig – wie ein kleines Mädchen, das unartig gewesen ist und von einem Onkel ertappt wird, um dessen gute Meinung es nun bangen muss.

Ihre beiden Freundinnen verdünnisieren sich, und auch Katherine entfernt sich. Er tritt an den Tisch, und nun hört er, er hört nur zu gut.

»Eins können Sie mir glauben, wir Künstlerinnen werden regelrecht boykottiert. Auch ich werde übergangen, aber ich bin eine Kämpferin, ich lasse mich nicht ausbooten.«

»Aber das muss doch bitter sein«, vernimmt er eine Frauenstimme, »die viele Arbeit, und keine Anerkennung. Also, als ich noch in Mailand gesungen habe – «

»Tatsächlich werde ich im nächsten Jahr ausstellen, früher sogar vielleicht.«

»Ach ja, wo denn? Verraten Sie es uns, damit wir hingehen können?«

»Also Genaueres möchte ich eigentlich erst preisgeben, wenn ich unterschrieben habe, was aber jeden Tag der Fall sein sollte. Vielleicht bin ich da übervorsichtig. Ich sage aber dann gern Bescheid.«

Er räuspert sich, und die Frauen sehen hoch. Seine Frau weicht seinem Blick aus.

Er spricht Mrs Kaplan an: »Ich wollte Sie fragen, ob Sie etwas dagegen haben, wenn ich Michael und Richie zum Sternegucken mit an den Strand nehme?«

»Was für eine wunderbare Idee!«, ruft Mrs Kaplan.

»Gut, dann muss ich sie nur noch finden«, sagt er.

»Ich gehe sie mal suchen«, sagt irgendwo hinter ihm Katherine.

Er dankt ihr, ohne sich umzudrehen, und erklärt, er werde solange draußen warten.

Er zieht durch den schräg abfallenden Garten, vorbei an verwaisten Tischen und teils hochgestellten Stühlen. Außer ihm bewegt sich nichts da draußen, abgesehen von der roten Glut einer Zigarette an einem entfernten Tisch. Außer Sicht hört man jemanden klirrend Leergut verstauen. Er erreicht einen Hang, der zum Strand führt, und folgt ein Stück weit dem Trampelpfad.

Als er zurückblickt, wirkt das Haus in seiner Senke fest verwurzelt. Das Obergeschoss ist dunkel, ebenso der nördliche Giebel, hinter dem der Vordereingang liegt. Aus der anderen Giebelwand hingegen schießt unten ein gelber Lichtkeil aus dem Raum, in dem noch gefeiert wird und der durch die Schiebetüren die Veranda erhellt. Es ist, als hätte das Haus Fenster ohne Glas, die Art Fenster, die es in seinen Bildern gibt.

Er sieht Captain Hartman Cocktails mixen und Olivia leicht wankend einen Tanz unterbrechen, um vornübergebeugt von einem Glas am Rand eines Tischs zu nippen. Ihr Tanzpartner ist höflich, er wartet geduldig, dass sie in seine Arme zurückkehrt. Er erkennt ihn jetzt wieder, der Mann heißt Grant und hat die Kriegsjahre in London verbracht. Er hat sich vorhin sehr angeregt mit ihm über die Reise unterhalten, die er selbst als junger Mann nach London unternommen hat. Zu Beginn ihres Gesprächs war es noch hell gewesen, sie hatten vor der Nordseite des Hauses gestanden, die jetzt im Dunkeln liegt. Und längst kommt ihm das vor wie eine Erinnerung, etwas von vor langer Zeit. Plötzlich ist er müde, so müde, dass er sich unter einen der Tische legen und schlafen könnte wie ein Toter.

Die Küchengesellschaft trudelt nun im Wohnzimmer ein, als Letzte erscheinen Mrs Kaplan und Rosetta mit Tabletts voller Kaffeetassen. Aus dieser Entfernung bleiben die Geräusche für ihn unterscheidbar: Gelächter, Geplapper, die träge Dünung der Klaviermusik. Er geht ein paar Schritte weiter hügelan, und nun setzt sich das Rauschen des Meers durch, das dumpfe Schlurren und Schleifen, wenn die Wellen zurückströmen. Das trockene Gras knistert unter seinen Füßen, in der Luft hängt ein Hauch Fäulnis. Er bedauert langsam die ganze Idee, die Jungen an den Strand mitzunehmen. Das Meer weiß es, die Grillen wissen es, das Gestrüpp weiß es, das Gras weiß es: Die Party ist so gut wie vorbei.

Er bleibt stehen und blickt hangabwärts zurück. Die Glutspitze der Zigarette ist samt Raucher fort, um die Nordseite des Hauses tauchen wie Ghule drei schemenhafte Gestalten auf.

Er kehrt um und stapft ihnen entgegen.

»Nun, da sind sie«, sagt Katherine, und die Jungen laufen die letzten paar Schritte auf ihn zu. Sie zögert einen Augenblick und fragt dann: »Hätten Sie etwas dagegen, wenn ich, na ja, mich anschließe? Sofern ich nicht störe?«

Nicht stört? Er hatte vorgehabt, sich ganz den Jungen zu widmen, alles an Schulwissen über den Nachthimmel auszugraben, was ihm noch erinnerlich ist, die Karte der Sterne und die Bruchstücke von Legenden.

Und das unter dem Himmelsgewölbe, vor dem gewaltigen Bauch der Bucht, der langen Strandsichel und dem ewig rastlosen Gras. So gesehen wird sie kaum viel Raum beanspruchen. Aber sie wird allen Raum in seinem Inneren einnehmen.

Er sagt: »Aber nein«, und lässt ihr den Vortritt.

Richie zieht eine Taschenlampe hervor und reicht sie ihm. »Sie sind am größten, also sollten Sie sie nehmen und das Schlusslicht machen.«

Er knipst sie an und richtet sie aus. Sie ziehen im Gänsemarsch los, er folgt ihnen ins spärliche Licht.

Am Strand lässt er die Jungen sich nach Norden wenden und zeigt ihnen die hellen Sterne des Großen Wagens. Den entdeckt Richie sofort und scheint alles über die Konstellation zu wissen.

»Na, dann erzähl Michael doch mal, wie es zu dem Namen kommt«, sagt er.

»Das interessiert ihn doch nicht.«

»Doch!«, sagt Michael.

»Na gut«, sagt Richie, »man nennt ihn den Großen Wagen oder die Große Stielpfanne. Das hat mit den Sklaven zu tun.«

»Was für Sklaven?«

»Bis der Bürgerkrieg gewonnen war, hatten Sklaven immer so eine Stielpfanne dabei, damit sie Wasser aus einem Fass schöpfen und trinken konnten ...«

Während Richie spricht, ist er wiederum sich überaus ihres

Schweigens in seinem Rücken bewusst. Sie wartet darauf, dass er sich umdreht und etwas zu ihr sagt, womöglich mit ihr ein Stück weiter geht, sich von den Jungen entfernt.

»Aber wo ist der Hummer?«, fragt Michael.

»Was denn für ein Hummer?«, sagt Richie.

»Der Major, der Hummer.«

»Er meint Ursa Major«, erklärt er Richie. »Die beiden Brüder aus Hyannis haben ihren Hummer nach dem Sternbild genannt.«

Richie zeigt sich von derartiger Dummheit überwältigt, er schlägt mit den Armen wie mit Flügeln und schnaubt verächtlich.

»Jeder weiß, dass der Große Wagen zu Ursa Major gehört, zum Großen Bären, nicht Hummer. Mann, dass sie dumm sind, wusste ich ja, aber ...«

Und nun legt Richie mit der Geschichte von Ursa Major los, und zum ersten Mal, seit er den Jungen kennt, hört er ihn von seinem Vater sprechen und wie der ihn alles über die Sterne gelehrt habe. »Da ist die Schnauze, seht ihr, und das da ist der Schwanz, und wenn ihr da eine Linie zieht, habt ihr die Pfoten. Es ist ein Bär, das sieht doch jeder.«

»Oh ja«, sagt Michael, »ja!«

Er glaubt, jetzt wäre ein guter Moment, sich umzudrehen und sie anzusprechen, aber dann lässt er sich von den Stimmen der Jungen und dem Geruch des Meeres und ihrer still wartenden Gegenwart so dicht in seinem Rücken hinreißen. Er hebt mit einem Mal zu seinem eigenen Ursa-Major-Rudiment an – der Geschichte von Zeus, einer halb vergessenen Geschichte von Liebe und Eifersucht, die ihm *sein* Vater vor vielen Jahren erzählt hat.

»Es gab da eine Frau und einen Jungen, ihren Sohn. Und Zeus, der war ein Gott und verliebte sich in sie.«

»Wo war denn der Vater von dem Jungen?«, fragt Michael.

»Das weiß ich nicht.«

»Vielleicht ist er in einem Krieg umgekommen oder so.«

»Wahrscheinlich. Auch damals gab es jede Menge Kriege. Jedenfalls konnte aber Zeus nicht heiraten. Er hatte schon eine Frau. Und die war ziemlich eifersüchtig. Sie wollte die Mutter und ihren

Sohn gleich umbringen, da hat Zeus sie, um sie zu retten, in Bären verwandelt.«

»Und wie sind sie in den Himmel gekommen?«, fragt Michael.

»Ha, er hat sie am Schwanz gepackt. Er war stark, verstehst du, das sind diese Götter ja meist. Er hat sie im Kreis herumgewirbelt, herum und herum und dann ... landeten sie wupps, schwups direkt nebeneinander oben am Himmel.«

»Machen Sie das noch mal!«, sagt Michael.

»Was denn?«

»Das Wirbel-Ding – noch mal.«

Er beugt die Knie und schwenkt die Arme im Kreis herum.

»Wupps, schwups direkt an den Himmel, und deshalb sind ihre Schwänze so lang.«

Die Jungen kugeln sich vor Lachen, und hinter sich hört er auch Katherine glucksen.

»Richie, schau doch mal, ob du auch den Kleinen Bären finden kannst«, sagt er und schiebt sich rückwärts ein paar Schritte in ihre Richtung.

Sie schweigen eine Zeit lang einvernehmlich, beobachten, wie die Jungen herumjagen und den Himmel absuchen – jedenfalls dem Anschein nach.

Er kann, wenn er verstohlen hinsieht, ihr Gesicht recht deutlich erkennen, dank der Lichter der vor Anker liegenden Jachten, der krummen Landnase von Provincetown in der Ferne und der kreisrunden Scheinwerfer der weiter hinten am Strand abgestellten Automobile.

Sie sagt: »Ich bin so gerne nachts hier.«

»Kommen Sie öfter nachts her?«

»Fast immer. Tags kann ich ja nicht ...«

»Verstehe.«

»Komischerweise ist mir der Strand inzwischen nachts lieber. Anders als früher kann ich nicht lesen oder einfach Leute beobachten.«

»Und was tun Sie stattdessen?«

»Nun, ich sitze hier und blicke hinaus. Manchmal schwimme ich eine Runde. Manchmal trinke ich.« Sie lacht kurz auf. »Manchmal trinke ich ziemlich viel.«

»Aber heute Abend nicht?«

»Nein, heute Abend nicht. Den ganzen Tag schon nicht. Der heutige Tag gehört meiner Mutter. Ich wollte ihn nicht verderben. Manchmal tue ich das nämlich ... wenn ich trinke. Verderbe alles. Und Sie? Gehen Sie oft an den Strand – ich meine, nachts?«

»Ich war gelegentlich mitternachts baden. Aber schon länger nicht mehr. Ich gehe manchmal spazieren, bewundere die Sterne. Der Oktober ist dafür allerdings besser – die Luft ist trockener, wissen Sie.«

»Haben Sie sie je gemalt, die Sterne?«

»Nein, so verrückt bin ich nicht.«

Sie lächelt, und er erwidert ihr Lächeln.

»Ich werde jetzt zum Haus zurückkehren und wahrscheinlich gleich ins Bett fallen.«

»Ich bringe Sie noch zur Treppe.«

Ein-, zweimal schießt seine Hand vor, um ihr unter den Ellbogen zu greifen, falls die Neigung des Hangs oder der nachgebende Sand sie ins Wanken bringt. Doch ehe es dazu kommt, fängt sie sich jedes Mal aus eigener Kraft.

Sie spricht erst wieder, als sie vor den Stufen stehen, und da: »Ich wollte noch sagen, dass es mir leidtut, über Ihre Frau gelacht zu haben.«

»Gelacht zu haben tut Ihnen leid, oder dass ich Sie dabei ertappt habe?«

»Beides wohl.«

»Es geschieht wahrscheinlich häufiger, als mir klar ist.«

»Ach, sagen Sie das nicht. Ich komme mir schäbig genug vor.«

»Denken wir nicht mehr daran.«

»Ich schäme mich«, sagt sie, »weil es so leicht ist, ein gefundenes Fressen. Das hören Sie nicht gerne, nicht wahr?«

»Nein. Nicht sehr.«

Sie legt eine Hand aufs Geländer der Strandtreppe, lässt einen Augenblick verstreichen und sagt dann: »Hören Sie, ich weiß, das klingt ein bisschen verrückt, aber ... Sie sollen wissen, dass ich nachts meist hier herunterkomme. Und dass ich nichts gegen ein bisschen Gesellschaft hätte und Gelegenheit, mit Ihnen zu reden.«

»Nun, ja, das wäre nett«, sagt er, als machte ihm die Vorstellung nicht eine Höllenangst.

»Es ist nämlich so, dass ich mit der Familie nicht mehr ohne Weiteres reden kann. Nicht, dass ich mich über gruselige Details auslassen wollte, aber wir sind alle so darauf bedacht, heikle Themen zu meiden, dass wir uns gar nichts mehr zu sagen haben. Mir scheint – aber da kann ich mich täuschen –, mit Ihnen könnte ich reden. Täusche ich mich?«

»Das kann ich, ehrlich gesagt, schlecht beurteilen.«

»Verzeihen Sie. Ich war nicht immer so unverblümt. Aber ich habe schließlich keine Zeit zu verlieren. Es ist ja nichts dabei – wenn Sie gelegentlich nachts mal hier sind, würde ich mich gern unterhalten, ganz einfach.«

Sie tut einen Schritt, dann wendet sie sich noch mal um.

»Also, gute Nacht«, sagt sie. »Ich hoffe, wir sehen uns bald. Hier oder im Haus oder unterwegs. Wo immer.«

»Ja«, sagt er, »das hoffe ich auch.«

Er sieht sich im schummrigen Licht den Arm ausstrecken, seine Hand nach ihrem Arm greifen – um was zu tun, weiß er nicht –, doch da gellt Michaels Stimme herüber.

»Mr Aitch! Mr Aitch! Ich seh ihn! Ich hab den Kleinen Bären gefunden!«

Er blickt zurück und sieht Michaels Schatten auf und ab springen.

»Gute Nacht, Katherine«, sagt er und sieht ihr auf den Stufen noch kurz nach, bis sie aus dem Licht entschwindet. Er fragt sich, was er bloß vorhatte, als er sie am Arm zurückhalten wollte – sie in die Arme schließen und küssen?

Meine Mutter hatte recht, sagt er sich, ich verbringe zu viel Zeit im Kino.

Er macht kehrt, stapft zu den Jungen zurück, und seine Stimme rollt ihnen über den Strand entgegen. »Wo denn, Michael? Wo siehst du ihn? Verlier ihn nicht aus dem Blick, ich will ihn auch sehen.«

Durch die offenen Schiebetüren sieht sie eine Lichtkugel vom Hang herabsinken wie eine Sternschnuppe, sich ausdehnen, die Robinien am Rande des Gartens streifen und eine hintere Reihe unabgeräumter Tische einnebeln. Unterhalb der Lichtquelle bewegen sich dunkle, spinnenartige Beine und jagen ihr zunächst einen Schreck ein – bis das Licht ausgeht. Und da ist plötzlich ihr Mann, hält in Begleitung der Jungen aufs Haus zu, alle drei lachend und schwatzend, und Michael wirft eine Taschenlampe von Hand zu Hand. Und da behaupte ich anderen gegenüber immer, er hätte für Kinder nichts übrig, denkt sie. Behaupte es immerzu.

Olivia setzt gerade zu ihrer üblichen Partynummer an, einer Darbietung von »You Do Something to Me« in Marlene-Dietrich-Manier, die alle anwesenden Männer entflammt: Der Mann der Opernsängerin kriegt den Mund kaum mehr zu, eine Reihe Soldaten, die direkt aus einer Bar in Provincetown kommen, haben Mühe, sich – aus Respekt vor Mrs Kaplan – das Johlen und Pfeifen zu verkneifen. Nur Captain Hartman auf seinem Platz nahebei scheint alles andere als angetan, sein Gesicht bis auf den winzigen missbilligenden Kniff um den Mund eisern ausdruckslos.

Als ihr Mann eintritt, tut er es ohne seine jungen Begleiter. Er lässt sich auf dem nächstbesten Stuhl am Ende einer leeren Reihe nieder. Sie beobachtet ihn, während die »Dietrich« zum Schluss kommt. Doch ihr Mann, obwohl er ungefähr in Olivias Richtung stiert, sieht sie nicht. Und was hat nur sein Gesichtsausdruck zu bedeuten: eine Art schmerzliche Sehnsucht?

Sie neigt sich ein wenig zur Seite, um dahinterzukommen, wer oder was der Grund für diesen Ausdruck sein mag. Und da sieht sie Katherine in der Tür stehen; sie hat sich bereits verabschiedet, trödelt aber noch – wahrscheinlich um Olivias Auftritt willen.

Beifall brandet ringsum auf, ihr aber kommt es vor, als sei er direkt in ihrem Kopf. Katherine verharrt mit angewinkeltem Ellbogen, den Kopf schräg ins Licht gedreht, und sie fragt sich: Was, wenn? Was, wenn nie seine Begierde zu fürchten war, sondern sein Mitgefühl?

Sie nimmt noch mal die strahlende Olivia ins Visier, deren lange, kräftige Beine sich unter dem dünnen roten Stoff ihres Kleids abzeichnen, als sie sich hinter dem dichten Vorhang ihres Haars verbeugt, und da ist ihr Mann, klatscht und grinst dümmlich, sodass sie denkt: O doch, um dich geht es, Olivia. Muss es doch. Als sie den Blick noch mal zur Tür schweifen lässt, ist Katherine fort, und nun nähert sich ihr Mann möglichst unauffällig.

Er beugt sich zu ihr herab und mustert sie so eindringlich, dass sie sich fragt, ob er etwa beschwipst ist.

»Willst du nicht bald mal los?«, fragt er.

Sie nickt, erhebt sich und lässt ihn stehen.

»Wo willst du hin?«, zischt er recht vernehmlich. Jetzt merkt sie, dass seine Augen glasig sind – er ist tatsächlich angeschickert!

»Hast du getrunken?«, fragt sie ihn.

»Das eine oder andere Glas. Was dagegen?«

»Keineswegs. Ich will nur eben noch den Jungen Gute Nacht sagen.«

Sie wandert auf der Suche nach den beiden durchs Haus. Unbemerkt huscht sie an ein paar letzten versprengten Gästen vorbei: vier jungen Männern auf den Treppenstufen und den drei blumigen Hausfrauen, die sich nebeneinander auf den Fenstersitz vor dem Gästebadezimmer gequetscht haben und mit zwei weiteren Frauen schwatzen und lachen. Sie stößt die Küchentür auf und findet dort eine weitere am Küchentisch ausharrende Runde vor, die Berge von Geldscheinen zählt und Beträge addiert. Sie kehrt durch die Diele zurück.

Als sie vor das Haus tritt, läuft sie in die Luft wie vor eine Wand. Der süßliche, holzige Duft des Wacholders mischt sich in der windlosen Nacht mit einem weniger angenehmen Geruch, und sie fragt sich, ob ein paar Jungs von der Army irgendwann keine Lust mehr hatten, vor dem Bad anzustehen.

Ein Mann und eine Frau kommen ums Haus von irgendwo abseits der Party, er mit der Hand unter ihrem Ellbogen.

»Was ist mit diesem Taxikerl?«, sagt die Frau. »›Rufen Sie jederzeit an‹, steht in der Annonce, aber wenn du's dann tust, reißt dir seine Alte den Kopf ab.«

»Nun, es ist fast Mitternacht.«

»Jederzeit heißt jederzeit. Jetzt verpassen wir in P-Town noch das Feuerwerk.«

»Das sieht man hier vom Strand aus viel besser.«

»Ich will es aber nicht besser sehen, ich will ... drin sein, verstehst du. Mittendrin.«

Das Paar taucht ab ins Dunkel des Pfads, der hinunterführt zu den geparkten Wagen und zur Straße. Sie überlegt gerade, dass sie Michael bitten wird, ihnen beim Aufbruch auf dem schmalen, verwachsenen Weg bis zur Straße mit der Taschenlampe zu leuchten, als aus dem Haus Gesang ertönt. Er ist glockenrein, das fällt ihr auf. Auch der Mann und die Frau scheinen betört, sie halten inne und drehen sich um, und der Mann lässt den Ellbogen der Frau los und schlingt ihr den Arm um die Taille.

Die Opernsängerin hat ihr schon bei der ersten Begegnung im Haus von Mrs Grant in Orleans nicht gefallen, und auch an diesem Abend ist sie nicht warm geworden mit ihr, nicht einmal bei dem Gespräch vorhin in der Küche, wo sie ihr immerhin mehrmals zugestimmt hat. Sie mochte die energische Art der Frau nicht, ihre Schwatzhaftigkeit. Ihre Mutter hätte gesagt: Bei dem Gesicht wundert einen gar nichts. Vor allem aber ist es ein hämisches Gesicht, das Gesicht von einer, die sich am Leid anderer weidet, allein das Glitzern in ihrem Auge, als sie ihr haarklein von Katherine Kaplans Krankheit erzählt hat! Und da ist sie nun, singt »O mio babbino caro« auf eine Weise, die einen zum Glauben bekehren könnte.

Tränen schnüren ihr die Kehle zu. Ach, eine solch unleugbare Begabung zu haben, eine so starke Gabe, dass es auf die Meinung oder Billigung der anderen gar nicht ankommt. Den Mund aufzumachen, es aus dir herausströmen zu hören und zu wissen – wie auch nicht? –, dass du einfach gesegnet bist.

Nach der Arie wechselt sie mit dem aufbrechenden Paar ein Gutenachtnicken. Dann hält sie wieder aufs Haus zu. Als sie die Verandastufen hinaufsteigt, sieht sie im gelben Lichtkegel, der durch ein kleines Fenster über der Haustür fällt, Michaels gebeugten strohgelben Kopf. Er ist allein, sitzt auf den Verandadielen, um sich herum die Teile seines Drachens, ausgebreitet unter dem Licht eine Bauanleitung. Sie möchte ihn gern etwas zu Katherine und dem Foto fragen, das er erwähnt hat, aber da schweben Stimmen durch das kleine Rundfenster heraus. Die Stimmen der blumigen Hausfrauen. Und mit den Stimmen ringelt sich Rauch hervor, als wäre das Fenster ein Mund.

»Dann erklär mir doch mal, Beth, wieso sie nicht ein Mal, ein einziges Mal den Mund halten kann? Es wäre ja alles nicht so schlimm, wenn es nicht gerade um das Thema ...«

»Ihrer eigenen Person ginge! Ach, weißt du, Mary Ann, mir tut sie leid. Lach nicht, das meine ich ernst.«

»*Er* kann einem leidtun! Stell dir vor, du musst es tagein, tagaus mit ihr aushalten.«

»Ich denke, sie möchte einfach wer sein, weißt du, wichtig sein. Sie ist schließlich alt. Meine Grandma wird da manchmal auch ganz rabiat.«

»Oh, aber deine Großmutter ist eine Lady, wie wir sehr wohl wissen. Während die ... ehrlich, für wen hält die sich eigentlich, über andere zu urteilen und sich über deren Leben zu mokieren. Sie ist ein Aas, und affektiert dazu. Wie die redet. Am liebsten hätte ich gesagt: Ach, sind wir etwa gerade in Paris? Ehrlich! Bei jeder Gelegenheit ihre kleinen französischen Wendungen einzustreuen.«

»Es heißt ja, sie wird regelrecht zur Furie, wenn sie die Eifersucht packt. Mrs Sultz drüben am Beach Point hat es meiner Mutter erzählt.«

»Eifersucht? Seinetwegen? Ist ja ekelhaft – in seinem Alter. Und was ich auch geschmacklos finde, ist, wie sie von seinen Bildern spricht, als wären es ihre *Babys*. Hast du sie gehört: ›Er zeugt sie, und ich taufe.‹ Zeugt sie!«

»Ja, unglaublich.«

»Pscht, still jetzt. Da kommt Mrs Kaplan. Ich möchte nicht, dass sie – ach, hallo, Mrs Kaplan, ja, sicher, wir kommen.«

Und da saugt das Fenster die Stimmen und den Zigarettenrauch wieder ein.

Zunächst versucht sie, sich einzureden, dass es Zufall ist, dass sie von jemand anderem reden, irgendeiner Bekannten von Mrs Sultz. Doch dann blickt sie auf und sieht Michael wenige Schritt entfernt vor sich stehen, das Gerippe seines Drachens in der Hand und im Gesicht blankes Entsetzen ... Sie macht auf dem Absatz kehrt, steigt die Stufen wieder hinab und geht ums Haus.

Sie steht im Garten zwischen leeren Tischen und Stühlen und blickt über die hintere Veranda hinein. Plötzlich ist die Luft herbstlich kühl, eine Spur frostig; man hat die großen Glastüren zugeschoben. Der Mond gleicht einem schüchternen Kind, das um einen Türrahmen lugt und nur sein halbes Gesicht zeigt.

Sie sieht ihren Mann am Flügel lehnen, hinter ihm sitzt Frank mit verschränkten Armen auf dem Hocker und lauscht aufmerksam. Er rezitiert. Sie erspäht Michael, der zu den anderen gestoßen ist und vor dem Sofa mit der Opernsängerin und ihrem Mann auf dem Boden hockt. Sie sieht zwei der blumigen Hausfrauen artig auf Stühlen sitzen. Lass es bitte »La lune blanche« sein, denkt sie, sollen sie ihn doch Französisch sprechen hören – vielleicht wird ihnen dann klar, dass Französisch die Sprache der Künstler ist und bei ihnen daheim praktisch Zweitsprache. Sie eilt hinein.

Aber wie sich herausstellt, trägt er »Wandrers Nachtlied« vor, noch dazu auf Englisch, was sie überrascht, denn meist rezitiert er das Gedicht im Original. Olivia und Annette kuscheln sich je in die Ecke eines Sofas, Olivia passt auf wie ein Schießhund und raucht mit dem ganzen dramatischen Flair, das eine Zigarette hergibt. Er zieht die ganze Gesellschaft in seinen Bann.

Er ist bei den letzten Zeilen, als sie sich ihm von hinten nähert, sich setzt und ihre Schuhe abstreift.

»Die Vögelein schweigen im Walde. / Warte nur! Balde / Ruhest du auch.«

Olivia klemmt sich die Zigarette in den Mundwinkel, kneift ein Auge zu und klatscht wie wild. Annette legt sich eine Hand an die Brust und seufzt. Er könnte wahrscheinlich dastehen und »Humpty Dumpty« vortragen, denkt sie, und die würden meinen, er hätte hochkarätiges Gold im Mund.

Mrs Kaplan wendet sich ihr lächelnd zu. »Wir haben gesagt, wir lassen ihn ohne einen kleinen Gedicht-Obolus nicht gehen.«

»Nun, und das war er«, sagt er, »besser kann man wohl kaum Gute Nacht sagen.«

Er sieht zu seiner Frau hinüber.

»Ach, hättest du es doch nur nicht auf Englisch vorgetragen«, sagt sie.

»Dann hätte es aber keiner verstanden«, sagt Olivia, »außer vielleicht Michael.«

Mrs Kaplan und Annette drehen sich nach ihr um.

»Was denn? Was habe ich denn gesagt?«, sagt sie mit einem gezwungenen Lachen.

Ihr Mann macht einen Schritt auf die Tür zu. »Vermutlich kommt fast jedes Werk besser in der Sprache zur Geltung, die es hervorgebracht hat«, sagt er schon auf dem Weg zur Tür, »aber jetzt muss ich wirklich meinen Hut suchen.«

Mrs Kaplan sagt: »In diesem Fall dürfte das Gedicht in jeder Sprache großartig sein. Die Stimmung ist das Entscheidende.«

»Ich für meinen Teil hätte mir ›La lune blanche‹ gewünscht, sein anderes Bravourstück. Dem macht er auch alle Ehre. Und immer auf Französisch.«

»Nun, wäre das nicht eine passende Zugabe?«, fragt ihn Mrs Kaplan.

»Ich denke, von mir haben Sie heute Abend genug gehört«, sagt er und sieht sich um. »Wo habe ich nur meinen Hut gelassen?«

Sie denkt: Wenn sie mich darum bitten, mach ich's. Ich stell mich dort vor alle hin und zeige den drei kleinen Hexen, was es heißt, Französisch zu sprechen.

Sie geht die Zeilen in Gedanken schon mal durch. *La lune blanche / Luit dans les bois; / De chaque ... de chaque ...? branche* – genau. *Part une voix / Sous ... sous ... la? Sous la ramée* – natürlich.

Olivia steht auf, sie hat seinen Hut unter einem Stuhl entdeckt und bringt ihn ihm. Dann hockt sie sich auf die Sofalehne. Ihr Haar wirkt im Lampenschein üppig dunkel. Dieses Haar – *Ô bien-aimée.* – Verdammte Madame Chéruy!

»Aber was heißt das, Mr Aitch?«, sagt Michael. »*La lune* oder was sie da gesagt hat.«

»Nun, es bedeutet praktisch für jeden etwas anderes. Eigentlich geht es bloß um den Mond, was er uns empfinden lässt, was er uns zeigt.«

Sie beschließt, einzuschreiten. »Ich habe eine Schwäche für ›La lune blanche‹, wissen Sie. Denn als wir damals zarte Bande knüpften –«

»Es wird langsam spät«, sagt er.

»Lassen Sie sie ausreden!«, ruft Annette. »Das will ich unbedingt hören!«

»Tja, wir besuchten dieselbe Kunsthochschule. Und liefen uns natürlich gelegentlich über den Weg, aber dann eines Sommers in Gloucester – das ist ein bei Malern sehr beliebter Rückzugsort, wissen Sie –, sind wir zusammen zeichnen gegangen, und da begann er, ›La lune blanche‹ zu rezitieren, und er war ganz baff, als ich gleich weitermachen konnte. Sein Gesicht hätten Sie sehen sollen! Er war einfach baff – nicht wahr?«

»Ja«, sagt er, »so war es.«

Annette juchzt. »Aber Sie wussten natürlich Bescheid«, sagt sie. »Wie raffiniert.«

»Ich verstehe nicht – was wusste ich?«

»Dass er französische Lyrik las. Ha, ich weiß! Sie haben das Bändchen aus seiner Jackentasche vorgucken sehen, und da haben Sie die Gedichte schnell auswendig gelernt, und damit hatten Sie dieses genau im rechten Moment parat. Oh, was sind Sie doch für ein raffiniertes Luder. Ich selbst habe mich nie recht darauf verstanden, mit den Waffen einer Frau zu kämpfen – kein Wunder, dass ich keinen abgekriegt habe!«

Annette lacht, und Olivia lacht, und sie schielt zu ihrem Mann hin, der gerade seinen Hut aufsetzt und die Seitenhiebe gegen seine Frau offenbar nicht bemerkt.

»Meine Großmutter war Französin«, sagt sie kühl. »Die Sprache liegt mir am Herzen, immer schon.«

Sie schnappt sich ihre Handtasche, schlüpft wieder in ihre Schuhe.

»Ach, seien Sie doch nicht so«, sagt Annette. »Ich ziehe Sie doch nur ein bisschen auf.«

Sie sagt: »Mrs Kaplan, haben Sie vielen herzlichen Dank für die Einladung.«

»Ich begleite Sie noch hinaus.«

»Das wird nicht nötig sein.«

»Aber ja, ich bestehe darauf. Michael, bringst du mir bitte eine Taschenlampe?«

Mrs Kaplan und Michael geleiten sie den Hang hinab. Mrs Kaplan leuchtet, Michael plappert: »Und Richie, der hat gesagt, er würde mir helfen, den Drachen zusammenzubauen, nur müsste er vorher was Wichtiges erledigen, aber er ist nicht mehr runtergekommen, und als ich hoch bin, um ihn zu suchen, schlief er schon.«

»Er war müde«, sagt Mrs Kaplan. »Morgen hilft er dir bestimmt gern. Wir sind alle ein bisschen müde, meinst du nicht?«

»Ich nicht!«, sagt Michael.

Als sie das Ende des Pfads erreichen, hört sie Michael von hinten fragen, ob er morgen vorbeikommen kann. Sie fühlt sich außerstande, ihm zu antworten, sie findet keine Worte.

»Vielleicht lässt du mal einen Tag aus, Michael«, sagt Mrs

Kaplan. »Ich denke, morgen können wir alle eine Pause vertragen.«

»Ich nicht!«, sagt Michael, und Mrs Kaplan sagt: »Es reicht, Michael. Sag schön brav Gute Nacht.«

Michael und Mrs Kaplan passen am Ende des Pfads noch auf, bis sie sich sicher auf dem Heimweg befinden, rufen ihnen von jenseits des Taschenlampenlichts einen letzten Gruß hinterher. Und sie wenden sich ihrerseits ein letztes Mal um, winken ins Licht und ziehen heim, die Welt still und schweigsam, selbst das Meer fast stumm.

Unterwegs sagen sie wenig bis nichts. Sie betrachtet den Mond, diesen im Himmel steckenden Marmorsplitter, und fragt sich abermals, warum er nicht »La lune blanche« zum Besten gegeben hat. Nicht gesagt hat, wie sie es ihn so oft schon hat tun hören: Nun, da wir heute Abend einen Mond haben ... um dann zu beginnen. Es ist fast, als fürchte er sich. Als könnte seine Stimme ihn verraten.

Er sagt: »Ich hoffe, du bist nicht ganz erledigt. Sie hat sich ziemlich hingezogen, die Party.«

»Müde bin ich schon; ich kann mich nicht entsinnen, wann ich zuletzt so lange durchgehalten habe. Und du erst – ich staune.«

»Ich staune selbst ein bisschen.«

Sie sagt: »Richie und Michael scheinen doch recht gut miteinander ausgekommen zu sein. Ich habe euch vom Strand zurückkommen sehen.«

»Ja«, sagt er, »anfangs gab es noch Streit, aber dann am Strand ...«

»Was?«

»Wurde alles irgendwie anders.«

Sie kommen an die Abzweigung zu ihrem Haus.

»Wusstest du, dass Katherine Kaplan nicht bloß sehr krank ist«, sagt sie, »sondern kaum den Winter überleben dürfte? Das hat mir diese Opernsängerin gesagt.«

»Ja, ich habe es ähnlich gehört.«

Sie hält an und sieht zu ihm hoch. »Fühlst du mit ihr?«
»Nun ja, schon«, sagt er. »Du nicht?«
»Aber sicher! Die Arme.«
Sie gehen weiter, und als die Nacht undurchdringlicher wird, nimmt er ihren Ellbogen.

Zu Hause angelangt, stellen sie sich an das Nordfenster und verfolgen die letzten Licht- und Farbeffekte des Feuerwerks über dem Landbogen vor Provincetown, die aufgehen wie funkelnde Dahlien.

»Los, sag's ruhig – ich habe mich wieder danebenbenommen«, sagt sie.

»Hast du das? Ist mir entgangen.«

»Tja, mir ist es auch entgangen. Bis ich gehört habe, was ... ein paar Frauen ... gesagt haben.«

»Was denn? Was haben sie gesagt?«

»Dass ich von unseren Bildern – deinen Bildern – rede, als wären es unsere Kinder. Dass ich ... eifersüchtig und eigensüchtig bin und, und ...«

Sie merkt, dass sie weinerlich wird. »Ach, egal«, sagt sie, »für mich ist die Party, ehrlich gesagt, nicht so gut gelaufen.«

»Dir kann aber doch wirklich egal sein, was die Leute sagen«, sagt er.

Er nimmt ihren Arm und lockt sie nach draußen, wo sie von der hinteren Veranda aus weiter das Schauspiel verfolgen.

»Dabei habe ich mir solche Mühe gegeben.«

»Das glaube ich gern.«

»Ich habe mich bemüht, freundlich zu sein, aber ganz gleich, was ich gesagt habe ... Und diese Annette – hast du gehört, was sie zu mir gesagt hat? Als würde ich nur vorgeben, Französisch zu können.«

»Ich habe nicht so genau hingehört«, sagt er.

Eine weitere Batterie geht hoch, diesmal in Gestalt langer Farbspindeln. Sie werden von schmerzlich schrillen Tönen begleitet: als würde gleich etwas explodieren. Sie fragt sich, ob Menschen, die Luftangriffe erlebt haben, das Grauen bei solchem Getöse von Neuem durchleben.

Sie hakt sich bei ihm unter. »Bin ich schrecklich?«, fragt sie.

»Was glaubst du, warum ich dich geheiratet habe?«, sagt er.

»Du hast mal gesagt, weil ich Waise war und Französisch konnte. Ach, und meiner Locken wegen.«

»Das auch. Komm, Zeit, schlafen zu gehen.«

»Mit den Frauen will ich nichts mehr zu tun haben«, sagt sie.

»Musst du ja nicht.«

»Du kannst meinetwegen gern weiter Kontakt pflegen, aber – ohne mich.«

»Wenn du meinst.«

»Ich werde nicht einmal eifersüchtig werden, so ernst ist es mir.«

»Selbstverständlich«, sagt er und tätschelt ihre Schulter.

Sie liegen im Bett und reden von Toten. Er spricht von fünf verstorbenen Männern, sie von acht verstorbenen Frauen. Sie liegt mit dem Rücken zu ihm im Bett, er dicht hinter ihr, die Arme um ihre Taille, ihre Fersen an seinen Fußrücken. Als wären wir ein großes Krebstier, denkt sie, er der Panzer und ich das Innere.

Sie spricht von Eltern und Verwandten, der Frau eines Freundes, und sie zählt alle auf, die seit ihrer Heirat gestorben sind. Er murmelt schläfrig bei der Aufzählung mit. Sie kommt auf über fünfzig, und das rüttelt ihn kurz auf, sodass er sagt, das sei unmöglich.

»Ich zähle die Tiere mit«, sagt sie, und er lacht, verstummt aber gleich wieder. Und dann wälzt er sich auf die andere Seite.

Sie fasst hinter sich an seinen großen, breiten Rücken, stellt mit Bedauern fest, dass er nicht mehr so gerade ist wie einst, die Schulterblätter weiter auseinander und auch weiter vom Rückgrat. Sie weiß noch, wie stark er einst war – Abende, an denen er nach der Arbeit noch zehn Meilen zu Fuß gehen konnte, Tage, an denen er von morgens bis abends segeln war. Lange Tage, die er genoss, während sie Mühe hatte, sich nicht allein gelassen zu fühlen.

Sonnengebräunt kehrte er wieder, selbstzufrieden und unwiderstehlich. Sie hätte sich auf ihn stürzen können. Was sie natürlich nicht tat. Stattdessen empfing sie ihn kühl und eine Spur sarkastisch. Einmal hatte sie auf Mrs Sultz' Anraten hin beschlossen, es auf die sanfte Tour zu versuchen. Sie hatte eine Blaubeertorte gebacken und im Ofen ein Brathähnchen. Sie sah ihn von Weitem schon den Hang von der Garage hochsteigen, ganz eingehüllt vom abendlichen Zwielicht, abgesehen von dem gespenstischen Schimmer, der sich um diese Zeit noch in der Senke hält. Sie war so ganz und gar verliebt gewesen. So zufrieden mit ihrem Los. Mit ihrem starken, gut aussehenden Ehemann, der ihr und dem einladenden Duft ihres Brathähnchens, der süßen Desserttorte entgegenstieg.

Wie sein Gesicht sich erhellt hatte, als er zur Tür hereintrat. Ein ewiges Kind, ein kleiner Junge, hatte sie gedacht, dem die Mamma eine Torte gebacken hat, doch mit ebendiesem letzten Gedanken sickerte prompt ein bitteres Gift ein: Mehr wollen sie ja nicht, im Grunde, eine Mamma – eine Mamma, mit der sie es außerdem treiben können.

Er hatte sie sogar geküsst, als er eintrat, sie am Pferdeschwanz gezogen. Dann seine Jacke auf dem Tisch abgelegt, sie in den Hintern gekniffen, der in Cordhosen steckte, und geschwärmt: »Du bist umwerfend, Baby.«

Und sie wusste, besser wäre es, jetzt nichts zu sagen. Sondern seine Freude zu genießen und auch die Freude, die sie wenige Sekunden zuvor selbst verspürt hatte – wo war sie bloß hin? Aber es war ihr nicht möglich. Sie konnte es nicht lassen.

»Das ist eine Ausnahme«, giftete sie. »Freu dich nicht zu früh.«

Und selbst dabei konnte sie es nicht belassen.

»Ich kann nicht beides, wie du. Kann nicht den ganzen Tag am Herd stehen. Das tun *und* dann noch arbeiten, verstehst du?«

Als sie sich umdrehte, sah sie, dass das Leuchten aus seinen Augen verschwunden war. Und selbst da hatte sie sich offenbar nicht bremsen können.

»Ich trage doch bei«, sagt er. »Du findest, ich tue nicht genug?«

»Pah! Ihr Kerle brüstet euch schon bei ein paar Handgriffen: einkaufen, ein bisschen Holz hacken. Ich habe es nicht so gut. Ich kann nicht tagsüber segeln gehen, heimkommen, ein Festmahl vorgesetzt kriegen, und dann noch stundenlang malen.«

»Ich hatte nicht vor zu malen«, sagte er, »aber jetzt schon. Und nach Essen ist mir auch nicht mehr.«

Sie schreibt ihm mit dem Finger auf den Rücken.
»Was steht da?«, fragt er verschlafen.
»Nichts.«
Sie hört ihn leise schnarchen, und setzt neu an: Wir sind Bein voneinander Bein. Fleisch voneinander Fleisch.

Trümmerfrauen

I

Er kann die Frauen sehen. Es sind dunkle Ausstechformen auf einem Hügel, und der Hügel ist aus Schutt, der Himmel ringsum von einem blassen Grau.

Auf der einen Seite steht ein hohes Gebäude mit klaffender Front. Auf der anderen ein Gebäude ohne Dach, als hätte es jemand oben abgesäbelt, so, wie man ein Frühstücksei köpft. Er steht am Fuß des Hügels und sieht zu den Frauen hoch. Eifrig zerren sie mit den Händen Ziegel beiseite, sie suchen. Da und dort wölkt pudriger Staub auf, als würden sie Zaubertricks vorführen. Es ist außerdem Vogellärm zu hören, ein fieses, wildes Kreischen. Eine der Frauen findet einen Holzstab, eine andere eine Eisenstange. Und dann zieht eine Frau am Ende der Kette eine alte Uhr aus den Trümmern. Sie klopft sie ab, schüttelt sie und hält sie sich ans Ohr. »Sie geht! Ticktack-ticktack!« Er hört die Frauen lachen. Auch er unten am Fuß des Hügels lacht, ohne recht zu wissen, warum.

Seine Mutter ist da oben – das weiß er sicher, aber nicht, welche der Frauen sie ist. Von hier unten sehen sie alle gleich aus, Teile der sich schräg den Schuttberg hinaufziehenden Schlange, mit je einem Fuß weiter oben und weiter unten. Als sie hochstieg, hatte er sie noch erkennen können, aber dicht unterhalb der Kuppe, am blassgrauen Himmel haben die Frauen sich irgendwie verknäult, ehe sie ihre Kette bildeten, und jetzt kann er sie von den anderen nicht mehr unterscheiden. Sie tragen alle das Gleiche: Mäntel, die Männern gehören; und nicht mal an den Haaren sind sie zu erkennen, weil sie die alle unter schmutzigen, vorn geknoteten

Kopftüchern verstecken. Er will, dass sie sich umdreht und nur extra ihm zuwinkt, damit er sie erkennen kann. Er fleht sie in Gedanken an. Dabei weiß er genau, dass keine von ihnen den Kopf heben wird – es wird dunkel, und es ist noch so viel zu tun.

Welche? Welche von ihnen hat ihm befohlen, dort stehen zu bleiben, zu warten, brav zu sein? *Sei ein braver Junge.* Welche hat ihm schnell einen kleinen Kuss gegeben und sich versprechen lassen, dass er sich nicht von der Stelle rührt? Aber seit dem Versprechen hat sich etwas verändert. Da ist eine Gefahr, die da vorher nicht war. Sie ist mit dem großen weißen Vogel gekommen, der herbeigeflogen und nahebei auf einem Berg Ziegeln gelandet ist. Dem Vogel, der ihn nun mit seinem kalten Auge anstarrt. Er sieht den Hals des Vogels unter der glatten weißen Haut an- und abschwellen, und er sieht auch den langen gelben Schnabel, der am Ende schon einen Blutstropfen hat.

Er weiß, dass der Vogel nur auf mehr Dunkel wartet und dann angreifen wird. Er wird ihn packen, bevor seine Mutter es den Hügel herunter schafft. Er kann dort nicht einfach stehen bleiben und darauf warten, dass der Vogel sich auf ihn stürzt, ihn mit seinen Krallen umwirft und seine Brust aufhackt, um an sein Herz heranzukommen, pick, pick, pick. Er hat die großen weißen Vögel an einem toten Hund picken sehen, er weiß, was sie tun.

Er will rufen: *Mutti! Mutti!* Aber wenn er das tut, wird der Vogel das vielleicht als letzte Chance sehen und zustoßen. Also wird er nicht rufen, aber auch nicht davonlaufen. Er wird den Vogel stattdessen reinlegen. Er macht einen Schritt zur Seite. Der Vogel rührt sich nicht. Er tut noch einen Schritt. Und noch einen. Der Vogel ruckt kurz und heftig mit dem Kopf, macht aber keine Anstalten, ihm zu folgen.

Er weiß nicht mehr, ob er die Lücke bereits gesehen hatte, bevor er die Schritte machte. Oder ob sie sich plötzlich aufgetan hat. Sie ist nicht wie die anderen Lücken, die zwischen aufgetürmten Sandsäcken schmalen Gänge, die gerade weit genug sind, dass du durchgehen kannst. Der Spalt, den er wählt, ist so eng, dass du dich seitlich mit einem Ellbogen, dann dem Knie und zuletzt der

Schulter durchzwängen musst: fester, fessster, bis er dich durchlässt.

Und das Gefühl, gerettet zu sein, als er schließlich drin ist! Dann der Gedanke: Hier bleibe ich, bis die Frau, die meine Mutter ist, mich holen kommt, hier bleibe ich, eingequetscht zwischen Sandsäcken, die so feucht und muffig sind und so rau an meinem Gesicht. Bleibe, wo der Vogel mich nicht kriegen kann.

Er weiß, noch ehe er die Augen aufschlägt, dass er kein Dreijähriger mehr in Berlin ist. Er ist jetzt ein großer Junge, ein amerikanischer Junge. Das hat Mrs Kaplan gestern gesagt. Sie hat es vor den ganzen Leuten gesagt, also weiß er es ganz sicher. Als sie es sagte, hatte er einen furchtbaren Schreck bekommen. Als die vielen Gesichter sich ihm zuwandten. Dann aber hätte er vor Freude schier platzen können. Ein großer amerikanischer Junge. Ein amerikanischer Junge in South Truro auf Cape Cod, County Barnstable, im Bundesstaat Massachusetts auf dem Kontinent Gott-Segne-Amerika. Und jetzt wacht er hier in seinem üblichen Bett auf, und selbst, wenn ihm kälter ist als sonst, ist er gerettet, gerettet, gerettet. Wieso also tut ihm das Herz weh, als würde es jemand immer wieder sehr fest zwicken?

Er hört draußen vor dem Fenster einen Seevogel kreischen, Fingernägel über die Scheibe kritschen, ungeduldige Finger trommeln und ein stetes *Klack, Klack*, als klopfte jemand warnend mit dem Rohrstock auf ein Pult. Viel schlimmer aber ist, dass er eine wütende Frauenstimme hört.

Er reißt die Augen auf. Draußen drischt Regen nieder. Ein Zweig schrappt über die Fensterscheibe. Der halb offene Fensterladen schlägt im Wind hin und her. Er stemmt sich auf die Ellbogen hoch und lauscht. Die Frauenstimme ist schrill und trotzdem dumpf, also doch nicht so nah, sondern eher in einem der Zimmer unten.

Gegenüber ist Richies Bett schon gemacht, sein Pyjama ordentlich gefaltet auf dem Kissen. Das Licht im Zimmer ist gräulich, ein bisschen wie das vor Morgengrauen. Aber Morgen ist lange schon – das weiß er, weil er noch wach war, als es dämmerte. Inzwischen ist es wahrscheinlich längst nach dem Frühstück, vielleicht dem Mittagessen, was weiß denn er.

Er blickt an sich herab und stellt fest, dass er vollkommen angezogen auf der Tagesdecke liegt. Und da fällt ihm wieder ein, er hat seine Kleider an, weil er sich gar nicht ausgezogen hat, und sein Bett ist deshalb gemacht, weil er gar nicht drin war. Er war zum Schlafen viel zu aufgekratzt gewesen, hatte sich auf den Boden gehockt und seinen Drachen zusammengebaut, während Richie schnarchte und im Schlaf stöhnte. Er hatte gehört, wie die Party sich unten langsam totlief, hatte überlegt, was aus dem großen amerikanischen Jungen mal für ein amerikanischer Mann werden sollte. Leute, die sangen und lärmten, dann immer weniger Lärm, bis nur ein paar Stimmen blieben, und dann, plötzlich, keine. Und da war er sich vorgekommen, als sei in ganz Nordamerika nur er noch wach.

Als der Drachen fertig war, hatte er ihn aufs Bett gelegt und bewundert. Noch nie hat er so was Schönes gesehen. Er hatte auf der Bettkante gehockt, ihn vorsichtig in den Armen gehalten und sich gewünscht, es wäre endlich Morgen, damit er ihn Mrs Kaplan zeigen kann. Schon die Vorstellung – was sie sagen und wie stolz er sein würde – machte ihn so froh, dass ihm kurz zumute war, als könnte er ganz allein höher fliegen als jeder Drachen; und das ist das Letzte, woran er sich erinnert.

Unten schlägt eine Tür. Und jetzt wieder Gebrüll, diesmal laut und deutlich genug, dass er Richies Mutter erkennt und im Angebrüllten Richie.

»Aber Mom, ich schwör's dir –«

»Ich warne dich, Richie! Du sagst mir jetzt auf der Stelle die Wahrheit, hast du verstanden?«

Und ihm tut Richie leid, was immer er sich da eingebrockt haben mag, zugleich aber ist er ziemlich froh, dass nicht er sich das da unten anhören muss.

Er schiebt sich vom Bett und tritt ans Fenster. Er klappt den Fensterladen zurück und blickt hinaus in den verregneten Tag.

Zwei Männer in Ölzeug tragen einen Tisch über den mit Pfützen übersäten Rasen. Zwei andere in schwarzen Capes wie bei den Cops schleppen stapelweise Gartenstühle ums Haus herum nach vorn. Er weiß, dass Frank das Klavier heute zurück nach Boston fahren wird, und dass die anderen gemieteten Möbel wahrscheinlich gerade auf Laster geladen und weggekarrt werden. Er würde gern runtergehen und zusehen, er würde sich auch gern von Frank verabschieden. Und er hätte wirklich gern was zu essen. Aber er möchte nicht an Richie und seiner Mom vorbei, sich nicht hinter ihrem Gezeter vorbeischleichen müssen.

Er wendet sich vom Fenster ab und entdeckt hochkant neben dem Bett seinen Drachen, blau und rot und mit dem langen Schwanz umwickelt. Er hebt ihn an und hält ihn mit ausgestreckten Armen ein Stück von sich weg. Er bewundert noch sein Kunstwerk, einschließlich der tadellos sitzenden kleinen Schleifen am Schwanz, als plötzlich Richies Mom wieder laut zu hören ist, und zwar jetzt auf der Treppe und gleich darauf im Flur, und direkt dahinter Richies dünnes Quieken: »Bitte, Mom, nicht. Nicht, Mom, biiiitte.«

»Ich werde der Sache jetzt auf den Grund gehen, Richie Kaplan. Was immer hier vor sich geht, ich komme dahinter, und wehe dir, wenn –«

Die Tür fliegt auf. Und sie platzt ins Zimmer, schleift Richie am Ärmel seines Pullovers mit. Sie zerrt ihn zu sich heran und stößt ihn von sich. Richie stolpert und fällt fast hin.

Er mag Richie gar nicht ansehen, und auch nicht Richies Mom in ihrem Morgenrock mit dem wilden Haar, den farblosen Lippen und den flackernden Augen. Er blickt auf seinen Drachen hinunter, berührt die Schleifen, fährt mit dem Finger an den Rändern entlang und fragt sich, was um alles in der Welt Richie bloß angestellt haben kann.

Richies Mom reißt den gefalteten Pyjama hoch. Sie schüttelt ihn aus und schleudert ihn zu Boden. Dann nimmt sie Richies ordentlich gemachtes Bett auseinander. Sie zerrt den Kopfkissenbezug ab und schiebt den Arm hinein, sie schaut unter dem Bett nach und hinter dem Kopfteil. Dann knöpft sie sich den Nachttisch vor. Richies Comichefte fliegen durch die Luft; sie öffnet seine Dose, dreht sie um und lässt Baseballkarten und Bonbonpapiere und Schokoriegel aufs Bett regnen. Sie packt einen Schokoriegel und wirft ihn Richie an den Kopf. Er prallt von seiner hochgezogenen Schulter ab. Da stürmt sie zu ihm hin und knallt ihm eine. Sie fährt herum, lässt sich aufs Bett sinken und schlägt die Hände vors Gesicht.

Er fragt sich, ob Richie jetzt wohl weint, und beschließt, einen Blick zu riskieren. Richie ist starr vor Angst: Sein Gesicht ist bis auf die rote Stelle von der Ohrfeige ganz weiß, die Augen fallen ihm fast aus dem Kopf. Aber Tränen sind da keine. Er versucht, Richie dazu zu bewegen, ihn anzusehen, ihm irgendwie blinzelnd zu verstehen zu geben, was los ist. Aber Richie meidet seinen Blick, er starrt auf den hängenden Kopf seiner Mom, auf die Hände vor ihrem Gesicht.

Nach einer Weile nimmt sie eine Hand weg, greift in die Tasche ihres Morgenrocks und holt ein Röhrchen Tabletten heraus. Ihre Finger zittern so sehr, dass sie es nicht stillhalten kann. Sie streckt einen Arm aus, Richie nimmt ihr das Röhrchen ab, öffnet es und reicht es zurück. Sie schüttelt sich zwei Tabletten in die hohle Hand und wirft sie sich in den Rachen. Ihr Hals macht eine lange, trockene Schluckbewegung. Dann steht sie auf.

»Ich werde jetzt auch dein Bett durchsuchen, Michael«, sagt sie, und er nickt und weicht ein paar Schritte zurück.

Sie zieht die Tagesdecke weg und schüttelt sie aus. Sie zerrt die Laken herunter und schüttelt sie aus, dann kniet sie sich hin und späht unters Bett. Sie richtet sich wieder auf und stochert an seinem Kissen herum, sie nimmt sich das Bord über seinem Bett vor und untersucht die Bücher, die Mrs Kaplan ihm geliehen hat. Sie blättert darin, ein Brief fällt heraus, ein Brief, den er vor Wochen dort hineingelegt und dann vergessen hat. Er ist an einen seiner Fantasie-Freunde gerichtet. Sie öffnet den Umschlag, und jetzt wird ihm richtig mulmig – was, wenn sie ihn liest? Was, wenn es einer der Briefe mit lauter gemeinen Sachen über sie und Richie ist? Oder schlimmer noch: Was, wenn es einer der Briefe mit lauter schmalzigem Zeug über Katherine ist?

Er traut seinen Ohren kaum, als er Richie sagen hört: »Etwas sehr unverfroren, anderer Leute Post zu lesen, findest du nicht?«

Ihr fällt die Kinnlade herunter, ihre Augen weiten sich, als fiele auch sie aus allen Wolken. Dann fegt sie mit drohend erhobenem Finger auf Richie zu. Richie macht einen Satz.

»Untersteh dich, mir Vorhaltungen zu machen!«, sagt sie. »Untersteh dich! Kein Wort mehr, verstehst du? Kein. Wort.«

Sie schüttelt den Briefbogen, untersucht den Umschlag und wirft dann beides, ungelesen, aufs Bett.

Als Nächstes sind die Schränke dran, erst Richies Fächer, aus denen sie seine ganzen Kleider zerrt. Hosen, lange wie kurze, Jeans, T-Shirts, Pullover und Hemden, seine Schuhe und Turnschuhe, seine – wer weiß, wie viele – Pyjamas, seine aufgerollten Socken und seine sorgsam gefaltete schneeweiße Unterwäsche. Bis Richies Sachen im wüsten Haufen auf dem Boden liegen. Sie steigt darüber hinweg und marschiert durchs Zimmer an seinen Schrank.

Sein Gesicht glüht, und ihm schlottern während der wenigen Sekunden, die sie benötigt, um seine armselige Habe zu durchwühlen, die Knie. Die zwei Paar kurzen Hosen, die wenigen T-Shirts, den einen Pullover, das eine Paar Sandalen, den einen Schlafanzug zum Wechseln mit der abgerissenen Brusttasche, die zwei Paar Socken und drei einzelnen, die zwei grauen Unterhosen. Sie holt aus seinem Wäschesack die dreckigen Sachen: einen Pullover, zwei fleckige Unterhosen und zwei einzelne, vor Schmutz steife Socken. Als sie fertig ist, steigt sie auch über seinen viel kleineren Haufen und marschiert zur Tür.

»Ihr zwei rührt euch nicht von der Stelle«, sagt sie. »Ihr verlasst das Zimmer nicht, bis ich euch hole, habt ihr verstanden? Und räumt gefälligst auf.«

Sie bleibt an der Tür stehen und funkelt Richie an. »Oder nein, du kommst mit«, sagt sie. »Michael hingegen setzt keinen Fuß vor diese Tür.«

»Aber auf die Toilette darf ich doch, oder?«, hört er sich sagen.

Sie dreht sich um, durchquert erneut das Zimmer und bleibt dicht vor ihm stehen. Ihr Hals schwillt an und spannt sich, bis er aussieht wie ein knorriger Baumstamm. Sie presst die Lippen zusammen und reißt sie dann auseinander: »Aber selbstverständlich darfst du auf Toilette gehen, Michael, und ich werde dir auch etwas zu essen heraufbringen lassen, schließlich gibt es hier bei uns in Amerika keine Konzentrationslager, nicht wahr? Nein, hier nicht.«

Sie wirbelt herum, packt Richie, schiebt ihn vor sich her in den Flur und wirft krachend die Tür ins Schloss.

Als er aus dem Bad zurück ist, räumt er seine Sachen wieder in den Schrank und bringt sein Bett in Ordnung. Das Gleiche macht er mit Richies Kleidern und dessen Bett. Er packt auch Richies Schätze wieder in die Dose und die Dose in den Nachttisch, selbst die Bonbonpapiere. Dann setzt er sich auf den Fußboden und zerreißt den Brief. Er liest ihn nicht etwa durch, sondern zerfetzt ihn in immer kleinere Stücke, bis aus Sätzen Wörter und aus Wörtern Buchstabenfitzelchen werden. Dann zerreißt er den Umschlag, bis nur ein kleiner Haufen Konfetti auf dem Fußboden bleibt. Als das erledigt ist, nimmt er seinen Drachen hoch, schlägt ein Handtuch darum und schiebt ihn in den Spalt zwischen Schrank und Wand. Er hockt sich auf die Bettkante, und wann immer ihm zum Heulen ist, kneift er sich in den Oberarm und dreht an der Haut.

Eine halbe Ewigkeit vergeht, ehe Rosetta ihm ein Tablett mit einem Glas Milch, einem Käse-Sandwich, einem Apfel und einem kleinen Stoß Kekse bringt. Sie setzt sich zu ihm aufs Bett und befiehlt ihm zu essen. Er beißt von dem Sandwich ab, kann aber nicht kauen. Er schiebt sich den Bissen in die Backe und sagt: »Rosetta, glaubst du, Katherine könnte vielleicht vorbeikommen?«

»Ai, Michael, Katherine kann dir jetzt auch nicht helfen.«

»Warum nicht? Wie meinst du das?«

»Ai, Michael«, sagt sie, »warum hast du das getan?«

»Ich? Was denn? Ich schwör's, ich war das nicht, was immer es ist. Ich weiß nicht mal, was sie gesucht hat – ich dachte, Richie hat was angestellt.«

»Ai, Michael, du hast von diesen Menschen gestohlen, die so gut zu dir waren.«

»Was redest du da, Rosetta? Was heißt das: gestohlen?«

»Ai, Michael.«

»Sag doch nicht immer ›Ai, Michael!‹, sag mir lieber, was ich getan haben soll, Rosetta – was? Was?«

Rosetta steht auf und geht zur Tür. »Gestohlen«, sagt sie, »gestohlen wie Diebe.«

Er geht auf und ab, er sitzt auf dem Bett, er steht wieder auf und setzt sich auf den Stuhl, er nimmt einen großen Schluck Milch, und zwischendurch muss er immer mal weinen. Er schlägt mit dem Kopf gegen die Wand, er geht an das bodentiefe Fenster, er isst einen Keks und weint. Er kneift sich abwechselnd in die Oberarme, dann in die Schenkel. Er kehrt an die Fenstertür zurück und sieht hinaus. Es hat aufgehört zu regnen. Die Sonne kämpft sich aus den Wolken. Er fragt sich, ob auch er entkommen kann. Es wäre ein Leichtes: durch die Tür über die Veranda spurten, am Pfosten auf die untere Veranda rutschen, ins Gras springen, am Waldrand ums Haus schleichen, sich ins Gebüsch schlagen, den Hügel hinauf, über das offene Stück Grasland, die Strandtreppe hinunter in seinen Unterschlupf. Er könnte alles, was er dort gehortet hat, ins Meer werfen: Richies Pfadfindermesser und die Army-Medaillen und die Ausschnitte aus den Zeitschriften und die Blechdose mit den Kekskrümeln darin, die alte Uhr und die ganzen Bleistifte und den kleinen Gummiball. Dann würde er zu seinem Schlupfloch zurückkehren und alle Spuren verwischen oder sogar zu Mrs Aitch laufen, bevor ihn irgendjemand vermisst. Nur schämt er sich jetzt zu sehr, um Mrs Aitch gegenüberzutreten. Er öffnet die Fenstertür und schlüpft hinaus. Unten hört er Männerstimmen. Er hört Frank brüllen: »Nein, nein, nein, Herrgott.

NEIN! Ihr müsst es von hinten anpacken. Das Bass-Ende muss nach unten, unten, auf den Hund. Auf den Möbelhund runter, sag ich! Alles klar? Ganz sicher? Also gut. Und denkt dran – das Ding ist wie ein Rennbahn-Champion, ein Vollblüter; eine falsche Bewegung, und es ist alles vorbei, Vorsicht, Vorsicht. Ganz langsam, gut. Ja, besser.«

Schritte hallen überall über die Dielen, Stimmen tönen durchs Erdgeschoss. Er würde nie unentdeckt entkommen. Er wird warten müssen, bis es dunkel wird.

Er beobachtet, wie die graue Haut sich vom Himmel schält, wie die Sonne durchbricht und wie nach und nach die kleinen dampfenden Flecken vor dem Strandgras wegkriechen, als er von unten neue Töne vernimmt. Schritte. Aber anders diesmal, leichter, nicht so stürmisch, und von mehr als einer Person. Die Schritte überqueren die hintere Veranda. Es gibt keine Stimmen, nur die vielen Schritte, dann nichts mehr. Und da sieht er sie still durchs Gras ziehen: Katherine in einem Regenmantel mit straff gezogenem Gürtel, daneben Mrs Kaplan mit einem Schirm in der Hand, und nun auch Richies Mom, die sich ihren Regenmantel nur umgehängt hat, und gleich hinter ihr, mantellos, Annette. Und ihm wird klar, dass Annette die Einzige ist, die er nicht beklaut hat, und er weiß jetzt auch, warum, weil ihm nämlich immer klar war, dass sie als Einzige sofort merken würde, wenn nur die kleinste Kleinigkeit fehlte. Zwischen den ganzen Frauen geht Richie, seine Mom zerrt und schiebt ihn mit. Sie tauchen ins Gestrüpp und entschwinden kurz seinem Blick, dann sieht er sie wieder, sieht sie hintereinander den Hügel hochsteigen zur Stelle mit den Gräsern und zur Strandtreppe.

Richie weiß Bescheid, denkt er, er weiß von dem Unterschlupf. Wie kann er das wissen? Und im nächsten Moment: Aber klar weiß er's, wie denn nicht?

2

Am Morgen nach der Party wachen sie spät auf, bleiben noch im Bett liegen und lauschen dem Regen. Sie sagt: »Ich hoffe, es schüttet den ganzen Tag. Ich hoffe, es hört nie wieder auf. Ich hoffe, es baut sich da draußen eine Wand aus Wasser auf.«

»Eine Wand aus Wasser?«, sagt er.

»Ja, das wäre mir das Liebste – eine Wasserwand zwischen uns und dem Rest der Welt, damit wir uns, und sei es nur einen Tag, dahinter verstecken können, nicht rausmüssen. Müssen wir doch nicht, oder?«

»Solange wir zu essen haben, nicht.«

»Ich denke schon. Müsste reichen. Wir haben alle möglichen Konserven, Brot, Milch. Und Pfirsiche.«

»Gut, dann müssen wir nicht raus.«

Sie stupst mit den Zehen von innen ans Laken, reißt die Arme zu einem Cheerleading-V über den Kopf und rüttelt die Fäuste.

Er lächelt mit den Augen und sagt: »Frühstück?«

»Tee und Buttertoast?«

»Wenn du willst.«

»Ans Bett?«

»Und ob«, sagt er, und sie lacht wieder – mit einem kleinen Juchzer am Ende.

Doch sobald er aus dem Bett steigt, beschleicht sie eine bange Traurigkeit. »Ach, aber dazu musst du aufstehen und mich hier allein lassen und kommst wahrscheinlich nie wieder«, sagt sie und zieht wie ein kleines Mädchen eine Schnute, als wäre das natürlich nur ein Scherz.

Er antwortet nicht, und da bemerkt sie sein verspanntes Gesicht.

»Was ist, Schmerzen?«

»Etwas.«

»Ach, dabei ging es dir doch besser. Was ist passiert?«

»Ich hab's übertrieben.«

»Hast du?«

»Etwas Wein, ein zweites Stück Torte, die mexikanische Würze an allem. Noch etwas Wein. Außerdem war ich wahrscheinlich zu lange auf den Beinen.«

»Wo genau tut es dir weh?«

»Irgendwo hier oder knapp dahinter.«

»Nehmen wir an, wir redeten von Manhattan. Wenn also deine Brust der Central Park wäre ...«

»Wenn meine Brust ... nun, dann ginge es um die Lower East Side. Oder nein, etwas weiter drüben: Chinatown.«

»China –? Ach, Ärmster. Soll ich ein bisschen massieren?«

»Nein, besser wird es sein, wenn ich mich bewege, eine Kleinigkeit esse, vielleicht ein Glas kühles Wasser.«

»Aber du kommst wieder?«

»Ich möchte mir ein paar Skizzen noch mal ansehen«, sagt er, dreht sich ihr zu und nimmt ihre Hand, und bei ihr regt sich ...

Ach, spielt keine Rolle, was sich da regt, sagt sie sich, der Teil unseres Lebens ist vorbei. Ich kann bestenfalls auf kurze Momente der Kameradschaft hoffen, gelegentliche Zeichen der Zuneigung: dass er mich mal ansieht, wenn ich mit ihm spreche, dass er an einem solchen Morgen neben mir liegt und dem Regen lauscht.

Sie lächelt und sagt: »Du bist ein Schatz. Du bist mein Schatz.«

Er tätschelt ihre Hand, dann wendet er sich ab, um in seine Hose zu steigen.

Zusammen mit dem Tee und dem Toast bringt er ihr eine drei Tage alte Ausgabe der *New York Times*. Mit der Titelseite hält sie sich nicht lange auf. Ach, davon will sie jetzt nichts wissen: Rekrutierung, Kommunistenhetze, Tote in Korea – das alles und dazu noch die Wasserstoffbombe! Sie überfliegt die Meldungen der folgenden Seiten, doch das nährt bloß ihre Sehnsucht nach New York. Gesichter und Namen, die sie nicht kennt und die ihr doch so nah scheinen, die neuesten Maschen und Moden, die ihr entgehen, und die kleinen täglichen Stadtdramen, die sich ohne sie abspielen, während sie hier fern der Zivilisation festsitzt – ohne Ansprechpartner oder auch nur ein geneigtes Ohr.

Sie schiebt das Tablett beiseite, rutscht auf seine Seite des Betts hinüber, dreht sich auf den Bauch und lässt die Arme über die Kante hängen. Während ihr das Blut in den Kopf steigt, tastet sie blind herum, bis ihre Hand ein Buch berührt. Sie nimmt es, robbt rückwärts wieder auf ihre Betthälfte, dreht sich und schiebt sich hoch. Sie zieht das Tablett erneut zu sich heran, schenkt sich eine frische Tasse Tee ein, stopft sich auch sein Kopfkissen noch ins Kreuz, schlägt die Gedichte Robert Frosts auf, und ihr stockt der Atem, als sie auf die Anfangszeile von »Beim Mauernflicken« stößt: »Es gibt etwas, das mag die Mauern nicht«.

Später, auf dem Weg zur Küche, sieht sie ihn an seinem Arbeitstisch über diverse Skizzen gebeugt. Er scheint gar nicht zu bemerken, dass sie hinter ihm vorbeigeht, und als sie ihr Tablett auf dem Küchentresen absetzt, scheint er das leise Scheppern nicht zu hören. Er ist vollkommen vertieft. Sie möchte ihm erzählen, dass sie Frost-Gedichte gelesen hat, erzählen von der erstaunlichen Koinzidenz von »Beim Mauerflicken« einerseits und ihrem Wunsch nach einer Wasserwand andererseits, die sie im Haus halten könnte, möchte mit ihm an andere Gedichte zurückdenken, sagen: »Erinnerst du dich an den ersten Winter nach unserer Hochzeit, als wir auf dem Weg zu deiner Mutter im Zug das Gedicht über den Pieperwaldsänger gelesen haben?«

Aber sie sieht, dass er in Gedanken versunken ist und nicht greifbar. Er prüft das Werkverzeichnis – was will er, fragt sie sich, mit dem Werkverzeichnis?

Sie bleibt in der Küchentür stehen und beobachtet ihn. Er schlägt eine Seite des Verzeichnisses auf und hält das Heft ein Stück von sich weg. Dann zieht er eine Skizze aus dem Stapel auf dem Tisch und stellt sie auf die Mittelleiste seiner Staffelei. Jetzt erkennt sie darin die Skizze eines Bilds, das er vor einigen Jahren gemalt hat – im Sommer '43? Und zwar das von der vollbusigen jungen Frau, die neben einem jungen Mann, der kaum mehr als Beiwerk ist, am Geländer einer Veranda lehnt. Eine Nachtszene – obwohl das die Frau, ihrem Aufzug nach, offenbar nicht juckt. Die kräftigen Beine schräg vorgestemmt, das freie Stück Bauch unter dem trägerlosen Oberteil ihres Zweiteilers straff und fest.

Jetzt kehrt er noch mal zum Verzeichnis zurück und blättert. Er hält inne, zieht eine weitere Skizze vom Tisch und platziert sie ebenfalls auf der Staffelei. Die von vor drei Jahren. Ein New Yorker Bild. Was macht *die* hier – er hat sie doch wohl nicht von New York hierhergeschleppt? Auch so ein Busenwunder jedenfalls, dem sein bisschen Stoff um die drallen Beine schwingt. Eine Rothaarige, was der Hut zunächst kaschiert. Wie die Frau der nächsten Skizze, die er ausgräbt – auch aus New York. Nur, was hat das zu bedeuten, was hat er vor – und wozu überhaupt die ganzen alten Skizzen aus New York mitschleppen? Sie macht ein paar Schritte, bleibt aber abrupt stehen, als ihr auffällt: Das Papier wirkt zu neu, die Skizzen selbst sind zu frisch. Kann es sein, dass er sie gar nicht aus New York hergebracht hat? Natürlich, das hätte sie schließlich bemerkt! Die Skizzen sind neu.

Das also hat er hier in den letzten Tagen getrieben, hat neue Versionen alter Motive geschaffen. Nur wozu? Woran hält er fest, wo er doch sonst, sobald ein Bild fertig ist, mit Freuden alle Vorstudien verwirft?

Die Frauen, hochgewachsen, mit muskulösen Beinen: Es könnten Schwestern sein. Oder wieder und wieder ein und dieselbe Frau, wie eine jeweils anders eingekleidete Schauspielerin mit umgefärbtem Haar. Es könnte natürlich auch durchweg – wer sonst? – Madame Chéruy sein. Es sind alles Inkarnationen seiner einstigen französischen Flamme.

Sie bilden in ihrem Kopf einen Reigen: Die Frau an der Diner-Theke streift ihre Kleider ab, steigt auf eine Bühne und wird zur Burlesque-Tänzerin. Sie lässt sich das Haar dunkler färben und beugt sich in einem fremden Zimmer über ein Bett. Dann legt sie in ebendiesem fremden Zimmer den Hauch von einem Slip an und sinkt, ansonsten nackt, auf den Fußboden. Und jetzt ist sie schon wieder in einem langen roten Kleid am Klavier, hebt anmutig die Arme und singt: »You Do Something to Me«.

Sie spürt, wie sie sich echauffiert. Ihr Herz klopft, Hitze schießt ihr von der Brust über den Hals hinauf ins Gesicht. Ihr ganzer Körper schwillt an, steht kurz vor der Explosion. Sie ist drauf und dran, einen Riesenaufstand zu machen. Im allerletzten Moment erst wendet sie sich ab und huscht lautlos zurück ins Schlafzimmer.

Sie schließt die Tür, lehnt sich dagegen und denkt an die Bemerkungen, die sie gestern belauscht hat, die hässlichen Dinge, die über sie gesagt wurden. (Der Arme muss es tagein, tagaus mit ihr aushalten! Redet sie eigentlich mal von etwas anderem als sich selbst? Wenn sie die Eifersucht packt, soll sie regelrecht zur Furie werden!) Ihr fallen andere Äußerungen ein, die sie im Lauf der Jahre ignoriert hat, von Freunden wie Feinden gleichermaßen. Ihre besitzergreifende Art; dass sie ihren armen Mann unter ihrer Fuchtel halten will.

Sie presst die Hände an die Brust und atmet tief durch. Diese Frauen sollen nicht recht behalten. Diese schrecklichen Frauen. Ihre Wut wird nicht die Oberhand gewinnen. Die Eifersucht sie nicht aufpeitschen. Diesmal wird sie sich beherrschen. Sie wird sich hüten, einen Streit vom Zaun zu brechen. Es ist ja nicht so, als hätte sie nicht schon immer von seiner ersten großen Liebe Madame Chéruy gewusst, und die erste, hieß es, verwinde ein Mann nie ganz. Noch fällt ihr erst jetzt die Ähnlichkeit zwischen Madame Chéruy und den Frauengestalten mancher seiner Bilder auf. Ausgerechnet jetzt wieder Streit anzuzetteln, wäre sinnlos und äußerst riskant. Denn wie sollte das für sie anders enden als mit Tränen und Leid, der krachend ins Schloss geworfenen Tür, wenn er davonstürmt, dem entschwindenden Buick und Totenstille im Haus.

Ihre Hände haben sich schmerzhaft verkrampft. Etwas beklemmt ihr das Herz. Sie öffnet die Fäuste und spreizt die Finger, die befreit kribbeln. Sie holt ein paar Mal tief Luft, dann richtet sie sich auf.

Sie geht an die Schublade ihrer Kommode, schiebt die Hand unter ihre Kleider. Sie holt ein Buch hervor. Dann trocknet sie im Spiegel ihre Tränen, streicht sich das Haar zurück und zupft ihren Rock zurecht. Sie schiebt ihre nackten Füße in Schuhe und geht hinüber ins Atelier.

»Wie geht es dir jetzt?«, fragt sie ihn.

»Hm?«, macht er.

»Noch Schmerzen, oder geht es besser?«

Er blickt über die Schulter zurück. »Ah, ja, viel besser.«

Sie lässt einen Moment verstreichen. »Was ich dir noch sagen wollte: Ich habe das hier im Keller auf dem Boden gefunden. Etwas ramponiert, fürchte ich.«

Er dreht sich um.

»Der Verlaine«, sagt sie. »Es ist mir wieder eingefallen, weil es doch gestern Abend um ›La lune blanche‹ ging.« Sie hält das Buch hoch, damit er es auch bestimmt erkennt. Dann legt sie es auf die Ecke des Arbeitstischs.

»Ach, sieh nur«, sagt sie mit Blick aus dem Fenster. »Es hat aufgehört zu regnen.«

Er wartet bis nach dem Labor-Day-Montag, ehe er wieder loszieht. Abgesehen von gelegentlichen zehn Minuten auf seiner Aussichtsbank und Spaziergängen am Abend war es ihm durchaus recht gewesen, daheimzubleiben. Einmal des Regens wegen, zum anderen wegen des entsprechend spärlichen Lichts, das durchs Atelierfenster fiel. Hinzu kam im Hintergrund das beruhigende Rumoren seiner Frau, die die Böden, die Veranda und die Kellertreppe fegte. Selbst am zweiten Tag blieb noch ein stilles Behagen; er zeichnete, sie kümmerte sich um ihre Angelegenheiten, lauschte und widersprach gelegentlich einer Stimme aus dem Radio. Er ließ diesen unverhofften Frieden ungern hinter sich.

Auf seinem ersten Abendspaziergang war er in der Nähe geblieben, beschränkte sich auf ein paar benachbarte Fuß- und Feldwege. Er war durch eine Wiese gewatet, hatte von einem Hügel aus die vertraute Landschaft des Graslands und der Kiefernwälder betrachtet. Auf einem Sattel zwischen zwei Hügeln stand ein halb fertiges Haus, und aus dem Ort trug eine warme Brise den Sprechgesang des Square-Dance-Ansagers zu ihm herauf. Bei Einbruch der Dunkelheit machte er sich auf den Heimweg, mied allerdings die geteerten Straßen und überhaupt alle Wege, die breit genug waren für Automobile. Die Atlantikluft sog er gierig ein, die latrinenscharfe des Sumpfs dagegen atmete er mit Vorsicht. Das Kaplan-Haus hielt er konsequent im Rücken auf Abstand und seine Gedanken von Katherine fern.

Bei seiner Rückkehr aßen sie zu Abend und saßen noch eine Weile beisammen. Die sonst übliche Party-Nachlese blieb aus, was ihn eigentlich überraschte. Stattdessen reichte sie ihm Frosts Gedichtband und bat ihn, ihr vorzulesen. Dann wollte sie gern eine halbe Stunde Französisch sprechen, zur Auffrischung.

»Französisch? Jetzt?«

»*S'il te plaît*«, sagte sie mit flehend verschränkten Händen.

Am zweiten Abend war er etwas weiter gegangen. Querfeldein. Oder vielmehr kreuz und quer. Denn zwischendurch verlor er die Orientierung, und es freute ihn, dass er sich nach so vielen Jahren dort noch immer verirren konnte. Irgendwie jedenfalls landete er erneut an der Ryder Beach, stand auf einer Anhöhe und sah die Sonne messinggold versinken und im Glanz eine Flottille Segelboote heimstolzieren. Der Anblick belebte ihn, obwohl er selbst nicht gerade heimstolzierte, sondern an der Quanset Road auf dem Sockelrest einer alten Mauer rasten musste.

Von seinem Mäuerchen aus sah er einen weiteren Neubau – ein Haus, das sich wie so viele seit Kriegsende als traditioneller »Cape Codder« gerierte. Nur größer, mit mehr Fenstern, der einen oder anderen Veranda und natürlich immer falsch ausgerichtet. Dieses neue Haus war halb mit weißen Schindeln verkleidet, die bereits eingehängten Fensterläden waren schwarz. Ihm kam das Haus gefangen vor – und das nicht nur wegen des Halbkäfigs der Einrüstung. Es wirkte schlicht fehl am Platz, wie ein Schiff im Trockendock. In seinem Kopf entstand ein ähnliches

Haus: die gleiche Schindelverschalung, die gleichen Läden, nur insgesamt steiler und mit einem Fenster – einem großen Erkerfenster –, das aus der Fassade ragte wie ein Bug. Das Haus stieg vor seinem inneren Auge auf und versank wieder, bevor er auch nur auf den Beinen und wieder unterwegs war. Am letzten Abend begegnete ihm die offenbar zu einem ihrer nächtlichen Trecks aufbrechende Wanderin. Er hatte sie seit einigen Wochen nicht mehr gesehen und sich bereits etwas Sorgen gemacht. Daher war er froh, ihr über den Weg zu laufen, und er zog zum Gruß den Hut, als sie ihm auf dem Feldweg entgegenkam. Die strichdünne Frau blickte stur geradeaus und marschierte weiter, als hätte sie ihn gar nicht gesehen.

Bis er schließlich zurückkehrte, war es fast dunkel, und sie wartete mit einem ausschließlich aus Konserven zubereiteten Mahl auf ihn. Und wieder war es wie am ersten Abend, einmal daheim, blieb er daheim und dachte nicht an Katherine, gar nicht. Nicht einmal, als er einen Augenblick vor die Tür trat und das Dunkel ihm schwer wurde und das Meer kummervoll seufzte.

Die viele Konservenkost macht ihm langsam zu schaffen; unten in seinem Leib rumort und mahlt es, als fräße sich eine eiserne Raupe durch sein Gedärm. In der Küche sieht er in der Speisekammer nach, entdeckt zu seinem Entsetzen noch ganze Reihen von Dosen und beschließt, dem selbst verhängten Belagerungszustand ein Ende zu setzen.

Er findet sie auf den Verandastufen, wo sie in der nachmittäglichen Sonne einen Karton durchsucht, den sie aus dem Keller hochgebracht hat.

»Weißt du noch?«, sagt sie und hält ihm einen kleinen Rucksack entgegen. »Den habe ich während des Kriegs gepackt, falls wir angegriffen werden. Was hast du mich aufgezogen! Und sieh nur, was er enthält. Eine Dose Kondensmilch, Seife, Zahnpulver, ein Scheckbuch – als hätten die Deutschen im Ernstfall nicht auf Bargeld bestanden!« Sie lacht.

Er wartet, bis sie mit der Begutachtung ihrer Notrationen

fertig ist, dann sagt er ihr, dass ihnen das Natron ausgegangen ist. Außerdem Brot, Milch, Butter, praktisch alles, was es nicht in Dosen gibt.

»Hast du Lust auf eine kleine Spritztour? Wir könnten auf dem Rückweg ein paar Besorgungen machen?«

Sie schüttelt den Kopf, nein.

Er sagt: »Vielleicht nach Orleans oder Hyannis? Die portugiesische Dame, die selbst angebautes Gemüse verkauft – erinnerst du dich? Ihre Kartoffeln haben dir so besonders geschmeckt.«

Wieder ein ablehnendes Kopfschütteln.

»Ich muss jedenfalls unbedingt in Provincetown Mohnöl besorgen. Wir könnten dort zu Abend essen, wenn du willst?«

Er macht noch ein paar weitere Vorschläge. Dabei schwebt ihm erneut das Haus mit den schwarzen Fensterläden vor. Es hat sich umgestaltet in ein New Yorker Haus mit seitlichen Stufen aus grauem Stein; das große Erkerfenster ist etwas versetzt.

»Wenn wir uns beeilen, können wir in eine Nachmittagsvorstellung«, sagt er. »Und danach essen gehen? Und zwischendurch schnell einkaufen?«

»Ach nein, mir ist heute nicht nach Kino. Nein, nein.«

Er glaubt, das Erkerfenster von irgendwoher zu kennen – wenn er sich's genau überlegt, spukt es schon eine ganze Weile in seinem Kopf herum und hat nur auf das dazugehörige Haus gewartet. Als er neulich mit den Jungen in Provincetown war – hat er es da nicht schon gesucht?

»Wir könnten bei den Kaplans vorbeischauen, wenn du magst, die Jungen mitnehmen?«

»Mag ich aber nicht. Nein, im Ernst, ich *mag* nicht.«

»Oder wie wäre es, wenn ich sie auflese, einkaufen fahre und sie dann mit herbringe?«

»Nein, nein, nein. Ich habe heute keine Zeit für Besuch.«

»Wie, keine Zeit?«

»Ich möchte den Keller aufräumen, und dann will ich den verdammten Knüpfteppich fertigkriegen, damit ich mal wieder zum Malen komme – du magst es ja nicht bemerkt haben, aber ich habe den ganzen Sommer kaum einen Pinsel in die Hand genommen. Und du – du schuldest mir noch eine Stunde. Wage es ja nicht, einen Rückzieher zu machen. Du erinnerst dich doch wohl? Dass du versprochen hast, mir Modell zu sitzen?«

»Schon, ja, und das werde ich auch, aber heute dachte ich, könnten wir – «

»Ach, aber wer fährt denn schon heute freiwillig herum? Einen Tag nach dem Labor Day, bei dem Verkehr? Das ist doch Irrsinn.«

Er sagt: »Na gut, aber du kannst dich nicht ewig verstecken, weißt du.«

»Schon möglich. Aber versuchen kann ich's.«

»Komm schon, so schlimm war es auch wieder nicht.«

»Einen Teufel werd ich –!«, kreischt sie, was sie selbst mehr erschreckt als ihn.

Sie schluckt und setzt noch einmal an. »Einen Teufel werde ich tun, irgendeiner dieser Frauen entgegenzutreten. Ich will sie nicht sehen, nicht eine.«

»Nicht einmal –?«

»Nein. Nicht einmal sie.«

»Ich besorge Natron und ein paar Vorräte.«

Er ist schon auf den Stufen zur Garage, als sie ihm etwas nachruft. Er dreht sich um und sieht zu ihr hoch.

»Die Post!«, ruft sie. »Die POST! Vergiss sie nicht!«

Er nickt, winkt, wendet sich ab und ist froh, dass sie sein Gesicht nicht sehen kann.

Wie hat er ihn nur vergessen können – den heiß ersehnten Brief aus New York? Als wäre der tot und begraben. Er sieht ihn vor sich, zerknüllt irgendwo an dem Hang oberhalb der Town Road zerfallend, und überlegt, ob der Regen nicht inzwischen Brei aus ihm gemacht hat. Dann überlegt er, was er bloß tun soll, denn eines steht fest: Heute darf er es ihr auf keinen Fall sagen. Zwar hatte er sich geschworen, es ihr nach der Party schonend beizubringen. Aber sie ist seither so still gewesen – zu still, eigentlich, immer ein ungutes Zeichen.

Er setzt aus der Garage zurück. Als er übers Lenkrad hochsieht, steht sie noch immer oben an den Stufen. Er hupt, sie winkt, und sein Magen zieht sich zusammen.

Drüben auf dem Highway sirrt der Verkehr, und auf den höher gelegenen Teilen der Straße erhascht er immer wieder einen Blick auf die Blechlawine, die sich zäh nach Süden auf die Schnellstraßen zuwälzt. Vor ihm schlingern mehrere schwer mit Gepäck beladene Wagen über die Castle Road, ziehen Staub- und Abgasschleppen hinter sich her. Kurz vor dem Ortskern erfasst sie allesamt der Stau, er schließt auf und ergibt sich dem Schicksal des langwierigen Schritttempos. In der Gegenrichtung ist die Straße von Süden her bis auf einige Pritschenwagen und vereinzelte einheimische Fahrzeuge frei. Vor der Post gibt es wieder Parkplätze, an der Tankstelle hingegen stehen sie Stoßstange an Stoßstange, und von den alten Knaben auf ihren gewohnten Posten sieht er nur die Hutkronen.

An der Haltestelle warten ein paar Leute auf den Bus aus Hyannis, der nach Boston weiterfahren wird. Ansonsten sind nur Autoinsassen zu sehen, die den Ort endlich hinter sich lassen wollen. Er ruckelt ein paar Meter weiter, bricht dann aus der Schlange aus und lenkt den Buick auf den Eckladen zu.

Gerade will er einparken, da sieht er ein paar Parkbuchten weiter die Limousine der Kaplans. Er prüft Rück- wie Seitenspiegel, aber erst, als er ausgestiegen ist, entdeckt er Katherine etwas abseits der Wartenden an der Bushaltestelle. Er erwägt, wieder einzusteigen und wegzufahren oder schnell in die Post zu schlüpfen. Doch sie hat ihn bereits gesehen, winkt ihm auf irgendwie dringliche Weise und eilt auf ihn zu. Er erwidert ihren Gruß und zögert kurz, ehe er ihr entgegengeht.

Sie hat ihr Haar zurückgebunden und ist ungeschminkt. Sie trägt flache Schuhe, Hosen und eine Art Safarihemd.

Sie sieht blutjung aus, findet er, besinnt sich aber schnell eines anderen und erkennt in ihr eine kranke Frau fast schon »reiferen Alters«.

Sie fasst ihn am Arm, ehe sie überhaupt ein Wort sagt. Und dort lässt sie ihre Hand liegen, während sie an ihrer Unterlippe nagt und sich mehrfach nervös umsieht. Ihre Fingernägel sind splittrig orange, fällt ihm auf, die Finger selbst kaum mehr als Knochen.

»Michael«, sagt sie, »steckt ganz *fürchterlich* in der Klemme.«

Sie senkt die Stimme, obwohl niemand ihnen nahe genug ist, um mithören zu können. »Ich treffe mich gleich mit den Novaks. Man schickt ihn fort, Olivia besteht darauf. Schlimme Sache – Sie machen sich keine Vorstellung.«

Jetzt beugt sie sich leicht vor und reibt sich mit der freien Hand – die andere hält weiter seinen Arm umklammert – gedankenverloren die Seite.

»Er hat nämlich gestohlen, wissen Sie«, sagt sie. »Können Sie sich das vorstellen – *gestohlen*.«

Sie nimmt die Hand von seinem Arm, fischt eine Packung Zigaretten aus ihrer Brusttasche und führt eine Zigarette an die Lippen, umschließt sie aber nicht. Ihre Hand wankt vor und zurück, als wäre die Zigarette bleischwer. Sie klopft ihre sämtlichen Taschen ab und fordert ihn dann mit gehobenen Brauen auf, ihr Feuer zu geben.

Er zuckt bedauernd die Achseln.

»Haben Sie im Wagen einen Zigarettenanzünder?«, fragt sie, schon auf dem Weg zum Buick. »Aus meinem ist er verschwunden.«

Sie sitzen im Wagen, sie steckt sich ihre Zigarette an und raucht. Sie sitzt ihm mit seitlich angehobenem Knie zugewandt. Ständig berührt sie seinen Arm und seine Schulter, und er denkt: Sie bringt mich noch um.

Aber sie redet von Michael.

»Also, ich wusste irgendwie, dass er stibitzt, verstehen Sie, Kleinigkeiten, albernes Zeug wie Salzbrezeln, Kuchenstücke. Er hat auch aus meinem Fotoalbum eine Aufnahme entwendet, was ich eigentlich ganz süß fand. Ich dachte mir, was soll's – ein armer Junge, und nach allem, was er durchgemacht haben muss. Da muss man ja kein Freud sein, um zu verstehen, oder?«

Sie pafft ein paarmal an ihrer Zigarette, und er sieht dem Rauch hinterher, der aus dem spaltbreit geöffneten Fenster quillt, vor dem sonst seine Frau sitzt.

»Er hat ein Versteck, wissen Sie – an Ihrem Ende des Strands. Dort habe ich ihn ein paarmal herauskriechen sehen. Gestern waren wir dort und haben seine Beute sichergestellt – unglaublich. Mein Gott, Olivia ist fuchsteufelswild.«

Sie verstummt plötzlich, fährt herum und sagt: »Verdammt. Der Bus ist da.«

Sie drückt ihre Zigarette im Aschenbecher aus und macht sich bereit, auszusteigen.

»Und Sie sollten vielleicht noch wissen, dass er auch Geld gestohlen hat. Recht viel Geld.«

Sie schüttelt den Kopf und verdreht die Augen. »Geld vom Waisen-Fonds. Um die fünfzig Dollar. Und die will er nicht rausrücken. Wir haben alles durchsucht, auch sein Versteck. Das hat Olivia komplett auseinandergenommen.«

»Ich verstehe nicht ...«, setzt er an.

»Das Spendenbuch. Wer etwas gibt, trägt sich mit Namen und Adresse ins Spendenbuch ein, damit wir später bekannt geben können, wie viel zusammengekommen ist. Na, zwei Umschläge waren nicht auffindbar, also hat Mutter bei den Spendern nachgefragt. Oje, ich muss los, ich muss mich zu allem anderen um die Novaks kümmern.«

Sie drückt die Wagentür auf und lässt ihn über die Schulter zurück wissen: »Wenn Sie oder Ihre Frau ihn gern noch sehen wollen, bevor er nach New York zurückmuss ... also, heute Abend werden sie wohl bleiben, aber gleich in der Früh aufbrechen. Oder jedenfalls nehme ich an, dass ihr niemand zumuten will, noch heute wieder aufzubrechen, in ihrem Zustand. Andererseits ist Olivia so wütend, dass auch das mich nicht wundern würde.«

Sie steigt aus, er tut es auch. Sie gehen noch ein paar Schritte gemeinsam, dann biegt sie nach links zur Bushaltestelle ab, er nach rechts zum Laden.

Er steht an der Kasse. Die Frau, die seine Einkäufe einpackt, sieht müde zu ihm hoch. »Heute ohne Ihre Frau da?«

Und er muss sich doch tatsächlich die Erklärung verkneifen, wer Katherine ist und was sie in seinem Wagen zu suchen hatte – obwohl die Frau wahrscheinlich gar nichts mitbekommen hat.

»Ich bin froh, wenn ich die endlich los bin. Die Ausflügler, meine ich«, sagt sie mit einem spöttischen Lächeln.

»Jedenfalls haben Sie sich eine Pause verdient«, sagt er.

»Das können Sie laut sagen. Die werden jedes Jahr mäkliger.«

Die Kasse klingelt, er greift nach seinem Portemonnaie.

»Stellen Sie sich vor, was mich gestern jemand fragt. Ausgerechnet gestern.«

Er reicht ihr das Geld und wartet auf Auskunft.

»Da fragt mich doch glatt eine, ob die Apfeltorte auch selbst gemacht ist! Ha! Stellen Sie sich vor.«

»Ach«, sagt er.

»Als wäre an Fertigkuchen was auszusetzen«, sagt sie, drückt ihm das Wechselgeld in die Hand und schließt seine Finger darum.

Draußen vor dem Eckladen tut er so, als müsste er die zwei großen braunen Tüten noch mal anders und besser greifen, während er aber beobachtet, wie Katherine und die Novaks zu der Parkbucht hinübergehen, wo der Pontiac steht. Der Mann ist gedrungen und dunkel, etwas krumm in den Knien, die hochschwangere Frau watschelt mit durchgedrücktem Kreuz und leicht eingedrehten Füßen neben ihm her. Dahinter geht Katherine, langsamer als sonst, mit schwerem Schritt und leicht gekrümmt, als hätte sie Seitenstechen.

Er packt seine Besorgungen in den Kofferraum und lässt sich auf dem Fahrersitz nieder, will gerade zurücksetzen und losfahren, als ihm die Zigarette im Aschenbecher einfällt. Er zieht ihn aus der Verriegelung. Da sieht er, dass sie ihre Packung Chesterfields auf dem Armaturenbrett hat liegen lassen. Er wiegt sie kurz in der Hand, fast voll noch. Er steigt aus, geht zum Mülleimer hinüber und wirft Kippe wie Zigarettenpackung hinein. Das Letzte, was er jetzt braucht, ist eine gute Ausrede, Katherine hinterherzulaufen.

Als er wieder zu Hause ist, kommt ihm seine Frau aus dem Schlafzimmer entgegen, barfuß mit irgendwie maskenhafter Miene, als hätte sie sich gestoßen oder sonst was getan. Sie wirkt gereizt, ja wütend, und einen Augenblick glaubt er, sie könnte die Sache mit Michael schon gehört haben.

»Hast du gehört?«, sagt er.

»Was gehört?«

»Das mit Michael?«

»Was ist mit ihm?«

»Michael steckt ganz *fürchterlich* in der Klemme«, sagt er genau so, wie es Katherine gesagt hat.

»Wieso Klemme?«

»Mir ist vorhin Katherine Kaplan über den Weg gelaufen – sie hat am Bus auf seine Eltern gewartet. Michael hat gestohlen ... was ist, du wirkst etwas ...«

»Gestohlen? Was soll das heißen, gestohlen?«

»Offenbar Geld gestohlen. Und anderes mehr – wie es scheint, hat er ganz ordentlich was eingeheimst. Er hat ein Versteck, hier auf unserer Seite des Strands.«

»Das wusstest du?«

»Ich habe ihn dort einmal herumlungern sehen, mir aber nichts weiter dabei gedacht.«

»Wie viel Geld?«

»Fünfzig Dollar ungefähr.«

»Fünfzig Dollar!«, sagt sie. »Aber warum sollte Michael etwas so Dummes tun? Und wo soll er das Geld denn herhaben?«

»Vom Waisen-Fonds. Es gibt offenbar ein Spendenbuch, und wenn man Geld in einen Umschlag steckt, trägt man Namen und Betrag dort ein. Offenbar ging das aber am Ende nicht auf. Katherine meinte, Olivia sei fuchsteufelswild. Schickt ihn nach Hause.«

»Er war es nicht.«

»Ja, das würde ich auch gern glauben«, sagt er.

»Nein, ich meine, er *war* es nicht. Ich weiß, dass er es nicht war. Da wird die fuchswilde Olivia anderswo suchen müssen.«

Sie setzt sich und sagt eine kleine Weile gar nichts. Dann steht sie wieder auf.

»Es war Richie«, sagt sie.

»Richie?«

»Ja, Richie ... der muss es gewesen sein.«

»Mal langsam ...«, sagt er.

»Komm mir nicht mit deinem ›mal langsam‹. Ich habe es gesehen! Mit eigenen Augen.«

»Da solltest du dir aber lieber ganz sicher sein.«

»Die Umschläge, es waren Feldpostumschläge, richtig? Wie sie im Krieg verwendet wurden?«

»Das weiß ich nicht.«

»Ich schon. Und ich habe Richie solche Umschläge oben in einem Dachzimmer verstecken sehen. Ich dachte, er liest alte Feldpostbriefe von seinem Vater, aber wenn ich's mir recht überlege, lagen auf dem Fußboden Dollarscheine herum.«

»Wann war das?«

»Unmittelbar vor der Ansprache. Ich sollte ihn holen. Wusste ich doch, dass mit dem was nicht stimmt; ich *wusste* es.«

»Wir sollten rübergehen und Bescheid sagen«, sagt er.

»Ich will aber nicht!«

Er wechselt in die Küche und beginnt, die Einkäufe wegzuräumen.

»Das musst du, Michael zuliebe.«

»Geh du. Sagen ihnen, es geht mir nicht gut.«

»Das muss von dir kommen«, sagt er.

»Ich schreibe Mrs Kaplan eine Nachricht.«

Er kehrt an die Küchentür zurück und fixiert sie. »Es muss von dir kommen, das weißt du.«

»Ich will diese Frauen nicht sehen. Ich will sie nicht mehr sehen. Und was *dich* betrifft!«

»Mich?«

»Schon der Gedanke, im Auto neben dir sitzen zu müssen. Das fehlt mir gerade noch, das hat mir heute gerade noch gefehlt!«, kreischt sie, verschwindet ins Schlafzimmer und wirft die Tür zu.

Er erkennt an den Geräuschen dort drinnen, dass sie sich herrichtet: Die Schranktür klickt, Kleiderbügel schaben an der Stange.
Er ruft: »Ich muss vorher aber noch etwas essen. Möchtest du auch? Für mich wird es Haferbrei sein müssen, vielleicht lindert das die Schmerzen – aber ich kann dir etwas anderes machen.«
Zunächst erhält er keine Antwort, dann geht die Schlafzimmertür auf, und ihre nackten Füße patschen über den Boden, bis sie in der Tür steht, halb nackt, mit blitzenden Augen, das kleine Gesicht grimmig erhitzt.
Sie sieht so übergeschnappt aus, dass er fast lachen muss.
»Von dir will ich gar nichts«, faucht sie, »gar nichts!« Und ist so schnell wieder verschwunden, wie sie aufgetaucht ist.
Er bereitet sich seinen Brei zu, isst und zieht sich dann ins Atelier zurück, um auf seinem Binsenstuhl zu warten.

Auf dem Weg zur Garage giftet sie ihn erneut an, als er ihr an den Stufen seinen Arm bietet.
»Hände weg!«, keift sie. »Wenn du auch nur einen Finger ausstreckst, hacke ich ihn dir bei nächster Gelegenheit ab.«
»Ich weiß wirklich nicht, warum du mich anschreist – schließlich bitte ich dich nur, dem Jungen zu helfen.«
»Ach, du glaubst, dass es darum geht? Das glaubst du wirklich?«
»Was hast du denn dann?«, fragt er, aber sie hastet schon weiter.

3

Oben auf den vorderen Verandastufen zögert die Frau, der Mann, der sie untergehakt hat, wartet. Sie umklammert seinen Arm, lässt ihn wissen, dass sie sich weit weg wünscht, er gibt ihr mit leichtem Druck am Ellbogen zu verstehen, dass alles gut wird. Dann zieht er sie entschlossen weiter.

Die junge Frau, die sie hergefahren hat, geht nun voraus, und sie muss mit ansehen, wie ihr Mann ihren Ellbogen freigibt und zu der jungen Frau aufschließt, während sie hinterherwatscheln darf. Die junge Frau, deren Namen sie vergessen hat – Caroline oder so ähnlich –, spricht vom Meer, vom Wetter und vom Verkehr, und Harry geht mit seinem Grinsegesicht auf sie ein: Ja, stimmt, hier ist es deutlich kühler als in New York; ja, stimmt, auf der Fahrt von Hyannis war in der Gegenrichtung ziemlich was los; ja, stimmt, man riecht es, das Meer, man ahnt, wie heilsam das sein muss.

Als wäre dies ein normaler Besuch, als steckte Michael nicht bis zum Hals in der Tinte.

Sie erreichen eine große Tür; sie steht weit offen. Die junge Frau tritt ein, Harry macht einen Schritt zurück, hakt sie erneut unter und zieht sie mit.

In der Diele sieht sie durch eine halb geöffnete Tür in einen Raum, in dem verschiedene Leute sitzen, darunter ein Mann in Uniform, und sie denkt: Lieber Gott, was ist jetzt, steht er unter Strafarrest?

Mrs Kaplan kommt ihnen entgegen, umarmt sie gegen ihren Willen und wendet sich dann Harry zu, strahlt ihn an und sagt in einem Tonfall, der so froh wie bekümmert ist: »Harry.«

Mehr nicht, nur den Namen. Sie hebt seine Hand an und schüttelt sie. Als wollte sie sie ihm vom Arm reißen. Dann nimmt sie ihm die Reisetasche ab und stellt sie auf die Treppe, die dritte Stufe.

Die junge Frau, die sie hergefahren hat, hebt die Tasche an und will sie nach oben tragen.

»Lassen Sie sie bitte stehen«, sagt sie zu ihr. »Ich bin mir nicht sicher, ob wir bleiben.«

Harry wirft ihr einen Blick zu, sodass sie sich genötigt fühlt, zu erklären. »Ich schlafe derzeit lieber in meinem eigenen Bett, in der Nähe der Klinik – verstehen Sie.«

»Aber natürlich«, sagt Mrs Kaplan.

Sie weiß, dass sie es damit gut sein lassen sollte, aber sie kann nicht anders, als hinzuzufügen: »Ich möchte ja nicht ... nun ... unhöflich sein, wir haben sie gepackt, für alle Fälle. Und die Fahrt war gar nicht so schlimm, ich habe im Zug praktisch von New York bis Boston geschlafen und im Bus auch noch ein wenig.«

»Verstehe«, sagt Mrs Kaplan.

»Es sind nur noch zwei Wochen«, sagt sie, »das ist nicht mehr so lang.«

»Nein, gewiss«, sagt Mrs Kaplan.

»Und es kann ja schneller gehen.«

»Das ist wahr.«

Die junge Frau auf der Treppe sieht Mrs Kaplan fragend an, worauf Mrs Kaplan nickt und die junge Frau die Tasche wieder absetzt, diesmal auf der untersten Stufe.

»Jedenfalls wäre mir wohl lieber ...«, sagt sie, doch dann beschließt sie, es jetzt doch gut sein zu lassen.

Was sie eigentlich gern sagen würde, ist, dass sie lieber heimkehren, die Tasche zum zweiten Mal innerhalb von vierundzwanzig Stunden auspacken und wieder mit all den brandneuen Sachen füllen würde, die sie vor Wochen schon für die Entbindungsstation bereitgelegt hat: die neuen Batistnachthemden und der Frisiermantel, ein Geschenk ihrer Arbeitskolleginnen, wie auch der Kulturbeutel, die wunderschönen blauen Hausschuhe und die Babyausstattung, Windeln und anderes, etwa der Nickianzug, bei dessen Anblick sie unweigerlich ins Schwärmen gerät. Diese kostbaren Dinge liegen nun ohne schützende Tasche gefaltet auf dem Küchentisch. Der Anblick hatte ihr beim Aufbruch ein mulmiges Gefühl gemacht, fast wie ein böses Omen, dachte sie, obwohl ihr ja keine Wahl blieb, denn wer hat schon mehr als eine Reisetasche – außer vielleicht Leute wie diese?

Die junge Frau steht nun neben Mrs Kaplan. Die Tochter, natürlich – das wird ihr erst jetzt klar. Jetzt, wo sie nebeneinanderstehen, sieht man die Ähnlichkeit. Mutter und Tochter. Bald würden die Leute dasselbe über sie sagen können. Mutter und Tochter. Möglicherweise natürlich auch Mutter und Sohn. Aber erst mal wäre vielleicht eine Tochter einfacher. Der könnte sie immerhin ins Gesicht sehen, ohne jedes Mal an den armen kleinen Jake denken zu müssen.

»Wo ist Michael?«, fragt sie die Tochter, die Mutter, alle beide. »Ich würde ihn gern sprechen.«

»Er ist auf seinem Zimmer«, sagt Mrs Kaplan. »Aber ich denke, wir sollten uns vielleicht vorher ein bisschen unterhalten, ehe Sie hochgehen, meinen Sie nicht?«

Und Harry, der sagt: »Klar, sicher, Mrs Kaplan.«

Sie steht in der Diele herum wie eine Idiotin, späht für den Fall die Treppe hinauf, dass Michael sich plötzlich zeigt. Mrs Kaplan führt sie in das andere Zimmer, die Tochter folgt. Wie das wohl ist, eine Tochter zu haben, die dir in einen Raum folgt? Eine erwachsene Tochter, die du einst auf dem Arm herumgetragen hast und die jetzt geht, wie du gehst, vielleicht spricht, wie du sprichst – wie das wohl wäre?

Sie strafft die Schultern. Aber sie kann sich nicht vom Fleck rühren, nicht den Raum betreten und vor Fremden, noch dazu Army-Leuten, über Michael sprechen. Harry deutet mit einer Kopfbewegung voraus, als würde er sagen: Mach schon.

Er kommt zu ihr zurück, sagt: »Schatz?«, legt ihr eine Hand auf den Rücken und schiebt sie über die Schwelle.

Die Menschen dort im Zimmer erheben sich, als sie eintreten, als wären sie hoher Besuch, nicht Fluch. Und ehe sie sichs versieht, hat Mrs Kaplan sie in einen Sessel gedrückt, den sie als den bequemsten im ganzen Haus preist – »Mein absoluter Lieblingssessel«, sagt sie leicht näselnd.

Dann streckt Mrs Kaplan den Kopf zur Tür hinaus und ruft irgendeine Rosetta.

Fast augenblicklich erscheint eine junge Mexikanerin. Mrs Kaplan schickt sie los, um Tee zu bereiten, denn »Nichts tut nach einer Reise so gut wie eine Tasse Tee, nicht wahr?«. Und sie nickt zustimmend, obwohl sie ehrlicherweise sagen müsste: »Woher, zum Teufel, soll ich das wissen? Dies ist meine erste Reise überhaupt.«

Mrs Kaplan ruft der Mexikanerin noch hinterher: »Ach, und Rosetta? Auch die Sandwiches wären jetzt willkommen.«

So, wie sie das sagt, mit zweimaligem bedächtigem Nicken und besorgter Miene, könnte man meinen, die Sandwiches stünden schon den ganzen Morgen vor der Tür und würden jetzt hereinstürmen und auf sie alle losgehen.

»Oder hätten Sie vielleicht lieber ein Bier, Harry?«, sagt Mrs Kaplan, als verstünde Harry, als Arbeiter, nichts von Raffinessen wie Tassen und Tee.

Sie weiß, dass Harrys Augen auf ihr ruhen; sie schenkt ihm keinen einzigen Blick, lässt ihn aber dennoch wissen: »Untersteh dich, Harry Novak, wage es ja nicht.«

»Aber nein, Mrs Kaplan, vielen Dank, Tee ist gut«, sagt Harry, der das Zeug sonst nicht anrührt, und sie muss sich auf die Lippe beißen, um nicht zu grinsen.

Der Army-Mann hat sich verdrückt, ob er sich hinter einem der Sofas versteckt? Da bemerkt sie allerdings, dass der Raum mehr als einen Ausgang hat. Neben der Tür, durch die sie gekommen sind, gibt es Stufen hinab in einen von bodentiefen Fenstern umschlossenen Bereich mit einer großen Glasschiebetür, durch die man eine zweite Veranda sieht, grüne Bäume, gelben Rasen und – ist das? Ja, ist es. Das Meer. Gleich hinter der Kuppe, das Meer!

Das also ist das Haus, in dem Michael gewohnt hat, da draußen ist der Hügel, den er jeden Morgen gestürmt hat, und dahinter muss der Strand liegen, das Meer, von dem er ihnen in seinem Brief berichtet hat.

»Das Meer ist überall«, so hatte er es gesagt, »sogar, wenn du es nicht siehst, hörst du es.«

Ihr steigen Tränen in die Augen bei der Vorstellung, wie Michael im Meer herumhüpft, glücklich und frei planscht, und jetzt das ... Wie es wohl wäre? Dort hinunterzugehen, sich von den Fesseln ihrer Stützstrümpfe zu befreien, über den Sand zu schlendern, ins Wasser, es an ihren Beinen hochschwappen, ihre Unterwäsche durchtränken, ihr Umstandskleid, ihren großen, harten Bauch wie einen Fels umspülen zu lassen. Mrs Kaplan mustert sie. Sie mustert sie, als könnte sie ihre Gedanken lesen. »Würden Sie gern etwas frische Luft schnappen, Mrs Novak?«, sagt sie. »Der Hügel ist vielleicht etwas steil, aber wenn Sie einen Blick auf den Strand werfen wollen, kann ich Ihnen einen anderen Weg zeigen, an der Straße entlang?«

Wie sie das sagt, als gehörte auch die ihr.

»Vielen Dank, Mrs Kaplan«, sagt sie. »Ich sitze hier gut.«

Harry mag ja große Stücke auf Mrs Kaplan halten. Und es lässt sich nicht leugnen, dass sie ein guter Mensch ist, wie er betont, und eine Dame, wie er bekräftigt. Aber sie kann schon auch ein bisschen hochnäsig wirken, wie sie dasitzt, die Hände im Schoß, und lauter Sachen über Michael sagt, während die anderen Frauen sich im Hintergrund halten wie Klosterschwestern.

Sie sehen natürlich nicht so aus, bewegen sich bloß so, schweigen vornehm, während Mrs Kaplan als Mutter Oberin die Sünden des armen Jungen aufzählt. Die Frauen sind so lang und groß, und sehen alle so gut aus, auch Mrs Kaplan. Bis vielleicht auf die Frau, die sie als »Freundin der Familie« vorstellen, aber sogar die macht eine gute Figur, auch wenn sie sich aufführt, als hätte sie auf der Abendschule gelernt, »wie ein Filmstar zu rauchen«.

»Es ist wohl leider so«, sagt Mrs Kaplan gerade, »dass er sich nie recht eingewöhnt hat. Nicht in dem erhofften Maße.«

»Tja, das tut uns wirklich sehr leid, Mrs Kaplan. Wir hatten ja keine Ahnung, nicht, Schatz?«, sagt Harry, und sie schaut weg und nickt, mit Verzögerung, der Höflichkeit halber.

»Er hat uns ja nicht oft geschrieben, zweimal vielleicht, oder, Schatz?«

»Mm«, sagt sie, »ungefähr.«

In einem dieser Briefe hat er erzählt, er habe schwimmen gelernt, und darüber hatte sie sich so sehr gefreut. Dann aber, schon im nächsten Brief, hatte es geheißen, er hätte einen Hund vorm Ertrinken gerettet und hätte dazu meilenweit rausschwimmen müssen, um ihn zu holen, worauf sie natürlich der ganzen Sache mit dem Schwimmen insgesamt nicht mehr recht traute. Das war der dritte und letzte Brief gewesen, den er ihnen geschickt hatte, der, den sie Harry gar nicht gezeigt hatte. Sie hatte ihn allerdings gefragt: »Hunde können doch schwimmen, oder?«

Und er hatte gesagt: »Klar, ist ihnen angeboren.«

Sie wüsste zu gern, ob Michael wirklich schwimmen kann, ob er wenigstens das von dem Sommer hier gehabt hat. Und ja, sie wüsste zu gern, ob er wirklich den Hund gerettet hat, weil doch immerhin, wer weiß, alles möglich ist. Vielleicht war der Hund unsicher oder aus einem Boot gefallen oder so. Aber sie wird nicht fragen, weil es wahrscheinlich nicht stimmt, und auf keinen Fall will sie diesen Leuten noch mehr Munition gegen Michael liefern.

In der Diele ertönt ein Klingeln, ungefähr so wie das Läuten im Krankenhaus. Sie legt sich eine Hand auf den Bauch und reibt ein paarmal. Sie denkt: Was ich da eben gesagt habe, dass mir ein Mädchen lieber wäre ... gib nichts darauf, bitte, mach jetzt nicht auf beleidigt.

Nun geht die Tür auf, und Mrs Kaplan öffnet sie noch weiter, um einen dieser Servierwagen hereinholpern zu lassen und dahinter die junge Mexikanerin.

Mrs Kaplan schenkt Tee aus und reicht die Tassen ihrer Tochter, die sie weiterreicht. Die junge Frau kommt dicht heran und sieht ihr direkt ins Gesicht. Sie teilen einen Blick, Sekunden nur, mehr nicht. Und ihr ist, als wäre sie in einen Eisschrank gestiegen, ihr gefriert geradezu das Blut. Da fällt ihr ein, dass Harry ihr gesagt hat, die Tochter sei todkrank. Und das sieht sie tatsächlich in ihren Augen, dass darin das Licht schon erloschen ist.

Sie merkt, dass Tasse und Untertasse in ihrer Hand etwas klappern. Sie möchte die junge Frau mit den toten Augen von ihrem Baby weghaben. Die junge Frau stellt ihr eine Frage, dann lächelt sie leise, und auf einmal – einfach so – ist das Licht wieder da.

»Einen Löffel oder Würfel oder was immer«, sagt sie, ohne zu wissen, ob sie die eigentliche Frage beantwortet.

Langsam regt sie das alles auf. Die schweigenden Frauen im Hintergrund, der Gestank ihrer Zigaretten, die Bitternis des Tees im Magen, der Duft teuren Parfüms. Selbst das Klappern der Tassen und Teller geht ihr durch und durch. Aber was sie am meisten stört – sie könnte glatt schreien –, ist, dass Mrs Kaplan auf Michael nicht einmal böse ist. Nichts von Schimpf und Schande, von verdienten Prügeln, kein gemeines oder gehässiges Wort, nur ein Haufen schöngeredetes Verständnis, wo doch ein Blinder mit Krückstock sieht, dass es nur darum geht, ihnen allen nur darum geht, sich Michael schnellstmöglich von den gepflegten, gepuderten Hälsen zu schaffen.

Harry sagt: »Es tut uns ganz schrecklich leid, Mrs Kaplan.«

»Ich bitte Sie«, sagt Mrs Kaplan, »Sie brauchen sich doch nicht zu entschuldigen.«

Und Harry guckt so dankbar, dass sie auch ihn ohrfeigen könnte.

Mrs Kaplan sagt: »Michael braucht Hilfe.«

Und Harry: »Aha, ja, gut, aber wie meinen Sie das?«

»Ich würde ihn jetzt gern sprechen, Mrs Kaplan«, sagt sie.

»Aber das ist es ja gerade, Mrs Novak, er weigert sich, herunterzukommen«, sagt Mrs Kaplan. »Weigert sich standhaft.«

»Dann gehe ich eben zu ihm rauf«, sagt sie.

Da sagt die junge Frau: »Lass mich mit ihm reden, Mutter.«

Und auch das regt sie nun auf, denn wieso soll eigentlich Mrs Kaplan entscheiden, wer mit Michael reden darf?

»Ach ja, Liebes, geh du mal hoch. Rede mit ihm. Sag ihm, dass Mr und Mrs Novak da sind.«

Mrs Kaplan sagt: »Katherine versteht sich nämlich besonders gut mit dem Jungen, wissen Sie. Wenn er sich jemandem öffnet, dann ...«, aber da ist die junge Frau schon zur Tür hinaus.

Vom anderen Ende des Raums hört sie einen lauten, ungeduldigen Stoßseufzer und eine Stimme, die sagt: »Also, ich weiß ja nicht, wie's euch geht, aber ich könnte jetzt einen Drink vertragen.«

Die Stimme gehört der Rothaarigen, die, wenn sie sich recht entsinnt, auch eine Mrs Kaplan ist. Natürlich, die Schwiegertochter, Mrs Kaplan junior. Die erhebt sich nun, geht zur Anrichte und beginnt, mit geübter Hand Flaschen aufzuschrauben. Dann greift sie sich eine Siphonflasche, spritzt kurz zwei Gläser auf und reicht eines der »Freundin der Familie«.

Die Freundin sagt: »Ah, vielen Dank, Olivia. Das ist ja alles so nervenaufreibend ... ich weiß auch nicht.«

Und sie würde am liebsten sagen: Und wer sind Sie gleich wieder? Und was geht Sie das an?

Dann aber fällt ihr ein, dass Michael vielleicht auch sie bestohlen hat, also hält sie den Mund und sieht weg.

Wenige Schritte entfernt steht ein herrlicher, an die Wand geschobener Esstisch aus Palisander. Und darauf befindet sich ein kurioses Sammelsurium von Gegenständen, ein seltsames Durcheinander in einem sonst picobello aufgeräumten Zimmer. Ihre Augen gleiten darüber hinweg. Sie sieht ein Taschenmesser und eine viereckige Blechdose, alte Bonbonpapiere, eine Packung Kekse und ein Päckchen Bubble Gum. Es gibt ein paar Bleistifte und einen langen Stab mit einer Art Holzbirne daran. Es gibt ein Foto zweier Blondinen, einen vor einem Haus lachenden Mann, etwas, das aussieht wie der Zigarettenanzünder aus einem Auto, und ein silbernes Zigarettenetui.

Es ist ihr ein Rätsel, wozu die ganzen Sachen dort ausliegen, bis sie die Papierschnipsel entdeckt und begreift, dass es die Sachen sind, die Michael gestohlen hat. Die Schnipsel sind genau wie die, mit denen er in der alten Wohnung immer gespielt hat, aus Zeitschriften und Strickanleitungen ausgeschnitten, Figuren und Szenen, die er in seinem Koffer herumgeschleppt hat. Und was ist so schlimm daran? Was ist so schlimm an dem ganzen unnützen Kram? Was, würde sie Mrs Kaplan liebend gern fragen, unterscheidet solches Spielzeug denn groß von Zinnsoldaten?

Aber sie weiß, dass es nicht um die Papierschnipsel geht, noch sonst was auf dem Tisch, nicht die Nagelfeile, den Zollstock oder die Spielkarten. Das Problem sind die vierundfünfzig Dollar. Vierundfünfzig Dollar Waisengeld. Das ist beinahe das, was Harry, ohne Überstunden, in der Woche verdient.

Sie wendet sich wieder ins Zimmer. Mrs Kaplan junior oder Olivia oder wie immer sie heißt, sitzt jetzt vorgebeugt, ein Ellbogen aufs Knie ihres übergeschlagenen Beins aufgestützt, das sie elegant hin und her schlenkert. Sie trägt einen wunderschönen blau-weißen Rock, der so frisch und üppig ist, dass er, wenn er sich von ihrem Knie hebt, bauscht wie ein Segel.

»Wir urteilen nicht über Michael – das müssen Sie verstehen«, sagt sie soeben. »Und doch ...«

Sie kann das blau-weiße Segel jetzt nicht mehr sehen, weil sich die echte Mrs Kaplan vor ihr aufgebaut hat und ihr eine Platte Sandwiches vor die Brust hält.

»Wir dachten, Sie hätten vielleicht im Speisewagen gegessen«, näselt sie, »also haben wir auf ein Mittagessen verzichtet – ich hoffe, das ist recht so?«

»Ja, vielen Dank«, sagt sie, obwohl sie auf der Bahnfahrt einen Berg daheim belegter Sandwiches verdrückt haben, denn wer hat schon das Geld für einen Speisewagen, außer den Kaplans und ihresgleichen?

Sie hievt sich ein Stück vor, zieht das erstbeste Sandwich näher und bugsiert es auf den kleinen Teller, der auf ihrer Sessellehne wartet. Sie will sich zurücksetzen, hat aber Mühe damit. Bequem ist an Mrs Kaplans bequemem Sessel eigentlich nichts, vielmehr fühlt sie sich darin eingepfercht. Sonst würde sie womöglich aufspringen und aus voller Kehle schreien: »Herr im Himmel, was sind für euch denn schon vierundfünfzig Dollar!«

Alles sträubt sich, ihre Haut glüht förmlich und spannt. Das Baby spürt es und spielt verrückt. Links trifft sie eine Ferse, rechts der Kopf, vorn eine Faust. Als nähme ihr das Baby krumm, dass sie Michael nicht verteidigt, und wollte sie von innen vermöbeln. Sie legt eine Hand auf ihren Bauch und sagt stumm: Vierundfünfzig Dollar, wenn die nicht wären ...

Sie windet sich in ihrem ach so bequemen Sessel, probiert es mal so und mal so, aber es hat keinen Zweck. Bequem kann sie es sich in diesem Sessel, diesem Raum, diesem Haus nicht machen.

»Kann ich Ihnen auch bestimmt kein Bier bringen lassen, Harry?«, sagt Mrs Kaplan gerade zu ihrem Mann, und sie würde am liebsten sagen: Er hat Nein gesagt, und wer hat Ihnen überhaupt erlaubt, ihn Harry zu nennen? Für Sie immer noch Mr Novak – Sie haben uns Ihren Vornamen ja auch nicht genannt!

Wenn sie doch nur ihre Schuhe ausziehen könnte. Wenn sie die ausziehen und die Füße auf den Schemel dort hochlegen könnte, der ungenutzt herumsteht. Sie überlegt, wie gut sich das anfühlen würde, als Mrs Kaplan junior sagt: »Es scheint, dass er Recht und Unrecht nicht unterscheiden kann. Offenbar will ihm das einfach nicht in den Kopf.«

»Sie irren sich«, hört sie sich sagen. »Er ist im Gegenteil ein sehr verständiger Junge, glauben Sie mir.«

Mrs Kaplan junior beugt sich erneut vor, das Segel ihres Rocks bläht sich. »Ich lege Wert auf die Feststellung, Mrs Novak«, hebt sie an und verstummt. Ein Klirren ertönt von dort, wo sie die Hand hält, und flüchtig denkt sie, Olivia trage ein Bettelarmband, doch als sie genauer hinsieht, stellt sie fest, dass in ihrem nun leeren Glas das Eis klirrt.

»Was ich sagen will ... Sie müssen verstehen, dass wir in keiner Weise Ihnen die Schuld an dem Ganzen geben.«

»Ach nein?«, sagt sie.

»Aber nein, Mrs Novak, keinesfalls.«

»Und warum, bitte schön, sollten Sie das auch? Er war nicht in unserer Obhut, als er die vierundfünfzig Dollar gestohlen hat, oder? Wir jedenfalls lassen solche Geldbeträge nicht herumliegen.«

Harry macht bittende, bange Augen. Zorn steigt in ihr von den Zehenspitzen hoch, sie zügelt sich.

»Verzeihen Sie, Mrs Kaplan«, sagt sie, »ich müsste mal kurz verschwinden.«

Sie versucht vergeblich, sich aus dem Sessel hochzustemmen, Harry kommt ihr zu Hilfe und wuchtet sie hoch.

Mrs Kaplan steht auf. »Ich zeige Ihnen den Weg.«

»Aber nein, bitte. Bitte! Ich komme schon zurecht. Kann ja nicht so schwer sein.«

Mrs Kaplan nickt zustimmend. Dann liefert sie ihr aber doch eine Wegbeschreibung, die ihr zum einen Ohr rein und zum anderen rausgeht.

Sie verlässt gerade das Zimmer, da hört sie eine Türglocke. Sie blinzelt in die dämmerige Diele. Die Tür steht offen, im Rahmen tanzen winzige Scherben Sonnenlicht. Dann beruhigt sich das Flirren, und sie erkennt zwei von der Haustür abgewandte Gestalten. Einen großen Mann und eine kleine Frau. Hinter sich hört sie etwas, und als sie sich umdreht, erscheint neben der Treppe die junge Frau, die man Rosetta ruft. Die bleibt stehen, zeigt mit dem Finger den Flur hinab und sagt: »Bad ist da entlang, da, wo am Fenster die Sitzbank ist.«

Sie macht sich gerade auf den Weg, da legt Rosetta ihr eine Hand auf den Arm. Sie senkt die Stimme. Sie zieht die Nase kraus, als prüfe sie die Luft. »Michael, das ist ein guter Junge«, sagt sie. »Ich weiß nicht, vielleicht hat er Geld genommen, aber er ist ein guter Junge, wollte ich sagen.«

Dann wendet Rosetta sich um und geht an die bereits offene Tür.

Sie schafft es gerade noch ins Bad, bevor sie in Tränen ausbricht.

Als sie ins Wohnzimmer zurückkehrt, steht der große Mann mit dem Hut in der Hand am anderen Ende des Zimmers, in der Mitte vor Mrs Kaplan die kleine Frau, und Rosetta huscht im Raum hin und her und belädt den Servierwagen.

»Sie hören mir nicht zu, Mrs Kaplan«, sagt die kleine Frau gerade. »Ich sage doch: Kein Wort mehr, bevor ich mit Richie gesprochen habe.«

Die kleine Frau hat das Kinn vorgereckt und links und rechts die Hände zu Fäusten geballt, ihr Blick lodert geradezu.

Als sie das sieht, denkt sie: Aha, schon besser, genau das, was hier fehlt – eine, die deutliche Worte findet.

Plötzlich ist Mrs Kaplan junior auf den Beinen, streicht das blau-weiße Segel ihres Rocks glatt und sagt: »Und *wir* sagen, das geht jetzt nicht.«

Die kleine Frau ignoriert sie und fixiert weiter die echte Mrs Kaplan.

»Ich muss mit Richie sprechen – mehr sage ich vorerst nicht.«

»Er ist unterwegs, um seinen Hund abzuholen«, sagt Mrs Kaplan. »Mrs Dutras Tochter, sie arbeitet in der Zoohandlung, glaube ich, die hat auf Buster aufgepasst.«

»Nun, dann werde ich wohl warten müssen.«

»Ich finde, ich habe ja wohl ein Recht zu erfahren, was Sie mit meinem Sohn wollen«, sagt Mrs Kaplan junior nunmehr etwas kurzatmig. Und wieder ignoriert die kleine Frau sie einfach.

Und sie sagt sich, als Harry ihr in den Sessel zurück hilft: Oh, die gefällt mir. Und wie.

»Er muss dazu bis nach Provincetown, das kann also dauern«, sagt Mrs Kaplan. »Er nimmt den Bus an der Kreuzung, und dann bringt ihn Mrs Dutras Tochter nach Feierabend zurück.«

»Wann ist er losgegangen?«

»Vor etwa zehn Minuten.«

Die kleine Frau blickt rasch auf ihre Armbanduhr.

Der große Mann sagt: »Ich bring dich hin. Zur Bushaltestelle.«

»Danke, nicht nötig«, sagt sie. »Ich gehe zu Fuß; ich sollte mit Richie lieber unter vier Augen sprechen.«

»Das schaffst du zu Fuß nicht – dann ist der Bus schon weg. Pass auf, ich fahre dich hin, warte im Wagen, bis du mit ihm gesprochen hast, und bringe euch beide wieder her.«

Die kleine Frau nickt und strebt sogleich der Tür zu, der Mann folgt ihr, bleibt aber kurz an ihrem Sessel stehen und sagt: »Sie sind Michaels Eltern, nicht wahr?«

Die kleine Frau streckt den kleinen Kopf noch mal zur Tür herein und herrscht ihren Mann an: »Wenn du schon fahren willst, dann komm jetzt. Alles andere können wir später klären.«

Der Mann setzt sich in Bewegung. An der Tür hält ihn Mrs Kaplan zurück. »Ist das wirklich nötig?«, fragt sie.

Der Mann nickt ein paarmal und sagt: »Ich denke schon, Mrs Kaplan. Doch, ja.«

Als das Paar fort ist, herrscht im Raum lange Schweigen; sie beschließt, sich davon nicht einschüchtern zu lassen. Sie legt den Kopf zurück und lässt ihren Blick auf dem Meer ruhen. Das Licht hat sich verändert, alles draußen wirkt milder, Hügel und Gräser vor dem sanften Wogen von Bäumen und Meer friedlicher. Ihre Lider werden schwer, fast sinkt ihr der Kopf auf die Brust.

Drüben am Fenster hört sie die Mutter von diesem Richie und ihre Freundin eifrig gackern, es klingt wie im Hühnerstall.

»Sie ist natürlich nicht ganz bei Trost, das weiß jeder!«

»›Nicht ganz‹ oder gar nicht?«

»Für wen hält die sich eigentlich –«

»Du darfst nichts drauf geben, Liebes.«

»Am liebsten würde ich selbst zur Bushaltestelle fahren und Richie abfangen – wenn ich mich beeile, komme ich ihnen sicher zuvor, so wie die schleichen ...«

»Nicht doch.«

»Er ist immerhin *mein* Sohn ... und es ist mir unbegreiflich, Mutter, wieso du dir von der Frau so viel gefallen lässt.«

Mrs Kaplan sagt: »Aber was hätte ich denn tun sollen? Sie

verbringen schließlich viel Zeit mit Michael, und Richie kann sie auch gut leiden, vielleicht erzählt er ihnen ja ein bisschen mehr und – «

»Sie werden es wahrscheinlich gar nicht rechtzeitig schaffen«, sagt Annette. »Der Bus wird längst weg sein. Komm, ich mixe dir einen Drink. Mrs Kaplan hat sicher recht, sie wird Richie ein bisschen auf den Zahn fühlen, hören wollen, was wirklich los war. Nur, meine Güte, sie ist wirklich penetrant! Keine Manieren! Der arme Mann ... «

Als Nächstes hört sie Harrys Stimme.

»Sie hat vor Sorge kaum geschlafen.«

Sie schlägt die Augen auf.

Mrs Kaplan sagt: »Alles in Ordnung, Mrs Novak? Sie sehen etwas blass aus.«

»Bitte? Aber ja, alles in Ordnung. Ich – «

»Sie sieht etwas blass aus«, sagt Mrs Kaplan zu Harry.

»Sie ist bloß gerädert«, sagt Harry.

Mrs Kaplan erhebt sich und kommt zu ihr herüber. »Also«, sagt sie, »ich zeige Ihnen jetzt mal, wo Sie sich ein wenig hinlegen können.«

»O nein, vielen Dank, es geht schon«, sagt sie, während sie sich zugleich schon von Mrs Kaplan hochziehen und an die Tür führen lässt.

Harry macht einen Schritt auf sie zu, doch Mrs Kaplan sagt: »Lassen Sie nur, Harry, bleiben Sie ruhig sitzen, ich kümmere mich um sie.«

Mrs Kaplan setzt sie auf ein großes Bett, zieht ihr die Schuhe aus und sagt: »Wollen Sie sich nicht auch die Stützstrümpfe ausziehen, dann haben Sie es etwas bequemer?«

Zuerst ist ihr das hochnotpeinlich, sie hofft, dass ihre Füße nicht miefen, dann aber, als Mrs Kaplan ihr die Strümpfe von den verschwitzten Beinen rollt und ans Fußende des Betts legt, denkt sie: Was soll's? Und da hebt Mrs Kaplan ihre bleischweren Beine auch schon aufs Bett hoch und deckt sie mit einem Satin-Quilt zu, der sich an der Haut herrlich glatt, geschmeidig und kühl anfühlt, wie Wasser.

Mrs Kaplan schließt die Fensterläden. »Gleich nebenan ist ein Badezimmer«, sagt sie. »Ruhen Sie sich etwas aus, ich sehe dann in einer Stunde wieder nach Ihnen.«

»Es ist so still hier«, hört sie sich sagen. »So viel Stille.«

»Aber das Meer hören Sie, oder?«, sagt Mrs Kaplan. »Das Säuseln? Ja, lauschen Sie nur. Gut so. Dann werden Sie gleich einschlafen.«

Als Mrs Kaplan die Tür hinter sich zuzieht und ihre Schritte im Flur verhallen, denkt sie: Ich warte noch fünf Minuten, bis sie unten ist und nicht im Weg, dann mache ich mich auf die Suche nach Michael.

Er setzt seine Frau an der Ecke ab und fährt ein Stück weiter, um zu wenden. Dann bringt er den Wagen gegenüber am Straßenrand schon mal für die Heimfahrt in Position. Im Spiegel sieht er Richie an der Bushaltestelle auf der Raseninsel sitzen, sieht seine Frau auf ihn zueilen. Richie blickt hoch, springt auf und macht große Augen. Das Reden übernimmt offenbar seine Frau, während Richie einfach dasteht, die Arme steif an den Körper gepresst, den Kopf gesenkt.

Bald lässt sie sich auf dem Rasen nieder und zieht Richie am Arm zu sich herunter. Er stiert im Seitenspiegel auf das verzerrte Bild, das sie abgeben – aus dieser Entfernung wie zwei Kinder, Bruder und Schwester. Und da fällt ihm ein, dass er vergessen hat, seiner Schwester ihren Scheck zu schicken.

Er beugt sich schräg zum Handschuhfach vor und öffnet die Klappe. Er greift hinein und wühlt in dem Papierkram darin, aber Briefe sind keine darunter. Während er sich zu erinnern versucht, wo er die Post gelassen haben kann, lenkt ihn eine Bewegung im Seitenspiegel ab, und nun sieht er Richie und seine Frau die Straße überqueren und auf den Wagen zukommen.

Sie lässt den Jungen hinten einsteigen und schließt die Tür. Wie die Polizei bei einer Festnahme, denkt er. Sie steigt vorne ein, dreht sich nach hinten um und sagt: »Richie, du brauchst doch nur die Wahrheit zu sagen.«

»Das glaubt mir doch keiner«, sagt Richie mit brechender Stimme. »Ich kann nicht.«

»Wolltest du es denn Michael anhängen?«

»Nein, oder, ich weiß nicht. Anfangs schon. Aber dann ...«
Er fährt los.

Von der Rückbank ruft Richie laut: »Bitte, Sir. Bitte, ich will nicht zurück, da vor allen Leuten stehen. Bitte, Sir, ich sag Ihnen ja alles, ehrlich, aber bitte nicht da vor allen Leuten. Ich habe das Geld hier, Sir, ich gebe es zurück.«

Richie beugt sich vor und streckt ihnen über die Rücklehne ein Bündel fest zusammengerollter Scheine entgegen, kaum dicker als eine Churchill-Zigarre.

»Ich trage es schon die ganze Zeit mit mir herum und hoffe auf eine Chance, es zurückzulegen, aber – bitte, es tut mir so leid, ehrlich. Bitte, Sir, tun Sie mir das nicht an.«

Er mustert den Jungen im Rückspiegel, die schreckgeweiteten Augen, das bebende Kinn. Er sieht das heftige Auf und Ab der Brust, die Kurzatmigkeit.

»Hast du dein Notfallspray dabei, Richie?«, fragt er.

»Nein, Sir, aber es geht schon. Ich fühle mich nur einfach so mies.«

»Wie wär's, wenn du uns einfach mal erzählst, was los war, Richie, und wenn wir da sind, bitten wir deine Großmutter, unter vier Augen mit dir zu reden?«

Richie nagt an seiner Unterlippe.

»Sag uns doch einfach, warum du das getan hast, Junge.«

»Ich ... ich war sauer auf ihn und wollte ihn schlechtmachen. Ich wollte die Umschläge in seine dumme Schatzhöhle bringen; er glaubt ja, ich wäre zu blöd, um von der zu wissen, aber dann ... dann sind wir vom Strand zurückgekommen und hatten mit Ihnen und Tante Katherine so viel Spaß gehabt, und da tat es mir leid, und ich wollte das Geld zurücklegen. Ich hab's versucht, Sir. Aber sie hatten schon angefangen zu zählen, verstehen Sie, in der

Küche, haben im Spendenbuch nachgesehen – und da kam ich nicht ran. Ich wusste, dass meine Mom durchdreht, und da habe ich mich einfach nicht getraut, was zu sagen ... also habe ich ihr von Michaels Strandhöhle erzählt, und –«

»Aber warum warst du denn so sauer auf ihn?«, fragt er.

»Na ja, weil. Weil er zu mir so gemein war, schätz ich, und nicht mein Freund sein wollte, und dann ist er mit den Westin-Jungen losgezogen und –«

»Ja, aber ihm die Schuld in die Schuhe zu schieben, Richie? Weißt du, wie schlimm das ist?«, sagt sie.

»Ja, Ma'am, das weiß ich.«

»Ein unehrenhaftes Verhalten, Richie, und du bist doch kein unehrenhafter Junge, das weiß ich.«

Jetzt flossen Tränen. »Es sollte doch ...« – sagt Richie –, »... es sollte ... es war ...«

»Ganz ruhig, mein Junge«, sagt er. »Immer langsam, tief durchatmen, so ist es gut. Also, was wolltest du sagen?«

»Für meinen Vater sein. Der Tag sollte für meinen *Vater* sein, warum muss sich da wieder alles um Michael drehen, er eine Rede bekommen, den Drachen und alles. Wenn Sie's genau wissen wollen, Sir, ich habe gedacht: Und was ist mit mir? Er hat seinen Vater nicht mal gekannt. Ich meinen aber schon. Ich *erinnere* mich, und ich dachte ... na ja ... was ist mit mir?«

Und jetzt schlägt Richie die Hände vors Gesicht und schluchzt.

Er parkt vor dem Haus.

»Ihr beide wartet hier«, sagt er. »Ich gehe rein und hole deine Großmutter.«

Als sie zu sich kommt, verrät ihr die Uhr auf dem Nachttisch, dass sie anderthalb Stunden weg war. So viel zu Mrs Kaplans Versprechen, nach ihr zu sehen! Fast fünf Uhr nachmittags – wie sollen sie es da noch nach New York zurück schaffen?

Sie muss ein paarmal ordentlich nachhelfen, um aus dem Bett zu kommen, und schafft es kaum ins Bad auf die Toilette, wo sie gar nicht mehr aufhören kann zu pieseln. Mittendrin hört sie es an der Schlafzimmertür klopfen, dabei hat sie nicht einmal daran gedacht, die Badezimmertür zu schließen. Es klopft erneut, sie räuspert sich und ruft über ihr Plätschern hinweg: »Augenblick!«

Die Tür geht trotzdem auf, und fast ploppt ihr das Baby raus, direkt ins Klo, bis sie begreift, dass es bloß Harry ist.

»Komm ja nicht rein«, sagt sie. »Du weißt, ich kann nicht, wenn jemand zuschaut.«

»Klingt nicht so«, sagt Harry.

Als sie das Schlafzimmer betritt, stellt Harry gerade am Fußende des Betts ein Tablett ab. Er sagt: »Schönen Gruß von Mrs Kaplan – gut für den Blutdruck, sagt sie.«

Sie schielt zu dem Tablett: eine Tasse Kaffee und ein Sandwich.

»Wieder ein Sandwich!«, sagt sie. »Soll man mich doch gleich aufklappen und mit Butter bestreichen!«

Harry lacht. »Du wirst es nicht glauben ...«, hebt er an.

»Ist Michael aufgetaucht?«

»Es war der andere«, sagt Harry aufgeregt und macht ein Gesicht, als könnte jemand mithören.

»Was für ein anderer – wovon redest du da?«

Harry senkt die Stimme. »Sag ich doch grade, der andere Junge, *der* hat das Geld gestohlen.«

»Du meinst ...? Doch nicht etwa der Enkel! Woher hast du das? Was ist passiert, Harry, sag schnell, mach's nicht so spannend.«

»Der andere Junge war es, sag ich dir.«

»Und wo ist Michael? Weiß er Bescheid?«

»Er packt. Wir fahren heim. Das heißt, wenn du das hinkriegst. Unten sitzt ein Captain Hartman, der bringt uns zum Bahnhof in Boston, dann brauchen wir uns wegen der Anschlüsse nicht zu sorgen. Wenn es dir recht ist?«

»Mehr als recht!«

»Wird aber spät, bis wir daheim sind.«

»Mir egal, Harry. Bloß weg hier.«

Wenig später sitzt sie wieder in dem bequemen Sessel, Mrs Kaplan junior aber ist nirgends zu sehen, nur die Freundin, die zieht in ihrer Ecke den Kopf ein.

»Er war auf Michael wütend und wollte ihm eins auswischen. Er hatte nie die Absicht, es so weit kommen zu lassen, wissen Sie. Ich kann Ihnen gar nicht sagen, wie leid es ihm tut. Wie leid uns das allen tut, Harry, Mrs Novak.«

»Wo steckt er überhaupt?«, fragt sie. »Er könnte sich ja wenigstens blicken lassen, sich vielleicht mal entschuldigen?«

»Er ist zu aufgewühlt. Katherine bringt ihn gerade ins Bett. Aber Michael gegenüber hat er sich entschuldigt. Sie haben die Sache zwischen sich bereinigt, und darüber bin ich sehr froh.«

»Schon gut, Mrs Kaplan«, sagt Harry. »Verstehen wir.«

»Du vielleicht, Harry«, sagt sie, »ich nicht. Und ich würde ja gerne wissen, wann er die Absicht hatte, zu beichten – bevor Michael in der Besserungsanstalt landet oder danach?«

»Aber nein, ich bitte Sie, Mrs Novak«, sagt Mrs Kaplan, »dazu wäre es nie gekommen.«

»Das sagt sich so leicht, Mrs Kaplan, aber für unsereins läuft es oft etwas anders als für Sie.«

Die kleine Frau, die Michael gerettet hat, steht vor dem Palisandertisch und nimmt die ganzen Sachen, die Michael gemopst hat, in Augenschein, und sie denkt: Bitte lass nichts von ihr darunter sein, wo sie ihn doch rausgehauen hat.

»Ist das alles, was Michael stibitzt hat?«, fragt sie.

»Ja«, sagt Mrs Kaplan. »Wirkt jetzt eher harmlos, nicht?«

»Ja. Und wer ist das hier auf dem Foto?« Sie hält eine Fotografie hoch, und Mrs Kaplan tritt zu ihr.

»Ach, das ist Katherine mit zwei Freundinnen. Vor einem Haus, das sie früher im Sommer immer gemietet haben.«

»Ich hätte sie nicht wiedererkannt, nicht auf Anhieb.«

»Da war sie auch noch nicht krank – und ihr Haar, es hatte damals eine andere Farbe.«

»Verstehe«, sagt die kleine Frau und legt das Foto wieder auf den Tisch, dann kommt sie herüber und baut sich direkt neben ihrem Sessel auf. »Mrs Novak, ich weiß, wie Ihnen zumute sein muss, ich fühle mit Ihnen, ehrlich, aber Richie hat es auch nicht leicht«, sagt sie, »und es tut ihm wirklich sehr leid, da bin ich mir sicher. Er hat versucht, das Geld zurückzulegen, wissen Sie, aber das hat nicht geklappt, und da hat er kalte Füße gekriegt. Ich denke, dabei sollten wir es dann belassen. Außerdem ist es spät geworden, und Sie werden sich sicher auf den Weg machen wollen. Und Sie müssen bedenken, dass Michael ja trotz allem gestohlen hat. Er ist also nicht schuldlos.«

Sie schaut zu der kleinen Frau hoch, die so geradeheraus spricht und so energisch dreinschaut, dass es nichts mehr zu sagen gibt. Also sagt sie nichts, sondern nickt lediglich.

Der große Mann und seine kleine Frau rüsten sich zum Aufbruch. Er hält vor Mrs Kaplans Sessel inne und sagt: »Wenn Sie mögen, können wir den Hund abholen.«

»Oje, Buster! Den habe ich ganz vergessen. Vielleicht sollte ich in der Zoohandlung anrufen und fragen, ob sie ihn noch einen Tag dabehalten können.«

»Es wäre aber für Richie vielleicht gut, ihn hier zu haben«, sagt er. »Es macht uns nichts aus. Ich muss ohnehin etwas in Provincetown erledigen. Wir können dort auf dem Rückweg vorbeischauen.«

Und der Mann und die Frau gehen, still und ohne Aufhebens.

Hinter den Verandascheiben sieht sie den Captain der Army seitlich ums Haus kommen, dann hebt er den Kopf und ruft jemandem, der nicht zu sehen ist, etwas zu, und als Nächstes erscheint im Profil der große Mann, seine Schulter, ein Ellbogen, der schräg sitzende Hut.

Das Baby versetzt ihr einen Tritt. Sie krümmt sich ihm entgegen, dann lehnt sie sich wieder zurück, und ein Seufzen fährt ihr durch den Körper.

Als die Tür das nächste Mal aufgeht, spaziert Michael herein.

Und nun steht er da vor ihr, den braunen Koffer in der Hand, den Harry ihm gekauft hat. Er sieht etwas müde aus, aber kräftiger und rundum braun gebrannt. Sie möchte ihm klarmachen, wie wunderschön er ist, aber das kann sie zu einem Jungen natürlich nicht sagen.

»Michael, du siehst so anders aus!«, sagt sie. »Du bist ja kaum wiederzuerkennen.«

»Du siehst auch anders aus.«

Sie lacht und klopft sich auf den Bauch. »Ordentlich genascht – du weißt ja, wie's ist.«

Michael grinst.

»Aber du!«, sagt sie. »Meine Güte, wie du aussiehst ...«

»Wie denn?«

Sie möchte sagen, nobel, aber weil Harry dahinten grinst wie ein Honigkuchenpferd, lächelt sie bloß und sagt: »Gut siehst du aus, Michael!«

Mrs Kaplan sagt: »Es freut mich, das zu hören. Denn trotz allem glaube ich, dass ihm die Ferien hier gut – Aber Michael, was ist mit deinem Drachen?«

»Den brauch ich nicht«, sagt er, ohne sie anzusehen.

»Du hast dir damit doch so viel Mühe gegeben.«

»Ich will ihn nicht mehr«, sagt er mit gesenktem Blick.

Mrs Kaplan nickt. »Verstehe«, sagt sie leise.

Michaels Kopf fliegt hoch und dreht sich dann hierhin und dahin. »Wo ist Mrs Aitch?«, fragt er.

»Ach, die sind gerade losgefahren, Michael«, sagt Mrs Kaplan.

Er lässt den Koffer fallen und ist hopplahopp zur Tür hinaus.

Auf der Fahrt nach Provincetown ist sie sehr still, was er sich mit dem Abschied von Michael erklärt. Er ist selbst etwas verstört. So viel Gefühl an einem einzigen Tag sind sie beide nicht gewohnt, und die kleine Szene vorhin will ihm nicht aus dem Sinn. Gerade hatten sie sich von Captain Hartman verabschiedet und fast ihren geparkten Wagen erreicht, als sie den Jungen »Mrs Aitch!« rufen hörten. Und da war er plötzlich, kam im Dämmerlicht den

Fußpfad halb hinabgeflogen, halb geschlittert und konnte sich auf ihrer Höhe gerade noch abbremsen, ehe er sich ihr entgegenwarf.

Der Junge war so ein langer Schlaks, dass er von seiner Frau in dessen täppischer Umarmung nur den Scheitel und die linke Hand sah, mit der sie ihm schüchtern auf den Rücken klopfte.

»Ist ja gut, ist ja gut.« Diesen kleinen Refrain hatte sie ein paarmal wiederholt, ehe sie sich befreien konnte. »Na, das ist ja was – mich auch noch ersticken zu wollen. Wo ich doch dachte, wir wären Freunde.«

»Ich will nicht von Ihnen weg«, sagt der Junge und bricht in Tränen aus.

»Ich fürchte, das muss aber so sein, Michael«, sagt sie, »denk doch lieber, was dich alles Aufregendes erwartet, wenn du erst diesen Außenposten der Zivilisation hinter dir gelassen hast – neue Wohnung, neue Schule, neues *Baby*. Ein Brüderchen oder Schwesterchen. Das auf eine Welt kommen wird, in der du schon bist. Vergiss das nicht – du bist da, bist in ihr schon zu Hause. Du wirst ihm oder ihr zeigen müssen, wie's läuft. Das ist eine ganz schöne Verantwortung, weißt du. Da kannst du nicht einfach Sachen mitgehen lassen – das muss dann aufhören.«

Der Junge hatte genickt, sich das Bündchen seines Pullovers über den Handballen gezogen und sich über die Augen gewischt.

»Wo liegt eigentlich dieses New Jersey, ist das weit?«

»Nein, bloß ein paar Bahnstationen von New York. Ein Klacks.«

»Kann ich Sie besuchen kommen?«

Sie antwortet nicht gleich, und was macht der Junge für ein Gesicht – so furchtsam wie verständnislos, also schreitet er ein und sagt: »Natürlich kannst du uns besuchen, Michael.«

»Solange du nicht heimlich von zu Hause wegläufst, hörst du? Das werde ich nicht dulden«, sagt sie.

»Aber wie finde ich Sie?«

»Du brauchst nur den Washington Square zu finden«, sagt sie etwas vage, »dann findest du uns schon.«

Er hatte dem Jungen die Hand geschüttelt, und einen Augenblick schien es, als könnten auch sie sich umarmen, doch dann wandte der Junge sich jäh ab. Er wandte sich ab und stürmte wieder den Pfad zum Haus hinauf, das im Halblicht etwas dräuend wirkte, bis auf eine unvermittelt im Obergeschoss aufblühende Raute gelben Lichts.

Als sie an die Abzweigung zum Highway nach Provincetown kommen, sieht er nicht weit vor ihm die Wanderin Richtung Castle Road marschieren. Er überlegt, ob er seine Frau auf sie aufmerksam machen soll, die normalerweise zu dem Thema einiges zu sagen hätte.

»Da geht sie«, sagt er und zeigt auf die Gestalt, die wippend den Hügel hinaufgeht. Seine Frau blickt hoch, betrachtet die Frau kurz und senkt dann wieder kommentarlos den Kopf.

Genau genommen sagt sie keinen Ton, bis sie Provincetown erreicht haben, und dann auch nur, um ihn zu belehren, wo er parken soll.

»Warum nicht gleich hier?«, fragt er.

»Nun, wenn du gern abgeschleppt werden willst, nur zu. Zehn Dollar kostet das inzwischen. Aber wenn du das möchtest, bitte.«

Er fährt weiter.

»Und hier?«, fragt er, als er eine Parkbucht vor der Bücherei wählt, worauf sie nur mit den Achseln zuckt.

Er sagt: »Ich hole nur schnell die Sendung, bin gleich wieder da. Dann können wir den Hund abholen.«

Sie scheucht ihn mit einer Handbewegung weg.

Als er zehn Minuten später zurückkehrt, ist der Beifahrersitz verwaist.

Er legt das Paket in den Kofferraum und macht sich auf die Suche.

Rund zwanzig Minuten läuft er umher, ehe er sie im West End von Weitem auf einem Strandfelsen sitzen sieht, den Hund zu Füßen. Er schlendert zu ihr hinunter, vorbei an den dicht gedrängten, windschiefen Hütten und amateurhaften Schildern der

Verkaufsbuden und Werkstätten: Lebendköder, Kfz-Reparatur, Muschel-Spezialitäten.

Als er hinter sie tritt, dreht sich der Hund mit schlackernder Zunge herum. Dann schwenkt er die Zunge wieder in ihre Richtung. Sie legt ihm eine Hand auf den Kopf; beide ignorieren ihn und starren weiter ins schwarze Wasser.

Hinter offenen Fenstern brutzelt es. Der Duft von Venusmuscheln, dazu Knoblauch und Tomaten. Er macht Appetit, ihm knurrt der Magen. Er muss etwas essen, und zwar bald.

Aber es herrscht ringsum eine Ruhe, die zu stören er zögert. Gedämpft klappernde und klirrende Takelagen und schwappendes Wasser. Sonst regt sich nichts, allenfalls ein vertäutes Boot oder das Fell des Hundes, wenn er sich nach der Brise reckt. Von fern aus der Ortsmitte weht Tanzmusik heran, und aus nächster Nähe unter der Laterne die tiefen Stimmen portugiesisch sprechender Fischer. Dazu kommt ein Geruch, der Kindheitserinnerungen weckt: Holzspäne, mit Teer und Tran behandelte Planken.

Der Hund wendet ihm immer wieder mal den Kopf zu. Ihm kommt es vor, als hätte der Collie Augenbrauen, die er hebt, als erwarte er, dass er etwas sagt oder tut.

Schließlich fragt er sie bloß, ob sie etwas essen will.

»Nein, will ich nicht«, sagt sie.

»Und der Hund – meinst du nicht, er hat Hunger?«

»Mrs Dutras Tochter hat ihn sicher gefüttert.«

Er wartet einen Augenblick und versucht es noch mal: »Also ich habe ziemlichen Hunger.«

Als er darauf keine Antwort erhält, sagt er: »Wenn wir uns beeilen, kriegen wir noch irgendwo einen Tisch. Buster kann sicher im Wagen warten.«

»Herausgeworfenes Geld, was mich betrifft«, sagt sie, »aber geh du nur, wenn du willst, ich halte dich nicht ab.«

»Ich lasse dich doch nicht einfach hier sitzen«, sagt er. »Aber ich muss etwas essen, das weißt du, sonst quälen mich in der Nacht wieder Schmerzen.«

Er rechnet mit einer Spitze, zumindest einer sarkastischen

Bemerkung. Doch sie beugt sich nur vor und stößt einen kindisch-gequälten Seufzer aus. Dann richtet sie sich auf und zerrt den Hund hoch.

Er bestellt Suppe und ein Hummerbrötchen. Sie trinkt einen Kaffee und stochert mit ihrer Gabel an einem Stück Torte herum.

»Er kann uns ja jederzeit besuchen«, sagt er. »Michael. Falls es das ist, was dich quält.«

»Ich weiß, wen du meinst«, sagt sie. »Und das ist es nicht, was mich quält.«

»Nun, willst du mir dann nicht vielleicht verraten, was dich plagt?«

»Meinst du ganz allgemein oder jetzt in diesem Moment?«

»Jetzt.«

»Ich überlege bloß«, sagt sie.

»Was denn?«

»Wie dein alter Freund Mac ohne Frau zurechtkommt.«

»Wie kommst du jetzt *darauf*?«

»Du bist nicht zu ihrer Beerdigung gegangen.«

»Nein. Wir hatten doch beschlossen, es nicht –«

»*Du* hast beschlossen.«

»Die war in Kalifornien, und überhaupt, wie lange ist das jetzt her?«

»Er ist doch angeblich ein enger Freund. Fragt sich allerdings, ob männliche Künstler zu Freundschaften überhaupt imstande sind. Oder steht das Ego dem im Weg?«

Er sieht sich nach der Bedienung um, bedeutet ihr, dass er zahlen will.

»Ich habe ihm geschrieben«, sagt er und greift sich in die Gesäßtasche, um sein Portemonnaie hervorzuholen.

Sie wickelt ihr Tortenstück in eine Papierserviette, steht auf und verlässt das Lokal. Er bezahlt und folgt ihr.

Sie gehen die Commercial Street entlang, durch gelegentliche Fetzen Licht und Musik. Aus einer Bar tönt eine Stimme, dazu Klavierbegleitung: *That lucky old sun ...*

Es sind kaum Menschen unterwegs: Vereinzelt Spaziergänger, ein paar Soldaten, der eine oder andere einsame Wolf.

Er sagt: »Viel ruhiger jetzt, wo die Saison vorbei ist.«

Sie sagt nichts.

Als sie den Wagen erreicht haben, zieht sie die Beifahrertür auf und fixiert ihn über das Autodach hinweg.

»Ein kaltherziger Brief war es noch dazu.«

»Bitte?«

Sie schiebt sich verkehrt herum auf den Beifahrersitz, kniet darauf und hält ihr Tortenstück dem Hund auf der Rückbank hin, der schnuppert, ein paarmal schleckt, aber nicht zubeißt.

»Bitte?«, wiederholt er.

»Dein sogenannter Beileidsbrief«, sagt sie, und er verzichtet auf eine Erwiderung.

Im Wagen ist die Luft zum Schneiden. Er kurbelt sein Fenster ganz herunter, trotzdem kann er kaum atmen. Er verspürt scharfe Schmerzen im Unterleib, der Kopf tut ihm weh, und das hektische Hecheln des Hundes auf der Rückbank macht die Sache nicht besser.

Kurz hinter Provincetown sieht er am Straßenrand einen Verkaufsstand mit Strandpflaumengelee und beschließt, anzuhalten.

Er blickt auf das dunkle Rund der Bucht weiter unten – das Meer wirkt leblos, lichtlos hingegossen wie schwarzer Satin. Immerhin streicht ihm dort auf der Hügelkuppe die kühle Nachtluft über den Kopf und legt sich ihm ums Gesicht.

»Einen netten Abend gehabt?«, fragt die Frau am Verkaufsstand in etwas müdem Ton.

Er sagt: »Nicht schlecht. Und Sie?«

»Mäßig. Wir packen morgen oder übermorgen wahrscheinlich zusammen. War nicht unser bestes Jahr, ehrlich gesagt.«

Er fühlt sich genötigt, um ein zweites Glas zu bitten, die Frau holt es von der Steige hinter sich. Dann hält sie die Hand unters Licht, schiebt mit dem Finger der anderen die Münzen herum und zählt. Es befriedet ihn auf unerklärliche Weise, diese Frau ein paar Cents auf ihrem schmutzigen, rauen Handteller herumstupsen zu sehen. Er wünschte, er könnte dort einfach stehen bleiben und ihr eine Zeit lang dabei zusehen, doch er sagt: »Schon gut, behalten Sie den Rest«, und wendet sich ab.

Als er wieder am Auto steht, mustert ihn der Hund eindringlich durchs Seitenfenster, seine Frau hingegen hat den Ellbogen in den Rahmen des offenen Beifahrerfensters gepflanzt und bedeckt ihr Gesicht mit der Hand.

Kaum ist er eingestiegen, geht es los. Sie fängt etwas kryptisch an, weshalb er sich prompt verstrickt.

»Wie groß doch ein Haus werden kann«, seufzt sie, »und wie eng ein Doppelbett.«

»Könntest du mir das bitte erklären?«, sagt er und lenkt den Wagen aus der Haltebucht auf die Straße.

»Ich spreche von der Lage, die mich erwartet, wenn wir daheim sind.«

Er fährt ein paar Minuten wortlos weiter, dann sagt er: »Ich dachte, das mit Michael würde dich freuen. Nicht, dass er fort ist, aber –«

»Weil ich ihn rausgeboxt habe?«

»So würde ich das nicht unbedingt nennen – der Junge war ja unschuldig.«

»So unschuldig auch wieder nicht. Er hat ganz schön was eingesackt, da führt ja kein Weg dran vorbei. Ob so oder so, bei den Kaplans ist er jetzt unten durch. So viel steht fest.«

»Ich weiß nicht, ob du ihnen da ganz gerecht wirst.«

»Es sind kaltherzige Menschen.«

»Was sagst du da!«

»Deshalb verstehst du dich mit ihnen so gut.«

»Wenn du meinst«, sagt er.

Sie würdigt ihn die ganze Depot Road lang weiterhin keines Blickes. Als sie den Hügel hinauffahren und der Weg sich um den Teich herumwindet, fährt sie herum und schreit: »Du widerst mich an!«

Hinter sich hört er, wie der Hund zusammenschrickt.

Er fährt an der Abzweigung zu ihrem Haus vorbei und weiter bis zum Ende der Fisher Road; dort hält er, wo die Kaplans immer parken. Er steigt aus und öffnet die hintere Wagentür. Der Hund sieht weg.

»Komm schon, Junge«, sagt er, »Endstation.«

Der Hund tut genau wie beim letzten Mal, als hörte er nicht.

»Komm schon, raus da. *Raus* da.«

Er greift hinein, der Hund weicht zurück. Er umrundet den Wagen, beugt sich von der anderen Seite hinein und schiebt; der Hund könnte glatt aus Zement sein.

Er steigt ein, sitzt direkt neben dem Tier und drückt es mit der Hüfte langsam, aber sicher über die Rückbank weiter, bis ein letzter Schubs es hinausbefördert. Der Hund macht einen Satz, er wirft hinter ihm die Wagentür zu. Er steigt vorn ein und setzt sich wieder ans Steuer.

»Wir sollten lieber noch warten«, sagt er, »damit er uns nicht hinterherläuft. Als ich ihn neulich hergebracht habe, musste Katherine erst nach ihm pfeifen.«

»War es auch wirklich der Hund, nach dem sie gepfiffen hat?«, fragt sie.

Er sieht zu, wie der Hund den Hang hochgaloppiert, sich dabei aber noch ein-, zweimal umsieht. Kurz bevor er oben angelangt ist, dreht er sich noch einmal halb um die eigene Achse, und im Dunkeln blitzt sein weißes Brustfell auf.

Sie hat das Gesicht ganz zum Fenster gewandt. Er fragt sich, ob sie womöglich weint.

Er spricht sanfter. »Was ist denn los?«, sagt er. »Ist es wegen Michael? Oder vielleicht Richie?«

Sie schüttelt den Kopf, mag ihn aber nicht ansehen.

»Wenn nicht die Jungen, was ist es dann?«, sagt er. »Als ich heute Vormittag losgefahren bin, war doch alles in Ordnung.«

»Nicht wahr? Aber da hatte ich auch noch nicht begriffen, mit was für einem Lump ich verheiratet bin.«

Er wendet und will losfahren, als sie ihre Handtasche aufknipst und etwas hervorholt. Eine Handvoll Briefe. Einen zieht sie hervor.

»Was ist das?«, fragt er.

»Gute Frage.«

Er knipst das Innenlicht an und sieht, dass es der Brief ist, den er nach New York hatte schicken wollen, und jetzt fällt ihm ein, wo er die Post gelassen hat: in der Tasche seiner anderen Jacke.

»Ich wollte es dir sagen«, sagt er.

»Du wirst mir nachsehen müssen, dass ich das nicht mehr recht glauben kann.«

»Natürlich wollte ich es dir sagen. Du hättest es ja ohnehin erfahren, sobald wir wieder in New York sind.«

Sie sitzen schweigend nebeneinander und starren ins Dunkel hinaus. Die Scheinwerfer eines entgegenkommenden Wagens gleiten über sie hinweg, im Inneren die Umrisse eines jungen Paars – wohl auf dem Weg zum Strand –, sie mit dem Kopf an seiner Schulter. Das weckt in ihm ein diffuses Mitleid mit allen, die er kennt, nicht zuletzt sich selbst.

Er fährt los. Weiter vorn taucht aus einer Nebenstraße wieder die Wanderin auf. Sie marschiert nach Osten Richtung Old Country Road, entschwindet in die schwarze Stille. Ihr Gang, von seinen Scheinwerfern kurz beleuchtet, wirkt gemessen und mechanisch. Sie ist kein junges Ding mehr, sie wird von Jahr zu Jahr dünner, ihr Gang etwas krummer. Ihre Knie gleichen den Knäufen an Messingbettpfosten, aber an ihrer Erscheinung ist dennoch etwas, was er nur beneiden kann.

»Schlimm genug, dass du es mir verheimlicht hast«, sagt sie, »aber dich dann noch hinter meinem Rücken lustig zu machen.«

»Ich habe mich nicht lustig gemacht.«

»Oh ja, das hast du. Als wäre das alles ein Witz.«

»Ich wollte es ihm nur etwas leichter machen. Er hat getan,

was er konnte – ich wollte nicht, dass er sich Vorwürfe macht. Ich wollte es dir ja sagen, aber du warst nach der Party so aufgewühlt, und dann kam das mit Michael und Richie.«

»Dass du deine eigene Frau so hintergehst.«

»Es tut mir leid, dass ich dich enttäusche«, sagt er.

»Dir ist es doch völlig egal, was ich denke oder wie sehr du mich enttäuschst. Bei Katherine wäre das natürlich etwas anderes. Ganz etwas anderes.«

»Katherine? Ach, jetzt ist es Katherine, wie? Was ist aus Olivia geworden?«

»Jetzt weiß ich wenigstens, was der Reiz an Eastham war. Wie, dazu hast du nichts zu sagen? Sie sieht jetzt anders aus, nicht mehr so kurvig und nicht mehr blond. Ich habe das Foto gesehen. Es lag dort bei den Kaplans mit Michaels Diebesbeute auf dem Tisch. Sie ist die Frau auf dem Bild vom letzten Jahr. Michael hat es gleich begriffen, als ich ihm die Skizzen zeigte, aber ich habe ihm nicht geglaubt. Oder vielleicht wollte ich es nicht glauben. Wie dem auch sei, ich habe doch gesehen, wie du sie auf Mrs Kaplans Party angestarrt hast, und als ich mir das Foto heute noch mal angesehen habe, fiel es mir wie Schuppen von den Augen. Du hast mir nicht erzählt, dass sie mit euch Sterne gucken war.«

»Sie hat sich uns angeschlossen, na und?«

»Du hast mir nichts davon gesagt.«

»Ich habe nichts verbrochen.«

»Mir geht es nicht einmal darum, dass sie jung und hübsch ist – lieber Gott, die Frau hat nicht mehr lang zu leben.«

Er öffnet den Mund zu einer Erwiderung, aber sie kommt ihm zuvor.

»Sie ist mir egal, sage ich dir. Was mir nicht egal ist, ist mein verschwendetes Leben. *Mein* Leben. Da war einmal was, da war ein Funke, Potenzial, schöpferische Kraft, ich hatte das Zeug dazu. Immer. Bis du aufgetaucht bist –«

»Hat das vielleicht Zeit, bis wir zu Hause sind?«

Er biegt ab und folgt dem Weg zum Haus, die Bäume schließen sich um ihn wie eine Faust.

»Ja, genau, darum geht es letztlich, nicht?«, sagt sie. »Dass du bestimmst.«

»Also *bitte*«, sagt er.

»Ich darf nicht malen. Ich darf nicht fahren. Ich sehe doch die Jugendlichen hier aus der Gegend, Sechzehnjährige, alle kurven sie herum. Kinder, die kaum wissen, dass sie leben. Aber ich nicht, o nein. Ich darf nicht. Weil ich einen Mann geheiratet habe, der mich an der kurzen Leine hält.«

»Wenn du es genau wissen willst, sehe ich dich deshalb ungern am Steuer, weil du eine Gefahr für die Allgemeinheit darstellst – und für dich selbst.«

»Lügner. Aber das ist ja nicht die schlimmste Lüge, die du mir in letzter Zeit auftischst.«

»Letztes Jahr hatte ich keine Ahnung, wer das ist – sie war bloß eine junge Frau vor einer Tür. Ich rede nicht von Katherine. Die ist mir egal. Mir geht es um das hier! Das bricht mir das Herz.« Sie wedelt mit dem Umschlag. »Du und deine ichbezogenen Freunde.«

»Er hat alles versucht«, sagt er, »seine sämtlichen Beziehungen spielen lassen, nur –«

»Das kaufe ich dir nicht ab. Es ist immer dieselbe alte Leier, die Künstlerin hat hinter dem Künstler zurückzustehen, weil das Ego –«

Sie schlägt ihm den Umschlag ums Ohr, und die scharfe Ecke bohrt sich ihm ins Auge.

Der Wagen macht einen Satz und hält abrupt. Aber sie lässt nicht ab, ohrfeigt ihn mit dem Umschlag und boxt ihn nun auch in den Arm.

»Du hast mir alles genommen«, schreit sie, »jeden letzten Funken schöpferische Kraft –«

»Das ist nicht wahr«, sagt er hinter schützend erhobenem Arm.

»Hast mir das alles ausgetrieben, nach und nach, du konntest es mir einfach nicht lassen.«

»Das ist nicht wahr«, sagt er noch mal, leiser, wie zu sich selbst.

»Nach allem, worauf ich für dich verzichtet habe. Nach allem, was ich für deine Karriere getan habe, dir den Vortritt gelassen, mich zurückgenommen. Weil ich dachte. Irgendwann. Irgendwann bin *ich* dran. Irgendwann würdest du *mich* unterstützen. Oh, wie dumm wir Frauen doch sind. Was habe ich mir dabei nur gedacht.«

Sie lässt von ihm ab und beginnt zu schluchzen. Er senkt die Arme, packt das Lenkrad und dreht den Zündschlüssel. Als der Wagen langsam Fahrt aufnimmt, blickt er stur geradeaus auf den Feldweg, der steil hinauf zur Garage, den Stufen und dem Haus auf dem Hügel führt. Er stellt den Motor ab und steigt aus.

Er geht hinten um den Wagen herum und gleich weiter, dahin, woher er gekommen ist.

Er hört sie aus dem Beifahrerfenster rufen. »Wo willst du hin?«

Dann hört er die Beifahrertür aufgehen, als sie aussteigt und noch mal ruft: »Wo willst du hin?«

Er bleibt stehen, zeigt ihr aber weiter den Rücken.

»Wo zum Teufel willst du hin?«, sagt sie. »Steig wieder ein.«

Er kehrt um und macht ein paar Schritte auf sie zu.

»Ich habe dir gar nichts genommen. Weil es nichts zu nehmen gab«, sagt er, »nichts auszutreiben.«

»Wovon redest du da? Steig wieder ein.«

»Ich werde nicht wieder einsteigen. Ich werde das Haus nicht wieder betreten. Ich bin fertig. Ich bin fertig damit.«

»Ach, sei nicht kindisch.«

»Ich bin fertig.«

»Das ist jetzt aber wirklich kindisch.«

»Mir reicht's«, sagt er. »Was du da ständig behauptest: dass ich dein Talent untergraben hätte. Das lasse ich mir nicht mehr bieten.«

Sie hält sich die Ohren zu und kneift die Augen zusammen. »Das regt mich alles viel zu sehr auf; ich will diesen Unsinn nicht hören. Ich will nichts davon hören.«

Sie schlägt die Augen wieder auf. »Und jetzt steig ein.«

»Du hättest ja etwas anderes machen können. Du hättest schreiben können, zum Beispiel.«

»Ich wollte aber nicht schreiben. Warum sagst du das überhaupt? Ich bin Künstlerin. Malerin.«

»Nein, bist du nicht.«

»Bitte?«

Er baut sich direkt vor ihr auf und sieht ihr ins Gesicht. »Ist dir jemals der Gedanke gekommen, dass du als Malerin deshalb nicht reüssierst, weil es dir an Talent mangelt?«

»Jetzt willst du mich einfach nur treffen, mich verletzen. Verstehe. Na los, nur zu.«

»Es tut mir ja leid, dass ich so lange gebraucht habe, dir das endlich zu sagen.«

Sie lacht nervös auf. »Nur zu, gib mir den Rest!«, hebt sie an, aber er entfernt sich bereits.

Er hört sie hinter sich herkreischen. »Mach mich ruhig fertig! Feigling, Feigling, elender Feigling!«

Er geht weiter.

»Und komm ja nicht zurück! Hörst du? Komm ja nicht wieder, das meine ich ernst. Oh, ja, das ist mein voller Ernst!«

Er geht ans Ende der Zufahrt und folgt dem Feldweg, der auf die Teerstraße führt, wo er sie nicht mehr hören kann.

4

Mitten in der Nacht irrt sie durchs Haus und führt Selbstgespräche, um wenigstens eine Stimme zu hören. Sie sagt: »Er will mir bloß Angst machen. Und wennschon; wer sich den Tod holen wird, ist er. Womöglich holt er sich da draußen um diese Jahreszeit eine Lungenentzündung, immerhin sind die Nächte schon ziemlich kalt, und wer darf ihn dann pflegen – die Kaplans etwa? Wohl kaum!«

Oder vielleicht – denkt sie, während sie ihre Schritte in die

Küche lenkt, um Wasser für einen Tee aufzusetzen – sollte *ich* mir eine Lungenentzündung zuziehen? Mal sehen, wie er das dann findet! Ich könnte die Jacke ablegen, im Nachthemd hinausgehen, an den Strand, bis zum Hals ins Meer waten, wieder raus, im Seewind herumstehen, den klitschnassen, kalten Stoff am Körper und mir die Kälte bis in die Knochen kriechen lassen, und dann –

Das Teewasser brodelt im Kessel und lenkt sie ab. »Ach, was redest du für ein kindisches Zeug«, sagt sie. »Schließlich schwirrt er da draußen in der Kälte herum, nicht du. Du lässt dich auf sein Niveau herab, so sieht's aus, damit du es weißt. Und da stehst du doch drüber.«

Während sie den Tee ziehen lässt, kramt sie aus einer Tüte ein paar ungesalzene Cracker hervor und sieht sich nach irgendeinem Aufstrich um. Aber es gibt lediglich einen kümmerlichen Rest Butter in der Butterdose. Da fällt ihr das Strandpflaumengelee im Kofferraum des Buick ein. Und damit der Buick selbst, in dem noch der Schlüssel steckt. Was, wenn er schon zurückgekommen ist? Was, wenn er da war und wieder weggefahren ist? Ach, warum hat sie nicht daran gedacht, den Schlüssel abzuziehen? Er kann längst auf dem Weg nach New York sein. Er kann sonst wo sein. Er muss ihnen doch nur ein Bild versprechen, und sie werden ihn mit Geld überschütten, bis er darin ersäuft. Er kann hingehen, wo er will. Sogar ins Ausland – Frankreich! Er kann sich morgen schon absetzen. Nach *Frankreich*.

Sie stürzt aus der Küche und durchs Atelier. Doch hinter dem Fenster sieht sie nichts als Dunkel. Sie öffnet das Fenster, Totenstille.

Sie zerrt den Binsenstuhl heran, kniet sich darauf, beschirmt links und rechts ihre Augen und späht noch mal hinaus. Und jetzt kann sie ihn gerade so eben ausmachen, am Fuß des Hügels, geduckt wie eine große Schildkröte zwischen den Torpfosten. Sie schnaubt höhnisch. »Frankreich, na klar«, und dann, als sie von dem Stuhl steigt: »Eher wohl nur zu seiner Schwester, und das will ich sehen, wie lange er es bei der alten Schreckschraube aushält!«

Kurz erwägt sie, nach draußen zu gehen und das Gelee zu holen, doch sie fühlt sich nach dem ganzen Aufruhr zu mitgenommen, um im Dunkeln herumzutappen, und außerdem braucht sie sofort eine Stärkung, bevor sie sich mit anderem herumschlagen oder auch nur nachdenken kann. Cracker und Butter reichen vollkommen; sie war noch nie besonders erpicht auf Strandpflaumengelee. Es gehört einfach zu den endlosen Dingen, die sie um des lieben Friedens willen ertragen hat. »Aber das ist vorbei!«, sagt sie und reckt die Faust. »Vorbei!«, und da muss sie wieder weinen.

Zurück in der Küche, schnäuzt sie sich und trägt den Tee und einen Stoß spärlich mit Butter bestrichener Cracker an den Tisch. Dort sitzt sie und blickt zur Uhr auf dem Bord über der Küchenspüle hoch. Fast halb drei. Sie wird jetzt keinesfalls mehr schlafen können. Sie hat es versucht, weil sie fand, so hielten es Erwachsene, sie irrten nicht durch die nächtliche Ödnis, sie zogen sich aus und gingen ins Bett, lasen vielleicht noch ein bisschen, und dann, wenn ihnen die Augen langsam zufielen, legten sie ihr Buch weg und schliefen ein.

Doch das geschriebene Wort hätte sie sehen wollen, das gegen das Höllenfeuer angekommen wäre, das in ihrem Kopf loderte; jedes gelesene Wort war sogleich in Rauch aufgegangen und zu Asche zerfallen. Ihr war, als tobten in ihr Dämonen, rissen mit Klauen an ihrem Magen. Sie hatte sich so hineingesteigert, dass sie kaum noch einen klaren Gedanken fassen konnte, und ehe sie sichs versah, hatte sie mit zusammengebissenen Zähnen senkrecht im Bett gesessen, dann kreischend und fauchend. Sie hatte mit dem Kopf gegen das Kopfteil geschlagen und die Bettdecke mit bloßen Händen zu zerfetzen versucht. Sie hatte sogar in ihr Kissen gebissen, hatte an ihren Haaren gerissen und gerupft, und oh, wenn sie jemand hätte sehen können, man hätte sie in eine Zwangsjacke gesteckt und nach Bellevue gekarrt.

Was regte sie sich über nichts und wieder nichts nur so auf? Wo er sie doch nur hatte treffen wollen. Hatte sie aus dem Hinterhalt überfallen, so sah es aus. Sein Messer noch gewetzt, ehe er zustieß. Zu sagen, sie hätte kein Talent, sie sei keine Künstlerin! Als hätte einer wie er so viele Jahre mit einer verbringen können, die nicht Künstlerin war.

Irgendwann war die Luft raus gewesen.

Und nun sitzt sie hier mitten in der Nacht hellwach in der Küche, stopft trockene Cracker in sich hinein, bis ihre Kehle wie voller Sand ist.

Sie steht vom Tisch auf, füllt an der Spüle ein hohes Glas mit Wasser und geht dann abermals ins Atelier.

Sie öffnet die Halbtür ganz, stellt sich an die Sturmtür, legt den Kopf ans Fliegengitter und lauscht dem Meer. Das Rauschen irritiert sie – ihr ist, als hörte sie es schon viel zu lang. Es bleibt sich immer gleich, sofern es der Wind nicht anders will – gleichmäßig grollende Atemzüge. Und sie denkt: Ich werde noch verrückt, wenn ich hier weiter ausharre an diesem Ort, wo sich nichts je verändert: das Meer, der viertaktige Ruf der verdammten Schwarzkehl-Nachtschwalbe oder die Leute mit ihren banalen Gesprächen übers Wetter, das Fischen und den Wasserstreit der Kommunen.

Wie sehnt sie sich nach New York! Wieder dort zu sein, wo abends mehr geboten ist als bloß Vögel und Meer. Menschliche Stimmen. Wo sie auf der Treppe einem Nachbarn begegnen kann, ein bisschen Kontakt hat. Die Carmine Street entlanggehen und die Frauen auf ihren Vortreppen in fremden Sprachen schwatzen hören kann. Wo selbst Stille oft Sinn und Zweck hat: die Schachspieler in den Parks, die Straßenmädchen, die auf ihrer Stammbank ihre Freier erwarten. Und das Gefühl, dass alles ringsum ständig im Werden begriffen ist, Bewegung und Wendungen, Gehen und Gleiten. Veränderung, und zwar immerzu und nicht nur mit den Gezeiten. Vor allem aber fehlen ihr die Stimmen. Anstatt des idiotischen Viertaktpfeifens eines Vogels, der sich nie zeigt, oder des Tagein-tagaus-Rauschens des Meers. Sie wandelt durchs Haus, hält inne, ohne anzuhalten, um zu diesem oder jenem Fenster hinauszusehen. Einem Fenster ums andere. Die Beine tun ihr weh, sie möchte sich setzen und ausruhen, doch sobald sie stehen bleibt, verspürt sie einen Stich im Herzen, und es schießt etwas heraus wie Öl aus der Erde, also bleibt sie in Bewegung.

Als sie wieder in der Küche ankommt, ist es Viertel nach drei. Sie starrt auf die Uhr und fragt sich, wie das ist, die Zeit verstreichen zu sehen. Zäh fühlt es sich an – wer hätte gedacht, dass eine Minute so langsam vergeht? Sie studiert das Bord links und rechts der Uhr und überlegt, ob sie es malen könnte. Die Formen der Gegenstände darauf: das Rund der Teller, den kurzen Stiel des Topfs und die Lichtstreifen auf der Kaffeekanne. Darunter das tiefe Spülbecken mit den bleiweißen Glanzlichtern, dem Kupfer der Rohre und der Ausbuchtung darunter, die er mal als Euter einer Porzellankuh bezeichnet hat.

Sie würde etwas hinzufügen müssen: Blumen in einer Vase oder vielleicht eine Topfpflanze oder ...? Irgendwas. Der Uhrzeiger rückt eine weitere Minute vor, und sie beschließt, das mit dem Bild zu lassen und lieber sämtliche Flächen zu putzen: das Bord und alles darauf, das Becken, selbst das bisschen Küchenboden darunter. Bis sie das alles getan hat, wird er zurück sein. Und wenn nicht – na, dann kann sie sich immer noch Sorgen machen.

Sie erhitzt Wasser, steigt auf einen Stuhl und holt alles bis auf die Uhr vom Bord. Sie wischt die Kanne ab, spült und stellt die anderen Sachen zurück, dann knöpft sie sich das Spülbecken vor, bis hin zu den kleinen Stegen der Abflussrosette. Sie putzt alles in Reichweite, von der Dichtung am Wasserrohr bis hin zu dem hübschen kleinen Leuchter, den er vor Jahren neben dem Küchenschrank angebracht hat. Sie hantiert, beruhigt vom eigenen leisen Ächzen, dem Platschen des Spültuchs im Wasser, dem Auswringen, dem handfesten Old-Dutch-Geruch des Scheuerpulvers. Als die Aufgabe fast bewältigt ist, fürchtet sie, er könnte zurückkehren, bevor sie fertig ist. Sie will nicht, dass er sie hier sieht, zerzaust und auf den Knien mit aller Kraft an dem Stück Linoleum unter der Spüle rubbelnd.

Als sie sich aufrichtet und wieder zur Uhr hochschaut, sind kaum zwanzig Minuten vergangen. Zwanzig Minuten! Nach so viel Arbeit. »Alles hat sich gegen mich verschworen«, sagt sie, »alles, selbst die Zeit.«

Da gerät sie wieder in Wallung, ihr Magen zieht sich zusammen, erneut steigt die Galle der Wut und Verzweiflung hoch. Sie schlägt sich mit dem Handballen an die Stirn, schüttelt heftig den Kopf und sagt: »Aufhören! Hör sofort auf, ja? Verschwinde hier aus der Küche, mach was, irgendwas. Nur *hör* auf.«

Sie geht hinüber zu ihrer Chaiselongue und legt sich hin. Nach einer Weile steigt eine Art Halbtraum, Halberinnerung in ihr auf. Ein Gespräch vor langer Zeit, das tatsächlich stattgefunden hat, obwohl sie sich nicht entsinnen kann, wann und wo. Sie war mehr Zuhörerin gewesen als beteiligt, und er war da, wie üblich umringt von Bewunderern – lauter Männern. Aus irgendeinem Grund hatte sie sich alle Mühe gegeben, sich zu benehmen, nicht zu stören, die Männer reden zu lassen – obwohl sie nicht mehr weiß, warum sie das um Himmels willen hätte tun sollen. Er trug seinen guten Tweedanzug, also muss es in New York gewesen sein. Die Rede war von Zügen. Es ging darum, was man bei Zugreisen sehe. Was *er* sehe. »Aus einem fahrenden Zug sieht alles so viel besser aus«, hatte er gesagt. »Alles scheint, flüchtig besehen, voller Leben.«

Und sie entsinnt sich, damals gedacht zu haben: Ach, das gefällt ihm natürlich, von seiner höheren Warte auf die Welt zu blicken: kleine Menschen, kleine Häuser, Miniaturleben murkeliger Menschen.

Es war das erste Mal gewesen, dass sie ihn mit Skepsis betrachtet hatte, und vielleicht erinnert sie sich deshalb jetzt daran.

Seine Bewunderer scharwenzelten weiter um ihn herum, und sie sah ihn am Rande der Welt stehen, wie ein Leuchtturm auf einer Landzunge. Aus großer Höhe herabsehend. Sie dachte an die armen kleinen Vögel, die vom Licht angezogen in Scharen auf diesen Turm zuflogen, daran zerschellten und gebrochen zu Boden stürzten. Aber die Rede war von Zügen, nicht Leuchttürmen, und sie hatte sich Mühe gegeben, sich zu benehmen, nicht zu stören oder wenigstens nichts allzu Unpassendes zu sagen. Sie hatte bloß bemerkt: »Bei seiner Größe ist er die Vogelperspektive gewohnt. Und für Zugfahrten schwärmt er.«

Doch im selben Atemzug waren vor ihrem inneren Auge wieder die Vogelschwärme aufgestiegen, die flogen, zerschellten und vom Himmel stürzten.

Und nun, hier seitlich hingebettet auf ihrer Chaiselongue, sieht sie die Szene wieder vor sich: die Lampe des Leuchtturms, das langsam und so beständig rotierende Licht, die Vögel, die sich ihm ohne Zögern und unbeirrbar entgegenwarfen.

Sie erhebt sich von der Chaiselongue. Seine Leuchtturmbilder, beschließt sie, sind allesamt Selbstporträts.

Im Schlafzimmer holt sie hinten vom Schrankboden ihr Tagebuch hervor, setzt sich aufs Fußende des Betts und blättert durch die Jahre zurück.

Sie liest von Liebe und Gift, Sätze, die sie anspringen und ihr schier die Augen auskratzen, andere, die nach ihr greifen und sie streicheln. Sie entdeckt ganze Passagen, die schwarz und verbogen sind wie die Gittertore zu einem Irrenhaus, und andere, die sich lesen wie auf Rosen gebettet. Mal muss sie über eine hervorgerufene Erinnerung lachen, mal bleibt ihr vor Scham über das, was sie geschrieben hat, fast das Herz stehen.

Dieses Tagebuch hat sie stets als ihr *liber veritas* bezeichnet. Doch die einzige Wahrheit, die sich hier offenbart, ist die bittere Wahrheit über sie selbst – die Wahrheit, die sie im Laufe der Jahre so oft von anderen zu hören bekommen, aber stets von sich gewiesen hat. Ja, da steht es, alles, was man über sie sagt: Groll, Neid, Selbstsucht. Und da stehen ebenfalls, in ihrer Handschrift, die zahllosen Verweise auf seine Bilder als »Kinder«. *(Dieses habe ich getauft, hier war ich bei der Zeugung dabei.)*

Und ganz ähnlich, wenn auch finsterer, in Bezug auf ihre eigenen Bilder. *(Meine tot geborenen Bastarde stehen unbeachtet im Atelier. Diesen hätte ich gleich bei der Geburt ersticken sollen.)*

Mit zitternder Hand wendet sie Seiten und Jahre – so viel Schmerz und Hass. Wie hat sie das nur ertragen können? Wie hat er die Zumutungen ihrer besitzergreifenden Art nur hinnehmen können? Besitzergreifend bis zum Wahn.

Sie knallt das Buch zu und schließt die Augen. »Ja, ich bin besitzergreifend. Und wennschon.«

Denn sie will ihn ganz. Sie will ihn samt all seinen früheren Selbst aus der Zeit, bevor sie ihn überhaupt kannte. Sie will das Kleinkind, das in den Armen seiner Mutter hinter der Fensterscheibe nach den Lichtern auf dem Hudson greift. Sie will den jungen Mann, der linkisch mit offenen Augen durch Paris streift. Sie will hinter dem stehen, der humorige Briefe nach Nyack schickt, vor dem stehen, der Madame Chéruys Boudoir betritt. Sie will den Anzeigenvertreter beschatten, der sich unglücklich durch die Straßen von New York schleppt – und wissen, was er vielleicht noch gar nicht weiß, was sich ergeben wird: die Bürgersteige, die Gebäude, Zimmer hinter glaslosen Fenstern, die schwarzen Schatten und, natürlich, das Licht. Sie will seinen Körper besitzen, seine Seele sein. Mehr hat sie nie gewollt.

Das hatte sie erstmals begriffen, als sie ihn vor so vielen Jahren bei ihrem ersten Streit auf der Straße anbrüllte. Und sie hat es gestern begriffen, als Michael ihnen nachgelaufen kam und sich ihr in die Arme warf. Sie hatte sich beherrschen müssen, den armen Jungen nicht wegzustoßen, nicht herauszuplatzen: »Aber ich möchte nicht, dass du mich besuchst. Ich habe genug. Wir sind uns genug, mein Mann und ich, Fleisch von meinem Fleisch, Bein von meinem Bein.«

Als sie schließlich aufblickt, lichtet sich die Dunkelheit langsam, und es wird Tag. Sie steht auf, wirft sich einen alten Mantel über, schlüpft in ein Paar Schuhe, greift sich vom Bett ein Kissen und steigt durch Schwaden Frühnebel die Stufen zur Garage hinab. Beim Buick angelangt, knickt sie das Kissen, packt es auf den Fahrersitz, beugt sich vor und zieht an dem Verstellhebel, bis der Sitz mit einem Ruck vorrutscht. Sie steigt ein, legt die Hände aufs Lenkrad und sagt: »Nicht lange überlegen, stell dich nicht an – tu's einfach, tu's ...«

Sie tritt aufs Gas, und der Wagen macht einen Satz. Unter sich spürt sie die Huckel des Untergrunds, die sie vom Sitz schleudern wollen. Ihre Hände umklammern das Lenkrad fester, sie behält den Fuß auf dem Gaspedal, bis sie Stück für Stück, Huckel für Huckel, die Garage erreicht.

»Und jetzt«, sagt sie, »jetzt geh vom Gas runter. So ist's gut ... geschafft.«

Sie steigt aus, macht das Garagentor auf, holt ein paar Mal tief Luft und steigt wieder ein.

»Es ist ein Automobil, kein Flugzeug«, sagt sie. »Was soll schon schiefgehen?«

An der Schwelle zum offenen Garagentor bocken die Vorderreifen kurz, da schließt sie die Augen und manövriert blind. Sie spürt unter sich die kurze Gleitbewegung und bremst vorsichtig ab. Sie legt die Stirn ans Lenkrad und lacht.

Wieder im Haus, beschließt sie, so zu tun, als wäre nichts weiter.

Sie geht ins Bad, wäscht sich das Gesicht und macht sich frisch. Sie ist im Begriff, sich anzukleiden, als ihr das rosa Kleid einfällt, das sie neulich beim Räumen im Keller wiederentdeckt hat. Ein Kleid, das sie vor ein paar Sommern in Orleans gekauft und dann vergessen hat. Sie holt es aus dem Schrank und legt es auf dem Bett aus. Dann frisiert sie sich, bestäubt sich mit Parfüm und reibt sich zwei Tupfer Lippenstift ins käseweiße Gesicht.

Die Sonne geht auf. Sie durchflutet das Haus, ein so kräftiges Licht, dass ihre müden Augen es kaum ertragen. Sie bleibt an der Tür zum Atelier stehen und sieht es durch Fenster und Türen, durch sämtliche Scheiben auf sich zufliegen, sich auf dem Weg zu ihr kreuzen und kreuzen und hemmungslos prunken. Und sie bemüht sich, nicht zu denken: Hier stehe ich, herausgeputzt zum Empfang der aufgehenden Sonne, aber der Moment wird im Nu vorbei sein – und dann?

Ihr fällt ein unordentlicher Stapel alter Zeitungen und Zeitschriften ins Auge. Die wird sie sich gleich vornehmen, sie unter seinem Arbeitstisch hervorholen und durchsehen. Die meisten wird sie wegwerfen, ein paar aufheben, aus anderen einzelne Beiträge schneiden. Wenn er bis dahin nicht aufgetaucht ist – nun, dann wird sie anfangen müssen, sich Gedanken über die Zukunft zu machen.

Sie ist schon zum Tisch unterwegs, als sie glaubt, draußen etwas zu hören.

Sie tritt ans Fenster, kniet sich auf den Binsenstuhl und blickt mit klopfendem Herzen hinaus. Das Licht ist jetzt auf den fernen Hügeln etwas weniger gleißend. Sie lehnt sich weiter vor, stützt sich mit einer Hand am Fensterrahmen ab. Aber dort ist niemand. Nicht in der Zufahrt am Fuß des Hügels, nicht auf dem Feldweg. An der Garage nicht mal ein Schatten, auch nicht auf den Stufen. Niemand!

»So was«, sagt sie laut, »so was. Wer hätte das gedacht? Er hat mich verlassen. Er ist fort.«

Gerade will sie vom Stuhl heruntersteigen, da bewegt sich rechts von ihr etwas. Und da ist er plötzlich, durchquert die wild wuchernde Wiese südlich vom Haus, kommt mit jedem langen Schritt näher.

Sie späht hinaus, tut aber, als sähe sie ihn nicht. Sie blinzelt in die Sonne, als hätte sie nichts weiter ans Fenster getrieben als der Wunsch, mal nach dem Wetter zu sehen. Aus dem Augenwinkel kriegt sie mit, dass er stehen geblieben ist und sie dort oben am Fenster studiert. Ihr Herz hetzt wild der aufschießenden Freude nach. Die letzte Zeile von »La lune blanche« kommt ihr in den Sinn: *C'est l'heure exquise – Das ist die Stunde*; wenngleich es eigentlich um das andere Ende des Tages geht.

Sie wartet noch einen Augenblick, dann zieht sie sich vom Fenster zurück, geht in die Küche und setzt Kaffee auf.

Cape Cod Morning

Er trägt es noch mehrere Wochen mit sich herum, das Bild einer Frau, die sich unmittelbar nach Sonnenaufgang am Fenster vorbeugt und hinausspäht, und er glaubt nicht mehr, dass er die Welt nicht mehr fassen kann.

Es dauert etwas, bis er das Fenster findet, das er sucht, und wie sich herausstellt, gehört es zu einem Haus in Orleans. Es war die ganze Zeit da, am Ende der Straße, an der er an dem Tag geparkt hat, an dem Michael seine Conté-Kreiden im Gras fand.

Form und Anmutung des Hauses hatte er bereits während der Gnadenfrist ungewohnten Friedens nach Mrs Kaplans Party dem halb fertigen Bau abgeguckt, den er bei einem Rundgang entdeckt hatte. Über das Licht auf dem Gras denkt er lange nach. Er braucht noch etwas, was er gegen dieses Licht setzen kann. Der Himmel wandelt sich vor seinem inneren Auge andauernd, die angrenzenden Steinstufen werden wieder in Angriff genommen und wieder verworfen, bis er beschließt, dass dort nur ein dunkler Wald sein darf und davor ein paar unschuldige Bäume, die nicht ahnen, was ihnen im Nacken sitzt.

Die Fenster und Fensterläden sind genau so, wie er sie sich vorgestellt hat. Das Haus wird nach Westen ausgerichtet statt Osten, die Schatten entsprechen nun einem Sonnenauf- statt -untergang. Der Winkel der Holzverschalung ist in seinem Kopf längst berechnet.

Doch was immer sonst noch passiert, bevor oder sobald er alles auf die Leinwand überträgt, das Bild dreht sich um die Frau. Die Frau, die sich mit ihren ängstlich starren Armen auf ihrem Posten vorlehnt, ihr Gesicht resigniert, als rechnete sie mit dem Schlimmsten und hoffte dennoch das Beste.

Als das Bild fast fertig ist, fragt sie ihn: »Was soll ich ins Verzeichnis schreiben?«

»Was immer du meinst«, sagt er.

»Aber ich will mich dazu gar nicht ... äußern ... eigentlich ... es ist so ein schönes Bild.«

»Sag einfach, was du für richtig hältst.«

Es wäre nicht das erste Mal, dass sie ihren Anteil in den Notizen aufbauscht. Aber was kümmert ihn das – bis dahin ist das Werk für ihn längst abgehakt.

Und doch wird ihm, wenn er künftig gefragt wird: »Welches ist Ihr Lieblingsbild?«, unweigerlich dieses einfallen.

Einmal noch haben sie vor ihrer Rückkehr nach New York mit den Kaplans zu tun. Oder jedenfalls mit Olivia und ihrer Freundin Annette Staines. Sie haben in Hyannis die Fertigstellung des Bilds gefeiert, er bittet gerade um die Rechnung, als er Olivia mit einer brav hinterdreintrottenden Annette auf ihren Tisch zukurven sieht.

Die Damen nehmen unaufgefordert Platz. Olivia winkt nach dem Kellner, noch bevor er überhaupt dazu kommt, zu fragen, ob sie etwas trinken wollen. Seine Frau hält wider Erwarten still, aber alles an ihrer Haltung verrät, wie sehr sie in Harnisch gerät, ihr Pferdeschwanz sträubt sich sichtlich. Er schafft es eben so, nach Richie und Mrs Kaplan zu fragen. Kann sich nicht dazu durchringen, sich nach Katherine oder Michael zu erkundigen.

»Richie haben wir gerade gestern an seiner neuen Schule abgeliefert«, sagt Annette. »Eine erstklassige Einrichtung, wirklich.«

»Ach ja? Und wie geht es ihm?«

»Ehrlich gesagt, hängt ihm das alles noch ziemlich nach«, sagt Olivia. »Man hat ja vor allem ihm die Schuld gegeben. Tja, Mrs Kaplan und Katherine sind letzte Woche nach Boston zurückgekehrt, und wir hatten unsere liebe Not, ihn noch dazubehalten, damit wir mit ihm vor Schulbeginn zu diesem Spezialisten konnten.«

»Und wie war das?«, fragt er.

»Alles bestens, das gibt sich, hieß es. Jetzt hoffe ich, dass er sich anfreundet. Mit der Schule, meine ich.«

»Natürlich wird er das«, versichert Annette. »Bei so einer guten Schule.«

Olivia nimmt einen ordentlichen Schluck von ihrem Cocktail, dann beugt sie sich plötzlich vor und platzt heraus: »Aber irgendwas war an dem doch faul, oder? Was hat er für eine Unruhe gestiftet, bei uns, den Novaks und natürlich auch bei Ihnen. Mir egal, was andere sagen, irgendwas war faul an dem. Und das ist ja kaum verwunderlich ... Wissen Sie, der wurde nicht ein einziges Mal gestochen, den ganzen Sommer über nicht, nicht mal, als die Mücken so groß wurden, dass du mit denen hättest reden können. Und kein einziger Zeckenbiss. Ohne einen einzigen Kratzer ist der heimgefahren. Nichts. Und hat sich nicht mal bedankt. Tja, es gibt Leute –«

Seine Frau steht mit einem angedeuteten Kopfschütteln auf. Sie sagt: »Ich werde jetzt kurz mal verschwinden, und ich möchte Sie hier nicht mehr sehen, wenn ich wiederkomme.«

Er erhebt sich, um sie durchzulassen, drückt ihr, als sie sich an ihm vorbeischiebt, kurz den Arm und muss sich wirklich beherrschen, ihr nicht einen Schmatz zu geben. Er bleibt stehen. Olivia blickt kurz zu ihm hoch, entgeistert zunächst, dann rafft sie sich auf. Annette stürzt den Rest ihres Drinks herunter und erhebt sich.

Olivia sagt: »Das Zigarettenetui, das er gestohlen hat, war ein Geschenk meines gefallenen Mannes, ein Hochzeitsgeschenk. Aber das zählt offenbar nicht.«

Als sie wieder daheim sind, fertigt er die Vorstudie zu dem Bild im Werkverzeichnis an, sie stellt ihm dabei ein paar Fragen: Was sein erster Gedanke war, als er sie an dem Morgen im Fenster sah? Wo und wie ist er auf das Fenster gekommen, die Vorstellung eines Schiffsbugs? Dann geht es ihr noch um ein paar technische Fragen – zu denen sie die Antworten wahrscheinlich längst kennt. Als die kleine Skizze fertig ist, überlässt er das Heft ihr, und sie setzt in ihren eigenen Worten eine kurze Beschreibung darunter, und auch den Titel, den sie gewählt hat.

Und das wird das letzte Mal sein, das sie über das Bild und über jenen Morgen auf Cape Cod sprechen.

Sie wird jene Nacht ihm gegenüber nicht erwähnen, ihn nicht fragen, wo und wie er die langen Stunden verbracht hat. Er wird letzte Hand an sein Bild legen, sie werden es einpacken, nach New York zurückkehren, der Herbst wird vergehen, der Winter kommen, dann das Frühjahr, und bis sie im Sommer darauf wieder ans Cape fahren, werden neue Sommergäste im Kaplan-Haus sein.

In New York werden sie sich eines Tages die Nachmittagsvorstellung eines britischen Films ansehen, und sie wird an ihm etwas bemerken, was ihr bisher nicht aufgefallen ist. Sie wird zur Leinwand hochblicken, dann zu ihm und wieder zur Leinwand, wo ein blonder Junge durch die Straßen von London läuft – mit Storchenbeinen und komischen Redensarten.

Und da wird sie begreifen, dass die Jungen ihm fehlen, oder jedenfalls Michael, ein Junge, der ihm so ähnlich sah, dass er sein Sohn hätte sein können.

Und Jahre später wird sie im Sommer vor der Post in Truro Schlange stehen und sich eine liegen gelassene Ausgabe des *Boston Globe* schnappen. Und sie wird zufällig den Namen eines Soldaten lesen, der in Vietnam vermisst wird, und einen Augenblick glauben, es sei der Name R. Kaplan. Aber sie wird sich nicht vergewissern, sondern die Zeitung gleich wieder weglegen und warten, dass sie endlich an die Reihe kommt, und sie wird Post wegschicken und Post abholen und bei ihrer Rückkehr nichts davon sagen, nicht einmal sich selbst.

Und was Michael betrifft. Eines Tages wird sie meinen, ihn gesehen zu haben: ein langes Elend, dünn, verdreckt, ein betrunken auf dem Rasen des Washington Park liegender Vagabund mit recht langem hellem Haar. Auch bei einer anderen Gelegenheit wird sie meinen, ihn gesehen zu haben: einen gepflegten, hochgewachsenen, an der Fifth Avenue aus einem Taxi steigenden Geschäftsmann.

Aber schwören können wird sie weder das eine noch das andere.

Sicher weiß sie nur, dass sie im Haus am Washington Square übers Geländer schauen und ihren Mann die Treppe hochstapfen sehen wird, und wie er auf den vierundsiebzig Stufen dann und wann eine Pause einlegt. Dass die Pausen sich dehnen werden, er für den Aufstieg länger und länger brauchen wird, dass es bald ebenso viele Stufen sein werden, wie Jahre gelebt sind, und dass, wenn sie Glück haben – oder auch nicht –, mehr Jahre als Stufen zu zählen sein werden, bis nur noch einem von ihnen beiden das Treppensteigen bleibt, das aber nicht mehr möglich sein wird.

Dank

Die Autorin dankt für ihre Unterstützung: Den Mitarbeiterinnen und Mitarbeitern der Truro Library, North Truro, Cape Cod; Dr. Naemi Stilman, Fisher Beach, Cape Cod; Helen Addison, Addison Art Gallery, Cape Cod; Alice und Anne Marshall, Cape Cod.

Zu Dank ist die Autorin auch den nachfolgenden Verfasserinnen und Verfassern von Büchern, Filmen, Artikeln und Interviews verpflichtet: Jean-Pierre de Villers, Karin Ek, Lloyd Goodrich, Gail Levin, Deborah Lyons, Michel de Montaigne, John Morse, Brian O'Doherty, Didier Ottinger, Elena Pontiggia, Wim Wenders.

Sowie folgenden Galerien und Museen: The Metropolitan Museum of Art, New York; Smithsonian American Art Museum, Washington, D.C.; Renwick Gallery, Washington, D.C.; Whitney Museum of American Art, New York; Yale University Art Gallery, Connecticut; Edward Hopper House Museum & Study Center, New York.

Und schließlich dem Orchestre Symphonique de Montréal für seine Aufführung der *Planeten* von Gustav Holst.

Ein besonderer Dank gilt Professor Thomas Lynch, St. James's Hospital, Dublin.

Zur Recherche wurden die folgenden Publikationen herangezogen:
Provincetown Advocate
The New York Times
W.A. Hinds / H.R. Hathaway: *The Wildflowers of Cape Cod*. Chatham MA 1968.
Antony Beevor: *Berlin. The Downfall 1945*. Penguin UK 2007; (*Berlin 1945. Das Ende*. München 2012).
Christabel Bielenberg: *The Past is Myself*. London 1968 (*Als ich Deutsche war – Eine Engländerin erzählt*. München 2012).
Richard Greene: *Holst. The Planets*. Cambridge Music Handbooks, Cambridge 1995.
Tom Kane: *My Pamet. Cape Cod Chronicle*. Mt. Kisco, N.Y. 1989.
Mike Lynch: *New England Star Watch. The Essential Guide to Our Night Sky*. Beverly, MA 2005.
Ben Shepard: *The Long Road Home. The Aftermath of the Second World War*. London 2010.
Henry David Thoreau: *Cape Cod*. Princeton 2004 (*Kap Cod*. Herausgegeben und übersetzt von Klaus Bonn. Salzburg / Wien 2014).

Christine Dwyer Hickey im Unionsverlag

Schmales Land

Es ist das Jahr 1950. Mit einem Comic-Heft und einem Schokoriegel in der Tasche kommt Michael, ein 10-jähriger deutscher Waisenjunge, in Amerika an. Ein Sommer am Meer in Cape Cod soll die Schrecken des Krieges verblassen lassen. Licht tanzt über die Dünen und ergießt sich über kanariengelbe Sonnenschirme, doch weder das noch die Familie, die ihn aufnimmt, lindern Michaels Verlorenheit. Erst durch die eigenwillige Mrs Aitch, eine Künstlerin, die im Schatten ihres berühmten Mannes an der Bucht lebt, öffnet sich ihm in der unvertrauten Idylle eine neue Welt. Mit kraftvollem Pinselstrich malt Christine Dwyer Hickey das leuchtende Porträt eines Sommers, einer Ehe und einer ungewöhnlichen Freundschaft – und fängt die Farben von Einsamkeit, Nähe und Momenten flüchtigen Glücks ein.

Alle unsere Leben

Es ist der Beginn einer vier Jahrzehnte andauernden Suche nach Liebe: 1979, in einem weiten, gnadenlosen London, finden sich zwei irische Außenseiter – Milly, eine junge Ausreißerin, und Pip, ein talentierter junger Boxer. Sie verlieben und verlieren sich ineinander, doch das Leben drängt sie in unterschiedliche Richtungen. Immer wieder kreuzen sich ihre Wege, wandern die Gedanken zum anderen. Vierzig Jahre später klammert sich Milly an das einzige Zuhause, das sie je gekannt hat, während Pip durch die Straßen Londons streift und mit seinen Dämonen kämpft. Zwischen ihnen, vielleicht unüberwindbar, liegt ein ganzes Leben. In einer sich ständig wandelnden Stadt entfaltet sich eine epische Geschichte über Einsamkeit, Sehnsucht, Menschlichkeit und Liebe.

»Hickeys literarische Präzision nimmt uns gefangen, bis wir am Ende des Buches wieder von vorn beginnen.« *The Guardian*

Mehr über Autorin und Werk auf *www.unionsverlag.com*

Edwidge Danticat im Unionsverlag

Der verlorene Vater
Eigentlich wollte sie bei der Reise in den Süden der USA ihrem Vater näherkommen und sich bedanken für all die Anregungen, die er ihr schenkte. Doch dann entdeckt die junge Künstlerin, dass ihr Vater keineswegs ein Opfer der Diktatur in Haiti war, sondern ein Folterer, der das Leben unzähliger Menschen zerstörte. Alles, worauf sie ihr Leben baute, bricht nun zusammen. Wie kann Vergebung gefunden werden?
Edwidge Danticats Sprache ist luzide und lyrisch, sie beherrscht die Kunst der Andeutung und Aussparung. Der Leser wird immer tiefer hineingezogen und so zu einem faszinierten und zugleich angewiderten Mitwisser.

»Der Band vermisst achtsam und ohne spektakuläre Gesten historische und menschliche Abgründe. Aus der Verschränkung unterschiedlicher Zeitebenen und Figurenkonstellationen gewinnt er eine Dichte, mit der ungleich dickleibigere Werke nicht aufwarten können.« *Neue Zürcher Zeitung*

»Edwidge Danticat gibt den Kindern von Tätern und Opfern der Duvalier-Diktatur auf Haiti eine Stimme.«
Deutschlandradio Kultur

»Edwidge Danticats überzeugendste Leistung. Die einzelnen Teile fügen sich zu einem Puzzle zusammen, das die furchtbare Geschichte dieses Mannes und seiner Opfer erzählt.«
The New York Times

Mehr über Autorin und Werk auf *www.unionsverlag.com*

Jamaica Kincaid im Unionsverlag

Damals, jetzt und überhaupt
Die Sweets – Mutter, Vater, zwei Kinder – leben in einem Städtchen in Neuengland, wo auf den ersten Blick alles beschaulich erscheint. Jamaica Kincaid erzählt vom schwierigen Miteinander und allmählichen Auseinanderbrechen einer Familie. Sie scheut sich nicht, in die Abgründe der Seele zu leuchten, und sie kreist ein, was die Zeit mit den Menschen anstellt.

Die Autobiografie meiner Mutter
Claudette Richardson erzählt ihre Lebensreise in Dominica: Die eigene Mutter stirbt bei der Geburt, sie wächst bei einer Pflegemutter auf. Wie soll sie, gefangen in innerer Einsamkeit, lieben lernen? Stattdessen entdeckt sie ihren Eros und heiratet zuletzt einen reichen weißen Mann, der sie nie glücklich machen kann.

Lucy
Lucy, 19 Jahre alt, kommt von den Westindischen Inseln zum ersten Mal nach New York. Als Au-pair-Mädchen lebt sie bei Mariah und Lewis, einem wohlhabenden Ehepaar mit vier kleinen Töchtern. Alles ist neu für Lucy, sie entdeckt eine vollkommen fremde Welt, die Angst macht und erschreckt. Doch die junge Frau kämpft um ihre innere Unabhängigkeit.

»Die Geschichten, die uns Kincaid erzählt, entfalten eine nachhaltige Kraft, der man sich kaum entziehen kann.«
Frankfurter Allgemeine Zeitung

»Kincaid ist eine unserer tiefschürfendsten Autorinnen. Sie verfügt über ein poetisches Verständnis dafür, wie sich Politik und Geschichte, Privates und Öffentliches überschneiden und die Grenzen verschwimmen.« *The New York Times*

Mehr über Autorin und Werk auf *www.unionsverlag.com*

Sarah Moss im Unionsverlag

Wo Licht ist
Um der strengen Führung ihrer Mutter zu entkommen, träumt sich Ally weit fort, auf fliegende Teppiche und in ferne Länder. Als sie älter wird, formt sich ein neuer Traum in ihr: Sie will als eine der ersten Frauen Englands Medizin studieren. Doch dafür muss sie in einer Männerwelt bestehen, in der der kleinste Fehler sie zu Fall bringen kann.

Zwischen den Meeren
Kurz nach der Hochzeit muss sich ein junges Paar wieder trennen: Tom reist nach Japan, um Leuchttürme zu bauen, Ally, eine der ersten Ärztinnen Englands, tritt in Cornwall eine Stelle in der Psychatrie an. Kritisch beäugt von ihren männlichen Kollegen, stürzt sie sich in die Arbeit, während das Fundament ihrer jungen Ehe immer brüchiger wird.

Schlaflos
Eine karge schottische Insel, eine wacklige Telefonverbindung und zwei kleine Kinder, die vollkommene Aufmerksamkeit fordern: Anna versucht verzweifelt, ihre Forschungsarbeit voranzutreiben und dabei einen klaren Kopf zu bewahren, als ein verstörender Fund ihren Blick auf die Geheimnisse der Insel und ihrer verfallenen Steincottages lenkt.

Sommerwasser
Während der Sommerregen auf den schottischen See trommelt, bleibt in den wenigen Ferienhütten kaum etwas zu tun. Man beobachtet die anderen und formt aus flüchtigen Eindrücken ein Urteil: über die joggende Mutter, den genervten Teenager, das junge Paar. Und über die eine Familie mit dem komischen Nachnamen, die einfach nicht hier hingehört.

Mehr über Autorin und Werk auf *www.unionsverlag.com*

Gloria Naylor im Unionsverlag

Die Frauen von Brewster Place
Tropfende Rohre, quietschende Türen, kaputte Aufzüge. Brewster Place, das ist die Straße mit den Schlaglöchern und der Mauer am Ende, hinter der man die schicken Gegenden der amerikanischen Großstadt nur erahnen kann. Mattie Michael und Etta Johnson wohnen schon ewig hier, und sie wissen absolut alles, was in den Häusern der anderen so passiert. Kiswana Browne nervt mit ihren Black-Power-Parolen; Cora Lee kriegt in der Hoffnung auf morgen immer mehr Kinder und die zwei Neuen irritieren die anderen mit ihren verstohlenen Zärtlichkeiten. Die Gerüchteküche brodelt und treibt den Geruch von Begierde und Fürsorge, von Hoffnung und Verzweiflung durch die Straße. Gloria Naylor erzählt furios und einfühlsam von diesen Frauen und mit ihnen von den schwarzen Frauen Amerikas.

Linden Hills
Linden Hills – wer hier lebt, hat es geschafft. Elegante Häuser und perfekt gepflegte Rasen säumen die acht Ringstraßen, die sich den Hügel hinabwinden. Lester und sein bester Kumpel Willie, beide verflucht knapp bei Kasse, verabscheuen die noble Klientel, reinigen aber für ein paar Dollar ihre Auffahrten und Pools. Vorbei an glänzenden Fassaden und übertünchten Rissen arbeiten sie sich Straße für Straße den Hügel hinunter. Bis ganz nach unten, wo Luther Nedeed, das Epizentrum der Macht, ein finsteres Geheimnis hütet. Gloria Naylor enthüllt, wie die Menschen für den American Dream mit ihrer Seele bezahlen und wie das funkelnde Versprechen eines besseren Lebens in schneidende Niedertracht zersplittert.

Mehr über Autorin und Werk auf *www.unionsverlag.com*

Martina Clavadetscher im Unionsverlag

Die Erfindung des Ungehorsams
Hitze, Regen, beißender Gestank. Iris tigert in Manhattan durch ihr Penthouse und wartet voller Ungeduld auf die nächste Dinnerparty, die ihr wieder ein wenig Leben einhaucht. Ling, angestellt in einer Sexpuppenfabrik im Südosten Chinas, kontrolliert künstliche Frauenkörper auf Herstellungsfehler, bevor sie sich abends bei Filmklassikern in ihre Einsamkeit zurückzieht. Und im alten, düsteren Europa folgt Ada ihren mathematischen Obsessionen, träumt von Berechnungen und neuartigen Maschinen, das Ungeheuerliche stets im Kopf. Drei Frauen in drei Welten: Sie alle sind auf der Suche nach einer Antwort – nach dem Kern der Dinge. Und sie alle sind, ohne es zu ahnen, miteinander verbunden.

Vor aller Augen
Das Mädchen mit dem Perlenohrgehänge, die Dame mit dem Hermelin, Frauen auf weltberühmten Gemälden von Leonardo da Vinci, Vermeer, Rembrandt, Courbet, Schiele, Munch. Wir sehen ihre Körper, ihre Blicke, ihre Kleidung, gebannt oder verbannt in einen ewigen Augenblick. Doch wer waren sie außerhalb dieses Moments? Martina Clavadetscher ist den Hinweisen ihres Lebens nachgegangen, lässt die Frauen erzählen und gibt ihnen so eine Stimme zurück.
»Ohne diese Frauen, gäbe es kein Staunen, kein Schauen – mehr noch, ohne diese Frauen wäre die Kunstgeschichte, so wie wir sie heute kennen, undenkbar. Diese Frauen waren immer auch Mitarbeiterinnen, Künstlerinnen, Unterstützerinnen, Auslöser, ein Spiegel der Zeit, Ikonen, Inspiration, Partnerinnen, Retterinnen.« Martina Clavadetscher

»Martina Clavadetscher zählt zu den originellsten und wagemutigsten Stimmen ihrer Generation.« *NZZ am Sonntag*

Mehr über Autorin und Werk auf *www.unionsverlag.com*

Sylvain Prudhomme im Unionsverlag

Ein Lied für Dulce
Couto, Gitarrist von Super Mama Djombo, erfährt vom Tod seiner großen Liebe und ehemaligen Sängerin der Band, Dulce. Die Nachricht erschlägt ihn. Couto zieht von Bar zu Bar, denkt zurück an die erfolgreichen Jahre mit seiner Band in Guinea-Bissau und fällt eine Entscheidung: ein Treffen mit den alten Kollegen, ein Konzert in der Hauptstadt zu Ehren Dulces.

Legenden
Die Crau, eine Steinwüste bei Arles, Heimat der Freunde Matt und Nel. Als Matt die Vergangenheit der Region erforscht, stößt er auf zwei Brüder: Enfants terribles, intelligent und voller Verachtung für Gefahren. Matt versucht, das Lebensgefühl jener Jahre einzufangen und scheucht dabei gnadenlose Echos auf.

Allerorten
Müde vom lauten Paris, zieht Sacha in die Provence. Dort trifft er auf einen Jugendfreund, der oft ohne Vorwarnung für Monate verschwindet, per Anhalter quer durch Frankreich reist. Sacha hingegen knüpft ein immer engeres Band zur Familie seines Freundes. Eine zarte Geschichte über Sehnsüchte und die Frage, was ein erfülltes Leben ausmacht.

Der Junge im Taxi
Simon glaubt, seine Familie zu kennen, bis er vom verleugneten Sohn seines Großvaters erfährt – wie so viele andere Kinder während der Besatzungszeit in Deutschland gezeugt und nach Abzug der Soldaten vom Vater zurückgelassen. Simon folgt den Spuren der Vergangenheit von Südfrankreich bis an den Bodensee, um das Schweigen seiner Familie zu brechen.

Mehr über Autor und Werk auf *www.unionsverlag.com*

Alexandra Lapierre im Unionsverlag

Artemisia

Das unverkennbare Haupt mit vier Augen durchstreift die Straßen Roms am Vorabend des 17. Jahrhunderts: Der Maler Orazio Gentileschi nimmt auf seinen Schultern seine Tochter Artemisia überallhin mit. Sie klettert mit ihm über Baustellengerüste, wohnt an seiner Seite Hinrichtungen bei und zerstößt Farbpigmente in seinem Atelier. Artemisia ist sehr begabt und nicht nur Orazios liebstes Modell, sondern auch seine beste Schülerin. Doch als Artemisia siebzehn ist, vergewaltigt sie ein Freund ihres Vaters. Ein Einschnitt, der sie und ihre Kunst ein Leben lang begleitet. Artemisia erhebt Anklage und vertritt ihren Fall, der ganz Rom fesselt, vor Gericht.
Alexandra Lapierre entwirft ein Zeitbild und zeichnet den Weg der großen Barockkünstlerin von Rom nach Florenz, Venedig, London und Neapel.

»Das grandiose Porträt einer Malerin und der Welt, in der sie lebte.« *Corriere della Sera*

»Ein Buch reich an Abenteuern, Klängen, Leidenschaft und Farben, das das barocke Italien in all seiner Vielfalt wieder aufleben lässt.« *Les Echos*

»Alexandra Lapierre entwirft in ihrem sorgfältig recherchierten Roman das fesselnde Porträt einer Frau, die ihren Scharfsinn einsetzt, um in der umkämpften und politisch geprägten Kunstwelt des 17. Jahrhunderts in Rom zu bestehen.« *ARTnews*

Mehr über Autorin und Werk auf *www.unionsverlag.com*